Robert D. Kaplan

THE ENDS OF THE EARTH

From Togo to Turkmenistan,
from Iran to Cambodia,
a Journey to the Frontiers of Anarchy

世界的尽头

一场文化冲突的
见证之旅

[美] 罗伯特·D. 卡普兰——— 著
吴丽玫——— 译

 南京大学出版社

THE ENDS OF THE EARTH: FROM TOGO TO TURKMENISTAN, FROM IRAN TO CAMBODIA, A JOURNEY TO THE FRONTIERS OF ANARCHY
by ROBERT D. KAPLAN
Copyright © 1996 by ROBERT D. KAPLAN
This edition arranged with BRANDT& HOCHMAN LITERARY AGENTS, INC.
through BIG APPLE AGENCY, INC., LABUAN, MALAYSIA.
Simplified Chinese edition copyright © 2021 Shanghai Sanhui Culture and Press Ltd.
Published by Nanjing University Press
All rights reserved.
版权登记号：图字10-2021-432号

图书在版编目（CIP）数据

世界的尽头：一场文化冲突的见证之旅 /（美）罗伯特·D.卡普兰著；吴丽玫译. — 南京：南京大学出版社, 2021.11（2022.7重印）
（卡普兰作品集）
书名原文: THE ENDS OF THE EARTH: FROM TOGO TO TURKMENISTAN, FROM IRAN TO CAMBODIA, A JOURNEY TO THE FRONTIERS OF ANARCHY
ISBN 978-7-305-24910-5

Ⅰ.①世… Ⅱ.①罗…②吴… Ⅲ.①纪实文学—美国—现代 Ⅳ.①I712.55

中国版本图书馆CIP数据核字(2021)第185299号

出版发行　南京大学出版社
社　　址　南京市汉口路22号　邮　编　210093
出 版 人　金鑫荣

丛 书 名　卡普兰作品集
书　　名　世界的尽头：一场文化冲突的见证之旅
著　　者　［美］罗伯特·D.卡普兰
译　　者　吴丽玫
策 划 人　严搏非
责任编辑　郭艳娟
助理编辑　刘慧宁
特约编辑　张祝馨　李　姗

印　　刷　山东临沂新华印刷物流集团有限责任公司
开　　本　880×1240 1/32　印张 15.875　字数 354千
版　　次　2021年11月第1版　2022年7月第2次印刷
ISBN 978-7-305-24910-5
定　　价　72.00元

网　　址　http://www.njupco.com
官方微博　http://weibo.com/njupco
官方微信　njupress
销售热线　（025）83594756

版权所有，侵权必究
凡购买南大版图书，如有印装质量问题，请与所购图书销售部门联系调换

献给

迪克·霍格兰（Dick Hoagland）、

欧内斯特·莱瑟姆（Ernest Latham）、

基基·孟希（Kiki Munshi），

以及格雷厄姆·米勒（Graham Miller）：

三位外交官以及一位救援工作者。

在我们认为是一连串事件的地方，他看到的是一场单一的灾难。这场灾难堆积着尸骸，将它们抛弃在他的面前。天使想停下来唤醒死者，把破碎的世界修补完整。可是从天堂吹来了一阵风暴，它猛烈地吹击着天使的翅膀，以至于他再也无法把它们收拢。这风暴无可抗拒地把天使刮向他背对着的未来，而他面前的残垣断壁却越堆越高直逼天际。这场风暴就是我们所称的进步。

——沃尔特·本雅明（Walter Benjamin）关于"新天使"的描述，
《启迪》（Illuminations）

一位好的地理学家应该也是一位哲学家。

——老卡尔顿·S. 库恩（Carlton S. Coon, SR.），
《大篷车：中东的故事》(Caravan: The Story of the Middle East)

冲突是万物的本源。

——赫拉克利特（Heraclitus）

我们都居住在同一个国家，噢，陌生的人啊，就是这个世界。

——墨勒阿革洛斯（Meleager）

目录

致谢 I

前言 001

第一篇 西非：回到黎明？

第一章 一趟理性之旅 006

第二章 塞拉利昂：从格雷厄姆·格林到托马斯·马尔萨斯？ 044

第三章 沿着几内亚湾 092

第二篇 尼罗河谷：凹陷的金字塔

第四章 伊斯兰焦煤城 120

第五章 "苦难城市"的声音 137

第三篇　安纳托利亚与高加索地区：

　　　　　世界的战略中心？

第六章　"旋转世界里的静止点"　　　　150

第七章　母矿脉　　　　　　　　　　　167

第八章　沿着里海海岸　　　　　　　　193

第四篇　伊朗高原：地球的"柔软中心"

第九章　充满花朵与夜莺的国家　　　　206

第十章　"手"的革命　　　　　　　　　222

第十一章　市集国　　　　　　　　　　234

第十二章　库姆最后的颤抖　　　　　　245

第十三章　波斯之心　　　　　　　　　256

第十四章　卡布斯塔　　　　　　　　　271

第五篇　中亚：地形的天命

第十五章　俄罗斯边境　　　　　　　　282

第十六章　前拜占庭突厥人与文明冲突　294

第十七章　干净的厕所与帝国的遗产　312

第十八章　世界屋脊　330

第十九章　最新版地图　345

第六篇　印度次大陆和中南半岛：未来之路？

第二十章　瘟疫年的旅程　364

第二十一章　瑞希山谷和人类才智　379

第二十二章　曼谷：环境与性的限制　396

第二十三章　是老挝，还是大暹罗？　420

第二十四章　柬埔寨：回到了塞拉利昂？　432

第二十五章　丛林庙宇与"混乱乳汁"　452

第二十六章　地球边缘的一个死亡　461

参考文献　472

地名中英文对照表　491

致谢

如同我之前的几本书,这本书一开始是为《大西洋月刊》(*The Atlantic*)所做的一个项目。《大西洋月刊》的 Cullen Murphy 和 Bill Whitworth 从一个构想到另一个构想,一路鼓励我。接着兰登书屋的 Jason Epstein 费尽心思地提供评论,并完成了出版业中以前较少见的编辑工作,带领我从基础工作着眼。

费城纺织科技学院(Philadelphia College of Textiles and Science)非洲历史系的副教授 Richard Shain 在尼日利亚的大学里教书好几年了,他校正了本书关于西非的部分。有关埃及的绝大部分是由《大西洋月刊》职员校对的。美国战略与国际问题研究中心(Center for Strategic and International Studies)的 Bulent Ali Reza 检查了土耳其和阿塞拜疆的部分。以前在中情局工作、会讲波斯语、笔名 Edward Shirley 的分析员,查看了与伊朗相关的章节。科尔盖特大学(Colgate University)的 Martha Brill Olcott 教授,检视了有关中亚的章节。《纽约时报》(*New York Times*)驻南亚与东南亚的通讯员 Barbara Crossette,过目了与这些地区相关的内容。至于进一步的研究协助,我要感谢兰登书屋的 Joy de Menil、多伦多大学的 Peter Gizewski、Val Percival,以及 Jane Willms,还有渥太华国际发展研究中心(Ottawa International

Development Research Centre）的 Craig Johnson，以及《大西洋月刊》的 Amy Meeker 和 Eric Haas。剩下的错误，连同文中的诠释，都是来自我个人。

从一开始，我的文学经纪人 Carl Brandt 就筹组对这本书的支援。我要感谢瑞士达沃斯世界经济论坛（Davos World Economic Forum）的 Klaus Schwad、Maria Livanos Cattaui 和 Elizabeth Haefner，他们为我引荐刺激我思考及在旅行过程中协助我的学者和外交官。此外，还有来自堪萨斯（Kansas）莱文沃斯堡（Fort Leavenworth）高阶军事研究学校（School of Advanced Military Studies）的激励：我要感谢美国陆军参谋长 Gordon Sullivan 上将，以及 Robert Berlin 教授。华盛顿海军分析中心（Center for Naval Analysis）的 Michael Vlahos 也提供了不少协助。此外，世界政策研究所（World Policy Institute）在纽约举行的研讨会对我提出的想法提供了建设性的评论。

若没有华盛顿美国和平研究所（United States Institute of Peace）通过费城外交政策研究所（Foreign Policy Research Institute）所提供的财务资助，这本书也不可能完成。针对这一点，我要特别感谢 Ken Jensen、Alan Luxenberg 和 Harvey Sicherman。哈佛大学（Harvard University）奥林战略研究所（Olin Institute for Strategic Studies）提供了另一笔奖助金，并安排研习会让学者为我提供精辟的评论，因此我要谢谢 Samuel P. Huntington 教授。

在西非，大使 Hume Horan 及其夫人提供了见解和款待，令我感激。同时我还要谢谢 Chuck Cecil 和 Fidel Blay-Mackey。有关埃及事务，我则要谢谢 Mohammed El Dakhakhny、Barbara Epstein、Shafik M. Gabr、Michael Georgi、Chris Hedges、Philip Eagleton、Judith Miller、Tim Sullivan。有关土耳其的部分，我

致谢　　　　　　　　　　　　　　　　　　　　　　　　　III

要谢谢 Gunay Evinch、Yucel Guldag、Ayse Hersek、Reza Deghati、Bob Poole 和 Erla Zwingle。至于伊朗的部分，我要谢谢 Zorz Crmaric、John Fox、Steve Grummon、Edward Shirley 以及 Hashi Syedain。

Kathy Gannon 在巴基斯坦又帮了我一次，就像七年前她协助我完成一本有关阿富汗的书。写这种研究书籍最好的一点，就是你一路都在交朋友。在我的中亚之旅中给予我协助的，还包括 Doug Bakshian、Naeem Pasha、Ahmed Rashid、Alexei Shlykov 和 Anna Terterian。

印度的部分，我要谢谢 Radhika Herzberger、A. Kumaraswamy、Patabi Ram 和 M. S. Sailendran。泰国、老挝和柬埔寨事务，我要谢谢 Peter Gajewesky、Judith Gilmore、Bruce Hills、Sally and Frank Light、Nuth Ly、Robert J. Muscat、Glenis Rutledge、Parachai Satasuk、Eric Seldin、Pichayaporn Utumporn、James E. Vermillion、Tony Zola，尤其是来自埃塞俄比亚的一位老朋友 Dan Robinson。

我要谢谢华盛顿近东政策研究所（Washington Institute for Near East Policy）的 Yehuda Mirsky，以及《华尔街日报欧洲版》（*The Wall Street Journal Europe*）的 Matthew Rees，谢谢他们寄给我相关的剪报，还有我的妻子 Maria Cabral，她给我提供了一个很棒的家庭环境，让我工作。此外，还要谢谢 Avril Cornel、Debi Hoffenberg、Amy Levine、Lucie Prinz、Yvonne Rolzhausen、Jack Beatty 以及《大西洋月刊》在波士顿的其他工作人员。更要感谢《康泰纳什旅行者》（*Conde Nast Traveler*）的 Alison Humes，以及感谢兰登书屋的 Veronica Windholtz 为我整本手稿做编辑。

大使 Jane Coon 和 Carleton Coon Jr. 提供给我那种来自生活

在地球上最艰苦地区之经验的忠告。大使 Herbert S. Okun 让我知道斯特恩（Laurence Sterne）的《感伤之旅》（*A Sentimental Journey*）。的确，我必须向美国外交部门的人员致敬，尽管我的作品有时会让他们的生活更艰难，但无论我去哪里，当地的美国外交官无一例外地都提供给我很多协助。

前言

杰克·伦敦（Jack London）在《马丁·伊登》（*Martin Eden*）一书中写道："记者的工作是不分昼夜的……那是一种旋风似的生活，是一种只重当下瞬间的生活，不管过去，也不管未来……"我曾经试着避开这层限制。在我于南斯拉夫战争爆发前完成的《巴尔干两千年》（*Balkan Ghosts*）一书里，我试图通过艰难的、血腥的过去来看现在。如今在这本《世界的尽头》（*The Ends of the Earth*）里，我则以未来的角度来探讨现在，整体而言，这是对第三世界重要组成部分的预言。

这是一本旅行书。其中具体呈现的观点来自我个人的经验。所以本书是主观的，因为不会同时有两名旅人对同一民族和同一幕风景做出相同的诠释。这本书不同于其他书之处在于，其内容清楚反映出我待在伊朗的时间，相对比其他地方长；另外就个人旅行的记录而言，本书所涵盖的范围也不算全面：有关印度与中国的报道还不够，而南美洲的部分在本书中则被完全省略，诸如此类。从很多背着背包的援助工作者（relief workers）的角度来看，我的旅程并不艰辛。我把这段旅程看作在地球一段直线上的游玩嬉戏，并在旅程中试着对历史学者保罗·肯尼迪（Paul Kennedy）在《为21世纪做准备》（*Preparing for the Twenty-first Century*）

一书中所提出的几种议题，提出我个人的诠释。

　　虽然很多风景都逐渐损毁，但这并非意味着旅行写作的没落；反而，它意味着旅行写作必须面对真实的世界——包括贫民窟——而不是遁入那种几经粉饰的田园式的过去。本书将国际研究融入旅行见闻，就是为了做到这一点。

第一篇

西非：回到黎明？

伪造的身份证明；穿着制服的假警察；与盗贼帮派同谋的军队；假造的考试登记；非法提领的汇票；假钞；伪造的学校成绩单、医生执照和损坏的日用商品的流通与销售：这一切不仅表现出违法者的疯狂和他们的"阴谋"，同时也显现出一个事实，就是在这里，每件事都是有样学样。

——阿西莱·姆班贝（Achille Mbembe）
和珍妮特·罗特曼（Janet Roitman），
《有关20世纪90年代的喀麦隆》
（*Writing About 1990s Cameroon*）

非洲组成最后一个圆，是世界的中心……

——让-保罗·萨特（Jean-Paul Sartre）

第一章　一趟理性之旅

"这里的小偷很暴力,你一不小心,他们就会杀了你。"利比里亚(Liberia)女人操着精致、轻快的英语警告我。夜幕低垂,我的这位女保镖紧紧抓着我的手臂,陪我到饭店。我感觉到她的双眼一直盯在我身上——那是从空洞中出现的两颗欢迎我的星球。紧紧包裹在她背上的婴儿露出一双小脚,在她身体两侧上下左右地踢动着。

在这条布满了被称为红土的腐烂氧化红石块的街道上,是一个粗糙的地球:一个酷热、时常充满敌意的星球;它富饶之极,对北方人而言,似乎太过富饶了。很多旅人认为热带的富饶不是福气:热带的土壤并没有那么肥沃,而农作物的快速成长也绝不能使人从劳动中解放。① 在赤道地区,大自然所呈现的是一副可怕的面容,但人类无法与之分开。

我所在的位置是非洲一大块土地的远端,深入大西洋,远在任何我们熟悉的地带之外。离欧洲最近的点在撒哈拉沙漠以北的3200千米外;而离南美洲最近的点则在大西洋西南4000千米以

---

① 见菲利普·D. 柯廷(Philip D. Curtin)的《非洲印象》(*The Image of Africa*)以及皮埃尔·古鲁(Pierre Gourou)的《热带世界》(*The Tropical World*)。

外；北美则在西北方的 8000 千米之外。在 20 世纪末这个政治逐渐受地理环境所形塑的年代里，位于科特迪瓦（Ivory Coast）西侧，靠近利比里亚和几内亚（Guinea）的达纳内（Danane）镇，是个很适合作为巡游地球起点的地方。工业革命给予人类一个多少得以保卫自己免于大自然伤害的机会，但它所带来的短暂时刻也许即将告终。② 人口的暴增，加上与土壤剥蚀有连带关系的迁移，意味着此后我们再也无法像过去 150 年那样，继续抑制疾病的扩散。在非洲肆虐猖獗的病毒可能对人类构成根本的危机。③ 21 世纪的非洲就像 20 世纪的欧洲一样，那是我们不得不面对的问题。在我的背包里，携带着一封由一位任职此地的美国外交官朋友所写的信。信上这么写着："我们价值体系面临的最大威胁来自非洲。当非洲没落成但丁笔下的炼狱，而非发展经济学家口中的第三世界时，我们难道还要继续信仰宇宙通则吗？当非洲变成巨如大陆一般的'美杜莎的残骸'（Wreck of the Medusa）时，我们国内对种族和民族的态度也会面临危机。" ④

以空间的观点来说，如果没有地心引力，就不会有上和下的概念。世界地图都是以北为上，这未必客观。如果你仔细看过南

---

② 见德德尼（Deudney）在宾夕法尼亚大学发表的专题论文《将大自然带回来》（"Bringing Nature Back In"）。
③ 针对这个观点，我要感谢俄亥俄州立大学的传染病学家、热带疾病专家马丁·凯勒博士（Dr. Martin Keller）。
④ 外交官指的是 19 世纪初期法国的一起船难，其生还者最后都挨饿而死。这艘遇难船的残骸却因杰利柯 [Jean-Louis André Théodore Gericault，法国画家，曾画许多非正统的和现实主义的图景，但因画作《美杜莎之筏》（*The Raft of the Medusa*）受到严厉批判，而退隐英国，改画赛马场面和风景画] 于 1819 年完成《美杜莎之筏》这幅骇人的画作而成为不朽。

极在上方的地图,就会发现你看世界的角度完全不同:地中海盆地不再是焦点所在,反而被遗落在接近地球底部的一点;北美洲大陆不再宽广——因此失去了它的威严——当它往北窄入中美洲萎缩的枝干部分,才渐渐进入你视界的中心;南美洲和非洲看上去更明显了,但是南美洲一路向上方白茫茫的南极地带缩窄上去,无法连接到其他的大陆群。

唉!非洲是必然的中心点。它分别与南极和北极等距,横卧于赤道上方,拥有全地球最温热的气候,能接受生命以各种形式出现——全非有四分之三的地区位于热带区。非洲在视线范围的中心点地区显得十分突出,通过中东与欧亚相连。这份以南为上的地图,显示出为何人类会出现在非洲,为何第一批在地球上定居的人类可能就来自非洲。⑤ 非洲是全人类根本归属的源头,人类就是从这里遗传到他们自己都觉察不到的特质。⑥ "皮囊之下,我们都是非洲人。"人类学家克里斯托弗·斯特林格(Christopher Stringer)如是说。⑦ 显而易见,非洲就是自然。正如尼日利亚(Nigeria)小说家兼诗人的欧克里(Ben Okri)所写的:

> 我们是上帝所创的奇迹,
> 来此品尝时间的苦果。⑧

---

⑤ 我们祖先迁移的故事不断受到新发表理论的质疑,请参考迈克·D. 勒莫尼克(Michael D. Lemonick)的《人类如何启始》("How Man Began"),列于参考文献。
⑥ 见罗兰·奥立弗(Roland Oliver)所著的《非洲经验》(*The African Experience*),列于参考文献。
⑦ 这段引文来自斯特林格与《种族主义的演进》(*The Evolution of Racism*)作者帕特·希普曼(Pat Shipman)针对这本书的访谈。
⑧ 引自《非洲挽歌》("An African Elegy")。见参考文献中的欧克里(Okri)。

"这家饭店不错,"利比里亚女人告诉我,"晚上他们会把大门锁上。"

"制图学发展出了一套自己的语言……代表了一种系统性的社会不平等。阶级和权力的差异在地图上被设计、具体化和合法化……其规则似乎是'越有权势的在地图上就越显著'。这些世界强权,将会因地图权力的增加而如虎添翼。"芝加哥大学已故的地理学家 J. 布莱恩·哈利(J. Brian Harley)如此写道。⑨ 地图这种东西,表面看来如此客观,实际上却极具政治宣传性质。它代表着最基本共通的传统思想。

但是如果这传统思想是错的呢?

如果地中海流域不再是文明的中心点呢?如果非洲不像地图上所描绘的那样有五十几个国家,而只有六个、七个或八个真正的国家呢?或者,不是国家,而是数百个不同的部落实体呢?如果介于我正前往的达纳内饭店与边境外几内亚或利比里亚的一个镇之间,在地图上只有约64千米的距离,但实际上,就行程时间来说,这段距离却大于纽约和圣路易斯之间的距离呢?如果存在于地球上却并未出现在任何地图上的贫困市镇和北非市郊贫民区,比那些在地图上密集出现的城镇和繁荣市郊,对未来的文明更为重要呢?如果游击队和都市黑手党所占领的领土——这些领土不曾出现在地图上——比很多公认的国家声称拥有的领土还更重要呢?如果非洲距离北美和欧洲

---

⑨ 这段话引自《政治地理》(Political Geography)杂志的社论。见参考文献。

比地图上所显示的还远，但对我们的过去和未来比欧洲和北美更重要呢？

地理学的第一步就是测量。⑩ 我曾试图借由实际旅行和经历来了解各地之间的距离。哪里是真正的边境？哪里不是？哪里才是真正的未知之地？公元 2 世纪的希腊地理学家克罗狄斯·托勒密（Claudius Ptolemy）是第一位对世人提出警告，要人们不要夸大地图上欧洲和西方重要性的人。所以，若想以 21 世纪的诠释角度来为地球制图，我会从人类的出生地——非洲开始。我大概会沿着人类在地球上定居的轨迹，从非洲横越近东，进入印度次大陆，最后到达东南亚。⑪

我几乎是以地质学的角度来思考我的这段流浪旅程的。正如约翰·麦克菲（John McPhee）在《盆地与山脉》（Basin and Range）开篇时所做的——在一段嘲讽"勉强细分地球……以直线框架起来"的旅程中，规划"深远的年代"——我将不管什么是法定的、什么是官定的，而是实际触摸、感觉以及嗅出真正存在的东西，借此来规划未来，也许是"深远的未来"。

我的脑中有很多问题和计划。19 世纪的法国地理学家埃利泽·何克律（Élisée Reclus）写道："人类生命的每一个时期都与当时环境的改变相符合。是地球本身特质的异质性造成了人类历

---

⑩ 见斯蒂芬·S. 霍尔（Stephen S. Hall）所著的《图绘下一个千禧年》（Mapping the Next Millennium），列于参考文献。

⑪ 我将略过东非这个明确的人类出生地，虽然我在先前奉命进行采访工作时，曾到过那里。东非很多地方的情况都不比西非好。那里的出生率虽然已下降，但仍然跻身全世界最高之列，正如农地的压缩仍持续着。肯尼亚的部落冲突最后的结局就是使数以千计的人成了难民。卢旺达和布隆迪（Burundi）就一直受到胡图与图西（Hutu and Tutsi，中非东部布隆迪和卢旺达共和国境内说班图语的民族）两支种族之间暴力的折磨。

史的多元化。"我的目标是探讨每一个地方的人类,正如注定存在于当地的地形和气候的自然发展情形。

例如,即使非洲的地理环境有益于人类的出现,却不尽然对未来的发展有利。虽然非洲是世界面积第二大的陆地,整整有欧洲的五倍大,但是海岸线的长度只有欧洲的四分之一多一点儿。此外,撒哈拉南部的海岸线,缺乏条件良好的天然港湾[12];热带的非洲河流很少可以航行,而撒哈拉也阻碍了人们与北方的联系。所以,非洲可以说相对疏离于世界其他地方。

此外,很多最致命的疾病,主要盛行于热带气候。面积三千多万平方千米(比美国还大)的非洲,到处是蚊蝇所引起的疾病。非洲是全世界最穷且最热的地区,这个事实几乎肯定不是偶然的。[13]

古代希腊历史学家问道:各民族间为何有差异?[14]这仍然是个似是而非的问题。但在另一方面,为了不夸大这些差异,我必须随时谨记古罗马时代的一位非洲人特伦斯(Terence)所说的话:"我是人,所以我认为人类的一切对我而言都不具任何差异性。"

达纳内的饭店里,蜥蜴在我的房门下爬来爬去,接着爬上脏兮兮的墙壁。蚊子绕着灯泡飞,在我脖子周围嗡嗡作响。我看看

---

[12] 位于东非,与阿拉伯和印度贸易往来频繁的港口则是例外。
[13] 见德德尼以及卡玛尔克(Andrew M. Kamarck)的《热带与经济发展》(*The Tropics and Economic Development*),列于参考文献。
[14] 见安·布蒂默(Anne Buttimer)的《地理学与人文精神》(*Geography and the Human Spirit*),列于参考文献。

地板，瓷砖脱落的角落露出红土。

这间房间没有窗，空调嗡嗡的噪声，再加上周围环境的嘎嘎声，简直像是在下倾盆大雨。我无法入睡，我到底来这里做什么？

我想我是来这里找答案的。

在这趟旅程开始时，我是很天真的。我还不知道在一个人不断旅行的过程中，答案会消失，旅行继续下去只会更加复杂，产生更多的相互关联，以及更多的问题。

我担任报社驻外通讯员已超过 15 年，了解到写一篇杂志文章时，只有试图将自己的观察套入理论或"范式"，那篇文章才显得有意义。如果没有这种范式或理论——无论它们多么不完美——都无法引起讨论。正如培根（Francis Bacon）所写的："从错误中比从困惑中更容易激发出真理。"这就是何以大多数的科学都是一种清理工作：一种范式会一再受到研究调查，直到它被发现既不完美，又令人困惑，于是不再受重视，而被另一种范式取代，后者将继续受到类似的调查。[15]

我最初的目标是想在 21 世纪初期的几十年中，找到一种范式以了解这个世界。有越来越多的学者开始写到第三世界人口过剩以及环境恶化所产生的侵蚀性影响，而越来越多的记者也开始报道一宗宗与国境无关的部落冲突。自 1945 年起的 80 场战争中，只有 28 场是传统战斗形式，在两个或更多国家的正规军队之间展开，有 46 场不是内战就是游击队暴动。联合国前秘书长佩雷斯·德奎利亚尔（Perez de Cuellar）称此现象为"新

---

[15] 见托马斯·S. 库恩（Thomas S. Kuhn）的《科学革命的结构》（*The Structure of Scientific Revolutions*），列于参考文献。

无政府状态"。⑯

在巴尔干、高加索以及其他地方的战争，显示出这种无政府主义的趋势正在蔓延。1993年有42个国家沉陷于大型的争斗中，并有37个国家在经历较小型的政治暴动：这79个国家中有65个位于发展中世界。⑰ 此外，全球日益精良的通讯系统也缩短了不同文化之间的距离，这使我们惊觉，在生产可供输出的物质财富方面，我们是不平等的，这种认知令人很不舒服。我想如果有人能够直截了当地书写有关文化的文章，并与其他议题结合，那么就能呈现出宏观的世界状态。

就我的冒险而言，非洲是个令人折服的地带，这里是没有既定范式的。几十年来，那些同情非洲的人一直为物质上的贫穷提出合理化的解释，并为未来提出有希望的愿景，然而实际上非洲的生活水平笔直下滑，战争却激烈增加。造成如今一团混乱的原因——这些混乱包括"殖民主义"、"有害的国际经济系统"、非洲"腐败的精英分子"、"父权宰制的社会"，等等——也适用于在经济上日渐领先非洲的其他第三世界地区：非洲的人口增加、

---

⑯ 见乔吉·安妮·盖耶（Georgie Anne Geyer）在《1985年大英百科年鉴》上的文章《我们的崩溃世界：全球混乱的威胁》（"Our Disintegration World: The Menace of Global Anarchy"），尽管处在冷战的困惑中，但盖耶仍然看出了这个趋势。她的文章也被遗忘了，正如很多太早预测趋势的人一样。我第一次听说她的这篇文章，是在我自己的文章于《大西洋月刊》发表之后。杰茜卡·马修斯（Jessica Mathews）也早在其他人之前率先以感知和透视的笔触，写下有关第三世界的环境安全问题以及可能面临的无政府状况。参考她于1989年春天在《外交事务》（Foreign Affairs）上的文章《重新定义安全性》（"Redefining Security"）。

⑰ 虽然这些统计数字来自1994年《联合国人类发展报告》（"UN Human Development Report"），但我要谢谢乔纳森·摩尔（Jonathan Moore），因为是他首先在他的专著《道德与依存》（Morality and Interdependence）中提出这些统计数字的。

生活水平和暴力的主要统计数值都是全球最糟的。

有一位编辑将我写的一篇有关西非和第三世界的文章贴切地取名为"无政府时代的来临"（The Coming Anarchy）。这篇文章刊登在1994年2月的《大西洋月刊》上。但几个月后，卢旺达（Rwanda）[18]和非洲中东部地区却发生了种族屠杀，这使这篇文章成为散播恐怖的凶手。

但是，我的问题在于我持续的旅行，而旅行这个活动无可避免地会使我的理论范式复杂化。在1994年这篇文章发表后，我立即开始了一趟陆路旅行，概括说来，经由近东、中亚、印度次大陆和东南亚，从埃及到柬埔寨。就在《无政府时代的来临》这篇文章在家乡引起争论之际，我已经在进行清理工作了。我的清理工作与那篇文章并没有多大的矛盾，因为我了解到文化、政治、地理、历史和经济是如何地相互纠缠、密不可分。与其提出一套宏大的理论，我现在最希望的反而是更进一步地欣赏这些相互关系。

在旅程的最后，我仍然有一套理论，但那是更精粹的理论。而针对这一点，我也比较不那么独断了。例如，起初我以新马尔萨斯主义（neo-Malthus）的角度来看人口问题，根据该理论，国家政体的失败是人口过多导致的直接结果。在旅程即将结束之际，我了解到，快速的人口增长只是一种煽动的力量——一种可能令文化上的巧思都得靠边站的力量。抵达柬埔寨时，虽然我仍能认出我在非洲也见过的毁灭性力量，但我发现我对产生这种力量的根本原因的了解并不如原先预期的多。

---

[18] 卢旺达共和国，非洲中部内陆国，主要民族有胡图族和图西族。1994年4月至6月，卢旺达爆发种族大屠杀。——译者注

如今在写下这段话时，我确定了一件事：虽然包括美国在内的一些国家也许正逐渐陷入如要塞一般的民族主义中，但在人口增长和贫穷化的世界性潮流使所有人意识到我们居住的地球正在逐渐变小且拥挤之前，这段时期只是个暂时的阶段。最后，在某个不太遥远的明日，接近利比里亚边境的地球未开化部分，将成为我在地球上的一个家；我，一个美国公民，曾于一个寂寞夜晚在那里找到了自己。

我选择这条流浪的路线，并非出于偶然。我忆起多伦多大学和平与冲突研究项目（Peace and Conflict Studies Program）的负责人托马斯·F. 霍默－狄克逊（Thomas F. Homer-Dixon）向我提出的一种景象："想象一下，纽约市露宿乞丐出没的曲折街道上，驶着一辆加长型豪华礼车，礼车内是享受空调、来自后工业地区的人，包括北美、欧洲、环太平洋地区、拉丁美洲部分地区及其他地区，同时还带着他们的贸易峰会和计算机信息高速公路。然而礼车外面剩下的那些人类，正朝着截然相反的方向行走。"

我想在加长型礼车外面流浪，尤其是在城乡大镇之间。根据美国国家科学院（National Academy of Sciences）的报告，地球上有95%的新生儿都出生在最贫穷的国家，其中有超过半数的人出生在都市和正进行城市化的地区。[19] 在独立前，非洲各国首都平均大约有5万名居民。但在独立后的前30年，当非洲总人口增加了超过一倍时，其中大部分首都的人口都增加了9倍。20世纪80年代初期，尼日利亚的拉各斯（Lagos）和扎伊尔首都金沙萨（Kinshasa）这两个城市分别有大约300万人口，而埃塞俄

---

[19] 见谢里尔·西蒙·西尔弗（Cheryl Simon Silver）的《一个地球一个未来》（One Earth One Future），列于参考文献。

比亚首都亚的斯亚贝巴（Addis Ababa）、阿比让（Abidjan）、阿克拉（Accra）、伊巴丹（Ibadan）、喀土穆（Khartoum）[20]以及约翰内斯堡都有超过100万的人口。达喀尔（Dakar）、内罗毕（Nairobi）、达累斯萨拉姆（Dares Salaam）、哈拉雷（Harare）以及罗安达（Luanda）[21]也没有差多少。到了1990年，有四分之一的非洲人居住在城镇里，到了20世纪末，这个比例会提高到二分之一。[22]

对我而言，日本和新加坡的经济成功案例似乎是次要的。世界上大部分的新生儿都在西非这样的地方成长，而非在日本或新加坡。即使人口出生率已逐渐降低，但撒哈拉以南的非洲地区人口在近30年期间，仍会增加约一倍；然而在未来两个世纪内，日本的人口绝不可能增长一倍。

我躺在达纳内饭店的床上，甚至想到第二次冷战有可能发生在我们的时代——一场介于我们自己和犯罪率、人口压力、环境恶化、疾病与文化冲突之间的挣扎。对于那些仍不相信我们正处于革命时代的人而言，我希望这样一份旅行记录能起到休克疗法的作用。

1768年，英国牧师劳伦斯·斯特恩（Laurence Sterne）[23]出版了《感伤之旅：穿越法国与意大利》（*A Sentimental Journey: Through*

---

[20] 阿比让为西非科特迪瓦的工业海港和最大城市，是其经济首都；阿克拉为加纳首都和海港城市；伊巴丹为尼日利亚奥约州首府；喀土穆为苏丹首都。——译者注
[21] 达喀尔为塞内加尔首都、西非第二大港；内罗毕为肯尼亚首都，东非最大的城市；哈拉雷为津巴布韦首都和第一大城市；罗安达为安哥拉首都和海港城市。——译者注
[22] 见奥立弗的《非洲经验》。
[23] 劳伦斯·斯特恩，英国小说家，生于爱尔兰，先后就读于哈利法克斯大学和剑桥大学。1738年担任神职，在约克郡当牧师，1759年起出版大受欢迎的小说。——译者注

France and Italy）一书。说起大自然，首先浮上他心头的就是女性的形象，斯特恩如此描述他的旅程："这是一趟安静的心灵之旅，它关乎对大自然的追求，以及由她（大自然）所激起的情爱。"斯特恩对法国女人的偏爱，使他对大自然的特质更怀有同情："波旁家族绝不是一个残忍的家族：他们可能只是如其他人一样被误导了；但他们的血液里流着温和的成分。"1789年，亦即他出版这本书的21年后，就发生了可怕而暴力的法国革命。我告诉自己，我不会这么天真。我的这趟旅程将不会如此感伤。我的印象也许是"错的"，但一定是以我所观察到的事实为基础，而我所观察到的事实结果证明与统计数字所显示出来的结果是一致的。

举例来说，非洲正脱离世界的经济地图：

1995年，全世界人口总数达到56亿9221万，其中，非洲居民有7亿1920.2万，几乎是全人类的13%。然而，这13%的人口对全世界生产总值的贡献却只占1.2%，比20世纪80年代的1.8%还低。所以，相对于全世界其他国家，虽然非洲的人口出生率还在持续飙升，但在过去10年间它对世界的财富贡献下降了三分之一。同时，非洲对世界贸易的占有率也自4%下降到几近2%。80年代，当发展中国家平均食品产量提升9%之际，非洲却减少了6%。[24]

如果我们不看整个非洲，而光看撒哈拉以南非洲地区，那情

---

[24] 见佩尔·平斯楚普－安德森（Per Pinstrup-Andersen）在国际食物政策研究所（the International Food Policy Research Institute）所做的研究，列于参考文献。自从20世纪60年代初期，非洲各国独立后，他们的食品总产量下降了30%。

况会变得更惨。[25] 撒哈拉以南非洲地区的人口增长率每年都在3%以上,这几乎是全球平均增长率1.6%的两倍。[26] 全球没有其他大地区能与之相提并论。例如,拥有第二高人口自然增长率的北非,增长率为2.6%。而南亚地区,包括备受贫穷煎熬的国家,如孟加拉国、印度、巴基斯坦以及阿富汗等,每年人口增长率为2.2%。中国的增长率更低。此外,当印度次大陆和中国人口增长得到该地区工业发展的支持之际,撒哈拉以南非洲地区较高的人口自然增长率,却缺乏工业发展的支持。

20世纪80年代,撒哈拉以南非洲地区46个国家中,有28个国家的人均国内生产总值在降低;而在1994年,热带非洲经济相对于其人口增长,反而下降了2%。即使世界银行预测撒哈拉以南非洲地区的经济会以"过分乐观"的比率增长,但是非洲人还是得再等40年才能达到他们在20世纪70年代所享受的收入。[27]

有了小小的经济增长,撒哈拉以南非洲地区的人口爆炸得以靠砍烧耕作法[28],以及侵蚀大陆环境根基的棚户区而维持下去。也就是说,在城市腐朽的年代里,撒哈拉以南非洲地区拥有全世界最高的都市增长率:根据世界银行的统计,从1965年到1980年增长了5.8%;而从1980年到1990年则增长了5.9%。(拥有

---

[25] 这些数字来自多种出版资料,包括世界银行、《华盛顿邮报》(The Washington Post)、《纽约时报》(The New York Times)等。

[26] 见参考文献中的人口资料局(Population Reference Bureau)。

[27] 如果我们将尼日利亚排除在外,那么等待将会持续一个世纪之久。这些统计数字由世界银行、牛津分析公司(Oxford Analytica)、《经济学人》(The Economist)杂志,以及由耶鲁大学学者马修・康纳利(Mathew Connelly)和保罗・肯尼迪所写的一篇文章提供。见参考文献里康纳利的条目。

[28] 砍烧耕作法,一种原始的耕作方法,指把地上生长的草木砍倒烧成有机肥料,就在烧后的原地面上挖坑下种。——译者注

第二高增长率的是阿拉伯,自 1965 年以来,都市增长率达到了 4.5%。)在拉各斯,61.1% 的人口增长率是由农村地区的移民造成的,因为乡下的土壤遭受剥蚀,他们无法继续从事农业生产。非洲的情况显示出为何发展中国家的都市环境代表着未来冲突产生的中心。未来暴力的施加者大概都会是在都市出生且没有乡村经验的人。[29]

联合国人类发展报告(United Nations Human Development Report)以识字程度、教育、人口增长、人均国内生产总值以及平均寿命为标准,为 173 个国家评估排名。根据 1994 年的这份报告,倒数的 24 个国家中有 22 个位于撒哈拉以南非洲地区。[30]

其实非洲"遗弃和普遍腐败"的形象,正如宾夕法尼亚大学学者姆班贝和罗特曼[31]所写的,"那里的交通环岛不过是一堆旧轮胎,或生锈的空桶子",在那里"极少地区……有电"。上述两位

---

[29] 见参考文献中彼得·吉鲁斯基(Peter Gizewski)为全球教会管理先见会(Pew Global Stewardship Initiative)所写的讨论城市化和暴力的研究报告。虽然要在高人口增长率和特定暴力爆发这一点之间找出因果关系有些困难,但是加利福尼亚大学的杰克·戈德斯通(Jack Goldstone)指出,"近来内战、革命以及暴力发生的几乎所有主要地区"——埃塞俄比亚、卢旺达、尼加拉瓜(Nicaragua,全称尼加拉瓜共和国,是中美洲最大共和国)、也门(Yemen,全称也门共和国,位于阿拉伯半岛西南部海岸)、塔吉克斯坦(Tajikistan,全称塔吉克斯坦共和国,中亚东南部国家)等——在 1980 年到 1991 年之间的人口增长率已经达到 3% 或以上。见参考文献。

[30] 在人类发展上,撒哈拉以南非洲地区的 46 个国家当中,只有 14 个国家名次高于印度和巴基斯坦。在这 14 个人口比率较小的国家当中,有 5 个是离岛。根据联合国的资料,拥有全世界最低识字能力的 15 个国家当中,有 12 个位于这一地区。而拥有最低人均国内生产总值的 12 个国家全部位于这一地区。

[31] 姆班贝和罗特曼这篇刊登在芝加哥大学刊物《大众文化》(Public Culture)上的文章是一篇无情的见证,反驳了对非洲民主选举持乐观态度这种危险的想法。见参考文献。

学者进行研究的样本是喀麦隆的首都雅温得（Yaounde），喀麦隆是非洲大陆在联合国人类发展报告上名次高于印度和巴基斯坦的少数几个国家之一。很多喀麦隆人抗议新"民主"使他们的国家笼罩在"骚动"、"混乱"，以及"大众权力的削弱"气氛之下。越来越明显的是，政治的自由已不能解决非洲的持续堕落。公民混乱经常伴随着政治改革出现，并且导致很多地方的外商投资有所减少。[32]尽管有选举制度，但离真正的公民社会还很远，同时平均经济增长率也还持续下滑或沉滞在原地。（南非也许是个例外，但未来也要看新民主是否有能力抑制犯罪率的日渐上升、资源的逐渐减少，以及人口增长率的飙升。[33]）

甚至在我于纽约肯尼迪机场搭上"非洲航空"（Air Afrique）班机前往科特迪瓦之前，相较之下，撒哈拉以南非洲地区的失败就不言自明了。在非洲航空班机登机口旁边的是准备前往首尔和东京的班机。当这些班机的广播宣布登机时，所有穿着昂贵服饰、手提笔记本电脑和皮制小型手提箱的生意人（包括男人和女人）都一起起身登机。只留下我一人和一大群非洲人，后者扛着用绳子绑在一起的廉价行李箱，还有一些戴着木制十字架，穿着运动衫、卡其裤的传道士和慈善工作者。当此之时，非洲与发达的后工业世界之间的距离，似乎前所未有地遥远。

在很多西非的城区，街上没有路灯，警察的交通工具没有汽油，无法行动，而武装的窃盗和偷车贼则大量增加。在尼日利亚

---

[32] 见《时代》（*Time*）杂志内罗毕分社社长玛格丽特·迈克尔斯（Marguerite Michaels）所写的文章，列于参考文献。
[33] 根据中央情报局的数据显示，1993年年底，南非人口快速增长，以至于在27年内翻了一番。

最大的城市拉各斯，武装帮派分子攻击陷入交通堵塞的民众。各城市机场直飞美国的飞机航班，在美国交通部部长的命令下停飞，原因是转机站和其附近地区充斥着暴力犯罪，以及法律执行者和移民官员勒索乘客。其中有一次，美国关闭了一个外国机场，理由完全是基于安全考虑，与政治和恐怖主义无关（虽然如此，最近拉各斯机场的这种情形已多少有所改进）。

科特迪瓦的经济首都阿比让的珠宝店甚至在白天也雇用武装人员值班，并且顾客在店内必须佩带蜂鸣器（就像曼哈顿第四十七街的商店）。20世纪90年代初期，有几家餐厅与私人公司签约，雇请带棍、带枪的卫兵，在夜晚陪客人从停车处走到餐厅入口——距离约4.5米，给人一种阴森的体验，担心有朝一日美国城市不知道会变成什么样子。1993年有盗贼在一家餐厅开火，射死了意大利大使，此外，尼日利亚大使一家被抢，并在宅邸中遭到持枪歹徒的威胁。大学生们逮住闯入宿舍的歹徒之后，将轮胎捆在歹徒的脖子上，然后燃烧轮胎，杀死了歹徒。科特迪瓦的警察只能袖手旁观，眼睁睁地看着这场"项圈燃烧秀"，吓得不敢干预。

同样的，犯罪也使西非自然而然成为我旅程的起点。也许在犯罪成为下一个世纪最大的危险时，全国性的防御措施会逐渐成为地方议题，所以此时我怎么能避而不谈西非的犯罪议题呢？

但是，连法西斯主义作家路易-费迪南·塞利纳（Louis-Ferdinand Celine）[34]都不得不承认，暴力问题与种族无关。在《茫茫黑夜漫游》(*Journey to the End of the Night*) 一书里，他说非洲是"一段生物学上的告白。一旦工作和天气不再束缚我们……白人就会展

---

[34] 路易-费迪南·塞利纳，法国小说家，他的名声来自20世纪30年代所写的两部自传性小说《茫茫黑夜漫游》和《死缓》。——译者注

示退潮的美丽海滩般的景象给你看：真理、恶臭的池塘、螃蟹、腐尸和粪便。我必须提醒自己当心这种决定论。暴力在很多寒冷的地区不也很普遍吗？

我从阿比让坐巴士到达纳内。离开阿比让的前一晚，我参加了一场在外交官宅邸举行的晚宴。晚宴的环境极度奢华——进口美酒、精致餐具、用过滤水制做的冰块、大门有卫兵站岗——更加突显出我将在旅程中遇见的贫穷。席中我听到几则可引以为鉴的故事，引起一段紧张的沉默，显示出我们和他们之间在经济和种族上的明显差异。其中有一则故事发生在美国大使馆的一位通讯技术人员身上：他在傍晚正要离开几内亚首都科纳克里市中心的一家餐厅时，被强盗用棍棒击中头部。另一则故事是几内亚军人向几内亚境内的检查哨要求贿款。

次日早晨我坐在出租车上，由车窗望出去，看到巴士站附近的阿比让地区阿詹姆-布拉马柯堤（Ajame-Bramakote）。"布拉马柯堤"这个词的意思是"我别无选择（只能住在这里）"。我观察到腐臭的市场摊位，泛黑的胆绿色：生锈的金属棍绑扎着黑色的塑料薄板，用石块与旧轮胎压着。在一间墙面似乎要融化在雨水里的清真寺前面，我看见几个女人袒露出乳房为婴儿喂奶，另外还有一个女人当街撒尿，完全漠视群众的存在。住屋不足以及热带的热气，可能击垮了他们最后的礼仪。以开罗为例，它是全世界最贫穷也最拥挤的城市之一，却拥有极低的犯罪率——珠宝店在白天根本不用上锁。然而，对于与布拉马柯堤面临同样情况的西方城市，暴力又多了多少呢？其实是我的震惊感剥夺了这名妇女当街撒尿的隐私权，因为街上的其他人已默认了她的这项权利。

在街上四处查看的年轻人突然用手掌挡住我出租车的车窗，从后座的方向遮住了我的视野。他们用力拉开车门，抢着帮我拿行李到近在眼前的巴士站，借此向我要钱，即使我的行李只是一个轻轻的背包。我在整个西非都市里发现了很多像这样的年轻人：没上学、不上班，像散漫的微粒在动摇不定、随时会爆炸的社会流体里游移。他们强健的身体和英俊的面孔反而让他们的困境显得更加可悲。

前往科特迪瓦西北部达纳内的巴士之旅预计要花九小时。热带雨季的云急速飘过天空。我对阿比让的最后印象就是，一个裸体男孩在散置着巴士的终点站角落的垃圾桶里觅食，以及一个只穿着粉红色内衣的女人用一枚生锈的钉子梳头发。她双臂优美的曲线透露出她想在肮脏的脸上保留尊严的挣扎。

三个小时后，巴士靠近科特迪瓦的首都亚穆苏克罗。巨大的"和平圣母"天主教堂（Our Lady of Peace）隐约出现在数千米外，中间隔着一片波浪起伏的椰子树海，其长方形建筑，花费近五亿美元，大如罗马的圣彼得教堂。教堂如此巨大，以至于你越接近它，它似乎就越遥远。它向来访者炫耀着全世界最大的科林斯（Corinthian）和多立克式（Doric）圆柱。在这座设有空调、可以容纳7000名信徒（更别提可容纳30万人的圆柱广场）的怪物建筑旁边是一整排摆着腐烂水果的寂寞水果摊，除此之外，就是丛林了——有棕榈树、香蕉丛，和野草高长的草地。在20世纪之前，这一切都一直是以天为篷的热带雨林。科特迪瓦的总统费利克斯·乌弗埃-博瓦尼（Felix Houphouet-Boigny）[35]建了这

---

[35] 费利克斯·乌弗埃-博瓦尼，非洲政治家，科特迪瓦首任总统。他是一位医生，也是法属西非的一位重要的非洲籍政治家。——译者注

座教堂作为他的私人陵墓。他的皇宫就位于两千米之外,周围是一条养了 300 条鳄鱼的护城河——以万物有灵论而言,鳄鱼是王权和勇士力量的象征。

人们对西非的第一个难忘经验,就像对其他地方一样,都是通过味道。我记得那是我刚在阿比让下飞机的那一天,走入特雷西维尔(Treichville)市场,就注意到这种味道——一种持续处在潮湿热气下,融合酸臭的汗、腐烂的水果、热铁、尘土、在阳光晒得暖暖的石头上干掉的尿、排泄物,以及爬满苍蝇的肉所散发出的气味。我立刻就习惯这种味道了:一旦跨过这道障碍,我便开始自由地欣赏这个带有麝香气味、堆满秽物、有如棺材的市场,它在波浪状的锌和铁片下沸腾,在女商贩纷乱的移动中愈发拥挤,她们个个都裸露着一边的肩膀,用一条华丽鲜艳的布将婴儿背在背上,她们向我兜售沙丁鱼、蝙蝠翅,以及挂在钩子上闪闪发亮的生猪肉。在阿比让待了几天,等我抵达达纳内时,这种味道对我而言,已不再是新奇的体验,它与西非的花香及其他宜人的香味没有两样。

当晚在达纳内,我一夜难眠。看看手表,凌晨三点。空调嗡嗡作响,让我以为还在下雨。我仿佛从梦中醒来一般,梦也是我离开阿比让前一晚在餐会上讨论的一个话题。一同用餐的美国和平队(Peace Corps)㊱的义工称其为"充满血腥和狂烈之性的美尔奎宁(mefloquine)梦"。美尔奎宁是一种预防疟疾的药,服用这

㊱ 美国和平队,由美国政府资助的志愿人员组织,建立于 1961 年,到 1966 年志愿人员总数达到万人以上,分布于 52 个国家。——译者注

种预防疟疾药时,我的梦其实没那么糟,却栩栩如生且混乱异常。

美尔奎宁是最有效的抗疟疾药,到处都买得到。美尔奎宁类似奎宁,药性比四环素和氯喹强很多。然而,即使是美尔奎宁带着它所有的毒性,对抗由带菌疟蚊传染给人类的、发生突变的疟原虫时,仍然要吃败仗。一种对美尔奎宁产生了抗体的脑型疟疾正在发起攻势,从亚洲一直传到非洲。在亚洲,人类首次遭遇疟疾的侵袭,是在100万年前,由疟蚊的故乡非洲传来。[37]流行过一段时间之后,在21世纪的今天,这种被称为"热病之母"的疟疾正在逆转人类对环境和地球的征服。仅仅在1990年这一年,据估计约有一亿或两亿人感染过某种形式的疟疾,这相当于感染艾滋病人数的好多倍。此外,预计还会有250万人死于蚊媒疾病。[38]自那时起,染病人数不断增加。事实上,位居科特迪瓦西区的达纳内,乃至整个非洲内陆地区,几乎每个居民都带有某种形式的疟疾,这种疾病可以说正在沿海各城市蔓延。[39]当大片雨林覆盖住非洲时,疟蚊根本无须留在都市,因此都市居民反而更能免受疾病的侵害。然而,在后殖民时代,硬木的砍伐输出以及人口的增长都已达到极大的数量,随着灌木取代森林、混凝土取代灌木,带菌疟蚊不但没有消失,反而更加猖獗。它现在已经可以蔓延到任何地方了,因为森林破坏导致的土壤腐蚀,以及接踵而至的洪水泛滥,更加助长了蚊子的繁殖。

由于疟疾的缘故,18世纪下半叶在塞拉利昂(Sierra Leone)

---

[37] 见罗伯特·S.迪梭维兹(Robert S. Desowitz)所著的《疟疾的罪行》(*The Malaria Capers*),列于参考文献中。

[38] 同上书。

[39] 柯廷在《非洲印象》里写道:"每一个在那里(西非)待满一年之久的个体,没有受到传染性病蚊叮咬的概率,简直是微乎极微的。"这本书出版的30年后,情况反而更形恶化。

弗里敦（Freetown）⁴⁰附近的邦斯岛（Bounce Island）上贩卖奴隶的白人由欧洲抵达后，平均寿命是九个月。百年后的1862年，英国探险家理查德·弗朗西斯·伯顿爵士（Sir Richard Francis Burton）⁴¹写道："疟疾带来的最大礼物就是彻底的冷漠。"这句话充分描绘出20世纪末地球上很多居民的处境。

在非洲保护自己、对抗疟疾，越来越像是在对抗罪恶。你会开始"行为修正"：黄昏后就不出门；习惯擦驱虫剂；房子开始装上有杀蚊效果的纱窗。

由于疟疾会造成贫血，病人经常需要输血，所以这种疾病加快了艾滋病在非洲的传播，而艾滋病和肺结核也相互加速彼此的蔓延。科特迪瓦3000个肺结核的新病例里，有45%的病人携带HIV病毒。全世界血液呈HIV阳性的1500万个病例中，有1000万个在非洲。⁴²阿比让的现代道路系统加速了疾病的传播，战争、饥荒和难民运动也使病毒进入艾滋病仍很罕见的非洲偏远地区。我所搭乘的这班自阿比让开往达纳内的巴士，在这条超过600千米的铺面道路上行驶九个小时——在撒哈拉以南非洲地区旅行必须完成的任务——这条铺面道路也是HIV病毒的主要"带菌"途径，借由利比里亚战争的难民，以及随季节往返阿比让的劳工来传播。

除了疟疾，还有乙型肝炎，它在非洲的传染比在美国容易十倍。此外，在整个非洲和发展中世界的部分地区，麻风病、小儿

---

⑩ 塞拉利昂共和国，西非海岸国家，北接几内亚，东南邻利比里亚，南临大西洋。弗里敦为其首都和海港城市。——译者注

㊶ 理查德·弗朗西斯·伯顿，生于英国德文郡托基，早年在牛津大学求学，1856年与斯皮克（Speke）开始探险，1858年发现坦噶尼喀湖。——译者注

㊷ 见苏珊·欧基耶（Susan Okie）发表于《华盛顿邮报》的文章，列于参考文献中。

麻痹症、伤寒、脑脊髓膜炎、血吸虫病、盘尾丝虫病、睡眠疾病以及其他疾病也在猖獗地蔓延着。我花了数百元打这些疾病的预防针，只为了拜访我打算造访的地方。㊸一种看似矛盾的模式出现了：预期寿命的延长导致了更拥挤的生活环境，这一状况导致如今疾病的蔓延。就这样，一道环绕着非洲和其他热带地区的疾病壁垒逐渐变刚硬，形成一层比我在日出后将探访的边境地区还更真实的薄膜。

我躺在达纳内饭店的床上，思绪飘到一种 30 厘米长、头尾呈橘色的蜥蜴上，这种蜥蜴总会停在半路上，然后上下移动身体仿佛像是在做俯卧撑。“芝加哥”干而脆的红土跟着这些蜥蜴一起爬行。

我说的芝加哥不是美国伊利诺伊州的芝加哥，我指的是阿比让邻近的地区，当地的年轻人以美国城市的名称为其命名，比如阿比让另一个穷困的地区叫作“华盛顿”。“芝加哥”并未出现在观光地图上，它是个位于灌木丛里的贫民窟——屋顶都是由波浪状的镀锌板拼凑而成，而墙面则由纸板、香烟盒以及黑色塑料袋（我们用来当垃圾袋的塑料袋）糊成，位于一条被洪水冲倒的椰子树所阻塞的排水沟之上。这里没有电，没有排污系统和干净的自来水。儿童在满是垃圾、散养着猪的河流里大便，河面上的蚊子嗡嗡作响，而女人则在同一条河里洗衣服。在“芝加哥”，我最感激的就是香烟，因为它可以赶走苍蝇。到处都是婴儿，就像从沙地里冒出芽的棕榈树或橘色蜥蜴一样勇猛。怀孕妇女的数量之多，令人无法忽视。

雨后常会有滑落的泥块，所以这里的地质学家就像“芝加哥”

㊸　但是这笔钱中有一大部分是用来注射一系列昂贵的乙型肝炎预防针剂的。

的出生率一样暴增。这里的失业青年每天的消遣活动，就是一面喝啤酒、椰子酒，以及有药效的杜松子酒，一面打钢珠赌博。钢珠台是用朽木和生锈钉子所组成的格子，可以引导钢珠球。同一批年轻人，会在夜晚到较繁华的科特迪瓦附近闯空门。"西方人没办法用我们的方式酿造杜松子酒"，其中一个年轻人这么对我说。那种腐朽的植物气味（我才到阿比让的第二天）很浓烈。在这块热气腾腾的土地上，大自然显然太过多产了，而她所创造的杰作，有很多也迅速腐败了。

丹巴·达席尔（Damba Tesele）于1963年由布基纳法索（Burkina Faso）[44]来到"芝加哥"。他是个厨师，他告诉我他有四个老婆和三十二个孩子，但没有任何一个孩子受过高中教育。自从他来到这里，他那简陋的社区已经被市政当局破坏过七次了，但每一次他和他的邻居都无怨无尤地重建社区，"芝加哥"就是最新的体现。

齐达·席曼迪（Zida Simande）也是布基纳法索人，有两个孩子。他坐在垃圾堆旁边的一张椅子上，脚边放着一副临时的拐杖。他曾经在亚穆苏克罗一家私人公司担任警卫，后来盗贼在夜间闯入，用枪将他的腿打瘸了。"我移民到科特迪瓦来赚钱，现在我被困在这里，没有工作，也没有抚恤金。"同样来自布基纳法索的伯纳德·马苏（Bernard Massu）是个裁缝，他的工作地点离我遇见席曼迪的地方只有一两米远。他家里有七个兄弟姊妹，未婚，却有一个孩子。我问他今年几岁，他拿出身份证，仔细端详了一会儿，告诉我他今年19岁。"你晚上都做什么？"我问。

---

[44] 布基纳法索人民共和国，1984年前称为上伏塔，西非内陆国家，首都是瓦加杜古。——译者注

他微笑地说："我跟朋友到阿詹姆的公交车站去找乐子。"

"芝加哥"旁边就是柯柯迪（Cocody）富裕的阿比让住宅区，而外交官的住宅就位于五星级的象牙饭店（Hotel Ivoire）附近，是一幢宽敞的、带有丛林风格的建筑。柯柯迪这个地方在旅行指南上还找得到，但"芝加哥"就连提都没被提到。然而，"芝加哥"的人口有一天可能会超过柯柯迪，而且柯柯迪的夜晚也越来越危险。因此，外国大使馆的仆人在天黑以后下班时，为了安全起见，一定有人开车送他回家。

接下来，我到了"华盛顿"。又是另一个腐败的、如灌木丛一般的贫民窟，四周为弯曲的公路所围绕。这个地方偶尔在少数几种地图上出现。"华盛顿"的市长班巴·辛戈（Bamba Singo）65岁，来自科特迪瓦高山林立的"曼"（Man）地区。他问我"华盛顿"是否有可能与华盛顿特区成为姐妹社区，借此得到一些帮助。我未曾有幸得以为他解释哥伦比亚特区（District of Columbia）[45]自己的财务危机。这位拥有"两个老婆和很多、很多孩子"的市长给我看他父亲和祖父穿着雪白飘逸的伊斯兰教长袍的照片。然而，在阿比让这个地方，在像"华盛顿"这样的热带简陋城镇住过20年之后，市长真的会把他所有的衣服都收进储藏室，这样说一点都不夸张。在这么热的天气里，他除了一条短裤，什么都没穿。在这间以镀锌板为屋顶、以香烟纸箱为墙面的简陋小屋里，没有真正的家具，事实上，根本没有生活的迹象。小屋里只有一盏煤气灯和一块传统的非洲布料，上面有象征丰饶的鱼型图案。市长似乎困陷于一场动乱，这场动乱毁掉了他的文化，却未能带来同

---

[45] 哥伦比亚特区，美国东部联邦特区，范围与华盛顿相同。——译者注

等价值的其他文化,只得让他和其他居住在这棚户区的居民在这里毫无保护地生活。但是,这场戏剧却完全被忽略。市长的眼睛透露出整个故事,他的眼睛泛黄且充满血丝,就像两颗破裂的受精鸡蛋。这使我想起了尼日利亚诗人本·欧克里的一首诗:

> 我们急促地度过闷热的垃圾岁月
> 满布血丝的病态眼睛里带着恐惧:
> 聚集于满目疮痍贫民窟的群众……
> 在午时,有着天使面孔
> 也有着扭曲的生活形态……[46]

"芝加哥"和"华盛顿"是西非的缩影。在这些布基纳法索移民所居住的小屋后面,是来自马里(Mali)和尼日尔(Niger)[47]等萨赫勒(Sahel)[48]地区移民所住的小屋,小屋有中庭和以锌片和纸板围成的墙壁,令人想起撒哈拉的泥砖住屋。对这许多移民而言,科特迪瓦不但没有成为丰饶,或至少较为丰饶的土地,反而成为吸引贫民聚集的空荡乡间。现在这个国家里有一半人口不是科特迪瓦当地人,而阿比让的人口中,有四分之三来自邻近国家。根据最近的预估,这个群体的数量在1993年是1350万人,到2025年将增长

---

[46] 《逐渐阴郁的城市:拉各斯,1983》("Darkening City: Logos, 83"),见参考文献。
[47] 马里,全称马里共和国,非洲西部的共和国,位于撒哈拉边缘的内陆国家,南方和东南方分别与科特迪瓦和布基纳法索接壤,首都巴马科。尼日尔,全称尼日尔共和国,非洲西部国家,西方和西南方分别与马里和布基纳法索接壤,首都尼亚美。——译者注
[48] 荒漠与稀树草原之间的中间地带,植被为过渡性的灌木丛。"萨赫勒"一词源出撒哈拉,常指撒哈拉以南的地区,包括毛里塔尼亚、乍得、马里、塞内加尔、布基纳法索和尼日尔的部分地区。萨赫勒地区常受干旱和饥荒之苦。——译者注

到 3900 万人。届时，这个法国前殖民地的边境将越来越不重要。

在达纳内的我，由于无法入睡，黎明后不久就起床，将门打开，一股热浪与尘土袭来。一点儿雨都没有——只有叽叽嘎嘎的空调声音。饭店大厅是个酒吧，聚集了许多民众。吧台后面，一个头戴棒球帽、身穿某部族传统袍子、全身肌肉的大块头男人，正喝着啤酒。还有几个非洲人在椅子上睡觉。我问酒保有没有人能帮我做早餐，他点点头，叫我到隔壁房间去，那里有几张排好的桌椅。四周相当安静、祥和。

桌上的奶油已经有臭味，面包上也有一点一点的黑色霉菌。我点了两颗白煮蛋和一壶茶。就在我等待白煮蛋的时候，罗伯特·约翰逊·舍摩卡（Robert Johnson Semoka）悄悄地溜进房间里，在我的桌前坐下，然后在十几厘米外瞪着我。

早上七点我已经满身大汗。餐厅里没有空调，角落的电视机正放着职业摔跤比赛的录像带。舍摩卡一面给我看他过期的美国加利福尼亚州驾驶执照（上面有他的名字），一面高声大谈他对摔跤的见解。他身上散发出古龙水的味道，脸上有灰白的胡子。"你是个作家，对不对？我看见你带着笔记本。"他以洪亮的男中音问我，不等我回答就又接着说："我呢，我也是个作家。"我开始喜欢他的眼睛，有点西方味道——但也只有一点点。和此地的很多人一样，舍摩卡的眼睛因病而泛黄。在某些时候，这双眼睛已失去教化的光辉，并失去都市风格和不驯的气质。仿佛因所见到的事物，也仿佛是为了在难以形容的恐怖中求生存，而被迫解读某些事物，使这双眼睛遭到破坏。

舍摩卡在加州有妻子和两个孩子，他拿出皮夹中的家人照片给我看。然而，他在 1989 年离开妻子和孩子——他没有解释原因——回到利比里亚。他说这是他的大错，因为就在那时，利比里亚爆发了内战。

利比里亚 250 万人口中，约有 1% 的人口遭到残忍的屠杀——并非被军队屠杀，而是被穿着制服、佩带枪和弯刀的暴民所杀。表面上，这是一场由军士长出身的塞缪尔·卡尼翁·多伊（Samuel K. Doe）政府和查尔斯·麦克阿瑟·泰勒（Charles McArthur Taylor）所领导的利比里亚全国爱国阵线（National Patriotic Front of Liberia，简称"NPFL"）之间的战争。实际上，多伊总统本人根本是个来自莽林地区的半文盲，他在 1980 年闯入前总统威廉·理查德·托尔伯特（William R. Tolbert, Jr.）的套房，掏出他的肠子、挖去他的右眼后，开始了自己的总统生涯。泰勒则是美籍利比里亚人，他的祖先是被解放的美国奴隶，后来于 1847 年建立利比里亚。泰勒因盗用公款而被起诉，在等待审判时，他自马萨诸塞州教养所逃逸。泰勒逃到利比里亚，利用武装青少年进行屠杀行动。领导泰勒的利比里亚全国爱国阵线中的一个分裂派系的约翰逊王子（Prince Johnson），也介入了这场战争。很多人将约翰逊描述为"酒精中毒的精神病患者"，他是斩断多伊总统的四肢并将其杀害的主谋。约翰逊的人于 1990 年在首都蒙罗维亚（Monrovia）㊾伏兵袭击多伊总统及其贴身侍卫。接着，他们割掉了多伊的耳朵，并狠狠折磨了这个被俘的暴君。约翰逊将执行死刑的过程拍成录像带，在全西非都可以买得到。

1993 年 6 月 5 日晚上，也就是我前往西非的三个月前，早就应该结束的利比里亚战争，却在这时发生攻击事件。武装军人在

㊾ 蒙罗维亚，非洲西部利比里亚首都和海港，位于塞拉利昂的弗里敦东南方向 362 千米处，最初称为克里斯托波里斯，后来为了纪念美国门罗总统而改称蒙罗维亚。——译者注

离蒙罗维亚不远的难民营中,对"主要为女人、小孩和老人"的600名难民进行"有系统地屠杀并断其手足"。[50] 这些军人被认为是来自叛乱军队。然而,正如后来联合国报告所显示的,这项罪行是由利比里亚的常备军队所为,讽刺的是,这些军队正是西方捐助者对国家和平希望的寄托所在。发动这场攻击的目的是:"45袋米、豆子和其他战利品……负责运输这些货品的,是一百多名被攻击者绑架的生还者。"[51]

"你是哪个部落的?"舍摩卡对我喊道,他模仿着经常质问他和祖国同胞的政府和反叛军的口吻。"你是瓦伊人(Vai)?吉奥人(Gio)?马诺人(Mano)?克兰人(Krahn)?"他大声模仿着。

"如实回答'我是瓦伊人',这时候军人会说'你说谎!如果你是瓦伊人,你就说几句瓦伊人的话给我听听!'了解吗?这就是这些军人测验你是否吐实的方法。如果你说瓦伊话有口音,他们就会把你推上吉普车,载你到海边杀了你。我目睹这场战争,我亲眼目睹一名军人拿着刺刀,刺向一名怀孕妇女,剖开她的肚皮,取出婴儿。我告诉你,这是一场部落战争,没有想法、没有政治,只有部落问题。多伊是克兰人,所以吉奥人和马诺人都支持泰勒。街上交通工具都贴着'该死的克兰人'或'曼丁戈人(Mandingos)应该被灭绝'的标语。"

舍摩卡继续说:"约翰逊的部下个个背上都有裘裘护符[52]的

---

[50] 文中引言来自联合国对这次事件的报告。见参考文献中的联合国秘书处(United Nations Secretariat)。
[51] 文中引言来自联合国对这次事件的报告。见参考文献中的联合国秘书处。
[52] 裘裘护符(juju),西非原住民的物神护符。裘裘护符是西非的巫术,类似巫毒教,并包含物神崇拜。

缝线；泰勒的军人则在手臂上刺有毒蝎。这些符号给予他们神力，如此子弹就不能伤害他们。人们真的相信这些东西。我曾经写过有关这个主题的书，我会给你看我的稿子。"

"你住哪里？"我问他。

"我住在难民营，我带你去。"

吃完早餐，我们就出发了。结果利比里亚难民营只距离我住的饭店约百米而已。舍摩卡和约20名难民，以及一大群孩子，挤在一间空气滞闷、像地牢一般的小屋子里，一排排长木凳充当床铺之用。在外头热得冒烟的阳光下，有一位圆圆胖胖的女士，一面哺乳，一面用四方形油罐煮花生酱。"嗨！"她以一般利比里亚人惯用的高雅轻快的英文说。很多利比里亚人似乎都很亲切——就像我之前所认识的、伊迪·阿明（Idi Amin）总统倒台后的乌干达人一样。那么所有暴力都是从哪里来的呢？我总是这样问自己。尽管民族政治、人口增长以及环境等客观因素会造成影响，但只要我亲身遇到这些人，就开始不解。

这个女人对我抱怨科特迪瓦政府当局对难民的配米自九公斤减到六公斤，以及科特迪瓦人向难民索价每一桶水十分钱。他们已经没有药品了，她的孩子得了痢疾。"没有人帮助我们，"舍摩卡插话进来，"但是你等着看吧，在（威廉·）塔布曼（William Tubman）统治的几十年期间，利比里亚就像现在的科特迪瓦般太平。再过几年，利比里亚就会有像我们一样的科特迪瓦难民。"

虽然时间还早，但是热度和湿度已经令人招架不住了。到处都是蜥蜴和苍蝇。女人们在喂婴儿，男人们则在长凳上打盹。青少年和较年幼的儿童在玩耍，或只是闲晃。没有任何迹象显示科特迪瓦政府提供了任何帮助。在巴基斯坦，我曾见过最穷困的阿富汗难民不假外力协助，独自建立《古兰经》学校。在厄立特里亚（Eritrea）[53]，我也见过被全世界遗忘的难民们利用小塑料片制作凉鞋，还有在战争中受伤并被截肢的伤者使用他们的金属义肢，将夺来的弹药箱制成桌椅。但是在这里，我只看到难耐的热气下的被动、宿命论和挫败。对我而言，这种宁静预示着激变的到来。

舍摩卡答应晚些时候带着他的稿子来饭店找我，可是他一直没有出现。

"利比里亚……在独裁专制这条路上是无可救药了……（这个国家）现在有了麻烦。"伯顿在1862年9月中旬这样写道。正如非洲历史专家巴兹尔·戴维逊（Basil Davidson）所言，伯顿"这个人旅行很多却了解很少，言语间常带威吓"。这个意见也许太轻率了。伯顿会29种语言，甚至能在麦加伪装成当地人。尽管如此，伯顿在《流浪在西非》（*Wanderings in West Africa*）一书中对一些利比里亚人的描述，仍明显透露出他的种族歧视：

> 他们的外表令我觉得好笑，大概就是一颗苏格拉底或赛列努斯（Silenus）[54]的头，配上安提诺乌斯（Antinous）[55]或观景殿的阿波罗（Apollo Belvedere）[56]的身体，肌肉尤其发达，是我从没看过的。但是这脸孔啊！除非有笑容和幽默陪衬——这是非洲人脸上仅有的

---

[53] 厄立特里亚，东北非国家，位于埃塞俄比亚以北，濒临红海，首都阿斯马拉。——译者注
[54] 赛列努斯，希腊神话中酒神巴克斯的养父，是一位快活爽朗的醉翁。——译者注
[55] 安提诺乌斯，古罗马皇帝哈德良的同性情人。——编者注
[56] 观景殿的阿波罗，创作于古罗马时代的一尊白色大理石雕塑，被18世纪中叶的新古典主义者视为最伟大的古代雕塑和完美典范，现藏于梵蒂冈。——编者注

表情——否则再也没有任何事物比他们的脸更不讨人喜欢了。扁塌的鼻子、高高的颧骨、浑黄的眼睛、垩白的牙齿就像鲨鱼一般暴凸而出,鼻口部分凸出如小狗,整体组合成一张奇丑无比的脸孔。

然而,我们不要忘记,无论伯顿的文章透露出什么,利比里亚的生活并未比伯顿在的时候好,也许还更糟。姑且不论伯顿对疾病的描述如何,他对西非其他地方的刻画与目前地区性经济衰退的境遇叙述相当贴切。如我所言,我们必须面对非洲。无论伯顿和其他殖民主义者多么刻薄、恶毒,在1993年还活着的所有非洲人当中,有70%是在非洲各国要求独立后才出生的。真的,他们出生于一个因殖民经验——更遑论奴隶制度——而愈加恶劣的世界。虽然如此,像伯顿那样对非洲两难处境的指责也许已经成为过去了。

坐在有空调的丰田四轮驱动的"陆地巡洋舰"里——这种车经常是资深外交官或救济官员了解非洲的媒介——你也许可以在前额和腋下都干爽舒适的情况下,通过紧闭的车窗多了解一点非洲。而搭乘拥挤的公共汽车,又湿又臭酸的肉体相互压迫,或是搭乘连窗户都没有的"丛林出租车"或"妈咪客车",你可以了解得更多。然而,真正让你学到最多的是走路。因为你双脚踩在地上,和非洲人一般高,而不是从上面俯视他们。这时你已不再受速度、空调或厚玻璃所保护。汗水从你身上不断流出来,衬衫黏附在你身上,你就是这样学习的。

我离开难民营,在达纳内附近信步而行。红土路逐渐变成泥泞和尘土,眼前的景色有呈淤青色的沉闷天空、强烈的日光以及酷热的荧光色，这颜色并非来自反射光线，而是融合了泥土、水和肉体。我看见几间草编的圆形小茅屋，更多的则是铁皮碎片建造的店铺。屋顶用石块和旧轮胎压着（未来的建筑），加上巨大的香蕉叶，壮观的椰子棕榈，较短、较脏的油棕榈。苍翠、瘤状的山坡，以及充斥在整个地表的红土。整个景致中没有特别鲜明的焦点。逐渐模糊消失的节奏取代了清晰的边界。不是一个特定的国家，而仅仅是地球上一块盘绕、颠簸、延伸到地平线的绿色地毯。对我而言，从这样的景观中出现的迷思，似乎若不是太具地方性（与部落相关），就是太具普遍性（与整个地球相关），以至于无法维持民族性（Nationhood）。

大批群众缓步而过，双脚踏在马路和迷宫似的小径上，响起一阵节奏。女人和小女孩将圆圆的金属托盘顶在头上，托盘上装满各式各样的东西，从木瓜到清洁剂都有。男人则双手空空，什么都不拿。他们在部族传统袍子里穿的是印有摇滚海报图案的运动衫、棒球帽以及浅口无鞋带的运动鞋。我想，这些可怜的男人根本没有任何势力，他们唯一的势力就是压迫女人。世界观察研究所（Worldwatch Institute）的约迪·L.雅各布森（Jodi L. Jacobson）写道，为了维持收支平衡而增加的工时，会降低女人的地位，提高生育率。[57] 关于非洲，联合国官员菲比·亚西友（Phoebe Asiyo）说："由于贫穷的缘故，越来越多的女孩子自小学和中学辍学，或者干脆不上学。"

我走在路上，有一名男子走上前来，对我说："嗨，你认不出我来了吗？"一时间，我以为遇到了骗子。接着，我就想起来了。

---

[57] 见莱斯特·布朗（Lester Brown）的《世界现状》（State of the World），里面包括雅各布森的文章。

前天，公交车停在一长排小屋前时，我认识了他。我瞥见了可口可乐冰箱，想向小贩买一瓶可乐，才发现我只有一张大钞，而小贩也没有零钱可找。这家伙走过来，用自己的钱买了一瓶给我。虽然我昨天才好好谢过他，但是今天我第一眼瞧见他时，他只不过是另一张黑脸，我统计数字中的一个。我了解到，见到每个个人就等于见到各种可能性，所以也就有更多值得期待的情节。

当天我雇了一辆出租车载我向西行驶二十多千米，到利比里亚边境。丛林区在达纳内城外，红树林和棕榈树干多得几乎无法穿过。接着我开始发现到处都是真正的雨林；高大壮丽的黑色阔叶树聚集起来，树叶形成天篷遮住阳光。这条有着肥沃红赭土的道路，呈现宽阔的弧形，但是包围着它的黑暗以及红树林营造出了收缩的效果。夜晚，这条路就像一条巷弄——尤其是当我得知距离边界有多近时，不管是难民还是利比里亚叛军都很容易从这条路溜走。一条蛇在马路上爬行。我们渡过一条小河，深色的水吸收了每一道光。突然间，一大片树枝编制的小屋出现在我们眼前，再过两三千米又出现另一个村落。每一个村落似乎都有部分空屋。几个老人坐在小屋附近，一群群苍蝇在旁边飞来飞去。有个女孩子试图兜售橘子，但是没人买。路旁站着一位肌肉发达、穿着猫王图案运动衫的年轻人，一副想要克制自己欲望的样子。他的双眼空洞得可怕。这里完全没有经济活动，什么都没有：无数个像这样的村落遍布西非，居民渐渐离开，因此像"芝加哥"和"华盛顿"这种贫民窟才会不断扩展，这种情况就像清净的空气从肺里面出来，却成了一氧化碳。虽然我还没有看见任何军人，更别提任何暴行或裹裹精灵，但是一股莫名的粗暴感已若隐若现。一个念头突然闪过我的脑海：也许是这座森林造成了利比里亚的战争。当然,针对这一点我还没有事实根据,纯粹只是旅行者的直觉罢了。这是我当时的想法,在出租车上大略速记下来,再加上一些引述自其他书上的数据。

这森林对人类在此地所作的罪恶负有部分责任——因为多伊总统将前任总统托尔伯特开肠破肚;因为约翰逊割掉多伊的耳朵;因为泰勒的少年兵闯入蒙罗维亚的新娘礼服店,把自己穿戴得像女人一样,然后喝得酩酊大醉,发怒乱闹,最后以杀戮收场。

非洲人有时会觉得很重要的一点是,由曾经是美国人的奴隶所建立的利比里亚,是未受欧洲人殖民的地区中唯一的年轻国家。长久以来,美国的政治与财政影响力一直统治着利比里亚,比英国和法国的还具伤害力。里根总统对多伊"暴民统治"(thugocracy)的容忍[坐落在利比里亚的"美国之音"转播电台和耐火石(Firestone)橡胶种植场,使多伊成为一座"反共防御堡垒"],被指为让美国为利比里亚失败负责的证据。当然这一点绝对属实,但也只是一部分。现在最能引起我兴趣的是森林。

在出租车继续往利比里亚边境驶去之际,我正从亚历克斯·牛顿(Alex Newton)的《西非:旅行生存锦囊》(West Africa: A Travel Survival Kit)中读到一段令人震撼的文字:"利比里亚是西非国家中,最后一批还保有壮阔雨林的国家,这个国家的雨林分布各地,占总土地面积的44%。"

森林无法反射光线。在森林里没有地平线,所以你看不到一两米前的东西,也因此会担心有令你惊讶的事情发生。你会容易传播令人兴奋的谣言,最轻的针扎或撞击都会带来惊慌。换句话说,在森林里,由于人的视野都会被树木和蔓草(每一株都有它自己的"灵魂")所遮盖,所以这时候会比较倾向于不理性、具猜疑心。[58] 旅行者一定会注意到西非的雕刻面具特别丰富，暗示着森林（或热带大草原）在地方性心理状态形成上的作用。森林，这个如同悬垂着钢铁般雨云的绿色监狱，可能也是削弱伊斯兰教和基督教精神的原因之一。在与世界这两大主要宗教的竞争之下，泛灵学说的威力在20世纪还能如此持久，可能要归因于广大森林的存在。（当然，异教对伊斯兰教和基督教的削弱，并不只存在于非洲。以墨西哥为例，当地也受到异教传统极大的影响，因而出现明显的巴洛克式的基督教精神。）

西非与其他地方较为疏离，其中一个原因就是热带森林，因为西非的环境就是由热带森林所建构而成的。而这是与撒哈拉以北和东北地区最大的不同之处。研究伊斯兰教与原始西非文化关系的专家拉贝尔·普鲁辛（Labelle Prussin）指出，撒哈拉真正转变为沙漠是在公元前3000年；"在地中海开始城市化进程之初，沙漠有效阻绝了西非与地中海世界的沟通"。撒哈拉断绝了西非的人潮、技术以及思潮，这些思潮当时不仅在地中海，也在欧亚盛行。根据学者 I. M. 刘易斯（I. M. Lewis）的理论，其实在北非伊斯兰教是从阿拉伯半岛沿着北非海岸线迅速而直接地传播的，但到了西非，它却仅仅是由部分阿拉伯化的民族，从北非横越沙漠后，逐渐而间接地传播开来。接着，森林又做了进一步的干预。伊斯兰教隐士（marabouts）（以及基督教圣人）的传统都受到灵魂拥有说（spirit-possession）的宗教影响。

诺贝尔奖得主、人类大众行为分析家埃利亚斯·卡内蒂（Elias

---

[58] 乔治·弗雷泽爵士（Sir James Frazer）在《金枝》（*The Golden Bough: A Study in Magic and Religion*）的第九章《树神崇拜》（"The Worship of Trees"）中对树神有完整的探讨。

Canetti）[59]认为，就是因为距离赤道近，森林的效应才特别极端："在热带森林里，人们对于前景的视觉会自动消失；浑沌与不明大量增加，充满色彩和生命力，有效阻止了任何对秩序的感知……"

在位于热带的西非地区中，利比里亚拥有最潮湿、最密集的森林，从其暴力的质量与范围来看，这个国家仍然维持着森林文化：一块灵魂之地。持续增幅超过3%的人口增长率，以及自动化武器的大量进口，就是最初国家内部分裂的主要因素。虽然如此，很多暴力在本质上都是极具仪式性的，借由毒品与酒精而扩大，借由弯刀和其他尖锐的利器进行。这透露出一个可怕的发现：史无前例的出生率、酒精、大量生产的武器，以及其他的现代加工品，在第三世界越来越普遍的环境下，创造出新时代的原始主义，而这比古老、具仪式化特色的——而不是真正的——战斗的良性武士文化，更为致命。[60]

姑且不论森林文化的缺点为何，至少这是一种文化。当这种文化式微，人们大量涌入吸引人的沿海小屋时，西非只剩下高密度的一群人类，这些人失去了某种稳定的文化模式，却没有强势的政府机构或社区来补偿这种损失。利比里亚就在这个过程的起点"起火燃烧"：森林文化依旧，却遭到人口过剩、流往城市的移民，以及继之产生的风俗与价值所腐蚀。我的意思并不是说，就是这些因素或单单这些因素，导致了20世纪80年代和90年代初期

---

[59] 埃利亚斯·卡内蒂，英国作家，生于保加利亚鲁塞，为西班牙语犹太人的后裔，他对群众心理学很有兴趣，因此写出两部重要著作：《迷惘》和《群众与权力》，1981年获诺贝尔文学奖。——译者注
[60] 参考约翰·基根（John Keegan）在《战争史》（*A History of Warfare*）里对这种古代武士文化的描述。

的血浴，而是说还有一些不被看见的、少被讨论的背景因素。

出租车抵达边境——这是一道低矮、容易攀爬的围墙，有一扇大门，还有一间警卫室。我走进警卫室，可是里面没有半个人。我高喊了几声，过了一会儿，有一位科特迪瓦的军人，垂着眼皮、步伐蹒跚地走进来。他没有兴趣与我多交谈，只想我给他点小费。我猜是我吵到他午睡了。

在蒙蒂塞洛（Monticello）的托马斯·杰斐逊（Thomas Jefferson）[61]家的门厅里，挂着一幅1802年的非洲地图，那是杰斐逊从伦敦制图师阿伦·阿罗史密斯（Aaron Arrowsmith）那里买来的。在这张地图上，西非没有后来殖民主义画下的国界，只有界线模糊的地区：谷物海岸（Grain Coast）、科特迪瓦、几内亚海岸（Coast of Guinea）……[62]我想知道，会不会有一天蒙蒂塞洛的这张1802年的地图，能提供比目前更多的用途呢？

---

[61] 杰斐逊是美国政治家，也是美国第三任总统，1774年参与起草《独立宣言》。——译者注
[62] 几内亚海岸指的不是几内亚这个国家，而是沿海围绕的加纳（Ghana，西非国家，全称加纳共和国，西接科特迪瓦，北邻布基纳法索，东界多哥，是第一个获得独立的英属非洲殖民地，首都阿克拉）、多哥（Togo，全称多哥共和国，西非的共和国，西与加纳接壤，北邻布基纳法索，东接贝宁，陆地北自几内亚湾海岸的环礁湖，经低地平原到北部的阿塔科拉山脉，首都洛美），以及贝宁（Benin，全称贝宁共和国，1975年以前称达荷美，西非国家，北邻尼日尔，东邻尼日利亚，西北与布基纳法索接壤，西与多哥交界，首都名义上是波多诺伏，全国政治和经济中心实为科托诺）。参考文献中苏珊·R. 斯坦（Susan R. Stein）所著的《杰斐逊在蒙蒂塞洛的世界》（*The Worlds of Thomas Jefferson at Monticello*）。

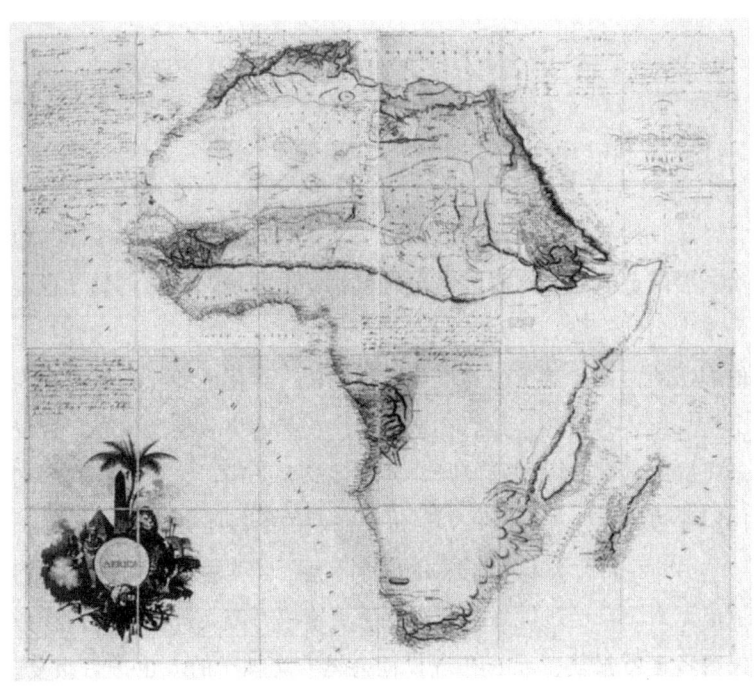

阿伦·阿罗史密斯于1802年绘制的非洲地图。(美国国会图书馆的收藏品)

第二章 塞拉利昂：
从格雷厄姆·格林[①]到托马斯·马尔萨斯?[②]

部长拥有一双常见的蛋黄眼睛，这是由于传染性疟疾和其他疾病影响造成的。这双眼睛同时也流露出悲伤，仿佛它们"已经看得太多了"。他说话的声音缓慢而粗糙，一种没有希望的声音。他飘逸的白袍与蓝黑色的皮肤极不协调，致使他的脸孔看起来像个不具形体的灵魂。我们在塞拉利昂首都弗里敦的市中心，背景是凤凰木、椰子树以及如圆珠笔般蓝的大西洋。这里离我来的利比里亚边境有好长一段路，但是，往后的旅程还更长。

"45年来我从未见过这么糟的情况，自英国人离开后，我们不但无力让自己过得好，现在反而更糟——穷人进行报复，社会失败者进行报复，无法在现代社会里养育孩子的人也进行报复。

---

① 格雷厄姆·格林（Graham Greene），英国小说家，生于哈福得郡伯克姆斯特德，就读于牛津大学，他由英国国教而改信天主教，迁居伦敦后，先当记者，后成为自由撰稿作家，著有多部小说。——译者注

② 托马斯·马尔萨斯（Thomas Malthus），英国经济学家，生于多琴，就读于剑桥大学，1798年匿名发表《人口原理》（Essay of the Principle of Population），认为人口增长的自然趋势快于生活物质的增长，要遏止这个趋势只有降低出生率，以及自我抑制与节育。这一观点后来被称为马尔萨斯主义。——译者注

在塞拉利昂掌权的那些人都来自这样的家庭。"他一边说,一边用手指头指着一两米外呈波浪状的金属小屋,里面有很多孩子。"星期三他们接掌一切,星期五他们就抢中央银行。在这些人开始办公的前三个月,他们没收了公家所有的奔驰、沃尔沃以及宝马汽车,并且还故意在路上破坏这些车子。"部长提到一名政变的叛乱领袖 S. A. J. 穆萨 [Solomon Anthony Joseph (SAJ) Musa],这个人居然开枪射杀那些付钱让他受教育的人。"为了洗刷屈辱并减轻那些中产阶级赞助人在权力上的威胁。"③

我这个朋友——他在西非政府担任最高阶官员,如果我说出他的身份,他会有生命危险——真正想谈的是罪恶。④

"你知道吗?"他告诉我,"非洲的村庄里,在任何一张桌子上吃饭,在任何一间小屋住宿,都是极其天经地义的事,但是现在这种社区式生活已不复存在。你必须要付钱才能住宿,你得被邀请才有饭吃。当年轻人发现亲戚不能供他们食宿时,他们开始迷茫了。第一步导向下一步:他们结交移民,并逐渐堕入犯罪行列;他们偷窃,女人沦为妓女,被男人无情地鞭打。"他继续说:"在北非贫穷的阿拉伯地区,犯罪率低很多,因为伊斯兰教提供了社会安定的来源——教育与开化。开罗的宗教极端主义者大多受过高等教育,而不像大部分西非的政客。西非这里有很多表面化的伊斯兰教精神和表面化的基督教精神。例如,这里缺乏系统性的

---

③ 在 1992 年 4 月 29 日的军事政变中,约瑟夫·莫莫(Joseph Momoh)总统在塞拉利昂被迫流放,一群年轻资浅的军官僭取权力。

④ 这一章节于 1994 年 2 月开始刊载在《大西洋月刊》之后,塞拉利昂内阁召开会议,找出这群官员中谁的眼睛最黄:所以我对这个人身份的隐瞒是很实际的。但是,有一件事是我要透露给读者知道的:这位非洲部长不是克里奥尔人,也不像克里奥尔人一样,蔑视逐渐受原始部落影响的文化,所以他的观点不该受到忽视。

伊斯兰教或阿拉伯教育,而西方宗教也因万物有灵论的信仰而减弱不少,虽然万物有灵论并不适合一个讲求道德的社会,因为它是以非理性的灵魂力量为基础的。在这里,灵魂是用来让一个人对另一个人、或一个团体向另一个团体复仇的。"(虽然就某方面来说,西方宗教的非理性也差不多——天主教相信面包和酒来自基督的身体和血液——但通常不认可非道德行为。)

例如,据英国国家广播公司(BBC)所出版的杂志《非洲焦点》(*Focus on Africa*)的报道,在塞拉利昂的内战中,叛乱分子带着"一名年轻女子,让她裸体走到前线,她通常都是一面倒退着走,一面看着镜子确定自己走到哪里。这使她有如隐形人一般,得以越过战场到达敌方的位置,在那里展现风情,以提高叛乱分子作战成功的机率"。⑤

"当然,"部长说,"魔力最大的还是收音机。"他轻敲桌上老旧的晶体管收音机:"这个盒子,它可以用你的语言对你讲话,但是它又没有连接任何电线,你看,这才是魔力!所以无论从这只盒子中发出来的是什么,肯定都是真的。塞古·杜尔(Sekou Toure)就是利用这只盒子才能统治几内亚这么久。"⑥后殖民主义下的非洲,唯一有功用的就是收音机——一种通过魔力来掌控人民的方法。

最后,我这位朋友还提到一夫多妻制以及大家庭。他们来自田园文化,在这种文化里,男人到偏远的田里工作,与家人长期

---

⑤ 参考马修·托斯特文(Matthew Tostevin)的《沉入深渊》(*Sinking to the Depths*),列在参考文献中。
⑥ 从1958年几内亚独立后,杜尔就开始统治这个国家,直到1984年去世为止。在他统治期间,最大的特色就是他的极度暴力和经济的直线下降。

分离,当一夫多妻制几乎在北非阿拉伯地区绝迹时,这些复杂却松散的家庭结构在撒哈拉以南非洲地区仍然很普遍。在西非,我在路上遇见的年轻人,都会告诉我他们来自父母分居两地的"大"(extended)家庭。但是若将大家庭转移到都市环境里,它会造成全世界最高的生育率和 HIV 病毒的爆发。如同共产主义和万物有灵论,非核心(non-nuclear)家庭的结构对城市侵蚀效应的抵抗力很弱,在城市里,非洲文化正被重新定义为因人口过多而砍伐树林,导致农民被迫离开乡间。

但是我这位部长朋友一点也不表同情。就像我曾经遇到过并且还会继续遇到的其他西非人一样,他对于罪恶在他们社会所造成的影响感到震撼。他开始抱怨西非人对罪犯的宽容。"听我说。"他一面用命令的口吻说话,一面将身体靠向虫蛀的木桌。我的双眼凝视着他的脸孔。"我曾经在你们美国的一本新闻杂志上,读到关于一名年轻黑人的新闻:他是个体格健壮的黑人罪犯,一名女子支持他并怀了他的孩子。这篇报道是说这个黑人虽然承认自己是个骗子,但是他已在狱中学会了绘画和写作。撰稿记者显然对他有些同情,可是那是个没有价值的人啊!典型的人渣!"部长发出嘘声:"我才不同情他呢!如果我或其他的乡亲有机会待在美国,我们就可能发财,你看西非人在美国过得多好,白天上学,晚上开出租车供养自己……我拥有部长职位的权限,有很多机会与他们(非裔美国人)会面,但我不一定喜欢我所见到的全部。他们在追求神话般的西非,而我们西非人则正盲目地走入灾难。"

我叹了一口气,我在以色列和希腊待过,听过以色列人表达对犹太裔美国人的愤怒,以及希腊人表达对希腊裔美国人的愤怒,所以部长的这段话听来很熟悉。

"你在读什么书?"我问他。

"埃斯库罗斯（Aeschylus）⑦的'奥瑞斯提亚'（Oresteia）三部曲，"他回答，"我不喜欢读现代小说，现在很多作者对外面的世界没有经验，他们只把焦点放在自己身上。"我很想知道他是否读过我一直在读的约瑟夫·康拉德（Joseph Conrad）⑧的《"水仙号"的黑水手》(The Nigger of the "Narcissus")，以及他对这本书的看法。"是不是如很多人所说的，是一部种族歧视的小说？"我想知道。就像伯顿一样，康拉德的文字成了他的罪状。作者如此描述这本书的主人公："一张感伤而粗鲁的脸：有着黑鬼的灵魂，戴着悲剧、神秘又冷淡的面具。"

"不，那本书不是种族歧视的书。"部长说得很轻松，仿佛我是个白痴才会这么认为。"以康拉德那个时代而言，他的主角是很开明的，这个'黑鬼'一点都不被动，不可能被耍，他有能力强迫他周围的白人采取行动，这一点泄漏了白人内心的懦弱。"

尽管康拉德对詹姆斯·惠特（James Wait）这个"黑鬼"有邪恶的描写，但是这个故事可以说是一百年前所写下的今日故事。它是海的故事，那艘船，"水仙号"，

> 寂寞而迅速地继续行驶下去，就像一个小小的星球……无数的寂寞陪着她移动……太阳整天看着她，每

---

⑦ 埃斯库罗斯，生于约公元前525年，卒于公元前456年。希腊悲剧作家，诞生于雅典附近的埃莱夫西斯。有将近六十部剧本被归在他名下，但只有六部流传至今，其中包括"奥瑞斯提亚"三部曲：《阿伽门农》(Agamemnon)、《奠酒人》(Choephori)和《复仇女神》(The Furies)。——译者注

⑧ 约瑟夫·康拉德，英国小说家，原名康拉德·柯尔钦尼奥夫斯基，生于波兰，在加入英国商船队工作后，于1886年入英国籍，他曾航行世界各地，写了很多著名的小说。——译者注

天早晨升上天空时,都带着炽热而充满好奇心的眼光。她有她自己的未来;她与踏在她甲板上的那些生物一样有着自己的生命;就像那块将她抛给大海的陆地,她也拥有一箩筐难以忍受的懊悔与希望。带着她羞怯的真实与大胆的谎言;而且,就像陆地一样,她无自知之明,却有美丽的外表——命中注定要被人们判处苦役。

这艘船的行程因一位甲板水手的病而受扰,这位水手就是因肺痨而垂死的非洲人惠特。就像船员们对惠特疾病所产生的分歧意见和困惑,我们对于非洲堕落所带来的议题也无法做出智慧的反应,这恰恰显示了我们内在的懦弱。

康拉德对批评他的评论家表示,他愿意与他对"水仙号"旅程的描写共生死。虽然所有的看法都倾向于攻击,但一个人自身的经验——他在整个旅程中真正看到、听到并感觉到的——是难以攻陷的。《"水仙号"的黑水手》是康拉德自身经验的硕果,在这本书的前言里,作者说他的目标是"在一切开始之前,让你'看'……一眼(尤其是)你忘了问的真实"。[9]

我所做的可能比试着仿效这种残忍的诚实还糟糕,如果我在这个过程中谴责自己,那么读者可能可以更精确地判断我的其他观察。

部长和我坐在弗里敦的梯形山坡上,这令人欣喜的景物——宁静而孤寂的景色——可以让你完全忘记周围和脚下的混沌。欣赏着令人心碎的棕榈和蓝海美景,我心中升起一股完美的幸福感,

---

[9] 参考塞德瑞克·沃茨(Cedric Watts)为企鹅版的《"水仙号"的黑水手》所写的导读。列于参考文献。

一种昏昏欲睡的感觉动摇着我，使我只有一种冲动：我需要小憩一会儿。

从利比里亚边境到部长居住的梯形山坡，是一段漫长的旅程。

我从利比里亚边境回到达纳内——我的出租车司机不和我一起跨过边境，而我又运气不好，没能搭上救济人员的便车回利比里亚。因此我又从达纳内回到阿比让，一路搭飞机从阿比让到塞拉利昂的弗里敦，因为在雨季，横越几内亚到塞拉利昂的内陆旅行是缓慢而不确定的——你会遇到潮湿的路面以及索贿的无薪军人。此外，介于几内亚和塞拉利昂之间（以及介于塞拉利昂和利比里亚之间）的边境地区，因无法无天的军人和战争而形成不安全的状态。但是在西非境内搭飞机其实与陆地旅行一样冒险，这就是为什么赶时间的人，从非洲某地飞往另一地时，会倾向于经欧洲转机的原因。

塞拉利昂航空公司（Sierra Leone Airways）在20世纪80年代宣布破产。但有班机从阿比让到弗里敦的加纳航空（Ghana Airways）恶名昭彰，不值得信赖：班机抵达时间常常延误，不仅仅是几小时，有时候甚至是几天，而且经常机位超订。1993年，规模小、未经官方认可的维斯瓦士公司（WISWAS），由一个来自饱受战争蹂躏的蒙罗维亚的西班牙人经营，受到南非人的帮助，雇请俄罗斯籍的飞行员，使用古老的安东诺夫（Antonov）飞机，提供从西非其他地方到塞拉利昂最安全的转机。但我还是决定买一张象牙航空（非常值得信赖）从阿比让到几内亚首都科纳克里（Conakry）的单程机票，希望在那里能有最好的收获。只身一人，仅带着一个轻便的背包，我可以在那个地方好好做进一步的计划。

第二章 塞拉利昂：从格雷厄姆·格林到托马斯·马尔萨斯？

傍晚时分，我搭的飞机在雨季后期的沉闷天空里降落于科纳克里。从空中看，几内亚首都看起来像一张被扔弃在湿泥地上的锡箔包装纸，周围是星光闪闪的森林，仿佛一片漂浮的绿色透明薄雾被大海包围住了。我从来没见过地球如此脆弱的模样。在机场外面，出租车司机抢着要载我，抢赢的那名司机带我上了一辆老旧斑驳的雷诺车，车表面的黄漆已脱落，有裂痕，本来应该是车前灯的部分有几处如头盖骨形状的凹处。从机场到市中心，在繁忙的交通状况下，是45分钟的车程。期间我们经过了一个仿佛永无尽头的棚户区：恶梦般的狄更斯式景象，连狄更斯自己可能都无法想象出来。波浪状金属片搭建的简陋小屋，粗糙墙面上涂着一层黏土。这时我唯一能够想到的，就是伯顿对于西非村落"发霉、腐烂、生蛆的一面"的描写。商店是由生锈的运输货柜、垃圾推车以及摇摇晃晃的铁丝网设计建造而成的。街道上是一条长长的水坑，里面漂浮着垃圾；到处不是苍蝇就是其他昆虫。此外，还有一大堆的孩童，其中很多肿大着肚子。怀孕的妇女静静坐在木箱上，看着她们的孩子在泥堆、碎玻璃以及其他垃圾堆里玩耍。到了出租车行程的终点，根本没有市中心，只有几条无人的街道和几栋荒废的办公大楼。科纳克里只在技术层面上是个城市和国家首都，而我眼前所看见的，是在大西洋边缘模糊而缓慢的成长例子。

潮水退了，我看见死老鼠和一个汽车底盘暴露在肮脏的海滩上。到2020年，几内亚的人口会达到现在的两倍。几内亚的每个妇女平均生育超过六个孩子，而婴死亡率近15%。[10] 同时，救

---

[10] 见人口资料局，列于参考文献。

援工作人员告诉我,内陆阔叶树的砍伐运出工作正以极快的速度进行,而且很多人逃离几内亚乡村,到科纳克里来。对我而言,这里似乎如其他撒哈拉以南的非洲地区一样,人们过分挑战大自然的极限,将来可能会遭到大自然的报复。非洲出生率持续居高不下,以及像"芝加哥"、"华盛顿"和科纳克里等地的贫民窟不断增加,与此同时,疾病也快速蔓延。专家们担心病毒的变异和混合,可能导致艾滋病毒比现阶段更容易接触到。[11] 科纳克里可能象征着新战略的危险性——未来的富尔达缺口(Fulda Gap):对一项疾病的突破性发现却反而导致更严重的后果,可能比俄罗斯军队入侵欧洲还严重得多。

有一位看上去奇迹般健康的可爱青少年,从锌片搭建的小屋里对我微笑。能在这样的沼气里健康地成长,或仅仅是生存下去,都是一种我永远无法拥有的生命力。我对这个孩子报以微笑——我知道在遗传学层面上,他的基因肯定优于我的。

天已经黑了。我穿过穷困的人群,走到一幢尚未完工的水泥建筑的大门前——那是一间由一位干练又友善的外来移民所经营的饭店,他是从撒哈拉沙漠的毛里塔尼亚(Mauritania)[12] 移民来的。我很快就发现自己置身于另一间有着嘈杂空调、一扇破裂窗户,以及四处乱飞的蚊虫的小房间。通过窗户,我看见外面由锌片拼贴的破烂屋顶,以及按惯例用轮胎裁剪的、拉垂下来的塑料

---

[11] 管理阿比让疾病控制中心(Centers for Disease Control's Bureau)的格林伯格(Alan Greenberg)博士是位专门追踪艾滋病毒散播的专家,他担心像科纳克里这种地方的状况会助长病毒的突变。

[12] 毛里塔尼亚伊斯兰共和国,非洲西北部国家,西南与塞内加尔接壤,南和东与马里毗邻,东北、北和西分别与阿尔及利亚、西撒哈拉和大西洋相接,首都努瓦克肖特。——译者注

薄片。在上锁的庭院里,停着一辆新型奔驰汽车和一辆宝马汽车。

后来,我认识了同住在饭店里的一位黎巴嫩商人。他身穿名牌衬衫和锥形裤,还戴着一只金表,腰际挂了一个华丽的皮制钱包;身上散发出昂贵的古龙水香味。他说他在离饭店一条街外被一名手持棍子的小偷追逐。"这个国家很富有,"他告诉我,"他们有钻石、森林,但是人民懒散、不负责任。他们永远不会成功的。"这家伙定期从贝鲁特(Beirut)到科纳克里来"出差",这一点他不愿多谈。

有一个阿拉伯的商业社团分布在西非各地。在格林那部以20世纪40年代的塞拉利昂为背景的小说《命运的内核》(The Heart of the Matter)里,有一个人物问道:"叙利亚人做什么?"他得到的回答是:"赚钱。他们经营的店遍及整个国家,而且大部分的店开在这里,也是经营钻石。"正如东非的印度人、巴基斯坦人,以及第二次世界大战前东欧的犹太人一样,西非阿拉伯人堪称古典的"中阶少数民族"(middleman minority)。[13] 虽然他们有时候显得举止随便而傲慢(正如我遇到的人所显示出来的),但是他们高度有序,并且极具野心,尤其是为了他们孩子的时候:我想非洲人可能比模仿他们的范例做得更过分。当我到达弗里敦时,我会对西非阿拉伯人的困境有更好的理解。

弗里敦距离南海岸只有一百多千米,但是大西洋的游艇服务已经四个月没有运营了,而且没有人知道到底什么时候会恢复运营。我可能找不到任何进行陆路旅行的人。每个人都说那太危险了,因为在几内亚和塞拉利昂的路上,沿途都有政府派来的士兵。

---

[13] 我是在托马斯·索尔(Thomas Sowell)刊登于1993年6月号的《美国企业》(The American Enterprise)杂志上的文章《中阶少数民族》("Middleman Minorities")里看到这个词的。

"冈比亚航空（Gambia Airways）每星期有三个班次，但是他们已经取消了近10天所有的班次。"当地旅行社里一位相当美丽且口齿清晰的年轻女性说。

"那别家航空公司呢？"我问。

"今天下午一点有一班加纳航空的飞机，位子都订满了，但是没关系。他们非常没有制度，你也许上得了飞机——只要飞机来的话。试试看吧。如果没有用，我会退你钱。"

由于信任她的微笑，我买了机票，然后搭另一辆破烂的出租车回到机场。

前天由阿比让飞到科纳克里机场还挺顺利的——太顺利了。在棚户区边缘破烂的转机站大楼里挤满了大批人群，机场是个污秽且弥漫着汗臭的吵闹之地。移民局和海关人员挥手让我通过。离境地区里的人墙，在热带正午的热气下，仿佛在告诉我：离开更困难。

加纳航空的柜台被大批非洲人遮蔽，他们提着塞得满满当当的旧皮箱和粗麻布袋，恳求着并在空中挥舞着他们的机票。一名带着几只大粗麻袋和购物袋的圆胖妇女，几乎哭着解释给任何愿意听她说的人听，说她"一定得"上这班飞机。背着小小背包的我挤到前面去。柜台后面是一个孤单的、愁眉苦脸的票务员，双眼直视前方，茫然、没有焦点。尽管有高喊的辱骂声，有人一直在大声地讲恐怖故事，有人在他眼前摇晃机票，但是这位票务员还是保持着相当的冷静、沉默、心不在焉——也许他正在完成一段美丽的回忆。我对他那难解的沉静和极度傲慢感到惊讶。我试图以冷静的声音耐心询问他班机是否取消了？延误了？客满了？但都没有用，他不回答。他的脸是一张面具，我想他一定每个星期要经历这种事两三次。

人们还在持续地叫嚷,那名提着粗麻袋和购物袋的女人开始哭了起来,并且重复她的故事给我听,仿佛我可以帮她似的。有人说,非洲人拥有某种内在智慧,不像西方人那样受时间和预定计划所困扰,然而这种观念现在对我而言根本是一派胡言。我全身汗水淋漓,却不敢在这位票务员面前放弃我的位子。

汗水浸湿的手臂和手肘在我胸前和背部摩擦着,而我就这样等了大约半小时。接着另一名票务员静静地走上前来,对柜台后面那家伙耳语几句。人群的叫喊声变得更加剧烈,同时另一波挥票的动作又开始了。第二名票务员像爬虫类一样慢吞吞地开始检票,写登机证。没有任何排队的队伍,因此他可能先注意到谁,也没有任何规律。我注意到他根本没有在看哪张机票上盖有"OK"表示已确认,哪张是在排补位的。他面前没有电脑,甚至没有旅客名单。

我手持机票,一遍又一遍地在他耳朵旁低声说:"我只有一个人,我没有行李。"没有用。于是我撒了谎:"我只有一个人,我没有行李。是个外交官。"在我重复了这句"咒语"(mantra)[14]几次之后,他转向我,写下登机证。我前进到移民局和海关。

"让我看你所有的钱。"海关官员说。

我打开一个口袋,露出我的旅行支票。

"不,我要看你所有的口袋。统统打开。"

我给他看我的美元和一些几内亚法郎。"你这些美元的海关申报单在哪里?"他问。

---

[14] 印度教教徒和佛教徒的一种信仰,认为在默念和祷告时重复一个特殊的短语、单字或音节有助于集中心思和促进精神力量的发展。一个宗教领袖在收新徒时,可赐予他个人专用的真言。——译者注

"没人拿表格给我填。"

他反击说:"那把你的美元给我,这些钱是非法的,还有你的几内亚法郎也一样。你不知道不能带这些钱出境吗?"

我发起脾气来,开始对他喊叫,我是如何从美国把这些美元带来的,同时他想都别想得到这些钱。他态度变温和了,但仍然没收了几内亚法郎。因此,我连在免税吧台买瓶矿泉水的钱都没有。(我手上最小额的美元纸钞是20块钱的,而吧台侍者除了没有价值的当地货币之外,没有零钱可找。)

我很幸运。加纳航空的飞机上,位子都坐满了,已确认机票的人,只得坐在地上。起飞后20分钟,我们就在弗里敦降落了。一个在非洲住了很多年的朋友,后来将弗里敦的机场和其移民局官员描述为"由咆哮的看门狗所看管的垃圾场"。这种说法虽然残忍但很准确。

"你来这个国家做什么?"一名移民局的女官员问道。

"老是听说塞拉利昂有多美,我一直想去看看。而且,我有个朋友在那里。"

"我给你14天。"她说。

"但是我在华盛顿你们大使馆里申请到的签证是一个月的。"我抱怨道。

"我没有问你签证上怎么说,我自己可以读。"她连珠炮似地回答,一面在我的护照上写下14天。

弗里敦伦吉机场(Lungi Airport)的出租车不比科纳克里的雷诺车好到哪里去。机场由佩带步枪的军人守卫着。一名军人走到破烂的出租车前,把头伸进来。他眼睛充血,一身酒味。"你来这里做什么?"他问。我告诉他我来找一个朋友,"一个外交官"。他瞪了我一会儿说:"欢迎。"然后转头往地上吐了一口口水。

我注意到非洲提供了好几种"现实"。其中有一种我称之为"VIP 泡泡"（VIP bubble），最高阶外交官和拜访特使会在这种泡泡的保护下经历非洲。就这个现实的版本而言，就是有大使馆的官员在机场迎接你，陪你到等候区，再帮你拿护照去盖章，接着再推着你和你的行李通过海关。然后会有一辆新型有空调的轿车，在外交部车牌和军人的保护下，载你到五星级饭店或是大使宅邸。这种经验给人一种非洲的心情。但是靠自己在机场交涉则是另一种心情。有一次在家乡，我参加了一场华盛顿特区的会议，聆听一名位阶极高的前国务院官员讲述非洲正面的发展，他没有提及像出生率、资源消耗以及谋财害命之类的细节。我发现自己开始思考的是，他是如何抵达机场的？（当然，较低阶的外交官员通常与我有同样的旅行经验。）

外交官员和冒险家刻苦耐劳，记者也是其中的一员，他们对这些令人不舒服的机场只能解嘲地说："那是非洲旅行有趣浪漫的一面。"驻外报社通讯员最喜欢的格言就是：非洲的新闻业是 90% 的后勤工作和故事撰述，以及 10% 的实际报道。说的很对，但也有点知性上的不实。像我的这种机场经验，事实上就是报道的一部分。

这里没有科纳克里的棚户区，我通过破碎窗户看到的，反而是一览无余的植物天堂，雾般的绿林如此葱郁，以至于呈现出的颜色几近于蓝，树木和植物看似如此不真实，仿佛是西洋镜的景象。此外，不同于科纳克里或其他西非沿海地区的是，弗里敦有高山。在出租车飞驰 15 分钟之后，才有人烟出现。

出租车突然停下来，加入等待下一班汽车渡轮的一长列队伍中，汽车渡轮可以载我们渡过一个四千米宽的泻湖，到达对岸的弗里敦。在汽车等候的绵延道路旁，有一座由波状金属片搭建成的市场。一大群贩卖甘薯、杧果、木瓜和白煮蛋的人向我靠近。人们没有穿着图画般的传统布料，反而穿着很久以前清仓拍卖时买来的合成布，但是土地看起来很丰饶。在这里，你可能会经历很严重的社会崩解，但与居住在如非洲海岬（Horn of Africa）等生态脆弱地区的人们不同，这里很少有人饿死。男人强壮的肌肉和女人丰满的乳房就是证明。但是正如他们变色的双眼所透露的，这里也有疾病和营养不良的状况。显然，不是每一样合乎健康饮食的物产，都长得肥或易栽种。

我听到轮胎煞车声。一辆闪闪发亮的新型精致灰色奔驰车，高速绕了一个弯，然后闯入一条保留给下渡轮汽车的开放车道。人群迅速从车道上逃开。一个小女孩差点被辗到。又一声尖锐的煞车声，车子突然在队伍前面停了下来，然后就像其他汽车一样，这辆车也停在那里等渡轮。由于车窗是有色玻璃，无法看出谁坐在车内。引擎还在继续转动，无疑是因为冷气的关系。"坐在那辆奔驰车里的人是谁？"我问向我兜售可乐的人。"从军事政府来的人。"他低声地回答。我想到海地（Haiti）。那是个美丽、浪漫、带着悲伤与邪恶气息的国家，也是个最严厉、最独立的国家：有高山和田野，有海洋，有泻湖，在遥远处还有一个港口城——一个完整世界的缩影。这加大了疏离的感觉，因为塞拉利昂如此难以抵达、难以进入，（我怀疑）也非常难出境。在西非其他地方，你会觉得身处大陆；但是在这里，你会觉得自己在一个岛屿上。格林的两部著名的小说《喜剧演员》(The Comedians)和《命运的内核》就分别以海地和塞拉利昂为背景。所以我的这种感觉不是巧合。

渡轮抵达了：一艘生锈变黑的巨物，危险地漂泊在低低的水位里。汽车成纵队上船，前后紧贴着彼此，两侧只留下可让乘客挤下车的空间。那辆奔驰车仍然紧闭门窗，引擎继续转动。我冲到中层甲板，发现那里有一个吧台，挤满粗暴的军人，正牛饮着英产健力士（Guinness）黑啤酒。"老兄，你来这里做什么？"有一个人问我。他们让我想起我几年前在波斯尼亚看见的，把自己浸淫在梅子白兰地里的西伯利亚士兵。我买了一杯黑啤酒，朝上层甲板走去。雨云聚集在阳光下，从水面折射上来；从岸上看，就像是一只闪烁的青绿色煎锅转变成晦暗而沉重的大桶。我想起《命运的内核》里的一小段描写："天空围绕着他不断地哭泣；他感觉到伤口永远无法痊愈。"

微风吹拂，随着渡船的趋近，弗里敦赫然成为目光的焦点。旅行带来的短暂而纯粹的喜悦在我心中沸腾，一个人越老，生命中就会累积越多重要的时光，而经验又会排挤掉原始的情感，所以会越来越难唤起这种情绪。这里终于有建筑在临海山坡上的都市风情，垂直且密集的居住模式，透露出弗里敦比在阿比让和科纳克里那些濒临大西洋、充满短暂风味的公寓仓房，拥有更丰富的过去与传统，无论这两个城市比它大多少。这两个城市的存在纯粹是意外；相反，弗里敦似乎是注定要存在于那里的。

即使它的肮脏之处也如画一般。这里不例外，也有波状金属片、烧成炭的木头、黑色的塑料薄板，以及旧轮胎。但是这些材料被巧妙地设计成有山形墙的姜饼屋的形状，一副醉酒般的样子倾斜着——然而，矗立在那里的房子，每一幢都有无数的修补之处。

我的出租车离开渡轮，缓慢进入交通行列里，从那些房子之间的空隙，我看到大西洋粉蓝色的水面与天空连成一线。稀疏的棕榈叶遮住景致。弗里敦是个很容易让人爱上的地方，一个能让你暂停判断一会儿的地方。我真希望我更年轻一点儿、更天真一点儿，而不要那么耽溺于政治分析。

我注意到很多面墙上的壁画都是新画的,画里是穿着迷彩服、戴着深色太阳眼镜的年轻军官。这就像在阿比让时,一名西方援助工作者热切告诉我的"美化运动"。对我而言,那似乎更像一种刚萌芽的名人祭仪。

出租车在外国使馆前停下来,我的外交官朋友米歇尔(Michelle)在这里担任一等秘书,她专精于政治和经济。[15] 我把护照交给守卫,他打内线电话给她。她下来,看着我。"你是我知道的唯一直接,嗯,突然来访的人!这里可不是全世界最容易进入的地方!"

另一位西方朋友带我到公使住处,他是救济机构负责人,我们一路谈论《"水仙号"的黑水手》这本书。接下来的几天,我们聊得很多。

当晚米歇尔带我和另一个西方大使馆的大使去吃晚餐。我们去了一家开在海滩旁边的黎巴嫩餐厅,有草木覆盖的雨篷、打扮入时的男男女女(主要是欧洲白人和当地的阿拉伯人),以及拥挤嘈杂的吧台,仿佛要狂欢到世界末日。穿着印花棉制衣服的男女,让我想起基韦斯特(Key West)或南海(South Seas)。黎巴嫩食物很棒,当地的星牌啤酒很棒,还有血红色的热带落日也很棒。戴着草帽的小贩聚集在海滩,快活地向食客兜售布料。我们和他们开了一会儿玩笑。大海颜色的转变和啤酒成了镇静剂。如同其他地方,海滩是一条条带状的、纯朴的黄沙滩,一排椰子树在一旁作为装点,这种景致遍及西非各地。最近有军官在S. A. J. 穆

---

[15] 米歇尔是这位欧洲外交官的化名,如果我指出她的名字,可能会危及她在当地的朋友。为了保护一些人,我偶尔会采用化名。

萨于汽车专用道召开的一个"睡衣派对"（slumber party）里，割下了29名策划突击嫌疑犯的耳朵，并将他们处死。我必须提醒自己，这起事件正是发生在同一片海滩。⑯

大使穿着短裤和彩色运动衫。然而，他正式的握手和有些保守的晚餐过程说明了，这是一场非公开的传达指示会。以下就是重点：

- 由27岁的陆军上尉瓦伦丁·斯特拉瑟（Valentine Strasser）主导的政府，尽管相当暴力，但仅仅控制了国内乡村地区的"一半或部分"。在这个国家，政权没有控制的那"一半或部分"，偶尔会由来自利比里亚附近战场的两个不同的军事单位接管，他们会居住在塞拉利昂第三支反叛军附近。更糟的是，在用来镇压反叛军暴动的政府军力中，有许多叛变的指挥官，他们成了反对政府的村庄领袖的同盟。显然整个战场是毫无章法的，让人想起在引入国家观念的威斯特伐利亚和约（Peace of Westphalia）之前，发生在部落式和封建式欧洲的战争。

就在塞拉利昂，我首次认为当国家和政府越来越不具意义时，国家与军队之间、军队与平民之间，以及军队与犯罪帮派之间的区别也可能变小了。无论是在萨尔瓦多（El Salvador）、阿富汗、柬埔寨、布隆迪、伊朗和伊拉克边境、印度次大陆和斯里兰卡，还是在其他地方，充斥于冷战时期第三世界中的野蛮行径，其数量和强度只是在一定程度上与抵御超级大

---

⑯ 这事件发生在1992年12月，在我来拜访的九个月前。

国意识形态的斗争有关。⑰ 这些"低强度"的突发灾难不仅是冷战所导致的枝节问题，同时也是后冷战世界出现的前兆，对波斯尼亚、高加索、索马里、利比里亚、克什米尔、塞拉利昂等地区而言更是如此。

- 暴行的结果致使塞拉利昂内部产生了40万难民；其中28万人逃入邻近的几内亚境内，10万人逃往因战争毁坏的利比里亚，当时甚至还有40万利比里亚人逃到塞拉利昂。塞拉利昂第三大城市贡丹玛（Gondama）本身就是一个难民营，其居民大体上来说比其他人口更健康。⑱ 几内亚增加了60万利比里亚人，科特迪瓦多了25万人，这四个国家的边界地区大多变得不具意义。即使在平静的地区，除了科特迪瓦政府之外，这些政府中没有任何一个能有效维持必要的学校、桥梁、道路和警力，以彰显主权的功能。

- 农民移居弗里敦，加上镇压各种暴动的大量军队，是导致犯罪率骤增的因素。少数军队抛弃武器，转而成为武装的强盗团体。除了强盗团体附近的海滩以及其他几家餐厅，所有海滩在天黑后都被认为是不安全的地方。

- 电力时有时无，不像30年前，当时弗里敦的居民享有稳定

---

⑰ 1981年12月的大屠杀里，500名百姓丧生，其中有很多是妇女和儿童。厄尔蒙左提（El Mozote）的萨尔瓦多镇就是一个贴切的例证。其残暴在1993年12月6日《纽约客》（New Yorker）杂志刊登的马克·丹纳（Mark Danner）的文章里有所记录。虽然作者将重点放在美国训练保守党敢死队的不周，但他同时也呈现出杀戮——更别提整场战争——揭开了原始主义的源泉，对于这一点，当地文化本身当然也有责任。

⑱ 根据天主教救助服务队（Catholic Relief Services）的报告，难民营里死亡率为11%，只是塞拉利昂其他地方的一半；而难民营五岁以下的儿童中，有16%营养不良，在整个国家里这个数字则是23%。

的电流。
- 塞拉利昂在某些方面比阿尔巴尼亚更孤立。塞拉利昂里有 80% 的人口是文盲。不像阿尔巴尼亚,很多人拥有电视机,可以观看来自附近的希腊和意大利的电视节目,包括美国有线电视新闻网(CNN);塞拉利昂绝大多数居民没有电视。很多人甚至没有电。当地的广播电台是由政府控制的,更重要的是,只播地方新闻。这种情况与非洲很多地方很类似,只是还有短波收音机而稍感安慰。
- 尽管在塞拉利昂有战争,各地的人口还是每年增长 2.6%—3.9%——没有人知道精确的数字。平均每个妇女在成年期间都会怀六个孩子。[19] 然而,虽然这个国家在 30 年前独立时,有 60% 的国土是养分充足的热带雨林,但现在只剩 6% 了。于是疾病完全失去控制。
- 塞拉利昂的几位或所剩下的几位精英分子,询问西方的官员,联合国或其他的国际联盟是否能派遣"两万"军队来处理这个国家的问题。

换句话说,我正在走访一个失败的国家。几乎任何一个真正有野心、有才华的人,都已经离开或试图离开这个国家,到美国或欧洲去。在很多国家都看得到活力充沛的塞拉利昂人。以色列、印度和其他地方,一直有"人才外流"到西方的现象,但也总是有足够的高质量人才留下来,因此损失不至于无可挽回。在西非脆弱的国家里,人才的损失更严重——他们在码头或飞机跑道上

---

[19] 如果根据推测的数据,人口增长率远高于 2.6% 的话,那么就有可能使生产力向上拉高,即使增长率也受到其他因素的影响,例如寿命。

进行遴选的程序，使那些无法达到标准的人身陷困境。

　　落日消失了。海滩空荡无人，而九个月前在海滩上发生的残暴事件，如今似乎依然清晰，仿佛才刚发生过。晚餐散会了，我累垮了，外交官们第二天得早起到大使馆上班。除了灯光才刚开始闪着"美丽人们"字样的酒吧之外，就是阴沉漆黑的停车场，停车场里有心怀不轨的年轻人盯着那些交通工具，试图讨要点小费。酒吧里，那些喷了香水的女人和戴着昂贵手表的男人在埋首于累积免税财产一整天之后，来这里轻松轻松。看着他们，我心里出现了一个幻影，那是一颗小星球被突然撞过来的陨石消灭之前的景象。我觉得很脆弱，更何况他们呢？

　　在米歇尔家入睡之前，我看着窗外的一排棕榈叶，叶子黑色的触须在夜晚铁灰色的海洋背景下，静静地摇摆着。塞拉利昂、塞内加尔（Senegal）、冈比亚、几内亚比绍（Guinea-Bissau）[20]、几内亚和利比里亚：这些国家一起组成了大西洋最狭窄的凸起部分，从这里搭飞机到南美洲沿岸只要三个小时左右。然而，这里却有一种我很少遇到的疏离感，是一个截自较大文明血脉的人文残段。整个地区被水手称为"迎风海岸"，因其拥有让帆船行驶的强风——先是葡萄牙探险者的船，然后是运载着奴隶的船——这强风迅速围绕着西非凸出的部分。"两个世纪以来，"我的新部长朋友当天稍早的时候告诉我，"弗里敦是从欧洲到好望角的路线上，补给新鲜水源和蔬菜最重要的地点。我们位于探险者旅程的中心，而不是地球的边缘。16世纪，由霍金斯（Hawkins）[21]带

---

[20]　几内亚比绍共和国，1974年以前称葡属几内亚，西非国家。——译者注
[21]　约翰·霍金斯爵士（1532—1595），英国海军上将。他是第一个在奴隶贩卖上突破葡萄牙垄断的英国人。

领的英国人在这里收集了第一批奴隶。"我怀疑塞拉利昂是否已终于回到问题的症结所在之处。

阅读塞拉利昂历史时,你一定能了解地理和气候对它过去的影响有多大。当时弗里敦是个贸易点,但它的背后则是定义不明、疾病肆虐的内陆。只要环绕着非洲岬(African Cape)南部的航海路线,那就是通往印度的唯一路线,而弗里敦就是人类事件发生的主要焦点,包括邪恶的奴隶买卖。随着奴隶制的废除,苏伊士运河(Suez Canal)开始兴建,提供了通往印度的较短路径。不再作为奴隶贩卖商人的受害者的塞拉利昂,如今却成为它地理位置的受害者——它的落后状态只吸引了来自欧洲的废物和庸徒。内部的丛林只能通往热带稀树草原,后者也只能通往撒哈拉。曾经为这里带来奴隶贩卖和与西方初次接触的大西洋,现在几乎没有带来任何东西。塞拉利昂是象征地理命运的暗喻。塞拉利昂让我体会到被隔离的滋味。

这块领土与西方文明的首次接触,始于1462年葡萄牙探险家辛特拉(Pedro da Sintra)的到来,他将这块土地取名为"Serra Leao",就是葡萄牙语"狮子山"的意思,这是因为从一艘趋近弗里敦的船上看弗里敦附近的高山,就像一只狮子。[22] 尽管德雷克爵士(Sir Francis Drake)[23] 曾在1577年—1580年环游

---

[22] 基于纯粹的巧合,我曾在里斯本北部的辛特拉村(Sao Pedro da Sintra,葡萄牙中部里斯本自治区的一个避暑小镇)居住过两年。另一个版本是说,一名意大利人以"狮子山"(塞拉利昂)为名画了一张西非的地图。

[23] 德雷克爵士,英国伊丽莎白时代最杰出的航海家,1567年随亲戚霍金斯的船队去西印度探险,指挥"朱蒂斯"号,途中多次从西班牙人手中夺回被劫掠的财物,回国后声名大噪。1577年率五艘船远航太平洋,穿越麦哲伦海峡,横越太平洋,到达帛琉群岛,经好(转下页)

世界的航程中造访过这里,但在18世纪末之前,这里与西方的接触还是属于间歇性的,虽然英国曾于17世纪在邦斯岛（Bunce Island）上兴建贸易站,后来这个贸易站还成为运送奴隶前往美洲的恶名昭彰的中转站。[曾写下诗歌《奇异恩典》（"Amazing Grace"）的英国牧师约翰·牛顿（John Newton）,当时就是弗里敦南部申支（Shenge）的奴隶贩卖商,他后来信仰上帝,放弃他的职业,加入教会。]

美国独立战争时,奴隶通过与英国王室对抗,找到了一条获得自由的路。战争之后,很多自由的奴隶启程前往英格兰,在那里过着卑贱贫穷的生活。1787年,一群英国慈善家从塞拉利昂滕内人（Timni）酋长奈巴马（Naimbamma）手中,买了一块52平方千米的土地,用来为以前的奴隶建立一个"自由之省"。于是,"弗里敦"（直译为"自由镇"）产生了。在第一批居民中,有700名前奴隶和100名白人,根据伯顿的记录,"很多死于疾病,有一些酗酒而死,其他的则跑掉了……"㉔ 三年内,只留下了48名原始居民。于是塞拉利昂很快就获得了一个绰号——"白人的坟墓"。

但是英国慈善家还是很坚持。他们对这场大灾难做出的反应,只是再从新斯科舍（Nova Scotia）㉕（当时住在这里的奴隶,在革命战争中为英军打仗,战败后寻求避难所）遣送1200名已解放的奴隶到新非洲殖民地。在这1200名居民中,有800名在短短几年内就进了坟墓。慈善家于是又再遣送几百名去,这次是由牙

（接上页）望角于1580年返回英国,1588年在英吉利海峡与西班牙无敌舰队的激战中获胜,成为名噪一时的英雄人物。——译者注

㉔ 伯顿的描述的最后一部分很奇怪:被海洋和沙漠所隔绝,他们能跑到哪里去? 要怎么逃呢?

㉕ 新斯科舍,加拿大东南部省份。东、南、西三面临大西洋,省会哈利法克斯。——译者注

买加的西印度群岛送去的。已解放的奴隶加入罪犯阶级的白人，一起经营奴隶贸易。这就是之前的美国奴隶和他们的后裔（即接受英国名字和英国礼仪，并仍然与弗里敦关系密切的人）与住在内陆的非洲土著分裂的开始，而且他们的分裂持续到现在。

1807 年英国宣告贩卖奴隶为非法行为；次年，塞拉利昂成为英国殖民地，成为拦截奴隶船的基地，同时也是来自非洲大西洋沿岸所有新解放俘虏的一个家园。1807 年到 1864 年间，英国人带领五万名俘虏到弗里敦。虽然按普遍流传的说法，每一个非洲殖民地建立的背后，都有着最残忍且最粗鲁的动机，但是英国建立塞拉利昂，主要动机却是想帮助俘虏，以及预防弗里敦继续发生混乱。就这方面而言，英国的努力很像美国 1915 年在海地和 1992 年在索马里的努力。[26] 那些来自超过 100 个民族的新解放奴隶，在整个 19 世纪里，相较下更为融洽地生活在弗里敦，这正反映出这些非洲人爱好和平与四海一家的天性，以及为塞拉利昂提供必要安全的英国的行政管理能力。

但这份融洽和繁荣是相对的。伯顿引述一位作家夏米尔船长（Captain Chamier）的话说：

> ……我不知晓，也未听过像塞拉利昂这么恶毒或邪恶的地方。我不知道恶魔的邮件代领处（the Devil's Poste Restante）在哪里，但是这个地方铁定是塞拉利昂。

---

[26] 1915 年，在经过了过去 72 年来 102 场暴动和革命之后，伍德罗·威尔逊（Woodrow Wilson）总统派遣美国海军舰队去海地重整纪律［参见罗伯特和海纳尔（Robert and Heinl）所著的《血书》(Written in Blood)，列于参考文献］。1992 年，布什总统派遣军队到索马里，为饥荒救济活动提供保安。

伯顿自己对19世纪60年代弗里敦的描写，表示同意以上的说法。弗里敦是个疟疾坑。"远看一点儿也不美丽，但是它的美属于莱茵城堡的风格，毁灭性的、摇摇欲坠的……人们带着最好的愿景自欧洲来，即使他们已过中年，离大去之期不远。"他如此写道。

解放奴隶的后裔，也就是克里奥尔人（Creole）[27]，开始以与众不同的、非洲富裕阶级的形象出现，这些人既与英国人竞争，也倚赖英国人。与土生土长的滕内人（Temne）、曼德人（Mende）和内陆其他部落的人数比例为50∶1。受较良好教育的克里奥尔人害怕英国人撤退，尤其是经过了内陆部族因课征"茅屋税"而引起的叛乱之后更是如此。

与克里奥尔人竞争的还有黎巴嫩商人，他们在19世纪末开始涌入这个地方。克里奥尔人以及更多的黎巴嫩人，在非洲部落的大团体里形成一个初步的中产阶级。

英国人在20世纪20年代成立由滕内人和曼德人支配的立法会议，准备让居民自治。和许多地方一样，1961年独立后，他们对民主抱着很高的希望，各部落在政治融合之后，北部的滕内人、南部的曼德人，以及沿海的克里奥尔人之间却迅速出现分歧与不睦。20世纪60年代，在13个月中曾发生过三次政变。选举情势十分激烈，以至于经常会爆发小规模的内战。反对者被当众吊死。从1967年到1985年，西亚克·史蒂文斯（Siaka Stevens）

---

[27] 在《大英百科全书》、格林的《命运的内核》，以及桑福德·昂加尔（Sanford Ungar）的《非洲：一块新兴大陆的人民和政治》（Africa: The People and Politics of an Emerging Continent）中，都用"克里奥尔人"这个词来指殖民地的原始居民。然而，有些旅行指南和塞拉利昂人民自己更喜欢用"克里奥"（Krio）这个词。

遭受几次行刺未遂，迫使他从亲苏联的几内亚进口受过特殊训练的保镖，但他还是统治塞拉利昂的"大人"（Big Man）。[28] 他因年老而请辞，反而带来更大的混乱，包括从国营矿产中大规模走私钻石的事件。

如果有任何团体声称有能力维持经济流通，那就是黎巴嫩人了，他们都是由中间商和店主所组成的。1994年，联合国将塞拉利昂列为全世界居住环境最糟国家的第四名（几内亚是最糟的）。[29]

武装的青少年士兵盯着米歇尔的车子，直到眼睛下滑到外交官的车牌。接着，一名士兵举起挡在红土路上作为大门的生锈围杆，让我们进入小山顶地区，一位军政府领导人在那里有一栋房子。我们只到了一位总干事的住处。但是她不在，所以我们就回头下山了。这栋房子令我印象深刻。那是一幢壮观的英式建筑，仿佛童话故事中的俗丽建筑，但是如果你移开眼前浪漫的滤镜，你就会看到它的细部：生锈的屋顶、破损的绿色格子窗棂、到处都是裂缝，就像陋屋区的房子，墙壁也歪了，仿佛是地震造成的，根本就是一座残骸。这是政府高官的家，而事实上，由于它的大小以及位于山顶俯视大西洋的位置，就弗里敦的标准而言，它等于是一座皇宫。光看一眼这栋房子，就再度让我感觉到介于非洲与全世界很多地方之间难解的经济距离。

米歇尔和我继续往前开，来到一个更偏僻、更美丽的山顶，

---

[28] "大人"这个词引自布莱恩·哈登（Blaine Harden）的《非洲：来自脆弱大陆的报道》（*Africa: Dispatches from a Fragile Continent*）。

[29] 联合国的《人类发展指数报告》（"Human Development Index Ranking by Country"）。

沿路坑坑洼洼，路的一边是挤成一片的贫民窟，另一边则是展开双臂欢迎你的大西洋的蓝色虚无。我们正往赴这个与塞拉利昂历史的约会，是一段精致加工、值得一提、有如文学的过往。

1941年到1943年间，格林居住在塞拉利昂，在英国外交办事处工作，这个单位生怕纳粹从塞内加尔附近的维希（Vichy）[30]法国基地接手西非。格林旅居塞拉利昂写出了《命运的内核》这本书。在他约25部长篇小说、神秘小说、旅行书、儿童书、戏剧、短篇小说集、传记和自传中，《命运的内核》一直被认为是格林最著名的小说。那是一部充满混乱的善恶观念的小说，故事主角是弗里敦的一位殖民官员，他是罗马天主教徒，但当他的妻子远在非洲之际，他与一名英国女人发生了婚外情；于是他面临精神与宗教的危机。以格林旅行过的所有地方来看，为什么他选择塞拉利昂作为这部特殊道德小说的背景呢？这位和我聊到很晚的新大使朋友解答了一直困惑我的问题：

"啊，对，《命运的内核》。那是有关在一个性道德不太严谨的地方，一个人屈服于性的故事。"

但是我如果不到塞拉利昂来，如何能知道这一点？《命运的内核》是一个发生在"邪恶"地方的道德故事。天气酷热，夜晚酒精令人想睡——这是个还没有空调设备的时代——半裸部分是由于天气的原因，一个妻子不在身边的男人有了婚外情并不算什么重罪。格林笔下的主人公斯考比（Scobie）心里的这种激烈的、挥之不去的罪恶感，对于保留他的身份认同也许是必要的：对他

---

[30] 维希，1940年至1945年法国政权的非正式称呼。1940年法国被德国击败后，政府设在旅游胜地维希，领袖为贝当元帅，总理赖伐尔。维希政府受德国保护，仅有有限的自治权。——译者注

而言，在一个"充满敌意"的环境里，罪恶是一种人为的维持生活的系统，没有了这系统，他可能会因酒色而崩溃，就像很多被放逐国外的人在这种地方会有的行为。

米歇尔的车在格林所称的"上坡的大环路"上持续爬坡，直到我们看见空地上不规则的石头与波纹铁片合成的建筑——山坡基地俱乐部（Hill Station Club），这就是斯考比喝酒消磨寂寞夜晚的地方。酒吧上有个标志："持证酒水经销商"。对一个喜欢读文学作品的旅人，这是一个神圣之地，并且满足了我的期望。涂漆的窗格、飞镖靶、磨亮的奖杯、乒乓球桌，以及架子上一大排绿色酒瓶子——像古老的线装书一样温暖——这是俱乐部自英国人离开后，细心维护超过30年的见证。其实这里没什么改变。殖民主义还继续存在。山坡基地俱乐部仍然只给享有特权的少数人使用，唯一不同的是现在他们刚好是非洲人。

"在这个国家事事都美好，我简直不敢相信事情能这么好。"一位当权的公务员说。他是我们走进酒吧时里面的三个塞拉利昂人之一，其他两人一个是医生，另一个是塞拉利昂电力公司（Sierra Leone Electrical Power Authority）的主席，他们请我们喝星牌冰啤酒。

"就，就你所知，在这样的情况下，事事如何美好？"我结结巴巴地说。我不想提不该提的事情：逮捕、贫穷、战争、罪恶，等等。

"是的，"电力公司主席说，"我想我们国家的确需要某种改革。"他的神情轻松、快活。显然他们都心情太好了，无法谈政治，我就没有继续追问这个话题。

由于其中一人是医生，所以我就带起疟疾这个话题。

"是啊，这里每个人都得疟疾。我每几个月就发作一次。"这位公务员说。

那位医生说他只在遇到很严重的病例时，才给非洲人开抗疟疾的药剂；否则药剂会让病人的身体难以建立起自然的免疫系统，而这个免疫系统对居住在这里的人是必要的。

我们的话题从疟疾又转到霍乱。我问那名医生，既然霍乱疫苗不是很有效，为什么有些非洲国家仍坚持要求来访的旅人出示接种霍乱疫苗的证明。我在来塞拉利昂之前，已经去过华盛顿特区专门研究热带疾病的诊所，那里的护士很高兴地在我的黄色疫苗小册子上盖了霍乱疫苗注射的章，但无意为我注射，她说："这些人（她指的是非洲人）就像小孩子一样——他们很喜欢戳章。我们已经告诉他们好几年了，说这个疫苗不是真的有效，但他们还是坚持要看证明。"

但是酒吧里的这位医生有什么想法呢？

对于霍乱，疫苗大体上是没有效果的[31]——在西方这是人们普遍知道的事——这个消息，他表示相当惊讶，甚至有些怀疑。"如果这是真的，为什么我们的政府没有告诉我们这些消息？"他问。"我不曾在任何杂志上读过这个消息，我从不知道疫苗有任何问题。"他耸耸肩，安静下来。我该怎么做——给他华盛顿那位护士的电话，还是让他打电话去亚特兰大的疾病控制中心？从塞拉利昂打越洋电话极度困难，而且昂贵。况且，这些都是题外话，真正的重点就是这里有一个人，一位医生，弗里敦的一位出色的内科医生，却被隔离于任何嬉皮士背包客或其他自助旅行者容易获得的知识之外。

---

[31] 正如美国热带疾病诊所的报告所显示的，伯尼尔（Nichole Bernier）说"专家同意"霍乱疫苗的"效果不到50%"，所以是一种"浪费"。参见参考文献。

更令人不安的是，我并没有真正唤醒他。这医生轻松、含糊的态度显露出他并不打算再深入探讨这个主题。

当你了解到医学发现和某一个地区的农业全然不相干时，是个很讽刺的时刻。尤其在这个地区，最基本的诊所和户外抽水机在开放一年内就遭到破坏；在这个地区，大量的外援物品几年内就不见了，政府每年平均花15美分的经费在每个国民的保健上——连买一支注射器甚或检查疟疾的酒精擦片都不够。很多诊所里的酒精还被偷呢。我在弗里敦的天主教救助服务队（Catholic Relief Services，简称"CRS"）总部看到一张地图，地图泄漏出这些消息：这个帮助社会上最无助和最穷困地方的慈善团体，在全世界32个地方都有办事处，其中有18个在非洲，2个在海地，11个在拉丁美洲，还有1个在印度。"如果NGO（非政府组织——西方援助办事处）撤离，疾病就会大量爆发。"一位美国和平队的医生这么告诉我。

有些援助工作者，尤其是那些对非洲最抱理想主义，并且最有同情心的西方援助工作者，公开承认了他们在塞拉利昂的不良纪录。20世纪60年代肯尼迪总统建立美国和平队时，塞拉利昂和印度都要求他们支持基本的农业技术。30年后的今天，印度已经变成一个纯粹的食物出口国以及拥有高技术的制造国，在单纯的耕种上已不再需要协助；而塞拉利昂还停留在60年代的样子，由美国和平队的义工教导同样的基本技术。塞拉利昂所传达出的信息是很残忍的：自由西方为求达到世界文化平等而勇猛出击的一场败仗已近尾声；某些文化与其他文化之间的差异（有关制造出可出口材料的能力）似乎越来越大，而不是越来越小。

除了格林的《命运的内核》——背景为20世纪40年代被催眠的、憔悴得迷人的弗里敦——暗示了某种浪漫之外，人口统计学上的末日大师马尔萨斯对于西非的情况有更多要说的。米歇尔家的晚餐聚会，有一位塞拉利昂的官员出席。这位年轻又热情的官员有一位身居军事要职的朋友，米歇尔告诉他，"未来几年，西方援助的先决条件是政府有能力压低出生率，并阻止对雨林的破坏"，而不是政府对我们友善且敌视共产主义，他对此的反应是生气——双眼如燃烧一般。"压低出生率"这个字眼是让这位官员厌恶得几乎开骂的原因。米歇尔提到雨林，只是暗示了非洲政府没有适当的房子，而且有可能介入与木材公司之间不正当的交易：在这里这并不是新鲜事。但是出生率——从这家伙的反应来判断——是有点太私人了。

米歇尔家的晚餐呈现出一幅迷人的图像，预示了即将逝去的第三世界外交的黄金时代。之所以迷人，是因为这里有一位外交官，她既不是大使也不是代理公使，却有能力吸引这个国家最重要的人士来到她家，享受在管家协助下准备的精致餐点。米歇尔在弗里敦生活的风格，以及她所能吸引的官员等级，正显示出富裕的西方土地和贫穷非洲土地之间的隔阂。即使这种不平等比起以前已减少，至少也要像她那个等级的官员才能出席这个宴会。但是在塞拉利昂，米歇尔的影响力比任何一个西方大使所希望拥有的还大，例如法国、希腊甚或马来西亚的大使。在全世界的西方大使里，有不少像米歇尔这样的，他们在华盛顿、伦敦或巴黎时是个籍籍无名的平凡官僚，在郊区有间舒适的小房子，每天搭地铁去上班。一旦把他们放在热带地区的首都里，他们立刻在社会阶层上占有令人羡慕的地位，有司机，有管家，还有看得到浪漫景致的阳台。就外交官的生活而言，格林笔下的西非在 20 世纪 90 年代中期还存在着。

但是针对这一点，还有另一种看法。

米歇尔家的晚餐，并不像典型大使馆接待会那样要"挂国旗"，伴随着礼貌而空洞的闲谈。她对出生率的评论触动了不安的情绪，使整个晚上都气氛紧张。例如，这位年轻官员就不怎么喜欢米歇尔的迂回暗示：非洲男人生育孩子的数量超过他们负担的能力。于是他发表了一篇有关压榨的独白。我询问了他有关他自己和其他非洲政府的人权纪录。"你讲到压抑，"他以冷静、平稳及简短有力的语调抑制着怒气，连珠炮似地回答，"让我告诉你在所谓自由的英国社会里，一个非洲学生会遭遇什么事。"他接着说了一个长长的故事，一名学生被卷入了被放逐英国的前刚果领袖帕特里斯·卢蒙巴（Patrice Lummumba）[32]的左派独立运动中，结果这名学生遭到不公平的监禁。对我而言，这个悲伤的故事正好证实了我原先就知道的——即使在自由国家里，公平正义也是不完美的，并带有种族歧视主义色彩。但是对他而言，这个不公平的例子，就足以为遍及整个大洲的某些非洲政府的邪恶作辩解。针对他自己的政府，他说："我们一直在做一些很棒的事情，是你们（西方）没有注意到的。"接着，他提到弗里敦的"美化运动"，这包括政变领袖的大壁画，这些领袖中包括该为海滩那起残暴事件负责的 S. A. J. 穆萨。至于政府将大量金钱花在军备上——这已促成弗里敦的犯罪潮，尤其当逃兵变成强盗帮派时——年轻官员回答："你一定要记得，我们正在打一场保卫主权的仗。"另一名在场的政府官员接着抱怨西方没有贷更多款给非洲。有关要求西方派两万军队来处理这里问题的事，你很难向那些多年来信

---

[32] 帕特里斯·卢蒙巴，刚果政治家和首任总理，刚果民族运动领袖。——译者注

来源只限于塞拉利昂媒体和英国国家广播公司非洲接收区（BBC African Service）的人解释，西方对非洲的兴趣一直都很低，而国际社会在索马里的经历更降低了他们帮助西非国家的热情。

冷战是非洲获得注意的最好机会，无论这个国家多小、多不重要，只要苏联对它或附近地方表示出任何兴趣，西方也一定会不落人后出钱援助。撇开苏联的威胁，这里就没有什么能引起西方的兴趣了。

当然，是有某些事情——疾病的传染、犯罪的风行，不仅破坏雨林，而且也破坏整个社会。但是这些议题几乎是不透明的、死气沉沉的，无法达到重大新闻的参数要求，不像一场特殊政变、一件暴行，或一场干旱那样适合。所以西方不会将焦点放在它们身上，直到为时已晚。

宾客已经散去了。再回到客厅时，米歇尔用力关上门，小心锁上隔开卧室与厕所和厨房、客厅以及靠近前门邻近阳台的钢制大门。这样使房子后面成了安全区域，从这里还可以使用特殊的大使通话装置，呼叫大使馆的保安员或海军陆战队成员，以防有人闯入。因为你别指望大楼外面的安全警卫能挡得住一群武装劫匪。

"那警察呢？"我笨拙地问。米歇尔耸耸肩。"警察的交通工具没有汽油了。塞拉利昂的政府在天黑后没有令状。"

次日早晨我在早餐桌上出现时，米歇尔得到了"某个消息"。她才刚通过无线对讲机得知，在这小小的外国社区里的一名成员，一个美国人，在夜里被抢了。有八个人带着AK-47步枪闯入他的房子，把他绑起来，然后抢走了所有值钱的东西。

第二天黄昏，米歇尔和我坐在她家阳台上，看着棕榈树叶遮住使人平静的大西洋。对大部分的人，尤其是华盛顿的上班族而言，在塞拉利昂担任中阶或低阶外交官，代表成就微不足道到了极点，除非是一个人就业的初期。根据一位作家的说法，担任非洲的一个职位，就像"失踪"了一样。但是我羡慕米歇尔。她的工作几乎比任何一个在类似的、在华盛顿或伦敦等首都的工作，更具智识上的刺激。正如她说的："每天早上在一个处于无政府状态边缘的地方醒来，让我对人性产生了一种独特的洞察。而且从来不曾有风平浪静的时候。"此外，那还是一种让自己对自由的信仰经历最严厉挑战的经验。

但是米歇尔家乡的首都，对于她从弗里敦发出有关大使馆安全和撤退计划的电报，比对政治电报还重视得多。我从非洲外交官那里听到很多关闭大使馆的事。在弗里敦，俄罗斯、意大利以及韩国大使馆最近都关闭了。连20世纪70年代一直想在任何非洲国家拥有大使馆，而后也真的拥有了的以色列人，也要关闭他们的使馆了。"这里的经济活动很少，但在中亚我们有很多新机会。"一名以色列大使曾经这么告诉我。一名美国官员在1993年年底从华盛顿来访时告诉我："我们关闭科摩罗群岛（Comoro Islands）[33]上的大使馆，没有受到强烈的反对。所以已经有了前例。现在我们正打算要关闭赤道几内亚（Equatorial Guinea）[34]的大使馆，然后可以从塞拉利昂这样的地方开始。未来，我们会保留少数常驻大使，他们就足以处理整个非洲的事务。"米歇尔就是最后这一种人。未来对外交官而言可能没有那么慷慨了：他们的人数会变少，而这些"少数人"会工作过量并居住在城市里。

---

[33] 科摩罗群岛，全称为科摩罗伊斯兰联邦共和国，是由三个火山岛（大科摩罗岛、昂儒昂岛、莫埃利岛）组成的岛国。位于莫桑比克海峡的北端，首都莫罗尼。——译者注
[34] 赤道几内亚共和国，非洲中西部国家，首都马拉博。——译者注

我在卡车的挡风玻璃上读到这段标语："今日的朋友，明日的敌人。"我们带着口服补液盐、笔记本、小麦以及黄豆玉米饼，从位于弗里敦的天主教救助服务队的仓库到博城（Bo），行驶了约 260 千米远，几乎穿越了大半个塞拉利昂的内陆，靠近政府控制的边缘，朝利比里亚的方向驶去。司机希米恩（Simeon）是个天主教徒，但通过车上的标语和护身符来判断，他肯定不是什么虔诚的教徒。理论上来讲，希米恩只是为天主教救助服务队工作；而我只是搭了一辆救助服务队的卡车。在弗里敦天主教服务队开着空调的、整洁的办公室里，和蔼亲切的指挥官正在摆弄他的台式计算机，这台计算机由私人发电机供电；多亏了屋顶的卫星天线，他能够接到天主教救助服务队位于巴尔的摩（Baltimore）的总部打来的长途电话。这间办公室与现实之间的悬殊真是难以计量。而真正的现实是，天主教救助服务队的人道主义者对塞拉利昂国内唯一的希望，就像这里许多其他人一样：取决于黎巴嫩人。因为黎巴嫩人经营卡车公司，雇用非洲司机，而这些非洲司机就是救助服务队所仰赖运送救助品的人。㉟以下就是它的运作状况：

弗里敦的天主教救助服务队职员会打电话给经营卡车公司的两个黎巴嫩人中的一个，要他们运送一卡车的救助品。而这家卡车公司的经营者身穿名牌服装，整天坐在拥有过滤饮水机、开着空调的崭新办公室里——这是夹杂着汗臭和喧闹的弗里敦码头上几平方米的"清净地"。接着，黎巴嫩人会叫一个非洲司机到他

㉟ 在今日的塞拉利昂，人们通常认为阿拉伯中产阶级为"黎巴嫩人"；在格林的《命运的内核》里，阿拉伯中产阶级则为"叙利亚人"（Syrians）。而这主要是因为第二次世界大战末期，黎巴嫩经常被视为叙利亚一部分的关系。

弥漫着古龙水香味与冷气的办公室里,然后口出恶言地羞辱他,就像一个中士对着一个新兵叫嚣般的训话;而事实上,这其中有意义的话只有:"装好卡车,然后把货送到那里去。"到那里的过程包含了许多威胁性的路障以及机械故障。然后,司机一溜烟地走了出去,对着装载货物的同伴争辩与叫嚣,然后跳上因载重而下沉的卡车,把车轮下的两条电线接通两三次,直到卡车发动,扬长而去。

由于天主教救助服务队的理想主义以及它所提供的钱财,这个组织备受赞赏。虽然就个人而言,司机们是被遗忘的英雄;但就团体而言,在第三世界的救助活动上,他们至少偶尔会被媒体提及。此外,身为非洲人,他们也是受害者。而唯一可以轻视他们的就是黎巴嫩人,但是没有他们——不管他们有多少错——首先,有可能根本就不会有卡车公司的存在。

这些黎巴嫩人,卡车公司的拥有者,让我想起20世纪80年代中期,苏丹和埃塞俄比亚的饥荒时期,我在喀土穆遇到的希腊人。事实上,希腊人对苏丹人比黎巴嫩人对塞拉利昂的司机仁慈多了。然而,在几乎没有得到赞赏的情况下,希腊人依旧使他们的救助工作"产生效用"。希腊人比黎巴嫩人更愤世嫉俗。我记得有一个在1985年反抗加法尔·尼迈里(Jaafar Nimeiri)军事政权的希腊商人告诉我:"你们当新闻记者的总认为会有民主;事实上,再等几年,'民主',例如在苏丹,将会变成无政府状态。"(这会引致一个混乱且无能的伊斯兰独裁政权。)

"到博城要花多少时间?"我问希米恩。

他耸耸肩说:"我不知道,要看路况以及驻守士兵而定。"

这就是黎巴嫩人和天主教救助服务队职员告诉我的。在地图上,塞拉利昂是个非常小的国家,甚至比美国的南卡罗莱纳州

(South Carolina)还小,其实它非常大。因为任何人都可以算得出来,从纽约开车到加利福尼亚州要多久;但是没有人知道从弗里敦到博城要多久。

靠近城郊时,希米恩把卡车开到几间波状铁皮屋外面的棋盘方格里。而阿卜杜勒(Abdul)裸露着上半身,手里拎着衬衫,从一间我估计塞了20个人的小屋里冲出来。阿卜杜勒称自己为希米恩的助理以及代理司机。天主教救助服务队付钱给黎巴嫩人,黎巴嫩人付钱给希米恩,希米恩再付钱给阿卜杜勒(非洲的穆斯林通常有阿拉伯名字)。

离开弗里敦抵达的第一个路障,百米长的一排与肩同高的栏杆,用树皮搭建,有如骑士的跑道,士兵拿着攻击的步枪和拖着帐篷的群众分列两行。破烂的汽车、丛林出租车、卡车都停靠在路边,士兵检查物品时,许多老百姓会借机搭便车,女商贩则兜售香蕉及白煮蛋。整个地方就像个大型的公车站,直到我们的卡车被要求开过去。

士兵检查过所有袋装的小麦与黄豆,希米恩跳出来确认他的货物没有被偷,同时向士兵解释卡车上只有"给难民的食物"。他对他们挥了挥复写的送货单。士兵笑了。其中一个朝我走过来,用他的攻击步枪进行瞄准。但这并没有比他的眼睛更吓人——肿大、充血、无力,一双嗑药的眼睛。

"你叫什么名字?"这个士兵查问,"我是穆斯塔法(Mustafa),你有什么要给我吗?因为你拿到了些黄豆,所以我要一些钱。"

阿卜杜勒靠过去,并且冷静地解释我们是运送天主教救助服务队的供应品,保证免费运输。他称我为"lokotu","一个很重要的白人",为救助服务队工作的。我保持沉默。令我印象深刻的,并不是阿卜杜勒的多话以及他声音的催眠程度。事实上,阿卜杜勒是非常有效率且聪明的。他始终保持着一种方式——让那个傻瓜冷静，直到我们可以离开。

希米恩跳回驾驶座，有了通行的许可，他接了一下电线，我们就上路了。这个骚扰我们的士兵则咒骂着跳出卡车。阿卜杜勒摇摇头："这些士兵不好，先生，我很抱歉你必须经历这个麻烦。"

"你将来要做什么呢？"我问阿卜杜勒。

"去新泽西州，我姐姐住在那里。"他回答。

逐渐地，棚户区越来越模糊了，我们离开城市，进入一片单调并有一条漆黑、水流迟缓的小溪经过的灌木丛林。在这里，女人裸露着上半身，而且很快就成为一幅熟悉的景象了。卡车的排档嘎嘎作响，并倾向一边；仪表板很快就变得太烫而无法碰触；同时，灰尘从无窗的门飘了进来。我很快就了解到，非洲的泥土路远比因雨水形成坑坑洼洼的铺面道路要好。

第二个路障是一个用木桩筑起来的圆形围栏。这里一样也有一群士兵围住了我们的卡车。这次希米恩和阿卜杜勒两人都出来解释并挥挥复写的送货单："天主教救助服务队的救助品，给难民的食物！"士兵笑了。他们带着一点儿醉意，催迫希米恩和阿卜杜勒。其中一个士兵从窗外抓住了我的手腕。

"嘿，这块手表很棒哦。送我一程怎么样，小子？"他经由打开的窗把枪刺进来。在之前阿卜杜勒的示范之后，我只是平静地对他解释，我是一个外交官，在执行一项特殊任务，非常不幸地，并不允许载客，等等。

另一个士兵走到卡车门前，要求我命令希米恩和阿卜杜勒让他们坐在后面，和那些小麦、黄豆一起。这是一支没有交通工具的"军队"——更确切地说，是一群没有交通工具的武装暴民。对这种国家的军事援助，如今对我来说就和犯罪别无二致。这就像武装了一个帮派,而他们的卡其制服就等同于街头战士的标志。当我试图跟这些带枪的年轻人讲理时,我看见几辆属于西方救助官员和外交官的四轮驱动丰田车,他们的车窗未开,顺利地通过了路障。士兵们看了一眼他们的车牌,挥手让他们过去。那些人在塞拉利昂的旅程将会与我的截然不同。

我们离开了。但是,这一次,有一些士兵跳上车坐在那些小麦、黄豆旁边。希米恩和阿卜杜勒耸耸肩。我们能怎么样呢?天主教救助服务队的政策规定他们的车不能用来载运士兵,但是在这里,天主教救助服务队只是一个抽象的概念。弗里敦似乎很远,很远了。卡车下沉,猛烈地抖动了一下便停了。我们爆胎了。

士兵们跳下卡车,对另一辆车挥挥手,用枪威胁车上的人,然后跳上了车;我松了一口气。我们发现自己到了一个村庄。扭曲了的卡车金属车台,被粮袋盖住了一半,现在已经陷到了沟里,轮胎残余的部分也裂开了。此时,有些年轻人出现,戴着棒球帽,穿着没有鞋带的廉价运动鞋。他们跳上卡车,帮我们卸下许多供应品,这样才能更换新的轮胎。结果光有起重机还不够,我们需要岩石作为基底来抬高卡车的后部,才能放下轮胎。这整个过程约要两小时,却给了我时间来好好看看这个村庄。这个村庄有大约25间枝条编成的小屋,以及正在塌毁的、易失火的店面,燠热且多尘。

这与我在过去遍及西非的旅程中曾经看过的——以及未来可能会看到的——村庄没什么两样。你可以将这个村庄描述为"如画一般"或者"带异国情调";而一名有才气的摄影师会用戴轭的公牛,以及裸胸的孕妇正在捣树薯的景象来营造效果——当然,前提是他小心地修掉了其他景观。

那些景观是:大量的垃圾、唯一商店里的空架子、嗡嗡飞掠的苍蝇，以及众多在那里闲荡，有着空洞、粗暴眼神的年轻人，直到我们爆胎他们才有点儿有用的事做，而这些都是全然的虚无。生命继续，怀孕生产，但是除了生存的必需品外，他们创造出的，哪怕是修复的东西，都少之又少。这是一种古老的生命方式，是基于婴儿高死亡率与低寿命而来的。但是塞拉利昂的一般女性穷其一生至少会生六个小孩，尽管疾病或战争造成死亡，十年之间人口仍全面上升。撒哈拉以南的非洲地区因西方援助带来的讽刺性负面影响而受害——某些地区基本的卫生设备，以及城市附近的加工食品，都足以延长寿命，却不足以帮助居民适应当代生活。因此，当日常文化不变时，人口的数量就会激增。这看起来就和西非的棚户区同样可怕，我可以了解为什么人们涌进像是"芝加哥"或"华盛顿"的地方。这样的村庄印证了一句话：靠近城市可能会发生某些事，但也许会有个截然不同的生活；然而在村庄里，什么事都不会发生。

这就是为什么村庄里无人居住。这是事实，人们在几千米外的地方工作；但是有更多人逃到弗里敦的棚户区工作。我仔细检查垃圾：塑料包装纸、锡罐、纸板牛奶盒、丢弃的鸡皮，都和排泄物混合在一起——乡村和工业化废物的混合物。只有站在极度浪漫主义的观点，这个非洲村庄才会依然被视为一个庄严的独立体。沿海城市吸引人的地方，就在于它改变了一般人对村庄的认知：不论它出口的是犯罪行为（比如，破坏乡村健康诊所的野蛮作风），还是穿戴棒球帽、无鞋带运动鞋的潮流，或是纸盒包装的牛奶和罐头食品。当我看到希米恩和阿卜杜勒给这些喧闹的年轻人钱时，我有一种趋同的、混合的感觉：城市与乡镇、战争与犯罪、士兵与囚犯。在这里，边界也瓦解了，而且并非都是地理上的。

我们离开时，天开始下雨了。挡风玻璃的自动雨刷坏了，希米恩用锡箔纸包着香烟代替保险丝，才启动了自动雨刷。但是希米恩并没有自夸或自我庆贺地露齿一笑。他是个意志非常坚定的人，一个挑战过来，他通常总能随机应变。虽然在塞拉利昂，贫穷每天将各种挑战强加在人们身上，但从更大的层面上来说，也许是这块土地太丰饶了，以至于无法要求这里的人努力形成一种必要的文化，来发展在风土较差地区的人们被迫长期学习的自律。

现在这种丰饶正逐渐地干涸，有些人似乎也察觉到了。在路上，我整天看到的可能是人们使劲拉着背上的薪柴，其中一部分是当地用的，大部分则要送到弗里敦去。灌木长得很快，但仍赶不上增加的人口。仅在1980年到1990年间，就有20%的西非森林消失了。[36]

卡车再度抛锚，这次是因为冷却器过热。为了等冷却器降温，我们从附近有男女老少在洗澡的小溪取水来浇注它。溪水是停滞的死水，而且还可能带有血吸虫病的病原（裂体吸血虫）；盘旋的苍蝇很可能会传播盘尾线虫病（河盲症）。但是除了这条小溪，他们还能去哪里洗澡呢？

卡车倾斜着，艰难地爬上一道长长的、有坑洞的斜坡，长达数千米，然后停止。冷却器还是过热。这一次希米恩和阿卜杜勒将所有的水排干，再灌满较凉的溪水。过了半小时，我们再出发。又有两次，我们因为冷却器过热而停下来。包括爆胎，车子总共抛锚了五次。最后，我们想到了最糟的事——冷却器有漏洞。我们将它再排干一次。然后，希米恩用混合着焦油、口香糖以及从

---

[36] 参见参考文献里的"世界资源研究所"（World Resources Institute）。

一包香烟中取来的锡箔,暂时把它塞住,就这样再继续行驶。

我们在路上谈论并争执,然后又通过两个路障,每一个都和之前的一样险恶。

进入博城时,天都黑了。我们花了12个小时走了约250千米的路。途经没有灯火的街道,买了些煮蛋和啤酒当晚餐,然后寻找由爱尔兰神父经营的田园教堂(Pastoral Church),希望能找到一个过夜的地方。一卡车的士兵从一个巷子中退出来。就在我和他们眼神接触时,一个年轻人抓住我的手肘并快速地向前轻推我。

"我是福阿德(Fuad),"他说,"我可以帮你找个地方吗?"福阿德戴了副厚重的眼镜和一顶紫色棒球帽,他带了很多书。我信任他。他陪我走到田园教堂的办公室,我看到一位神父与一群当地人,在一个光线晦暗的杂物室举行会议。这个神父指示我去教堂的旅舍,那里有地方过夜。

福阿德陪我找到房间,那是一个小小的、像营房一样的建筑物,就在灌木林的边缘。有自来水和空调,这已经够令人惊讶了。我使用我那含碘的过滤杯喝水龙头里的水。

天黑后一小时枪炮声就响了。过了博城不远,几乎就完全是地图上画的战区了。不清楚这个枪炮声是什么,是抢劫吗?一连串的抢劫?或者只是"士兵们"对空放枪呢?福阿德耸耸肩,他不知道。我太兴奋了,以至于没法入睡;我坐在营房门外和福阿德聊天。他给我看他的一本书:那是吉米·斯瓦格特(Jimmy Swaggart)写的《基督徒与邪灵》(*The Christian and Demon Spirits*)。"这本书,"他解释,"教我如何让我的心远离魔鬼。你必须时时保持警醒。"我没有笑。在塞拉利昂,到处可见社会的崩解。政府根本不存在，因为它既不是道德力量，也不是公众生活的组织因素。福阿德和他的母亲、七个兄弟姐妹住在一起；他的父亲已经"离开很久了"。他有"学位证书"，但没有就业前景。没有钱，他可能没办法上大学。但是福阿德看起来很绅士、很冷静。他没有生气，反而坚决地一再要求我为他写推荐信，来帮助他在弗里敦的大学拿到奖学金。如果斯瓦格特在某方面是这个年轻人力量的来源，我要去评价谁呢？

福阿德是数千个试图取得当地大学奖学金的非洲年轻人之一。但即使够幸运能获得入学许可，他们毕业时，还是很难找到工作。塞拉利昂到处都是福阿德，命运注定可能有希望——然后去尝试——最后以苦涩的沮丧告终。

夜里下了雨。绿色和黑色的土地被刷洗得崭新。当太阳升起，雨水清爽的香味让位给泥泞的气息，最终挫败在尘土的味道里。吉姆·阿什曼（Jim Ashman）是天主教救助服务队在博城的代表，我找他出来简单报告这里发生的事。

阿什曼住在郊区的平房。早上八点我去敲他的门，他半裸且睡眼惺忪地要我在客厅等他十分钟，让他梳洗及着装。地方越小、越偏僻，对礼仪的要求就越少。我估计并不需要事先跟他约好要在早上敲他的门，而他亲切热心的声音告诉我，我是对的。就如同他很快告诉我的，他的电话已经坏了好几个月了。

等他时，我看看四周。这是一间多灰尘的房子，几乎没有家具。书架上有几本非洲小说，以及一本格林的《没有地图的旅行》(Journey Without Maps)。一张照片倚着这些书来保持平衡，照片里有一些抹着鲜血的利比里亚叛徒，穿得像"物神"神灵，站在一辆镶嵌有头骨的吉普车旁边。然后，一个非洲女人出现了，是阿什曼太太，她非常亲切地为我炒了两个蛋，配上可口可乐当早餐。

考虑到我口渴的状态，以及咖啡在炎热的气候下会刺激人的胃部，这样的配餐很受欢迎。在后工业的温带，有着无数的果汁和瓶装水，我已经很少碰可乐了。但在热带地区，我几乎以此为生。

阿什曼出来正式地为我介绍他的太太，以及在房里跑来跑去的小孩。他曾经是制药工程师，为一家美国药厂工作，他发现郊区生活很无聊，于是就加入和平队，在塞拉利昂服役。由于无法重新适应美国的生活，他为许多不同的救助机构工作，直到在博城找到天主教救助服务队的工作。阿什曼是一位援助工作者，等同于"半特约记者"：一个做某些次要新闻、没有合约的记者，虽然相较于正式派任的通讯员，没有那么正式和专业——某种程度上，他已经入乡随俗成了当地人——但他会自夸他的知识以及对当地的"感觉"，这是西方首都情报局官员很少能掌握到的。我记得1985年在喀土穆的一个英国半特约记者吉尔·勒斯克（Jill Lusk），她在4月军事政变前几天，毫无保留地宣称军事统治者尼迈里"很快就会被推翻，因为在我邻近地区的每个人突然开始谈论政治，这是几年来首次出现的现象"。她是对的，而许多当地有着公派汽车、退休计划以及稳定薪水的外交官，都错了。在伦敦和华盛顿，这些关于第三世界的知识链通常始于广布于边境地区的这些人，像是阿什曼和勒斯克。你越往上向"文明"靠拢，信息就逐渐稀落，且越不有趣，离题越远。

阿什曼开始跟我谈附近的贡丹玛难民营，以及如何利用西方的医疗服务，新建的厕所、井、产房；并且如何从像天主教救助服务队这样的机构，稳定运送布格麦和黄豆；另外，还有一整排整齐、干净、用茅草盖顶的小屋；这些达到了塞拉利昂国内最高的生活水平。"在贡丹玛的人原是从塞拉利昂的东南方被驱逐出来的，该地区在某种程度上是被利比里亚据为己有了。国籍和边界的整个议题在这里是模糊不清的。种族的界线并非官方认定的那个,而逐渐增加的唯一关联是那些分隔曼德人、瓦伊人、葛拉人(Gola)的边界。有些村子连塞拉利昂的军队都害怕进去,闯入那里的士兵会被割掉耳朵。我知道的,我曾经拜访过一个村子……"

我问阿什曼关于人潮流向城市的状况。他说:"我在和平队时期在乡间的所有学生,现在都在弗里敦,而且没有工作。"我再问他关于疟疾的事,"光 8 月,在贡丹玛就有 675 个严重的疟疾病例。这里每一个人都有疟疾,只不过没那么严重。同时,我还注意到性病病例的持续增加。"

"塞拉利昂是一个国家吗?"我大胆地问。

"它是一个国家吗?嗯,那是一个有趣的问题。让我想想……我和你说过塞拉利昂靠近利比里亚的那片区域。我曾住在东北部的卡巴拉(Kabala)。那里的弗拉人(Fula)与几内亚的关系比跟塞拉利昂亲近。似乎一切都在分崩离析。这里的政府独立后,就破坏了这些村庄的酋长制;它借由某些非长期的、合法的政治亲善制度来取代世袭的酋长。当中央政府衰落后,权力下放给这些酋长时,他们却无法担当这个责任。正如西非的谚语所说:'谁会将他嘴巴里的甜头吐出来呢?'换言之,谁会放弃贿赂呢?而且有那么多枪指着你。那是一个新现象。塞拉利昂是一个国家吗?非常有趣……"

我想起德国外交官说的话:"21 世纪非洲的德国大使可能再度被授权与海岸国王或领袖签订合作条约,从而使其能够维持对内部的某些控制。"

阿什曼对他已经完全融入的文化有一个结论:"在这里很难聚财,比如说,只要你获得了一些米,你的邻居就要分一杯羹。

第二章 塞拉利昂：从格雷厄姆·格林到托马斯·马尔萨斯？

在这里储存任何东西都是危险的，因为一定会马上被分掉。这个社会（非洲）的运作使每个人都下降到相同的标准：这是一个和雄心壮志相抵触的运作系统。"

随着时间的流逝，我开始怀疑我的记忆。从弗里敦到博城的那段旅程真的很糟吗？然后，1995年1月，我看到有关弗里敦郊外发生了多起暴力以及人质挟持事件的报道，而那些事件就发生在我当时走过的路上。英国国家广播公司拍摄影片的工作人员走的也是相同路线。他们影片里是残缺不全的尸体，还有一个人从他的皮包里拿出一截手指来，声称这能让他"消失"。贡丹玛的模范难民营被残暴的军队占据了。英国国家广播公司的工作人员在弗里敦访问美国大使劳拉蕾·彼得斯（Lauralee Peters）有关塞拉利昂社会的状况。她说："发生在这里的事情使我的背脊发凉……我不喜欢看到人头被串在棍子上。"[37]

另一方面，1995年10月的报道指出，塞拉利昂与利比里亚间的战争确实缓和了些，而这完全归功于非洲自己的维和部队以及私人安全顾问。结果，塞拉利昂的选举被安排在1996年年初。混乱，与其说在扩大中，事实上，不如说是触底反弹。然而，那并没有让我们安心。过去几十年，塞拉利昂的高出生率，意味着这里逐渐增加的大量年轻人，将会在下一个世纪寻找工作。只要有人在这里，就会需要帮助与投资，而那是这个世界在一个以市场为主导的全球化经济形态下所无法提供的。在这样的经济形态下，西非国家不再只与彼此竞争，还要与在印度次大陆、东南亚

---

[37] 英国广播公司记者斯蒂芬·布拉德肖和马克·多德在《全景》（Panorama）节目中进行了录像采访。但对彼得斯大使的采访并没有收录到1995年3月20日播出的最终版本中。

以及拉丁美洲的国家竞争。

我们也许可以轻松地说,有一个像塞拉利昂这样的地方没有什么关系,但是如果我们一点都不在乎这类地方,那为什么,比如说,美国图森市(Tucson)郊区的居民要去在乎费城的贫民区呢?如果对非洲冷漠相待,我必须要说,我们将会踏上丧失民族性的不归路。

回到弗里敦后几天,我在一间由黎巴嫩人经营的、干净无尘的皇冠面包店(Crown Bakery)里享受比萨和可乐。这家店的玻璃擦得闪亮,招牌三明治摆在柜台后面,广播中播放着轻音乐,还有上了清漆的墙壁和家具,新刷过的天花板,以及安静的空调设备。灰尘与腐败——也就是西非的空气——被挡在门外:这就要求不停的清洁来维持,而那些政府在海滩边经营的、房间每晚收费超过100美元的酒店,也无法做到。这里的料理是国际级的,干净,不需要外国顾问的管理。在弗里敦市中心的断瓦残垣里有间美丽的店面,一个援助工作者和外交官可以避难的地方;一个在塞拉利昂里至少可以知道外面的世界看起来如何,以及它们是如何运作的地方。虽然没有人说,但是援助工作者与外交官都知道,如果一万个黎巴嫩人全都离开这里,他们恐怕也待不下去了。对外国人而言,黎巴嫩人是一个支撑生命的系统,不论是安排卡车为难民输送救助品,还是在一个西方风格的地方供应午餐。

但是在塞拉利昂的众多非洲人,通常在黎巴嫩人身上只看到小小的利益。

"去他妈的黎巴嫩人",我在一堵靠近米歇尔公寓的墙上读到这则涂鸦。弗里敦的报纸是主张"黎巴嫩人厚颜无耻"的种族中心主义最大的供应商。黎巴嫩人的房子总是被闯入,住民偶尔还会被杀。一个黎巴嫩人的家被行窃三次,虽然警察没有兴趣调查,却索要了贿赂。另外,在塞拉利昂抢劫黎巴嫩人也不会像犯其他罪一样被严厉地非难。"他们是肮脏的黎巴嫩人,他们涉入肮脏的贪污生意"是常见的控诉。黎巴嫩人在一个原有的中产阶级虚软无力的地方,组成一个中产阶级。因此,即使他们必不可少,却还是招致怨恨。

通过皇冠面包店的窗户,三个士兵凝视着店里的顾客,他们的脸再次紧贴在窗玻璃上,表情贪婪。对黎巴嫩人而言,军队的勒索是留在这里做生意的部分代价。与此同时,一个趋势渐渐浮现:黎巴嫩店主越来越多地送他们的孩子出国受教育,并取得外国国籍。这三个紧贴着窗户的士兵,将我刚抵达塞拉利昂的那个晚上,在海边酒吧所感觉到的那个猛撞的陨石具体化了。那天晚上在酒吧里的黎巴嫩人有快活的资本,因为他们的团体正安静地准备从这里离开。而这里的未来可能会比现在更悲哀。

第三章　沿着几内亚湾

雾蒙蒙的微风在夜里掀起黑色的海洋。我坐在池子边一张老旧的海滩椅上，看着一群法国游客在水中嬉戏，并且喊着让穿彩色肯特布（kente）服饰的非洲服务员送啤酒来，然后他们再游泳过去拿。我喝完手上的啤酒，觉得很开心。这就像小说家伊恩·弗莱明（Ian Fleming）①笔下的西非：一流的20世纪50年代风格的住宿，而不是90年代的干净豪华的风格；迅速的服务；游泳池里美丽的女人；非洲与巴西的混合音乐发出的叮当声；热带海洋温和的波浪；以及你脚下随时会因为政治混乱而崩溃的地面。

我从弗里敦乘飞机到多哥的首都洛美，用"虚幻"这个词来形容多哥这个国家，要比"真实"贴切些。它位于大西洋沿岸，只有约五十千米宽，却有五百多千米"高"，从大西洋向北延伸到撒哈拉的布基纳法索的边境。多哥比其他西非国家更突显出该地区在地理上的窘境：西非人口聚集的地带是水平分布的，而随着你远离撒哈拉向南旅行，一直到大西洋沿岸丰富的热带地区，人口居住的密度渐次增加。然而由欧洲殖民主义者界定的边界是

---

① 伊恩·弗莱明，英国作家和新闻记者，他自《皇家赌场》一书开始，以一个英国间谍詹姆斯·邦德为主角，发展出一系列"007"间谍小说，因而名闻全球。——译者注

垂直的，也因此与人口统计学和地形学的目的相反。例如，居住在多哥海岸的埃维人（Ewe）②，就被一分为二，分别分布在多哥和加纳。此外，南部民族以及北部文化受到撒哈拉影响的上沃尔特人（Voltaic people）之间的紧张关系，造成了多哥的诸多痛苦。1963 年，多哥成了非洲独立国家中第一个发生政变的，原因就是居住在海岸的米纳人（Mina）斯尔法纳斯·奥林匹欧（Sylvanus Olympio）总统与来自北方的卡布雷（Cabrais）团体的军人间关系紧张，结果后者暗杀了他。

多哥并非地理和民族有机结合的产物，而是 19 世纪末德国贪婪的结果。当奴隶买卖产业崩溃时，欧洲殖民者开始利用西非的商品资源，如可可和各种棕榈制品。1884 年，德国船只在这里登陆，然后宣称对这片地区的所有权。这就是多哥民族认同的基础。

在我身旁水池里嬉戏的游客，在几个月前，也就是 1993 年年初，还不在这里。当时军队暴动，一些外交官被驱逐出境；而在第一次世界大战后取代德国，成为殖民势力的法国，再度支持军事独裁者埃亚德马（Etienne Eyadema）[类似事件也曾发生在 1991 年，在伦敦发行的《西非》(*West Africa*) 杂志上，称之为"像索韦托（Soweto）③暴动中丢石头的青少年"发起的暴动之后]。在我离开多哥几个月后，一场失败的政变中死了 67 个人，三名反对领袖在竞选过程中遭到谋杀，结果导致了更多的政治冲突。

根据各种地图所示，洛美作为一个被承认的国家首都，事实上只不过是个迷人的、发展过快的市场城镇，有以海滩伞遮荫的

---

② 埃维人，分布于多哥、加纳和贝宁的民族群体，使用科瓦语。源自尼日利亚西部的奥约人，在战时成立联盟，但从未建立统一的国家。——译者注
③ 索韦托，南非东北部特兰斯瓦省的黑人城镇。——译者注

木制摊位，四周围绕着许多失业的年轻人。整个镇以直线的方式沿着海滩延伸，没有市中心，洛美似乎缺乏一种根基。但是这里是一个静谧美丽的地方，以至于当那些欧洲旅行团终于疲倦归来时，完全没有注意到这个城市在几个星期前所遭到的破坏。我注意到很多游客甚至很少走出酒店。

次日早晨我在九点吃完早餐，买了单，然后离开这个温度受控的气闸室。潮湿的热气侵袭着我，就像拳头打在身上一样。谢天谢地，还好沿着海滩每隔几百码就有贩卖可口可乐的摊子。我很快就习惯了。我朝着多哥与加纳临界的国界线走去，这里只离镇郊1.6千米左右。我计划走路、乘出租车或巴士旅行，以及沿着几内亚湾搭便车，回到向西约六百千米的科特迪瓦经济首都阿比让。④

几周前我在阿比让看到整个几内亚湾的卫星照片，从拉各斯到阿比让呈现出一个迅速发展的人口聚集地区，根据任何合理的经济和地理标准，这一段海湾应该组成一个单一的主权国家，而不是后来所分成的五个国家（尼日利亚、贝宁、多哥、加纳和科特迪瓦）。我想在地面上亲眼看看卫星从空中捕捉的景象，亲身经历非洲人平常沿着这条走廊旅行时，从一个沿海城市到另一沿海城市必须经历的事情。历史学家戴维逊说非洲人必须忍受"民族国家诅咒"的痛苦。我想要经历那个诅咒。

就所有人为界定的边境来说，阿夫劳（Aflao）国境站必然是最典型的。海滩路——事实上就是洛美市——就这样完结，仿佛被一把巨型锯子砍断一样。接下来的部分看起来就像是仓库或废

---

④ 正如之前的一个注释所提到的，几内亚湾或是杰斐逊所拥有的那张1802年的非洲地图上标明的"几内亚海岸"，不能与位于向风海岸（Windward Coast）的几内亚这个国家混淆。

物堆积场的入口。那是个混乱的场面:生锈而铿锵作响的城门、炭黑和腐蚀的营房、污泥、沙子、一小群女人沿街兜售成堆的杧果而引来的苍蝇,以及很多带着一叠叠加纳的货币塞地(cedis)出售,换取 CFA[⑤] 法郎的人。有各种草食动物,包括山羊和绵羊,还有头上顶着篮子的妇女不断进出大门。没有队伍可以排,有一点像被拉进水里:你举步维艰地走近人群,却有一个男孩子抓起你的手臂,把你拉到营房开着的窗户边,而移民局官员就坐在那里。我想到雷沙德·卡普钦斯基(Ryszard Kapuscinski)在 1965 年写下有关这个边境的描述:

> 在加纳和多哥间的边境有一扇上锁的大门,当我开车到那里时,一名警察在大门旁边逡巡良久,试图找到钥匙。两年前多哥总统奥林匹欧就倚在这面围墙上,被一队行刑的军官处死了。

移民局官员说我需要从内政部拿到出境许可才能离开多哥。但是今天是星期天,内政部休息,于是他同意让我通过,但是我得付他 5000 CFA 法郎的罚款,相当于 18 美元。我给了他 5000 法郎纸币,他迅速放进口袋里。"现在你跟这小男孩换一些零钱。"移民局官员指了指站在他旁边的一个 12 岁男孩对我说。这男孩和这官员相视而笑。我用法郎换了一些加纳塞地,反正我迟早得换的。这是一种敲诈,根本不需要什么出境许可。我看见提着袋子和皮箱的非洲人也交钱给移民局官员。提篮子的女人什么都没

[⑤] 西非所有前法国殖民地,除了几内亚和毛里塔尼亚,全都是非洲金融共同体法郎区(Communauté Financière Africaine)或简称"CFA"的会员。

付,较富裕的非洲人就得付点儿什么,而我付的比谁都多。这道边境存在的目的只是为了向有钱人抽税,并为政府官僚提供工作岗位和外快。那是一种财富转移的机制。显然这不是真正的管控;很少人的行囊或皮包会被检查。这里的检查比西非各国里的任何军事检查站还宽松。

接着,带着钱的男孩陪我走到加纳那一边的边境驻扎,和几内亚不一样,他们在我的护照上盖了章,要我填报货币申请书,这样下次我要再次出手我的美元时,才不会有困难。接下来,这男孩陪我走到出租车和迷你巴士站。我给了他小费。他离开了,回到多哥。没有任何人阻挡他或其他无数进出这扇门的年轻人。

介于边境和加纳首都阿克拉(Accra)之间就有四个检查站,我和其他旅客"拼车"的出租车到了站就得停下来接受检查,检查站四周几乎形成了市场和小村庄,人们向停车的过路客兜售饮料和点心。在其中一个检查站,我远离马路去小便。环顾四周,我看见与多哥、塞拉利昂、几内亚和科特迪瓦等国同样的景象:波纹铁皮的简陋小屋、到处是蜥蜴的红土、一大群一大群的小孩子,还有被苍蝇所围绕的孕妇。加纳乍看之下并没有比它的邻国好,这令我感到惊讶。在科特迪瓦和肯尼亚陷入艰难的时期,加纳却因为那位颇具个人魅力,并稍带仁慈的军事独裁者杰瑞·罗林斯(Jerry Rawlings)领导了较稳定的政府,而被一些泛非主义者推崇为新非洲的"成功故事"。

在联合国人类发展排名上,加纳的名次接近巴基斯坦和印度。但就在1994年2月我访问加纳后不久,有1.3万人因部落间的土地权冲突而逃离,这个国家北部有1000到3000人因此丧命。官员说在康孔巴人(Konkombas)和纳农巴人(Nanumbas)之间的冲突,导致67个村庄在暴动中被摧毁。

然而，阿克拉到处是建筑物，这是经济增长的象征。城市里有几家很不错的中价位饭店——这是一种文明的评量法，许多第三世界的城市提供的选择从几美元一晚的小旅社到200美元一晚的、与周围事物隔离的豪华生活系统。令我印象更深刻的是，天黑之后在阿克拉走路是很安全的，这是其他撒哈拉以南非洲地区的城市，或很多美国城市所没有的状态。还有其他没那么驳斥"成功故事"的事物，却削弱了加纳在撒哈拉以南非洲地区以外的重要性。这里没有什么商业区甚或"边缘城市"——正如在美国的城市，当商业闹市区变得危险时，中产阶级就会搬到郊区。我只看到弯曲的格子状破烂街道、没有遮掩的下水沟、红土、各种不同腐朽阶段的芥末色墙，以及波状铁皮屋顶。都市风格不见了。根据《孤独星球旅行生存锦囊》（Lonely Planet Travel Survival Kit）中的描述，阿克拉的民族博物馆是"西非最好的博物馆之一"。而那到底是什么意思？意味着在午后，一个小小的、空荡无人、没有灯光的建筑物里，破裂的玻璃柜中摆着满是灰尘的陈列品。待在那里一个小时，我是唯一来参观肯特布服饰、木制面具、鼓、石制工具以及其他手工艺品的访客。我敲门要进入博物馆时，守卫早已开了锁。我买了票后，他坐回一台电视机旁边的凳子上，继续看回声响彻整个博物馆的摇滚录像带。

我在中价位的日升酒店（Sunrise Hotel）订了一间房间，这家酒店的特色是有英式风格的酒吧，以迎合从欧洲来利用加纳短暂繁荣的各类骗子和三流生意人。我在办理入住时，音响喇叭大声传出《碧草如茵的家园》（"The Green, Green Grass of Home"）的歌声。几名白人分别坐在不同的桌子前享用食物，阅读外国杂志。没有人在交谈。角落里坐着一位看起来像新纳粹的白人，一头金发剪成了平头，牛头般的脸上有一道疤，而且手臂有刺青。他站起身来，将铜板扔进一台老虎机。他一次又一次地将铜板丢进机器，几分钟后还是没有结果。接着他叫酒保拿更多铜板来。这位美丽的加纳酒保正在吧台后忙着招呼另一位客人，所以没有立刻答理他。"你们这些人是睡着了还是怎样？"他大声咆哮。她赶快拿更多的铜板过去。

我在吧台认识了肯尼（Kenny），他身材矮小，有乔·珀鲁卡（Joe Palooka）的体格和一张安迪·凯普（Andy Capp）的脸，他穿着一条夸张的热带短裤。

"我请你喝杯'冰尿'。"他说。

两杯啤酒端来了。肯尼是日升酒店的酒席承办商。他在英国军队和商船上承办酒席有30年了，而且专门将英国酒吧食物引进有外国工作人员聚集的第三世界各地。

"喏，你去住这个地方。那边一切都还好。不过如果是我的酒店，我会建一座游泳池。一个泳池、一个妓女、一杯'冰尿'以及一块飞镖靶，这就是一位绅士所需要的。我会弄得像个真正的英国酒吧，所有啤酒都是拉格啤酒，等等，你知道，"他降低音量，"你不会想要有加纳人来这里，因为他们他妈的没有钱。

"我哪里都去过——吉尔吉斯斯坦（Kyrgyzstan）[⑥]、阿尔汉格尔（Archangel）[⑦]……我喜欢和男人打交道。王储醉醺醺地下飞机时，我就在卡塔尔（Qatar）。英国新闻报道他得了流行性感冒——绿瓶子感冒还更贴切呢！喏，说起阿拉伯人——他们不尊重人命。唉，那些也门人会为了50英镑就把你杀了，他们真的

---

⑥ 吉尔吉斯斯坦共和国，中亚东北部国家。——译者注
⑦ 阿尔汉格尔，俄罗斯西北部海港城市。——译者注

会这样。

"你知道在塔斯马尼亚岛（Tasmania），娶你的姐妹是合法的——干你自己的姐妹。"他点着头。

"说到这个国家，就拿住在北方的阿散蒂人（Ashanti）来说，他们是好人，但是他们在这里没有希望啊，老兄。能得到什么就抓住什么，那是我的哲学。唉，他们在北方吃蜥蜴、猴子、老鼠。我在加纳北部的所有时间里，只看到过两只猫。加纳人说猫和猴子是很好吃的肉排原料。"

"你瞧，"肯尼再度降低音量，"我当时在北方承办伐木工人的伙食。唉，他们砍了整座山的树木：桃花心木、乌木，等等。别的不说，光是载树干的卡车就多得可以造成交通堵塞了。有些树干太粗壮了，必须用一辆卡车来运载。但是钱一直在被偷走啊，老兄。这里的人一个子儿都没见着。"他的声音转为伤感。"但是那些为了黄金和钻石在此扎营的人——唉，他们偷了很多。普通的加纳人什么都没捞到，我可以告诉你这一点。这里什么都要贿赂，都要贿赂。"

肯尼走了。我在吧台拿起当地报纸《加纳纪事报》(*The Ghanaian Chronicle*)。标题写着"罗林斯民兵在多哥被杀"。报道上说加纳的罗林斯政府试图推翻多哥的政权未遂。社论中严厉批评加纳领袖越过边界做出如牛仔的滑稽动作，而不处理加纳的国务。文章带着愤怒，写得很好。我看了一下报头，注意这位编辑的名字，他的名字是夸库·萨基·亚多（Kwaku Sakyi Addo），还有报纸的联系电话。我立即打电话给他，告诉他我是来自华盛顿的作家。他答应30分钟后来饭店找我。

亚多看起来近三十岁，样子清爽，穿着一件熨得很平的白衬衫、红色领带、吊带裤，戴着金丝边眼镜。我为自己没刮胡子的脸、牛仔裤和无袖的钓鱼背心，深深地向他道歉，向他解释在西非大陆拖着正式服装旅行的不实际。他笑着告诉我他很了解在非洲旅行的困难。虽然如此，他习惯性的正式和干净让我觉得自己像个打扮成战地记者的骗子。

"你如何能批评罗林斯而不受处罚呢？"我问。

"罗林斯需要我们，"亚多解释，"借由容忍我们，他可以让西方捐助者对他印象深刻；借由容忍我们，他学习到如何应付一个言论自由的新闻界。不要误会我的话，我很理解，罗林斯比西非其他领导者好很多，而且加纳也比邻国的状况好。但是我们怎么可以满足于现状呢？当我们批评政府时，政府却说我们不知感激。他们说：'你看多哥，那里比我们糟多少啊。'我说：'我们不应该拿自己与那些在阴沟里的比，应该要和那些在阳台上的比。'比如，和韩国比。1957年我们自英国独立时，加纳的国民生产总值与韩国一样，但现在韩国却在援助我们。这是非洲政治文化的失败。

"我们还有很长的路要走。看看这世界的其他地方！我们周围的CFA国家都在走下坡路。法国不愿继续支持他们的经济。现在西非出现的繁荣是虚幻的……这是真的。有很多砍伐森林的事情发生，太多了。而罗林斯现在谈论环境，他还针对环境成立了一个部门。至少心态已经在改变了，但，是不是太晚了呢？"

沿着海岸往西，从阿克拉到海岸角（Cape Coast）约130千米，只花了两个小时。巴士坐起来很舒服，准时开车，而且还有一些空位。这是长途巴士，一路直达阿比让。在几内亚湾遇到的问题就是，如果你要沿途停留，就得经常搭乘不舒服且不可靠的丛林出租车。

第三章 沿着几内亚湾

几内亚湾可能也被认为是恶名昭彰的"奴隶海岸"的一部分，即使这个名称更多指涉沿着海湾以东更远处的地区，就是现在的贝宁，以前的达荷美共和国（Dahomey）。很多从西非被运往美国的奴隶，就是从星罗棋布于阿克拉和科特迪瓦之间的海滩上，一系列由欧洲人建造的堡垒出发的。而巴士让我下车的海岸角就是其中之一。

巴士在主要的海岸公路上停车，然后我再朝着海洋与海岸角的城镇走三千米多的路。全身汗湿的我，挣扎地走过安静、无人的街道，饱含盐分的微风侵蚀着粉色的墙。整个城镇像是很多艘失事的船聚在一起：坍塌的摊位、没有屋顶的房子、在海洋里的儿童用破木板充当冲浪板。无为的生活一蓬勃，人类的创造力就告终。海岸角风景如画，有碧蓝的海浪、黑色的火炮残骸、面海的城墙。但是从另一个标准来看，那是很令人沮丧的。

海岸角城堡是瑞典人在 1653 年建成的。[⑧] 在 1660 年被英国永久攫获之前已经五易其主。一个人在漆黑的地牢里听着海浪的怒吼，我想到了奴隶的哭号声。少数几个游客在改装为纪念品店的发霉地窖里流连，多半是参加巴士旅行的非裔美国人，他们买了几本由服务于阿克拉国际中央福音教会（International Central Gospel Church）的神父门萨·欧特比尔（Mensa Otabil）所著的《越过埃塞俄比亚之河：上帝对黑色人种的圣经启示录》（*Beyond the Rivers of Ethiopia: A Biblical Revelation on God's Purpose for the Black Race*）。我买了一本，浏览了一遍。第 87 页上写道：

---

⑧ 参见阿尔贝特·范丹齐格（Albert van Dantzig）的《加纳的堡垒和城堡》（*Forts and Castles of Ghana*），列于参考文献。

每当这世界有了危机,黑人总会有份。洪水之后,这世界需要一位领袖时,上帝捡选古实(Cush)之子宁录(Nimrod)。⑨当摩西被带出法老王的营账时,是一个名叫叶忒罗(Jethro)的黑人教他上帝的愿望……当耶稣要被钉上十字架时,是由一名黑人扛十字架的。

离开海岸角城堡前往埃尔米纳(Elmina)的城堡途中,沿着大西洋海岸往西走了几千米后,有一名加纳女人走近我,随意地问我要不要搭她的便车。"好。"我说。她的名字叫艾丽斯(Alice),是个私人导游,专门为一名"美国来的访客"服务。

这名美国来的访客叫作亚乌·门萨(Yaw Mensah),他是加纳人,在25年前移民到美国,现在回来家乡旅行。我注意到他正待在城堡里面;他戴着一副玳瑁眼镜、一脸灰白胡子,并且不断用他的摄影机拍摄城堡:只是拍摄城墙、城墙、城墙,一次几分钟,就像拿着机关枪在旷野中漫无目地扫射一样。一开始,他对我的出现感到反感,但艾丽斯说:"拜托,我们车内还有空位可以让他坐。"最后他递给我一张名片:"亚乌·门萨,得州人类服务部门职员发展专家"。然而,门萨的英文有一点儿结巴。他说他是来搜集资料的,以利将来非裔美国人来观光,他还给我看他的日志。他记下每个城镇之间的里程数,旁边只写着"这个地方OK"或"这个地方不OK"。我给他看我带来的《孤独星球旅行生存锦囊》西非篇,其中长达58页有关加纳的单元里,已经有所有的里程信息了,里面的数据既广又细,还包含城镇地图。

---

⑨ 据《圣经》记载,宁录是诺亚的曾孙,据说他是在大洪水之后,管辖伟大帝国的最初统治者之一,后来成为巴比伦和南美索不达米亚以及亚述的国王。——译者注

虽然这本书和其他有关非洲的旅游指南在美国唾手可得，但他还是假装很惊讶于这些数据的存在。即便如此，他还是没有对我的指南书显露出任何兴趣。"我在做我自己的书。"他说。我感觉到艾丽斯是对他感到无聊，所以邀我同行，也好有人可以讲讲话。

我们三人出发前往埃尔米纳。午餐时间到了，她把车停在海滩的一家餐厅门外。那很像风景明信片的布景：壮观而空荡的黄沙土地区；厚实且高耸入云的棕榈树干；小孩子穿着夸张的肯特布衬衫在独木舟里面玩耍。我们找到一张桌子坐下来，点了烤鱼和可口可乐。

我们在等鱼的时候，门萨发表了一篇独白，叙述白人种族何以是罪恶的根源，以及美国内陆城市开发不足的罪魁祸首："如果这个种族问题能解决，那就事事都完美了。"艾丽斯插嘴："但是他，"——指我——"不是种族歧视主义者，我想。"我很难为情。"每个人都有轻微的种族歧视。"我说，"其中的技巧是看出你自己的差错，加以调整。"在此有些重点被忽略了。门萨的独白，就像他摄录城墙的画面一样，缺乏叙述的感觉。重点与重点之间没有拉上线。"只要白人改变他们内心的观点，内陆城市的帮派就会瓦解。"似乎这就是他要表达的。门萨接着补充："但是美国仍然是地球上最强大的国家。我已经不可能再成为非洲人了，我是美国人。我吃疟疾药片，并且只喝瓶装水。25年了，我的身体已经无法再适应非洲了。"艾丽斯恼羞成怒地叹了一口气。

我们回到车上。圣乔治城堡（St. George's Castle）在远处的朦胧中出现，一幢巨大的白色建筑物坐落在石滩地的尽头。旅行指南里将埃尔米纳描述为小巧、充满活力、如画一般、迷人，等等——完全取决于你想看什么——当然，还有蓝色的钓鱼船、拍击岩石的海浪，以及如小山一般的水果堆。然而我还看到其他很多敏感的人一定会注意到的事物：我看到应该在学校里读书的孩子们在泥地里打瞌睡，还有一群群男人或趴在腐朽的木栈道上睡觉，或在下棋、喝啤酒。今天是星期一，现在又是大白天，但是除了女人在石头上敲打衣服以及贩卖水果，没有其他有生产力的工作的迹象。这个城镇本身，尽管在地形上比科纳克里更讨好，但看起来并不比几内亚的首都干净完好：质脆的墙和鹰架所构成的生锈黑色网状物，再加上儿童穿梭其中。⑩ 若要将加纳当作"成功故事"，你必须闭眼不看埃尔米纳，只看蓝色的大海和如画般的奴隶城堡。

这座城堡迫切需要整修。"城堡都快要垮掉了，"门萨说，"我不知道。在1957年独立的时候，政府说他们会有一些措施，但是什么都没做。我们需要从什么人那里拿到钱。"他希望翻新这座奴隶堡垒能够为当地人创造就业机会。

虽然如此，圣乔治城堡就建筑而言是很令人感动的作品，比海岸角的城堡更令人印象深刻。我的双眼与一幢巨型白色棱堡（bastion）所发出的骚动人心的混乱声音交会，棱堡上有盐渍，还有独特的葡萄牙拱门和嵌有镶嵌砖片的窗户。这座城堡由双重护城河保护着，并且拥有自己的新鲜水源，亦即来自完全以砖块围成的广阔的地下蓄水池。葡萄牙人在1482年建了圣乔治堡。荷兰人在1637年占据它，并建了蓄水池。1872年他们将它卖给了英国。监禁奴隶的地下地牢是不透光的，站在潮湿的漆黑里，我试图感受一个非洲小孩被迫离开他母亲的那种难以想象的恐

---

⑩ 在最近的1993年，加纳的人口增长率是3.1%，在23年内翻了一番。但是这些数据是不明确的。据史蒂夫·科尔（Steve Coll）在《华盛顿邮报》的报道，1994年的调查显示这些统计数字已经"陡降"。

惧，因为奴隶贩子总是将他的商品分类，然而这种恐惧是我的想象力所无法触及的。

"多残忍啊，多残忍啊！"一个我在海岸角见到的非裔美国女人说。当加纳导游平静地指出城堡前面的荷兰教堂上，一个写着"锡安山（Zion）⑪是上帝的栖息之地"的标志时，这个女人生气地说："只要奴隶买卖这种生意还继续进行，上帝就不可能存在于这个地方！"

门萨忙着摄影。艾丽斯凑到我身边，对我轻声耳语道："你有没有听到那个女人说的？这些美国黑人就是回来生气的。对我们而言，那是历史；对他们而言，那是痛苦。我们并没有被送去美国当奴隶，那是他们的过去，不是我们的过去。反正，所有这些情绪会让他们觉得好过一点儿。他们回到美国，又更恨白人一点儿——那样不好。他们想要像我一样，当个自由的非洲人。但是他们做不到，他们是美国人。"

我走出教堂，走到外面白色城墙的地方。海滩向两边延伸数千米，就像一串项链在大西洋蓝色的肌肤上展示出来。我伸长脖子想要眺望埃尔米纳镇，我可以看到，这座城镇里没有建筑上的永恒之处，没有足够的材料证明有人存在。葡萄牙人所建造的城堡已经有五百多年的历史了，但是如果埃尔米纳的居民离开的话，它会在短短几年内消失在热带无为的日子中。这里有生命，但是没有发展。这个"奴隶海岸"已经准备好要再度被殖民了，只要葡萄牙人、荷兰人以及英国人同意带着他们的钱回来。⑫[我想到

---

⑪ 锡安山，在此指圣殿本身。——译者注
⑫ 当沿着几内亚湾的这整个沿海地区被贴上奴隶海岸的标签时，加纳的海岸线也以黄金海岸（Golden Coast）闻名，因为除了奴隶之外，还有淤积在内陆——吸引欧洲殖民者前来——

如果伯顿还活着，看到埃尔米纳、科纳克里、"芝加哥"、"华盛顿"，还有西非其他类似地方的荒凉模样，他会有什么感觉。他在1863年写道："一旦奴隶能够战胜他被白人运送出去的恐惧，这世界没有任何一件事情可以……说服他，让他愿意回到他应该称为家乡的地方……与油河（Oil Rivers）⑬相比，我们的西印度群岛殖民地就是一片快乐净土；忍受过非洲西岸的苦痛之后，奴隶之地的'美国南部各州'可谓天堂。"⑭]

根据伦敦大学教授奥立弗在《非洲经验》里所说的，虽然葡萄牙人在1445年抵达塞内加尔时，试图从侧面进攻非洲内部横越撒哈拉的奴隶贸易，但是也许直到下一个世纪，欧洲在西非的奴隶贸易才达到非洲自己进行的奴隶贸易的规模。在欧洲人登陆的那些地方，贩卖奴隶一点儿也不稀奇。在达荷美共和国的阿散蒂人和约鲁巴人（Yoruba）所在的各国，拥有奴隶是独裁的一部分。然而,很多学者将这种诠释称为牵强附会。例如，戴维逊在《历史上的非洲》（*Africa in History*）中指出，被其他非洲人所拥有的奴隶"绝不仅仅是家产，他们没有权利或解放的希望……他们是组成完整社会的不可或缺的成分……'一个知道如何服侍的奴隶'，套用一句阿散蒂的古老格言，'会继承他主人的财产'"。

17、18世纪，当荷兰人、英国人和其他人涉足大西洋奴

的黄金矿床。
⑬ 油河，属尼日利亚。——译者注
⑭ 《华盛顿邮报》前非洲特派记者，非裔美国人基思·B. 里奇伯格（Keith B. Richburg）在他的文章《大陆分歧》（"Continental Divide"）里得出一个相关的结论。里奇伯格写道，撒哈拉以南非洲地区的恐怖让他心里升起一股感激之情，感激他的祖先以奴隶的身份来到新世界，他才能成为美国人。参见参考文献。

买卖时,这种贸易就如雨后春笋般迅速发展起来了。根据学术资料,有1000万到1200万名非洲奴隶到达美国。但是通过这些数字我们只窥见一部分罪恶而已:"过去超过三或四个世纪里,有几千万名非洲人",戴维逊写道,可能因为奴隶贸易而一直遭受"被遣送出境或死亡"的痛苦。欧洲人主要在西非海边徘徊,从塞内冈比亚联邦(Senegambia)的卓洛夫(Jolof)帝国崩溃中,从曼尼人(Mane)⑮和富拉尼人(Fulani)在塞拉利昂和几内亚地区的占领地,从约鲁巴国(Yorubaland)附近贝宁和奥约(Oyo)各国的扩张,以及阿散蒂人和阿肯人(Akan)在加纳黄金海岸沿岸的占领地中,轮流趁机谋利。这些扩张和收缩全都产生奴隶、奴隶,还有更多的奴隶。即使有些在巴西⑯被囚禁的奴隶在获得自由回到加纳和多哥后,也变成奴隶贩卖分子,为欧洲人做中介。最后是政治、经济和道德因素,让这个横越大西洋的奴隶贩卖产业在19世纪画上句点。

有一支思想学派认为,欧洲人对非洲的介入并没有表面上显现出来的那么多。欧洲人的出现很少引燃非洲王国之间的战火。奥立弗说:"战争的原因根本上是地方性的……即使没有运送俘虏的海洋贸易,战争也会发生。"例如,根据历史学家罗宾·劳(Robin Law)的说法,奥约帝国的势力在于两大力量:一是战俘,他们转变为无薪的劳工以协助农业生产;二是向人民榨取的物品。总的说来,撒哈拉以南的非洲其欧洲殖民时期往往比欧洲人在印度次大陆和中南半岛的殖民时间短,而且大多限于海岸地区。

但是事实大概更为模棱两可,因为正如戴维逊颇具说服力的

---

⑮ 曼尼人隶属于曼德人。
⑯ 如本章一开始所说的,这些非裔巴西人也带回了音乐方面的影响。

主张,那是发生在数百年前殖民地和受保护领地[17]存在之前的"殖民地经济的早期模式"。借由贩卖人口来购买欧洲商品的能力,抑制了当地工业现金经济的产生。戴维逊写道,19世纪在尼日利亚北部的卡诺市(Kano),

> 纺织的手工艺品制造已经达到"家庭工业"的程度了,足以满足从塞内加尔到乍得湖(Lake Chad)的整个西苏丹(Western Sudan)地区的需求。远在大西洋贸易的奴隶贩卖网络之外的卡诺显然已经达到可以展开新经济发展的程度了。

根据戴维逊和其他各家的说法,除了阻碍早期资本主义经济的演进外,奴隶贩卖贸易还引发了非洲王国之间的战事;因为只有借由战场上的胜利,王国才有希望获得欧洲人要求的俘虏数量。对俘虏的需求导致对火器的需求,而非洲统治者们只有提供更多的奴隶给欧洲,才能从他们那里获得火器,于是造成了一种恶性循环。

欧洲人施加给非洲的最大负担大概就是政治地图了。地图上很多国家的颜色都是由其帝国统治者确定的。这张我们从小看到大的地图,是一种现代主义的发明,始于民族国家的兴起。地图提供了一种方法,将这些新民族组织体分类为没有过渡地区的拼凑物("边境"这个词原本就是现代的观念,在封建主义的思想

---

[17] 受保护领地,指享有除完整主权之外的统治权和司法裁判权的领土。——译者注

体系中根本不存在）。因为在印刷技术使翻印地图变得愈发便宜之时，欧洲国家正在开拓他们广布的领土，于是地图学便限定了我们看非洲和世界其他地方的方式，借此来创造事实。

康奈尔大学（Cornell University）的教授本尼迪克特·安德森（Benedict Anderson）在《想象的共同体：民族主义的起源与散布》（*Imagined Communities: Reflection on the Origin and Spread of Nationalism*）一书中，透露出地图如何使殖民主义者将他们的所有地视为"合计类别的方格状……它是有界线的、确定的，所以——原则上——是可数的东西"。对于殖民主义者而言，国家地图相当于会计师的分类账册。安德森解释，地图"形成了语法"，令科特迪瓦、几内亚、塞拉利昂、多哥和尼日利亚——就这点而言，还有伊拉克和印度尼西亚等非洲以外的地区——等不可靠的概念成为现实。"国家"这个词纯粹是西方的观念，这个观念到了20世纪才用来描述地球上的一小部分土地。而国家作为理想的统治形式，可以成功适用于在工业世界之外的地域，关于这点的证据也不是很令人信服。

有了地图、人口普查[容许殖民主义者牺牲掉埃维人、约鲁巴人、伊波人（Ibos）等，而创出数百万"多哥人"和"尼日利亚人"]，又创建了展示"民族"过去经历的博物馆，等等，非洲以人为的方式被重新理解。我在阿克拉参观的"民族"博物馆是个寂寞的、布满灰尘的查茨沃思（Chatsworth）[18]，也许因为博物馆是以欧洲人的思维建立的，所以对当地居民不具意义。

独立30年，人口爆炸、对自然资源的蓄意破坏，以及大量自动武器之间的相互作用，让杰斐逊制作的地图又回来了。然而，

---

[18] 查茨沃思，英国华贵的乡间别墅，在此处也许作为暗喻使用。——译者注

过去重组的部落王国没有出现，出现的反而是新原始风格的棚户区，这对一个面临价值观腐蚀的社会施加了额外的压力。例如，1992年，以"热钱"（hot cash）形式洗到欧洲去的西非贩毒脏钱相当于8.56亿美元。[19] 当人们为了无政府主义的城市抛弃传统村落时，等于砍断了过去。未来则朦胧如同无底深渊。[20]

在回到艾丽斯的车上之前，我悠闲地沿着几内亚湾海滩散步，我很欣赏葡萄牙人以湛蓝大海为背景建筑的城堡所呈现的壮阔之美。我曾在葡萄牙居住过，它的细部建筑能唤起美好的回忆，像是九重葛、浓醇红酒、精巧彩陶，以及堂皇的伊比利亚（Iberia）陆地与海景。然而，对非裔美国人而言，那座城堡只能激出他们的苦涩与眼泪。虽然对很多美国白人而言，埃尔米纳的肮脏和穷困可能代表的是城镇本身，但是非裔美国人以及其他白人，都会认为这城镇的贫苦是这座城堡所造成的后果。在美国种族痛苦的心灵地图上，几内亚湾比墨卡托地图投影（Mercator projection）[21] 上的8000千米距离还近。欧克里曾告诉我："如果你自己

---

[19] 参见参考文献中的《观察家报》（*The London Observer*）。
[20] 一旦人口增长和土地剥蚀到达一个临界水平，即使表面上是理性的发展计划，而不是补救失衡，也会引发更多族群斗争的危机。塞内加尔盆地这个个案正好是一个例子。该地区的干旱气候和人口过剩导致了土壤的过分耕种、过分放牧、因过度灌溉而造成的盐渍化，以及其他环境上的压力，进而造成长期食物短缺的忧虑。因此，塞内加尔和毛里塔尼亚向国际寻求资金支持，以建水坝网状系统，沿着河流扩展农业。然而，正如纽约州立大学（State University of New York）宾汉姆顿分校的人类学家迈克尔·霍罗威茨（Michael Horowitz）所示范的，新水坝的计划会导致灌溉地区的土地价值暴涨。因此，包含白种摩尔人（阿拉伯人）的毛里塔尼亚政府重写了法律，影响了土地所有权，也因而使居住在毛里塔尼亚河边的非洲黑人农民的权利失效。1989年民族暴力在毛里塔尼亚爆发，并波及塞内加尔，非洲黑人在此地以迫使数千家摩尔人开的店铺关门作为报复。这两个国家差点开战，并且有7000名毛里塔尼亚黑人被他们的阿拉伯政府逐出国境，在塞内加尔避难。
[21] 墨卡托地图投影，指以长方形表示地球表面的地图制做法。

不曾被击溃,你就不能够征服他人。"换言之,美国借由从奴隶海岸攫取人民作为战利品,不知不觉中已展开了一种程序,那就是西非的问题可能有一天会变成美国自己的。

艾丽斯在埃尔米纳的丛林出租车站放我下车,我蠕动着身体钻进破烂、拥挤的迷你巴士后座。门萨对于我身为一个美国人,却没有雇向导和司机,以这么卑微的方式旅行,感到愕然。艾丽斯却能理解。"这是唯一能了解非洲的方法。"她在我们挥手道再见的时候说。

从埃尔米纳到加纳西部的海港塔科拉迪(Takoradi)是一段90分钟的旅程。在通往巨型仓库的途中,沿路护送原木的队伍绵延好几千米。硬木枝干有如被砍下的恐龙四肢,将被运送到欧洲制作成现代家具。我想起肯尼在阿克拉所说的:"唉,他们砍了整座山的树木……但是钱一直在被偷走啊,老兄。这里的人一个子儿都没见着。"

我蠕动着身子挤出迷你巴士,一身的灰尘与汗水,然后爬过一座山坡,走了约2.5千米,直到日落。又是另一幅波纹铁皮屋和红色尘土的全景画,女人头上顶着沉重的物品,而男人则坐在旁边说笑。人们对我微笑,孩童们跟在后面,和我说"你好"。西线酒店(Westline Hotel)就在眼前,那是肯尼推荐的:"在塔科拉迪,你只想住在西线酒店,老兄,有冷气、'冰尿',还有上好的肉排。"

肯尼说对了,但是他的生活真是寂寞啊!我在散发霉臭的热气里敲了敲餐厅大门,一位服务员招呼我到一间小小的、冷气很足的餐厅,里面的空调声音很大。我是饭店里唯一的客人。我在这个空荡的餐厅里喝冰啤酒、吃印度咖喱,而三个服务员直盯着我。

第二天早上6点起床,因为我打算今天回到阿比让。6点45

分到达塔科拉迪的丛林出租车站时,往阿比让的巴士上已经有四个乘客了,我是第五个。我数了一下,还剩七个座位。我买了一些甘薯、白煮蛋和可口可乐充饥,一面等待,司机很快就让七个空位都坐满了。到了上午10点,那辆十二座的凹陷箱型车里塞了十九名乘客。车顶因捆扎的行李而下陷,挡风玻璃有一部分被较小的行李所遮盖。一名大约20岁的年轻人走上前来。"你、我,我们不一样。你是白人,我是黑人。海关的人不会检查你,所以你帮我拿这个。"他交给我两瓶威士忌,我把它们放入背包。

丛林出租车早上10点20分从车站开出来。我的手肘被两侧的人挤得钉在我的肋骨上。吵闹的音乐从巴士的录音机里吼出来,司机的双眼充血。他一面用单手慢慢开着车,一面高声讲话,然后用另一只手比划着,试图安抚两个被迫下车的乘客。

从塔科拉迪到科特迪瓦边境共120千米,途中有三个检查站,会检查某些行李,除了我之外,每个人都要出示身份证明。加纳和科特迪瓦的边界有一个错落着摊位的市场,长达近两千米,人潮拥挤如拉各斯、开罗或德里。当我们全部像从马戏团车子里跌下来的时候,就像湿透的小丑一样。下车后,兑换货币的人骚扰我们。"午餐时间,"司机一面喊着,一面走向一排食物摊位,摊子上的油腻锅子里有一块不知是什么的肉正滋滋响着,"一个小时之后回来这里。"我注意到移民站和海关站有百米长的车队。我暗忖:"我们可能要在这里停好几个小时。"于是我用剩下的加纳塞地兑换了CFA法郎。接着我抓起背包,拿出那两瓶威士忌,放在原地。我静静地离开丛林出租车,融入人群里,徒步朝着移民站走去。

科特迪瓦和加纳之间的边境比加纳和多哥之间的更整齐。有一条窄窄的泥土路,路上有生锈的栏杆作为行走路线的障碍,你就在那里出示你的签证章、护照、行李、疫苗证明等。在几内亚，入境时不用填货币申报书，但是离开时他们会要求你填写；在加纳入境时，他们要我填货币申报书，离境时却没人要求看我的申报书。

我离开加纳，步行渡过一条浅溪进入科特迪瓦。在经过科特迪瓦境内的移民局和海关之后，我发现一辆拥挤的丛林出租车，正在启动引擎准备离开。里面还有一个空位，我挤了进去。过了一小时，经过另一个检查站之后，我就抵达了科特迪瓦东部的阿博伊索（Aboisso）。我在那里付钱订了一个巴士保留位，好在日落前到达阿比让。我心想一切都没问题了。

车子开了45分钟后，我们遇到一个路障。科特迪瓦的警察拉开每只行李箱的拉链，把所有的行李箱和捆扎的包袱倒空，除了我的以外。这瓶酒、那块布料、那条可怜的西装裤，等等，显然都是不合法的。警察们的手真的就伸出来了。"你有什么可以给我的？"他对每个乘客说。乘客们每人按顺序将小额的钞票塞到伸出来的手上。每一双眼睛都显露出挫败。非洲人应该是——而且通常是——非常爱讲话的，现在却一阵静默。在行李都重新打包好之后，警察伸伸懒腰，往后仰仰身子，有一个还打了个呵欠。他们瞪了我们一会儿，又说了一分钟话后，挥手要我们离开。

我们行经大巴桑（Grand-Bassam）。1899年，这座城的人全都死于黄热传染病，后来法国人进来建立了第一座首都。这座城中有宽敞、带阳台的腐朽大楼、醒目的海洋和沙漠；还有茂盛的棕榈丛林。到了阿比让郊区我们又遇到另一个路障，以及更为傲慢的警察，这些人同样下令拉开行李箱拉链并倒出所有东西，并伸出手来。在这个检查站的另一端，我注意到两辆挂着阿比让车牌的空出租车。我抓起背包，一面注意警察，一面慢慢走开。

出租车行驶了20分钟后到达我打算停留的一个朋友家。从此地往西约640千米的沿海社会中，有2个国境站和11个额外的海关站。这个地方没有比西非或中非的其他地方好。阿比让和科特迪瓦北部与马里的边境之间有18个海关站。我认识一位旅行者，他曾经数过，在乍得南部从恩贾梅纳（N'Djamena）到萨尔（Sarh）之间，在同一国境内约480千米的距离中，有"52个海关站……里面都有佩枪和穿着部分制服的人"。

在阿比让待了几天后，我与一位外国大使吃饭，他告诉我他到科特迪瓦西北端、几内亚和马里附近的地区拜访，观察一项由联合国赞助歼灭盘尾丝虫病（河盲症）的国际援助计划。非洲内陆河流上盘旋的黑苍蝇在非洲人沐浴和洗衣服时叮咬他们，导致疾病蔓延。这项计划的目标是，沿着水路喷洒驱虫剂以消灭苍蝇幼虫。

说起来容易做起来难。喷洒驱虫剂的直升机必须以高速贴着水面逆风飞行，并且在比螺旋桨还窄，两岸有树的小河上喷洒。陆地上的卫星传送计算机处理过的图片以显示每条河流与小溪的状态。高度敏锐的计算机侦测出河水里的化学药品含量后，必须不断重新调整这种驱虫剂的六种化学药品的组成比例。飞行员们分别来自美国、加拿大、秘鲁、葡萄牙以及前南斯拉夫。大使告诉我他对他们的"团队精神"和军队般的纪律很"感动"。虽然飞行员们成功地消灭了附近地区的盘尾丝虫病，但是一旦他们的计划结束，这种疾病很容易经由利比里亚和尼日利亚再卷土重来。

要暂时遏止非洲某一地区的疾病，"就是这项计划成功的关键所在"。大使充满敬畏之情地说，他们需要"最高度的技术、深入最细部的注意力，以及最卓越的才能和工作质量"。接着，大使描述了好几年来这些飞行员天未亮就起床,聆听简报并研读影响飞行计划的计算机数据。西方食物也从阿比让运送到他们的工作区域。飞行员有自己的发电机,整个装备就像在月球上架设的基地一样。

第二篇

尼罗河谷：凹陷的金字塔

……当受到机器和饥饿所奴役的人类灵魂为面包与自由而拼命的时候,我开始旅行。今天,劳工的哭喊——因喝酒、抽烟和厌恶而发出的嘶哑声——就是地球的哭喊。而这令人心碎的哭喊声在旅程中一路伴随着我,从埃及的一端到另一端,并且引导着我。

——尼科斯·卡赞扎基斯(Nikos Kazantzakis),
《旅程》(*Journeying*)

第四章　伊斯兰焦煤城

在饭店房间里,我没有任何财物来转移注意力——我现在既没有书也没有短波收音机,因为我的行李遗失了——我在街上乱逛直到天黑。东西就像人一样会让你慢下来。要好好旅行,除了衣服、书本以及口袋里该带的东西,应该什么都不要带。

阿斯旺市集(suq)里摆着带皮鞘的剑、象牙小刀、金属打造的盾、木雕的蛇、箭、拐杖、编织篮以及调味料,像是中世纪军队补给站和"旅游陷阱"的杂交。一个商人正在播放宗教极端主义人士的演讲,呼吁忠诚的人起而对抗"美国"!

另一个商人叫作彼得·何斯纳尼(Peter Hosnani),铁灰色的头发剪得很短,可可油色调的皮肤,眼睛里透露出惊慌神色,仿佛他正在数零钱时,暴徒刚巧出现在他的摊位上的样子。他是科普特基督教徒(Coptic Christian),而他的表情让我想起在西非遇到的黎巴嫩人。

我沿着尼罗河往北走。

一开始我的火车车窗就像台时光机器。有几个小时,我盯着网状的耕地、发出辗轧声的水车轮子、杂粮田,以及一整片绿格

第四章 伊斯兰焦煤城

耕地。我看着稀疏的棕榈树荚，它的树枝从底部外翻，如同法老石柱顶上的石叶子。我看着农家妇女围着炫目的淡紫色围巾，在静止的灌溉沟渠里洗衣服。我看着满身泥泞的水牛，以及偶尔沿着堤防走过的单峰骆驼，它们就像打了光的墓碑墙上的浅浮雕。我看着整个单调但吸引人的露天舞台，因灰尘而显得朦胧；事实上它是以蒙尘来纪念的。

当然，我也看着河本身，透明的、闪耀着的生命的分泌物。这种田园景致令人联想到科普特基督徒，他们是法老最早的直系后裔。[阿拉伯穆斯林在17世纪时才来到这里，在尼罗河下游（Lower Nile）的城市里称霸。]但是我把这如画的景致单纯地看作"游客的埃及"。尽管如此，当我趋近这个国家的地理中心，置身于阿斯旺和开罗的中间点时，这个"游客的埃及"也就走到了尽头。[1]

不久，我开始去看四处错落着的拥挤红砖小屋。红砖比传统的泥砖还贵，象征着不在场的房主的财富：20世纪70年代和80年代在油产丰富的波斯湾各国工作的埃及人，不断投资着房地产。然而，因为红砖比较坚固，所以这些建筑物都盖得比以前的房屋高，它们促使人口密度增加，社会压力也相应增加。"伊斯兰组织（Gamaa Islamiya）愿大家过个快乐的斋月（Ramadan）。"[2] 接近艾斯尤特（Assiut）火车站时，我看见这样一条阿拉伯文标语。

---

[1] 这里的地理很混乱。埃及北部也就是下埃及，因为它位于下游，接近尼罗河口；而埃及南部也就是上埃及，因为它在上游，接近河水的源头。埃及中部分别与南、北部等距离，在各方面被称为中埃及，也称为上埃及，因为以开罗的角度它还是属于上游部分。由于记者逐渐倾向于称这个国家中部城市为上埃及，所以我就采用了这个词。
[2] 斋月，回历中一年的第九个月，也称为莱麦丹月。——译者注

这里仍然看得到水牛，但现在它们是走在城市的街道上。

艾斯尤特已经成为一种象征，一个几乎是陈腔滥调的地方，代表将游客赶离埃及的宗教极端主义者的暴力。③ 即使在70年代和80年代初，安瓦尔·萨达特（Anwar Sadat）总统的统治下，充满贫穷与愤怒的艾斯尤特就已经是个问题了。在那里，偶尔会爆发街头暴动，对抗由开罗富裕的阿拉伯人所构成的崇拜西方的埃及政体。伊斯兰激进组织成员在1981年暗杀了萨达特。继承职位的副总统胡斯尼·穆巴拉克（Hosni Mubarak）与艾斯尤特之间，以及与艾斯尤特所代表的事务之间会有更多问题。

20世纪90年代中期，反政权的暴力事件在艾斯尤特和其他上埃及（Upper Egypt）城镇不断发生，平均每星期有三四个守卫死在极端分子的刀枪下，这被视为正常情况。而伊斯兰激进组织成员对尼罗河上的观光轮船扫射，以及他们偶尔在往返于开罗到卢克索（Luxor）法老地区之间、载运游客的夜间火车上埋藏的炸弹也被如是看待。少数仍然到上埃及来的游客都搭乘飞机旅行。至于那些在尼罗河上通行的大量观光轮船，据我估计，有几十艘都停泊在阿斯旺，里面空荡无人，一副被遗弃的样子，有的则进了船坞。

我下了火车,进入荒凉、砂色的格状公寓街区。通道狭窄难行，两侧都是垃圾，由泥土铺成，扬起呛人的粉尘；公寓街区里到处

---

③ 我对使用宗教极端主义者这个词，感到不太自在。普林斯顿大学近东研究的学者刘易斯告诉我，这个词的确是用来描述20世纪末、21世纪初美国新教徒中特别狂热的那一拨人的。刘易斯比较喜欢土耳其词语"伊斯兰席"（Islamci），意思是"沿街叫卖伊斯兰"以获得政治势力的人。还是一样，考虑到读者很熟悉这个词，我感到我不得不使用它，当然我也会使用更中性的"伊斯兰主义者"（Islamist）。

是人和排放重铅燃料废气的破旧汽车。灰色和猪肝红的大楼表面斑斑驳驳,像得了皮肤病。人们背上的衣服与大楼同一个色调。整个城市和居民仿佛一起浸泡入一大桶泥浆里,然后捞出来在冒烟的空气里晒干似的。据我观察,三原色唯一的来源是贩卖的橘子和其他水果。我所见到的每张脸孔都很紧张。妇女都围着黑色头巾。我很快就了解到任何化妆和将头发露出来的女人都是——或是更残酷地说,都被认为是——科普特人。唯一新鲜的漆就是在很多小巷角落的阿拉伯标示,劝人在这个神圣的斋月(几天前才刚开始)里斋戒,并且命令女性穿戴传统的头巾。

我与另外两个男人共乘一辆凹陷的菲亚特出租车,其中一人是穆罕默德·艾尔·达卡克尼(Mohammed El Dakhakhny),他既是摄影记者,也是我在艾斯尤特访问所需要的翻译及司机,他是科普特人。

"为什么伊斯兰激进组织要射杀游客?"我问司机,达卡克尼翻译我的问题。

司机回答:"因为埃及与以色列和谈,所以极端分子认为来旅游的显然都是犹太人——穆巴拉克政权的延伸。如果你可以揍卡菲尔(kafir,异教徒),"——他展示手腕内侧的科普特十字架刺青,告诉我们,他差一点就被伊斯兰教帮派攻击了——"那么你就能杀掉游客。"

"极端分子的行径就像恶魔之眼,"司机继续说,"我们不了解上帝为何要让这种情形发生。但是我们都已经知道这个状况……我们感觉到这种情况的存在……自从1982年萨达特死后。为什么整个世界还要再花10年才能了解呢?"

他载我们到尼罗河附近的艾斯尤特饭店,一块有新生植物的绿洲、上了漆的木头,以及即使在斋月白天也可以喝的瓶装水——这家饭店是科普特人经营的,所以一进门,在日落前不饮不食的斋月戒律就不适用了。柜台人员怀疑地看着我的美国护照和埃及签证,慢慢翻看盖了章的页数。我很担心。由于害怕暴力,政府并不想让西方人来艾斯尤特。而记者也应该在来之前先拿到许可证。

"你不是埃及的居民吗?"柜台人员问我。

"不是,我是游客。"我说。

"那你每晚得付92埃及镑而不是46镑。"原来是为了27美元。

在房间里,我没有行李可拿出来,除了刚买的一件用塑料袋装着的埃及睡衣。但是从这房间可以看到很好的尼罗河景致。我把头伸出窗外,闻闻河水的味道。我没有闻到街上的腐臭和砂砾味,反而闻到微湿的、洗刷味的空气,仿佛隐藏着的记忆突然间曝光了。

"尼罗河就像一个(已经被亵渎的)圣母,"达卡克尼先前告诉我,"他们不应该建那个水坝。我宁愿现在还是每年有河水泛滥。这样人会比较少,问题就比较少。"达卡克尼来自亚历山大(Alexandria),他上最好的学校。他的容貌与从古至今所有带有地中海血统的人一样:撒哈拉、安达卢西亚(Andalusian)、希腊、阿拉伯。他是我和街道文化之间的缓冲器。接下来的数小时,我别无选择,只能通过他的双眼和双耳来经历。

斋月的斋戒从日出到日落。现在是冬天,夜晚来得早。所以在傍晚五点半,每个人就都聚集在一起吃伊夫塔(iftar),也就是开斋晚宴。先喝果汁和扁豆汤,接下来是一碟碟烤肉串。斋月期间,清真寺免费供应穷人食物,所以在祷告的时间就会有大批人潮聚集在一起。接着,当夜晚来临,人们小口吃着甜点配茶。午夜时分一到,就有另一餐可吃。接着人们又睡了几小时,直到四点半黎明之前再起来吃早餐,然后每个人又回去睡觉。一直要到上午十点或十点以后才有人起床工作。而到了下午两点，很多公司和商店都关门。斋月的白天很荒凉，人们动作迟缓地晃来晃去，在深夜里街道却充满欢乐和彩色灯光。人们在明亮如梦的帐篷里闲聊，这些帐篷是在每年的这段时期特别搭起来的。这个神圣的月份有童话般的特质：人们不事工作，或更重要的，生产——尤其是当斋月出现在夏季，白昼最长而天气最热时。

但是，在这些时段里，假日和紧张感是有关联的。中世纪时，一个像艾斯尤特这样的城镇，可能关上大门谢绝访客参观达一个月之久，而只依靠整个回历年其他月份所生产的食物为生。时光不再，艾斯尤特和伊斯兰世界里其他都市现在都已经发展了——它们成了充满混凝土和黑烟的不良工业化小镇。生产工作必须持续，而产品也必须向外运送。现在人们必须工作，即使在斋月也不例外。私有化和产品的需求使穆斯林比任何世俗的人，或科普特人更为苦恼。而因为现在人们在斋戒的时候还是得上班，所以他们身体很虚弱，尤其在午后。我在街上向一个人问路时，他轻蔑地"咯"的一声弹了一下舌头，然后继续向前走。第二个人：也是一样。第三个人终于帮我了。

日落了。达卡克尼和我吃了伊夫塔填饱肚子。当天全暗后，我们出去，开始走路。我想走个几千米路，然后迷路，看看艾斯尤特真正的样子。

于是，我仿佛走进了一部黑色电影（film noir）[④]，走到咖啡馆的黑白电视机前——咖啡馆的地板铺着锯屑，摆着几张镀锌的厨房桌子，微暗、肮脏的墙只用单一灯泡照明，仿佛挤入阴森巷

[④] 一种尤其在20世纪40年代和50年代流行的影片，充满宿命、悲观或愤世嫉俗的气氛，通常是以都市罪恶和腐败为主题的通俗剧。——译者注

弄里，有如不规则形状的监狱，而每一个店面都是一个独立的牢房。伊斯兰教的下级法官阅读祷告文的转播画面占满整个电视屏幕。人们似乎感到很无聊，但是没有人换台。生意人站在店门口，穿着乌黑的长袍（手织的袍子），手指抚弄着念珠。他们看起来似乎完全放松，即使几支军队手持 AK-47 突击步枪，乘着白色丰田卡车通过时，也是如此。这群士兵看起来好像刚招募进来的新兵，单调的绿色制服根本不合身。卡车太拥挤了，以至于他们的手肘几乎要碰到彼此的眼睛，而且路上一有颠簸，他们的枪托就会撞到彼此的前额。

"他们就是个笑话。"一个商人说，"若有人从屋顶投下一颗手榴弹，立刻会炸死十几个士兵。艾斯尤特对政府和军人来说是个危险的地方，但是对我们而言不是。"我心里想象了一场枪战，士兵们挣扎着踩在彼此身上，急着逃离卡车。

孩子在巷弄里踢足球。有一台推土机轰隆隆地在街上行驶，推土机两边与建筑物只距离一二十厘米而已。在它洞穴般的嘴巴里有两辆生锈的自行车和一个眼睛瞪得大大的小女孩。达卡克尼挤上前去照相。我们通过一条由掉漆的大发牌（Daihatsus）和五十铃牌（Isuzu）卡车，以及破烂的俄罗斯拉达牌（Ladas）卡车所组成的障碍路径。卡带和电视比赛，发出嘎嘎作响的节奏和有催眠效果的布道，尤其是开罗宗教人士谢赫·基什克（Sheikh Kishk）的布道，他宣称穆斯林触碰基督徒的手是一件错误的行为。接着又出现了堆沙袋的炮座和更多的军队，偶尔还有便衣刑警——穿着紧身牛仔裤的年轻人，手上拿着手枪；还有一位中年绅士，穿着长袍，手上拿着 AK-47 步枪。但是只有那些手上拿着枪的人才面露恐惧的神色。他们看起来像是被攻击的，而不是攻击人的。

第四章　伊斯兰焦煤城

艾斯尤特并不美丽，但是以我深色头发和没有刮胡子的外貌，待在一群埃及朋友当中，我觉得很安全，因为在艾斯尤特没有无目的的罪恶。在这方面，埃及的社会比美国的还要文明。然而，在同时面对逐渐的城市化（在20年之内，棚户区已增加到370个了）和外国文化的影响时——大量的有线电视不仅播放伊斯兰教布道，也播放西方的肥皂剧。

鉴于乡下的贫瘠是古老而永恒不变的，像艾斯尤特这种城市的贫穷以社会的角度来看可能是颠覆性的。正如伊朗的情况所示，伊斯兰极端主义是一种城市化农民的心理防卫机制，这些伪现代城市里的农民受到传统丧失的威胁，在这里他们的价值观受到攻击，连水和电这种基本设施都无法保障。美国民族学家卡尔顿·史蒂文斯·库恩（Carleton Stevens Coon）在1951年写道，伊斯兰教"在过去1400年间逐渐贫困的环境里，使数百万人有可能得到最理想的生存和快乐"。

艾斯尤特这个严酷的、美学上无法令人满足的环境本身，就很引人激进。

达卡克尼和我发现我们来不及准时赴约时，我们正在窄巷里与一名枪贩谈话。这名枪贩只贩卖李恩-菲尔德步枪（Lee-Enfield）——一种20世纪末的单动扳机英国步枪，对好战者没有用，但在当地农民之间却相当受欢迎，因为没有电话，所以农民将对空鸣枪作为一种沟通形式。但是他也贩卖子弹，而子弹对好战之人有用。我们的讨论不断绕圈子，最终指向了一个发现：尽管政府有规定，但是如果你想要子弹，你就可以得到。我大口喝完了义务性该喝的茶，然后快速走人。

斋月中，一名记者利用伊夫塔和午夜那一餐之间的时段进行了访谈。"穆罕默德·哈比卜博士教授"（Professor Dr. Mohammed Habib，这是他要求使用的身份）在博士联盟大楼门口迎接我们。他在晚上十点整准时到达。哈比卜博士是艾斯尤特大学的地质学者，他是艾斯尤特穆斯林兄弟会（Ikhwan el Muslimin）的会长。

兄弟会是在1929年由哈桑·班纳（Hassan el-Banna）成立的。对很多埃及人而言，兄弟会是一股社区势力，他们开设诊所、福利组织、学校和医院，以填补由贾迈勒·阿卜杜勒·纳赛尔（Gamal Abdel Nasser）⑤和现代主义所造成的真空。

纳赛尔的土地改革终止了土地资产的领主制度和对劳工的部分苦役，这两种政策无论多么不平等，都是构成传统社会结构中贫富阶级不可或缺的一环。较富裕的阶级，尤其是年轻一代的富人，与穷人的私下交往比他们的父母亲那一辈更少。换句话说，埃及的生活和焦虑已经逐渐和美国的类似了。社群逐渐孤立，而其成员也逐渐不懂得如何应付政府。虽然阶级分化日益严重并产生了诸多问题，但超过300家国营公司和100万名官员所组成的纳赛尔政体就像一块不断钙化的巨石一样。1992年10月发生地震，公寓房碎成齑粉时，这块巨石却消失无影。穆巴拉克逃离这个国家。根据联合国的报告，每天只工作27分钟，多达100万人组成的官僚制度已经习惯听从来自法老王的命令，因此一遇到紧急事故就无法应变了。然而像哈比卜博士教授这样的人，就开始安排给穷人分发食物、毯子，并引导平民前往附近的清真寺保护区。这就是穆斯林兄弟会如何填补真空的实例。

---

⑤ 贾迈勒·阿卜杜勒·纳赛尔，埃及政治家，1954年到1956年任总理，1956年到1970年任总统。——译者注

第四章　伊斯兰焦煤城

虽然兄弟会已经存在了几十年，并深深扎根于埃及的政治社会结构，但有关这个团体的信息仍然模糊不明。

我听说哈比卜博士教授是个典型的兄弟会成员。我这样说的意思是，他看上去高度自律，并透露出稍许骄傲。他戴着风格独特的眼镜，身穿乳白灯芯绒夹克，蓄有修剪完美的白胡子，既挑剔又爱说教，说话带有鼻音且干净利落；他操着一口清晰的阿拉伯语，那被埃及人称为"伊斯兰的"说话方式。"伊斯兰主义者有他们自己的语言，以及他们自己说阿拉伯语的方式。"达卡克尼解释道，我后来在开罗所认识的其他埃及人也都支持这种观点。他们大都批评像哈比卜博士教授这种兄弟会成员的"《古兰经》式的说话方式"，尤其是伊斯兰教谢赫的激进跟随者的说话方式——比如参与世贸中心轰炸案的奥马尔·阿卜杜勒-拉赫曼（Omar Abdurrahman）。这种阿拉伯语有几个明显的特色。其他大多数阿拉伯人所说的都是地方性的口语阿拉伯语——而将"古典的"（或文言的）标准阿拉伯语保留在书面表达上，或正式场合上，伊斯兰主义者却较习惯使用古典阿拉伯语。此外，他们还偏好使用《古兰经》里独特的寓言和象征符号。更重要的是，他们说阿拉伯语时的发音方式：口语阿拉伯语通常是连贯的，词与词之间可轻易联系起来；然而伊斯兰教用语则对每一个单词深思熟虑，每个词都与前后词分开，需要分别体味其含义。这种说话方式通常惯用于祷告或记忆。因为就阿拉伯语而言，内容是由文字中的声音所传达，而非仅仅由意思传达，因此，伊斯兰主义者模仿自己偏爱的宗教领袖的口音和声调以示尊敬并不稀奇。一个说英语的人是无法批判这些事情的，然而，他可以观察到这些事情的存在。

哈比卜点了现榨橙汁给我们喝，接着又点了茶。哈比卜的好客仿佛在谴责我们所行经的环境：特别严峻的艾斯尤特环境——一个大房间，覆着厚厚一层灰的玻璃墙面，以及铺着棕色机织地毯和盒子般的椅套。他热情地握着我们的手。他不曾提高声音；不曾打扰我或达卡克尼。他直面我的每个问题，报以礼貌而详尽的回答。对于他所说的，有很多我都同意。有一瞬间，我甚至坠入了与他一样的理想主义的情境里。如果埃及有更多像他这样理性的人就好了。

"不幸的是，政府的警方表现得像野蛮人，他们逮捕并凌虐许多与极端主义者没有任何关联的平民。我们只能通过政治对谈来解决问题。这种严刑必须停止。必须开放全民自由选举。喏，如你所知，"他向我靠过来，就像朋友一样，"选举制度已经蓄势待发了。穆巴拉克没有安全感，所以他完全拒绝进行和平改革，然后投奔同盟美国。"

他亲切地握我的手，感谢我征询他的意见。

哈比卜是我在这个糟糕的、不稳定的世纪里逐渐熟悉的一"类"人。他自信、博学的风度令我不寒而栗，让我想起曾在印度见过的受过良好教育的印度教和锡克教⑥激进分子……

这段对话，以及后来我与埋怨穆巴拉克政府滥用人权的穆斯林的其他对话，还蕴含了另一个不愉快的层面。在埃及，我看到保卫人权的工作如何被一些有朝一日掌权时可能更加滥用人权的人恶意操纵，以迎合个人目的。这对于一个美国人而言是很难理解的事，尽管在美国社会里，也曾有因最基本动机而进行宗教剥削的例子，但他们仍然认为提倡人权是一个不可亵渎的目标。

---

⑥ 印度教为印度的宗教、哲学及社会体系，特点为相信轮回转世，崇拜几位天神，实行种姓制度；锡克教源于16世纪的印度，相信一神论。——译者注

第四章 伊斯兰焦煤城

有关科普特人,哈比卜博士教授告诉我:"我们与他们和平相处,不像和犹太人。科普特人和我们就像同一张纸里的纤维。"但是有很多宗教极端主义人士——比如谢赫·基什克——斥责科普特人。另一位接受我采访的兄弟会成员埃萨姆·艾尔-埃里安医生(Dr. Essam el-Erian),是开罗内科医生联盟的主席,他告诉我:"空袭波斯尼亚的塞尔维亚人,是唯一能解救科普特基督教徒布特罗斯·布特罗斯-加利(Boutros Boutros-Ghali)的方法,他因造成波斯尼亚穆斯林的痛苦而受到全埃及的谴责。"⑦

科普特人是埃及法老的直系后裔。科普特教会是基督教中最古老的。有人说福音传教士圣马可1世纪时曾在这里传道,并在亚历山大城建立教会。埃及隐士圣安东尼在313年为了成为完人(perfect)而逃到离艾斯尤特不远的"内部沙漠"时,成了基督教隐修主义之父。⑧

这股宗教热诞生于3世纪和4世纪早期,罗马统治持续衰败期间。当罗马在尼罗河谷的势力消退时,它对基督教子民的压榨更形恶化。埃及人必须出示文件,证明他们没有进行任何基督教宗教活动。一波波暴行将基督徒送往更遥远的上游,进入南埃及,远离罗马的势力范围。最后,罗马在此地的势力崩解,位于上埃

---

⑦ "科普特"(Copt)这个词来自阿拉伯文的奇柏提(Qibti),是希腊文艾齐柏丘斯(Aigyptios,埃及人)的简写。吉尔·卡米勒(Jill Kamil)在她的著作《科普特人的埃及》(Coptic Egypt)里解释,7世纪时,阿拉伯人侵者称埃及为"达尔阿尔奇柏特"(dar al Qibt,埃及人的家园):"因为在当时,基督教是埃及的国教,所以'奇柏特'这个词用来指基督教义实行者以及尼罗河谷居民。"

⑧ 有关基督教隐修主义如何产生的学术专著,可参见德瓦斯·奇蒂(Derwas Chitty)的《沙漠城市》(The Desert a City),列于参考文献。

及的基督教获得胜利——直到 300 年后，借由侵略阿拉伯人带来下一波宗教热。从这个例子来看——还有其他的例子，如 3000 年前，当地方上宗教人员的势力逐渐压倒法老，半无政府的态势蔓延时，新王国就崩溃了——很明显，在埃及历史上，无论多么粗糙，总会有类似之处：名声逐渐败坏的国家机器被声称获得了直接来自上帝的合法性的运动所消灭。

科普特人不仅逃开了罗马地方总督，甚至后来还逃开了阿拉伯骑士。7 世纪伊斯兰军队迁移的方向是由东到西，跨越埃及顶部，朝利比亚和马格里布（Maghreb）⑨行进，所以科普特人就往南逃，进入上埃及，这就是何以居住在艾斯尤特等地的科普特人多于开罗、亚历山大以及中间的三角洲——上埃及 20% 的人口是科普特人，而下埃及只有 10% 是科普特人。科普特商人的富足，使科普特人在这个贫穷的伊斯兰社会里的地位，近似韩裔杂货商在南加州的地位。他们被鄙视为"中阶少数民族"，有点像西非的黎巴嫩人。艾斯尤特郊外的圣母玛丽亚修道院（Convent of the Virgin Mary）是由全埃及以及全世界的科普特人捐款建造的，明显是在提醒穆斯林基督教的财富——巨型十字架和涂上灰泥的黄色拱门掌控着附近的所有村庄。有一位艾斯尤特商人告诉我："基督教徒引发了嫉妒心，他们做得很好，在我们周围建立堡垒。"

就像尼罗河谷的科普特修道院一样，圣母玛丽亚修道院建在洞穴上，据说那个洞穴就是《圣经·马太福音》里提到的，玛丽亚、约瑟和幼年耶稣为躲避希律王（King Herod），逃到埃及时的暂居之所。这个神圣家庭在 8 月来到艾斯尤特，当时是泛滥期，

---

⑨ 马格里布，非洲西北部，包括摩洛哥、阿尔及利亚和突尼斯的地区。——译者注

整个河谷都被淹没了，因此，洞穴位居高于水平面的高山上，可以俯视西面的尼罗河岸。就像科普特其他的角堡一样，这间修道院也是空荡无人，凹进褐色山峦的修道院从青田野绿的尽头横跨道路。希腊作家尼科斯·卡赞扎基斯（Nikos Kazantzakis）曾经描述这个地方，"在地球上没有任何地方"像这里一样，"在生与死之间有这样强烈且感官的接触……蓊郁且多沙的灰色地带"。

达卡克尼和我一路行驶，路过高耸的公寓大楼，驶上陡峭的入口车道。大楼里住着数以千计的科普特朝圣客，这些朝圣客来这里参加纪念传说中神圣家庭在此停留的8月庆典。我在洞穴里认识了毕协神父（Father Bishay）：开裂的黑色洞穴里，金箔圣像闪闪发光，旁边还搭配着装有洗礼用水的土红色盆子。古代的河水泛滥期，数以千计的人到这里避难，使这个洞穴在基督教出现以前的时期就成了神圣洞穴。正如所有的科普特神父一样，毕协神父穿着一件黑色袍子，头上挂着一条黑色尖头的头巾盖住头发和耳朵；他拥有暗褐色皮肤和一绺黑胡子。

这里的生活很好，他这样告诉我。修道院因更多的捐款和更多的建筑物而成长。他告诉我，几面保存至今，围绕着这些繁复建筑的巨墙，只是来自一种古朴的建筑传统。他说，在历史上，这段时期根本不算艰难。没有不良趋势，政治并不能引起他的忧虑。

我在科普特教会的戴尔·艾尔-穆哈拉克（Deir el-Muharraq）修道院也听说了同样的事情。这座修道院现在成了艾斯尤特西北一座凌乱的、被遗弃的碉堡，传说神圣家庭也曾暂住在当地的一个洞穴里。"穆哈拉克"这个阿拉伯词是"火伤"的意思，指的是中世纪伊斯兰教闯入者在修道院放火燃烧到的地区。这建筑透露出过去对安全性的需求，四周环卫雉堞的城墙让你看不出里面有什么。进入墙内，如同进入一个有白色圆顶和钟楼的古希腊文艺世界。这里有因鸣禽而增色不少的柠檬和橄榄树丛；圣母玛丽亚、圣乔治和耶稣的壁画；金箔圣像、富有启发性的手稿及装订精美的书籍，还有以科普特语、希腊语、阿拉伯语和阿姆哈拉语（Amharic）[10]印行的宗教小册子。修士们给我看手工艺品。我很惹人厌，反复问他们政治问题。"不，"其中一个修士很有耐心地笑着说，"科普特人和穆斯林之间绝不可能有任何问题。我们都是受到上帝亲自护佑的。穆斯林妇女如果不孕，甚至会带动物到修道院来祭祀。"他的声音里没有任何紧张的成分，他的眼睛也没有回避我，我没有理由怀疑他。

我到访两个星期后的 1994 年 3 月 11 日，在戴尔·艾尔－穆哈拉克修道院大门外，伊斯兰激进分子射杀了五名在修道院外等候的科普特人。其中两人是修士。[11]

霍斯尼·法拉格（Hosni Farag）装有一颗玻璃眼珠和一只粗制滥造的人工手臂。他身穿一件脏兮兮的阿拉伯绿袍子，头上包裹着一块棕色的布，他的家位于艾斯尤特北部曼什亚特·纳赛尔村（Manchiet Nasser）里，房屋的四壁只是朴素的灰色水泥。我们坐在芥末色调的沙发上，房里有一台老旧生锈的冰箱、镀金的时钟、六幅稚拙的耶稣基督图片、一张沾染了香烟渍的玻璃桌，还有一张机织的棕色地毯（手工地毯只给富人和西方游客用）。挂在天花板上的日光灯发出嗡嗡的响声。小鸡和火鸡在水泥走廊上漫步，到处都是苍蝇。我正处于统计学家所谓"中下层阶级"的埃及人

---

[10] 阿姆哈拉语，埃塞俄比亚的官方语言。——译者注
[11] 路透社在 1994 年 3 月 12 日报道了这起杀戮事件，并于 3 月 13 日刊登于《华盛顿邮报》A27 版面。

家里，它的污秽卑劣所传达给我的信息，比统计学分类还多得多。

1992年5月4日上午9点，法拉格与一伙科普特农民在田里时，"一群蓄胡子手持步枪的人"对他们扫射。伊斯兰激进分子声称是这桩有七名科普特人死亡的攻击事件的主犯。法拉格爬着离开，他失去了一只眼睛和一条手臂。"每次到田里，我还是会害怕他们再来。"他说。

那是个基督教家庭，所以即使是斋月，他们还是端出茶来。在场的还有一位妇女，她露出头发，坐在男人旁边。涂有黑色眼影而凸显的眼睛里，透露出悲伤却锐利的眼神，令我想起在戴尔·艾尔-穆哈拉克修道院见到的圣像里一个模糊的轮廓。"事情会更糟吗？"我没有特定问哪一个人。又是一阵过长的沉默。最后，这名妇女沮丧地间接回答了我的问题，这种态度在世界的这个部分里，对旅人而言已经习惯了。

"穆斯林最近无缘无故枪杀了一名警察，这名警察有五个孩子。纳赛尔很好，因为纳赛尔会逮捕这些宗教极端主义者。但穆巴拉克只不过是个政客，他没办法在每一个街角保护基督徒，政府就是要严厉才好。"

法拉格只是盯着我看，他那只正常的眼睛就像火山底的岩层：不带秘密或希望的目光。

达卡克尼和我离开法拉格的房子，朝我们的出租车走去。曼什亚特·纳赛尔被称作村庄，但它四处散置着汽车，地面铺着水泥，根本是上埃及新传统景观的一部分。这里没有宁静，只有对着你的颈子呼出又热又臭气息的人群，以及直戳你背脊、推挤着你前进的手指。据说水管里有水，但有个人拉着驴子贩卖一罐罐的水，因为水压不够将水抽到较高的楼层。

但是政治——无论是否为民族特有的——能否存在于一个真

空的、超越大环境的领域？这是整个旅程之后，我要反问的一个问题。毕竟，在法老王时代的埃及，洪水和旱灾都对政治造成过很大的冲击。加利福尼亚大学（University of California）的社会学家杰克·戈德斯通在《早期现代世界的革命与反叛》(Revolution and Rebellion in the Early Modern World) 一书中提出了有力的论证，说明1640年的英国革命、1789年的法国革命、1848年中欧的各种革命、奥斯曼帝国的杰拉里叛乱（jelali revolts）⑫等，何以皆来自政体无能处理因人口持续增长和自然资源消耗所产生的问题。戈德斯通以地震做类比：虽然灾难并非是预期中的，但几年来逐渐累积的压力，导致了地层的突变。

一阵清新的微风拂来，从曼什亚特·纳赛尔散步五分钟即来到尼罗河边。埃及仍然是个河岸文明的国家，就地理上而言是稠密的：铁路线、电话线，以及大多数从这个国家的一端连接到另一端的道路，都是沿着河流行进。要从曼什亚特·纳赛尔到开罗，我首先得回到尼罗河。尼罗河让埃及像一根木棍：容易抓取，容易掌握。埃及95%的人民在不到5%的土地上，沿着超过1000千米长却不曾超过16千米宽的河岸居住，这证实了埃及人所声称的：在所有阿拉伯人中，只有他们拥有真正的民族身份。然而如果这根木棍腐烂了，慢慢地被卡赞扎基斯所谓的"尼罗河畔这个多色人种群聚之地"所啃噬呢？那会怎么样？这根木棍难道就这样在统治者手中腐烂掉吗？

---

⑫ 杰拉里指武装的非正规军，主要是在安纳托利亚中部和东部，他们在16世纪末和17世纪反叛君士坦丁堡的中央权力。这支军队的支持者皆来自失业阶层。参见参考文献中金洛斯男爵（Lord Kinross）的《奥斯曼帝国六百年》(The Ottoman Centuries)。

第五章 "苦难城市"的声音

这些4500年前采集金字塔石砖的山坡满目疮痍。垃圾山通向垃圾谷和垃圾沟,在开罗东南边缘形成拼拼凑凑的街道,这些地方住着打鼾的黑猪,和啃着死驴子尸体、露出血红牙龈对你吠叫的野狗。人类也住在这里——数以千计的人,有很多是儿童。他们被称为"札巴林"(zabaleen),就是"垃圾人"的意思。

这些儿童黎明时分就开始工作,他们蜂拥挤上摇晃的驴车,然后在一个有1300万人口的城市里分散开,收集垃圾。到了一天结束之时,他们仔细筛选垃圾,挑出塑料、布料和其他适合回收的物品,然后把这些物品卖给"垃圾大王",就是那些在某些情况下因为经营垃圾而发了小财,至少得以将他们的棚屋改建成土屋或水泥屋的经销商。开罗的很多垃圾每天以这种方式被回收、处理。"札巴林"是个私营企业界的成功故事,填补了政府低效的市政服务所造成的空白。

"札巴林"主要是科普特人,他们在上埃及宗教极端主义据点的同胞,让我想起洛杉矶贫民窟里的韩裔杂货商,对这样一个群体来说,这无疑是一个讽刺。开罗的"札巴林"是一个常量,就像居住在开罗南、北部墓地(统称为"死者之城")的50万埃及人一样。

在20世纪80年代末期，据估计有多达50%的札巴林儿童在成年以前就死于营养不良、疾病和污染。札巴林如今成了陈词滥调的新闻：提及他们会令埃及的记者感到无聊。他们是几千年来埃及人习以为常的苦难常态。札巴林在宝马车群中收集垃圾，这只是"永恒的开罗"的另一个侧面，这种明暗面的并存是西方世界所无法了解的，正如大理石精品店像异域植物一样拔地而起，将灰色水泥和金属片盖的棚屋提高至第二层楼一般。在开罗，就像在伊斯坦布尔和20世纪末其他发展中城市一样，很多力量正相互冲突。未来踩着过去尚未埋葬妥当的尸骨而来。一个中世纪的世界与一个后现代世界共存。

在拜访过札巴林之后，因巴拜（Embaba）几乎可以说是欣欣向荣。因巴拜是开罗西北部一个新的贫民窟，由擅自占用土地的人在农业用地上所建。就像艾斯尤特一样，这个地区有电视机却没有自来水。这里是那些与萨达特暗杀案有关的人所生长的地方。对开罗的记者而言，因巴拜已经成为另一套陈词滥调，它象征着一种有可能达成的期望，而不是永恒的贫穷与痛苦。在因巴拜以及札巴林之间，你可能会听到"从有人烟的苦难城市所发出的烙印在"卡赞扎基斯"心中"的"哭号声"。但是哪一声哭号会赢呢？是宿命的哭声或是反叛的哭声？

后来，我在伊斯坦布尔才开始发现，要在当地才能真正认识这种贫民窟的居民。在伊斯坦布尔，他们发出的声音最能有意识地与未来产生共鸣。同时，我记得在开罗还有另一些声音，发自他们带软垫的椅子：焦虑的声音。

"穷人……"我开口。

"不，他们不是穷人，"外交官有些生气地说。他在埃及已经

第五章 "苦难城市"的声音

好些年了,并且很坚持他的说法。虽然那是亚热带城市的白天,在有空调的大使馆里他的衬衫和领带还是很清爽。"穷人不曾滋生任何事,那是中下阶级的上流穷人做的。他们才是危险人物。这些拥有学位的年轻人,无法在任何权力网络上谋得一官半职,因此他们开出租车或当服务员,而且心中充满怨恨。"

"整个情况就是这样。"他又说。

"在埃及你不能以线性的方式看事情。这里长久以来一直是停滞的状态,事件曲曲折折了一阵子,最后才从 A 点到了 B 点。记者南下艾斯尤特看到的是革命的来临,而我们在大使馆里看到的只是惯性定律。问题是,事情发生的引爆点在哪里?

"你瞧,我们现在正处在 20 世纪末,一个以技术为导向的经济时期。这些人没有技术。穆巴拉克只能朝私有化制度缓慢前进。他看看戈尔巴乔夫(Gorbachev),自己下了结论,认为戈尔巴乔夫下台并非因为他进展太慢,而是因为进展得太快。"

我现在在开罗市区的新美国大使馆,建于 20 世纪 80 年代的"美国堡垒"气闸舱内,这是一座高墙围绕装备齐全的塔。再不久就会有两座塔,而且还打算让大使搬出他所占据的,横跨尼罗河的新殖民地花园大宅,然后将他重新安置在这高墙内的官邸里。尽管美国政府每年会发放 20 亿元给埃及人,但其建筑也暗示着这些捐助人对埃及人有多害怕。外交官在大使馆里工作一整天,在大使馆的餐厅吃美国食物。1973 年中东战争之后,美埃重新建立外交关系已经 20 年,美国人已经变得有纳赛尔时期的俄罗斯人特性了——显得太自大且太孤立,让人产生不信任感。

当我对外交官提到这一点时,他不太高兴。

"注意,我们是在传递信息,不是只说场面话!宗教极端主义者说我们在这栋建筑物里支持穆巴拉克!哎,干脆看看你旁边沙发上的那份人权报告吧！带回去读！那是基本内容。"我浏览了一下这份 23 页的报告，里面充满了埃及监狱里电击酷刑和其他虐待方法的详细说明。"这份报告就是我们在大使馆里真正在做的事情的一个例子。在这个城市里，有多少大使馆会让里面的官员全天候工作，全力调查政府违反人权的行为呢？我真希望那些批评我们的人能了解这一点。"

他补充道："如果有人说反对这个政体的人只是反犹太复国运动（anti-Zionist），而不是反闪米特人（anti-Semitic）①，不要相信它。去听听国会辩论，他们在那里老是将'犹太人'和'犹太复国运动者'混用……这里不存在世俗主义。穆巴拉克政府或其他阿拉伯-伊斯兰的文化领域从来都不是'世俗的'。此地的宗教影响日常生活的程度是基督教西方从来都不知道的。但是穆巴拉克试图捍卫不涉及政治的伊斯兰教，这有这么糟糕吗？他的对手提出过什么呢？"

对于有关埃及未来的这场战役，外交官要的是公平竞争的环境，其间，理性和确凿的事实会胜过很多埃及人心里实际所想的。

我离开时，经过大使馆的安全大门，用他们发给我的安全卡来换回我的护照，我感受到的不是权力，而是脆弱，仿佛这栋石头和混凝土建成的堡垒是一栋海滨别墅，面对着迎面而来的风暴，连它的方向都几乎测不出来，更别提控制了。

"美国人动不动就谈人权，因为他们是傻子。人权只是个笑话。在埃及的人权机构是由前纳赛尔主义者和穆斯林兄弟会成员

---

① 闪米特人，包括犹太人和阿拉伯人，以及从前的腓尼基人与亚述人。——译者注

第五章 "苦难城市"的声音

管理的,这些人与在 1967 年要将犹太人扔进大海的是同一批人。现在他们发现了推翻政府的良机,而人权就是他们的武器。所以他们与这些愚蠢的人猿——外国记者——见面,并将有关贫穷和折磨的一堆屎倒进他们的耳朵里。"穆巴拉克的一位顾问这样说。现在还是斋月。他在他整洁、实用、拥有良好阅读光线的办公室里啜饮着咖啡。他穿着休闲套装。他的直率和不拘小节完全是西式的。

"你们美国人有一个文化问题。这里的人天性不同——他们不担心环境和人口过剩。你看这温暖的天气,看看尼罗河,流得多慢。这里是埃及。埃及人不想要突然间的进步。我们了解自己的同胞;他们可以帮助自己。他们在这里扎根定居,他们是被动的。这里不是无根的阿拉伯,这里会有真正的革命发生。"

20 世纪初的希腊裔的埃及亚历山大诗人康斯坦丁诺斯·卡瓦菲斯(Constantine P. Cavafy),写了一首有关 7 世纪亚历山大城落入阿拉伯穆斯林军队手里的诗。[2] 他的诗《放逐》("Exiles")则以两个世纪后,亦即 9 世纪为背景:

> 它仍是亚历山大。只要走一点点路
> 沿着以竞技场为尽头的直路
> 你会看见皇宫和古迹……
> 无论它承受多少战争的破坏,
> 无论它变得多么渺小

---

[2] 参见平琴(Jane Lagoudis Pinchin)的《还是亚历山大》(*Alexandria Still*),列于参考文献。

> 它仍然是一座美好的城市……
> 傍晚时分我们在海滨相见，
> 我们五个人（自然全部使用虚构的名字）
> 还有其他几个希腊人
> 还是走了……我们留在这里
> 并不会不愉快，因为很自然地，
> 不会永远如此。③

在 19 世纪和 20 世纪初，受英国影响的奥斯曼埃及总督统治下，西方国家在亚历山大实现了复兴。到了 1917 年，有 7 万名外国人居住在亚历山大，其中 3 万人是希腊人。那是卡瓦菲斯那一代。卡赞扎基斯的埃及游记结束于 1927 年，以对与卡瓦菲斯会面的描写告终。卡赞扎基斯写道：

> 卡瓦菲斯是最后残存的文明之花，有着双重、褪色的叶片，长而虚弱的气息，没有种子。
> 卡瓦菲斯具有在堕落年代里一个超凡者所有的典型特征——智慧、讽刺、感官……斜靠在柔软的沙发上，他看着窗外，等待"野蛮人"……

卡瓦菲斯，这个"充满回忆"的人，他让"记忆"的过程成为他诗歌作品的主题。他是一位帮助西方了解其在埃及失落感的最完美的诗人。

---

③ 由埃德蒙·基利（Edmund Keeley）和菲利普·谢拉德（Philip Sherrard）翻译自希腊文。参见卡瓦菲斯，列于参考文献。

我到达亚历山大,从火车站走路到内比·丹尼尔清真寺(Mosque of Nebi Daniel)只有五分钟的路程。亚历山大大帝死后,人们在托勒密(Ptolemaic)时期为他建造了陵寝,而据称这座清真寺就建在陵寝的上方。粗粒状的水泥、白色的浴室瓷砖以及一本正经的砖块,令我的眼睛很不舒服。木书架上堆着高高的伊斯兰教书籍。剥落的墙面上,诋毁波斯尼亚穆斯林屠杀事件的陈旧海报已经破旧不堪。我还注意到有德国的流行杂志《新流行》(Neue Mode)和计算机广告。由当地组装的破烂菲亚特汽车正冒着黑烟。沙砾在人行道上飞起来,飞进我的眼睛里。从这个场景是不可能看出文明将朝哪个方向走的。哪一边会赢?是宗教书籍和波斯尼亚海报,还是服装杂志和计算机广告——或者可不可能是这两者的奇特组合?而我所知道的只有,就目前而言,它看起来丑陋得像糟糕的室内装潢。

1914年,也就是卡瓦菲斯写下《放逐》的那一年,亚历山大的人口只有40万。那时有大花园和别具一格的别墅,没有今天水泥造的巨大丑陋物体,"最重要的是,有喘息的空间"。④亚历山大在视觉上的美足以唤起卡瓦菲斯对过去的怀旧之情。如今,往内陆方向城市入口的一排排高耸的公寓大楼,和持续的交通堵塞,再加上300万居民,使亚历山大最美的样子停留在了回忆中。

内比·丹尼尔清真寺的内部有些扫兴,里面没有精致的东方地毯,只有机织的绿色毛毡。祷告厅里满是穿着牛仔裤和人造纤维衬衫的年轻人在祷告。有个男人为我开了门,并且指着地板下面一位中世纪苏菲派(Sufi)谢赫现在埋葬的坟墓。"亚历山大已

---

④ 参见杰奎琳·卡罗尔(Jacqueline Carol)的《鸡尾酒和骆驼》(Cocktails and Camels),列于参考文献。

经完了,"这个人大声地说,"现在只有伊斯兰教。"

当然,近东早就不再是富有文艺情怀的西方人眼中的异国舞台了。挤入埃及城市的城市化农民阶级已经退缩到宗教里,无法理解 20 世纪 70 年代时西方理性主义者约翰·沃特伯里(John Waterbury)所面对的人口过剩和物资缺乏的议题了。然而,这些问题都是必须解决的。到目前为止,在另一股重力出现之前,中央集权只会继续恶化。

托马斯·霍默-狄克逊曾撰写过关于环境恶化所显示出的安全问题的杰出著作,他认为,像埃及这样的地方,将会在环境上导致罗马禁卫军政权,或是他所谓的"冷酷的政权"。据霍默-狄克逊的理论,一个因资源缺乏、迅速城市化、污染和其他"环境压力"而长年经历内部冲突的社会,"大概会有两条演进路线:这个国家不是支离破碎就是变得更专制",而其民主只是一个表面的"偶发现象",和这种人口增长和资源紧缩的长期过程没有什么关系,撒哈拉以南非洲地区的"新兴民主"就是这种现象。

的确,如果这种情形最后成真,新埃及法老们将会变成什么样子呢?

新法老们也许会结合前巴基斯坦独裁者齐亚·哈克(Zia-ul-Haq)和新加坡经济奇迹之父李光耀的价值观。如同齐亚·哈克一样,他们会成功地穿上伊斯兰主义者的罩袍——如此拉拢他们——另一方面则私下与西方合作。他们会在政府中实施精英领导体制,以更好地抵抗和应对因饮用水和耕地减少而带来的灾害。他们会让富人缴纳所得税,也会在其他方面改善经济。他们会严厉地对待异见者,因为鉴于埃及过去的贫穷和专横,民主可能引导它走向混乱。这种法老大概会出身于特种部队。然而，和穆巴拉克不同，他们仰赖东亚，将其视为整体威权主义（corporate authoritarianism）的模范，以取代社会主义的窃国政体（kleptocracy）。然而，基于尼罗河谷和东亚之间的文化差异，这种情景不但不愤世嫉俗，反而可能过分乐观。

另一个情景会是一个真正的宗教政府，一旦这个政府对人类与环境间的拉锯无法提供解答的情况突显之后，这个政府就会堕入暴君政治，就像苏丹一样。然后，随着社区"兄弟会"不断将权力从一个衰退的、以开罗为基础的官僚制度里夺走，这个国家会慢慢地死亡。对于团结的国家而言，尼罗河在地理上是一种优势。但是几十年的半混乱状态在埃及悠久的历史上不会是没有先例的；比20世纪末纳赛尔法老政府更糟糕的暴君政治也是如此。

第三篇

安纳托利亚与高加索地区：世界的战略中心？

我应该告诉你所有我曾提到过的地区,从喀什(Kashgar)往前,还有那些我接下来会提到的,远至属于土耳其的洛普城(Lop)。

——马可·波罗,
《马可·波罗游记》(The Travels of Marco Polo)

第六章 "旋转世界里的静止点"

风,就像时间,疾行经过条悬木以及高耸的黑丝柏,就像我步行穿过托普卡帕宫(Topkapi Seraglio)高墙般的庞大围篱,最后来到幸福门(Felicity Gate)——宏伟的"高门"(Sublime Porte)的斑岩柱、圆锥形塔、金箔以及圆屋顶。"高门",这个绝妙的法语词组曾被用于外交速记,指代奥斯曼土耳其君主的领地(就像白宫代表美国总统的职位一样),而这整个世界包括北非、近东,以及巴尔干地区。

由于奥斯曼帝国据位很久才告终,因此它的老朽在其附属民族身上根深蒂固。这点可以帮助我们解释为何在当代历史的冰川时期——这个时期以新月沃地(Fertile Crescent)的集权主义与东欧共产主义为特征——告终之前,动乱威胁了苏丹从前的领地,从波斯尼亚到尼罗河谷,再往东到美索不达米亚。

我站在海岬上,"萨拉基里奥角"(Seraglio Point)位居巴尔干半岛的最东端,也是奥斯曼苏丹的前都城。对岸是亚洲高原的开端。一如往常,这个冲突点上的气氛,如同一个庇护所。海鸥振翅,杂草丛生于大石板间,风从三个流域聚合的那一点吹了过来:金角湾(Golden Horn)、博斯普鲁斯海峡(Bosphorus Straits),以及马尔马拉海(Sea of Marmara)。用艾略特(T. S.

Eliot)的话说,就是"旋转世界里的静止点"。①

地理决定命运。伊斯坦布尔横跨两大洲及两大气候带——黑海的鞑靼式阴郁,以及地中海的温暖洋流,到了20世纪末,它成了板块移动的一个重要例证。它是希腊-斯拉夫东正教会(Greek-Slavic Orthodox)世界(欧洲世界,但也有部分属于东方)板块,以及突厥语族世界(东方世界,但西化了)板块相互冲撞、回弹,然后再次冲撞而来的。希腊拜占庭曾统治这里长达1000年,直到他们被自中亚迁徙来的土耳其游牧民族打倒。现在这里已经有了新的游牧民族,最近一批从东安纳托利亚来的农民,则正要完成他们对土耳其最西边城市的征战,然而,从这里发出去的其他震波,有可能会引起更多骚乱,造成更多伤害。

人类历史就是游牧生活的历史:根据备受争议的理论,人类迁徙的路线从黑色非洲往上到尼罗河流域,进入新月沃地,然后沿着印度河与恒河向东到东方,甚至更远。为了一窥21世纪初期的宽广轮廓——那是一个史无前例的游牧生活时代,或者,如果你喜欢的话,可以称其为难民移动的时代——我选择跟随可能是早期人类迁徙的路线。因而,我从撒哈拉以南非洲与尼罗河谷,旅行到新月沃地北方箭头形状的部分——安纳托利亚,突厥人称"Anadolu",亚洲就从这里开始,它有时被译为"母矿脉"(mother lode)。安纳托利亚是历史上的迁移路线中到欧洲、亚洲与非洲的主要陆桥。在加泰土丘(Catal Huyuk)②遗址的中心部

---

① 这句话来自艾略特的《四个四重奏》("Four Quartets"),是土耳其的前总理比伦特·埃杰维特(Bulent Ecevit)为我指出的。T. S. 艾略特,20世纪英国诗人、剧作家与评论家。
② 加泰土丘遗址,约公元前6500年至公元前5500年的史前河畔聚落遗址,位于土耳其南部科尼亚省东南约50千米处,为近东已知规模最大的新石器时代遗迹。——译者注

分，通常都是干涸且贫瘠的断层里，考古学家发现了9000年前，这个世界上最早的山水画。它向我们展示了火山爆发的图景。

由于伊斯坦布尔的重要性主要取决于它的位置，因此在冷战时期，当苏联政权人为地分隔了欧亚大陆，伊斯坦布尔就从历史上退位了。但在1989年后，巴尔干半岛上的土耳其再也无法与其他西方国家分开，也无法和它的表亲高加索、中亚和东方切断联系。于是，传统的地理学又回来了。历史上永久的游牧民族土耳其人，终于可以重新进入历史了。

我是一个时间旅行者，却未必是一个浪漫的旅人。托普卡帕宫是我地图上的一个点，但这个城市的其他部分却不是，比如大巴扎集市（Grand Bazaar）、"神的智慧"——圣索菲亚教堂（Hagia Sophia），或是金角湾上的咖啡馆。这间咖啡馆曾是19世纪法国小说家皮埃尔·洛蒂（Pierre Loti）笔下一个虚幻之地，他在此地与一个蒙着薄纱的彻尔克斯（Circassian）女孩亚丽艾莉（Aziyade）陷入爱河。相反，我在地图上圈选的是一个文学旅者很少会去的地方。

阿拉·古勒尔（Ara Guler）是当地的摄影师，他曾经记录了20世纪伊斯坦布尔的建筑发展。"我是一个视觉的历史学家，"他告诉我，"在20世纪末，我的城市里，我几乎已经找不到可以拍的地方了。这里已经没有美学了。从车窗内看出去，不是一个村庄，不是一个城市，只是一坨屎。"

而这坨"屎"的未来已被决定，这里也是我有意在地图上圈选的部分。

我离开托普卡帕宫，开始行驶。我穿过跨越了博斯普鲁斯海峡的桥，从伊斯坦布尔非洲的那一边来到亚洲的这一边——从巴尔干半岛到安纳托利亚。我大约开了一小时车，还在伊斯坦布尔境内，但不是浪漫记忆中的伊斯坦布尔。我的旅行指南非常奇异：《垃圾山传奇》(Tales from the Garbage Hills)，这是一本残酷的写实小说，是土耳其作家拉提夫·泰金（Latife Tekin）所写的，关于这个城市里棚户区生活的故事。这位小说家描述了一些社区，它们是"由泥土与化学废料所创造出来的地方，有塑料盆屋顶，油布窗户，以及由湿水泥和煤渣制成的墙"。

苏丹贝利（Sultanbeyli）就是一个这样的地方。

首先映入眼帘的就是潮湿的尘土，以及一条无止尽未铺设的路，路面坑坑洼洼，和非洲的道路别无二致。我盯着脱落的墙面，内部的铁都锈了；煤砖与波状铁片构成的奇异城市建筑、焊接工闪电般的火光、轮胎店、金属招牌，以及烂泥：满是废石堆的山脉和田野。工厂排放出黑烟。一个牧羊人带着一群羊，穿过距离一个建筑工地一两米的泥地。这样的发展没有重点，没有商业区。一种什么都不是的景色，就如古勒尔告诉我的，这不是一个村庄，不是一个城市，只是一坨屎。

"他倾听土地并不停地哭泣，为水哭，为工作哭，为垃圾与工厂废料造成的疾病的治愈而哭。"泰金写道。但是《垃圾山传奇》中最具有启迪作用的段落是：当牧羊人听人说起"某个'奥斯曼帝国'，即他们现在居住，而且曾经叫这个名字的地方"，这段历史使牧羊人"惊慌失措"，这是他们第一次听到这样的说法！虽然某些牧羊人知道"他的祖父和祖父的狗死于抵抗希腊人的战役"，但民族主义以及包含这种意义的土耳其历史，是土耳其中上阶层的人和我这种希望了解土耳其的外国人所"期待的负担"。

但是这些牧羊人知道土耳其移民的军队——塞尔柱人（Seljuks）和奥斯曼人比他们先来到此地吗？他们知道《科尔库特之书》

(*The Book of Dede Korkut*)吗？他们在乎的是什么呢？

因为对这些新的城市化农民而言——他们不只存在于土耳其，也存在于非洲、阿拉伯世界、印度以及许多其他地方——"这世界是新的"。西印度群岛小说家 V. S. 奈保尔（V. S. Naipaul）在《印度：受伤的文明》(*India: A Wounded Civilization*) 中写道："他们觉得自己站在事物的起点：不被接纳的人首次对他们自己的土地提出新的主张，在混乱中形成了关于社群和自助的哲学。对他们而言，历史已死，他们把它留在了身后的村子里。"

20 世纪末，在这个发展中的世界，各地新来的男男女女——他们涌进城市，把城市变成奇怪的村庄——都在谈论文明。对这些得到力量的多数人而言，国家的边界、国家本身，甚或国家这个想法，都是很模糊的。对他们来说，真正的边界是最清楚也最难处理的那一个——那些文化。他们知道，比如说，希腊的东正教徒曾经是他们的敌人。而那就足够来确立一个人的身份了。

在伊朗，这些新城市的居民已经进行了一场革命。但是如果没有石油业的迅速发展，根本不可能爆发革命；是它加速发展并压缩了文化冲击。然而在 20 世纪 90 年代末期，旧伊朗又再度浮现出来了：它有些改变，但仍然认得出来，如同我在后来行程中所看到的。那土耳其呢？土耳其没有蓬勃发展的石油业，同时，世俗主义是国家神话的一部分。在土耳其，凡事都更微妙，因而，也更不明显。

1980 年，有 43.9% 的土耳其人住在城市里[③]，到了 1990 年则达到 59%。21 世纪到来以前，数字会爬升到 67%，且继续往上

---

③ 这些统计资料是根据 1990 年土耳其国家人口普查得来的，进一步的细节则来自首都安卡拉一流的人口统计学者陶勒斯（Aykut Toros）。

攀爬。伊斯坦布尔,这个欧洲最大的城市,1993年有1000万人口,以每年4.5%的惊人比率增长。[④]一年间有45万新市民从"大漠"(the great out-there)——安纳托利亚——而来。"与其说安纳托利亚被伊斯坦布尔化,还不如说伊斯坦布尔及其他城市中心被安纳托利亚化",我持续听到这样的叹息。甚至在土耳其所谓的"荒芜的东边",以前的边境"城镇",像是迪亚巴克尔(Diyarbakir)、凡城(Van)、埃尔祖鲁姆(Erzurum),都是每五年就扩大一倍,变成一个繁荣都市;同时,在这些偏远地区的村庄则空无一人。土耳其在20世纪90年代中的社会-经济革命比政府的任何改变都更重要。

位于伊斯坦布尔东缘的苏丹贝利,最早是由保加利亚的土耳其族移民建立的。1985年,这里的人口为3500人;到了1993年,有15万人居住在这里。这里的房子叫作"夜建屋"(gecekondu;字面意思就是"一夜建成的")。有漏洞的铁皮屋顶用石头压着;墙用泥土或砖砌成,或者用绳子将硬纸板和屋顶绑在一起。这些房子里没有自来水,也没有污水管线。

艾塞尔·修凯茜耶丽(Ayse Kucukhiyali)从安纳托利亚荒凉北部一个非常小的村庄埃伦柯伊(Erenkoy)来到苏丹贝利。她的手就像男人的手一样粗糙长茧,结了硬块的手掌上都是尘土。她手里拿着一把锄头,头上包着传统的伊斯兰蓝头巾;我走近她时,她正在泥墙屋旁翻土,打算在看得到自动化废物堆积场的地方,种茄子和马铃薯。"我的家人都是农民,"她叹息道,"但是务农再也没有未来了。我们到城市来期望过上更好的生活。我丈

[④] 事实上,伊斯坦布尔的人口约有三分之二在博斯普鲁斯海峡欧洲的这一边,三分之一在亚洲这一边。

夫去建筑工地上班，我只能待在家里——城市里，只有男人才能讨生活。为了三个孩子，我们必须来这里。乡下的学校没有老师，为了孩子我们得吃苦。"

塞伊汗·比萨拉克（Seyhan Besoluk）来自安纳托利亚另一个遥远的村庄。"孩子必须接受良好的教育。我要我儿子成为一个医生或工程师，但留在村庄是不可能办到的。"就像我在苏丹贝利遇见的其他人一样，他们家没有自来水，却有电视。"我们在家看新闻，但某些电视节目让我们很不舒服，我们是很传统的人。"

我走过泥地，那里有几个男孩在玩一个用碎布做成的足球。我遇到两个从头到脚都蒙着黑纱的女人——宛如会走路的毯子。我试着和她们讲话。她们咯咯地笑；她们都是十几岁的年轻女孩。她们说自己是从安纳托利亚东部一个村庄来的。在苏丹贝利，她们生平第一次可以经常收看电视节目。我自己也开始熟悉土耳其的电视了。它是美国多样性的翻版——充满了俗丽、眩惑与性煽情，反映了暴发户的价值观、欧化的伊斯坦布尔。这些节目如何影响这些女孩呢？影像反映出她们的秘密梦想吗？毕竟，夜建屋是土耳其中下阶级的基础——一个介于乡村生活与都市生活之间的"临时之家"，在构造上或社会意义上都是如此。电视里看到或是公交车上听到的那种淫秽下流、具高度感官快感的阿拉伯风格（arabesk）音乐表演，事实上，是夜建屋的产物。或者这些女孩是想要告诉我她们被电视屏幕上的表演冒犯了——和另一个和我说过话的女人一样——因此她们敌视土耳其的有钱阶级；同时，也可以推论出她们反对西方？或者并不那么单纯；或许电视只是城市生活另一个令人眩惑的细目，它会立刻将这些女孩带往不同的方向。我没有时间问，因为和我邂逅使她们困窘，这些遮了面纱的年轻女孩很快逃走了。但我不会那么容易就放弃追寻问题的答案。

第六章 "旋转世界里的静止点"

1989年，欧洲共产主义垮台的那一年，苏丹贝利的人民选出了他们的第一任市长，一个伊斯兰极端主义"幸福党"（Welfare）的成员。这并不是巧合。一夜建成区成了土耳其左翼的堡垒，而它的可靠性已经被东欧的革命暗中破坏了。在后共产主义者的世界里，不满不再是观念上的而是宗教上的——换言之，是文化上的。在奈保尔的释义里，来自20世纪末期的混乱，社群和自助的完美典型将由移民而来的新定居者再次创造。在苏丹贝利的伊斯兰幸福党总部里，在一个干净无尘的房间里，我被要求脱鞋进入，几乎同时，一位官员告诉我以色列是如何被摧毁的；土耳其为何应该断绝自己和西方的联系；政党为何应在夏天供水、冬天供煤给贫穷的家庭；以及食物如何在伊斯兰教节日里被制成礼物。在这个邻近地区，伊斯兰教填补了行政机关所缺失的部分，而那是它在动乱中的社会里无法保持平行或追赶得上的部分。

我从伊斯坦布尔往东到土耳其的首都安卡拉，那里的棚户区建在险峻、泥泞的山坡上，而它带来的视觉震撼，是平坦的、错落四处的伊斯坦布尔棚户区所没有的。黄金山（Altindag）是梦想中的金字塔，由一堆杂乱无章的水泥、煤渣作夹的砖，加上波纹状的铁皮构成；每一间棚屋就好像是加建在另一间上面，它们都非常笨拙而艰难地挤在一起，并且全都朝上方建造（heavenward）——而较富有的土耳其人天堂，在城市里的其他地方。我在地球上的其他地方从未见过如此沉痛的人类奋斗建筑象征；屋顶是由一排排生锈的铁罐子固定的，韭菜和洋葱则长在腐朽木板组合成的阳台上。

20世纪末的旅游业只关心19世纪的神话，对其而言，黄金山是隐形的。黄金山是土耳其的一面，也是世界的一面；旅行杂志本能地将它藏起来,即便黄金山的居民都清楚它的未来是什么样的。想象一下拜占庭帝国灭亡前夕的奥斯曼军队营房。而那就是黄金山。

"我们把整个村子都搬来这里了,但是我们过去在村子里工作得更辛苦——一整天都待在田里。因此,在斋月,我们无法斋戒。在这里我们斋戒,我们更虔诚些。"艾什·坦瑞库鲁(Ayshe Tanrikulu)和六个妇女在一起,她正从一个粗糙的塑料碗里把米填进葡萄藤叶子里。她请我到那一片金属下和她一起乘凉,并给了我一杯茶,但这杯茶很快就布满了点点灰尘。这些女人全都用头巾包着头。坦瑞库鲁,三十几岁,是这里年纪最大的,由她发言。她声音响亮,言语率直,像是在嘉年华会里大声吆喝招徕客人的人。

实地拜访贫民区可以使遥远的景象生动逼真,但也会使其更恐怖、令人讨厌,在土耳其却相反。我越是接近黄金山,越是觉得它好看且安全。我身上的口袋里有价值1500美金的土耳其里拉,另一个口袋里则有1000美元的旅行支票,但我一点也不害怕。黄金山和邻近地区相比,并不太像一个贫民区。坦瑞库鲁家的内部陈设证明了这一点:

一个用煤渣、金属片及硬纸板砌墙的混乱建筑欺骗了人的眼睛。里面是一个真正的家——秩序井然,透露出尊严。我看到冰箱,电视,一个装有一些书籍、许多家庭照片的橱柜,还有一些放在窗户边的盆栽,以及一个火炉。地板纤尘不染。没有任何难闻的气味。

其他房子与这间一样。虽然下雨时街道漫遍泥泞,但雨水的泛滥维持在安全的范围内。学童将书包绑在背上跑,卡车运送瓦斯,一些男人坐在咖啡馆里啜饮着玻璃杯里的茶。有一个男人来喝啤酒。酒类饮料在非宗教地区很容易取得,虽然这里的人有

99%都是穆斯林。但是这里没有酗酒的问题，犯罪更是少见；比起安卡拉与埃及，贫穷与文盲的程度还算轻。从社会学角度来说，贫民区在土耳其城市里算是少见的。在这里，家庭内部的凝聚力很强：它是一个有着自然健康状态的文明。

我的重点是要强调这是一个有良好道德影响的，没有犯罪的贫民区：它的存在显示出土耳其伊斯兰教文化内部的强大结构。

坦瑞库鲁继续说："我儿子上过大学，是个计算机工程师，但赚的钱不够用；我的另一个孩子在上小学，我们没有钱给他买书，不知道他能不能上好的中学。孩子如果出身富有的家庭，他们什么地方都能去。政府说学校是免费的，事实不然……生活在这个城市里是如此缺乏人情味，空气是如此肮脏。我的希望在破灭，但小孩子不会住在夜建屋。教育，那就是一切！"

我在黄金山看到比苏丹贝利更复杂多变的现实。关于夜建屋的压倒性事实：这些住在棚屋里的人，有着中产阶级的渴望与野心。在安卡拉，一个有能力的非宗教政府可以笼络他们。

我晃到另一条街。一些孩子正在玩一个旧轮胎，和我之前在非洲看到的一样；这些孩子的眼神中显露出惊奇，仿如他们第一次发明这个东西一样。

踩进苏纳·卡拉比耶克（Suna Karabiyik）那间硬纸板和泥土砖盖的房子时，她要求我脱掉鞋子。地毯是便宜的、机器织造的，但不沾尘。我再度被一片污泥中的洁净所震慑。苏纳25岁，黑眼睛黑头发，从安纳托利亚东北部来：她有一张标致却历尽风霜的脸，显示出坚忍与决心，是一张斯坦贝克（Steinbeck）会理解的脸。苏纳指向被侵蚀的山腰里那一排冷酷的现代公寓，都是很低廉的建筑。"那是我们家所向往的地方。每天我看着那些房子，都想要住在那里。我和我先生只有一个小孩，我们不想再生了。

我们想给孩子我们不曾有过的生活，但不能靠政府，只能自己来。"

"你在这里的邻居怎么样呢？你会想念他们吗？"我好奇，因为那些建筑物看起来是如此冷酷与不具人性。

"在你的一生中能够结识一些不同的人是很好的。当我们从村庄搬来黄金山时，我们认识了一些新朋友，而我们会再认识别人。"

我对这个现代农民感到非常惊讶。对这些农民而言，生命就是一场社会冒险，在冒险中他们不会提起政府，更不用说期望了。难民和游牧者间的不同是：难民逃离一个地方，因为他们没得选择；但游牧者则是寻求利益的先锋。游牧者是历史的创造者，而难民则是历史的牺牲者。

突厥人是谁？21世纪初期也许不会有比这个更重要的问题。

"突厥"（Turk）这个词最早出现在6世纪，源起于汉语中的"突厥"（Tu-Kiu），代表一个游牧族群，一个建立了从蒙古延伸到黑海的帝国的游牧族群。这些游牧民族讲一种"黏着语"（agglutinative tongue），蒙古语、匈牙利语以及芬兰语都隐约与突厥语有关。他们来自东俄罗斯的乌拉尔山（Ural Mountains）以及蒙古的阿尔泰山脉（Altay range）之间的地区，属于乌拉尔－阿尔泰族群。中国建于公元前3世纪的万里长城，可能就是用来阻挡这些突厥民族的。

接下来的几个世纪见证了突厥民族越过中亚大草原的一系列迁徙行动，其中包括默默无闻的马背上的民族，像是乌古斯人（Oghuz）和可萨人（Khazars）。当他们再次与另一个突厥部族达成攻击协议时，帝国短暂合并，并留下部分残余。"他在黑色的土地上搭起白色的大帐篷，多彩的天幕尽可能地朝上方建造，柔软的地毯铺满了无数地方。"因此，《科尔库特之书》出现了。

据说这是一本始于乌古斯突厥人英雄时代的故事集。乌古斯突厥人是一个嗜酒的游牧部落,他们的妇女擅长骑马、射箭及角力。他们所信仰的伊斯兰教只是一个宗教,而非一个完整的社会系统。这种在所有突厥族群中常见的潜在性异教思想,曾在19世纪20年代到30年代间,帮助领导者穆斯塔法·凯末尔·阿塔图尔克(Mustafa Kemal Ataturk)⑤将土耳其从宗教中还俗。

这些自由自在的突厥部族推进到中国长城,另外也向北、向西抵御俄罗斯。俄罗斯人是突厥部族历史上的另一个敌人,他们创造了"鞑靼人"(Tatar)这个词,作为成吉思汗的蒙古人与乌拉尔－阿尔泰地区的亲戚(突厥部落)的总称。蒙古钦察汗国在13世纪和14世纪征服了俄罗斯,使它没有受到文艺复兴的影响。总括来说,鞑靼人要为俄罗斯的东方化负责。从16世纪的恐怖伊凡四世(Ivan the Terrible)时代开始,俄罗斯人背负着文化丧失感与复仇的渴望,发动攻势以对抗突厥民族。斯大林在中亚进攻突厥统一体,强制他的突厥国民使用西里尔字母(Cyrillic alphabet)⑥——为了使他们斯拉夫化,并将他们与阿富汗、伊朗北部以及土耳其的民族伙伴隔绝——就是源自这个仇恨。1995年对抗车臣的穆斯林(Moslem Chechens)的俄罗斯战争也是如此。

在9世纪到10世纪,芬兰人和马扎尔人(Magyars)是第一批抵达欧洲的乌拉尔－阿尔泰民族。这些大草原骑民在文化上的天赋是很明显的:在一个世纪左右的时间里,他们就适应了欧洲的礼俗。11世纪下半叶,东方的安纳托利亚第一次出现突厥游牧

---

⑤ 穆斯塔法·凯末尔·阿塔图尔克,土耳其军官、政治家和总统,"阿塔图尔克"为土耳其议会授予他的姓,意为"土耳其之父"。——译者注
⑥ 西里尔字母,即圣西里尔创造的字母,用于斯拉夫语系,如俄语、保加利亚语等。——译者注

民族，即塞尔柱人（以他们的首领为名）。他们在1071年的曼齐刻尔特战役（Battle of Manzikert）歼灭了拜占庭军队。拜占庭希腊人在君士坦丁堡抵抗到1453年，直到另一支突厥部族——奥斯曼人，征服并吸收塞尔柱人，攻克了君士坦丁堡，后称伊斯坦布尔。

奥斯曼土耳其建立了一个混杂多种语言的帝国，其疆土从北方的维也纳到南方的也门，从西方的摩洛哥到东方的美索不达米亚。奥斯曼的威胁很快就使"突厥"成为欧洲人眼中"野蛮人"的同义词。16世纪的马丁·路德（Martin Luther），祈求从"这个世界、这个肉体、突厥以及撒旦"中得到解脱。但是在伊斯坦布尔的托普卡帕宫，奥斯曼宫廷的罗曼史形成另一个更仁慈、老套的"华丽突厥"（Grand Turk）罗曼史，像是宫女的召唤、郁金香节日、情诗、丝织锦，以及华美的地毯、几盘冰糕和其他甜品，像铅笔般细的伊斯兰寺院尖塔倒映在大理石的池塘里——最感官也最放纵的伊斯兰文明。

托普卡帕宫最早是游牧民族的宫廷，它的角楼令人想起中亚的卡拉库姆沙漠（Kara Kum Desert）。它每一年在欧洲的军事战役，反映出大草原上周期性的流浪。然而在20世纪初，托普卡帕是个僵化的神权政体，就和奥斯曼争战四个半世纪前的希腊拜占庭一样；就像某些21世纪初期的波斯湾酋长国。

第一次世界大战后，让现代土耳其走出多民族的奥斯曼帝国衰败的剧痛的，是土耳其之父凯末尔的梦想。凯末尔是历史上少数几位真正的革命家之一，因为他改变了人们的价值系统。他推断欧洲人的力量之所以能挫败奥斯曼的苏丹领地，并非由于他们卓越的军事能力，而是因为他们优秀的文明。他说，土耳其从今以后将会成为西方国家。这并非巧合，没有一个穆斯林能像凯末尔一样，在西方享有这么高的历史声望。20世纪20年代到30年代，凯末尔废除了伊斯兰教的宗教法庭。为了将土耳其从传统的伊斯兰的过去扭转回来，他禁止男人戴土耳其毡帽，并阻止女人戴面纱。他将首都从伊斯坦布尔移到安卡拉，因为前者象征着倒退的伊斯兰帝国，而安卡拉以异教安纳托利亚人的土耳其文化为根基，在那里，对牛的崇拜压倒了伊斯兰信仰。他用拉丁字母取代阿拉伯字母，借此将土耳其文化定位成朝西方走。甚至在对种族的定义上，凯末尔都现代得令人惊讶。一份伊斯坦布尔报纸的专栏作家奥尔特玛·基利克（Altemur Kilic）告诉我："凯末尔宣称，不论何人，只要说自己是个土耳其人，讲土耳其语，住在土耳其，那么他就是个土耳其人。"基利克自己的祖先可以追溯至格鲁吉亚（Georgia）、阿布哈兹（Abkhazia）、乌兹别克斯坦以及爱琴海的罗德岛（Aegean Rhodes）。凯末尔强调语言是民族的判断标准，这种观念使土耳其不只是巴尔干人、高加索人及中亚穆斯林的融炉；对说土耳其语的犹太人而言，它也是一个友好热情的国度。凯末尔使土耳其不再是一个血腥的共和政体，而是一个现代国家。

"凯末尔主义，是一种取得西方世界认同的渴望，一种轻视阿拉伯世界的生活方式，"伊斯坦布尔的社会主义者、女性主义者妮鲁菲·格莱（Nilufer Gole）说，"凯末尔主义赞颂遍及整个伊斯兰世界的异教主义，它为土耳其人提供了一种情感上的、创建国家的神话，但那完全是世俗的。因此，在其他伊斯兰社会里没有类似的思潮，因为在那些地方，有力的神话皆具宗教性。"换言之，凯末尔主义使世俗的土耳其人有力量为他们的信仰去斗争，就好像住在夜建屋里的信教的土耳其人为自己斗争一样。

安卡拉的凯末尔陵墓叫作"亚狄陵"（Anit Kabir），它以大理石与石头的形式强调了凯末尔的这种世俗意愿——目的是在凯末尔"共和政体土耳其"的恢宏视野内，使用并归纳夜建屋的动力。亚狄陵是一个巨大的希腊风格神殿，它在建筑上属于异教派，墙上雕有火炬，地板上刻有狼的足迹，还有士兵拥抱着母亲女神的浮雕蚀刻。那是一个很残酷的地方。当我在神殿的四周走动时，有戴白色钢盔的军队在守卫，我觉得如果希特勒是自然死亡，他也会有一个这样的墓。

在土耳其还有另一个陵墓：不是在安卡拉，而是在伊斯坦布尔——一个有着伊斯兰壮丽清真寺的城市，那个被凯末尔一脚踢开后又重新回到战略地图上的奥斯曼首都。它并不是一个"大陵墓"。从它粗陋的内部望出去的景致像一条现代公路；而你听到的就像是汽车加速的声音。但是人们来此，他们来到这里，那夜建屋里穿拖鞋的男人与包头巾的女人，来此对这些伊斯兰教圣人的墓（turbe）祷告。躺在这里的是土耳其最早的总理、后来的总统图尔古特·厄扎尔（Turgut Ozal）——20世纪时土耳其第二位伟大的革命家，他于1993年死在办公室里。

当凯末尔还是一个偏远地区的将军时，厄扎尔是一个喜欢与女性交往的男人；他，一个矮小、肥胖且脏兮兮的农民，对苏格兰威士忌有很好的品味；他的脖子消失于肩膀之间；他会在咀嚼食物时讲话；他从来不知道如何体面地使用刀叉；他从不以他的信念为耻："虽然土耳其是一个世俗国家，但是我，这个国家的总统，并不是一个没有宗教信仰的人。"

既然厄扎尔可以既是一个虔诚的穆斯林，同时又是一个凯末尔主义者，那么为什么住在夜建屋里的人不能呢？为何两者必须不可兼得呢？世俗主义[7]如同厄扎尔重新定义的，意思只是——

---

[7] 世俗主义，不容宗教或教会存在的一种主张。——译者注

非无神论者。这些住在棚户区的人并不了解,也不在乎"凯末尔主义"是什么。他们只知道,在厄扎尔的领导之下,他们是系统的一部分。厄扎尔很喜欢美国的社会流动性的概念,他带着《古兰经》与笔记本电脑旅行,直觉让他深深体会到他子民的梦想:他们只是想要更好的生活,但不要将他们的宗教传统彻底抛弃。厄扎尔主义最高的纪念碑是安卡拉的科札德佩清真寺(Kocatepe Mosque),世界上最大的宗教圣地之一——有一个混合式的超级市场建在它的下方。

厄扎尔柔化了凯末尔的猛烈,成为西方化的东方世俗主义。当凯末尔为了使他的子民往西发展,而忽略突厥东方的高加索与中亚时,厄扎尔则看出东方是土耳其货物的新市场。当凯末尔为了提高文化标准而向西看齐时,厄扎尔则试图在巴尔干半岛维护土耳其穆斯林的权力联盟,把土耳其从自我欺骗的孤立中解放出来。然而,厄扎尔最大的贡献是他重新发现多民族的过去,并且修正凯末尔视野下悲剧的缺憾。

凯末尔的土耳其是一段严酷的考验,在这里整个奥斯曼帝国的穆斯林(还有一些基督徒与犹太人)可以通过使用土耳其语言而获得平等的待遇。然而,安纳托利亚一直是一个有着三种语言、三个民族的地方——土耳其语、库尔德语(Kurdish)以及亚美尼亚语(Armenian)。土耳其有库尔德人的佣兵帮忙,在第一次世界大战中几乎歼灭了所有亚美尼亚人,因而在凯末尔上台前,该民族只在一些城市里留下了很小的群体。⑧ 但是库尔德人留下来了:土耳其共和政体里,每六个人中至少有一个库尔德人。事

---

⑧ 基督教徒,包括亚美尼亚人在内,占土耳其人口总数的2‰。

实上，没有充分意识到库尔德人的存在是凯末尔的最大败笔。20世纪90年代初期及中期，安纳托利亚东南方的土耳其军队与库尔德分离主义者间的战事甚嚣尘上，战争留下1.5万名伤兵。这场战事威胁了土耳其社会的和平，因为大量库尔德社群存在于所有的大城市，特别是在棚户区。而厄扎尔就死在他与库尔德人达成妥协的时候。紧接着他的死亡而来的，是坚毅的凯末尔主义者的归来，他们试图以武力粉碎库尔德人。

为了更了解这些，我向东前行，朝库尔德斯坦（Kurdistan）走去。

第七章　母矿脉

20世纪末期，黄金旅游年代（Golden Age of Travel）留下的最后痕迹之一是土耳其巴士。就像19世纪末期横贯美洲大陆的铁路，以及20世纪早期的欧洲东方快车，土耳其长途巴士网络提供了个性化的舒适体验，它贯穿了整片原始而壮观的地带。巴士干净且有空调设备，并供应点心。安卡拉巴士站最具有东方市集的诱惑力，通知开车时间和目的地时，用的是尖锐如同哨音般的土耳其语。许多私人巴士公司的宣传霓虹灯照亮了通道——这是创业型经济的证明。我靠近登车的入口网关时，司机发动了瑞典和德国制双层巴士的引擎；巴士上彩绘着时髦的图画，像是飞毯的新世纪形态。

很快，我向南奔驰在平静、浩瀚的春绿大草原上，它的贫乏和荒芜，只有在牧羊人及牧群偶尔出现时才会被打破。再一次，我感受到了旅行的愉悦。一小时后，草原让位给干涸、含盐的沼地；因积雪形成褶皱的苏丹山脉（Sultan Mountains）则为沼地镶上一层边。我正处在小亚细亚的心脏地带——"母矿脉"安纳托利亚。这里是孕育最早期文明的底格里斯河和幼发拉底河的发源地。赫梯人（Hittites）、亚述人（Assyrians）、弗里吉亚人（Phrygians）①、

---

① 弗里吉亚人，曾建立弗里吉亚王国，与传说中的迈达斯（Midas）有关，后为吕底亚所征服。——译者注

吕底亚人（Lydians）②，以及其他古民族都以安纳托利亚为根据地。据传亚伯拉罕曾居住在南安纳托利亚，诺亚则住在东安纳托利亚。特洛伊战争在西安纳托利亚交战，而杰森（Jason）③和阿尔戈英雄们（Argonauts）则在北海岸徘徊。希罗多德（Herodotus）生于西南安纳托利亚，圣保罗也生于此地。色诺芬（Xenophon）在公元前401年，率领败军希腊佣兵"万人军"从波斯回到安纳托利亚的严寒风雪中。居鲁士（Cyrus）、大流士（Darius）和薛西斯（Xerxes）的波斯军队分别往西穿越此地；亚历山大大帝的军队则由此往东行。马可·波罗的丝路路线有一条支线经过安纳托利亚；蒙古人和十字军战士的行军路线也是如此。如果地球上的陆地有一个中心交会点，那就是安纳托利亚。

11世纪下半叶，第一批土耳其游牧民族从中亚来到安纳托利亚。他们被称为塞尔柱人，那是依其创立首领之名命名的。这个中世纪塞尔柱政府的首都科尼亚（Konya），即是我的第一个目的地。

塞尔柱人珍爱法国人所称的青绿色（turquoise），他们第一次看到这种颜色，可能是在中亚到安纳托利亚的旅程中，那是沙漠高原上火口湖的颜色。在科尼亚，塞尔柱时代卓越的宗教神秘主义者鲁米（Cellaledin Rumi）的坟墓上，波形的、火箭状的穹顶铺满了明媚的青绿色瓷砖，是塞尔柱建筑的终极之作。14世纪的穹顶，似乎飘浮在附近的圆塔和城墙之上，就好像是一种具有高度和宽度却没有实体的深度幻觉。这个穹顶给人一种神秘的敬畏感，那是宗教非常需要却鲜少获得的气氛。

---

② 吕底亚人，曾建立吕底亚王国，公元前7世纪到公元前6世纪是最鼎盛的时期。——译者注
③ 杰森为希腊神话人物，乘"阿尔戈"号快船前去寻找金羊毛。——译者注

第七章 母矿脉

我和一群朝圣者一起脱掉鞋子，进入蓝色穹顶的鲁米陵墓。英文招牌上以鲁米的一段话来欢迎访客："来，不管你是谁，来，不管你是拜火者、偶像崇拜者还是无宗教信仰者。我们的居处不是一个绝望的处所，所有进来的人都将受到欢迎。"裹着红头巾的土耳其妇女和蓄着胡须、戴着羊毛帽的土耳其男人，都舒适地和西方旅客一同身处叠起的东方地毯，以及用多彩瓷砖镶框、书写着《古兰经》的黄金书页之间。不只是游客，连朝圣者也疯狂地拍照。我很少处在一个神圣而带有如此友好氛围的地方。

事实上，鲁米那段话是以波斯文写的。波斯文学和建筑对塞尔柱人有极大的影响力。有人可能会告诉你，鲁米是20世纪60年代和70年代间嬉皮士的膜拜对象。他生于1207年北方突厥民族的土地巴尔赫（Balkh），属于阿富汗的一部分。他小时候和父亲在外游历过数年，越过波斯和东安纳托利亚来到科尼亚（嬉皮士往印度的路线则与此相反）。旅行显然潜移默化地影响了鲁米的灵魂，培养了他的宽容。在他年轻、爱好和平的年岁里，他相信，不管属于什么种族或宗教信仰，人类都是紧密结合，而且是用爱来与宇宙万物联结起来的。这个观点可能可以追溯到前伊斯兰历史，它在鲁米具独特美感的诗作中表露无遗：

> 而我是舞于爱之火里的火焰，
> 那灯火在欲望的深处闪烁。
> 但愿经历那孕育出分离的苦痛，
> 然后倾听芦苇的旋律。[4]

---

[4] 引自鲁米的杰作《玛斯纳维》(*Mathnawi*)的序诗。参见参考文献中奥斯杜克（Ozturk）的著作。

鲁米相信，爱戴真主超越于特定教条和民族性之上，而穆斯林绝不是真主唯一亲自启蒙的人。鲁米表示，对那些斥责音乐和诗节的"幼稚狂热者"，我们只要简单地说声"再见"。他警告大家，一绺胡须并不代表智慧——倒是游历（游牧生活）将会带来智慧。鲁米是一个苦行者，与穆罕默德之类的宗教活动家截然不同：他认为男人和女人都该规避政治，并专注于探索内在自我。他偏爱个人更甚于群众，而且常发声反对专制，不管那是属于多数专制还是少数专制。鲁米在1273年12月17日死于科尼亚时，信耶稣的人、犹太人、阿拉伯人和土耳其人，成群从附近乡村涌出来哀悼他的逝去。他们同声哭泣并撕裂衣服来表达悲痛；他的陵墓则成为朝圣之地。在一个充满盲目信仰的世界，他是历史上真正普世的人物之一。

鲁米帮助确定了苏非派的定义；该词来自阿拉伯文"苏夫"（suf），也就是羊毛。依据《古兰经》圣训的说法，穿着羊毛的人没有自我。在通过神秘的舞蹈⑤和其他修行以消除自我的同时，苏非派仍然强调个人的重要性，使某些土耳其苏非教团成为最开放的伊斯兰组织。他们跳舞，偶尔喝酒，并允许女性加入——虽然地位并不完全与男人平等。尽管有些苏非教团致力于对抗凯末尔的世俗主义倾向，但一个叫作拜克塔什（Bektashis）的苏非派团体，则支持凯末尔世俗化的民族主义运动。土耳其刚卸任的总统兼总理厄扎尔是一位虔诚的苏非派信徒。厄扎尔虔诚的宗教信仰，结合他对伊斯兰教独裁者如伊朗的阿亚图拉·霍梅尼（Ayatollah Khomeini）和伊拉克的萨达姆·侯赛因（Saddam

---

⑤ 这包含科尼亚著名的跳旋转舞的苦行僧（Whirling Dervishes）。

第七章　母矿脉

Hussein）的强烈厌恶，将会温暖鲁米的心。就某种程度来说，土耳其的政治未来，将依苏非教派的发展而定；而该教派的发展，也必然会受到城市化的影响——压力将使每一个在大城市，特别是在贫民区里，为维持传统而奋战的土耳其人陷入困境。

1993年4月22日，厄扎尔葬于伊斯坦布尔的那一天，我跪在鲁米陵墓旁清真寺的地毯上和28岁的宗教官员阿里・埃尔洪（Ali Erhun）聊天。他戴着一顶白色的无边小圆帽，谈吐温文有礼，手上握着祷告用的念珠。⑥

埃尔洪一开始先对我说抱歉。他不能招待我喝土耳其人整天啜饮的传统茶，因为那在清真寺内是不被允许的。土耳其人将他们热诚款待的特性归因于过去的游牧岁月，当时，生存维系在陌生人所给予的仁慈上。但是，这类热诚款待有另一个层面：它定下了很高的友谊标准，而对西方人来说，要达到这项标准着实很难。这是埃尔洪谈话的主题：

"我的家族是乌古斯突厥人的后裔，他们从中亚迁移到安纳托利亚，并从拜占庭手中夺取了安纳托利亚。⑦ 我生于离伊斯坦布尔不远的库马力寇幼（Cumali Koyu），这是第一批奥斯曼人抵达的地方，当时，他们正需要一个祷告前的洗涤处。一位老苏非——某个像鲁米那样的人——用他的拐杖指出一处水源。就在那个地方的地底下，他们找到了水；便在那里建起了城镇……

"中亚是我祖父的故乡。苏联在中亚统治权的告终，意味着原是一个整体的突厥斯坦（Turkestan）地区，终于再度回归统一，

---

⑥ 1993年时，我曾在土耳其旅行，那是我依序访问埃及、伊朗、中亚、印度次大陆和东南亚的前一年。

⑦ 《科尔库特之书》即取材自乌古斯突厥人的故事。

一个突厥民族的世界……

"图尔古特·厄扎尔——愿真主保佑他平安——让我们准备好经历这伟大的过渡时期。厄扎尔弱化了凯末尔主义的世俗棱角,使信仰虔诚的土耳其人现在觉得被涵括在这体系里。这种新的自由,使土耳其人得以用其旧有的塞尔柱和奥斯曼文化,来联结现在与过去;而伊斯兰教则是这过程中的一个重要元素。"

但是,埃尔洪告诫道,受到鲁米的开放思想影响的土耳其穆斯林朝着西方发展,但西方在巴尔干和高加索地区"遗弃"被围困的穆斯林的现状,正在逐渐侵蚀土耳其穆斯林的立场。当埃尔洪发言抗议对穆斯林的压迫时,那些聚集在清真寺小接待室内,蓄着胡须、戴着无边小圆帽、听我们交谈的男人,纷纷点头表示同意。巴尔干和高加索的战争突然使气氛紧张起来。

"你们西方人,是只能共享乐不能共患难的朋友。"念珠弹击到埃尔洪的手指,但他的声音仍然冷静平稳,"就如我们努力去喜欢你们一样,你们总是在努力疏远我们。在帮助信奉天主教的克罗地亚人和信奉东正教的塞尔维亚人之前,你们在塞浦路斯(Cyprus)支持的是希腊人。你们逼着我们向东方看,要我们走向土耳其的世界,但也只有这样而已。如果那适合我们,我们将会继续和美国、欧洲合作。我们将成为一个重要的国际角色。"

埃尔洪的眼睛眨都没眨一下,他已经准备好提出他的结论了。

"伊斯兰教诞生于阿拉伯。自从我们的塞尔柱祖先击败了拜占庭希腊人后,已经荣誉地扛负伊斯兰教的大旗千年了。塞尔柱首都科尼亚,就是我们现在的所在地。梅乌拉那(Mevlana 意为导师,指鲁米)就埋葬在离我们一两米外。在奥斯曼帝国崩垮后,阿拉伯再一次举起先知穆罕默德的大纛,但这只是暂时的。我们土耳其人再一次准备好扮演这个角色。别想当然地认为,由于阿

第七章　母矿脉

拉伯文是先知穆罕默德和《古兰经》的语言，因此阿拉伯人就该在这个世界领导穆斯林。我们也可以领导穆斯林。因为梅乌拉那，我们的伊斯兰教已不同于埃及和沙特阿拉伯的伊斯兰教。"

他是正确的吗？先知穆罕默德的大纛，将会从麦加北移到地毯（流浪者的必要装备）之城科尼亚？

我从科尼亚启程，往东南方向前行，翻过托罗斯山脉（Taurus Mountains）的山脊到达地中海。公交车翻越过一个又一个黄色石灰石山顶，错综纷乱的村落环绕着自己的那片小地方。在这些重新造林的斜坡上，种植的是橄榄树、冷杉、雪松和白杨。这是安纳托利亚柔软、细腻的肌肤，与海相邻，足以成为希腊－罗马世界的一部分。泥泞的溪流将凸起的山腰一分为二；这山腰是地质隆起的产物，由欧亚、非洲和印澳板块在这里的碰撞所产生。由于在巴尔干和其他地区割让了领土，凯末尔将土耳其人建造民族建筑的精力，集中在这片宏伟多彩、易于诠解的地理单位上。伟大的英国东方学者、T. E. 劳伦斯(T. E. Lawrence)的榜样 D.G.霍格思（D. G. Hogarth），甚至早在凯末尔革命之前的 1915 年即宣称，地理使土耳其人［他称他们为西支土耳其人（Osmanli）］构成一个国家："小亚细亚（安纳托利亚）就是他们的国家……即使是由苏联或其他强权以军事占领，也将无法从西支土耳其人共同体里分离安纳托利亚；因为，一件东西是没办法从它自己身上分离出来的。"

但是，土耳其与库尔德人之间的战争，会毁掉一切吗？

那天晚上，我就待在地中海城镇基兹卡雷斯（Kizkalesi），希罗多德将它称为科里库斯（Corycus），后又因一座海边城堡而改名。传说这座城堡是由一位亚美尼亚国王为保护其女儿免受蛇的咬啮而建。但是，一条蛇从海岸边爬入一篮水果里，女孩还是死了。传说的现代版则被重新改编：这一次，这条蛇以观光业发展的形态来到这里，而死去的女孩则是这座城镇本身。

从这里，地中海沿岸似乎即将成为一个放大版的布赖顿（Brighton）⑧——一个为上班族提供七天包价旅游的有毒假期营地。"我们只是一群试着以自己的方式厘清观光业意义的粗野乡下人。"一位坚韧老人这样悲叹着，当时他正请我在这城镇里最棒的咖啡馆喝土耳其式咖啡。"直到1987年，这里还是一座沉睡中的村落，我们在这里种植绿豆和柠檬。政府根本不存在，它除了在晚上点亮城堡的灯光外，什么事也没做过。"他对我大声说着，与焊接枪、电钻、电子音乐和被锯短排气管的摩托车的哭号竞赛。破破烂烂的三星级酒店处于施工的不同阶段，被肮脏、垃圾满天飞的小径——离抚慰人心的蓝色大海仅一两米远——分隔开来。

我住的酒店建于1985年，是镇上最古老的酒店，里面到处是面色粉红的德国工厂工人及其妻子（或女朋友）。他们大声叫嚷，猛敲富美家牌的桌子，自以为高人一等地把手臂环绕在土耳其招待员的身上，就好像自己是他们的老朋友。房与房之间的墙薄如纸，摇我入睡的不是浪潮轻拍的大海声，而是喧闹的德国人声和比那更糟的音乐声。淋蓬头只滴下一点点冷水。酒店建筑物的大量出现和淡水易于取得之间的关系是零，也没有任何污水处理设备。并非这家酒店或顾客水平不够。基兹卡雷斯已经成为欧洲包价旅游业的宿舍——我也看到过英国人，行为举止也没有更好。

---

⑧ 布赖顿，英格兰东南部英吉利海峡沿岸的观光城市。

第七章　母矿脉

冬天，这座城的人口是 3000 人，但从 5 月到 10 月则暴增为好几万。游客显然不知道——也不在乎——自己身处何方。对他们来说，这是再回到一连工作五十几周的生产线之前，可以沐浴在太阳下纾解情绪的一周。

海滩到处是啤酒罐、包装纸，还有从附近建筑物拦截来的微风。拒绝在水中漂流的红砖高楼在远处一座岸边考古遗址之后伫立着；这处罗马遗迹从公元 1 世纪就存在了。隔天早上，我搭出租车到地中海岸更东边的梅尔辛（Mersin）巴士站。司机是当地土耳其人，大约 30 岁，穿着牛仔靴、钮扣敞开的黑色衬衫，脖子上挂着几个装饰用圆形勋章。他不是讲话，而是在喊叫——穿过收录机播放出来的摇滚音乐。抱怨了一年之后，他仍然在等待加拿大签证以便探望他的女朋友。便宜的高楼一栋紧邻一栋地堆叠起来，因窗户而闪闪发光。他生来就是一个随波逐流的人。

这位出租车司机是人类逐渐增多的类别之一：处于各种文化间的半成形的人，因此，没有文化。他穿着紧身裤站在街角，当看到假期快结束的女性走过时，就对她们吹口哨并咂舌。他笨拙地模仿西方，因它而感到挫败，而且往往到最后还会痛恨它。和我的司机差不多的男人都成了步兵，为在伊朗和阿尔及利亚宗教极端主义信徒的叛乱而战。他们是新地中海和近东地区景观的产物：包价旅游的旅馆、深夜迪斯科舞厅和霓虹灯的杂乱原野。[9]

---

[9] 在另一趟旅程中，为了看看土耳其旅游发展状况的另一层面，我去了一趟安塔利亚（Antalya）。安塔利亚位于基兹卡雷斯的西边，这个城市服务的是稍微富有一些的旅客。这座城的古老部分已经被细致地复活了。水流很多，街道没有污垢，还有干净的公共厕所。但即使在这里，游客的数量，在接下来的数十年间，似乎会使这地区成为一个生态环境的荒地。5 月中旬，旅馆和旅社拥挤不堪，而土耳其人仍然忙于建造、建造……只要一有人在这国家的某个地方——比如在夜建屋长大——获得资金，他马上就会盖起旅馆。

在梅尔辛，我搭乘巴士往南，前往叙利亚边境。就在我感觉到中东像一层朦胧的薄幕般的热气时，大海和山脉都已在身后了。虽然安纳托利亚易于诠释，土耳其的地理却不是毫无矛盾的——尤其是哈塔伊（Hatay）。哈塔伊是一片苍翠繁茂、散乱蔓延的耕植地，一个夹在地中海和叙利亚间，像三明治一样的狭长地带。这里的阿拉伯人和亚美尼亚人总是多过土耳其人。但是，1938年7月，土耳其军进入这个地区，迫使很多阿拉伯人和亚美尼亚人逃走；他们为凯末尔政府准备好一切以强占此地。第一次世界大战后握有叙利亚托管权的法国，没有出面抗议；而遭占领的叙利亚居民则无力抗议。叙利亚从未撤回它在这个地区的所有权。叙利亚地图总是将哈塔伊、戈兰高地（Golan Heights）视为领地。哈塔伊的主要城市安塔基亚[Antakya，以前的安提俄克（Antioch）]，是巴士的下一个停靠站。

出租车司机用阿拉伯语对我吼着他们提供的服务，包括越过国际边境到附近的叙利亚城市阿勒颇（Aleppo）。在车站，多尘的混乱气氛，让我回忆起20世纪70年代到80年代在叙利亚和伊拉克旅游的经验。阿拉伯人仍然是哈塔伊居民中的重要部分，而且肤色较暗。出租车没有里程表，像在阿拉伯城市，而非土耳其的几个大城市，我必须和司机杀价，这是另一个微小却很能说明问题的象征：文化胜过了官方的边界。"我可不是从土耳其来，我是从安塔基亚来的。"司机告诉我。我猜他可能是想告诉我，他认为他自己是叙利亚人？

在当地的公园，我有了不同的展望。那是星期六下午，年轻夫妇、情侣和家庭，闲逛走过种满黑松和丝柏的林荫大道；有些青少年对着女孩叫喊，他们都穿着古旧的、过时的衣服。我看到

第七章 母矿脉

一点点财富，但也有一点点贫穷。有人在卖气球和冰激凌。正如土耳其人和阿拉伯人混居在一起，阿拉伯式开胃菜和土耳其式主菜，也在附近的餐厅里混成一气。有几名警察和为数不多的士兵在附近走动。老安提俄克散发出一种生气勃勃的跨民族的宽容，使我想起曾在书上读过的，第一次世界大战前的"黎凡特"（Levant）[10]。

在市集里，我认识了纳吉·加瓦（Naci Garva），他正推着破损不堪的手推车卖陶器。加瓦递给我一杯苹果茶，接着开始讲话。"我是阿拉伯人，也是阿拉维派教徒（Alawite）[11]，和哈菲兹·阿萨德[12]的信仰相同；但是我并不忠于叙利亚。当然，我们在这里有我们自己的问题。厄扎尔的改革的确使富者更富，某些贫者更贫；但数十年来，叙利亚的经济恶化得更严重。叙利亚人越过边界到安塔基亚购物。在叙利亚，人们需要配给卡，但在这儿，我们拥有比他们多太多的自由。在叙利亚，你甚至无法呼吸！"

我的目光接着被一袋袋多彩的紫色盐肤木[13]、红色胡椒、黑色橄榄和其他有趣的东西所吸引。小贩亚萨尔·阿法詹（Yasar Afacan）也是阿拉伯人；对他来说，这是一项周末的工作。其他日子里，他是学校校长，而那份薪水根本不够。他也递给我苹果茶。阿法詹解释，叙利亚（就一个国家以及民族的议题而言）已经"死"了数十年了。他说，安塔基亚的真正问题，就像土耳其

---

[10] 黎凡特，地中海东岸自希腊以西至埃及沿海地域的旧称。——译者注
[11] 阿拉维派教徒，伊斯兰教什叶派的一个分支派系。——译者注
[12] 阿拉维派和德鲁兹派（Druze）、伊斯玛仪派（Ismailis）一样，都是千年前席卷叙利亚的什叶派主义浪潮的残余。"阿拉维"这个词，意为阿里（Ali）的追随者。阿里是穆罕默德的女婿和殉道者，受到伊朗和其他地方百万什叶派信徒的尊敬。叙利亚的逊尼派阿拉伯人认为什叶派是异教徒。叙利亚总统哈菲兹·阿萨德是阿拉维派教徒的这个事实，是很不寻常的。
[13] 盐肤木，此类植物的干燥叶可做鞣皮材料及染料。——译者注

的其他地方一样，不是政治的，而是社会的——乡下人移居到城市。"这些粗鲁的人没有文化，他们正在摧毁安塔基亚的气氛。"我和其他人谈过，他们也同意这看法。

无论在法律还是在道德上，凯末尔并吞哈塔伊都是不对的，但是他侥幸成功了。哈塔伊位于冷战的尽头，在那里，历史还未曾通过民族的怨苦回来缠扰现在。

因为多年以来，土耳其人比叙利亚人享受了更多的个人自由和更好的生活水平，我感觉到了他们对叙利亚统治时期的些许怀旧之情。我在安塔基亚市场碰到的那两位商人——加瓦和阿法詹——的问题和愤怒，完全都是为了在土耳其的生计。但是，如果土耳其的经济因上升的通货膨胀和失业率戏剧性地变糟呢？如果和库尔德人之间的问题，打破了土耳其的社会安宁呢？如果叙利亚和以色列签订和平协议，导致叙利亚获得更多的西方投资和经济扩展呢？哈塔伊的政治气氛仍然会维持昏昏欲睡的状态吗？

我搭乘巴士离开哈塔伊，往东北进入安纳托利亚的心脏地带，沿途见到在深及腰身的麦田里工作的农人，以及饰以红罂粟和其他眩目野花带的溪流。男人以昆虫爬行般缓慢的动作，在源源不绝的草原风中移动。在地平线上，溪流和麦田之外，是白雪皑皑的山峰，其上有一条长长的花岗岩线，显示着这片广袤争战之地的悲伤。弗雷亚·斯塔克（Freya Stark）在《亚历山大的旅途》（*Alexander's Path*）中称安纳托利亚为"未受污染的素朴"，当我注视着这片土地，我所想到的却是军队，更多的军队。

越过幼发拉底河，树木变得更少，而太阳的直射更为强烈，像一盏巨大的漂白照明灯，检查着灰尘。我在山丘上颤栗发抖，这里如此的枯焦、贫瘠，像暴露在外的脊骨。夜建屋和红色的

第七章　母矿脉

公寓街区，预示着尚勒乌尔法[Sanliurfa，意即光荣的乌尔法（Glorious Urfa）]城的郊区到了。尚勒乌尔法城位于新月沃地的北端，美索不达米亚在这里和大叙利亚会合。哈兰（Harran）附近，是亚伯拉罕从南伊拉克的乌尔（Ur）到迦南之地（Land of Canaan）旅途中的逗留之地。我正处在中东的沙漠和小亚细亚高而冷的高原的中间地带，一个水源丰富的地方。我在尚勒乌尔法跳下巴士，找到一辆出租车，让它带我前往西北地区，远离市区。一大片高压输电网和电话转接站很快地出现在我的左边———一种浩大无垠就要出现在眼前的暗示。

东南安纳托利亚工程（Guneydogu Anadolu Projesi，简称"GAP"）将在21世纪的第一个十年内建成一个由22座主要水坝和灌溉水系统组成的网络。这项工程旨在贮存底格里斯河和幼发拉底河的水，并创造出等同于荷兰可耕地的新农田。这种发展可以熄灭土耳其库尔德人分离主义的怒火吗？

20世纪80年代晚期，土耳其国务部长卡姆兰·伊南（Kamran Inan）描述了东南安纳托利亚工程所承载的土耳其逐渐增强的抱负：

"美国的战后一代，正逐渐远离欧洲并朝向太平洋……欧洲人口已经越来越老龄化……也越来越缺乏活力。土耳其……是欧洲和亚洲之间最大的工业基地，拥有丰富的自然资源和人力资源……幼发拉底河和底格里斯河的上游河谷，自公元前4500年起，就是文明的摇篮。东南安纳托利亚工程在21世纪第一个十年内的完工，意味着美索不达米亚数千年前享有的繁荣即将再生。土耳其的杰出位置，位于远东延伸到地中海盆地的轴心……将进一步借由东南安纳托利亚工程而延伸……"

换句话说，土耳其有成为强权国家的前景，而东南安纳托利亚工程是这项战略的最重要部分。东南安纳托利亚工程本身最重要的部分,是尚勒乌尔法以北约25千米的阿塔图尔克大坝(Ataturk Dam)。在这座大坝现身之前,我请司机转弯到另一条路上;我和现场经理有约。

排列整齐的橙树与柳树环绕着大理石办公大楼,就像北美或欧洲的任何公司的总部一样令人印象深刻。在建筑物后面,我可以看到一个整洁的、修整过的社区,附设学校让大坝员工的子女上学。这里和埃及的阿斯旺大坝管理处之间的差别,不只是一点点而已。

我在现场经理办公室,通过观景窗第一次看到了大坝。从封闭的玻璃窗里,我听不到任何声音——没有可以显露出大地景象的灰尘、微风,或者大气的嗡嗡声。因此第一眼看到的阿塔图尔克水坝,和宏伟耸立于后的人造蓄水池,在我看来都像是一幅丙烯颜料画出的画一样奇异、不真实——大坝本身就像一块布满鹅卵石的玩具帷幕,它拦住了湖绿色水面上黑色、扩散的污点;而那片水域就像天空(大气在这儿暗成一片黝黑)一样丰富而深不可测。

我转离视线,看着办公桌后的人。

世界第四大的岩石建筑物阿塔图尔克大坝的现场经理厄顿汉·贝殷德(Erduhan Bayindir),大家都知道他有个绰号叫"锤子头"。他很顽固,性情乖戾。他的头发是灰色的,运动上衣是灰色的,脸庞则完全没有记忆点。我记得他窗外险峻石灰岩的特征,却不记得他脸的轮廓。他说起话来非常激烈奔放。和科尼亚清真寺里的埃尔洪一样,贝殷德可以从一个狭小、逸事似的基础开始话题,然后加以扩展。

"东南安纳托利亚工程在这地区的终极效益,将会是什么呢?"贝殷德大声地问,"真相是,我们也不知道。开发将会带来文化的退化。我还是青少年时,我们坐在地上,所有的人吃着

第七章 母矿脉

同一盘食物；然后，有了报纸、电力和电视，而我们坐在桌前，各自吃着自己盘子里的食物。妇女曾经可以独自走在街上，但现在，她们会遭到男人的攻击。犯罪活动也出现了。你不能停止改变，你只能试着操控它。"

他真的操控了它。"三分之一的幼发拉底河河水，已经被导向土耳其的哈兰高原。建大坝前，叙利亚和伊拉克从河里得到约每秒 25 立方米的水量；现在则是 17 立方米左右。当然，当我们在 20 世纪 70 年代开始计划东南安纳托利亚工程时，阿拉伯人是反对的；叙利亚和伊拉克在世界银行里进行活动极力反对。但是，接着真正的幸运眷临了我们：伊拉克在两伊边界为了毫无价值的土地开启战端；对萨达姆·侯赛因来说，水源成了次要议题。更幸运的是，80 年代土耳其的经济繁荣发展，这使我们可以经由国民生产总值的提高而为大坝工程供应资金。然后，伊拉克又和科威特开始了另一场战争。

"水是一项武器。我们可以在不使自己的大坝泛滥的前提下，阻止水流进入叙利亚和伊拉克长达八个月之久，以管制阿拉伯人的政治动向。"

这是关于奥斯曼历史的谈话，一段阿拉伯人还是土耳其苏丹治下子民的时期。

"在世界的这个部分，未来可能会是一个土耳其人的世纪。石油可以运输到海外，使国内的精英人士变得富裕，但水必须更平均地在社会内部流布。不管一个社会多么堕落和自私，要限制由水所带来的财富，都比限制由石油所带来的财富更难。

"而水会跨过边界线。我们正以输出土壤为基础，在土耳其东南部创造一个新的地区。叙利亚和伊拉克（的中央集权结构），最终将被地方主义削弱。"

我回到车上并驱车前往大坝。我曾见过的小小鹅卵石,现在变成巨石,每一块都是旅行车的尺寸。高耸的黑色火山岩石堆,创造出一个 16 层高的弧形间壁,位于其上的轨道,从大坝的一端延伸到另一端,长达 2.4 千米。我向下注视着大而坚硬的混凝土组成的巨大紧急泄洪道,每一座都有喷射机跑道的大小,却只是大坝间壁的一部分而已。我的脸上感觉到一阵劲风,风是从人造的翠绿湖中升起的,那意味着,这风也是人造的。然后,有玄武岩隧道(世界上最大的灌溉隧道)作为水流的"主要干道"。八个巨大涡轮机的最后一个正在此处进行组装,像是科幻小说里的一个场景。阿塔图尔克大坝以陡峭的角度安置在较深的峡谷里,在视觉上,它比阿斯旺高坝更令人印象深刻。

最终,我站在大坝的最底部,依傍在一排巨大的变压器旁。穿着制服的工程师和建筑工人安静而有目的地四处走动。我意识到,这就是这项工程与竣工于 60 年代的埃及阿斯旺高坝,以及竣工于 70 年代、位于叙利亚境内幼发拉底河下游的革命水坝(Revolution Dam)之间的差别。后两座水坝工程都由苏联专家指导完成,但这里,是一群显然不需要外国人来为他们建造东西的人们所完成的。

我注视着从蓄水池运水到涡轮机体的八个淡橘色阀门。从现场经理办公室看,阀门就像牙签一样。但从这里看起来,它的直径约 5.2 米,环绕着完全垂直的地平线。阀门顶端大坝间壁上纹饰着巨大的凯末尔格言:"说自己是土耳其人的人是幸运者。"(Ne Mutlu Turkum Diyene.)

有多幸运?想到安纳托利亚东南部地区的大部分居民根本不是土耳其人而是库尔德人时,我这样问道。每一种现象都显示着,尽管凯末尔海纳百川的民族主义主张允许他们成为土耳其人——

第七章 母矿脉

甚至要求他们认为自己是土耳其人——但他们肯定不希望成为土耳其人：他们想要成为库尔德人。

那是低于街面的一间狭小的理发店，位于水坝东北约 160 千米的迪亚巴克尔，而我的土耳其裔美国人朋友古纳伊·艾文契（Gunay Evinch）就在这里理发。大约 15 岁的理发师烧热水，抓揉并按摩艾文契的脸，使用剃刀，然后用古龙水把他的头发浸湿。在艾文契毫无防备之时，这位年轻的理发师突然用双手抓着他的头并且加以转动，响亮的噼啪声响起，以作为最后的操作。剪发、按摩和整骨，加起来总共是土耳其货币两里拉。

就像尚勒乌尔法，迪亚巴克尔也是一个位于土耳其东南部的库尔德城市。理发师和顾客都是库尔德人，在艾文契接受理发师"折磨"的过程中，他们一直在谈论政治。一位嗓门特大的顾客代表大家说话，他说："当然，在叙利亚和伊拉克的库尔德人更糟。和他们比起来，我们在土耳其还是幸运的。我们仍然是库尔德人，并且在北伊拉克的库尔德人获得自由时，我们觉得很高兴。"

我搭乘另外一辆往东的巴士，从尚勒乌尔法（靠近水坝）抵达迪亚巴克尔。巴士上的音乐不再是带着呼吸声、激烈兴奋的阿拉伯风格音乐——那种粗鲁而可爱的夜建屋式音乐；取而代之的是库尔德人寂寞的山中旋律。景观变成一片难以想象的广袤无际，其上碳灰建筑的村庄，淹没在重复地震所溢出的泥浆和熔渣堆里，显得满目疮痍。带着红色丝质大手帕的库尔德妇女，在冰冷崛起的高原上只是一些小圆点；而高原很快地被忧郁的云所吞没。我经过土耳其士兵的护卫队，他们备有架设好的机关枪、具攻击性的来复枪和刺刀。我看到一架军事直升机降落在一个库尔德村庄里。士兵的样子，看起来完全就是从塞尔柱时代起土耳其军队必须要有的样子：像是一群紧急向前、遵守纪律的牧者，仿佛每个人仍然有自己的中亚骏马；眼神着实令人惊惧，因为他们是如此的非个人化，没有任何个体性。

那是一个恶性循环。库尔德游击队的每一次袭击，便引来土耳其人在无数次搜捕后加以反击，而这更进一步加深了库尔德村民与土耳其人的不合。这里的民族国家体系，是由第一次世界大战后的强权国家所建立的，似乎像干土高原一样龟裂。为"一战"结束后的"和平使者"所忽略的库尔德人，是这种变化的催化剂。

比起由国际社会正式认定的民族国家宿怨，库尔德斯坦的积怨更为真实。库尔德斯坦不像非洲和阿拉伯世界的大部分国家，而是由其地理和人口统计特征所定义的。库尔德语属于印欧语系，而非突厥语。库尔德人的肤色通常比土耳其人黑；库尔德人的长相是雅利安人种（Aryan），而土耳其人的长相比较接近亚洲人。库尔德人戴着阿拉伯头巾，但其风格跟阿拉伯人不同。尚勒乌尔法和迪亚巴克尔都是库尔德城镇，看起来完全不同于其他土耳其城镇。土耳其人的城镇有宽广的街道和孤独的景象，唤出一种月亮似的素朴，并回响着中亚的孤寂：难怪土耳其人定居于此，因为安纳托利亚为这些中亚战士提供了一种熟悉的景观，而那景观有其自然的边界，与他们的原始家乡完全不同。库尔德人的城镇则较为拥挤，街道也较窄，这种景象让我想起了南方的阿拉伯世界。

库尔德人大约有2000万，比在叙利亚或伊拉克的人都多；甚至比20世纪末，属于压倒性多数民族的人还多。他们栖息于一个椭圆形的地区，范围扩及土耳其东部各地、伊朗、苏联、叙利亚和伊拉克。虽然库尔德人居住于巴格达（Baghdad）北部的沙漠地带、伊朗地势较低的高原和土耳其地势较高的高原，但他们基本上是山中的民族，从库尔德斯坦海拔3000米的崇山峻岭

第七章　母矿脉

生活中，发展出民族性来。库尔德人从公元前2000年起，就在扎格罗斯山脉和托罗斯山脉生活了，这比阿拉伯人进入北美索不达米亚早2000年，比土耳其人进入安纳托利亚早3000年。

公元前401年冬天，色诺芬军的希腊佣兵被一群"科尔杜奇亚"（Carduchi，可能是库尔德人）攻击，撤退到安纳托利亚；他们打了就跑的突击方式，在希腊的美索不达米亚战役期间，对希腊人的杀伤力比波斯人还要大。据色诺芬记载，科尔杜奇亚人住在山中，且不受外面的权势所支配。就如同其他地方的山民一样，库尔德人也一直为所欲为、我行我素，那对已经存在的国家而言，是一种永不止歇的困扰。

比方说，距离水坝半小时车程的尚勒乌尔法，在建筑上是库尔德城市，也因此，它对虚伪、单一文化的凯末尔土耳其而言，是一种挑衅。狭小的街道构成了土耳其仅存且最好的市集，这个市集没有发展成现代化的购物大楼——补鞋匠、修枪匠、裁缝、香料商和烟草商，应有尽有。成堆的干烟草放在一个摊位附近，而军用小刀就在那摊位上被磨锐。在破旧得快倒塌的中庭里，都是穿着传统服装的男人，坐在旧桌子旁啜饮着茶。助动车所排出的灰尘和废气，使空气浓浊起来。没有让游客花钱的手织地毯和双面织羊毛毯，这个市集只卖给村民机器做的东西。就外表来看，尚勒乌尔法就像个阿拉伯市集，但是带有一种自发性，而这种自发性在叙利亚和伊拉克的阿拉伯露天市场里已经消失了。

正是凯末尔在开拓土耳其国土时的军事成功，促使第一次世界大战的胜利者忽略了库尔德人在人种和地理上的真实性。厄扎尔和他之前的七位土耳其总统中的三位，都曾让库尔德人流血，却不情愿承认。库尔德人的身影也不仅限于安纳托利亚的东南部；伊斯坦布尔、安卡拉和伊兹密尔（Izmir）的夜建屋里，到处都有他们的足迹。在土耳其各地都看得到库尔德人。

东南部的库尔德人,已经迁移到较富裕且更发达的土耳其西部,在那里,他们搬进不断向上方建造的夜建屋区。叙利亚和伊拉克的库尔德人的迁居规模没有那么大,这是因为土耳其长达半世纪的民主主义实验,给予他们搬迁的自由。库尔德人散居各地,使土耳其更像个国家,而不是一个不稳定的、地区性的、以族群为基础的混合体。在土耳其的例子里,伴随自由市场出现的民主,已经为解决这个问题提供了根基。而这留待安卡拉的政治精英自己去发现。

在迪亚巴克尔的一座清真寺里,我认识了牙医纳比·卡拉巴克(Nabi Karabacak),他邀请我回到他的办公室。这座建筑物的贫乏是很明显的:马桶坏了,灯光昏暗,环境污秽。卡拉巴克使用老式的牙医设备。他点了冷饮,并差遣一个男孩去买新鲜草莓。"我是来自黑海地区的突厥人,"他温和地说,"我来到东南部开业,只为了带些东西回去给和我共同宗教信仰的库尔德人。我对病人的收费,只依照他们能负担的程度而定。"

从迪亚巴克尔往东到凡湖(Van Lake)边的巴士行程是八个小时。闪闪发光的淡蓝色湖边,是一片被白雪覆盖的花岗岩。野蛮的事发生了。巴士以高速、只差不到一米的距离超车。路边大卡车的残骸,有些一半埋在泥泞中,有些则整辆车翻车,挡风玻璃都碎了。这里的边界令人觉得不那么稳定,只有地势图似乎还能说明点儿什么:居民是库尔德人,而其路况不好、失事的车子和武装士兵的景象,让我想起了阿富汗——一个我在 70 年代到 80 年代常常造访的地方。现在,我觉得自己更像身处阿富汗首都喀布尔(Kabul),而不是伊斯坦布尔。只有几班公交车会开到这个偏远地区;我现在就和 17 个乘客挤在 12 人座的小客车里,行

第七章　母矿脉

李全部绑在车顶。当地的运输公司就和这里的景色一样粗野。

我心中浮现"民族国家是多么疯狂的一场赌博啊"的想法。在这个景观像月球表面的地方，人们限定好边界后迁入并定居。我很想知道，是否能在后冷战时代，看见既存国家间自然淘汰的残酷过程。

从凡湖区到伊朗边界，我觉得自己好像在沿着大火山口的底部旅行：一个月形海，里面充满了软土、泥浆，还有闪烁在阳光下的一洼洼雨水。它们快速蒸发，快要变成泥泞，然后再一次成为尘土。我想起了非洲。但是，世界的这个部分，至少有一块古老的土地连接着伟大的文明——欧洲人、波斯人和印地安人——他们在这里，在这条欧洲和中国之间的丝路上聚合。这些火山尽管空荡，却平坦地组成了一条人类的中心路线，而西非则提供了地理上的最远端。大西洋和撒哈拉沙漠在很大程度上将不同的民族从其他伟大的文化中隔离开来。在近东旅行时，我可以更清楚地想一想非洲。各领域里很多专家会遇到的问题是，他们没有这类比较的方法。

小客车里满是未滤过的香烟味。我蜷缩在车门和座位之间的一个空位上，我的一个膝盖顶着车门，于是我就这样写起了日记。我的土耳其同伴艾文契很紧张。在17个乘客里，他是唯一的土耳其人——而除了我之外，其他都是库尔德人。这一天开始得不是很顺利。在凡湖，为了能有靠窗的座位，艾文契和我在食物中毒而卧病在床两天后的黎明，拖着身子来到车站。一个粗壮、看起来不太友善的库尔德人挤到我们前面，艾文契提出抗议。这家伙对他的朋友说："土耳其人总以为他们可以得到任何他们想要的东西。"

"啦，啦，啦啦啦"的声音，从嘎嘎作响的录音带里高声播放出来。这是名为"自由斗士"（Pesh Mergas）——意为"那些死前行走的人"——的库尔德人游击组织的音乐,让我的耳朵不舒服。土耳其和伊朗间的实际边界基本没有意义,因为两边都是库尔德人;而代表边界、大教堂似的山脉,则因太危险,以至于不管是土耳其或伊朗政府,都无法在这里安置足够的警力。这个暗褐色的真空地带,这个每 10 分钟左右就会有牧羊人及羊群横越道路的真空地带,是土地的媒介,是连接着巴尔干半岛和高加索这两个民族的融炉。这里,也就是这个库尔德人的地区,在 20 世纪末,已在亚美尼亚人和土耳其人之间造成断层;也许在临近 21 世纪之际,它也会在土耳其和伊朗文明之间造成断层。未来,这片土地将会如何重新分割呢?

伊朗边界几千米外的多乌巴亚泽特(Dogubayazit)是土耳其令人尴尬的存在的一个例子:一种最原始和最现代的混合。我在一个强风横扫的高原上,看到泥砖交错的低矮住所,和令人心碎、因头虱而剃掉头发、嘴唇发炎、肤色褪淡的第三世界儿童,奔跑着穿越过污秽的巷弄。每个人的鞋子和长裤上都覆盖着厚厚的泥土。城里的土耳其人,如果不是政府官员就是驻扎于附近的士兵。凯末尔的雕像在这里似乎并不适当,因为,那是一个占领者而不是国家创立者的面容。但是,我也看到一座由石灰水泥建造的"商店"(Galeria),销售大量索尼牌的小型摄影机、三方通话的车载电话、西门子雕刻刀、佳能传真机、光盘、电池操作的玩具,和其他精密的消耗品。杂货店里堆放着当地和进口的商品,从矿泉水到奇异果,应有尽有。我住的当地旅馆里没有暖气也没有热水,电视屏幕底部显示着 900 的号码,你可以拨打这个号码提出你选择下届土耳其总统和总理的意见。

20 世纪 80 年代之前,这里除了惯有的泥土和灰尘外,什么

第七章 母矿脉

都没有。后来由于两伊战争，伊朗的经济衰退，多乌巴亚泽特人口增加至1.1万名。它借由走私伊朗人需要却得不到的威士忌、香烟、薄纺织品等其他物品而繁荣。至于伊朗人，则带入毒品。

库尔德人经营跨边境贸易。多乌巴亚泽特在没有任何中间点的状况下，从石器时代蜕变成购物大楼，它是未来的第三世界城市——一个具有混乱创造力的自由地区，在这里，地方主义取代了民族国家主义。

"伊朗人来这里买东西，然后就不走了。伊朗的状况真的很糟糕。"我的司机伊德里斯·萨勒曼（Idris Salman）这么说。伊德里斯身上有一股刻意的高傲气息，好像他那辆土耳其制的破破烂烂的菲亚特牌汽车是一辆新的奔驰车一样。他很冷酷：是典型的"精明投机之人"，这种人如地毯和"恶魔之眼"，是土耳其市场所盛产的。我走出小客车，其他的出租车司机对着我吼叫时，他只是扬起眉毛并低声说："出租车。"伊德里斯话不多；他是库尔德人，当我问他关于土耳其人、伊朗人和亚美尼亚人的问题时，他表现出了一点儿激动的情绪。这里有钱可以赚，而这点取代了恨意，成为他的新兴趣。

伊德里斯载我到17世纪晚期的精致建筑杰作——伊沙克帕夏宫（Ishak Pasa Saray）。它由一位库尔德人首领所建，有乳头状的塞尔柱拱门、精细的亚美尼亚薄格细工和金银丝镂花、带条纹的马穆鲁克⑭砌石建筑，和一个似乎飘浮在空中的波斯穹顶——就像科尼亚那座塞尔柱清真寺一样。其整体效果，也是我唯一能描绘出来的，就是其印度式的幻觉：一座染着黄色和粉红色的儿

---

⑭ 马穆鲁克，中世纪服务于阿拉伯哈里发的奴隶兵，后逐渐成为强大的军事统治集团，并建立起了自己的王朝，于1250年至1517年统治埃及。——译者注

童沙堡,比鞑靼辖区(Tartary)⑮的任何东西都更能唤起迷离的丝路气氛。几百年来,莎芮(saray,土耳其文"宫殿"的意思,是我所知道的最优美的土耳其文字)的入口一直有着镀金的门,1917年,"一战"同盟国攻击轴心国时,苏联军队横扫这个高原并将之夺下,现在,这些门则在圣彼得堡的埃尔米塔什博物馆(Hermitage Museum)被展示。我沿着没有护栏或任何游客设施迹象的屋顶边缘走,那里只有几位旅客。对我来说,伊沙克帕夏宫是以没有人为边界的中世纪过往为基础,对未来所做的一个建设性洞见;而在那个中世纪的往昔里,塑造天才的是文化的融合,而不是文化之间的冲突。我想起被塞尔柱土耳其人所接受的波斯诗人鲁米,他的才气就是波斯和土耳其传统融合的产物。在这些围墙里面,很多民族的风格重叠合并,其影响比这些风格中任何一个独立激起的影响还要大。伊德里斯漫不经心地站在入口处,好像在暗示,这宫殿全是他的,而他则借着炫耀它,对我们施以莫大的恩惠呢!

一位库尔德人首领建造了这座宫殿。只有库尔德人住在这个地区,他们讨厌边界。他们以部落区隔开自己;一个库尔德人的国家可能会带来无政府状态。但是,由于欧盟政治权势的入侵和跨国合作的经济影响力,外加一些较不平静的地方如非洲、近东和其他地方的因素,民族国家体系会在西欧悄无声息地渐渐衰弱,因此无政府状态就可能成为21世纪初世界的状态。第一次世界大战后的体系,即使在只有少数几个国家刚好符合标准的情况下,仍将陆地分割为许多种。政治的暧昧不清,以一种削弱国家和中

---

⑮ 鞑靼辖区,中世纪晚期鞑靼治下一片横跨欧亚的广袤地区。——译者注

央政府的形式,来表明自己的立场,因此库尔德人也许预示了未来的发展。

黎明来临。浓雾消散,地面展露出一片深海藻绿,上面铺满了黑色玄武岩巨石。我坐在另外一辆巴士里。多乌巴亚泽特的北方陆地似乎是从水面下浮出来的,还湿淋淋的,宛如诺亚方舟的故事一般;传说中,诺亚方舟是在我东边的亚拉拉特山(Mount Ararat)的多雪斜坡登陆的。我可以看到亚拉拉特山,它炫目的白色圆锥体,从旷野里笔直地冒出,就像一个新世界正被创造出来一样。

随着巴士往北行进,我也远离了土耳其和伊朗的边界,朝着到处是黑色巨石的土耳其和亚美尼亚边界移动。在中世纪的亚美尼亚首都阿尼(Ani),一些考古学上的伟大发现仍然在那里,而乌云从东方入侵高原。闪电声袭击大地,雨开始下得很大。我在一千多年以前亚美尼亚国王建造的一座教堂里避雨,教堂是座干血红色的石头建筑。大穹顶已经不见了,展露出任何一位大师都无法图绘出来的可怕天空。我全神贯注于石头上的浮雕作品,其纤细而有力的线条就像天空中的闪电。

"库尔德人和亚美尼亚人是安纳托利亚最古老的居民,为什么我们不干脆承认它呢!"优秀的土耳其小说家亚沙尔·凯末尔(Yashar Kemal)在我返回伊斯坦布尔后,对着我这样喊道。库尔德人代表了土耳其融炉里未消化的部分,亚美尼亚人则代表了土耳其历史里未被透彻理解的部分。亚沙尔·凯末尔的观点是,在土耳其人停止欺骗自己关于亚美尼亚人和库尔德人的事之前,土耳其将无法发展成一个更具韧性的国家,而因此,它的稳定性也将受到威胁。

在 1915 年之前，土耳其东部（包括凡城）的人口，绝大多数是亚美尼亚人；1915 年"青年土耳其党人"治下的政权——不顾一切地从奥斯曼领地的多种族版图中，创造出单一种族的国家——导致成千上万，甚至也许百万以上的亚美尼亚人被屠杀。那些在"大屠杀"中生还的亚美尼亚人，全都定居在土耳其东部的高加索区，而这一区域在第一次世界大战之后则处于苏维埃的控制下。当历史在 80 年代晚期重新开始，亚美尼亚人苏醒过来了。

90 年代，两个加盟苏联的共和国——亚美尼亚和土耳其-阿塞拜疆（Turkish-Azerbaijan）——之间的战争，在很大程度上仍然不为西方国家所知；而遍及整个高加索区的暴行——北奥塞梯、南奥塞梯、北阿布哈兹、南阿布哈兹，以及车臣-印古什共和国（Checheno-Ingush）分裂成为车臣共和国（Chechenya）和印古什共和国（Ingush）的事情，也一样阻绝于外界。尽管这种混合看起来令人费解，但它可不是无关紧要的，因为，安纳托利亚、高加索、中亚和印度次大陆都是巴尔干到中国内陆沙漠地带相互连接起来的世界里的一部分。在这里，在这片地球的大陆心脏地带，19 世纪初德国地理学者卡尔·里特尔（Karl Ritter）的幻想开始成真。他在《比较地理》（*Comparative Geography*）一书中认为，人类的终极命运，是居住在一系列有机地连接起来的地形区域流上——像地形图上很多细而重叠的虚线，而不是标识着民族国家的黑粗线。但是，通往这最自然且可预见的命运的路途，可能会是艰险而可怕的。

第八章　沿着里海海岸

"你好吗？"（Kefouz Nejadi?）

"不好。"（Tchokh pis.）

以巴黎为据点的摄影师列扎（Reza）是阿塞拜疆突厥人（Azeri Turk）的后裔，现在是我的同行旅伴。他在苏联石油城巴库（Baku）向 10 位出租车司机提出上述问候，得到的都是相同的答案。那是 1993 年的春天，我从伊斯坦布尔飞往刚独立的阿塞拜疆共和国首都巴库。俄罗斯的卢比和阿塞拜疆马纳特（manat）都是官方货币，但两种货币都毫无价值。只有美元能让你拥有房间和美食；没人知道什么是信用卡；而如果你的美元上有裂痕或是皱褶太多，就只能请老天多多眷顾你了。

阿塞拜疆大酒店（Hotel Azerbaijani）正完全遁入斯大林主义的过往时光中，大厅由保安人员护卫着，他们穿着紧绷合身的衬衫，双手放在臀部，展现出他们的二头肌。在我抵达前不久，一位土耳其记者因太过靠近阿塞拜疆总统，其中一位守卫立刻张开厚实的手掌挡在他的胸前，将他打倒在地上。但后来数名恶棍企图闯入美国大使馆一位金发美女的房间，她向旅馆的警卫求救时，却没有得到任何回应。她只得用手机通知大使馆官员，让大使馆官员催促旅馆职员来调解这件事。

老旧的机器用柴油清洗着大厅的地板。我的房间是就像一间朦胧的浴室，满是灰尘、香烟烟雾和柴油。唯一的灯泡不亮了，水是褐色的，锁也坏了。一个蜥蜴眼职员用钉子打开接待柜台的抽屉，然后钓出钥匙给我。唯一显现出主动积极的员工是娼妓；尤其是一个叫卡米拉的妓女，每天晚上都在列扎和我入睡时来敲门，讨生意做。她从接待人员那里"买"了好几次我们的房号信息。

在11楼的"美元酒吧"里，可乐一杯3.5美元，而由于从来没有零钱可找，真正的价格是4美元。伏特加比矿泉水便宜，因为矿泉水通常都缺货（水龙头的水，因为粗糙和原始的淬取过程，而遭到石油的污染）。

巴库处处都是衰败的迹象。在国防部里，一部无线电话的旁边，我注意到一段生锈铜线制成的电视机天线被捆绑在一段朽木上。在这座有200万人口的城市中，少数几家营业的餐厅之一的大海餐厅（Bahr Restaurant）里，士兵和浓妆艳抹的年轻女孩在昏暗的红色灯光中跳舞。你几乎可以听得到士兵的阳具在女孩双腿间摩擦的声音。这个地方有一种悲伤和怀旧的特质，就巴库的标准来说，这里是一个昂贵而值得尊敬的用餐场所。外面是无可避免的灯火管制；宵禁在午夜开始。士兵强迫我搭乘的出租车在旅馆附近停车，然后向我讨要香烟。

新的阿塞拜疆政府运作不良。列扎和我与依民主程序选出的总统阿布法兹·埃利奇别伊（Ebulfez Elcibey）有约，但是总统办公室大楼入口的中士守卫不让我们通过；他不知道有这场采访，而连接到楼上总统办公室的电话线也不通，我们只得和他争论，才得以进入电梯。

阿塞拜疆的边界毫无意义可言。包括两侧平坦、受海风侵袭、伸入里海的沿海地区，以巴库为中心向外扩展，和围绕着亚美尼亚飞地（enclave）① 的那戈尔诺 - 卡拉巴赫自治区（Nagorno Karabakh）地势起伏的亚热带连绵山脉——它本身则被图谋报复的突厥部落所包围。卡拉巴赫象征着高加索地区的血战，其地平线则与逼仄的山谷所展现出的视野一样狭窄。在卡拉巴赫地区，地球似乎异常狭小，任何内部争端之外的议题，在这里似乎都显得不真实。在巴库，地球不是太小，而是太大了。站在里海岸边，你无法确定自己是身处俄罗斯、中亚、土耳其还是伊朗。一个更大的问题是，不到一半的阿塞拜疆突厥人住在阿塞拜疆，其余的住在边界的南面，也就是伊朗境内。1828年，沙俄和波斯协议在他们之间分裂出阿塞拜疆；这个不合逻辑的疆界，明显缺乏历史或地理上的意义。阿塞拜疆的边界几乎是一种殖民幻想，它与人口和种族上的真实性没有多大关系。

在阿塞拜疆西部，亚美尼亚人居住的卡拉巴赫区飞地里，阿塞拜疆人与亚美尼亚之间的战争，对建立其民族意识几乎没有帮助。我察觉到阿塞拜疆突厥人对战争毫无激情，即使亚美尼亚军队已经在阿塞拜疆西部夺取了阿塞拜疆突厥人10%的领土——以便打开另一个桥头堡，通往同胞居住的卡拉巴赫区——当时的总统埃利奇别伊仍然因其经济和政治上的难题而拒绝指责亚美尼亚。

另一方面，亚美尼亚人很清楚他们恨的是谁；在卡拉巴赫的崎岖山区，他们教育孩子"杀突厥人"。和在巴尔干地区一样，高加索区的问题就是奥斯曼帝国的问题：本土基督教徒和征服者突厥人之间的冲突。亚美尼亚人怀着很多有助于形成民族意识的记忆。依据传说，他们的祖先可追溯至亚拉拉特山的诺亚。公元

---

① 飞地，被他国领土包围的一块土地。——译者注

前6世纪,亚美尼亚人即在安纳托利亚东部建立了一个王国,这个王国一直维持着独立的状态,直到亚历山大大帝征服他们。公元前189年,亚美尼亚又在阿尔塔克西王朝(Artashesid Dynasty)下崛起。3世纪,亚美尼亚甚至在罗马之前成为历史上第一个基督教国家。接下来数世纪里,在深受波斯、拜占庭、哈扎尔和阿拉伯王朝迫害后,亚美尼亚在巴格拉提德王朝(Bagratid Dynasty)下再一次崛起,从9世纪延续到11世纪:我在阿尼躲避暴风雨的那座教堂,就是一座巴格拉提德大教堂。如果这些还不够,数百年来奥斯曼土耳其对他们的镇压,也有助于让他们确立自己独特的民族认同,就好像奥斯曼土耳其对塞尔维亚人、保加利亚人和希腊人所做的一样。此外,亚美尼亚人还有1915年大屠杀的记忆。这些都塑造了和以色列民族主义一样激烈而明确的亚美尼亚民族主义。

"风之城"巴库是饱受创伤而扰攘不安的城市。你很清楚自己处在某种断层线上,却很难确认是哪种。冷而带盐分的"海则里"(hazri)从北方吹来,"疾雷维"(gilavar)则从南方吹来,这些来自里海、呜咽哀鸣的狂风,对春夏的热气没有任何纾解的作用,只带来了灰尘和强烈的汽油味。这种不止息而肮脏的海风,唤起了身体上的真空感,而补足了历史上的真空。踩踏在一个生了病的地球上,那泥土,那水,那大气层,都足以置人于死地。石油的溢出,已经使海滩的油层升高到卫生标准底限的100倍,导致皮肤病的传染和发作。巴库北方的一家铝工厂,每年排放7万吨的有毒物质;石油化学工厂则倾倒6.7万吨废弃物入大海。英国外交官菲茨罗伊·麦克莱恩(Fitzroy Maclean)曾以20世纪30年代到40年代为背景,写下浪漫的旅游书《走近东方》(*Eastern*

Approaches）。书里描述，巴库市郊的骆驼队列"提醒"了作者，他"已经身处亚洲的外围"；但与这本书相比，我发现最能唤起对这片地区感情的指南书，却是一本由乔治城大学教授默里·费什巴赫（Murray Feshbach）和前《新闻周刊》（Newsweek）莫斯科办事处主任小艾尔弗雷德·弗兰德利（Alfred Friendly, Jr.）合写的《苏联的生态灭绝：围城下的健康与自然》（Ecocide in the USSR: Health and Nature Under Siege）。

从机场到市区，月景为焦油和石油所覆盖。19世纪70年代开启了"石油昌盛期"。在沙特阿拉伯的宰赫兰（Dhahran）或科威特城以石油闻名之前，巴库就存在了。罗斯柴尔德（Rothschilds）和诺贝尔（Alfred B. Nobel）在这里获得了巨大的财富。国际性的大都会出现了——度假旅馆、歌剧院、办公大楼和成百上千座公寓和别墅；而现在，则破败不堪，令人惋惜。

在巴库，我很难找到方向。弧形海湾几乎没有人烟，因烟尘和生锈的钻油井架而面目全非；在其后方，整个城市像一座竞技场般拔地而起。有几个人以无畏的精神，迎着狂风和刺鼻的气味沿着岸边散步。但这里曾经有一段过去，一段个人的生活。

列扎将这种个人生活展现给我看。

列扎是阿塞拜疆突厥人，生于边界另一端的伊朗大不里士，但他同时也具有许多身份：他是一位会多国语言的建筑师，一位很棒的摄影记者，也是一个伪装能手。

他号召力十足。他的眼神闪亮，仿佛能吞噬一切，透露出市集商人的精明和救济人员的悲悯。列扎所拍的照片，揭露了表象下的真实。1978年，伊朗革命时，列扎是大不里士的建筑师，摄影是他的兴趣；当宗教极端主义攻击世俗的阿塞拜疆中产阶级时，这宗教上的动乱摧毁了他的事业。然而，占领美国驻德黑兰大使馆和掳获美国人质一事，给了列扎一个大好机会。他开始带着照相机到首都拍照，不只《新闻周刊》注意到他的摄影作品，其他的刊物也注意到了。然而美国人从来都不知道，他们大多数人是通过列扎的眼睛来了解伊朗革命的。不过，不能让毛拉（mullah）②知道谁是列扎，否则，肯定会有惩罚尾随而至。所以，在其照片的摄影者说明上，列扎仍然只是列扎，而没有姓。在伊朗，列扎是一个再普遍不过的名字了，就像约翰一样。

列扎的父亲在阿亚图拉（Ayatollah）③的秘密警察前来抓拿他时，心脏病发作而死；不久他的母亲也死了。他用自己摄影所赚来的钱，将其他亲人"赎出"伊朗，并将他们安置在法国。1982年，列扎拍摄的照片影响了以色列入侵贝鲁特的新闻报道方向。1985年，当南非的形势进入暴力状态，而其他记者仍然无法进入这个对外隔绝的国家时，列扎却说服南非当局他是猎象者，从而获得签证。当南非白人警察阻止摄影师报道动乱的消息时，列扎装扮成广告牌画家，得以留在现场。同年晚些时候，列扎伪装成士兵，渗透进喀布尔，用口袋型自动对焦相机拍下照片。之后，列扎休息了一年没拍照，在阿富汗从事救济工作，但是，巴库一直是他灵魂的归依。

如今，我们在巴库的一间挂着骆驼包的房间里参加宴会，我们喝着第三杯伏特加。有人一再告诉我，以伏特加敬酒是唯一被阿塞拜疆人纳入文化的苏联风俗。醉酒在巴库仍然不多见，很难说清是为什么。也许这和它丰富的文化背景有关，那种我曾在伊

---

② 毛拉，伊斯兰教的学者、教师或笃信与精通教义的人士，阿拉伯语原意为"主人"。——译者注
③ 阿亚图拉，什叶派穆斯林的宗教称号，指达到什叶派高等教育第三级境界的宗教人员，为权威学者。——译者注

第八章 沿着里海海岸

斯坦布尔的夜建屋见过的坚强特性。即使其民族性并不明显,但这种文化正在深化中。从表面来看,俄罗斯人好像从未来过。当土耳其语的招牌、书籍,以及用凯末尔引进的拉丁文写成的报纸重新出现的同时,西里尔字母的使用逐渐减少了。音乐逐渐转为阿拉伯风格的,也就是夜建屋音乐。土耳其烤肉的摊子也出现了。列扎的朋友拉米兹(Ramiz)高声向土耳其文学的发源地阿塞拜疆敬上一杯伏特加酒;毕竟,《科尔库特之书》是以较接近阿塞拜疆语的方言书写而成,而不是其他的突厥方言。拉米兹告诉我,现代第一个民主的突厥共和国并不是成立于土耳其,而是成立于1918年的阿塞拜疆。"我们遗忘了很久的突厥文字、音乐旋律,现在都又回到我们的意识中。"拉米兹语重心长地说。

但是,阿塞拜疆文化并不只是土耳其文化。

拉米兹的行为举止、锐利眼神中温和而与世无争的陈述方式、满屋的伏特加酒臭味、发霉的奶酪、老旧的照片、微醺的男女——他们好像一整夜都处在集体的拥抱中——显示出一种我在东欧曾经历过的氛围。如果政治生活太过贫瘠,那么人们只能用个人生活来填充真空,这使他们的个人生活比西欧人和北美人所能想象的还要丰富。拉米兹已经谢顶,额前有一绺白发。那不算什么,他的眼睛才有价值。在我看来,他的眼睛很像东欧人的眼睛:充满怀旧之思。唯有在这样的记忆中,民族性才能扎下根基(即使记忆中的想象比真实的成分还多)。

比与东欧相似的经验更为重要的是,这里也受到了很多波斯的影响。虽然是以不同的方式——这类事情向来是微而不显——但就像库尔德人一样,阿塞拜疆人比土耳其的突厥人脸色更暗黄,且更具雅利安人的面貌特色。就某种程度来说,巴库居民的宗教信仰(他们是什叶派教徒)比较像伊朗的穆斯林,而不像土耳其的逊尼派穆斯林。历史上，巴库更接近波斯，而不是俄罗斯或土耳其。在中世纪早期，卡斯朗尼德王朝（Kasranid）的历任国王统治这个地区，接着为另一个波斯王朝什叶萨非（Shi'ite Safavids）所取代。虽然奥斯曼土耳其于1580年夺取巴库，萨非又于1600年将其夺回；1728年，俄罗斯沙皇彼得大帝取得巴库；七年后，另一个从伊朗来的征服者恺加王朝（Qajars）出现。1806年，俄罗斯再度夺回巴库，在20世纪初俄罗斯革命爆发之前一直掌握着该地；20世纪初，独立的突厥共和国成立，但只昙花一现地维持了两年，直到俄罗斯人回到巴库。阿塞拜疆不仅是土耳其的东方延伸，更是一个土耳其、俄罗斯和伊朗世界交叠在一起的灰色地带。

我向列扎询问关于我下一个目的地伊朗的事。伊朗的阿塞拜疆人受压迫的程度是否严重到足以使他们创造出未来的国家认同感？我非常好奇。连库尔德人都有些许民族认同感，虽然是毫无秩序的，但那是因为他们曾遭到公开的压迫。列扎摇摇头。"你看，"他说，"阿塞拜疆人是伊朗的开国者之一。伊朗的第一个什叶派国王[1501年的伊斯玛仪一世（Ismail）]就是阿塞拜疆突厥人，他将首都设在大不里士——一个阿塞拜疆人的城市，我的城市。之后，当然，波斯人取得了统治权。土耳其人和波斯人之间争战不断，边界也经常变动。但是，阿塞拜疆人在伊朗的权势总是很大，他们不只出现在西北部，靠近苏联阿塞拜疆的边界地带，也出现在德黑兰。德黑兰有阿塞拜疆大企业家和重要的阿塞拜疆阿亚图拉，所以，阿塞拜疆人所受到的迫害，是很难确切说清楚的。尽管如此，在阿塞拜疆突厥人和波斯人之间，"列扎在停顿的同时扬了扬眉毛，"形势还是很紧张。他们是两种不同的文化，所以，让我们干杯吧，鲍勃，敬真正的疆界，敬会在未来取代国界的文化疆界。"我们在通风不良的餐厅里,就在挂有骆驼包房间的隔壁,饮下另一杯伏特加酒。

列扎是一个理想主义者,他所说的说"文化的疆界",指的是和平且具渗透性的疆界——甚至不是指模糊的地带,那种存在于没有国家、没有官僚体系以制造政治地图的较早年代的疆界,那时候,只有大的王朝疆域,像哈布斯堡领地和奥斯曼苏丹统治的领土。④ 列扎所指的是地理上和人种上的自然疆界,换句话说,不是文化上的柏林围墙。只有在那样的世界里,阿塞拜疆才能找到归属。

在《想象的共同体》一书里,安德森称"国家"为一个快速衰退的现代世界里的人工制品,在这个世界里,地球陆地的每一部分,都被分隔成某些井然有序的类别。但是,"在夏夜的寂静中,世界蜕去了它的类别"。巴里·洛佩兹(Barry Lopez)在他的具有远见的游记《北极梦》(*Arctic Dreams*)里这样写道。这种地理上的无邪境界,才是列扎和其他阿塞拜疆人所渴望回归的。我很怀疑这样的境界究竟是否会出现。

---

④ 见本尼迪克特·安德森的《想象的共同体》中"文化根源"("Cultural Roots")一章里的"王朝领地"("The Dynastic Realm")一节。

第四篇

伊朗高原：地球的"柔软中心"

"……伊朗高原是一个'柔软中心',迎合其统治者自大狂的野心,却未提供天才来维持他们的存在。"

——布鲁斯·查特文(Bruce Chatwin),
罗伯特·拜伦(Robert Byron)的
《前往阿姆河之乡》(*The Road to Oxiana*)导读

第九章　充满花朵与夜莺的国家

1994年春天要到伊朗，我必须从欧洲飞到伊朗首都德黑兰。但我比较希望从阿塞拜疆与伊朗的交界地开始回忆我的旅程。如果我不能在陆地上持续地旅行，我至少可以想象旅程是连续性的：如此，我会更清楚自己身处何方，关键在于我到达那里所必须行经之地。如果飞机突然间把你扔在一个国家中间，你会惶然不知所措。

厄尔布鲁士山（Elborz mountain）①为阿塞拜疆和伊朗边界附近的里海南岸镶上了一圈浓暗的苏格兰绿色的边，环绕着茶园、倒映如镜的稻田以及棕色木屋，但这样的景象正逐渐退出历史舞台。植被变得越来越稀少且不均匀。当我爬上厄尔布鲁士山的山顶，面朝南方，远离大海，向着沙漠时，我还能看到土黄色的空旷土地。橄榄树取代了茶树林；绿色变成了单调的黄色；稻田不见了；浓郁的湿气变稀薄了，取而代之的是灰尘落在我前额的触感。原先设计来适应潮湿气候的镀锡屋顶木屋，也被石头、土砖

---

① 厄尔布鲁士山脉，高加索山脉的最高峰。——译者注

第九章　充满花朵与夜莺的国家

块和煤渣组成的架构所取代。我朝德黑兰的方向走在厄尔布鲁士山的另一边，山上呈现出艰涩的皱褶而不是柔和的折痕。浓雾散去，粗暴、刺眼的日光照在高原上。随之而来的是石头、沙砾，以及沙块形成的空虚。

改变是逐渐形成的，但也已经完成了。风景在一小时内就发生了转变。这种旅游经验类似我从欧洲乘飞机进入伊朗时所经历的。在我们快抵达德黑兰时，一名波斯妇女，然后又有一名，接着又一名，将脸上的腮红和口红擦掉，并将长发和紧身衣或迷你裙藏在没有款式可言的黑色罩袍里。如此美丽的花园，瞬间变成毫无特色的沙漠。

如果伊朗能有更多地方受到里海湿暖柔和的恩典，而不只是北部和西北边境的省份，那么也许伊朗人的历史和特性会非常的不同，而飞机机舱突然变成不折不扣的清真寺的场景也绝不会发生了。

波斯[②]是古代世界里最早的强权国家。16世纪，在居鲁士大帝的统治下，波斯帝国的势力从马其顿（Macedonia）延伸到印度。1978年到1979年之间的伊斯兰革命，在长长的"波斯"历史里却只占一个章节。也因为这个理由，伊斯兰革命不在我的主要兴趣之列。这场革命与它所造成的后果如今历历在目。我试图专注于更深远的过去——以及未来。我背包里的书包括像《列王纪》（*Shah Nameh*）这类古波斯的半神话史书，以及像《伊斯法罕的哈只巴巴》（*The Adventures of Hajji Baba of Ispahan*）等有关中世纪末期

---

② "波斯"（Persia）是古希腊人对伊朗的旧称，它源自西南部的法尔斯省（Fars），也因此这个国家的语言就是法尔斯语（Farsi，即波斯语）。

波斯的唐璜式史诗。我还带着城市化和人口增长的统计预测资料。

在伊斯兰革命时期,有 45% 的伊朗人居住在城市里;1994 年,住在城市的人口达到 57%,到了伊朗国王被推翻时,住在德黑兰的人口已有 500 万,15 年后会增加到 1000 万人。自革命以来,伊朗的人口从 3500 万人增加到 6000 万人。几乎一半人口不到 15 岁,换句话说,他们在毛拉掌权时还没出生。还有更多伊朗人太年轻了,以至于无法回顾这些事件。

与此同时,德黑兰变成了全球污染极为严重的城市。③ 世界银行提出警告,在下一个十年,当乡村人口以每年 5% 的增长率涌入城市时,德黑兰和伊朗其他城市的空气污染指数将会提高一倍。显而易见,人口统计学上的转变以及随之而来的问题,为 1978 年至 1979 年冬天蒙上了一层阴影,革命的副因(现代化、过分拥挤的城市等)所产生的影响力也比以前更大。例如,虽然人口已经增加了接近一倍,医院病床却只增加了不到 60%。疾病和瘟疫的谣言在社会上盛传。④

然而正是伊斯兰革命的残留影像,如同胶卷底片的黑色调一样,令我在初抵德黑兰时为之惊骇。

我在德黑兰第一个认识的人是"阿斯加尔·卡沙先生"(Mr. Asghar Kashan)。很快我就了解到,伊朗人很正式,而且很少直呼名字。卡沙先生是我在伊朗政府机构里一个熟人的朋友,他同意当我在德黑兰的向导。他,中年,短短的稀疏白发,戴着一副

---

③ 数据来源:国际人口行动组织(Population Action International)。德里和加尔各答(Calcutta)的空气质量指数更糟糕。

④ 参见参考文献中的沙班(Shaban)和约翰斯顿(Johnston)。

第九章　充满花朵与夜莺的国家

黑框眼镜，灰色的眼睛里充满疲倦与妥协——从近东革命家深邃而具洞察力的眼睛里传来的遥远哭号。

卡沙先生蓄着自革命以来这几年著名的"三日长胡"。他就像很多伊朗男人一样，看起来好像还没有刮胡子似的。"那是因为我们永远都在哀悼中，"另一名伊朗人后来解释道，"哀悼侯赛因（Hossein）。"侯赛因是先知穆罕默德的孙子，他在1300多年前于美索不达米亚的卡尔巴拉（Karbala）对抗逊尼派的战争中捐躯了。对西方人而言，这种不宽容厚道的波斯人显得很固执。"这就是为何有更多其他伊斯兰教什叶派⑤的人害怕伊朗人。"一位巴基斯坦朋友解释。

这种固执的行为也在其他方面显现出来。例如，1980年于德黑兰挟持美国外交官的伊朗"学生"在被包围前，将外交官送进碎纸机的数百份文件拼凑起来：数万条碎纸，每一条不及四厘米宽。从邻近的国家进入伊朗，就像从贩卖粗糙民俗工艺品的小店来到麦迪逊大道（Madison Avenue）的精品店，因为在这里，你会注意到细部以及技艺的程度，这些细节是土耳其或埃及产品不太能具备的。伊朗文化是一个必须被严肃看待的文化：它是一个强大的文化。例如，如果他们将注意力放在武器上，他们所展现出来的精细功夫将会如他们的手工艺品一样。我想，就如同居鲁士、大流士以及薛西斯从他们在波斯波利斯（Persepolis）的据点威胁古希腊的那个时代一样，对西方而言，波斯仍然是一个令人畏惧的挑战。

"你一定很累了，"卡沙先生说，"今天是星期五，所有的店

---

⑤　什叶派，在伊朗和伊拉克占主要地位的伊斯兰教教派。——译者注

都关门。我要带你去候赛因纪念圣祠（Hosseinieh），然后你可以睡一下午。今晚我们就在河滨晚餐、聊聊天。"

那天剩下的时间里，卡沙先生的话很少。他曾经参与反对伊朗国王的地下宗教组织，一开始就跟在阿亚图拉身边。现在卡沙先生是伊朗中央银行总裁的顾问。他如今行事很低调，一部分是因为他的心脏不太好。他的表情告诉我：到处多看看，自己去发现。如果你有问题，我会尽力回答。面无表情、健忘、手里拿着念珠的卡沙先生，在我暂住期间的最后时光，逐渐代表了伊朗的面貌，透露出21世纪它前进方向的线索。

卡沙先生所谓的候赛因纪念圣祠，指的是伊斯兰共和国创始人、神圣的大阿亚图拉哈吉·赛义德·鲁霍拉·穆萨维（Hajji Sayed Ruhollah Musavi）的墓园，最近才刚完工，由于他来自伊朗中部霍梅恩镇（Khomein）：所以被称为阿亚图拉·霍梅尼（Ayatollah Khomeini）。这种崇高的头衔——阿亚图拉（"神的标志"）和较低职位的霍贾特伊斯兰（hojatollislam）（"神的神证"）——显示出伊斯兰世界里宗教人员的阶级制度比其他地方更复杂，这套制度是萨非王朝⑥在16世纪初期建立的。当时该王朝创立了强大的波斯政体，与高度发达的奥斯曼帝国官僚制度竞争，阶级制度就是在竞争的过程中形成的。

霍梅尼的坟墓并不是一座清真寺，而是较正式的"侯赛因公共场所"，由于侯赛因是什叶派的殉教徒，因而称此地为候赛因纪念圣祠。这是一个重要的区别。一座伊朗清真寺可能会布置有手工编织的蚕丝地毯，然而候赛因纪念圣祠则较为平常。这是拥

---

⑥ 萨非王朝（1501—1736），奠定现代伊朗国家基础的一个波斯王朝，以什叶派伊斯兰教为国教。——译者注

护霍梅尼的工业化蓝领劳动阶级直率斥责"精致"波斯的结果。陵墓位于德黑兰以南约八千米，有着黄金穹顶，内部的气氛甚至没有一座体育场神圣。天花板没有陈列精致的饰品或镶嵌画，反而由毫无修饰的钢筋大梁组成。地毯——在这块以手工蚕丝地毯闻名的土地上——是机织的，而且是用粗粒羊毛织制的。我将它与先知穆罕默德的孙女赛义德·泽纳布（Sayida Zeinab）的陵墓做比较。泽纳布陵墓位于大马士革（Damascus），是我在20世纪70年代首次参观的一个什叶派圣地。我还记得它精致的彩陶、黄金制的装饰品、巨型水晶吊灯以及手工制的洋红地毯，与眼前这个装饰朴素的圣地形成强烈的对比。孩子们在离这个保存霍梅尼生前遗物的绿色笼子的一两米外踢足球，玩捉人游戏。烤肉串的味道和朝圣者的味道混合在一起。我将人群拍摄下来，并记下笔记，似乎没有人在乎。有一个男人问我要不要换钱。外面有一个加大的停车场、一家洗衣店、一个超市，还有一间酒店兼餐厅，都还在建造中。人们脱下鞋子入内参观坟墓，祷告一下，吃东西，说笑，认识朋友，在刚合法化的"自由市场"用伊朗货币里亚尔兑换美金。这是我初次见识到霍梅尼的政治家天分。

　　霍梅尼早就明确要求过他的坟墓要是个候赛因纪念圣祠。换句话说，给贫穷的劳工他们想要的，一个他们觉得舒服的地方。我注意到我在写笔记的时候，卡沙先生微笑了。事后他告诉我，革命最大的成就是"它使所有人在腐败面前都是平等的。而在伊朗国王的统治下，腐败是富人的专利"。

　　接着卡沙先生带我去附近的"殉道者墓园"，里面埋葬了许多1980年到1988年两伊战争的罹难者。我在这里发现了波斯与革命伊朗的不同之处。记者描述这个墓园时往往局限在一个会喷出血红的水的喷水池，但是这座墓园延伸几千米，也许可以说是全世界最大的墓园。而且它还有超市、洗衣设备、寻找私人坟墓位置的计算机中心，以及为之特别规划的地铁站。换言之，这个墓园与其说是个充满激情的地方，不如说是一个巨大的、单调的、拥挤的死者社会，而生者在购物时，等于与死者混合在一起。

当天是星期五，墓园里到处是野餐的人，他们把地毯摊开，摆出野餐篮里的便宜面包、橘黄色的饭、肉、橄榄和羊奶奶酪，以及茶壶。前来拜访死去的亲人——也有年轻人在战争中死亡——成了全家到郊外踏青的机会。而且到处都是桧柏、常青树、开得非常漂亮的玫瑰和郁金香，以及没有尽头的运河，这会是我对这座墓园印象最深刻的地方。在令人窒息的碱性沙漠边界，有着淡水的香味和浓郁的花香：这就是波斯。

夜晚时分，淡水滴在岩石上发出滴滴答答的声音。我和卡沙先生沿着达尔班德河（Darband River）的堤岸往上坡走，达尔班德河的源头在德黑兰最北部的厄尔布鲁士山脉。我们走过几家茶馆餐厅，直到找到特别想要进去的那一家。伊朗在这一点上显现出它与中亚的相似性：在兰花、郁金香和玫瑰、冒泡泡的水烟壶以及吹笛人的旁边，是一个凸起平台，上面铺着地毯方便人们坐着吃东西，就像中亚的茶馆。地毯上的男人和女人斜倚着织锦的靠垫，在头上方悬挂的彩色灯光下抽烟、牵手、窃窃私语、互相调情。基于好奇，我一直注视着一名穿着黑色罩袍的女子，她也挑逗般地回看我一眼。卡沙先生注意到了，微微一笑，仿佛在说：你看，我们并不是真的像西方人描述的那样，这名女子就是一个例子。

的确，我对伊朗的第一印象，就是占半数人口的女性都披着

第九章 充满花朵与夜莺的国家

一块没有款式的黑布。然而在几小时之后，我的眼睛就开始适应其中的区别了。后来我在德黑兰的市集上发现，原来罩袍的布料都进口自日本和韩国。有些罩袍是丝绸的，有的是棉和绉绸。质量也有很大的差别，一件罩袍的价钱可以低至10美元，也可以高达50美元。大部分的罩袍是黑色的。但这都只是开端而已。有些女人露出一点点被禁止露出的头发，还戴着闪闪发亮的耳环；有些女人在眼睛下面涂了眼影，而且还有不少涂了口红。很多女人留着长长的、修剪得很美的红指甲。还有很多女人喷香水；有时候我还注意到有昂贵的法国香水味，不像廉价的花香香水，而是散发出挑逗性的动物香味。在德黑兰的第一个晚上，在开车往达尔班德河的路上，我注意到很多伊朗司机是女性，恣意地按着喇叭，并从车窗里向外叫喊，吵着要别的司机加速。这和美国在伊斯兰世界的同盟沙特阿拉伯是多么不同啊！在沙特阿拉伯，妇女是不准开车的。我还看见一名穿着黑色罩袍的女性骑摩托车，还有一个坐在摩托车后座让男朋友载着，双手紧紧抱着他的腰，在红灯前，我甚至可以看到他们交握起双手，开始一种情色般的手指游戏。

在德黑兰，妇女会直视你的脸，她们的眼睛直接与你四目交接。在开罗就很少有这种情况，而在伊斯坦布尔则比德黑兰少多了。虽然伊朗女性被要求遮盖头发、隐藏身体的曲线，但用一整件"布尔卡"（burka），即一块不透明面纱遮盖整个脸的情况，就比在埃及、土耳其，甚或我后来走访的中亚和巴基斯坦更为罕见了。

一名男性记者可以到，例如，沙特阿拉伯、伊拉克，甚至到巴基斯坦会见其女性总理贝娜齐尔·布托（Benazir Bhutto），然后听她不厌其详地训示有关"女性在公共事务中扮演的角色日益重要",而且还不得不访问一名管理某些伊朗或巴基斯坦女性联盟的卓越女性。然而,当进入这些国家的餐厅时,我只看到男人在吃烤肉。女性很少抛头露面,而且通常被限制在幕后的"家庭"区域。⑦ 在伊朗,正如我才刚了解到的,妇女可以出现在餐厅里,并且与人接近;在伊朗,男性游客能与男女两种性别的人交谈,而非只有与同性;在伊朗,你可以将照相机镜头对准女人——像我经常做的——而她也会微笑。如果你在巴基斯坦这样做,那个女人会跑掉,而且可能会有男人向你扔石头。在伊朗的家庭里,即使是中下阶级,女人虽然穿着罩袍,但仍会与你交谈,问你问题,而不会谦卑地退却。正如我将会看见的,德黑兰北部的流行服饰精品店和城市里其他较不时髦的精品店里都挤满了女人:出了家门的女人,彼此之间的共同性反而增加了她们内在的流行意识。伊朗的女人不会变成土里土气的人。

我想起以色列左翼人士、社会评论家乌里·阿夫内里(Uri Avneri)说过,一场革命一定会彻底地改变一个文化。例如,犹太复国主义创造了一种新的语言——希伯来语。它改变了人民的日常,它迫使欧洲的小商人变成近东的农民,它甚至改变了人民的样貌和穿着。相较之下,伊朗的革命则显得有些乏力。我和卡沙先生坐下来吃晚餐的时候,我便向他提起了这件事情。

"不,没有那么简单。没错,罩袍仅仅是个象征。在德黑兰大学,也就是我女儿读书的地方,那里的学生有一次示威游行反对伊朗

---

⑦ 根据1994年联合国发展计划的数据,在贝娜齐尔·布托管理下的巴基斯坦,识字的女性是男性的45%。而在邻国宗教极端主义的伊朗则是66%。在过去这20年里,在巴基斯坦,女性识字人口相较于男性只增加了8%,在伊朗增加了23%。在巴基斯坦,接受中学教育的女性人口不到男性的一半,而在伊朗却有70%。

第九章　充满花朵与夜莺的国家　　　　　　　　　　　　　　215

国王。男女学生在教室里必须分开坐。但是下课之后，他们怎么样呢？他们都混在一起。我们的文化已经回归正常化的中心了，这是事实。但是如果一开始革命没有允许我们忠于自己，今天也不可能有这样的结果。是革命把自尊还给我们的。当然，我们在人权方面是过分了些，但是在暴行最恶劣的那段期间，我们还是比伊朗国王统治期间的任何时候'更波斯'。"换句话说，如果我正确理解了他的痛苦理论，革命就是反对伊朗国王统治的偏差错乱的一种偏差错乱。但是这些都是长期的偏差错乱，持续了好几十年。你一定会怀疑，"正常"是否可能在这里发生。

我们聆听茶馆里吹笛手娱乐人群的笛声。烤肉和一盘盘的饭上来了，饭是橙黄色的，伴着黄油，点缀着北非伊斯兰地区的无花果。配菜中加了龙蒿和薄荷、菠菜和酸奶，用浸泡在醋汁里的蒜头提味。还有"马什哈德（Meshed）可口可乐"，这是马什哈德的可口可乐装瓶工厂所制造的美国可乐。马什哈德是伊朗东北部的朝圣圣城，是什叶派第八位伊玛目（Imam）——亦即领袖——礼萨伊玛目（Imam Reza）的安葬之处。报纸与伊朗议会对于要关闭这间象征着美国文化影响的装瓶工厂，展开了激烈的辩论。然而这场辩论最近都消音了。有一种说法是，伊朗目前的精神领袖——霍梅尼的神职传人——身为马什哈德人的阿亚图拉·赛义德·阿里·哈梅内伊（Ayatollah Sayyed Ali Khamenei），他的朋友和装瓶工厂有利益纠葛。总统哈什米·拉夫桑贾尼（Hashemi Rafsanjani）的家人也一样。虚伪在这里可以被轻易地接受。与美国有正常关系是难以避免的，后来有不只一位革命家无奈地这样告诉我。

我们的对话转到了其他事件上，模糊了焦点。至于巴列维（Pahlevi）和伊斯兰政体的波斯民族外衣——相对于先前恺加王朝⑧的突厥人的外衣——的这个话题，卡沙先生告诉我要非常小心。"我们与（阿塞拜疆的）阿塞拜疆突厥人之间的关系很微妙。"问题不是非黑即白，反而是保持平衡的问题。目前伊朗内阁27名部长里有9名是阿塞拜疆突厥人，有16名同时会说阿塞拜疆突厥语及波斯语。这并非是个只有学者感兴趣的吹毛求疵的议题：我才刚了解到，阿塞拜疆的问题是打开伊朗和高加索地区未来的钥匙。这就是我的摄影师朋友列扎所说的微妙性。

我们快吃饱了，卡沙先生正准备叫服务员送茶来时，我问他对萨曼·鲁西迪（Salman Rushdie）因其著作《撒旦诗篇》(The Satanic Verse)被控渎神而被判死刑有何看法。卡沙先生承认，阿亚图拉霍梅尼的这项法特瓦（fatwa，即伊斯兰律法的裁决或教令），既是一项政治性行为，也是宗教性的。他同时也承认，也许——是的，也许——前任阿亚图拉在发布这项法特瓦上有点儿不明智。"但是那又如何！在西方，你们的法庭天天都做出不完美的判决，你们有些法官的决定甚至相当糟糕。但是这些法特瓦都付诸实行了，一定得要付诸实行的，如果没有，法律系统以及社会都会堕入混乱之中。鲁西迪的判决只不过是另一次司法统治，就像那个将被控在洛克比（Lockerbie）⑨炸毁飞机的利比亚人的引渡判决。如果你不喜欢这套法律系统，就着手改变它，但同时必须遵守其裁决。鲁西迪不是单纯地毁谤一个人，而是对神本身犯了毁谤罪。"讽刺

---

⑧ 恺加王朝是从1794年到1925年之间统治伊朗的一个土库曼（Turkoman）伊朗国王的朝代。虽然他们开始实行伊朗的现代化，但是他们的统治还是保有中央控制的特色，他们允许外国势力过分影响伊朗的事务。

⑨ 洛克比事件：1988年12月21日，一架泛美航空公司的波音747飞机自法兰克福飞往纽约途中在苏格兰边境城镇洛克比坠毁，机上无人生还，连同飞机碎片和毁损民房，共造成270人死亡。——译者注

第九章　充满花朵与夜莺的国家

的是，鲁西迪自己就经常撰写反对西方的尖锐文章，这一点卡沙先生显然不了解或者没兴趣，那是西方当地的议题，与他无关。

卡沙先生认为英国教会的不明确态度，尤其是坎特伯雷（Canterbury）主教的态度，助长了《撒旦诗篇》的宣传。卡沙先生在讲这一点时放低了声音，像是讲悄悄话一般。他喜欢听我的抗议，那对他来说是种娱乐。服务员送来加了玫瑰香精的黏稠冰激凌。

与卡沙先生吃完晚餐后回到饭店大厅，我在柜台认识了一个伊朗裔美国人，她是一个近三十岁的女性，和哥哥一起来德黑兰。在美国郊区长大的她每年春天都会来德黑兰。"我喜欢。"她说。毕竟，这里的聚会比美国的好多了。禁酒、要求穿罩袍使"幕后"（posht-e pardeh）发生的事显得更挑逗。酒品在富裕的德黑兰北部不仅买得到，而且根本是到处都是；黑市一瓶黑方威士忌只要30美元。女人在参加德黑兰私人聚会时盛装打扮：她们的衣着、舞姿和调情，都非常讲究——穿着紧身黑色绸缎的连身裙，脸上一层层的妆。聚会不仅仅是聚会而已，而是禁果的飨宴。相比之下，美国郊区多么无聊、多么没有成就感啊！一个执意消除差异性的社会真是可悲！

定居在这里的一个西方女性告诉我："你一定要看看一个波斯女人在家里跳舞给客人看的样子，她会展示她的黄金和珠宝，以表示她丈夫的工作不错，而且也够爱她。你在一个五岁小女孩身上就可以看到这种行为迹象——看这些小女孩如何舞动她们的身体！那早已经植入她们的基因了。政治对这些没有影响。"

我带着一团半成形的印象入梦。伊朗实在令我招架不住。我必须慢下脚步，并且一次只专注在一个文化层面上。

次日上午德黑兰市区给我一种似曾相识的感觉。德黑兰看起来很像另一个我曾经住了七年的近东城市——雅典。雅典和德黑兰以前都很破旧，19世纪它们还不是首都，后来棱角锐利的白垩石建筑物如雨后春笋般出现，在受到铅污染的闪耀阳光下，散乱、毫无章法地聚集在那里。在德黑兰，西方的消费主义到处以建伍音响、东芝计算机、瑞士手表以及美国汽水和计算机软件程序来炮轰你。德黑兰不像希腊首都那么肮脏，有穿着橘色制服的男人和女人在清扫街道。大道两旁不是美国梧桐就是闪亮的运河，而市郊有很多线条流畅的公路天桥。

我沿着以伊朗史诗诗人菲尔多西（Firdausi）命名的街道行走。这里每到清早，换钱的人就会取出他们的商品：一整个皮箱的美元、伊朗银币、巴基斯坦卢比以及阿富汗币，全都摊开在街上。有一个男人将石头放在一叠叠现金上，以免钱被微风吹走。没有任何警察出现，抢劫的可能性微乎其微。伊朗的犯罪率非常低，所以游客带着大把现金是绝对安全的。⑩

一叠叠美元在街道上露白，完全没有被偷的危险，这支持了我对伊朗的原始看法。这里是个社会，就像土耳其一样，有坚固灰泥房屋的社会，一个你不需要为之感到遗憾的社会。在德黑兰，并没有外交官和救援人员到处交换"这名同事被抢劫"，或"那名同事在窗户上安装铁条"的情报——像在拉各斯和内罗毕那样。在德黑兰也没有大使告知他们的公民，说上升的犯罪率造成公共运输不安全。

---

⑩ 戴维·圣文森特（David St Vincent）在《孤独星球伊朗旅行指南》里提到，关于犯罪，伊朗是"对外国旅客而言，亚洲最安全的国家之一"。

第九章 充满花朵与夜莺的国家

美国国务院劝我不要去和美国没有外交关系的伊朗，然而我在德黑兰比在美国很多城市更觉得安全。这些事情都是很重要的，因为当各国政府削弱彼此并对彼此施展暴力时，政府之间的冲突只是一时的新闻而已。种族和民族特征的改变缓慢得多，所以更好地指引了未来的政治趋势。就像美国与德、日开战，接着就是和平，最后这种和平也会发生在伊朗身上。我们与这个国家之间的敌意比与以前的轴心国还要轻许多，而我们与这个国家的军事、经济和教育间的关联则更深。[11]

1829年，在毛拉的怂恿下，伊朗人怒气冲冲地摧毁了俄罗斯大使馆，并砍下了俄罗斯大使亚历山大·格里博耶多夫（Alexander Griboyedov）的头颅。但是俄罗斯和伊朗之间的关系最后还是恢复了。现在谁还记得这起事件呢？如果要说美伊关系因为人质危机而永远不能恢复，那就是枉顾历史。伊朗的革命罪恶部分是迅速的城市化和现代化的结果。它最糟糕的刚愎自用的特质也许是背后的原因，虽然当时美国最希望与埃及和沙特阿拉伯保持良好外交关系可能仍算是一个原因。

1892年，寇松勋爵（Lord Curzon）[12]如此描述伊朗人：

> 最好的民族美德与野蛮和对痛苦的极大冷漠共存。举止的优雅与兽行般的粗俗兼容……熟悉文明的标准并

---

[11] 参见中情局波斯语系的前情报员爱德华·G.雪利（Edward G. Shirley）所写的，对美伊关系长期轨迹的分析，列于参考文献。
[12] 寇松勋爵，英国政治家，1886年成为下院议员，周游东方各国，1898年被派任印度总督，1921年受封为勋爵。——译者注

不能预防粗野的狂热……熟练的礼仪以及甚于巴黎的优雅，掩饰了真正高竿的说谎才能和几乎称得上科学的行骗术。最丢脸的腐败行为与对道德法律之特定准则的细密关注结合在一起。宗教时而严厉时而松懈，在某个时刻激发出卫道士的盛怒，而下一刻又激发出不可知论者的漠然。政府既是父权宰制又是……马基雅维利式的不择手段……人民既卑鄙又高尚；整个国家的景象既令人着迷又虚假。

70年后，一个住在伊朗农庄的美国人特伦斯·奥唐奈（Terence O'Donnell）写道：

伊朗人本身既骄奢淫逸又令人感到喜悦。他们的对话、他们的诗——那对他们是仅次于神的最重要的东西，而且以前有时候……全都反映对尘世快乐的爱……也有进行报复以及享受它的意愿。

我在思考与阅读伊朗时，发现很难避免这些明显的双重性：哈菲兹（Hafiz）[13]的诗——他那提到了异教激情、红酒以及酒醉的绝美诗篇甚至先于中世纪欧洲伟大骑士诗出现——以及伊文监狱（Evin prison）里施酷刑的洞穴；横幅上写着"去死吧美国"，与饭店商店里绣着五美元图案的手缝地毯。或者，正如拜伦在《前往阿姆河之乡》里唤起的这种双重性：精美的蓝绿色瓶子衬着棕

---

[13] 哈菲兹，波斯抒情诗人，以讲授宗教教义为业。他是苏非神秘主义派的成员，他的短诗《厄扎尔》歌颂感官之美。

第九章　充满花朵与夜莺的国家

色荒凉的沙漠背景。所有近东国家中都存在强烈的矛盾,伊朗不亚于其他国家。《伊斯法罕的哈只巴巴》作者詹姆斯·贾斯蒂尼安·莫利阿(James Justinian Morier)在书一开头写道,在波斯,"我面前所展开的,是东方礼仪不受污染的泉源,我很高兴自己能得到这机会……"

我觉得伊朗现在所提供的比19世纪莫利阿写《伊斯法罕的哈只巴巴》的时候更诱人:一个东方社会的不协调和异元性会因西方消费主义、爆炸的人口数字以及信息时代而不断加剧。

我给卡沙先生一列我想见的人名,他说他会试着安排。

第十章 "手"的革命

我尽力将焦点聚集在"永恒的"波斯上,却不断遇到"enghelab"这个字眼,那是波斯语中"革命"的意思,指的是"伊斯兰革命"(Enghelab-e Eslami)。1979年,在德黑兰市中心的革命广场上,群众推倒了伊朗国王的大雕像,现在那里只有一个浮雕的伊朗宗教人像。我不确定那座浮雕人像是否为霍梅尼,因为面容已经看不清楚了。我记得最清楚的,是人像伸展开来的那只尺寸过大的手;摊开的手掌和手指占了前景的位置。"那是神圣斗篷的五根手指,专门带人上天堂的。"卡沙先生一面说,一面缓慢而耐心地移动绿色念珠。这五根手指象征先知穆罕默德、他的女儿法蒂玛(Fatima)、女婿阿里(Ali)和他们的子孙哈桑(Hassan),尤其是在卡巴拉战役中与军队一起被逊尼派杀死的侯赛因,因为他掀起叛乱意图推翻倭马亚王朝(Umayyad)[①]的哈里发(caliph)[②]。

[①] 倭马亚王朝,伊斯兰教将军穆阿维叶在大马士革建立的王朝,其统治延续至750年。倭马亚王朝取代了以麦地那为首府的四大哈里发时期。最后一位哈里发名阿里,于661年被杀。——译者注

[②] 哈里发,旧时用作穆罕默德继承者伊斯兰教统治者的称号。——译者注

第十章 "手"的革命

我在伊朗看见的霍梅尼照片都有一只伸展开来的手,以及一副积郁的表情。伊朗人心目中的这些神和阿亚图拉肖像之间的相似性,肯定可以厘清一个西方人对伊朗基本传统的疑虑:伊朗人总是把霍梅尼说成是"仁慈的"、"悲天悯人的"和"懂得体谅的",(卡沙先生说:"我可以肯定地说霍梅尼伊玛目心中充满了爱。")但是霍梅尼没有任何一张照片是带着微笑的,或眼神里有一丝温馨的痕迹。

霍梅尼的"爱"和"同情心"是如此神圣:不属于这个世界。"正常人的情绪不会影响伊玛目。"穆赫辛·瑞佛戴斯特(Mohsen Rafighdoost)如此解释。他是霍梅尼的私人司机兼保镖,也是卡沙先生的朋友。当记者问霍梅尼,在被放逐了几年后重返伊朗,面对在机场迎接他的几十万人民,心里感觉如何时,霍梅尼回答:"我没有任何感觉。"

伊朗人总是称呼霍梅尼为霍梅尼伊玛目。"伊玛目"的意思就是"领袖",或者更精确地说,就是"引导社会(umma)祷告的人"。伊玛目也被用来称呼穆罕默德的12名后裔,因为根据什叶派的说法,这12个人在先知之后成为宗教的精神与俗世领袖。这些伊玛目都活在中世纪时期,除了第12个,他没有死,但什叶派信徒认为"他隐居起来了",反正不见了。由于霍梅尼是唯一让伊朗人称为伊玛目的阿亚图拉,难道他就成了自中世纪就隐居起来的第12个伊玛目吗?"不是的。"卡沙先生告诉我,但总有些含糊其辞。

我渐渐开始与卡沙先生持相同的看法。在伊朗的过去,革命是一个重要的部分,但其原因是难以理解的。论述中有太多关于伊斯兰革命的宗教根源,却太少讨论其文化和历史的根源,甚至更少触及该事件的人口与环境的本质,这两点包含20世纪末或不久之后,将会发生在近东和中亚制图学上的一些转变的重要线索。

"伊朗的人民就像土地一样;他们要求贿赂(rishweh)……在他们结出果实之前。"《伊斯法罕的哈只巴巴》的作者观察到了这一点。在伊朗,土壤——某些地区的土质肥沃而某些地区的土质坚硬——和国民特色之间的关联是很明显的。尼基·R. 基迪(Nikki R. Keddie)在《革命的根源:现代伊朗的历史阐释》(Roots of the Revolution: An Interpretive History of Modern Iran)一书中解释道:

> 虽然伊朗一直位居强大与昌盛的国家宝座,而且在古代又是个帝国,但是农业萧条干旱……已经好几世纪了。所以土耳其游牧民族在11世纪之初侵略伊朗时,没有像更早以前的游牧民族那样,定居或填补居住地区之间的空隙,反而找到坚硬的、适合游牧的土地,以那样的生活方式生养下一代。

有关伊朗高原,在1000年前出现了几个持久的主题。首先,当地使用波斯语的民族和自高加索地区渗透进来——大约从东北方(靠近苏联和阿富汗边境)的西北亚和中亚的阿塞拜疆而来——的突厥人之间一直有竞争。

事实上,突厥人统治伊朗的时间占据了好长一段历史。1501年建立的萨非王朝的第一个国王伊斯玛仪一世就是个说突厥语的人。由于他倚赖说波斯语的官员,萨非王朝逐渐变成波斯什叶派王朝,成为中世纪最伟大的王朝,建都于伊斯法罕(Isfahan)。③1722年,逊尼派阿富汗人劫掠伊斯法罕,迄至1736年,才由纳迪尔沙(Nadir Shah)驱逐阿富汗人。18世纪末期,赞德(Zand)王朝有一段荣耀波斯的短暂时期,当时的主要城市是设拉子(Shiraz)。然而,到了18世纪90年代中期,说突厥语的民族又重掌权力,由恺加王朝统治,直到后来才被最后一个伊朗国王的父亲礼萨汗(Reza Khan)所推翻,并在1925年建立由说波斯语民族掌控的巴列维王朝。

今天,说波斯语的人只占伊朗人口的一半,说突厥语的阿塞拜疆人反而占总人口的四分之一,这还不包括说其他突厥语的地区,如东北部接近苏联边境的土库曼人,以及西南部靠近设拉子和波斯湾的卡什凯人(Qhashqha'is)。这就是为什么附近说突厥语的阿塞拜疆的命运——目前与亚美尼亚之间的斗争,以及伊朗附近的苏联中亚地区独立突厥国家的兴起——对伊朗政治未来的影响,可能比发生在伊朗和西方之间,或是伊朗和阿拉伯世界之间的事情更直接。

在伊朗历史上第二个永久的主题,就是游牧民族散布在一大片荒芜的高地和高原上。此外,还有很多偏僻和独立的绿洲,这些均导致了中央政府的衰弱。这就是为什么无论在伊朗国王还是阿亚图拉的统治下,这个极权主义国家都不曾有过很精确的形象。突厥的部落成员和库尔德人持续地为所欲为,更别提在伊朗与巴基斯坦边界附近,出没于偏僻东北部地区的俾路支人(Baluchi)④

---

③ 一般而言,伊斯法罕(Isfahan)这个名称比莫利阿在《伊斯法罕的哈只巴巴》中所使用的伊斯法罕(Ispahan)更普遍。

④ 俾路支人,分布在俾路支省、伊朗、阿富汗、印度旁遮普邦和巴林的民族,使用俾路支语,原为游牧民族,现在大多数从事定居农业。——译者注

毒品偷渡客。什叶派人士自从革命初期的混乱阶段起，就对控制这个国家的所有地方鞭长莫及，这种情形意味着，至少在这方面，他们的政体相比伊朗国王的政体，压迫性较小。此外，自革命起，石油财富和现代电信所带来的财务与行政控制的工具并未得到明显的改善（相较而言，油价已经跌落），然而宗教人士必须管理自1979年起几乎翻了一番的人口。现在的德黑兰人口比1914年全伊朗的人口还多，是1800年的伊朗人口的两倍。这就是人口力量反对暴政（或反对政府本身）的明证。

此外，自古以来势力一直很弱的中央政府以及伴随势力竞争而来的发展——集中在由广阔旱地所隔开的城市——这两者意味着什叶派人士可以脱离较不具宗教性的伊朗国王而独立（无论君主是萨非、赞德、恺加或巴列维）。正如基迪所指出的，从18世纪到20世纪40年代，什叶派教士在纳杰夫（Najaf）和卡尔巴拉，也就是在美索不达米亚（伊朗高原的西边）第一个伊玛目的坟墓所在地域，都是他们的权力范围。

最后，当土地经过了几世纪越来越干旱，又因为蒙古人的侵略造成农耕上的混乱，使伊朗的土地变得更贫瘠，所以相当多住在分散、偏僻及未开发地区的农民，被要求生产食物以供给城市。然而，在20世纪，由于大量工厂的崛起与国际贸易的扩展，食物进口贸易繁荣——礼萨汗和他儿子（亦即最后一个伊朗国王）的现代化计划更进一步刺激了这种境况——大量农民离开村庄，纷纷往城里去。

随着石油带来的财富，人们可以进口更多食物，而城市居民的民生必需品价格也可以得到补贴。农民变得较不重要，反而城市的吸引力日益增加。石油财富也使伊朗城市现代化。卡普钦斯基在《伊朗国王中的伊朗国王》(*Shah of Shahs*)里写道："伊朗的

第十章 "手"的革命

城市变成了难以预测的粗糙石器时代和精明、冷静的电子时代共存的地方……"

从 1956 年到伊斯兰革命的前夕,伊朗的都市地区每年以乡村地区为代价增长五个百分点,而乡村的劳力增长不到这个国家总劳力的一半。[5]

"伊朗国王,"卡普钦斯基写道,"认为城市化和工业化是通往现代的钥匙,但这是个错误的想法。通往现代的匙钥是乡村。"卡普钦斯基补充:

> 伊朗国王醉心于原子能工厂、计算机化生产线,以及大规模的石化综合厂。但是在一个欠发达的国家,这些都是现代的海市蜃楼。在这样的国家里,大部分的人民都居住在贫穷的乡村,然后由乡村逃往城市。这些人形成一股年轻、精力充沛的劳动力,他们知道得很少(大多是文盲),但是拥有极大的野心和随时准备要奋斗的力量……他们利用任何一种从乡村带来的意识形态,与城市的坚固体制进行对抗,而通常那种意识形态就是宗教。

卡普钦斯基认为这种恶性循环没完没了,新一代的移民总会步上前人的后尘,直到乡村本身现代化,并提供像城镇那么多的机会。在我的旅程中,到目前为止还没看见这种乡村现代化的迹象,不论是西非、尼罗河谷,还是安纳托利亚。反而在阿比让、开罗或伊斯坦布尔,我注意到城市已经被农民占领而变成巨型村庄了。

---

[5] 参见 M. J. 马吉德(M. J. Majd)有关土地改革和城市化的文章,列于参考文献。

但是在伊朗，国王如此不顾一切、快速、一面倒地鼓励他的人民，冲突加上冲突，使他们或因野心或因挫折而激动。当20世纪70年代末期经济短暂低迷，一时之间，伊朗国王在这漫长的关键时刻，没有方法可以"贿赂"他的子民。

19世纪时，恺加政府苦于广阔的沙漠、游牧生活，以及独立宗教人士联合市集商人等去中心化的力量，无法如埃及和土耳其这种地方一样，从集权式"自上而下的改革"中获益，但是巴列维成功地将权力集中，只是最后还是废除了中央集权。从骑兵军官起家，在"一战"后的混乱中获得权力的礼萨汗扩大了军队规模以及平民官僚体系，这两者都集中在德黑兰。这个新的政府阶级和供养政府的商人，正是礼萨汗现代化计划的中心。学习凯末尔的礼萨汗——他加冕后的称号——禁止罩袍和其他传统服饰。他命令伊朗男人穿戴欧洲的西装和帽子，还禁止所有有骆驼出现的照片，因为他认为那是一种落后的动物。然而礼萨汗心里还怀着落后和自己非常痛恨的矛盾，终其一生睡在皇宫地板的地毯上，直到死亡的那一天。他运用他的权力累积了大量财富，曾命令一队射击小组枪杀了一头误闯他新置地产的驴子。基迪写道，礼萨汗中央集权的现代化只为伊朗创造了"两个文化"——城市的西化文化和乡村中日益痛苦的农民生活。然后，随着石油财富的累积和城市化的加速，村人来到城市，并在1979年征服了城市。

换句话说，伊朗不是土耳其。安纳托利亚高原由于没有伊朗高原那么干燥，因此居住地还维持着足够的互相连接的区域，以至于虽然乡村和城镇间的差异与以往一样大，也还没有伊朗的显著。更重要的是，安纳托利亚在地中海岸有约1600千米的空地，除了长长的黑海海岸之外，这片空地在整个历史里联系起安纳托

第十章 "手"的革命

利亚与巴尔干地区,以及与欧洲俄罗斯地区。因此,安纳托利亚高原内部更紧密,外部更接近欧洲,尽管有很多不利条件,却能形成比伊朗高原更适合作为实验西式国家构建的地点。

伊斯兰革命造成的混乱的中断时期已经削弱了伊朗的国力,即便苏联和阿富汗瓦解后,出现了文化和经济上意义上的"更伟大的波斯"。在交界区,比如土库曼斯坦与伊朗东北部的交界,以及伊朗东部和阿富汗的交界,都充满了交易行为以及各民族的活动。波斯也因而得以扩展,即使中央政府衰弱了,突厥人仍恢复了他们对伊朗高原的渗透。这些议题,我想在横越伊朗北部和中亚的旅程中再回头讨论。

虽然伊斯兰革命的地理与人口来源是根本的,并且酝酿已久,然而,某个特定的要素也会引发暴动,并决定暴动的精确特质。

伊朗城市化过程的扭曲是石油发展所造成的。根据基迪的资料,从1963年到20世纪70年代末,伊朗实际的年均国民收入从200美元增加到1000美元,这是历史上空前的增长。但是贫富人群的收入差距也加大了;穷人是变有钱一点儿了,富人却变得更加、更加地有钱。接着,在1973年,部分由于继任的伊朗国王的原因,石油输出国组织(Organization of Petroleum Exporting Countries,简称"OPEC")将油价提高了三倍。因此伊朗国王相应地增加了政府支出,因为88%的发展经费和建筑基金都来自新的石油收入。经济过热,接着就会通货膨胀,同时也会有更多人移居城市,并导致交通堵塞和电力管制,因为一个伪现代的基础结构无法适应迅速的发展。1977年,伊朗国王发起一项反通货膨胀的计划。突然之间,在明显提高期望的几年后,大规模的失业动摇了整个国家。然后砰的一声,只剩下历史。

革命的反美国主义有另一个肇因，而这也是波斯特有的。伊朗人和阿拉伯人不一样，他们不曾有过正式被西方殖民，以人为的国界线圈划国家的经历——比如叙利亚、黎巴嫩、约旦和阿尔及利亚。即使波斯经常改变国界，它自古就是个民族性很明显的国家。但是这个波斯国在很多情况下都很无力，部分原因是它的战略位置处于俄罗斯和大英帝国之间的亚洲。因此，在19世纪和20世纪期间，波斯的经济影响力均占重要分量。例如在1872年，英国人路透（Julius de Reuter，路透社的创始人）在伊朗的矿产财富、铁路和电车、农业灌溉和农业建设工程、国营银行，以及主要的工业建设都获得独家经营权。寇松勋爵认为它是历史上将整个王国的财富交让给外国人的、最非比寻常的例子之一。波斯在光荣和不受殖民的情况下逐渐成长，但是波斯人有理由觉得自己尤其受到了剥削，正是因为他们缺乏殖民者通常会提供的保护。

此外，这种邪恶剥削的核心——外国大使馆区——位于德黑兰的中心地带，躲在高墙后面，如此也更增添其神秘性。全世界没有其他城市像德黑兰这样，将外国大使馆用高墙围起来，并安置在市中心。

在德黑兰的每个清晨，我开车经过俄罗斯和英国大使馆的围墙；每道围墙长达一个街区，甚或更长。那些高墙后面到底是什么？里面是什么样子？由于我不曾进入此地的任何一座大使馆，所以我逐渐变得和伊朗人一样好奇。我们很容易想象他们感觉到的污辱。而对一个这么久以来一直受外国人剥削的民族而言，这股神秘感很自然地会因这些围墙里的城堡建筑而产生，让人不由得神经质地认为里面有阴谋。

例如，1979年11月4日，伊朗激进学生占领美国大使馆，就某个程度而言，是因为他们认为围墙内的美国外交官正策划对

第十章 "手"的革命

抗霍梅尼的行动。就像很多伊朗的阴谋论一样,这个理论只包含少许的真实,被夸张得过分严重。美国外交官的确尝试与新的革命政府发展军事和商业关系,借此尽力改善不良局势,期望将之引导至较温和的方向。然而,认为这些外交官正密谋一个大"阴谋"来推翻霍梅尼,实在是不合道理。但是在1953年,正如伊朗人不断提醒我的,德黑兰的美国大使馆在洛伊·亨德森(Loy Henderson)大使的管理下,领导了一项推翻伊朗首相穆罕默德·摩萨台(Mohammed Mosadeq)的中情局行动,因为后者试图将伊朗的西方石油公司国营化。"如果没有摩萨台事件,我们革命的反美国主义也不会发生,"卡沙先生解释,"这件事让伊朗人了解到,美国已经取代英国成为新的干预势力了。"

美国大使馆长长的围墙现在尽是涂鸦文字的残迹,写着"超级强国的否决权比丛林法则更糟"。这个不曾受殖民的民族说:"我们要独立。"一旦美伊重新建立起外交关系,也许将美国大使馆的高墙拆毁,或是将大使馆搬到偏远的郊区,会是个明智的做法。

我通过卡沙先生认识了一名伊朗官员,他从他的大桌子后面起身,在我身边坐下,如此我们之间就没有什么芥蒂了。他低头看着他的红色念珠,然后以一个能量耗尽的革命家疲惫的声音说:"伊朗国王是几世纪来外国干预的结果,以及突厥游牧民族和其他民族不断侵犯我们的土地所导致的恐惧,这些全因摩萨台事件而更为恶化。然而拜革命所赐,这就是我们现在从体制中抽离的东西,就像开刀切除了长了几十年的皮下肿瘤。这就是何以反美国主义在伊朗已经完全不存在了。强硬派分子也只是在摆摆样子而已。'美国去死吧'这个口号,以及穿罩袍的义务是最难消除的事,因为这两件事已经变成革命的主要象征了。但是你会发现:未来几年,美国将不再是伊朗的一个问题了。我以革命家、以一个对霍梅尼伊玛目怀抱最深情感的人的身份说这句话。"

因礼萨汗及其子的现代化计划，产生了大量离乡背井的次无产阶级，他们打倒君主政体并建立了一个新国家，这个国家的祭坛正是以有着体育馆灯光和机织地毯的候赛因纪念圣祠，来代替最后一任伊朗国王那布满饰金家具和手工丝绸的"白宫"。神圣斗篷外的那只手被用来取代孔雀皇冠。就像土耳其，波斯的未来将是波斯的一个蓝领阶级变体，有关它的诗集正放在我的背包里。21世纪不仅提早来到伊朗高原——先于其他近东的伊斯兰地区——而且还挟带着激烈的后坐力。

20世纪90年代，伊朗的风景终于停止动摇，新的平衡于焉出现。德黑兰大楼和街灯上挂着白布条，上面用血红色、波斯独特的斜体阿拉伯字写着的，不是"大撒旦"美国，而是每个伊朗家庭只能有两个孩子，以降低每年3.49%的人口增长率，因为这个成长速度将使20年后的伊朗人口再度翻一番。现在堕胎是可行的，而伊朗工厂也生产避孕用品。在《德黑兰时报》(*The Teheran Times*) 封面文章为《粉碎西方永恒势力的迷思：尤其是美国的》("Shatter Myth of Everlasting Power of West: Especially that of the United States") 的那一期里，有一则广告"由美国人亲自教学的美语会话——电话请拨……"此外还有去往西欧和美国的机票和导游广告。德黑兰大学附近商店里最畅销的一本书就是《美国当代俚语》(*Contemporary American Slang*)。中央银行地下室里的皇冠珠宝和孔雀皇冠重新向大众开放展览，虽然一星期只有两天。伊朗国王以前的皇宫也开放参观，没有一丝革命宣传来干扰展览。伊朗人在邻近的皇家花园闲逛，欣赏玫瑰和夜莺。伊朗一直是一块有着强烈反差的土地。传统波斯丰富多样的颜色，现在与政治化伊斯兰教的黑白色混合在一起。神圣斗篷的五根手指仍继续居于统治地位吗？或者也被推翻了？有哪些新势力正要出现？前面会有新的动乱吗？

第十一章 市集国

"我一想起那天，真是全身发烫。我已经准备好要牺牲了，如果在保护伊玛目时有必要的话。群众摇晃车子三次，几乎要把它举在半空中了——一次在德黑兰大学，一次在德黑兰南部，另一次在墓地里。但当时我只关心伊玛目，早已把自己的生命置之度外。而伊玛目从未显露出害怕或其他任何情绪。"

1979年2月1日，是瑞佛戴斯特一生中最重要的日子。这一天也是霍梅尼从巴黎搭飞机返回伊朗的日子，他已经被两周前，也就是1月16日，退位的国王流放海外15年了。从机场到德黑兰市中心的路上，百万崇拜者夹道成列。瑞佛戴斯特把车停在飞机侧面附近；他是霍梅尼的司机，也是霍梅尼个人安全小组的负责人。

"那是哪一种车呢？"我问。

瑞佛戴斯特的眼睛放出光芒，他的脸因自鸣得意的笑而爆开来。"雪佛兰开拓者，"他继续回忆那个重大的日子：

"我开车时，一个受压迫的南德黑兰人打破车门，大叫着辱骂伊朗国王的话语给伊玛目听。而当我正要严厉处理这个叫嚣的人时，伊玛目说：'慢慢开，让他表达他的感受。'你看伊玛目对待人们多么温和！

"群众包围住整辆车,我们移动时,他们不住地触碰并紧贴着车子不放。我感觉到车子轻微地晃动,觉得辗过了某个人的脚,伊玛目让我停下车来,查知受伤者的姓名并安排补偿。但是那个被我辗伤的老人说:'我应该要付多少代价来接受被伊玛目车子辗过的荣誉呢?'

"回到德黑兰的第一晚,伊玛目睡在学校;然后再移居候赛因纪念圣祠。我记得群众当晚观看伊玛目祷告的情景:无数只眼睛望着他,但他就好像没人在那里一样。没有任何东西影响他。"瑞佛戴斯特以一种非常钦佩的态度述说着,他点点头,并且不容置疑地瞪视着我。

瑞佛戴斯特真是个不折不扣的保镖。他的活力与野心,通过他结实、稍矮的体格体现出来,唯一美中不足的是他凸出的肚子。他坐在椅子边,每次一讲到重点,就会轻拍着脚,用拳头打他的大腿。他蓄有灰白的短胡髭,以及同色的稀疏直发;而对现在才五十多岁的他来说,这是逐渐退化的征兆。他的外貌轮廓像猿猴般平板而不深刻,也正因为这样,他看起来更加威严而不是丑陋。他那小小的、甲壳动物般的眼睛透露出一种爱开玩笑的危险性。

瑞佛戴斯特介于优雅与粗俗间。他打了一条领带,可能会被误认为是夜总会的保镖,而非霍梅尼的贴身侍卫。他穿着名牌衬衫、剪裁讲究的黑色运动夹克,以及灰色宽松长裤。他的胡子修剪得很整齐,但他没有穿袜子,脚上穿一双橡胶做的海滩夹脚拖鞋:那种高质量、具有吸引力的样式,像是高级邮购目录上卖的。他为穿拖鞋对我致歉:"我忘了有客人要来,穿拖鞋活动更自在些。"

我走进他的办公室时,瑞佛戴斯特正斜靠在椅子里,脚放在桌上,在电脑上工作。堆积如山的笔记和文件摆满了整张桌子,桌上有一副阅读用的眼镜——有着流行的镜框。伊朗,在某个程度上像土耳其,比较不像非洲及尼罗河谷,相较于前者,它代表更活跃且气候较冷的地区。在这里,政府机关真的在办公,而不是在展示低级的官僚政治力量;在伊朗,被发现真的在办公并不是一件丢脸的事。按照伊朗人的标准,这是一张令人印象深刻的办公桌,也是一间令人印象深刻的办公室,有着橄榄灰的椅子及索尼牌电视机。

瑞佛戴斯特绝对是吃这行饭的人,同时他也是一个在这份工作中非常具有能动性的人,他的电脑和拳头一样难缠。如同瑞佛戴斯特的橡胶拖鞋所显示的,他的工作开始的时候,也就是他的流行意识结束的时候。他不只是霍梅尼的首席保镖,还协助创建了伊朗革命卫队(Revolutionary Guards)。瑞佛戴斯特现在掌控的受压迫者基金会(Bonyad Mostazafin)①,是伊朗最大的控股公司。它是通过没收伊朗国王家族的钱建立起来的,由 800 家不同的公司组成。一个伊朗人,一个非瑞佛戴斯特迷,称这个机构为"历史上最大的联合企业"。瑞佛戴斯特的身价足以用千万或亿万计。

当我走进他的办公室,他将手伸给我,有如伸给群众一样。他身上几乎不带谦卑,他了解自己的重要性。

瑞佛戴斯特如何在霍梅尼回来伊朗的那天驾驶雪佛兰,如何掌控伊朗国王可观的财产,以及如何将那些财产转换为一个更大的金融帝国,是属于社会经济阶层的问题。瑞佛戴斯特是一个市

---

① 原文疑有误,应为 Bonyad Mostazafan。——编者注

集人（bazaari），就是这个阶层引发伊朗革命的。

市集人就是在巴扎（bazzar）里工作的人，巴扎是波斯语中"市场"的意思。在整个伊斯兰北非与近东，西方人可用这个词与同表市集的阿拉伯词"souk"互换。而巴扎，通常是游客首先会去的地方，他们购买纪念品，并使自己迷失在蜿蜒巷道里的成排商店中。像在突尼斯和耶路撒冷的商店，有时会搭建在美丽如画的拱廊下。对游客而言，这样的传统市集唤醒了"传说中"东方陈腐不变的奥秘。虽然在狭小市集工厂里的工人与大市场的放贷者截然不同，但不管是工厂里的工人，还是放贷者，都是"市集人"，因为两者都涉及或接近传统形态的小型商业，都围绕着市集以及它的伊斯兰文化。尽管西方货物在市集里贩卖，市集人也卖纪念品给西方的游客，并对着他们的相机微笑，但西化——超级市场、百货公司、机器制商品，以及大型银行——威胁着市集人的生计，因此相机前的微笑，通常是靠不住的。

市集人身为备受威胁的阶层，倾向存在于一个不协调的现代化社会中；这个社会中的市集，正处于《天方夜谭》的世界与郊区大规模购物中心之间的某个过渡期。

穆斯林兄弟会在埃及是受到市集人强力支持的。组成这个半成型、"勉强受过教育"的阶级的，是一些农民出身、受过大学教育的人，他们对位于近东的亲西方政权而言非常危险；同样地，市集人受过教育的儿子——比农民出身的人的社会地位稍稍高一些——通常领导这些"勉强受过教育"者，努力去瓦解既有的秩序：就像我曾在埃及遇到的穆斯林兄弟会一样。

20世纪末的近东，是一个处于巨大的社会动乱与经济变迁中的地区，是一个很重要的地区，因为在此地，市集人是一种伊斯兰的小资产阶级。"市集人有的种族偏见最严重，他们和外国人交涉，但只看在钱的份上。他们反对巴哈伊教派②和百事可乐世代的宗教人员传统联盟。"这是一个伊朗朋友所观察到的。"瑞佛戴斯特，"另一个伊朗人解释，"绝对是一个彻头彻尾的市集人。"街上一个男孩在他父亲的水果摊上用便条纸学数学。霍梅尼时期的伊朗，毛拉与市集商人间的紧密联系，使一个聪明的保镖，如瑞佛戴斯特，有机会变成一个资本家。

真正区分伊朗市集人与伊斯兰世界里其他快速改变的社会的，是他们和高阶宗教人员［或称为乌里玛（ulama）］的紧密联系。这种关系始于19世纪，是在恺加王朝统治下逐渐发展出来的。基迪在《革命的根源》里写道：

> 乌里玛和市集人通常来自同一个家庭；许多乌里玛的主要收入全来自市集人的税收；工会通常举行宗教仪式或半宗教仪式，仪式里都需要乌里玛的宗教服务；同时，信仰与宗教戒律在于市集立场与市集领导的指示（甚至在今天，市集里值得尊敬的店主，通常被称呼为"哈只"，即去麦加朝圣过的穆斯林的头衔，不论讲话者知不知道对方是否真的有过一趟朝圣之旅，来为这个称呼的形式提供充分的理由）。通过学习成为一个乌里玛，是往上流社会移动与得到更多尊敬的门径，而非成为恺加朝臣的途径。

---

② 巴哈伊教派曾被宗教政权严重迫害，视他们为叛教者，并且认为不值得给他们正式的官方地位。巴哈伊教派是什叶派的分支。有趣的是，它于19世纪伊朗在西方工业化的早期冲击下兴起，因而特别被那些自认为受西方威胁的伊朗人所憎恨。

但是正如一个伊朗人所观察到的,因为市集人是生意人,"他对宗教的观念与宗教人员不一样。市集人会愿意为了财物而降低宗教标准"。

"能否描述一个典型的市集人?"我问一个长期居住在德黑兰、会说波斯语的外国居民。他说:

> 市集人很胖,手掌和手指像烤肉一样,手指上戴着金戒指;坐在自己的店里啜饮着茶。他做生意;他赚很多钱,并且一天祷告好几次;他晚上回到一间昂贵的、没有任何品味的大房子里,里头住着被他奴役的老婆。

"是的,我是一个市集人,"一个在德黑兰市集的商人告诉我,"我买卖东西。"

"换句话说,你是个小偷。"一个坐他隔壁的人笑着插了一句。

"市集人会告诉自己:'我是真主的子民,我经常祷告,因此,如果我说一张地毯如何如何,我希望卖给你,值多少多少托曼(toman)③,这张地毯真的就值这个价,因为一个像我这样有宗教信仰的人是绝不会说谎的。'由于市集人是有宗教信仰的,所以他始终相信他是对的。"瓦希德(Vahid)解释道,他是德黑兰一个毛拉的儿子;这个毛拉稍后给了我另一个市集人行为的例子:"胡须这个词,在波斯语里可以是'羊毛'的意思。而市集人,当他抚摸着他的胡须时,他会对一个顾客描述这块待售的地毯,'是的,这是用非常好的羊毛做的'。"

---

③ 伊朗的货币单位。1托曼等于10里亚尔(rial,伊朗的银币单位)。

瑞佛戴斯特生长的市集是一个不协调的现代化社会典型，这在大部分近东地区是很常见的。这是一个有波状铁屋顶、砖拱门以及玻璃板的迷宫世界，在德黑兰南部穷苦的工人阶级里，它缺乏任何美的迹象——除了位于中央位置的18世纪霍梅尼伊玛目清真寺（也就是以前的国王清真寺）——堆满了各式商品，从罩袍和地毯，到茶壶、锅子，从收音机、电视机，到美国糖果条。

瑞佛戴斯特不只是一个市集人，还是一个广场人（meydani，意为广场里或市集里的人）。广场人通常在蔬果市场工作，不像那些在市集里卖昂贵地毯或电器商品的店家会与西方或西方人的伙伴有商业联系，他们很少或不曾和西方人打交道。瑞佛戴斯特虽然不西化，但也不是不谙世事：他的大家族成员中也有不少医生与工程师。瑞佛戴斯特的哥哥经营另一个大型革命机构，是用没收来的伊朗国王的钱建立的。瑞佛戴斯特的儿子则正在学习成为一个神职人员。

"我出生在德黑兰南部市集附近，一个和伊玛目关系良好的虔诚宗教家庭。我很支持伊玛目。我是个独立奋斗的人。1953年，我13岁，因为支持摩萨台（Mosadeq）的活动被高中开除，因而无法进大学。反伊朗国王的想法来自我的家庭……1976年我就因政治原因入狱。1978年，革命前四个月，人民攻占监狱时，我被放了出来（作为一系列将伊朗国王垮台推入高潮的示威的一部分）。离开监狱后，我马上成为那些反政权民众的一个联络点，也是分配来自巴黎④的伊玛目法令的联络点。同时，我还帮助人们躲避伊朗国王的警察。

---

④ 1978年，在伊朗国王向伊拉克政府施压后，霍梅尼的流亡地从伊拉克纳杰夫变成了巴黎。

"伊玛目一开始决定返回伊朗时(伊朗国王退位前),革命会议就组织了起来。我担任后勤工作以及伊玛目的私人护卫。那是在我决定自己来为伊玛目开车的时候……

"伊玛目回来后,很快,我成了伊朗革命卫队的部长。市警长、宪兵队队长还有我,和伊玛目举行会议。会议开始,门口有骚动,我出去看。有一个拿了一袋扁桃的老人说,他有信息要给伊玛目。'什么信息?'我问他。他说他要将扁桃仁当成礼物送给伊玛目。我把这些经过讲给伊玛目听,伊玛目要我们三个离开:伊玛目现在太累了,以至于无法讨论安全防护的问题。相反,伊玛目只要见这个老人。你自己评判伊玛目有多么仁慈啊!"他说着,拍打自己的大腿,并对我点点头。

"你知道就伊斯兰所能允许的律法而言,现在伊朗人是完全自由的。他们有经济自由与社会正义。我从这个机构拿钱疏散了贫民区和棚户区,但还是有一些外来因素想要毁坏我们的民主制度。"他的话突然变得有点儿扫兴。我想起莫利阿在《伊斯法罕的哈只巴巴》里对一个假装虔诚的伊朗人的描述——"下垂的眼睛,伪善的嘴角……"但我同时也想起常驻华盛顿的分析员告诉我的:

> 瑞佛戴斯特是一个新时代的市集人,他少有祖先那种可弥补缺点的美德。他是一个流氓商人——一个邪恶的、无根的重要垄断者。

我向瑞佛戴斯特询问受压迫者基金会的财务状况。

"穆尼耶(基金会)由7个独立的机构所组成,分成800家不同的公司。活动业务包括采矿、住房建设、运输、酒店以及旅游业。1993年,我们创造了2500万亿里亚尔的利润",在自由市场里可以兑换约1亿美元。"我们利润中的第一部分用于伊朗国王的受害者,以及与伊拉克8年战争中的伤员身上。其次则会用于穷困地区的高中、公众健康诊疗,以及为50万名贫困学生买衣服……然后才是用来再投资。我们有15个关于贫困与偏远地区的建设新策略。"

基金会对穷困及战争伤员的承诺,我深信不疑。一个经过手术截肢的人操控电梯把我送到瑞佛戴斯特的办公室,而他是我所见在那里工作的人中唯一有残疾的年轻人。当我提到这个观察时,瑞佛戴斯特很高兴。"你看我对于要帮助那些战争中的伤员是多么坚定!"

但受压迫者基金会身为6500万人口的产油国家里最大的控股公司,拥有庞大的不动产、现金以及其他资产。这是一个"国中之国",身处其中无法确定到底发生了什么。我和瑞佛戴斯特碰面的地方正是基金会总部,它包括三座由闪亮的白石所建造的大楼:其中一栋有16层楼高;另外两栋则有10层楼高。进入这座复合建筑之前,必须通过两个检查站,其中一个有警卫室和车辆栏障。这比我在德黑兰所见过的任何政府机关还要令人印象深刻。

与其说市集填补了革命后社会的空白,不如说它是社会特色。20世纪90年代中期,对抗革命遗留下来的权力中心体制——作为伊朗国王一人统治的不义之行的一种反映——变弱了。"我们正目睹伊朗权力的崩解,"一个议员告诉我,"一切都乱糟糟的。为了每一个小小的措施,就必须花上几天或几个星期讨价还价,才能达成协议。"(比如说,在1000万人口的首都地区,有150万辆汽车,而且每年增加15万辆汽车;德黑兰空气中的铅含量

第十一章 市集国

高于世界卫生组织标准的 10 倍以上。而减轻交通流量,意味着要在这个油产丰富的国家里提高油价;这个地方 1 升汽车燃料的价格约等于 3 美分,真是比水还便宜。但是一项针对小幅提高燃油价格的方案,过去几个月里在议会争执到近乎破灭。)

与此同时,如果这个政权垮台的话,没有一件事或一个人能出来使政治稳定。而这个在伊朗国王前有过一段动乱历史之后所建立的君主政体,已不足采信了。军队据说已经有些分裂了。至于民主,也许已经存在:关于燃料价格的争吵即为见证。自由选举出来的议会是抨击政权的舞台,许多波斯语报纸也是如此。事实上,激进派毛拉及安全部门的结合会失败,让位于议会和总统内阁。像这样的发展有助于增进人权地位,但考虑到 270 人组成的议会中存在着胶着的党派之争,这不可能带来稳定。而如果在短期内发生了相反的事呢?如果在哈梅内伊统治下的毛拉权力增强,那么市集人与他们行事方法的影响力也会增强。没有一个像 70 年代的霍梅尼这样具有号召力的人物,在政坛上引领。这种状况让人想起第一次世界大战后,礼萨汗走出军队的保护,在这个国家发号施令的时期。只不过现在领袖人物需要控制的人口已经由当时的 1000 万增加到 6000 万。

这可能是常态吗?与瑞佛戴斯特相处时,我犹豫地想着。

身为一个市集人,瑞佛戴斯特若不能权宜得法,灵活自如,他就什么都不是了。"美国与伊朗间关系的破裂注定要完结吗?"我问他。在近东,像这类的问题从来没有得到过直接的答案。一如往常,他迂回的答复非常有趣。

"美国无法原谅我们占领了美国大使馆。这是真的,学生们闯入你们大使馆,违反了所有的国际法则。但他们会这么做,是因为你们的外交官涉及一项反对霍梅尼伊玛目的军事行动。学生们发现的文件证实了这一点。如果伊玛目要支持我们的年轻人，他轻易就可以杀了这些外交官，毕竟，伊朗国王杀了数千人，但是伊玛目机智地处理了这些学生。最后，没有流一滴血。伊玛目在安排释放的这段时间内，危机的气氛渐浓，美国通过操纵这种气氛来增加它在这个地区的影响力。你的政府应该要感谢我们。

"我们也可以非常轻易地举证，美国和以色列串通伊拉克，在1980年帮助它侵略我国领土，因而打响了一场八年战争。

"美国的外交政策是以优越为基础。克林顿（总统）邀请爱尔兰共和军（Irish Republican Army，简称"IRA"）官员赴美时，他说现在我们帮助爱尔兰共和军。多么假惺惺啊！同时，因为美国还是将一切都归罪于我们头上，所以他们阻止我们去解决我们自己的经济问题。我们对你们只有两个要求，满足了这两个要求之后，我们两国间任何事都可以很美好——一，让出我们的资产与冻结的钱；二，公开宣告不再涉入我们的国内事务。"

"就这些？"我问他。

他坚定地点点头。

这两个请求事实上是相互关联的，因为从对话的来龙去脉我理解到，第二个要求突出了伊朗人对过去外国人的干涉十分敏感，舍此以外，它还是一个隐藏的请求：希望美国别再对欧洲人施压，让他们不再拒绝伊朗的长期贷款。总之，伊朗需要钱。

第十二章　库姆最后的颤抖

德黑兰似乎是个永无止尽的城市。接近南方尽头是绵延数千米的水泥公寓和廉价的办公大楼，就像笼罩在污染热气中的一排排墓碑。空气像充斥着沉淀物般沉重，有如刚爆炸完的砂石场。埃及和土耳其城市的郊区，也没有好看多少。就其越来越多的人口而言，这样的地方如今不仅是家，还是彩虹的末端：离开棚户区以锌片盖顶的陋屋的最后一步。离这些筑房计划区不远的候赛因纪念圣祠，是霍梅尼的安息处，那地区本身就是这种新居所的样品。我正朝着新美学的熔炉前进，那就是库姆（Qom），霍梅尼出身的神圣什叶派城市。

我终于走完最后一栋墓碑似的公寓建筑。接着，在经过一段短暂、贫瘠的路程后，我看到了霍梅尼陵墓的黄金穹顶。接下来的两个小时里，什么都没有，只有伊朗高原令人敬畏的虚无。

一开始是崎岖干硬的硫磺色平原，层层堆积起破裂沙岩堆和角楼形状的岩层。沙岩变成松散、带点棕色的灰尘，和矿渣凌乱地堆在一起，接着是荒凉、石棉灰色的火山高地，上面撒着白盐沉积物。这景致很快就被绿色的地层凸出部分，以及偏僻的红陶色山脉所取代。而这一切都是阴郁寂静的盐碱地的序幕：盐碱地呈现出毫无特色、无边无际的干旱，在此所有的透视法全丧失了。那是个抽象、几乎是二维空间的景致，没有焦点，只能增加过路人对贫瘠的幻想。

"越过一座山脊，是另一处山谷展现在眼前，山谷里棕、绿色混合的地带延伸到南方尽头，在东方这意味着前方有一座大城市。"这是寇松勋爵在100年前描写的库姆附近的风景。然而现在库姆的周围，只是无计划的都市扩展，以及与工厂一起出现的单调现代化景象。现在这个城市从略高于原来河流位置的冲积平原和盐碱地开始，首先是一大片以切石场为主的工业区；然后是一个凌乱的格状结构，由石头与棕色砖建成的正方形房屋所组成。路旁街道挤满了旧汽车、喧闹的摩托车；丰田轻型小货车排着废气驶入已然因灰尘和其他废弃物而显得沉重的空气里。在空气污染的薄雾中隐约出现一个穹顶，如此壮观的金黄色使它的边缘呈现黑色。根据寇松勋爵的说法，它是由"古怪荒瘠"的火山所衬托出来的。

由于周围工业丑陋的衬托，穹顶显得神圣而不真实。一氧化碳的烟吸取城市边缘垃圾场多余的空气，使寇松勋爵称之为"神圣的库姆之尘"的景致，显得更简朴且令人无法忍受。1994年我开车进入库姆，看到毛拉极端的愤怒反映在他们社会上所发生的各项事物上，也在风景中表露无遗。伊朗现代化不但没有降低人们对宗教的诉求，反而增加了。因为科学的西方国家制造出的废气，穹顶到底美丽了多少，脱俗了多少？

库姆是法蒂玛安眠的所在，法蒂玛是第八位什叶派伊玛目礼萨的妹妹。9世纪之后，法蒂玛的墓园成了一个受欢迎的朝圣地点，甚至在14世纪末讲突厥语的蒙古人帖木儿（Tamerlane）从撒马尔罕（Samarkand）南下洗劫这城市之后，人潮仍然未减。围绕着法蒂玛陵墓的神龛，由萨非国王阿巴斯一世（Abbas I）[①]在17世纪初建造，并且由他的继承人扩建。他们急切地想要提供一个可与美索不达米亚的纳杰夫和卡尔巴拉的什叶派朝圣中心分庭抗礼的朝圣地；后两者当时都在奥斯曼帝国的占领下。也许是因为库姆位于伊朗中心，靠近德黑兰，并且是很多重要道路汇集之处，所以库姆发展为对什叶派人士来说比马什哈德更重要的中心城市。马什哈德是礼萨伊玛目埋葬的地方，坐落于遥远的伊朗东北部地区。

萨非统治时期之后的几个世纪，什叶派教士的政治势力逐渐扩张，库姆可以算是伊朗的第二首都，也是圣人在激怒政府的俗家统治者时的避难所。在《伊斯法罕的哈只巴巴》中，有一位托钵僧劝告正逃避官方追赶的哈只："你一定要去库姆……你一到那里就立即进入法蒂玛陵墓的神殿里，那么就会……安全，即使是为了逃避伊朗国王的势力。"在萨非王朝的统治下，什叶派伊斯兰教变成了波斯的国教，萨非王朝和恺加王朝的多位国王都希望被埋葬在库姆，于是这又为库姆增添了特殊的气氛。库姆，套用寇松勋爵的话，是"波斯的威斯敏斯特大教堂"。

"每个人都对库姆引领而望……每当有不快乐和危机发生时，人们总会聆听来自库姆的第一个信号。而库姆正咚咚作响。"卡普钦斯基在《伊朗国王中的伊朗国王》中写道。

那一年是1963年。已经六十多岁的阿亚图拉·霍梅尼，控告礼萨·巴列维国王将伊朗卖给西方。"国王一定要废除！"霍

[①] 阿巴斯一世（1571—1629），波斯国王。他从乌兹别克人、土耳其人和莫卧儿大帝手中收复失地，他统治的期间是波斯艺术成就的一个高峰。——译者注

梅尼宣称。整个伊朗都爆发了示威活动。伊朗国王的军队造成数百名抗议者的死伤。次年霍梅尼被放逐，首先逃到土耳其，再到伊拉克的纳杰夫，最后到巴黎，然后在1979年回到伊朗建立了一个伊斯兰教国家。事实上，库姆的精神从那时起就一直统治着伊朗。

拿库姆来和德黑兰比较，我开始发现，这城市的气氛不同于伊朗其他地方，正如我后来拿它与伊斯法罕和设拉子比较一样。但是，我能辨识库姆。我曾去过近东其他地方的圣城，它们没有库姆那么风格强烈：突尼斯的凯鲁万（Kairouan）、美索不达米亚（伊拉克）的纳杰夫和卡尔巴拉，以及以色列的耶路撒冷和希伯伦。前《纽约时报》通讯员C. L.苏兹贝格（C. L. Sulzberger）谈及耶路撒冷时这样说："尽管这里这么美……你仍然可以明显看见仇恨从它玫瑰石的山顶上升起，就像你能清晰地看见神秘的热情在托莱多（Toledo）的格列柯（El Greco）[②]画作中升起一样。"

虽然这种沉痛是每个圣地的特色——无论是南斯拉夫塞尔维亚南部的东正教修道院，还是印度恒河流域的印度教庙宇——但是，心境与自然风景之间的关系在近东沙漠更为明显；沙漠里尘土的无所不在，以及水与绿叶的匮乏，恰好与人们的简朴和自愿负担的痛苦交互呈现。库姆不像我去过的其他伊朗城市，我很少看到绿叶、水道，简言之，很少以波斯人向来擅长的方式来增加都市风景的效果。库姆与里海之间隔着约3000米高的厄尔布鲁士山脉，无疑是个沙漠城市。库姆也拥有狄更斯笔下上埃及工业都市艾斯尤特的特质。

[②] 托莱多多为西班牙新卡斯蒂利亚地区托莱多省省会；格列柯，原名D.特奥托科波洛斯（D. Theotokopoulos），久居西班牙的希腊画家。——译者注

第十二章 库姆最后的颤抖

寇松勋爵写道,库姆"非常卫道和迷信。没有任何犹太人和拜火教徒(Parsis)居住在这里;而英国女士……通常认为在公共场合戴面纱是很审慎的做法"。的确,在库姆,罩袍装束让我觉得比其他城市更自然,它遮住了那些戒绝口红、香水和时髦服饰的害羞而古板的女人的身体;她们不像德黑兰和其他城市的女人,罩袍只用来装装样子,或当作化装舞会上的必备服装。库姆的妇女倾向于团体行动,不像伊朗其他城市的女人。

莫利阿在《伊斯法罕的哈只巴巴》中写道,在库姆,如果人们"认为你是个苏非信徒……他们会把你撕成碎片,然后觉得很满足,因为他们已经在通往天堂的公路上往前迈进一站了"。而寇松勋爵说,库姆"是个偶然有一个火花,可能就会被煽动成一场可憎火焰的地方"。

但是这在1979年已经发生了,而且从那之后,库姆对伊朗其他地方的影响也逐渐减小。就库姆超过50万居民的人口、距离德黑兰只有两小时车程而言,它比我期待中的显得更小、更安静、更像乡下。

突然,我听到一声响亮的鼓声。在两旁栽植尤加利树的大道上正举行一场游行,前面带队的人都包着头巾、披着斗篷,并蓄着邋遢的胡子。几十名严肃的男子挤在一起,他们的手放在心脏的位置上。其中有两个人在哭。有一名青少年提着一个扩音器,好让群众听见毛拉讲话。

"葬礼游行。"一名路人告诉我。

"谁的?"我问。

"穆罕默德·贾瓦德(Mohammed Gawad)的。"

"他是谁?"我又问。

"第九任伊玛目。"他死于一千多年前。

绝望的表情看起来不像是假装的，悲伤之情是真的。这就是力量，他们的信仰如此强烈，以至于对一个死了一千多年的人所怀的情绪，就像对昨天刚死的弟兄一样。

群众祷告时，我才发现这是我在伊朗看到的第一场公开祷告。甚至在霍梅尼的墓园，虽然有人在绕圈子，有些还挺恭敬的，但是很多人不是真的在祷告。我在德黑兰时没看见过人潮涌入清真寺，其他城市也没有，只有库姆是唯一的例外。部分原因是什叶派倾向于私下祷告。在我所住过的每一家伊朗酒店里，我注意到都有一个指向麦加方向的饰板，以及祷告毯和祷告时用来让头能磕到地面上的石头等物。但是，似乎还是有些不对劲。尼罗河谷向来是充满了虔诚信仰和拥挤的祷告群众的，安纳托利亚也有少数地区是如此。尽管有库姆，但伊朗对我而言，似乎完全不像一个宗教国家。

有一位能讲流利波斯语的前美国情报员，同时也是国务院官员的人，他于20世纪70年代在伊朗的美国和平队里服务，他使用类似的语言来解释这种现象，现在我把它转述如下：

> 伊朗将宗教有效地组织成政治行动的情况，其严重程度是我在其他伊斯兰国家不曾见过的。然而，在另一方面,伊朗人并不疯狂。这就是何以当革命热潮消退时(20世纪80年代中期)，很多伊朗人不再上公共清真寺了。

虔诚信仰的缺乏，有助于解释何以伊朗家中禁酒的程度比沙特阿拉伯还低。沙特阿拉伯在清教徒主义的瓦哈比教徒(Wahabi)[③]

[③] 瓦哈比教派，伊斯兰教派别，开创者是瓦哈布（M. ibn Abd al-Wahhab）和沙特（M. ibn Saud），"瓦哈比"为"唯一神教徒"之意。——译者注

第十二章 库姆最后的颤抖

的统治下，该被禁止的就绝对被禁止。在伊朗，被禁止的如果是好的政见，就会被允许——也就是说，如果它能提供轻松的气氛，有助于引诱西方侨民带着他们的钱回来的话。

在库姆，我注意到当地人的外貌有很明显的阿拉伯特征。街上很多人都缺乏印欧波斯人的明显轮廓，反而带着沙漠闪米特人那种稍微夸张的曲线和较深的肤色。这里都讲波斯语，但即使是当地伊朗人，说话也常常带着阿拉伯语的词尾变化，这是长年阅读阿拉伯语《古兰经》的结果。事实上，库姆的人口中有大量的阿拉伯人，尤其是来自伊拉克和波斯湾其他地方的什叶派人士。在这里，什叶派和伊斯兰教构成了一个大帐篷，让里面的人们联合起来，这一点更甚于历史上著名的波斯概念。

我走近禁止非穆斯林入内的法蒂玛神殿。由于我深色的头发和肤色，门口的守卫并没有阻拦，他似乎没有特别警惕。内院实在令人失望，尽管有蓝色彩陶，却还是缺乏我后来在伊斯法罕所见的壮观之美，也没有我在70年代革命之前所造访的礼萨伊玛目墓地所带有的强烈神秘气氛。然而，库姆虽没有华丽建筑，却是伊斯兰革命的政治权力基地。在某种程度上，这是来自霍梅尼自己在其中学习和执教过的宗教研习会。

"在这个地球上，人类表现出很多不同种类的宗教崇拜仪式……"这名学生开始讲，他的双眼看起来就像点着的煤炭一样，不断朝着天空看。这个学生讲波斯语时，带有明显的、发音清楚的阿拉伯语词尾变化，全是发自喉间的塞音；在阿拉伯世界的旅行经验，让我辨认出这一点。我和一群研习会学生一起坐在可爱的内院里，周围有三层高的蓝色彩陶拱门，我们坐在地毯和一堆书当中，鸟鸣更衬托出周围的寂静。空气中有短暂的薄荷香，以及手指间流泻出念珠的啪啦声。在这所菲伊齐耶（充满良善之意）神学院（Faizieh School），霍梅尼也许坐在同一个地点讨论了好几年类似的议题。

这名学生的黑眼球往上转动，仿佛在感谢神将这样的热情和思维开放的想法放在他的口里。其他的学生点点头，仍旧保持沉默。这个讲话的学生有他自己的气质。他短而浓密的胡子与发丝完美地连在一起；咖啡色调的轮廓十分贵族气。他身材矮小，但很有肌肉，带有一股优越感：一个小大人。而且他在移动手时会迅速抬一下眼睛，仿佛正对着大群的观众布道，虽然我们都坐在地毯上，彼此只有一两米距离。他越过我直视前方，仿佛我一文不值。他继续说："我们学习的目标是了解（feqh），我们通过讨论（mobaheteh）来达到领悟。一个学生必须要能够让他的同伴看得出'我知道了，我了解了'。我们的探索范围非常广泛。"他摊开手掌从身体往上移。"我们研习演讲艺术、天文学、希腊哲学，甚至医学，因为我们阅读阿维森纳（Avicenna）[④]的作品。"阿维森纳是11世纪的波斯医生和哲学家。他给我看一本粗译的《国家与宗教》(Nations and Religions)，那是中世纪时期编撰的一本书，他说这本书是让学生用来考察其他信仰的优点与弱点。

"那历史呢？"我问。

"我们读伊本·赫勒敦（Ibn Khaldun）。"他说的是中古时的一位阿拉伯学者。他在1337年写下《历史绪论》(Muqaddimah)，是对历史的"导读"。我也读过《历史绪论》，或者应该说是只有459页的节略版。书中有一点知识我认为适合用在旅行中，用来

[④] 阿维森纳(980—1037)，阿拉伯语为伊本·西那(Ibn Sina)，伊斯兰哲学家和医师。——译者注

第十二章 库姆最后的颤抖

了解波斯和其他地方："过去和未来，比两滴水更相似。"赫勒敦对效忠宗亲（asabiya）的想法仍然与伊朗的政治有关。而这样的零碎数据是单独存在的，存在于一本书里，在20世纪与21世纪正要交替的当下，对西方人而言，这本书简直就像迷失在一团哲学抽象概念迷宫里的无聊格言集。

这场讨论让我想起奈保尔的《信徒的国度》(Among the Believers)：因为在"精神荒地"上的其他人，会继续创造出文明和人类物质进步的必要设施，所以虔诚的穆斯林可以自由地拒绝这种污秽的活动，将自己投入美丽的理想事物中。

开罗爱资哈尔大学（Al-Azhar University）的褐色庭院，是另一座在过分拥挤且受到污染的城市里的中世纪风格棱堡。那里就像库姆一样，学生拒绝现代世界里的工业烟雾，转而朝向腾空的黄金穹顶所象征的内在理想。当然，在伊朗和一些其他伊斯兰教国家，石油财富一直在助长这种舍弃，因为它提供稳定的收入，却不需要努力。库姆和伊斯兰世界其他地方的穆斯林，就像长时间休假的学者，浪费由石油所提供的宝贵历史时刻，去进行没有结果的探索和追问。

"我们研读的和1000年前一样多，"这名学生告诉我，"下课以后，我们分成几个像现在这样的小组，然后讨论所学。"似乎很美妙、很天真。因为像这样的方式，只会让政治和经济问题得不到解决，而专制暴政往往会填补这个空隙。

我去另一个研习会学生的家里，他是伊拉克的什叶派信徒，是脱离了萨达姆·侯赛因统治的难民。他的家就在路边，离法蒂玛神殿几条街的距离。有一个小厨房、一个立式浴室，还有两个房间；连接了地板和天花板的灰暗金属书架上摆满了宗教书籍，除了机织的地毯和靠垫，没有其他家具。他与另一名伊朗学生住在一起。

利用泡茶的时间，我踱步到书堆前，那是穆斯林的天堂。主人问了我一个问题："你对我们那么感兴趣，那你自己呢？你的宗教背景是什么？美国人可以是很多种教徒，我们听说了。"

"我是犹太人。"

他、他室友和我的翻译员瓦希德——他本身就是毛拉的儿子——全都保持沉默，但只维持了一会儿时间。那个伊朗室友问我，是不是所有的犹太人都是犹太复国运动者，以及我是否支持以色列对巴勒斯坦人的压迫。对于这些我以前在伊斯兰世界经常回避的问题，我给出了标准而圆融的回答。他们没有什么响应，相反，会话继续进行，没有任何明显的不安。我分辨不出这是否表示他们对我的礼貌，抑或是巴以议题在伊朗已经不再像近东其他地方那么热门了。稍晚在街上时，瓦希德对我说："鲍伯，你之前没有告诉我你是犹太人。你知道吗？伊朗人一直对犹太人很感兴趣。犹太人是非常古老的民族，我们认为古老的民族太聪明也太……"——他抬抬眉毛——"狡猾。"我怀疑这暗示着一种自我评论，影射伊朗人如何看待自己，因为他们也一样，是一个古老的民族。

我和瓦希德花了六个小时才从库姆到达伊斯法罕。在往南的路上，我们暂歇了一会儿，靠酸奶、樱桃、杏子和茶打发了一顿饭。接着，我们穿过另一片被灰烬掩埋的盐碱地和长长的峡谷内壁。

进入伊斯法罕后，我们在一家地毯店前停车。店中最美的手织丝绸地毯都来自库姆。那是我所见过最上乘的"库姆地毯"，我之所以看得出来，是因为它错综复杂的方格图案。在德黑兰，我从没有注意过它；在库姆，则很少看得到这种地毯，因为出售像这样昂贵地毯的市场多在较大和较富裕的城市里。带有青绿色、宝石红和石榴红等孔雀羽毛的颜色,令人惊艳。这些地毯只在库姆生产。我要如何解释这种真正的丝绸感官与该圣城和"圣尘"令人窒息的荒瘠之间的冲突呢?我转而求助于莫利阿在《伊斯法罕的哈只巴巴》中对毛拉纳丹(Mollah Nadan)的描述:

> 他(纳丹)继续谈论……他的斋戒、他的自惩和他的自我苦修……但是当我将他健康红润的脸、他肥胖而营养充足的身体,来与他宣称要遵守的养生法比较时,我安慰自己……他容许自己在法律的诠释上有较大的自由。也许我应该发现,这就像他所居住的房子,有公共和私人的厅堂,他自己的外表与世界的目的相匹配,而他的内在则着重于满足他自己和他的享受。

库姆也许一直是库姆:一座狭窄的、神圣的城市。但是在表面下,伊朗多面性格的其他面向则蠢蠢欲动地试图显露出来。对我而言,这就是地毯给予的暗示。

第十三章 波斯之心

在伊斯法罕的第一个晚上,我与瓦希德和一群来自德黑兰的伊朗人共进晚餐。坐我旁边的女士在政府部门上班,她是学英美文学的。她穿了一件黑色罩袍,所以她那对因化妆而突显出来的灵活眼睛,就成为我唯一能辨认的特色。我想知道她隐藏在黑色遮蔽物下的是什么。

她告诉我,她曾经狼吞虎咽地读着爱伦·坡的作品,并热切地描述《乌鸦》("The Raven")的美。她凭记忆引述《钟》("The Bells")里的一段诗。她说,丹尼尔·笛福(Daniel Defoe)是另一个她喜欢的作家。我们讨论《鲁滨孙漂流记》和《瘟疫年纪事》(A Journal of the Plague Year)。《鲁滨孙漂流记》是有关人类建造一个社会,而《瘟疫年纪事》却是探讨人类有没有能力保留住一个社会。这引起我们对道德和社会动乱的讨论。她提到亨利·米勒(Henry Miller)和田纳西·威廉斯(Tennessee Williams)。接着她提起《哈克贝利·芬历险记》(Huckleberry Finn):"马克·吐温非常擅长表现在社会架构与在社会的政治权力架构上普遍存在的讽刺和虚伪。他揭穿了社会上约定俗成的传统所具有的问题。"

然而,她很快就逃避到《了不起的盖茨比》(The Great Gatsby)里,赞美它对"在美国社会这个狗咬狗的世界里,所存在的暴力

第十三章 波斯之心

行为和敌对情绪"的描写。她继续说:"你怎么能够这么勇敢地住在你住的地方呢?你不害怕吗?华盛顿的犯罪统计结果这么可怕。在生命中、在工作中努力获得成就,最后却只落得被随意地谋杀的下场,我想不出有什么事情比这更可悲。也许我们在这里被宠坏了,被保护着。生活在伊朗就是这么安全而无虑。"

她充满热情的声音,和她黑色罩袍所展现出的神秘感,让我很困惑,并对美国给予伊朗这么大的错误印象感到挫败。这是事实,伊朗社会在某些方面比我自己的社会要文明得多了;在1994年的统计数字中,在这里成为暴力受害者的机率可能比美国低。但是我也为她感到遗憾:我想,与其说她试图说服我相信革命伊朗的社会优越性,不如说她是在试图说服自己。一个如此熟悉亨利·米勒的小说和田纳西·威廉斯戏剧的人,怎么会天真地认为,伊朗比美国更适合一个会思考的个体居住?

这个二十几岁的女性并非来自伊朗西化和政治无能的上层阶级,她的出身底层。后来我拜访了她在德黑兰中部的家,并认识了她的父母。她父母苦涩地向我抱怨,革命后的经济混乱如何让他们的存款贬值,以及他们能用来教育女儿和其他孩子的钱所剩无几。不满之情已经深植伊朗了。这个女子的父母比他们的孩子更无城府,也比这个女子更不愿欺骗他们自己和我。

我想起20世纪80年代中期保加利亚在西方受攻击,原因是它盲目地模仿苏联的外交政策,虽然只是在台面下。保加利亚的社会,远比南斯拉夫和罗马尼亚健康多了,然而后两者的政府在当时与西方的关系更好。东欧剧变时,保加利亚成为巴尔干诸岛中最亲美的国家,西方最爱的南斯拉夫却分崩离析,血流成河。我怀疑伊朗是否快要步保加利亚的后尘,而与传统朋友的友谊,如埃及和沙特阿拉伯,可能要在伊朗人努力兴起的动乱之下粉碎了。

晚餐在晚上十点左右结束。瓦希德和我还不累,所以两人决定往下走到流经伊斯法罕的扎因达鲁德河(Zayande Rud)。当天是伊朗新年(No Ruz)庆祝活动结束后的第13天,这条(如寇松勋爵所描述的)湍急河流的堤岸上,挤满了举家露营的人。[伊朗新年是拜火教(Zoroastrian)节日,在革命后第一年,阿訇曾劝阻庆祝活动但几乎从未获得过成功。事实上,在我前去旅行的那一年,回历上最大的节日古尔邦节(Id al Adha)在伊朗最少被庆祝,因为它紧跟着伊朗新年。][1]

由于13是个不吉利的数字,伊朗人认为这一天晚上睡在家里是不明智的,因此群众拿着地毯、毛毯和茶壶坐在河边。放眼望去,当晚宽广的河流两岸都可以看到点点火光。伊朗人喜欢火:这又是琐罗亚斯德(Zoroaster)[2]的另一项遗产。中世纪诗人菲尔多西在史诗《列王纪》中,称石头中引燃的第一场火为"神性之光"。一年中最后一个,亦即伊朗新年之前的星期三,被称为"玫瑰星期三",这一天他们跳火堆,并让孩童放鞭炮和小炸弹来庆祝。

无论我转向哪一边都会听到茶杯碰撞的声音。人潮实在太拥挤了,以至于我必须小心地避免踩到别人的地毯或毯子。小贩贩卖冰激凌和气球给孩子。人们以耳语安静交谈,仿佛在等待一架宇宙飞船降落在这只点了数百丛小火的漆黑广场上。走过萨非国王阿巴斯一世在1602年建造的三十三拱桥(Bridge of 33 Arches)时,我的耳际响起河水贯穿石头的声音。清新、潮湿的

---

① 伊朗的日报在标日期时,不仅根据回历,也根据拜火教月历。
② 琐罗亚斯德,拜火教创始人;拜火教又称祆教。——译者注

第十三章 波斯之心

微风掀动河水（这种从平原沙漠中得到的解放），并与桥上中世纪拱门里、茶馆中水烟袋飘送出来的烟草香混在一起。如果"神秘"这个词仍然具任何意义的话，那么它可以用来形容这天晚上的伊斯法罕。这个莫利阿小说里"伊斯法罕的哈只巴巴"的家乡，和我期望中的样子并无二致。

正如在德黑兰，我注意到有些年轻男女握着手，还有很多女人化妆、涂指甲油。波斯的感官性显然已经深植在人们的基因里了。

我们走了好几个小时，很有可能已经超过午夜了。"你看，"瓦希德说，"以库姆的标准，霍梅尼伊玛目是一个真正的自由改革家。伊玛目说下国际象棋和享受某些音乐都没关系。他让候赛因纪念圣祠荣光胜过了清真寺。这就是伊朗劳工阶级眼中的阿亚图拉·霍梅尼，不是西方国家眼中的激进分子……伊玛目达到了很好的平衡。我们需要伊斯兰教的指导，因为我们正受到来自西方的攻击。"难道瓦希德也像与我共进晚餐的那名女子，试图说服他自己去相信什么吗？

瓦希德看起来一点都没有革命气息。他有正常长度的胡子，而不是一般的三日长胡，而且穿着牛仔衬衫和牛仔裤。在伊斯兰共和国里，虽然领带被视为西方帝国主义的象征而遭受摒弃，牛仔裤却很流行（圣文森特在《孤独星球伊朗旅行指南》里建议带几条牛仔裤，但是不要带领带，即使我安排了正式的访谈，我还是照做，而后来事实也证明那是正确的忠告）。依逻辑推论，对领带的禁止应该会延伸到牛仔裤才对，但是就像在伊朗的伊斯兰教，本来被禁止的酒类却容许饮用一样，现实统治一切。牛仔裤对穷人和中产阶级都很实用，领带则不然。

瓦希德是两伊战争的退伍士兵，身为中尉的他在战场上指挥军队。虽然战争造成 100 万人伤亡，在阵地战中伊拉克人还使用毒气对付伊朗军队，但瓦希德在两年战争中毫发无伤地全身而退。然而退伍后不久，他就出车祸撞断了几根骨头。我曾见过伊朗司机以 128 千米的时速尾随装载瓦斯的卡车，所以瓦希德的故事并未让我感到意外。

瓦希德和太太住在德黑兰中部一间一室户的顶楼公寓，那里以前是贫民区。瓦希德的父亲是一位毛拉。然而，瓦希德就像我在库姆城外见到的任何一个伊朗人一样，似乎没有特别笃信宗教。我后来也去拜访他的公寓，里面陈设简陋，有地毯、靠垫和书籍。我一进门，他和他太太就立即开始和我讨论起伊朗和美国生活花费的差别。伊朗社会不断令我惊讶的是它的平凡和正常。瓦希德说："在这里，宗教正受到其他现实的影响，你等着看，罩袍会消失的。我们的反美姿态只是一种反对帝国主义的暂时反应。我们在 19 世纪也是这样反对英国和俄罗斯的。我的父亲是个毛拉，他说他宁可把热铅灌进耳朵里，也不听流行音乐。然而，即使如此，我们也慢慢地将音乐引进这个房子了。"

"伊斯法罕是半个世界。"东方夸张的修辞手法这样说。寇松勋爵观察到，在 17 世纪中期，萨非王朝声望如日中天时，伊斯法罕附近有 1500 个村庄，而这个城市本身周长则达 38 千米。城墙内有 162 座清真寺、273 间澡堂以及 1802 家商队旅馆。③据估计，在那个时代居民的人数曾达到 60 万人到 110 万人之多，相较于 1994 年伊斯法罕的 100 万人口而言，那实在是个相当高的数字。

---

③ 商队旅馆，在东方某些国家中，有大庭院可供沙漠行旅者过夜的地方。——译者注

第十三章 波斯之心

伊斯法罕似乎也没有过分拥挤和难以居住，因为它代表一个有几世纪历史的都市体，而在 19 世纪德黑兰成为民族－政治发展的焦点后，相对的，伊斯法罕的成长也最小。因为自从 1887 年起，德黑兰的人口，包括城市与偏僻村落约有 25 万人，到如今已经增长了 40 倍。

罗伯特·拜伦在《前往阿姆河之乡》里写道，伊斯法罕的谢赫·罗特福拉清真寺（Mosque of Sheikh Lutfullah）和星期五清真寺（Friday Mosque）是"波斯四大精致建筑"④中的两座。瓦希德和我前去参观这两座建筑。

诗人拜伦的远亲罗伯特·拜伦，在我来此的 60 年前造访过波斯，但是 1994 年春天，伊斯法罕的游客人数也没有比当时多多少。还是一样，伊斯兰革命及其后果，已经使伊朗成为西方人眼中一块未知的土地。除了一群身穿黑衣、出校远足的少女之外，整个谢赫·罗特福拉清真寺中，只有我一个人。

罗伯特在描述这个萨非王朝时期建筑内部的穹顶时写道：

> 以前我从未见识过这种壮丽。当我站在那里，我想起其他建筑的内部……凡尔赛宫，或是美泉宫（Schonbrunn）的瓷器间，或是威尼斯总督府（Doge's Palace），或是圣彼得大教堂。每个皇宫都很华丽，但没有一处像这里。那些宫殿的华丽是三维的，是由所有阴影效果所产生的。但谢赫·罗特福拉清真寺，其华丽……只是图案和色彩的华丽。建筑形式不重要……它只是景

---

④ 另外两座令罗伯特·拜伦难忘的建筑物就是马什哈德的高哈尔·沙德清真寺（Mosque of Gohar Shad），和我也打算去参观的伊朗东北部的卡布斯拱北塔（Gunbad-i Qabus）。

观的工具，就像土壤只是花园的工具一样。

事实上，瓷器上白色书法和海螺壳装饰将其蓝色渐层衬托得更为醒目，色彩融化成为一种美，美得令人酥麻，显得没有横宽，也没有纵深，因此像伊朗高原一样，失去了立体感。那是一种令人害怕的美，它以缺乏智慧和平衡感的形态表现权威。书法透露出过多的"文字"，使语言本身似乎失去了意义。在创造这圆顶的艺术价值，与应该对伊斯兰革命暴行负责的政治价值观之间，尽管单薄，也可能遥见其中的关联性。就文化对政治的胜利而言，这个穹顶有另外的寓意。

星期五清真寺也让我目瞪口呆。在这个寇松勋爵和罗伯特·拜伦走过的宽敞走廊和前厅里，瓦希德和我是仅有的客人。这座清真寺是在775年由阿拉伯的哈里发曼苏尔（Al Mansur）所创建，后来塞尔柱突厥人和萨非王朝时的波斯人对其进行修葺，并增加了新的东西上去。寇松勋爵认为其风格的多重性令人不快，我却认为它令人宽慰。就像在土耳其东部令我惊叹的伊沙克帕夏宫一样，伊斯法罕的星期五清真寺也显示了何以建筑上的天才之作，往往是文化融合的结果。罗伯特·拜伦这么说：

> 你不禁怀疑当时是在什么情况下引发这场天才之争的。难道是因为来自中亚的新（塞尔柱）心态加于旧（伊朗）高原文明之上，亦即出自波斯美学的游牧民族能量的创造吗？

虽然文化差异既基本又无法否认，但是这些宏伟建筑说明了文化（以及种族）的混合如何弥合了这种差异。至于城墙，我通过古阿拉伯字母表（Kufic），看到希腊风格尖锐的角度，融入阿拉伯主义的曲线中。蓝色、绿色的波斯地砖和壮观的塞尔柱砌砖，是如此地令人赞叹，让我差点错过一个涂饰灰泥、缀以藤蔓与花朵的壁龛。它精致得几乎足以成为所有建筑物的中心。我在一个满布灰尘的角落里坐了下来，在温煦的阳光下，仰身背靠着墙凝视着。幸福感（keyf）油然而生，仿佛喝了一杯美酒；而罗伯特就曾在这里享用过这样的酒，因为那时波斯正盛行用著名的设拉子葡萄酿酒。

的确，在大约 16 世纪末、17 世纪初，在阿巴斯国王宫廷接待处的大帐篷——四十柱宫（Chehel Sotun）里，今日的葡萄酒更显而易见，它出现在一系列用来为萨非宫廷增色的巨型画作里。画里戴着头巾的男人与穿着低胸洋装的丰满女人，正将长酒瓶里的红酒倒出。在伊斯兰革命时，当地政府用脚手架来遮盖这些画作，以防它们被激进的毛拉破坏。1991 年，当伊斯法罕人判断政治气氛已足够平静了，他们才拆掉脚手架。

我对伊斯法罕最深的印象，是从拥挤的现代街道上偷觑到的一个花园，它拥有一片清澈如镜的湖，四周围绕着柏树和美国梧桐。在鸟鸣啁啾的花园深处，有位毛拉正在讲授"道德纯净"的道理。外面街上是卖紧身西方服饰和音乐的商店，橱窗上还有米老鼠和史泰龙在《第一滴血》中的剧照。

瓦希德和我继续南行，朝着波斯波利斯的古代废墟和设拉子城的方向走。我们在一片沙漠中的绿洲停留喝茶，在海绿色的冰冷水道里冲洗眼镜，水道两岸种着杨树和美国梧桐。在这块令人窒息、满是灰尘的荒地里，植物和河流的清新气味是一种舒缓。这片绿洲的形成不完全是大自然的产物。就像伊朗高原的其他绿洲，是来自自古以来称为"坎儿井"（ghanats）的地下人造水道系统。据估计，到了20世纪90年代，还有五万条坎儿井在被使用。自从1979年的革命以来，伊朗的人口几乎翻了一番，这项古代水利系统遭遇了前所未有的压力。伊朗城市里呼吁夫妻不要生超过两个孩子的标语就是一个证明，证明了资源的严重匮乏，甚至已经迫使宗教极端主义的政府重新思考其对节育的反对。

当美国决策者还在专注于伊朗资助的恐怖主义时，我却已经感觉到伊朗现行政体的非法行为，是那些即将被淹没的众多问题之一——在20世纪末，各种文化对处理逐渐减少的资源的能力与无能，会导致更大的、构造上的影响，进而产生压力。如果毛拉和他们的继任者能在延缓伊朗人口的迅速增长上获得成功，那么地缘政治的将来，或许可以在某种程度上原谅伊朗目前的罪恶。[5]

"波斯波利斯伟大的遗迹创造了极大的民族自豪感……未来，我们的同胞将能够恢复传统（势力强大）的角色，并握着伊斯兰教的火炬，点燃其他民族的路。"拉夫桑贾尼总统在遗迹入口处的布告板前郑重地说。强硬派的至高统治者阿亚图拉·哈梅内伊所做的声明，也许更显露出毛拉与伊朗引以为傲——却是异教式——的关系演变史。这份声明也出现在波斯波利斯：

"这些毁灭显示出我们国家的势力，但也透露出一个国王的专制与残忍。"

---

[5] 在1994年的开罗人口会议上，伊朗代表最初反对计划生育的提议并未影响到国内积极推动的节育。在会议一开始，伊朗的反对完全是政治性的——毛拉使用的一种能让西方，尤其是美国头痛的方法。

第十三章 波斯之心

换句话说,从这里统治近东的居鲁士、大流士和薛西斯的阿契美尼德王朝(Achaemenid),为伊朗目前地缘政治上的革命野心提供了合理的基础,而波斯第一代王朝阿契美尼德王朝的残忍,则将推翻伊朗国王的运动合理化了。

前伊朗国王就是这种残忍的例子。从伊斯法罕通往设拉子的道路曾经直接穿越遗迹,然而,1971年,当时的伊朗国王为准备庆祝波斯君主政体成立2500年,将道路改道,并将一个遗迹旁的村庄强行疏散。原来村庄的位置改为栽植森林:如此伊朗国王和他的外国宾客就能在招待会上享受田园气氛。然而,这些家园被铲平的村民从未得到过补偿。

我走到伊朗国王过去点阅部队,而今已经锈裂的看台上,扫视淡黄色柱子和护堤壁巨大的结构。那里完全没有一点遮荫。我凝视着圣牛和猫、露齿的恶魔、有着椭圆眼睛的马车夫,以及拿着贡品的俘虏等浮雕。我审视一座雕刻的人像,那是一个蓄着胡子、手拿长矛的战士,站在一只马头、鸟翅、蝎尾,以及有巨形肉食动物的腿的直立动物旁边。另一个浮雕是一个半裸的出浴女子,她手上拿着香水和毛巾,看起来好像从石头里扭动着身体出来似的,栩栩如生。她的眼睛和这里很多石雕上的眼睛一样,展现出感官与残酷、美丽与空虚。在波斯波利斯,罗伯特·拜伦观察到:"(石头的)纯净对雕刻的影响,就好像阳光对一个假冒的大师的影响一样;它没有显露出人们所期待的天才,反而透露出令人难过的空虚……"罗伯特又补充,这里的浮雕"有艺术感,但不是原发性的艺术……没有被赋予思想与感情,反而被赋予了不具灵魂的精致……"我的印象是这个民族的自省能力赶不上它的野心——结果,历史上的伊朗人,常常会陷入困境,对全局失控。伊斯兰革命也不例外。

我意识到，当我专注于过去的大波斯王朝时，并没有受到以前的大西非帝国，比如马里和桑海国（Songhai）⑥的影响。但是对一个旅行者而言，看不到的东西是很难写的。那些位于撒哈拉沙漠的帝国，在我所旅行过的西非地区并没有什么存在感：西非沿岸以酋长统治的社会居多。此外，在撒哈拉以南的非洲，普遍的建筑材料是土块而不是石块，因此那些伟大文明遗留下来的古迹比较少，即使在较干燥的内陆也是如此。在西非大部分地区，随处可见环境恶化的情形；但在伊斯法罕、波斯波利斯和设拉子，则可以看到异教和伊斯兰教的建筑遗迹。

"我们波斯人相信哈菲兹可以预测未来，对于我们所有的问题，他都有解决方案。"毛拉的儿子瓦希德谈到这位14世纪的诗人。诗人写道：

> 红酒染红了苍白的高脚杯
> 苍白的脸颊染成醺醉的红……⑦

我一点儿都不惊讶。在《战争勇者之园》（*Garden of the Brave in War*）里，奥唐奈写道："最后，伊朗人聆听且敬重的声音不是来自扩音器，而是来自这些（诗人）。"我眼前的群众证明了他的论点。当时是落日时分，瓦希德和我刚从波斯波利斯来到设拉子，我们

---

⑥ 桑海国，其领土即原来马里帝国所统辖的地区。——译者注
⑦ 本书中所节选的哈菲兹诗句，皆由格特鲁德·贝尔（Gertrude Bell）翻译。这些诗句是经由《哈菲兹教义》[*The Teachings of Hafiz*，伦敦八角形出版公司出版（Octagon Press Ltd., London）] 同意节选的。

第十三章 波斯之心

立刻前往哈菲兹的墓地。每天黄昏，都会有大量的伊朗人手捧玫瑰排成单行走过这里。在德黑兰南部郊区霍梅尼的墓地上，我看见孩童们在玩抓人游戏或踢足球，但这里气氛如此恭敬，没有玩耍的气氛。通过扩音器，传来一个印度人轻柔弹奏的旋律，听起来模糊却带有催眠作用。不像库姆的鼓声，这里有的是慢舞的律动。人们排队轮流触摸刻有诗人诗句的大理石墓碑。坟墓坐落于小巧而优雅、有着石柱和瓷砖屋顶的八角亭榭下面：一切都在布满柳橙花丛并凌乱地堆着盆栽的花园之中。越过这些植物，可见到一连串点缀着熏衣草、香睡莲的石头壁龛，男男女女在这里吸水烟。镶缀这整个花园和墓园的是一排排高耸的柏树：自然的宣礼塔。瓦希德和我坐下来观看一群群伊朗人在墓旁摆姿势照相。鸣禽的叫声比任何一种沉静都平静。"在内心深处，我们是一个属于花、夜莺、火、蝴蝶和美酒的民族——那就是波斯纯正的精髓。"瓦希德说。我从背包里拿出莫利阿的《伊斯法罕的哈只巴巴》，翻到哈只与爱人在床上饮酒，背诵哈菲兹的诗文：

> 爱情与醇酒的双重魅力
> 从同一个甜美的泉源涌出：
> 我们该受责难？还是该哀怨？
> 在无限的热情涌起时。

我也想起贝尔翻译的哈菲兹的《诗颂集》(*Divan*)，我随意翻着书页，并读着：

> 从国王的花园里吹起春风，
> 郁金香举着大酒杯装着

天国之道的几滴美酒……⑧

贝尔在其翻译本的前言里写道:"优雅情歌的吟唱伴随着武力的冲突,而他(哈菲兹)的梦想一定也经常在受包围的城市里,一点一点地被饥荒所打断……"哈菲兹这个名字的意思就是"一个记得的人(记住《古兰经》)",是沙姆斯丁·穆罕默德(Shemsuddin Mohammed)的笔名。他放荡且纵情饮酒的行为震惊了当时的宗教人士。哈菲兹是在蒙古人征服这片土地之后出生的,并且经历过帖木儿侵略设拉子:一段与现今紧密相关的无政府混乱时期,伊朗才自血腥革命中恢复过来,又面临北方刚解放的突厥民族的威胁。帖木儿传唤哈菲兹时,他自我解嘲的机智使他幸免于这个征服者的愤怒。

帖木儿说:"汝正是那个胆敢以我的两大城——撒马尔罕和布哈拉——来交换你情妇脸颊上的痣的人吗?"

哈菲兹说:"是的,陛下。就是因为我的这种慷慨行为,致使自己陷入这种穷困,以至于我现在得恳求你的施舍。"

帖木儿的怒气消散,放了这位有天份的诗人。⑨

哈菲兹和鲁米——我曾在科尼亚见过后者的墓碑——一样,都是苏非神秘主义者。异国爱情和饮酒也经常被视为是在暗喻苏非教徒所渴望的神秘主义心态。苏非主义在伊朗高原就像在安纳托利亚高原上一样,柔化了伊斯兰教。然而也许是因为伊朗在历

---

⑧ 节录自《哈菲兹教义》(伦敦八角形出版公司出版)。
⑨ 这段帖木儿和哈菲兹的对话,节选自《大英百科全书》1910年版的"哈菲兹"条目,由19世纪英国东方学学者爱德华·亨利·帕尔默(Edward Henry Palmer)所写;帕尔默在1882年一次购买骆驼之行中在西奈(Sinai)遭杀害。

史上与西方自由思想的接触比土耳其少，所以对苏非派自由思想的反对，一直都集中在这里。"诅咒鲁米！"《伊斯法罕的哈只巴巴》里的库姆阿訇，在集会里这样高喊着。然而设拉子就像伊斯法罕一样，显然库姆并未支配伊朗。而在哈菲兹墓地数量惊人的群众——当革命在回忆中褪去后，群众逐渐增多——并不是这一点的唯一明证。

礼萨伊玛目的哥哥萨义德·米尔·艾哈迈德（Sayyed Mir Ahmad）死于835年，他的墓地在设拉子，在这个18世纪赞德王朝统治下日渐卓越的城市里，堪称伊斯兰教圣地中的圣地。库姆以其所有的阴暗简朴象征着伊斯兰教，然而，这座墓地和它的朝圣者则散发出苏非神秘主义以及突厥游牧民族异教迷信的气息。在这里我看到壮观的部落毛毡、彩色的石膏，以及泛蓝的玻璃镜子，反射出高瓦数电灯的光线，营造出成千上万颗珠宝和星星在穹苍中闪烁的景象。来自周围沙漠的部落成员，鱼贯而入并亲吻套在坟墓银笼上的两个组合锁。我看到一个蒙古人相貌的小伙子，蓄着少年人的胡子，头上长着一小撮稀疏的头发，露出担心的神情。他将一些伊朗钱币塞给一个戴着头巾，坐在众多地毯中，身旁放着一托盘书的圣人。这个圣人把钱放进口袋，闭上双眼，然后转向《古兰经》上的一页：接着他开始以带有鼻音却悦耳的嗡嗡声读这一页。小伙子很专心地听着。瓦希德解释，这是一种部落的迷信，类似算命。"你付钱给一个神秘主义者，他盲目地翻到《古兰经》任何一页。他选的这段文章应该会指引你解决你的问题。这名男孩显然有一个问题需要解决。在库姆，宗教权威反对这种做法（即使他们在'幕后'也这样做）。但是在设拉子是很普遍的事。"

有着机织地毯和足球场灯光的霍梅尼陵墓，代表着新蓝领阶级的波斯，有别于哈菲兹坟墓所代表的浪漫波斯。然而，排队等着要触摸哈菲兹坟墓的，既有穷人也有富人。哈菲兹显然已从伊斯兰革命中全身而退，然而当历史的波斯再现时，霍梅尼是否也能幸存呢？

第十四章　卡布斯塔

回到德黑兰之后，瓦希德不明白为什么我要越过厄尔布鲁士山到里海，顺利的话，再行驶一天半的路程，往东北进入土库曼斯坦大草原，仅仅为了看一个空的、没有任何漂亮瓷砖的砖塔。

在《孤独星球伊朗旅行指南》里，圣文森特将卡布斯拱北塔（或卡布斯塔）列为"词汇解释"之前的最后一个条目。他写道："整座塔保存得非常完美，以至于很难相信它建于近千年前。"罗伯特·拜伦声称，单单这座塔的照片，就吸引他在1933年到1934年间来到波斯。

越过厄尔布鲁士山，来到里海海岸边的亚热带绿地——伊朗沙漠现在只存在于记忆里——我们在毫无特点的萨里（Sari）停留过夜。隔天一大早，我们跳进车子，爬上强风吹拂的大草原，把苍郁葱翠的里海留在身后。气温降低了。虽然离新独立的土库曼斯坦的官方边界还有约88千米，但我意识到，这里才是真正的边境地带，而且可能终有一天，地图会反映出这个事实。在罗伯特·拜伦笔下，在这里"方位感、地标都消失了，就好像他们待在大西洋中的小艇上"，这里是地理学上的无人地带；而这之后，出现的将会是相貌较柔和、宽大的不同脸孔，而这让我想起中亚突厥民族的狂野。我已经见识过所有伊朗人最深、最古老的惧怕,那种莫利阿在《伊斯法罕的哈只巴巴》里诠释为"'土库曼人'这个名称所激起的忧虑,遍及整个波斯"的惧怕。哈只自己认为突厥人是"最可恶的异教徒,他们的胡须不配被扫入我们的垃圾箱里……"在《列王纪》一书中,菲尔多西回忆起一段古神话历史:

> 黄昏时平原上长长的阴影,
> 鞑靼军队赢得了胜仗;
> 这一天,很多波斯酋长阵亡了……

除了圣文森特的指南书外,近几年我所读过的有关伊朗的书,没有一本提及卡布斯塔。这座塔在我心里有一种泛黄的质感,只通过罗伯特·拜伦《前往阿姆河之乡》的书页而存在;而"伊斯兰革命"后,降临在伊朗的面纱则加深了它对我的吸引力。

依据罗伯特·拜伦的说法,从约30千米远的地方,就可以看见这座塔;它会先以"乳白色小针状物"的形状出现在空荡的地平线上。但是,在这样的距离下,我看到的却是几根棕色的电线杆、垂挂的电线以及炼油器。虽然我和拜伦是在相同的季节来此,但在空气污染下,我几乎很难看清楚30千米外的景物。卡布斯塔城的市郊,现在是一座电线杆森林,空气中富含砂砾,沿街满是焊接工和汽车配件商店。这里就像是库姆的冬季版本。我记起见到的第一个土库曼人,圆脸上戴着一顶阿斯特拉汗羔皮帽,骑着一辆嘈杂的摩托车。拜伦曾说此处是"一个小的市集城镇",因此我被面前其连绵数千米、四处伸展的水泥街道惊吓到了。

我们看不到塔。最后,我们只得问一位载运桔子的小货车司机该怎么走,他要我们跟着他。

第十四章 卡布斯塔

他带我们到一座市立公园。公园里有整洁的垃圾箱、彩色的长凳和卖着芝士点心及邦德街牌美国混合型香烟的小贩，摊子上还有最近革命的煽动者、1981年死于炸弹爆炸的阿亚图拉·穆罕默德·贝赫什提（Ayatollah Mohammed Beheshti）的脏污照片。这个地方的乏味令我震惊。

卡布斯塔矗立在回旋的人行道旁的绿丘上，紧邻着挤满轻型小货车和其他车辆的道路。罗伯特·拜伦的旅行同伴克里斯托弗·赛克斯（Christopher Sykes）所拍的黑白照片里，塔似乎显得很高，但和现在我视野里附有巨大卫星天线的两个电信塔相比，看起来是如此的——唔，普通。一个女人推着婴儿车走过我身边，她对这座高大的建筑物连看都不看一眼。

我告诉瓦希德，我想和这座塔独处一会。他扬起眉毛漫步走开，但不时地回望我，不知道在迟疑些什么。我坐在地上，伸长脖子，看着圆锥形的屋顶。太阳才刚从低云线后溜出来，展露出原先就在眼前但直到这一刻才被我注意到的事实：塔本身是一座极好的帐篷，由游牧民族以石头赋予荣耀，并加以保存，因此能穿越数世纪的巨大深渊而留存下来。一位戴着无边小圆帽的土库曼老人，身旁带着两个男孩（也许是他的孙子），绕着塔走，并不时抬头看它。我想起横越高原的牧羊人，或马背上的游牧民族，也以同样姿态注视天空，再次确认人类在这宇宙并不孤单。圆锥形的屋顶，如此精力充沛而和谐地映衬着移动中的云朵，细诉着牧羊人单纯的敬畏，就像在公园门口贝赫什提脏污的照片所展现出来的气息。我想，它毫无疑问是个图腾柱。

这座塔是由身兼诗人、学者、艺术赞助者和将军这数重身份于一身的齐亚尔王朝（Ziyarid dynasty）王子卡布斯（Qabus ibn-e Vashmgir）所建，他死于1007年，也就是这座塔落成一年之后。对罗伯特·拜伦来说，这座51米高、由毫无装饰的烧制砖块堆砌成的建筑物，是一座刚强的突厥-波斯式建筑，与梦幻而具阴柔气质、纯粹波斯式的伊斯法罕和设拉子建筑形成了鲜明的对比。根据官方说法，卡布斯和其他的齐亚尔王朝君主都是波斯人；但事实上，他们是突厥人和波斯人的混血儿，即图兰人（Turan）和伊朗人的混血儿。这座塔是我先前在土耳其东部看到的伊沙克帕夏宫，和后来在伊斯法罕看到的星期五清真寺，这两座突厥-波斯式建筑的融合体，但它更朴实，特点更集中。这座建筑遗迹给地图绘制者和政策分析者上了一课：突厥-波斯之间的关系，是文化竞争中最复杂的一环。

虽然这两种文明有很明显的不同，但仍然有重叠交错的地方。住在塞尔柱土耳其却用波斯文写作的鲁米，就是一个例子。虽然今日的中亚主要是突厥民族的世界，但波斯文化仍有很强的影响，甚至在突厥民族地区，波斯文化的丰富遗产还是存在。针对位于新突厥民族共和国乌兹别克斯坦的布哈拉，马可·波罗在13世纪末写道："这是波斯最好的一座城。"但我发现波斯的边界就在伊朗现今的边界境内，依据马可·波罗的说法，波斯的最东边和东北边是巴尔干，也就是在阿富汗的中北部。也许我们两人都是对的，而中世纪以降的制图者都错了：不是边界，事实上，是权力和影响力的中心点一直在转移。举例来说，最杰出的中世纪波斯诗人菲尔多西，大半生都在现今伊朗境外、阿富汗东部说突厥语的地区。

我才刚知道，卡布斯拱北塔所在城镇的繁忙和快速扩张，是苏联解体的结果，而且确保了跨边界贸易的激增。他们从土库曼斯坦进口酒和色情录像带，而将伊朗人的消费品——从罐头食物到牙线——出口到土库曼斯坦。大波斯显然就在卡布斯拱北塔里，而突厥民族的重新入侵也显而易见。

自从恺加王朝崩解后，伊朗在很大程度上都一直受到波斯人的统治。然而，最后一位伊朗国王的妻子法拉赫（Farah）属于突厥民族；伊斯兰革命最出色的宗教人士穆罕默德·卡齐姆·沙里亚特－马达里（Mohammed Kazem Shari'atmadari）可能也来自突厥民族；而最高领导者哈梅内伊据说是半个阿塞拜疆人。的确，西北部（伊朗人口最稠密且知识水平最高的地区）的突厥阿塞拜疆人，常是此地政治和思想的先驱。第二次世界大战后，它是伊朗左派运动的核心；1978年2月，伊朗的阿塞拜疆人的都城大不里士是喊出第一声"死神降临伊朗国王"口号的地方。像这类情况，并没有融合两个文明，反而放大了它们之间的差异。和我同游巴库的摄影师朋友列扎曾告诉我："波斯人偷偷嫉妒着阿塞拜疆人。"虽然我们必须考虑到他的沙文主义，但是，阿塞拜疆人比这个国家的其他人更进步，且付的税更多，而他们从较贫穷的波斯人那里所获得的回馈则较少。伊朗境内总计占全国人口25%的、心怀不满的突厥阿塞拜疆人，有一天会加入苏联阿塞拜疆的阿塞拜疆人阵营吗？这可能是伊朗在20世纪90年代最敏感的议题，虽然西方媒体对此很少讨论。我们可能会在亚美尼亚和北阿塞拜疆间冲突的结果中寻得答案，而这也将决定北阿塞拜疆是否能和平开采其丰富的石油储量①，并因而成为伊朗边界以南的阿塞拜疆突厥人的经济吸引力。（"问题还是一样，"伊朗的副外长马哈茂德·瓦埃齐在德黑兰坦承，"我们负担不起支持亚美尼亚而与阿塞拜疆对抗的代价，反过来也是一样。"）

---

① 据估计，在里海五个油田里共有33亿桶的石油储量，除了毗邻的哈萨克斯坦和土库曼斯坦之外，苏联阿塞拜疆的石油产量之丰富，几乎可与波斯湾的储量分庭抗礼。

所以，自从卡布斯在上一个千禧年之际建下该塔，历史的篇章并没有多少改变。不论是拜占庭王朝对抗萨珊王朝（Sassanids），还是奥斯曼王朝对抗萨非王朝，中亚和安纳托利亚高原的人民，总是和伊朗高原的人民起冲突，高加索区成为周而复始的战端引爆点。随着未来石油管道和其他贸易路线竞争的加剧，土耳其人和伊朗人之间的冲突，将会到达19世纪早期最后一次突厥－波斯战争以来，最剧烈的一个阶段。这两支外人眼中如此相似，在彼此眼中却如此不同的古老民族，是一对爱争吵的邻居。而这以石头筑成的建筑物，则是两个民族结合的结果。

越过地平线，相隔千年的两端，高耸着电信塔；相形之下，卡布斯塔顿成侏儒。一个令人郁闷的嘈杂市镇，环绕着这个悲惨的小公园迅速发展起来。市郊的景观，在拜伦和我造访此地之间60年的变化，要比塔落成到拜伦造访时的928年间还要大。② 只要一想到半数伊朗人口在15岁以下——和中亚说突厥语的人口数据相类似——我就非常好奇，下一个60年后，这里将会变成什么模样？

虽然突厥民族和印欧语系民族（不管是波斯人、亚美尼亚人或库尔德人）之间的竞争方式是明显易辨的——就如其融合的方式，以及这座塔所呈现出来的——但人口统计学和经济上的因素，现在已经成为最关键的要素。要欣赏这座塔和地球上类似的纪念碑，必须在心理上去除围绕四周的景观。因为，像这类持续以指数倍扩展的城镇，其人口增加、资源短缺、工业发展，以及跨边界贸易等政策上的综合影响，将会更加强烈。伊斯兰革命可能是

---

② 罗伯特·拜伦于1941年，以36岁英年消失在大海中。当时，他的船正开往开罗，以担负起战地记者的职责，却被德军用鱼雷击沉。

第十四章 卡布斯塔

对人口和乡村城市化问题的早期反应，但是，宗教极端主义就算还没在阿拉伯世界的某些地区失败，也已在伊朗惨遭失败了。接下来会发生什么事呢？但愿由信息高速公路和逐渐弱化的政府监管所支持而重新恢复的商旅路线，将会为 21 世纪的近东带来高科技的中世纪精神；举例来说，当我看到"市集大王"瑞佛戴斯特时，我想象他会通过最新的电信工具和 IBM Thinkpad 笔记本电脑，与远在布哈拉和赫拉特（Herat）的黑手党沟通联系。

我不是很肯定，但我总会想起法国作家阿兰·明克（Alain Minc）所说的，从冷战余烬中出现的最重要的经济阶级是黑手党徒，它的次阶级则是新世代的市集人。③

但我比较肯定的是，就像卡布斯塔曾受到罗伯特·拜伦意想不到的景象所影响一样，伊朗的"宗教极端主义"问题，以及西方对该问题的关注，也将受到政治－历史景观上更大变化的影响，而其影响迄今几乎没有人能够理解。

伊朗向来不太像一个国家，而更像一个没有固定形态的帝国，这反映出波斯文化的丰富和活力。其真正的大小，也总是比任何官方设计的国家区域更大或更小。今日伊朗境内西北部是库尔德人和阿塞拜疆突厥人，西阿富汗和塔吉克斯坦的部分地区，则在文化和语言学上可与伊朗人的国家兼容并存。一旦伊斯兰教的极端主义浪潮和毛拉政权的合法性受到侵蚀，伊朗便能回归到这种无固定形态的状态。

21 世纪，伊朗疆域可能与我曾看过的一幅 1760 年的波斯地图版画，惊人地相似。那上面没有粗线条，只有在波斯的外围

---

③ 阿兰·明克的书《新的中世纪》（*Le Nouveau Moyen Age*），表达了和我发表在《大西洋月刊》上《无政府时代的来临》一文相同的主题。

地带，逐渐形成像"库尔德斯坦"（Kurdistan）、"俾路支斯坦"（Balouchestan）和鞑靼辖区等模糊的区域。现在，是时候越过中亚，来见证这些正在进行中的转变了。

第五篇

中亚：地形的天命

亚洲扮演了母亲的角色……她孕育了最多的人口。我们通过中亚蜂拥而来的雅利安人,追溯到她这一源头。

——威廉·O. 道格拉斯(William O. Douglas),
《越过高耸的喜马拉雅山》(*Beyond the High Himalayas*)

第十五章　俄罗斯边境

若要想象出新兴的世界版图，你必须从《大英百科全书》最新的光盘版回溯至1910年出版的第十一版《大英百科全书》。在这些易碎、泛黄的书页上，主题的条目和20世纪90年代末的世界相呼应："在亚洲的俄罗斯"、"在亚洲的土耳其"、"印度（包含边疆较小的邦）"、"伊朗"、"俾路支斯坦"……当然，并不包括巴基斯坦在内。巴基斯坦属于那些"边疆较小的邦"。另外，还有一个非常长的条目被放在"突厥斯坦"这个词下面："西方的边界在里海、西蒙古以及戈壁沙漠"。当时编写第十一版《大英百科全书》的彼得·阿历克塞维奇·克鲁泡特金亲王（Prince Peter Alexeivitch Kropotkin）是一位俄罗斯地理学家及无政府主义者，他在"突厥斯坦"这个条目下写："突厥斯坦，一个不能被省略的名字。"

的确不能。3世纪波斯的萨珊王朝，可能是第一个使用这个词来表达"土耳其人的土地"的。此外，14世纪的摩尔人旅者伊本·白图泰（Ibn Battuta）也用过这个词。19世纪的俄罗斯帝制官场将这个名称制度化。接着，经过74年的苏联政权空白时期后，"突厥斯坦"这个词才重新回到主流。①

---

① 这是个相对的说法。"突厥斯坦"这个词，1922年以前被使用在正式场合，而后整个苏联时期则留有部分限定用法，虽然是非正式地。

但是宽广如它，这个名称还是太狭隘了。② 原因在于突厥斯坦里并非只有说突厥语的民族，比如土库曼人、乌兹别克人、吉尔吉斯人、哈萨克人以及维吾尔族人；还有大峡谷里的波斯塔吉克人和高加索部族，及一些小岛上的巴尔蒂人（Balti）和蒙古人种③。克鲁泡特金亲王称突厥斯坦为"一个发生过许多迁移和征战的舞台，它的现存人口是由各异族混合而成的"。他写道，虽然吉尔吉斯人和高加索人、蒙古人、鞑靼人无关，但"他们与……伏尔加河（Volga）的卡尔梅克人（Kalmuck）……和准噶尔（Dzungarian）的游牧民族混合在一起……都有着蒙古人的血统"。

你对突厥的身份认同困惑不解？居住在这片广阔地区的许多人也是如此。一个单色调的突厥权力联盟，在地图上被漆成塞尔柱蓝之后，是很难突显出来的。事实上，横跨整个突厥斯坦，个人与国家的身份认同实在是太复杂了。

20世纪90年代，世界开始在突厥斯坦发现一个具有中世纪城邦特征［布哈拉、希瓦（Khivan）等］的不稳定的、古老的地区。东欧的历史沉睡了半个世纪后，自1989年重新续写。在突厥斯坦，历史沉默了500年后第一次重新启动——自从1498年葡萄牙航海家瓦斯科·达·伽马（Vasco da Gama）发现到达印度的海路，使东西贸易经由中亚成为可能后。在达·伽马起航前夕，奥斯曼土耳其和中国是当时世界上最重要的经济与文化中心，而中亚则

---

② 学者在分析吉尔吉斯人和哈萨克人时，并没有像定义突厥斯坦人时那么严格，而是将他们视为"中亚人"，因为他们的居住地就在一般被视为突厥斯坦的西边。
③ 13世纪成吉思汗的蒙古游牧民族征战对突厥人有某种程度的种族影响，因为虽然大部分的蒙古人回家了，但留下来的少数蒙古人与当地人通婚。这是俄罗斯人第一次以鞑靼人的称号，将蒙古人及他的突厥子民集合在一起。

居中联结双方。它融合了突厥与波斯文化，连接了一连串的伊斯兰教中心，形成了一个具有战略地位的商队网络，这个商队网络却是当年被葡萄牙航海家废弃的。

中亚被定义为"一个人种与文化散置的地区"，一个没有组织的世界，在那个世界里，"国家的身份是多重且分歧的"。④

我抵达塔什干（Tashkent）时，随身带着尤金·斯凯勒（Eugene Schuyler）于1885年出版的《突厥斯坦：在俄罗斯突厥斯坦、浩罕、布哈拉以及固尔扎的行旅笔记》(Turkistan: Notes of a Journey in Russian Turkistan, Khokand, Bukhara, and Khudja)。斯凯勒是罗马尼亚学会的一员，美、意及俄罗斯帝国（Imperial Russian）地理协会会员，他选定塔什干作为他在中亚的工作基地。所以我个人也基于相同的理由选择了这里。因为现在，塔什干是俄罗斯的边境城市、地方首府，以及一个安排往下行程的好地方。我第一次抵达塔什干时带着别人的笔记，一本不太浪漫的书：《苏联的生态灭绝：围城下的健康与自然》，是默里·费什巴赫和小艾尔弗雷德·弗兰德利的作品。

在我踏入塔什干机场入境大厅的那一刹那，我震惊了，就像我在巴库被粗俗的建筑及气氛吓坏一样。⑤ 机场入境大厅的装潢就是砾石灌水泥铺上便宜的石板瓦，狭窄且有着尖锐、不平坦的边缘，以及闪烁的日光灯，看起来就像到了审讯室。

穿过机场大厅，城市在一连串冷漠的大道与广场下，铺陈出

---

④ 这些想法来自乔恩·安德生（Jon Anderson），他是华盛顿特区天主教大学（Catholic University）的人类学学者，他在一次与我的晤谈中说了这段话。
⑤ 作为一个"第三方"国家国民，我不能越过伊朗和土库曼斯坦的边界，而且那时从德黑兰到塔什干没有空中转运的交通工具，所以我从德黑兰经由巴基斯坦才飞到塔什干。

第十五章 俄罗斯边境

一片萧条的景观。政府的办公大楼太大且不成比例，梯形的灰色水泥外衣像是气球一般的泡泡。稍后我会在这些巨大的建筑里，见识到一排破落的小房间，它们有着粗糙且超大尺寸的光源设备。这些房间就像我在巴库以及阿尔巴尼亚、罗马尼亚的城市里见到的：通常由煤砖砌成，没有油漆，大小不一；有着用瓷砖装饰表面的浴室以及摇摇欲坠的阳台；阳台晒衣绳旁的花盆里还种着西红柿与洋葱。而这的确是我所见过的最可怕、最奇异的设计，它好似在叫喊着：我们粉碎了弱者。

我和一个朋友住在一起，他是西方的外交官。他告诉我"不要喝水龙头里的水"；旅行指南也是这么警告的。事实上，伊朗的水通常是安全的，但这里及其他许多地方不是。《苏联的生态灭绝》上说：

> 饮用水……是珍贵的，但是最近在中亚许多地方却时常产生毒害。在吉尔吉斯斯坦，乡间人口的62%，有三分之一的人每年必须借由溪水、河水以及古井来止渴。"超过1500人死于消化疾病……过半数的孩子活不过一岁。"
>
> 我们应该注意的是，即使乌兹别克斯坦城市化，也无法保证能够抑制污染。在突厥斯坦的主要都市及其周边近郊有11个纺织纤维原料工厂，其中7个没有净化水质的设备……他们的废料中有60%未经处理就全部直接排入阿汉加兰河（Akhangaran River）……这是中亚最危险的污水……在乌兹别克斯坦，伤寒，也就是饮用水传染的疾病，新病例的比例不断上升，患病率是苏联平均值的3倍，而塔吉克斯坦则是苏联平均值的13倍。

黄昏时分，我外出散步，同时进行思考。我觉得，斯凯勒的《突厥斯坦》并非完全过时。"我坐在清澈月光下的门廊里，这是我抵达塔什干的第一夜，"斯凯勒写道，"我几乎不相信自己身处中亚，反而觉得像在纽约州中部的一个安静小镇……这里很少有旧建筑，大部分清真寺都很小……"在这幢巨大的政府建筑物与广场之外，塔什干仍然是低水平的、平庸的、树木茂盛的乡下模样，其偏远社区有着印度夏天的慵懒。这个专制帝国的边疆地区让我想起了另一个边疆地区：蒙古游牧民族（Mongolhordes）所占领的匈牙利东部。1966年，塔什干有两次大地震，之后到1967年间，一共有800次地震。这些建筑破碎的、特殊处理的特点加强了疏离感与无秩序感。我必须努力寻找美：我在某些屋顶锡制雨槽上的绚丽雕刻，以及芥末色的巴洛克房子里发现了美，而这些，再一次宛如匈牙利东部。但是像这样的例子并不多。清真寺，不论新旧，都很小。如果不像斯凯勒那样将这里与纽约州中部联系在一起，现在的塔什干反而会让我想起艾奥瓦州的某个大城市。除了浪漫的集合，中亚还是亚洲的"中央"，一块大陆的平坦、简陋的中央，令人想起美国的中西部。

斯凯勒估计，这个城市的人口在1885年是6万—12万人，到了20世纪90年代则高达200万人。但是，由于容易地震与俄罗斯警卫队的关系，塔什干成了一个空洞的网格作品，只是千米数增加而密度依然。塔什干，原意为"石头城"，在公元1世纪作为一个绿洲部落出现。整个中世纪，波斯人、蒙古游牧民族，以及突厥可汗交替统治着这里。1865年6月，俄罗斯人抵达。

俄罗斯向东南方推进，结合了彼得大帝在1696年征服奥斯曼土耳其、取得亚速海（Sea of Azov）这股前进的动力，战胜突厥，获得了印度洋沿岸的不冻港。18世纪，俄罗斯的毛皮猎人与商人横越西伯利亚南部建设了要塞，蜿蜒地进入突厥斯坦。19世纪，随着拿破仑入侵，俄罗斯征服了一片又一片突厥可汗的土地。当沙皇的势力接近印度时，英国开始警戒了。英国和俄罗斯之间的"大博弈"（Great Game）开始——冷战的19世纪版。俄罗斯人对突厥斯坦的入侵并非总是不受欢迎，因为突厥的统治者非常残酷，不只是对俄罗斯商人及其子女——他会把他们卖作奴隶——同时，对他的子民也一样不仁。

俄罗斯将军米哈伊尔·切尔尼亚耶夫（Mikhail Cherniaev）率领着一支拥有1300名士兵和12门大炮的军队，在1865年6月15日天亮前开始攀登塔什干的堡垒。到了6月17日，塔什干已成为专制的亚历山大二世帝国的一部分。塔什干是俄罗斯在突厥斯坦向外争战的基础，之后它则成为旅人——比如我——的根据地。

俄罗斯建造了古典殖民风格的城市，直角街道的大方格网迅速地淹没了中世纪的突厥城。⑥20世纪90年代早期，乌兹别克斯坦的人口中只有8%是俄罗斯人，而这8%大多集中在塔什干，这使塔什干具有特殊的殖民风味。

因此，我最先在突厥斯坦碰到的并非突厥族群，而是俄罗斯人，甚或美国人，他们就像许多住在这里的犹太人一样，都是因为19世纪沙皇的争战，以及随后斯大林时代的种族迁移而来的。街上的面孔——俄罗斯人、突厥人、韩国人，还有许多难以辨识，混合了东欧、巴尔干，以及亚洲内陆相貌特征的人。这是个和纽

---

⑥ 我说突厥而不只是说乌兹别克斯坦，是因为乌兹别克人在塔什干也许没有哈萨克人和吉尔吉斯人多。

约、旧金山完全相反的城市,在纽约、旧金山等城市,移民是自己选择的,他们为了寻求更好的生活而迁徙;但塔什干人的祖先,通常是被迫搬迁过来的。

某些作家,包括我自己在内,都已将"伊斯兰中亚"描述成一个全新的、扩展的近东的一部分。但是,塔什干让我明白,我之前发表的见解是草率的。苏联解体了,但是突厥斯坦依然属于俄罗斯而非近东,虽然谁都不知道那能维持多久。

"从小到大我都有种优越感。现在,我必须在新社会里找到属于我的位置。"谢尔盖(Sergei)是俄罗斯人,他太太是乌兹别克人。在1991年苏联解体之前,这件事几乎不具有政治性。1991年以前,他和他太太都是"苏联人",他们的婚姻也是,至少在官方上是典型的"苏联"婚姻;而不像南斯拉夫解体前,许多塞尔维亚人和克罗地亚人间的婚姻。现在谢尔盖的异族通婚具有潜在的危险。

谢尔盖的祖父是在布尔什维克革命后移民来哈萨克斯坦的;而后,他父亲再从哈萨克斯坦迁徙到塔什干。他母亲的家庭则是被斯大林从俄罗斯流放到吉尔吉斯斯坦,再到塔什干。谢尔盖最终成为苏联军方一位著名的情报局局长。谢尔盖金发白肤,体魄健美,看起来像一个地地道道的"苏联英雄"。但是苏联一解体,他就只是另一个俄罗斯人:少数坚决离开乌兹别克斯坦,害怕会在将来被过去他所压迫的人反过来控制的人。

许多同种族的俄罗斯人会留在中亚,因为他们没有别的地方可去,谢尔盖就是一个典型的例子。他的父系与母系家族都在两代以前就来突厥斯坦了,因此,他在俄罗斯没有任何亲戚。正如他告诉我的,住在俄罗斯城市里的生活开销比住在塔什干要高。

第十五章　俄罗斯边境

犯罪行为虽然在塔什干也很多，但俄罗斯更糟。一般而言，谢尔盖觉得，"生活"在俄罗斯比在塔什干难。

谢尔盖就像我在旅途中遇到的许多人，使用"种族文化"的术语来表达他自己。他解释，由于他岳家是乌兹别克人，所以他的孩子是半个乌兹别克人，半个俄罗斯人；最初他希望乌兹别克人照管自己，会比俄罗斯人照管他们好些。"毕竟，这是一个平坦的国家，与高山林立，各个部族依深谷而居，极易导致内战的塔吉克斯坦相比，较容易控制。"但谢尔盖对乌兹别克斯坦的乐观主义态度现在转弱了。谈到总统时，他说："卡里莫夫（Karimov）很为他的部族着想。在路上、公交车上或是政府的言行里，俄罗斯人不觉得自己是受欢迎的，即便我们普遍受过比较好的教育。"（另一个俄罗斯人会告诉我："俄罗斯人是第一个被炒鱿鱼的，我们很少受到骚扰。在公交车里有人对我们喊叫，乌兹别克人叫我们'回俄罗斯去'。"）谢尔盖继续说："我们都穷时，生活是很安适的。现在我们当中的某些人越来越富有了，因而增加了很多矛盾。普遍的贫穷可以防止种族争斗。"

"你怎么会想要搭公交车环游这个国家呢？"玛丽亚嘲笑似的问我，"他们会因为你是外国人来抢劫你……这里过去是现代城市，但现在有母牛在路上和广场上游来荡去，因为这些农民已经被控制了。市集里到处都是小流氓。你看那个人车开得那么快，都快和前面的车追尾了：那是因为他是乌兹别克人。是的，我知道，你是美国人，因此你认为我心存偏见。看看那些司机，看看那些车子。俄罗斯人车开得很糟，但乌兹别克人开得更糟。若要说的话，在这个城市里唯一的文明，是曾有个将军在1865年攀登这堵城墙的历史。"玛丽亚冷笑着。她是一个美国人，身处一个被突厥民族控制的社会。她乌黑而深邃的眼睛评定着所有事情，没有一件可以逃过她的法眼。我第一次遇到她时，她听我说话时没有任何回应。第二次，她一件件地分析了我的想法。"我并不是说俄罗斯人有多好。你看见一个俄罗斯人走在街上匆匆超过你，是因为他急着赶路吗？也许，但也许是因为他认为你可能会给他一点儿钱。"玛丽亚的声音总是带有一丝疲惫和讥讽。

"这不是政府的问题，这是只能从政府反映出来的社会问题，"玛丽亚说，"来，我会给你看一些真正的东西。我见过成百上千的粗暴且酗酒的青少年，但政府的自卫队只是袖手旁观。"我不懂她是什么意思。

玛丽亚带我到散置的顿不拉巴德（Dombrabad）墓地，那里少数几座东正教和犹太教的坟茔都已摧毁、倾颓了。我看着一块碎裂成片而倒在地上的墓碑，上面写着："科斯塔斯·尼科斯·迪马基斯（Kostas Nikos Dimakis），1914年3月3日—1992年8月12日。"玛丽亚和我沉默地走在绵延一两百米的橡树高篷下，经过一长排墓碑，从希腊东正教与俄罗斯东正教墓区到犹太教墓区，到处都是弯折或断裂的十字架。逝者的肖像被雕刻在墓石上，像是徘徊不去的灵魂，比生者还更真实。"犹太人大部分都是从塔什干离开的，而最后这一批，现在正拍卖他们的地毯与其他财产，准备上路。"玛丽亚解释，"没有人修护他们那些坏了的坟墓，或者去维护它们。"每一排至少有一方墓碑损毁或破裂。一想到我已经走过的五十排，损毁墓碑的数量实在不少。厚重的墓石证明要损毁其中一块所需的能量；用一般的锤子无法做到这种损害。我还注意到公墓的石墙已经被拆毁了。

"你看，"玛丽亚说，"在乌兹别克斯坦，犹太教徒和基督教徒被视为中产阶级。而因为塔什干的公墓几乎全满，乌兹别克人必须被埋在距离塔什干 40 千米远的公墓里。但他们没有钱买汽油开到那里，所以他们怨恨埋在城镇里的犹太教徒与基督教徒。"

从技术角度上来说，"科斯塔斯·尼科斯·迪马基斯"被粉碎的希腊坟茔，代表了一个说突厥语的穆斯林－希腊东正教文明最东侧的冲突，这个冲突从西方的爱琴海和塞浦路斯延伸出去，穿过希腊社群在黑海和里海附近的残余，来到中亚。这件事让我想起，贫穷的罗马尼亚人粗暴对待罗马尼亚境内的德国中产阶级，以及塞拉利昂国内贫穷的非洲人与阿拉伯中产阶级间的糟糕关系。而这些人所驱逐的，正是他们自己所需要的楷模与金融力量。⑦

西方外交官有不同的立场。其中一个对我说："这是真的——乌兹别克人真的比俄罗斯人更奋不顾身地向前冲。无论如何，过去俄罗斯人是受过教育的精英，他们需要感觉到受欢迎。"另一个说："你难道不相信，所有关于俄罗斯人如何受压迫的事根本都是胡说八道的吗？"

然而，俄罗斯－突厥冲突只是我离开塔什干后将在中亚遇到的许多民族斗争中的一例。

在探索乌兹别克斯坦剩下的领土之前，我必须为接下来的旅行申请签证。在我抵达哈萨克共和国的大使馆之后，才知道职员刚搬去了新的办公大楼。我在新大楼遇上一场正在进行的庆祝活动，旋即被安排坐在哈萨克大使邻座的头等位。"我们杀了一头

---

⑦ 从乌兹别克斯坦出国的俄国人算起来数以万计，其中十之八九来自共和政体里的专业阶级，按照小弗兰德利与费什巴赫在《苏联的生态灭绝：围城下的健康与自然》中的说法，他们"留下最重要的装置，像是共和政体的最大热气流电子动力站，却没留下技术维修人员……他们还带走了一半的塔什干救护服务人员"。

羊来庆祝我们乔迁。吃！吃！吃！"这位大使一副命令的口吻。

我无法相信我的好运。在华盛顿，我为了到乌兹别克斯坦付了85美元的签证费，尽管如此，我能申请到签证，还是通过一位认识这位乌兹别克斯坦大使的朋友的关系。但我没有哈萨克斯坦的签证，而塔什干是我最后的希望。现在我正和哈萨克斯坦大使共餐，他怎么能拒绝我呢？

桌上满满当当；这是5月末的一天，10个人环绕着桌子坐在一个密闭的、没有空调的房间里。山一般高的奶酪、舌肉、草莓以及其他水果堆在桌子中央，四周则是唾手可得的伏特加酒、香槟以及温热的红酒。这是早上10点。我面前放了一盘马肉、羊头以及一碗奶酒（Kumiz）——含少许酒精的牝马奶饮料，马可·波罗称其为"恰当的好饮料"。大使为我斟了一纸杯的伏特加，然后说："喝，你必须为我们新大使馆带来好运。"我喝了。他再为我斟满。接着命令我喝奶酒，吃马肉及羊头。其他人则用宽阔的、坑坑洼洼的脸，以及模糊不清的、混合了东西方、南北方的肤色——代表了地球陆块的地理中心的相貌特征——看着我。轮到我敬酒时，我发表了一篇关于美国－哈萨克斯坦友谊的简短演讲。在翻译给大家听后，每个人都欢欣喝采。大使又为我斟上另一杯伏特加，我问了签证的事，大使叫我"明天"过来。

隔天早上，我带着严重的胃痛，挣扎地回到哈萨克斯坦大使馆，被告知大使正在忙。我见到了一个职员，他告诉我他不能给我签证，除非哈萨克斯坦共和国有人邀请我。"这样的话，"他解释着，"如果你在哈萨克斯坦被抢劫或谋杀，就不是我们政府的责任。"于是，我安排了一个驻哈萨克斯坦首都的西方大使馆媒体发言人发传真到塔什干正式邀请我。最后我终于拿到了签证，手续费120美元。我居然曾经抱怨过西非国家的签证过程！

第十五章 俄罗斯边境

假如事先没有邀请,就没有人可以拿到签证——这种麻烦是旧有体系仍在沿用的结果吗?还是说这只是这个职员、大使或其他什么人受贿的结果?或者如同我在西非所质疑的,一个国家的意义与国家真正的主权越是虚幻,这个国家的移民当局就越坚决地要去证明?或者三者都是呢?

是时候该离开塔什干了。

第十六章　前拜占庭突厥人与文明冲突

　　从乌卢格·贝格（Ulug Beg）和我坐的地方看出去，列吉斯坦（Registan）广场就像一个不真实的主题公园，在街道那一侧闪现出来；色彩鲜艳的清真寺尖塔、棱纹的青绿色圆顶，以及闪闪发光的精巧陶土墙。这些墙如同有几层楼高、几个街区宽的波斯地毯，映入上釉的陶器。这些15世纪与17世纪构造的清晰棱角——事实上，与那些我在其他地方所看到的，由廉价木材、塑料与混凝土建造的歪七扭八的小屋比起来，它们是非常现代的——让我不禁以为撒马尔罕的这个列吉斯坦广场，是从迪士尼来的人连夜组建起来的。

　　列吉斯坦广场，意思是"沙之地"，是中世纪撒马尔罕的心脏地带，散置在地面上的沙是为了吸收公开行刑的血。撒马尔罕，公元前4世纪时为亚历山大大帝所攻占；公元前2世纪，中国人将它当作丝路的一个转接点；13世纪时为成吉思汗所劫掠；14世纪，被帖木儿选为都城，并成为马可·波罗与伊本·白图泰所赞颂的地方，而今只剩下了一个空壳子。除了一两座美丽的中庭外，高墙后空无一物：这些高墙的所在曾经是三座《古兰经》讲堂，它们构成了突厥斯坦最壮观宏伟的中世纪广场。留下的遗迹寥寥可数，只剩下这些壮观的"墙"四周环绕着连绵的丑陋小屋、破损走样的汽车，以及穿着人造纤维材质的难看衣服的人们。

这里没有像样的地方可以吃饭。我的乌兹别克族向导贝格和我坐在茶汗纳（chai-khana）里，这里或可称为中亚的茶馆，但不是那种有地毯铺在隆起讲台上的传统茶汗纳。传统的茶汗纳在乌兹别克斯坦的大城市里很少见；我所在的这种茶馆，还不如说就是苏维埃式的——下陷的金属椅；椅子上是脏兮兮的、含铅量很高的白漆，表面已经开始脱落。为了防止遭到偷窃，椅子和上漆的桌子用链条栓在一起。桌子上散落着一大堆烟蒂。一个个我所见过最薄的杯子里装着热茶、喝起来有化学味的霓虹色汽水，或是伏特加；早上九点，一群混乱吵嚷的人在此狼吞虎咽，这一幕，比没有酒出售的伊朗饭店还更令人困扰。

"我能怎么样呢？这是我的祖国，我感到非常的羞愧。"贝格对我说。贝格虽然是个乌兹别克斯坦人，但他和我一样，从塔什干来的第一天就被路上所见的肮脏打败了。贝格，19岁，是个业余的拳击手。他有着"大力水手"的体格、奶咖色的皮肤、难以梳理的黑发，以及宽大的亚洲人面容，令人怀想起蒙古勇士的画像。他的父亲与至今依旧存在的苏联权力结构有来往，这意味着他家在经济上的富裕。就贝格自己社会的标准而言，他无疑过着无虞的生活。

贝格曾在莫斯科和几个波罗的海城市读书。之前他从来没有去过撒马尔罕或布哈拉，即那些他同意和我一起去的地方。他解释，毕竟它们都是塔吉克人的城市。为什么一个乌兹别克人会想去造访这些地方呢？除非他在那里有什么特殊的生意。根据地图所示,撒马尔罕——就像布哈拉——是乌兹别克斯坦的一部分（乌兹别克人的土地），但那仅是就法律上而言。

撒马尔罕和布哈拉位于中亚的心脏地带，但地图能告诉我们的就这么多了。由于俄罗斯、波斯与突厥民族的势力是重叠的，因此这里的文化地理含混不清。塔吉克人或多或少是波斯化的民族；乌兹别克人则是突厥民族。布哈拉和撒马尔罕是突厥民族地区中心的波斯化岛屿。它们让我想起曾在中亚看过的一张地图，上面呈现出语言与文化族群：像一张小孩的手指画，只有很少的部分与法律上的边界一致。①

这些差异在这块土地上的意义是有疑问的。按照学者的说法，乌兹别克人与塔吉克人之间的紧张情势，主要局限在双方知识分子对历史问题的争论中。同时，这些学者也注意到后苏维埃中亚中，乌兹别克斯坦与塔吉克斯坦个别城乡之间的冲突——更别提当地的党派对峙——多于乌兹别克人与塔吉克人之间的冲突。

早上八点，这一天正式开始，贝格和我朝着塔什干的长途客运站走去。最早的"乌卢格·贝格"是帖木儿的孙子，他在1407年到1449年间统治过撒马尔罕。那位贝格不但是一个开明的统治者，还是个天文学家，可以与哥白尼相提并论；贝格测定过月亮、行星和上千颗星星的位置，还计算过一年的长度，误差在58秒之内。

眼前这个贝格则是我的向导兼翻译，他是塔什干一流大学——世界经济与外交大学（University of World Economy and Diplomacy）的学生。他之前没有当过任何人的向导，而且似乎比我还要紧张，虽然他的胃功能运作正常，而我的胃不太舒服。但是身为未来主宰共和国的民族精英中的一员，他肯定已经想到

---

① 这张地图由"马尔温·佐尼斯有限公司"（Marvin Zonis and Associates, Inc.）出版。

了,去视察祖国的其他地方会对他有用。贝格和我的其他翻译一样,都很年轻。他既不是新闻记者也不是专业向导。他的意见并没有完全成型,或者条理连贯,但是他与无数个和他一样的人类似,都想对世界上许多国家的政治未来产生影响。乌兹别克斯坦和伊朗一样,过半数的人口是青少年或年轻人。

我们找到一辆出租车可以载我们到长途客运站附近。贝格和我一路上说英文,那是他在波罗的海国家读书时学的。出租车司机载了我们5分钟,收了我们2万萨姆(som),大约80美分。"我们被宰了,"贝格告诉我,"从现在起到我们付钱给司机为止,我们不讲英文。"第二辆出租车比第一辆更快,大约在5分多钟后载我们到达车站。司机收了我们2000萨姆,约8美分。我并不是在谈经济,但是我假定,在一个兑换了100美元而需要用一个鞋盒来装当地货币的地方,他们的生活一定很艰辛。根据我的实际经验,对外国人而言消费越是便宜的地方,当地人的生活通常就越苦。

塔什干的客运站住了很多穿薄薄的假皮夹克、涤纶衬衫,喝伏特加的年轻恶棍。几个星期前,在撒马尔罕,有一个自由行的美国人被打得几乎不省人事,而且背包还被偷了。一位西方大使告诉我,他太太和女儿在乌兹别克斯坦的客运站,都被抢过手提袋。这些受害者也许是粗心大意,或是从外貌看容易被当成有钱的外国人,或者他们只是倒霉,我不知道。仅仅从对车站大厅中人群的观察,以及处于一个纽约客为了自卫产生的直觉,我知道我回到了一个地方——一个像西非某地,而不像尼罗河流域、安纳托利亚或伊朗的地方——一个社会架构单薄的地方。乌兹别克斯坦可能是土耳其与伊朗文化的延伸,但就我目力所及,在决定性的层面上,它和这两个国家根本没有关系。

"不要把包交给司机让他放到下面去，最好自己放在膝盖上或座位下。"贝格很兴奋，他的眼睛转个不停。他对塔吉克人的信任不会多过对他的乌兹别克族同胞的信任。从塔什干坐巴士往西南到撒马尔罕需要四小时，花费 65 美分。车座的框架已经破损，内部陈设好像被一群山羊咬过一样。乘客中有年轻恶棍，他们满脸粉刺，少白头，衬衫扣子一直开到肚子上；有穿着印花洋装，戴着围巾的健硕女人，她们腿上的毛发旺盛，嘴里镶着金牙；还有一群小孩，有些安静，有些在睡觉，有些在尖叫。有些女人像是处在痛苦中。车上没有空调。每一个人，即使不流汗，皮肤也都泛着油光——在大部分巴尔干及苏联地区，我都注意到了此事：不知是因为空气中的灰尘，还是因为肥皂的质量不佳？

虽然啤酒和伏特加在巴士站随手可得，却没有矿泉水与瓶装饮料。我在巴士站的洗手间灌满水壶，再把它倒进滤碘杯。我想起在西非时，瓶装水与西式饮料供应充足，人与景观看起来通常都很美丽。

到撒马尔罕的路径并不是条"黄金路"，两侧是高耸的杂草，或是农田与工厂边漆成白色的水泥墙。[2] 因为有四个小时，我盯着非常枯燥的单调景观：疏松的灰色土壤、棉花田，以及水泥糊的灌溉沟渠。那个在斯凯勒时代被称为"饥饿大草原"[3] 的地方，未来很可能会被叫作"有毒的大草原"。费什巴赫与小弗兰德利在《苏联的生态灭绝》里写道：

---

[2] 詹姆斯·埃尔罗伊·弗莱克（James Elroy Flecker）写道："我们多么想知道那些我们不应该知道的事／我们开启了这趟到撒马尔罕的黄金之旅。"
[3] 大草原（steppe），又称干草原，尤指东南欧与西伯利亚一带没有树木的大草原。——译者注

第十六章　前拜占庭突厥人与文明冲突

> ……太多的水被用于灌溉而积存在土里。地下水位以前在地底下大约六七米,现在则被提高到离地面约 30 厘米的地方。乌兹别克斯坦约 120 万平方千米的渍水土壤变得饱含盐分,以至于土地无法耕作……(中亚人的)健康经常不知不觉地受到污染水源毒害,并且……过度暴露在农药里。

尽管撒马尔罕有许多浪漫的想象,但它仍向我们展露出生锈的水管、波纹状的铁制屋顶、没有上漆的水泥、多孔的煤渣砖以及柴油卡车发出的呜呜声。贝格和我朝这个城市第一间私营旅馆走去。一个身材魁伟、肌肉发达的男人,一手拿着啤酒,另一只手夹着香烟,站在旅馆门口对我们欢迎道:"愿和平降临在你身上(salaam aleikum)。"

"让我来说。"贝格说,我们经过旅馆前门时,他绷紧了拳击手的肌肉。贝格在莫斯科与波罗的海的城市读书时,他住的是学生宿舍。这不会是他第一次在旅馆登记入住吧?

旅馆的前台是个俄罗斯女人——五十几岁,我猜。过胖的身材,却穿得像个 25 岁的脱衣舞女郎,低胸且镶有金属片的洋装突出了她大胸脯间的乳沟。她的头发是那种发亮的人工合成橘色,身上的香水味呛得人抵受不住。我猜想,她母性的、机敏的双眼,能看穿每一个男人的幻想,不论那幻想有多怪异。经过几分钟的讨价还价,贝格的房间以 80 美分成交;而我这个外国人,得付 30 美元。她要我们先付钱,而且纸钞的日期不能早于 1990 年。

此时,有几个混血女子晃荡过来,她们都长得很漂亮,化着浓妆。与旅馆前台一样,她们的穿着均像马戏团艺人;她们的眼睛也和女前台没有区别,全是那种愤世忌俗、渴求现钞的眼睛。

我是一个外国人,那就意味着,我有钱可以花。这是一间妓院吗?

楼上的走廊里似乎有很多活动正在进行。我看到一个人偷偷地溜进一个房间,我瞥见房间里有一个裸女,她的脖子与手腕上都戴有珠宝。我的房间铺有红色的土耳其地毯,还有红色的毛毡椅、红色花纹的塑料窗帘(就像浴室里的浴帘)、茶桌、冰箱,以及铺有红色床单的双人床。从窗户看出去,越过不规则的线条和无装饰的水泥阳台,是卡车停车场;在更远处,可以看见一排灯罩形状的玫瑰色塑料街灯。就像在塔什干的政府办公大楼,这些街灯代表了一种不雅的设计,它与过去或传统毫无关联。这家旅馆并非远离工业区,而是位于撒马尔罕的中心地带。

有人敲我的房门,我打开门。一个化了妆的女士站在那里,手里拿着一些餐巾纸。"这是卫生纸。"她说,眼睛盯着我看,就像那个女前台一样。

贝格和我从列吉斯坦广场出发,经过难以形容的无聊街区,以及压抑的建筑物,来到古尔-艾米尔陵墓(Gul Emir,或称君王墓)。这里是帖木儿的墓地,他的孙子贝格以及帖木儿一族的成员们也全部葬在这里。④ 借由突厥骑兵大军、成吉思汗时游牧民族的残余,以及说突厥语的蒙古人协助,帖木儿在 14 世纪末建立了一个从安纳托利亚东部延伸至印度西北部的大帝国,包含波斯在内。1405 年,他在领导军队对抗中国的征役途中死去。帖木儿的尸体用玫瑰水、麝香以及樟脑熏香处理后,被运回撒马尔罕安葬。1937 年,英国特工兼旅行作家麦克莱恩潜入撒马尔罕

---

④ 帖木儿的突厥语名字为"帖木儿棱"(Timur Leng,意为"瘸子帖木儿")。

参观古尔-艾米尔陵墓。麦克莱恩在《走近东方》里写道:"在大拱门前,一个老人已经在桑树下架好了他的床,我唤醒他,说服他为我开门。"

在约莫60年后的今天,蓝色的圆顶建筑周围搭着脚手架。一个穿着旧苏维埃制服、衬衫放在长裤外面的武装自卫队官员告诉我,如果我给他一美元,他就开里面的灯,如果再给他一美元,他就给我们看墓穴真正所在的地下室。以他的说法,那是一般大众不知道的秘密所在。我给了他两美元。事实上,所有的旅行指南都描述了这个地下墓穴。

"我觉得很羞愧,"我们坐在墓穴外的台阶上时,贝格一再说,"这可能是中亚,但这真的是苏联解体后的残余。我必须自问,我的国家有什么前途?如果我必须对警察,对那个本应该保护我的人提高警觉的话。"

乌兹别克斯坦的警方和自卫队的腐败是广为人知的。在塔什干和这国家的其他城市里,警察会拦下违法驾驶的车辆要求行贿。任何一起道路违规案都可以立即轻易解决,只要你有钱,但这钱几乎不会进到公众的荷包里。警官的表现永远都是一样的:阴沉而贪婪地打量你。他们站在岗哨上似乎不是为了逮捕罪犯,而是为了找机会捞钱。这些警察很少挺直腰背走路,肩膀总是向前耸起,慢吞吞地走。他们的制服十分脏乱;所有与他们有关的事都是没有效率且乱七八糟的。

"虽然苏联已经解体了,但这并没有改变人民对他们政府的想法。"贝格在陵墓外的中庭解释着,小鸟在我们头顶上方叽叽喳喳个不停。"人民从他们的历史经验出发,假定政府并不是来为他们服务的。同时,政府并不是他们的一部分,因此事情绝不会改变,他们也假设其不应该改变。对人民而言,政府还是他们;

因而，如果他们迫害我们，那么，那一定是对的。

"你看，这里和我读书的波罗的海国家不同。在那里，人民已经准备好要独立了，因为在他们心里那个真正的国家，在没有正式成立以前已经存在很久了。而我们还没有准备好。

"甚至我大学里的教授，也受到这种精神的影响，那对他们而言已经深入人心了。这种想法隐藏在他们教我们的任何事情中。我记得曾有一个从你们国家来拜访的官员，我想是叫布里辛斯基（Brzezinski），他有一个波兰名字。我从他那里学到的，比从其他老师那里还多。我无法精确地记得他说了些什么，但他是一个独立的思想家，这一点启示了我。"

贝格请一个出租车司机载我们到世界上最大的清真寺，那是一座在1399年到1404年间，由95只大象协助建造而成的寺院；它以帖木儿的汉人妻子比比·哈努姆（Bibi Khanym）为名。这个年轻司机不知道这座清真寺在哪里——我非常惊讶。他很粗鲁，呼吸中发出伏特加的臭味。贝格激动起来："这很糟，这是撒马尔罕很糟糕的地方。他们都是塔吉克人。我不懂或不了解这些人，我怎么可能喜欢他们呢？我们必须让乌兹别克人定居在这里，我们必须让许多、许多的乌兹别克人定居在撒马尔罕。"

当然，我在塔什干注意过其他的出租车司机，他们也同样糟，他们可能就是乌兹别克人。如果要找出这些无能、乖戾的司机的特点，那就是年龄，而不是民族。他们大多是年轻人。那些七十几岁的老司机还有着第二次世界大战，或曾经被驱逐出境的记忆，因此对这里似乎更有归属感。但是这些新世代是无产阶级，他们没有历史或文化包袱。20世纪30年代，麦克莱恩可以写：在撒马尔罕"生活似乎很容易"，"这里的居民似乎将大部分时间用于聊天与喝茶"。乌兹别克斯坦城市里的大多数年轻人，在贫民窟里过着电影《发条橙》（*A Clockwork Orange*）中的生活。无知与酗酒，或多或少要为公众的宿命论负责。

"乌兹别克"（uzbek）这个词是"独立"或"自由"的意思，其词源是"Uz"（"自我"之意）。乌兹别克人寻迹回溯他们的世系至乌兹别克可汗（Uzbek Khan，1312—1340）。他是拔都可汗（Batu Khan）之子，成吉思汗之孙。乌兹别克可汗的祖先，是成吉思汗最早的突厥蒙古人游牧部落成员。这些乌兹别克人在16世纪初期，废黜了帖木儿的最后一个继承者，大突厥语族伟大的诗人巴布尔（Babur），后者逃离撒马尔罕，在印度西北部创建了莫卧儿王朝（Moghul）。所有突厥文字语言都在这段混乱且重要的时期产生，其中乌兹别克语存在时间最久，要到1937年斯大林下指示⑤后才被俄语取代。

乌兹别克族是一个骄傲的民族。然而他们民族的骄傲，就像中亚其他的突厥人，以及波斯化的塔吉克人一样，决不向国家妥协。"这个世界上很少有民族被强制（违背了他们的意志）建立一个独立国家，而这正是五个中亚的共和国所遭遇的事。"1991年苏联解体时，美国的中亚专家玛莎·布里尔·奥尔科特（Martha Brill Olcott）这么写道。这些人要公民自由权，但不一定要像一个新国家市民那么自由。她又补充："虽然每一个共和国都是以当地的族群名称命名，但没有一个共和国"是根据曾经实际存在的边界为基础建立的。因而,这些群体现在才会要求占有他国的边界，以及大量居住在他国领土上的人口——他们是这些要求的基础。

---

⑤ 见斯蒂芬·武尔姆博士（Dr. Stefan Wurm）关于突厥文化与语言学的论文，列于参考文献。

并非只有不合理的边界，才使乌兹别克人与其他突厥斯坦的族群对抗：他们必须以已经成形的神话为基础，改变，甚至重新创造一个民族历史。另一位宗教专家爱德华·A.奥尔沃西（Edward A. Allworth）分析，今天的中亚回溯性地创造出民族性，而且并非总是精确的：乌兹别克斯坦兴建帖木儿的塑像，来纪念一个"乌兹别克的民族英雄"，然而帖木儿并不是乌兹别克人。事实上，是乌兹别克人击退了巴布尔，进而推翻了帖木儿王朝。

另外，这一切情形假设了，即使有那么多历史与地图的谎言，人们还是知道自己从何处来。但通常人们其实是不知道的。克鲁泡特金亲王在《大英百科全书》第十一版中，有一段关于中亚人口"混合"本质的陈述，证明了这样的事实早在1925年就呈现出来了，甚至比斯大林流放的大杂烩还要早。布哈拉的农民说不清自己是乌兹别克人、哈萨克人、塔吉克人还是其他民族，他们就只是来自布哈拉而已。

为了知道乌兹别克人与塔吉克人在彼此眼中可能的形象，我回头读斯凯勒：

> 很轻易就可以分辨塔吉克人与乌兹别克人，不只是通过外貌特征，还通过他们的个性。塔吉克人体型较高大、较健硕，有着浓密的黑胡须，看起来十分精明、狡猾。他们……的道德在各方面都是腐化的。而乌兹别克人则比较高瘦，有着稀疏的胡子……塔吉克人打扮很讲究，乌兹别克人的举止与穿着则很简单。乌兹别克人用鄙视的眼光看塔吉克人……塔吉克人则把乌兹别克人当成天生的傻瓜或是小孩……

就像那些彼此互不信任的族群,很明显,突厥人与伊朗人、乌兹别克人与塔吉克人之间的紧密关系,通常比他们——和斯凯勒——所承认的还要密切。异族通婚是稀松平常的事,而塔吉克人说达里语(Dari),那是深受突厥语影响的波斯语方言。

乌兹别克人与塔吉克人间的分裂,可能是中亚各民族间的分裂中最重要的,因为乌兹别克斯坦是这整个地区动向的命运支撑点,其人口几乎占苏联中亚总人口的45%,是这个地区里人口最稠密、地理位置最核心的国家。中亚的人口地图会呈现出,大部分居民是住在——或者接近——乌兹别克斯坦。乌兹别克斯坦的人口为2300万,相较之下,西边的土库曼斯坦人口不到400万;西南边塔吉克斯坦人口不足600万;东边吉尔吉斯斯坦人口少于500万,而东北边的哈萨克斯坦共和国约有1650万人口。乌兹别克斯坦与这些国家都有接壤,同时,南边有一小块跟阿富汗毗邻。另外,还有600万乌兹别克人住在乌兹别克斯坦边界外。举例来说,乌兹别克人占塔吉克斯坦人口的24%,正如乌兹别克斯坦里的两大城市,撒马尔罕与布哈拉,是塔吉克人居住的地方。另外,乌兹别克人占土库曼斯坦总人口的13%,占吉尔吉斯斯坦总人口的12.9%。

除了在其他国家的人口里占有一席之地外,乌兹别克斯坦70%的人口是乌兹别克人。显而易见,在这个地区,他们享有人口上的优势。但这只是一个不太牢固的优势。乌兹别克人眺望南方边界,目睹了塔吉克斯坦因为争战而支离破碎。2万人死了,数以万计的难民逃入阿富汗。塔吉克人与乌兹别克人都不知道,说波斯语的塔吉克人会不会是伊朗在中亚影响力的基础。有些乌兹别克人告诉我,他们害怕伊朗会支持发展一个"大塔吉克斯坦"(Greater Tajikistan),那将包括在乌兹别克斯坦东南边的几百万塔吉克人，以及阿富汗北边土生土长的400万塔吉克人。

如果突厥民族已经有好几代中产阶级，每家有两辆车，厨房有微波炉，还有抵押贷款要付，那么边界问题就会显得微不足道——举例来说，你何时听说过加拿大魁北克有分离主义者，或者比利时有武装了AK-47步枪的语言民族主义者呢？

饭店里的酒馆直到十一点才开始营业，一个男歌手抽了一口长长的卷烟，低吟着《我身处地狱》(*I'm in Hell*)。麦克风因为音量开得太高，发出隆隆声与爆裂声。在红色天鹅绒般的黑暗里，男人夹着香烟，与穿着浴室拖鞋、假缎礼服的女人跳着舞。桌上胡乱地堆着意大利腊肠、干酪、蔬菜、肮脏的烟灰缸以及伏特加酒瓶。一群专业女舞者踏上舞台，像《一千零一夜》里的女孩，受到了催眠般地舞动着，眼神空洞，瞳眸张大：她们可能是为成吉思汗而舞。接下来上台的是一个柔术演员。

那是一个轻松下流的夜晚——一个揉合了假中亚神秘感，带着20世纪30年代柏林小酒馆气氛的地方。一个民兵醉醺醺地靠在墙上，并且在女孩们从舞台上下来时，轻拍她们的背。到处充满叫喊声与敲击桌子的声音，但并没有发生真正的互殴。我们的邻桌是一群二十出头、带着女朋友的小伙子，打扮得像50年代的美国青少年。一个年轻人叼着一支大雪茄，不断地点红酒和伏特加。他给服务员很多小费。"在这样的经济情况下他怎么负担得起呢？"我问贝格。他耸耸肩："他一定有什么生财之道，就像每一个在这里吃喝的人。"

另一张桌子上坐着一群醉酒的军官。"他们夸口与卡里莫夫身边人关系密切，"贝格解释，"这是很丢脸的事。在苏联时代，军官当然也会在公共场合喝醉，但很少有人穿制服。现在根本没有律例了。"第三张桌子上坐的是一群市民,他们都是体格魁梧的男人,穿着俗气的西服三件套,戴着金戒指,大声喧哗。"他们在说什么?"我问。

贝格答道:"他们正在讨论,如果想要一大笔赎金,哪一个国家是最好的劫机国?像这样的话题在这里很平常。"贝格的脸紧绷着。他向我透露,因为他会拳击,所以他以前当过保镖。"但是现在太危险了。苏联时代都是用拳头的,但现在是用枪了。"

我的向导没有我第一次看到他时那么天真了。

一个漂亮的女服务员走过来和贝格聊了起来。她走后,贝格轻声说:"她以为因为这里很热,所以我想和她调情。这实在太让人郁闷了。这些在撒马尔罕的塔吉克女孩都很美丽。为什么我们的乌兹别克女人就没这么漂亮呢?我觉得这里很陌生,仿佛在塔吉克斯坦。"

这个女服务员使我想起斯凯勒关于塔吉克人比乌兹别克人更注重外表,并且喜欢化妆的评论。但是,不管是说波斯语的塔吉克人,或是说突厥语的乌兹别克人,都不像伊朗的波斯人,或是我在土耳其遇到的突厥人。在到突厥斯坦的路上,我假设很快就会遇到像安纳托利亚突厥人那样的人。但即使是贝格,虽然被照顾得很好,也受过很好的教育,他吃东西的方式还是很粗野,他对塔吉克人的偏见也还是很狭隘。而贝格,属于我在中亚见到的最西化的乌兹别克人之一。

我想了又想,这些是前拜占庭突厥人吗?这些突厥人,某种程度上像是之前迁移到安纳托利亚的塞尔柱与西支土耳其移民吗?当年就是在安纳托利亚这个地方,这些突厥人为地中海所柔化,其文化被他们所战胜的拜占庭希腊人改变(金洛斯男爵在《奥斯曼六百年》中指出了,奥斯曼突厥人是如何继承了拜占庭的遗产，包括其精美的服饰、宦官制度，以及后来在奥斯曼演变成清真寺的圆顶教堂——就像拜占庭继承罗马的遗产一样）。在达·伽马航行后对传统贸易路线的弃用，以及沙皇／苏联统治的几个世纪，使突厥斯坦的人民处于停滞不前的状态。像是其他囚犯，他们变得无聊、酗酒，有时甚至十分暴力。

贝格对塔吉克人的敌意，无论多么非典型，都让我想起在塔什干墓地里碎裂的希腊墓碑，伊朗人对突厥人的恐惧，突厥人与阿拉伯人在幼发拉底河水坝上的冲突，在上埃及对抗科普特人的伊斯兰暴力，以及我在旅行期间观察到的其他种族－文化上的冲突。这点是不是证明了哈佛大学的塞缪尔·P.亨廷顿（Samuel P. Huntington）所谓的"文明的冲突"？

亨廷顿认为这个世界在20世纪已经从民族国家的冲突，进展到意识形态冲突，最后变为文化冲突。而我会补充，随着难民潮的增加与农民向世界各地城市的持续移居——把这些城市变成大村庄——当政治权力逐渐落入教育程度较低、较不成熟的群体手里时，国家边界的意义会越来越小。在这些没有受教育但新近掌权的大众看来，真正的边界是最明确也最棘手的：文化与族群的边界。亨廷顿写道："首先，文明间的差异不仅仅是真实的，而且是根本的"，牵涉其他层面，包括历史、语言和宗教。"其次……不同文明的民族间的互动越来越多，这些互动强化了文明的意识。"

亨廷顿指的是印度教教徒、穆斯林、斯拉夫东正教徒、西方人、日本人、儒家学者、拉丁美洲人，以及也许再加上非洲文明之间相互关联的冲突。

由于亨廷顿的描述很宽泛，所以他的观点容易受到攻击。对

第十六章 前拜占庭突厥人与文明冲突

亨廷顿主张提出反驳的是约翰·霍普金斯大学（Johns Hopkins University）的福阿德·阿贾米教授，一个在黎巴嫩出生的什叶派教徒，他对这个世界的了解远多于美国大学象牙塔里的人。他在1993年9月至10月出版的《外交事务》中写道：

> 伊斯兰世界分裂之后再分裂。高加索地区的战线……无法与文明的断层带共存。战线是因国家利益而产生的。在亨廷顿以为亚美尼亚与阿塞拜疆之间会发生文明争斗的地方，实际上是伊朗政府早已将宗教热诚……抛到九霄云外……并在战争中支持亚美尼亚基督徒。

的确，亨廷顿对伊斯兰教与东正教间所假设的战争，并没有被高加索地区的联盟网络所证实。但那肇因于他误以为文明的战争正在那里发生。阿塞拜疆突厥人可能认为他们的文化认同不是以宗教为基础，而是以民族传统为基础。同样，亚美尼亚人与阿塞拜疆人对立争斗，并非由于后者是穆斯林，而是由于他们是突厥人，他们与1915年屠杀亚美尼亚人的突厥人有关。突厥文化（非宗教性的，而且语言文字以拉丁文字为主）越过中亚、高加索地区，与伊朗文化抗衡。因此，亚美尼亚人很自然就和他们的印欧朋友——伊朗结盟。

亨廷顿说高加索地区是文化与种族战争的爆发点，也许是正确的，但是，如同阿贾米所分析的，亨廷顿的说法是太简单了。尽管突厥人对伊斯兰伊朗滋生了强烈的不信任感，并开始憎恨他们，但突厥人，特别是在即将主宰土耳其政治生活的贫民窟里，也逐渐视自己为被西方背叛的穆斯林。因为，多年来，西方几乎没有为被困在波斯尼亚的穆斯林做过什么，他们甚至在德国的街道上攻击土耳其穆斯林。

历史向前推进，20世纪初便陷入民族国家战火的巴尔干半岛，东正教（以塞尔维亚人与古典拜占庭为代表，后者包括有某种共识的希腊人、俄国人与罗马尼亚人）与全球的伊斯兰世界已经处于文化冲突的边缘。但是在高加索地区，伊斯兰教又细分为伊朗与突厥人间的冲突。阿贾米的主张很恰当：这个细分，更不必说阿拉伯世界的众多分裂，意味着包括美国在内的西方国家，并没有被亨廷顿想象中的场景所威胁。就如海湾战争所展现的，西方仍然可以在伊斯兰世界中发挥作用，参与他们的内部斗争。

"文明的冲突"是一个浪漫的说法，它代表了一种想象：通过种族、语言及宗教所划分的大军，行进越过几千千米长的战场，挥动着十字旗和新月旗。现实是不同的。希腊与俄罗斯东正教墓碑，在塔什干被说乌兹别克语的穆斯林激进分子所亵渎，这是一个为特定的当地因素所引燃的独立事件——就像其他独立事件一样，比如波斯尼亚的穆斯林与东正教徒之间的战争；雅典希腊东正政府和安卡拉土耳其伊斯兰政府之间长达10年的文字战争，期间偶有流血事件；20世纪初期，希腊正教会团体被迫离开土耳其士麦那（Smyrna）、伊斯坦布尔和土耳其穆斯林控制的黑海海岸；以及在阿塞拜疆、吉尔吉斯斯坦、哈萨克斯坦共和国，俄罗斯东正教团体与突厥穆斯林团体之间的对立冲突。但是就整体而言，这些事件与历史性的宗教及民族差异的关系，大于与现代国家忠诚的关系。因此，对于这类事件，亨廷顿的"文明的冲突"是一个适当的说法——作为一个粗略的组织原则。

但是现实更丑陋、更复杂，也更悲惨。忘记所有中世纪骑兵的战役吧；将来只会有用砸碎的伏特加酒瓶在吧台前的互殴。目前，突厥与伊朗民族之间可能会展开一场文明战役，那是关于中亚未来的商业路线的——路线的大部分都还没有建好，因为人们至今为止还在用官员办公室里的图表和乏力的报告进行争论。那是一场俄罗斯人也会加入的战役：土耳其计划越过安纳托利亚，将中亚石油运输到地中海，伊朗则计划将石油运到波斯湾，途径黑海及博斯普鲁斯海峡；但俄罗斯人企图抢走两者的风头，设计出更引人注目的运输路线。这些国家的计划逐渐与旧时商旅路线一致，而这可能导致冲突。同时，我所看到的是一个说突厥语的乌兹别克年轻人，贝格，在被一个讲波斯语的塔吉克女人逗弄后气得脸色发白。

有关于乌兹别克人与塔吉克人对彼此负面评价的陈腔滥调，斯凯勒的描述可能至今还是适用的。从斯凯勒的时代到1991年，乌兹别克人与塔吉克人都是同一个当权者的子民，先是沙皇，然后是政治委员。根本没有领土让他们争执，就好像巴尔干半岛在奥斯曼帝国时代一样。但是现在，这些脆弱的国家几乎没有传统，对他们的边界也鲜有主张；以一个旅行者在中亚所观察到的情况来说，国家之间的冲突，都没有国家之内和国土重叠的群体间，或是一个传统的城邦地区与其他城邦居民间来得紧张。这些国家因为突厥语和伊朗语间的竞争加剧（导致乌兹别克人与塔吉克人间的争斗），或者因为乌兹别克群体中或塔吉克群体中的经济竞争而灭亡的可能性，可能比乌兹别克斯坦与塔吉克斯坦之间传统战争的威胁还大——在这样的环境里这两地的政府都无法获得其少数民族的忠诚，两者的军事边界也都无法与民族边界保持一致。

到目前为止，我了解到，西非、近东以及中亚的国家正渐趋衰弱，相反，民族-宗教认同愈发突显。除此之外，我无法证明任何事。旅行真的让人很挫败。

第十七章　干净的厕所与帝国的遗产

我需要上厕所。

贝格和我在撒马尔罕车站等去布哈拉的巴士。我在楼上自助餐厅里喝茶时,注意到走廊上有几间办公室。我心想,也许那里有厕所。办公室里有几名女子。我打断她们的打字工作询问,她们愉悦地指着走廊深处的一扇门。我打开门走了进去。

地上满是积水,龟裂的马桶脏得令人难以置信。苍蝇嗡嗡作响。我憋住气,解完手然后离开。没有卫生纸,没有地方可以洗手。

这些可亲的小姐们使用这样的厕所,难道不觉得难过吗?她们难道不会想要轮流值勤来打扫厕所吗?那花不了多少工夫的。这是我在乌兹别克斯坦看过的最肮脏的厕所,不过,其他的厕所也都和这个一样糟。这个问题真的困扰着我。后来我在罗马尼亚读到斯拉芬卡·德拉库利奇(Slavenka Drakulic)在《新共和》(*The New Republic*)发表的一篇关于厕所的文章。①

"罗马尼亚,"德拉库利奇写道,"仍然是一个属于农民的国家",而"农民对卫生的观念与城市人不同:他们随地都可以拉,很自

---

① 《厕所故事:罗马尼亚的肮脏小秘密》(*Lav Story: Romania's Dirty Little Secret*),出版于1994年4月25日。参见参考文献。

第十七章 干净的厕所与帝国的遗产

然地拉在他们工作的田野上,或是牧场的小木屋里。"在第二次世界大战以及罗马尼亚共和国成立以后,农民涌入城市,参与大众工业化。但这并没有让他们"城市化"。"文明社会的价值是由公民创造出来的,"德拉库利奇写道,"而在极权主义政体下,住在城市里的农民,在一两代人的时间里,并没有机会成为公民,无论是政治上还是文化上。"

提到农民,德拉库利奇也许太严苛了,因为,乌兹别克农民家的厕所和屋外茅厕往往十分干净。然而她的大方向是正确的:一个国家的公共厕所——或者说缺乏公共厕所——透露出该国的文明程度。西非还处在一个无厕所的阶段:你直接去一处空旷的地方,不会觉得羞耻。然而,我记得西非的公共厕所,即使是巴士站里的,都比我在中亚看到的干净。埃及和土耳其的厕所,可以从原始到可怕来分级。伊朗的公共厕所大都是干净的。就像我和贝格在饭店夜总会里无意听到的对话一样,我所见到的肮脏的公共厕所,也显示出在那个社会里,很少有人对家以外的地方保有忠心(我不禁好奇,如果纽约市缺乏公共厕所,一个外国旅人会怎么说)。

一个男孩上了巴士,背诵一段伊斯兰教祷文祈求旅途平安。从撒马尔罕往西到布哈拉的车程是五个小时。在沙漠刺眼的烈日底下,巴士就像一个金属薄板做成的密封容器。我前座的年轻人在用一个水果罐子喝啤酒,后座的孩童正在玩粗制滥造的塑料冲锋枪,假装要劫持巴士的乘客。田野上是一个接一个的水泥灌溉渠。因过度灌溉而产生的碱性土壤,使克孜勒库姆沙漠(Kizyl-Kum Desert,意为红沙)最远的边际,看起来仿佛是造物主将巨形搅盐器里的东西全都倒了上去,又额外加上一些磨碎的白垩形成的。在这片平坦的风景里,结块的沙和被侵蚀的淤泥看起来不是红色的,反而苍白如同水银般的金属。这里没有遮荫,到处是集体农场铁皮屋顶的建筑,墙面是煤渣块和干泥土糊成的,完全看不出这里曾有矮树丛或漆过篱笆的迹象;也没有任何个人化的事物——没有任何令人欢喜的回忆——来辨别这些在这样悲惨的营区里,被迫成长、变老,然后死亡的生命。

我们经过一座足球场:简单的混凝土建筑,周围杂草丛生。这里有可能也是历史遗迹。

21世纪已近在我们眼前,但是近东和巴尔干地区的决策者,仍然在1918年灭亡的奥斯曼帝国所留下的匮乏中挣扎。新的独立国家联合体(Commonwealth of Independent States)中有40%的农业用地被认为"受到危害";16%的苏联领土是"生态危机区";有20%的苏联公民居住在"环境灾难"的地区。苏联有20%—30%的一般性疾病,都与环境因素有关。学者南希·卢宾(Nancy Lubin)写道,"1970年至1986年,乌兹别克斯坦的婴儿死亡率几乎升高了50%……","蕾切尔·卡森(Rachel Carson)在她于20世纪60年代出版的经典著作中所描述的'寂静的春天',现在对数以百万计的独立国家联合体人民来说,几乎是一种现实了。"②

要让环境恢复到人类居住可接受的程度,是一段又长又昂贵的过程,那会绊住中亚未来经济的发展,进而阻挡文明社会的产生。

贝格和我下车,抵达布哈拉的客来酒店(Intourist Hotel)。

---

② 这一部分的资料来自卢宾的论文《苏联的污染与政治》(*Pollution and Politics in the USSR*),参见参考文献。

是的，他们有空房。不，不能稍后再付钱。他们要很确定地知道，你们打算住几晚，而且还要求你预先付清所有费用。有很长的表格要填，还有几张收据要拿。不，你不能拥有钥匙，你只能出示适当的收据给八楼的清洁女工看，才能拿到钥匙。好像入住监牢一样。贝格告诉我，1991年之前，从柜台后面对你吼的每一个字都是"涅"（nyet，俄语中"不"的意思），而现在都是"优克"（yok），那是乌兹别克语和其他突厥语中"不"的意思，还带着已成定局的口气。"对他们而言，你是个美国人只意味着你有钱可以给他们。他们太孤僻、太无知，甚至不知道如何对你这个人感到好奇。"贝格解释着。饭店电梯旁的免税店里，有两罐满是灰尘的可口可乐躺在上锁的玻璃柜中，像珠宝一样。

麦克莱恩在《走近东方》中写道："布哈拉一直维持原貌，而我想只要它还存活，它就维持着完全的东方气息。"布哈拉不像撒马尔罕，只拥有一个单纯的华丽外貌，它拥有的可多着呢：伊斯兰教建筑，连带着它烘干的黄砖墙和蓝色的彩陶穹顶在我眼前消失，仿佛我吸了一管印度大麻似的。从我视线水平的高度，我在架高的石桥上与这些薄砖穹顶邂逅。布哈拉充满令人惊讶的棱角，仿佛我蹲在地上透过水汪汪的镜片往上看似的。这里的茶汗纳里有高起的平台和地毯，上面坐满了戴着刺绣帽子、蓄着稀疏白胡子的老人，他们在啜饮着绿茶。卡扬（Kalyan）宣礼塔，窄颈处围绕着十四幅古阿拉伯书法，看起来好像一根套着十四连环的手指，成吉思汗就是从这个宣礼塔上将他不忠的妻妾们扔下去摔死的，所以这里被称为"死亡之塔"。麦克莱恩将它"与意大利文艺复兴最精致的建筑"相提并论。

布哈拉很热，才5月，气温已经将近38摄氏度了。我的脸快被晒焦了，仿佛站在火堆旁边。"那是咸海和俄罗斯人造成的。俄罗斯人把天气搞坏了。"一位年长的塔吉克商人如此宣称。其他的老人也同意。他们告诉我，现在布哈拉的夏天越来越热，越来越干燥，而且比他们年轻时还长。

咸海大概是全世界最大的环境灾害，当然，也在最恶名昭彰之列。为了给苏联的棉花单种栽培提供灌溉水源，这片曾经是全球第四大内陆湖的湖泊，在过去30年间缩小到原来大小的一半，水量也减低到以前的三分之一。1989年，咸海的含盐量是1961年的三倍；咸海里的鱼也很少能继续生存下去。根据费什巴赫和小弗兰德利的报告，1981年，湖的萎缩已经导致39场大型的"盐尘暴"。在整个80年代里，这些风暴每年夹带着0.9亿—1.4亿吨的盐和沙，造成了极大的人力损失。据卢宾所说：

> 由于咸海的干涸，以及农田过度使用杀虫剂和化学药品所导致的盐渍化，该地区的大多数居民都罹患某种程度的呼吸道和肠胃疾病。……在咸海地区……十个孩子当中就有一个活不过一岁。而那些活下来的孩子……多有疾病缠身……

根据某些专家的看法，布哈拉位于咸海东南方向约480千米处，由于距离太远，并未直接受到咸海缩小的影响。然而，费什巴赫和小弗兰德利提到："一度作为巨形热泵和冷却系统的湖，失去了调节当地气候的能力，周围的沙漠便在气象上占了优势。"现在布哈拉的夏天无雨，且更为炎热；冬天则无雪而且更为寒冷。

一份当地的报纸报道，布哈拉的饭店不久就要开始接受维萨信用卡，而西方饮料和柯达胶卷已经开始在某些地方出售了。但

第十七章 干净的厕所与帝国的遗产

贝格对此并不乐观。"我们乌兹别克人和塔吉克人唯一共同拥有的就是天空。"他这样评论道。他在他自己国土上的感觉，和我一样陌生。

我从建在巴哈丁长老（Sheikh Bakhautdin）墓地周围的苏菲宗教中心，找到了一些乐观的理由。巴哈丁是一位圣人，他在创立了神秘主义的纳克什班底派（Naqshbandiyah）后，于1384年去世。[长老被称为"纳克什班底"（an-naqshband），是"画家"的意思，指重复祷告应该会在信徒心中留下神的视觉印象。] 从布哈拉搭出租车到这个地方耗时20分钟。整片建筑群包括一座16世纪的清真寺和一座现代博物馆，展品中还包括上一届土耳其领导人厄扎尔莅临参观的照片；身为虔诚穆斯林的他，一直受制于苏菲派中的纳克什班底派。有很多人在苏菲派的宗教中心参观，全都是穆斯林。陈列品说明皆为当地文字，他们并不打算吸引西方游客。然而这地方比起我在乌兹别克斯坦参观过的任何史迹，都要干净而无瑕疵。因为这里的伊斯兰身份是正牌的，所以会产生共同体思想。

与贝格到撒马尔罕和布哈拉的旅程，一直是我从塔什干到西南部的顺道之旅。回到塔什干，我备齐签证准备开启反向的陆地之旅——往东南横越中亚，行经吉尔吉斯斯坦、哈萨克斯坦、中国西部以及巴基斯坦。在5月底傍晚的五点，我与贝格告别，然后往塔什干的长途客运站走去。现在我得独自旅行了。往东到吉尔吉斯斯坦的首都比什凯克（Bishkek），要搭通宵巴士。由于我现在要离开乌兹别克斯坦，若是没让警察盖章，售票员就不卖给我票。警察的办公室在终点站大楼的楼上。我将护照递给警官，他示意我坐下，然后翻遍整整90页的护照（我护照上有48页商务签证，还有两个21页的"补页"）。他看了所有的戳章。

"你来这里的时候没有到派出所注册，所以你必须付我一大笔罚金，也许要100美元。"警官说。

"很抱歉，我不知道要注册，"我告诉他，"我是和朋友一起住，不是住酒店。"

他只是瞪着我看。我以恳求的表情看着他。慢慢地，他舔舔即将盖在我出境表格上的印章。他吹吹印章，吹了三口长气，仍然看着我。最后他把我的护照和出境许可证交还给我。如果他再犹豫得久一点儿，我就准备要给他五美元了，然后如果有必要，再讨价还价加一点儿钱给他。

由于到比什凯克要13个小时，得在晚上行驶，所以我期望巴士的状况比我搭去布哈拉和撒马尔罕的巴士要好一些。但是天不从人愿，人们把每样东西都塞进车内，包括皮箱、伏特加和肥料袋，塞在破椅子下和破椅子上。乘客脱下鞋子，然后开始抽烟。在湿热中，一群年轻人把衣服脱到腰部，然后开始大口饮酒。他们叫喊得比发出沙沙声的收音机还大声。西非已经显露出社会的瓦解；但是除了在贫民窟长大的年轻男孩外，西非人往往比很多中亚人更腼腆。驾驶员把车子驶出车站时，已经比发车时刻晚了半小时，整个车厢全是汗臭和酒味。驾驶员座椅的背面对着乘客的嵌板上，贴着一张美国裸女的海报，车子一路颠簸，美女又大又圆的乳房仿佛充斥了整辆车。西方的成就，我心想。

我旁边的男子是俄罗斯人。他给我一杯白兰地，然后又给我一颗白煮蛋和一个西红柿。"敬比什凯克？"我问。"不。"他回答，有一点儿生气。"敬伏龙芝（Frunze）！"伏龙芝——与突厥斯坦的俄罗斯征服者伏龙芝将军有关——是1991年，俄罗斯人在吉尔吉斯斯坦重新命名之前对比什凯克的称呼。

第十七章 干净的厕所与帝国的遗产

由于中亚多山，要到达巴基斯坦并不容易。巴基斯坦远在南部，又稍微偏东，但我们无法走直线到东南，必须绕着山走一个顺时钟方向的大弧线：先到东北，到远端的东部，绕回西南，最后才到南部。这种地形让人求之不得：如此，我就可以看到中亚更多的面貌。

在旅程的第一阶段，我打算往东北方向走：从乌兹别克斯坦的首都塔什干，到吉尔吉斯斯坦首都比什凯克。根据地图所示，虽然乌兹别克斯坦和吉尔吉斯斯坦之间隔着一条长长的边界，但是这个边陲地带山峦绵亘。所以，要到吉尔吉斯斯坦，巴士会先往北进入哈萨克斯坦，然后在深入南面的吉尔吉斯斯坦之前，先沿着哈萨克斯坦大草原往东走。无论地图上怎么画，联结一长串从西到东各国城市的道路和铁路路线——布哈拉、撒马尔罕、塔什干、比什凯克以及阿拉木图（Alma Ata），显示出国与国之间并没有那么疏离。这些路线就像某种地缘政治学 X 光一样，绘制分区图[3]，揭示了目前地图表面下的斯大林遗产。

巴士从塔什干出发往北行驶，不到一小时就到了哈萨克斯坦边境，那里有一些毁损的路障。巴士没有停，因为没有人站哨检查。无论那意味着什么，才一瞬间，我就置身于哈萨克斯坦了。

现在司机向东行驶。夜里我们只停下来过一次，是在一排贩卖水果、糖果、当地制饮料以及酒类的简陋小屋前。有些乘客走到小屋的墙后解手。天色很暗，一股清凉的微风拂过大草原。平坦到令人发狂的风景被电线杆破坏了。回到车上，巨大的鼾声让

---

[3] 这个概念是来自塔夫茨大学（Tufts University）的阿兰·K. 亨里克松（Alan K. Henrikson）教授，他在 1985 年写给中亚学者玛赫纳兹·Z. 伊斯帕哈尼（Mahnaz Z. Ispahani）的信中解释了这个概念。参见参考文献中的伊斯帕哈尼。

人无法入睡。黎明时分，我第一眼看见的是天山的白色侧峰，这座"天堂之山"阻隔了直接通往巴基斯坦南部的通路。我置身于群聚的山脉边缘，这些巨大山脉拥有全球最高的山峰。天山与帕米尔高原（Pamir，"世界屋脊"）纵横交错，而后者又邻接兴都库什山脉（Hindu Kush，"印度教杀手"）和喀喇昆仑山脉（Karakorams，"黑河之山"）；喀喇昆仑山又与喜马拉雅山脉（"雪乡"）合并。清晨，就在我打盹之时，巴士驶进了比什凯克。我不记得哈萨克斯坦和吉尔吉斯斯坦之间有边界岗哨，但是吉尔吉斯斯坦的道路坑坑洼洼，而哈萨克斯坦的路面一直平坦如席。

吉尔吉斯游牧民族一直是后来被中世纪俄罗斯所制服的，成吉思汗钦察汗国④的一部分，所以他们一定留下了一些遗绪。托马斯·曼（Thomas Mann）在《魔山》（*Magic Mountain*）一书中，描述一名很迷人的俄罗斯女人拥有"吉尔吉斯族之眼"——"草原之狼"的眼睛。斯大林将吉尔吉斯人分为两个共和国；他将位于天山的地区定为"吉尔吉斯斯坦"，而称北部的大草原——与成吉思汗作战的原始吉尔吉斯人的家乡——为"哈萨克斯坦"。因此，今日吉尔吉斯人和哈萨克人之间，语言和风俗习惯的差异很小。⑤

海拔极高的天山冰川地带分布着三千多个湖泊，吉尔吉斯斯坦也位居此地，人口只有440万，在食物和水方面自给自足。另

---

④ 钦察汗国，13世纪建立的封建国家，为蒙古帝国的一部分，16世纪初被莫斯科大公国推翻。——译者注

⑤ 对于这些议题，艾哈迈德·拉希德（Ahmed Rashid）在《中亚的复苏》（*The Resurgence of Central Asia*）里有更完整的讨论。列于参考文献。

第十七章　干净的厕所与帝国的遗产

一件幸事是，1990年阿斯卡尔・阿卡耶夫（Askar Akaev）——一位数学家——晋升为共和党领袖。阿卡耶夫打开了吉尔吉斯斯坦通向外界的门户（我的签证只花了25美元，而且不需要邀请函），同时允许国际货币基金组织为它制订新的国家经济计划。我在比什凯克下榻的饭店里用一张50美元纸币兑换当地货币，得到的不是满满一鞋盒的钱，而是一沓钞票。我意识到，一种稳定的货币，有助于创造一个强大的国家认同（state identity）。任何经济学家都会告诉我这个概念，但我是从经验中理解的。乌兹别克斯坦由于没有一个稳定的货币制度，所以它几乎没有作为一个国家的身份认同。

比什凯克就像塔什干，也像阿拉木图，是一个邻近两个国家边境的都城。比什凯克位于天山脚下，仍然属于哈萨克斯坦大草原的一部分。它距离哈萨克斯坦边境只有几千米。它也和塔什干一样，有网格状的街道；但是与塔什干不同的是，它干净、安静、小巧，而且拥有许多以壮丽高山为背景的玫瑰园。正是首都和国家本身美丽、小巧玲珑的特质，以及政府的礼节等，使吉尔吉斯斯坦相较于其他邻近国家，无疑是中亚各国中最受西方外交官与其他专家喜爱的地方——像是中亚的佛蒙特州（Vermont）。然而，就像西非的加纳一样，吉尔吉斯斯坦的成功，是拜该地区其他地方的失败所赐。

入住饭店后，我外出散步，街道上挤满了俄罗斯人，在贩卖劣质肥皂、火星巧克力棒、刮胡刀、玩具、家具、浴室磅秤、奶酪，等等。一位俄罗斯老人告诉我："工厂关闭、生产停止，所以人们贩卖各种东西，只为了生存或是赚足够的钱回俄罗斯。吉尔吉斯斯坦不要我们。犯罪率高——虽不像乌兹别克斯坦那么高，但对我们而言是很高的。这里没有人要民主。我们要的是工作和稳定。"一位欧洲外交官详细解释:"我不信任这个局势。严格来说,这里已经有一些进展了。严格来说,西方的确有商业利益。但是实际上到底签订了多少合约?唉,当官员演讲,请大众提问时,是不是什么问题都没有,只是一阵沉默呢?还有,为什么俄罗斯人还持续地离开呢?"在《中亚的复苏》(*The Resurgence of Central Asia*)中,艾哈迈德·拉希德(Ahmed Rashid)报告道:

> 据估计,到1992年年底为止,已经有10万名俄罗斯人离开,但他们的持续出现引燃了吉尔吉斯斯坦的民族主义。如今政府已试图借由将吉尔吉斯官员提升到高阶职位,来实施逆向歧视。……尽管在法律上非常亲资本主义,但吉尔吉斯斯坦仍然无法吸引重要外资……其国民生产总值在1991年下降了5%,次年又下降了15%。工业产量也降低了25%……吉尔吉斯斯坦在资源与工业上的匮乏,意味着政府已经基本无法实行民营化了。

《吉尔吉斯斯坦纪事报》(*The Kyrgyzstan Chronicle*)当天(1994年5月31日)上午报道的新闻,大多都很令人沮丧。其中一篇文章写道,在1993年,平均每个吉尔吉斯斯坦家庭必须花费其收入的69.6%在食物上,相较之下,1990年只需要花费34.1%。另一篇由阿西奥·伊萨耶夫中校(Lt. Col. Ahjol Isayev)所写的文章揭示,在吉尔吉斯斯坦军队里,充斥着交战中的吉尔吉斯宗族间的"部落主义"。还有在由共和国毒品控制委员会副主席亚历山大·席泽利齐恩科中校(Lt. Col. Alexander Zelichenko)所写的《天山哥伦比亚》("Tien Shan Colombia")一文中提到,1993年已确认的"毒品种植"案件有229起,相较之下,1990

年只有 4 起。他说鸦片生长在农舍、花园和厨房里。大部分种植者不是 30 岁以下，就是 60 岁以上，或是失业的人——人口当中"最不受社会保护"的部分。每天有几十公斤的鸦片从没有中央政府的阿富汗，被走私到正在内战的塔吉克斯坦，再运往吉尔吉斯斯坦。在吉尔吉斯斯坦，"有 12% 的青少年习惯性地使用鸦片"，另外还有"42% 偶尔使用"。

1994 年 8 月，亦即我访问的几个月后，牛津分析公司的报告显示，吉尔吉斯斯坦三位数的通货膨胀，是"首都周围贫民窟的社会动荡"背后的一个因素。每件事都是有关联的。吉尔吉斯斯坦的货币，只是比乌兹别克斯坦的稳定而已。为了保留新货币的完整性，牛津分析公司提出警告，阿卡耶夫可能必须要"向威权统治转型"。[6] 尽管这个国家在位置上与苏联的其他地方较为疏离，经济决策者的能力也很强，然而它还是逐渐陷入下坠螺旋：产量下降，通货膨胀。这些也许只是类似某些欧洲国家在转型期所遇到的问题，比如波兰和匈牙利。

我在比什凯克偏远的郊区逛了一个多小时，真正走到了草原的尽头，那里也是天山山脚的起点。终于我发现了它：一间挤在众多外貌类似的俄罗斯乡间宅邸中，破破烂烂的屋宇。屋内有四个俄罗斯族雅皮士，他们带着计算机、一台录像机和一台传真机。一个爽朗的红发女子请我喝茶、吃饼干。那是一家山林旅行公司，在苏联解体而比什凯克跃升为首都后，他们靠着大批涌入的西方大使馆员工来赚钱。在比什凯克，周末唯一的活动就是到附近的高山和湖泊

---

[6] 1994 年 8 月在瑞士达沃斯（Davos）举行的世界经济论坛（World Economic Forum）中使用的牛津分析公司每日数据（Oxford Analytica Daily Brief）

探险——这些年轻的俄罗斯人主要经营的短程旅行路线。

我告诉他们，我要横越天山到中国境内的喀什。我的想法是：如果我爬过高山，穿过纳伦（Naryn）和吐尔尕特（Torugart）口岸，到达吉尔吉斯斯坦南部与中国的边界，那么到巴基斯坦的路程就会缩短很多，还会经历新的冒险。斯凯勒在他的《突厥斯坦》一书中曾提到这条繁忙的贸易路线。然而，对于我这样一个第三国家的公民而言，要走这条路线仍是困难重重。

终究我还是得绕远路到巴基斯坦，以顺时钟方向继续沿着辽阔的天山山脉走：朝东北进入哈萨克斯坦的阿拉木图，然后再更深入东部到达蒙古附近的中国新疆维吾尔自治区，天山的海拔在这一段会比较低；接着，我横跨到天山的南侧，往西南方向前进，到达喀什，再往南行至巴基斯坦。

山林旅行公司为我安排了一辆车，载我从比什凯克到阿拉木图。司机和我往南驶出比什凯克，没几分钟就又进入哈萨克斯坦了。路面不再有坑洼：哈萨克斯坦的石油财富等于较好的路面。边境上有一个停止标志和几间平房，我的司机对于这些完全置之不理。我只有在入住酒店时才出示我的吉尔吉斯斯坦和哈萨克斯坦签证。假如我住在私人民宅，无论法律如何规定，都可以不需要用到签证。

稍微往北，偏离天山之后，再往东朝阿拉木图行驶，当我的司机和我逐渐上坡朝着如羽毛般的白云驶去，一片海浪般的绿色草原绵延起伏，还有单调而无尽的风、草原、天空和偶尔出现的一堆波浪状铁皮屋顶。这是个极好的平原：它像艾奥瓦州一样位于大陆的中心，是"土地"的精髓。我可以想象耳边达达的马蹄声。往南一过吉尔吉斯斯坦边界，就是托克马克城

第十七章 干净的厕所与帝国的遗产

（Tokmak）。1206年或1207年，一位名叫铁木真的蒙古可汗就是在这里击溃另一支蒙古敌军的，然后他改名为成吉思汗（意为"完美战士"）。马可·波罗在《马可·波罗游记》里写道，蒙古战士可以在"一个月没有补给品，只靠他们的马奶过活的情况下打仗，仿佛他们的弓能为他们打胜仗似的"。成吉思汗的军队甚至不下马睡觉，而是在马吃草的时候，留在马背上一整夜。如果军队渴了，他们"喝马的血，划开马的静脉血管，让血喷进他们的嘴里，直到喝够了再止住血"。

行驶四小时后，我们到达阿拉木图⑦。突然间，我们看到菲亚特汽车、骆驼牌香烟，以及"得州哈萨克"（Texas-Kazakh）银行的广告牌。酒店接受多种信用卡和旅行支票。这里还有赌场。在一段下坡路段中央有一个崭新的奔驰汽车经销商展柜，正在展示最新型的车款。在我入住的酒店大厅，我听到生意人以希伯来文和日文洽谈生意。抵达阿拉木图，就像去了布哈拉、撒马尔罕、塔什干和比什凯克之后，又回到外面的世界一样。

"石油巨头"（Big Oil）是所有这些活动的原因。沿着里海往西北方向走上约1600千米，在波斯湾之外一块几乎没人居住的哈萨克斯坦领土上，坐落着大量的超大型油田。哈萨克斯坦的石油储备与科威特不相上下。1992年雪佛龙公司（Chevron）与哈萨克斯坦政府签订协议，投资400亿在这些油田上，希望在21世纪初期到中期，可以赚到"几万亿元"。⑧

但是还是有问题存在。在里海旁边的"田吉兹"（Tenghiz）

---

⑦ 哈萨克人将这个城市重新命名为阿玛堤（Almaty），但是对很多人而言，它还是阿拉木图，"苹果之父"的意思。

⑧ 参见参考文献中约翰·格林沃尔德（John Greenwald）有关石油的文章。

油田,夏天的温度飙高到 50 摄氏度,冬天则降到零下 40 度左右。从地下渗漏出来的氢化硫气体能立即置人于死地。腐坏的苏维埃油管已经不堪使用了。发展和开采油田还需要更多时间,这表示花费要比雪佛龙公司预期的更高。此外,哈萨克斯坦本身也是一个风险。雪佛龙公司 20 世纪 70 年代投资大笔金钱在苏丹南部,认为可以开采 50 亿桶的石油,结果等到的只是苏丹境内爆发的内战、混乱和饥荒。⑨ 哈萨克斯坦的地图,并不比苏丹的地图意义更大。

　　哈萨克斯坦人口的 37% 是由俄罗斯民族组成的,他们主要住在北方,邻近俄罗斯的领土。从逻辑上说,哈萨克斯坦北部与俄罗斯之间的边界应该往南移几百千米。当然,哈萨克斯坦总统努尔苏丹·纳扎尔巴耶夫(Nursultan Nazarbayev)没打算这样做,并且他还让俄罗斯人迁出北部及其他地方的重要位置,然后让哈萨克族人递补上来。俄罗斯人曾发起反击,攻击北方城镇的哈萨克人。居住在哈萨克北部的大多数俄罗斯人,都已经在那里定居了两三代了,因为太穷而无法回到俄罗斯。⑩ 再者,住在俄罗斯领土旁边更鼓舞他们的信心。然而,哈萨克人不让步,他们有账要算。20 世纪 30 年代苏联政府谋杀、饿死、集中管理以及驱逐了 150 万名哈萨克人。⑪ 俄罗斯人还利用哈萨克斯坦作为核试验区,造成高癌症率和可怕的先天缺陷。1993 年欧洲版《华尔街日报》

---

⑨ 参见曼苏尔·哈立德(Mansour Khalid)的《尼迈里和反五月革命》(*Nimeiri and the Revolution of Dis-May*),有关苏丹石油协议和政治问题的背景资料。列于参考文献。
⑩ 有些俄罗斯人甚至在一个地区里居住得更久。哈萨克斯坦西北部自从 17 世纪 40 年代就有俄罗斯人了,而俄罗斯-哈萨克斯坦边界则自 18 世纪 20 年代就存在了。
⑪ 参见参考文献中康奎斯特、拿海罗(Nahaylo)和拉希德的条目。

第十七章 干净的厕所与帝国的遗产

十周年增刊中，预测了 21 世纪的重要新闻，其中即包括俄罗斯与哈萨克斯坦之间的战争会发展为核打击。

今天，阿拉木图是典型的过渡期首都城市，挥金如土的西方企业总裁们被迫忍受邋遢旅馆里不稳定的电信设备，以及除了冲调橙汁、伏特加、白兰地和咬不动的牛排外，没有东西可点的菜单。出租车没有比我在几内亚看到的破车好多少，但是才载几百米的距离，司机就要向顾客索价五美元。有成群妓女的撒马尔罕，自以为是曼谷；有赌场的阿拉木图，自以为是拉斯维加斯。有人告诉我，此地有五家西式酒店正在兴建中。那种令人厌恶的克朗代克（Klondike）⑫淘金热无处不在。突如其来的石油财富能够抚平民族问题吗？或者会不会造成像尼日利亚那样大规模的腐败和经济过热？还是在持续期望下引发一场革命，然后更激化民族愤怒？我知道五年或十年后若再度回到阿拉木图，这个城市会完全不一样，如果不是体面的酒店、更成熟的员工、更好的电信设备，以及一个逐渐西化和繁荣的社会，就是战争和毁灭。这两个极端中间任何的情况都不太可能发生。

我晚上九点离开阿拉木图。火车内部是木头镶板，配上红色窗帘；还有俄国式的茶炊。火车行进的震动让我快速入睡。清晨，我看见平坦的黄色草原。旅程中，我们一直往北走，然后转向东边，天山的山峰就在那里消失于视线之外。到处都有骑马的人赶着一大群一大群干瘦的牛。偶尔会出现一个村落。我没看见传统的圆顶帐篷或突厥游牧民族式的圆毡房，只看见破损的篱笆、一堆堆

---

⑫ 克朗代克，加拿大育空河流域的金矿地，在 1896 年发现金矿后，淘金热潮持续了五年。——译者注

破轮胎和其他垃圾，以及荒芜建筑区里生锈的房梁。

火车缓慢爬上高而平坦，因积雪而呈现皱褶的草原，两侧低矮的山坡在此终止。鸟儿齐窗而飞。我可以看见一片带着不真实钴蓝的湖泊延伸至北方。火车驶进一个铁路转运点：哈萨克斯坦－中国边境中属于哈萨克斯坦的那一侧。

工人将车厢解套，一节一节地，用巨型起重器举高三米，再将宽轨的俄罗斯起落架置换成中国铁路的窄轨。整个苏联地区还在继续使用的俄罗斯轨距，比世界标准还宽。建造这样的宽轨，是为了预防侵略者利用火车进入俄罗斯。整个调换过程花了好几个小时。

一名哈萨克斯坦移民官员——是个俄罗斯女人——走进我的车厢。她几乎连看都没看我花了120美元办的哈萨克斯坦签证，就在我的护照上盖了章。"你觉得我做这份工作每个月赚多少钱？"我没有回答。"七美元，"她告诉我，"一个月七美元。我听说新泽西的待遇比较好。我有亲戚在那里。但是我嫁给了一个哈萨克人，所以我被困住了。"

下一个进来的是海关检查员，他是哈萨克人。他的眼睛布满血丝，似乎喝多了。"把这些表格填一填，"他说，"统统打开。我要看你所有的美元现金。"我把所有的现金都放在腰带里，并将腰带绑在裤管里的膝盖上。我猜想这应该是敲诈，所以只让他看我皮夹里少许的美元。"只有这些？"他喊叫着。我向他解释说我使用信用卡。"给我看！"他又喊道。我拿给他看。他用手指摩擦着信用卡，然后摇摇头，一副不满意的样子。他翻遍了我背包里的每样东西，每过一会儿就停下来用质疑的眼光看我一下。他想要贿赂。经过紧张的半小时后，他离开了，连我填的表格都懒得收回去。这比非洲的情况还糟。

第十七章 干净的厕所与帝国的遗产

各种官员花八个多小时企图敲诈后,火车出发了。我们进入一个宽广的口岸,边缘是黑色石头,这里就是准噶尔盆地。这是我所见过的最荒凉的地球景色,而且边缘的地方似乎呈弧形,仿佛地球是个没有大气层的小星球。

半夜火车越过国际边界。直到此时暮色才刚降临,星星也才探出头来。虽然北京还在此地以东 3000 千米外的地方——而且在好几个时区外——但规定都使用北京时间。

第十八章　世界屋脊

700年前,马可·波罗在喀什南部游历时写道:

> ……总是身处群山之间,你来到拥有这样的海拔高度,被称为全世界最高的地方!而当你来到这样的高度,你会发现两座山之间有个大湖……有各类野兽;其中有大型的野山羊,羊角的长度足有六个手掌……这片平原叫作"帕米尔"……这个地区是如此高耸而寒冷,以至于看不到一只飞鸟。

1994年,它看起来没什么两样。常常出现风暴的天空,正是出自《创世记》的景象。载满了巴基斯坦地毯商人的中国巴士,已经走了三个小时,一路在坑坑洼洼、散布了大颗砾石的道路上,疼痛、呻吟、刺耳地爬坡,嘎嘎作响。然后,朴素、幽寂的无垠大地展开在我面前。锯齿状的花岗岩山峰消失在灰色的云烟雾里,覆雪的斜坡倾斜成彩色帷幕。开始下雪后,风刮击着巴士窗户。那是6月中旬。时而出现的泥砖棚屋,打破了这片孤寂。

位于海拔3000米以上的喀拉库尔湖(Lake Kara-Kul,意为黑湖),是一片灰蓝色的真空地带,其空洞就如同高空一样。这

第十八章 世界屋脊

个湖为慕士塔格峰（Mustagh Ata，海拔7745米）和公格尔山（Kongur，海拔7649米）所围绕，从山顶川流而下的冰川不下11条。一群大角牦牛散布在平原上，像行动缓慢的黑色巨砾，由戴着白毡帽的哈萨克牧牛人驱赶着。空中一只鸟也没有。三个坐在巴士尾端的自助旅行者甚至没看窗外，全神贯注在他们自己随身携带的小说里。

我现在在高地鞑靼（High Tartary）——18世纪时被称为"第三极"，因为它似乎与北极和南极一样的遥远。[①] 地理学家称这山群为"帕米尔结"（Pamir Knot），在这里，帕米尔山脉和喀喇昆仑山脉、西喜马拉雅山脉聚集形成"世界屋脊"。虽然，东喜马拉雅山脉里有8848米的世界最高峰珠穆拉玛峰，但如同前法官道格拉斯所描述的，单单喀喇昆仑山脉本身，就有33座以上的山峰高于7300米，包括只比珠穆拉玛峰低237米的乔戈里峰，而且攀登起来更困难。

在喀什的那个早上，人们足足花了两个小时来卸除巴士上的东西。巴士车顶被中亚地毯和中国制自行车堆得高高的，那是巴基斯坦的拉合尔（Lahore）和拉瓦尔品第（Rawalpindi）商人打算在巴基斯坦和西边更远的市场贩卖的产品。随着1978年喀喇昆仑公路（Karakoram Highway）的完工，一条新的丝路出现了；而这丝路将连接塔什干和位于阿拉伯海的卡拉奇（Karachi）。这条笔直的喀喇昆仑公路，始于喀什，止于拉瓦尔品第外围；搭乘自动化交通工具需耗时五天翻过群山。

在《道路与对手：亚洲边界地带政治权利的取得》（*Roads and*

[①] 参见拉希德《中亚的复苏》。列于参考文献。

Rivals: The Political Uses of Access in the Borderlands of Asia）里，伊斯帕哈尼将喀喇昆仑公路视为一种大胆的隐喻，说明在世界很多地方，与砂土路及重铺的公路比起来，喷射机依然无关紧要；这些公路才是真正的"历史仪器"，清楚界定着边界和地域。比如，1960年，学者路易斯·杜普雷（Louis Dupree）质疑进入阿富汗的新苏维埃道路的用处："从逻辑上来说……正如在可能发生核战争的时代里，一条道路能具有什么战略地位……？"但1979年，苏联经由陆路入侵阿富汗，回答了杜普雷的问题。

这条新丝路会像旧丝路一样，衔接一小片文明和一连串在无边界世界里的城邦吗？或是，会像伊斯帕哈尼所暗示的，借着这条公路延伸的权力会到达巴基斯坦北部领土遥远山区的村落里，反而成为对这个既存国家的威胁？我觉得，回答这些问题的最好方法，就是亲自走一趟喀喇昆仑公路。

这条公路曾被称为"工程界的奇迹"和"世界第八大奇迹"。它越过24座主要桥梁，在建造过程中使用了8000吨炸药来移除约25立方千米的土壤和岩石，动用了8万吨的水泥和1000辆卡车，同时有1.5万名工人投入这项工程。400名巴基斯坦和中国建筑工人在筑路过程中丧命，另有314人受伤。从这些描述里，你可能会把喀喇昆仑公路想象成像宾夕法尼亚的收费高速公路。但它不是，它看起来更像西弗吉尼亚州那维护糟糕的煤渣跑道。但每件事都是相对的。就像与欧洲和北美的河流比起来，约旦河（River Jordan）只是一道孱弱的细流，但以中东水量不足的标准来看，它可是一条大河。喀喇昆仑公路的处境也是一样：它意味着，在此之前，这里真的什么都没有。

一路上的住宿情况也是相同情形。我在塔什库尔干（Tashkurgan）度过这趟旅程的第一夜，那是一个从塔吉克族、阿富汗和中

第十八章 世界屋脊

国接壤处越山后便可抵达的塔吉克族小镇。帕米尔旅馆（Pamir Hotel）被广告宣传为"现代化"的综合建筑，专门为在新丝路的旅客提供服务。在海拔3240米的塔什库尔干，气温在晚上遽降到接近冰点。房间没有暖气，床铺下陷，床单肮脏，地板也一样。盥洗室淹水，马桶堵塞。但这还算不错的。

在红其拉甫口岸（Khunjerab Pass）顶端的中国、巴基斯坦边界，海拔4733米，是世界上海拔最高的国际过境处。但真正的中国和巴基斯坦边界设施相隔了七小时车程的距离。中国的出境程序是在塔什库尔干外的一栋建筑物里进行的。隔天一早，每个人的护照都盖章后，五人一组的中国士兵，立正站好，向巴士致敬，开启大门，让我们正式"离开中国"。那一整天，我们穿越了所谓的无人之境：荒凉而美丽的大草原上，放牧着绵羊、牦牛、双峰骆驼，点缀着塔吉克人和吉尔吉斯人居住的一个个孤独的圆顶帐篷。我现在看到的是最壮观美丽的突厥斯坦，如同马可·波罗曾见过的——在我离开中亚前最后的日子里。

巴士里的气氛有点紧张。喀喇昆仑公路可能曾是中国和巴基斯坦友谊的一种表现。司机的开车方式就和很多中国人一样：缓慢，且依规定行驶。即使在长而平坦的道路上，时速仍然未超过80千米。巴基斯坦人感到愤怒；在他们的文化里，在有盲点的弯道仅靠鸣笛超车，是一种男子气概的象征。这就是为什么白沙瓦（Peshawar）和拉瓦尔品第之间的大干道（Grand Trunk Road）是一条漫长、毫无止境、血腥的"胆量比试"场之路。巴基斯坦人喊叫着诨名以羞辱司机，司机则以更慢的速度，或在中途停下来小便或抽烟回击。"先生，"一个巴基斯坦人向我解释，"这就是为什么巴基斯坦如此成功的原因。我们有抱负且充满活力，希望快一点儿抵达目的地。"

"但是,巴基斯坦公路上的死亡事件呢?"我予以反击。

"能怎么办?"他耸耸肩,好像这种死亡是他所宣称的巴基斯坦社会和经济活力所要付出的一种合理代价。

中国是亚洲大陆的一部分,巴基斯坦则是亚洲次大陆的一部分;亚洲次大陆还包括印度、孟加拉国和尼泊尔部分地区。表面上,它们相距甚远——而且曾是一片大海。我们称为次大陆的三角形大陆板块,曾是南极洲的一部分;大约在7000万年以前,它开始向北漂移,流向亚洲。②3000万年以前,它抵达当时的亚洲南部沿岸,滑入沿岸底下,并且向上挤压海岸,使曾是海平面的南方海岸,经历了强烈的冲撞,形成现在的喀喇昆仑山脉,也就是"黑色岩山"——这里有许多世界高峰。在冲撞中向东卷曲的削片,则成为喜马拉雅山脉。这碰撞从未真正结束,它仍然一毫米一毫米、每分每秒地变动着。冰川在24小时内移动的距离超过六个足球场的长度,而且,如果它们威胁到道路和村庄,巴基斯坦空军就必须予以轰炸。从地质学角度来说,喀喇昆仑山脉也许是地球地壳变动最剧烈的地区,它也是一堂关于世事无恒和为什么持续变动的地图才是唯一正确地图的课程。

开了几个小时之后,巴士爬上蜿蜒的道路,进入一块荒凉、平坦的小台地。一个衣衫褴褛的中国士兵从茅屋跑出来,伸展着手臂,好像是在乞讨。司机停下车来,从座位下摸到一个包裹,递给这位孤独的士兵一双未拆封的新袜子。士兵一再道谢,并不想查看我们的护照。几英里路后,一个同样孤独的巴基斯坦士兵

---

② 参见贾尔斯·惠特尔(Giles Whittell)杰出而简明的地质学概论《中亚》(Central Asia)。列于参考文献。

第十八章 世界屋脊

向我们招手,我们此刻已在巴基斯坦境内。我们行经的平坦路面,在6月中旬仍点缀着白雪,其海拔比美国大陆的最高峰还要高。

车子下坡进入一座峡谷,必须在四天后抵达拉瓦尔品第外围才能离开这个地区。这里的喀喇昆仑山脉比帕米尔地区还陡峭:黑色的岩石尖塔覆盖着白雪,向上延伸7300米,向下则深入谷底——就在我眼前——仅高出海平面以上几百米。这些是地球上最令人晕眩和惊恐的斜坡:壮丽而垂直的景观,从冰层和花岗岩陡降到热带的绿叶,是大陆崩塌的视觉明证。巴士转过一个又一个完全没有护栏的弯路后,我看见景观以直角和云朵交会。

岩石崩落到巴士车顶并敲击着车窗。道路到处因小山崩而封闭,我们必须等候巴基斯坦工作人员清除。光是要让这条公路维持正常运作,就是一项毫无止境的艰辛工作。我从未到过一个受地质影响如此明显的地方。

巴基斯坦巴士开始多了起来:装饰着铬黄色和华丽彩绘的狂想曲,掩藏着邪恶的双眼和令人难受的赤裸内在——这都是一种夸耀、气势和迷信。冒失鬼似地驾驶着车子,他们似乎是一种天真文化的产物。

接近傍晚,一簇水泥与碳灰混制的空心砖建筑出现在眼前,原来是巴基斯坦的边境设施。巴士开到一处布满灰尘、有薄金属板屋顶的地方,那里摆着几张歪歪斜斜的木桌。我走到贴着"外国人"标签的桌子前,给我的护照盖章。巴基斯坦海关检查还包括一个问题:"先生,带酒了吗?"根据我的否定答案,他挥手让我走。依规定,巴基斯坦是个伊斯兰教国家;但私底下,如同我从先前的探访所了解到的事实:它和伊朗一样,在黑市到处都买得到威士忌。

我找到一个寒冷且空无一物的房间,在边境城市苏斯特

（Sust）度过一晚。我非常满意小扁豆汤、豆菜（dal）③、蔬菜咖喱、米饭和馕，因此胃口大开。次大陆的料理就像返家的饮食，尤其是在数周的中亚食物和油腻、烹调拙劣的中国菜后，我的胃终于安定下来了。桌上唯一的中国残留物是平底的汤匙。那天，在一个具有人为边界的世界里，我越过了一条真正的边界线，从一个大陆抵达另一个；从贫瘠、修剪过的大草原到狭窄、多砾石的峡谷；从阴沉的中国人和拘谨的吉尔吉斯人，到聒噪的巴基斯坦人；还有，从一种食物到另一种食物。

"我是塔吉克人，所以我说塔吉克语，先生。"在小旅馆里，侍者这样向我解释。"你明天会去罕萨（Hunza），先生，在那里，他们说的是布鲁夏斯基语（Burushaski）；在斯卡杜（Skardu），他们说巴尔蒂语；在吉尔吉特（Gilgit），他们说希纳语（Shina）；在吉德拉尔（Chitral），他们说高瓦尔语（Khowar）……"巴基斯坦的官方语言是乌尔都语（Urdu），融合了波斯语和阿拉伯语，属于印度语族。高瓦尔语、希纳语和乌尔都语有些渊源，但巴尔蒂语是一种藏语方言。塔吉克斯坦语比任何印度语族的语言，还更像波斯语；布鲁夏斯基语则和这些语言完全没有关系；这些语言都是曾独立的公国残留下来的痕迹。当马可·波罗描述喀喇昆仑"因王国而喧闹"时，他抓住了要点。那是一种混乱的景象，很模糊，也很重要。历史学家约翰·凯伊（John Keay）称喀喇昆仑为"中枢点、乌鸦的巢穴、亚洲的支点"。大部分从中亚到印度次大陆的陆路都要经过这里。这个名副其实的路线网，是中

---

③ 豆菜，一种豆类加上水、香料、药草、油、洋葱等熬煮到浓稠的印度菜。——译者注

亚和次大陆各个民族来往及通婚的通道，它逐渐削弱了我曾经认为坚不可破的地质断层区。

这里是大博弈最具决定性和关键性之阶段进行的地方。英国和俄罗斯情报人员在这些山居部族里争夺同盟的活动，决定了专制的（后期苏联）中亚、阿富汗和之后分出巴基斯坦的英属印度边界。我很快就能在南方的小镇吉尔吉特参观这些英勇英国人的坟墓了。

早上，我和一位吉普车司机讨价还价，请他载我到罕萨山谷（Hunza Valley）的主要小镇卡里马巴德（Karimabad）；它是巴基斯坦"北部领地"的心脏，从这里往南需三小时。我付他20美元。就像前一天晚上的塔吉克斯坦侍者，他也非常地有礼与和善。我感觉好像回到了土耳其和伊朗——一个已经发展出客户服务心理的地方，而不是中亚国家的掠夺心理。他指给我看右边远处的冰川，即喀喇昆仑山中最大的帕苏冰川（Passu Glacier）。不像暗灰色、在外行人眼里近似花岗岩或板岩的冰碛冰川，帕苏冰川是纯白色的冰层：一个流动的，外表却似乎静止不动的可怕物体。

罕萨山谷紧邻克什米尔和印度，由巴基斯坦"管辖"。这个法律式词汇，暴露出这整个交错边境格局的薄弱。这个词出现于20世纪40年代晚期，当时，英国撤离印度，而两个交战中的新国家（印度教的印度和伊斯兰教的巴基斯坦）无法就永久性的边界达成一致。

然而，当我进入罕萨山谷和卡里马巴德镇时，它深绿色的梯田、随处可见的果树，以及水质冰凉可口、沿着罕萨河两岸陡峭峡谷壁涓涓潺流的灌溉渠，已使这些大国和文明间的争战，不再浮现于我的心头。壮观而平静的孤绝情境吞噬了我；我想，这里才是真正的香格里拉，为詹姆斯·希尔顿（James Hilton）的爱情小说《消失的地平线》(Lost Horizon)而设的场景。

我向司机道别，开始沿着种满杨树的道路散步，我的眼睛盯着喀喇昆仑山脉的另一座庞然大物、高达7788米的拉卡波希峰（Rakaposhi）覆雪的岩石表面。我看到山景餐厅（Mountainview Restaurant）的广告招牌。我想喝冰汽水，于是爬下摇摇晃晃的木梯，走入一个天然的土平台。平台边缘摆着一张木桌，可以欣赏下沉的黑色峡谷和向上延伸的拉卡波希峰白色斜坡，景观足以令人心跳停止。坐在上面的是一对极俊美的情侣，金发白肤。

新西兰人戴夫（Dave）热诚地与我握手，他的英国妻子林恩（Lynn）也跟我握手打招呼。我越过她的肩膀望过去，看到一叠有她漂亮笔迹的黄色法律文件。他们是登山客，已经在婆罗洲、西藏地区、尼泊尔、印度和现在的北巴基斯坦登山和徒步旅行过。两人都将近四十岁，他们卖掉房子，把钱存入银行，身上除了登山包和攀登设备外什么都没带。他们已经算好，只要一天花20美元，就可以靠林恩自由写作的收入和银行利息，一直旅行下去。虽然花费似乎很少，但和其他我遇到的自助旅行者所花的钱相比，那可是一笔财富呢。

林恩和戴夫的故事，听得我兴趣盎然。他们在西藏时，半夜被帐篷外的牦牛吵醒；他们还跳过被细雪覆盖、嘎吱作响的冰川。"当你靠近冰川时，移动的冰川听起来就像轰隆轰隆响的火车，那很危险。但管他呢，"戴夫说，"我宁愿死在冰川边，也不愿在西方城市被抢，或死于一场郊区车祸。"林恩补充说："当然，你到海拔4600米的尼泊尔时，会头痛，但你会习惯的，你的身体会自己调节。我们唯一的困扰是晚上的跳蚤。"

林恩告诉我，她用平邮将她的旅行见闻寄到英国、新西兰和澳大利亚。"他们收得到的。你看，看看这些样张。"她说，并给我看她已出版的多篇文章。"我都用手写的。在家里，我会用笔记本电脑，但是，带笔记本电脑到这些地方来，有点儿疯狂。插头要插哪里？哪里可以找到充电电源？在我们去过的地方，即使看到插座，电源的电压不是太低就是太高。想想看，在某些地方的边哨站你还要贿赂守卫，好让他们允许你带电脑入境，那又是一件麻烦事。"

我想要拥抱她。这么多年来，我用相同的方法，以新闻杂志投稿人的方式维生。现在，这里有两个人，他们了解在20世纪末，地球上还有一大片地区没有经由互联网连接起来。在我周游非洲和亚洲的过程中，已经到过么多家既没有电脑也没有打字机的银行和旅馆了，而我对此已不以为意。冷战结束后，世界不同国家间产生了巨大的差距：某些地区因计算机革命而不断发展，某些地区却甚至没有稳定的电力。我以为这种差距是理所当然的事，因为我正在亲历这种现象。在这趟旅程里，我没有带电脑，而且也很少会带着它到其他地方。那是种解放，就好像在我旅行中没有传真或地址一样。在这方面，我的英雄是我认识的芝加哥眼科医生和他的妻子：每年，他们固定到电话不通的偏远地区徒步旅行。"在晚上能够拥着好书入睡；知道即使遇到紧急状况也没有任何人可以联络到你；这些都是在人类遭受信息残暴统治的年代，能让身心放松的最纯粹的形式。"他这样告诉我。

戴夫和林恩在这些村庄旅行，研究当地传统语言，等于是在接受免费的古典教育。他们也是敏锐的观察者。"我不是环境纯粹主义者，"林恩说，"但是从吉隆坡的旅馆窗户往外看，戴夫和我看到了100架起重机。我们常看到关于建筑物倒塌的新闻报道，在这些国家里，豆腐渣工程令人震惊，空气也被严重污染。戴夫和我做了一趟长途旅行,从喜马拉雅山到阿格拉(Agra),因为我曾在20世纪70年代游览过泰姬陵,而我希望戴夫能在它被烟雾摧毁前欣赏一下这座建筑。好吧,不管你在书上读到过多少他们的空气污染已经得到控制的报告,毫无疑问,它仍然正在倾毁。泰姬陵已经不再是白色的,而是脏污的黄色。当地的印度人随意砍劈下该建筑的碎片,将其出售;守卫却袖手旁观。我们花钱住进一家可以看到泰姬陵景致的旅馆,但在烟雾迷蒙的状态下,你几乎看不见它。那真是个悲剧。"他们接着告诉我尼泊尔滥伐林木的故事。

但他们也告诉我,罕萨山谷比较令人满意。石头灌溉沟渠夹带着苍郁绿叶,蜿蜒曲折地穿梭于山谷间,是阿迦汗(Aga Khan)灌溉和林木再造计划的成果,这将使该山谷得以重生,并能自给自足,而不需要巴基斯坦政府的协助(或准确地说是阻碍)。"山居民众的联系和这些私人赞助的环境保护计划的效率,十足令人印象深刻。"林恩说,"但喀喇昆仑公路就是政府修建的,政府目前借由这条公路建造学校及较大的军事驻扎地,以扩散其影响力。没有了这条道路,所有这一切都将成为不可能。"我说。

"是的,"林恩回答,"但是这里的人有他们自己的语言。很多发展和社会变迁的发生,都是在政府缺席的状况下发生的。如果巴基斯坦自我毁灭,罕萨山谷光靠自己就能维持得很好了。"

我爬上一辆拥挤的迷你巴士,接下来的三个小时,巴士沿着曲折迂回的罕萨河南行,最后抵达北部疆域的最大城镇吉尔吉特。这里有一座机场,每天有飞机开往拉瓦尔品第。但是,我很快就发现,班机取消了,除非天空完全清澈,否则不会复航;因为,这种小飞机的驾驶员必须飞行于群山之间,而不是群山之上。吉

第十八章 世界屋脊

尔吉特与世隔离,从污染重地巴基斯坦要走两天艰辛、曲折的道路才能抵达。镇上的街道满是灰尘,像开拓前的美国西部,其上是木质人行道和砂岩山环绕的商店平房,这种景观使它更像中亚而非印度次大陆的一部分。男人身上的羊毛服饰和貂毛帽混合着吉尔吉斯、阿富汗和俄罗斯风格。贩卖中的电动搅拌器、陶器茶具和很多其他消费品,都来自中国。书店里的书大部分和中亚有关。我看到一家廉价旅馆,叫喀什旅店。坐在架设好机关枪的装甲军车里在街上巡逻的三卡车士兵是巴基斯坦的代表,那提醒了我,从克什米尔往西,到阿富汗边界附近的部落地区,这一大片新月形领土,是一个印度和巴基斯坦政府靠枪尖来控制的地区。喀喇昆仑公路已经完成了两件事:公路使巴基斯坦军在北边更具机动性,而同时,它也使文化和经济的影响从中亚渗透进来。在经过时间的洗礼之后,哪一种功能将更具重要性呢?

我会在吉尔吉特停留,是因为一个勇敢而疯狂的英国人。他曾从这里徒步旅行到中国西部,睡在零度以下、没有帐篷也没有柴火的冰天雪地里;他也曾为了免于饿死而吃下生牦牛肉。尽管走在地球上最难征服的地形上,他仍每天走约 50 千米路。生于爱尔兰的印度退伍军人乔治·J. 惠特克·海沃德(George J. Whitaker Hayward)独自一人旅行,在没有亲密朋友和家人的情况下,他当然会有死亡的欲望。"我应该带着想看利器割裂我喉咙会有什么效果的疯狂欲望,在中亚的荒野里四处徘徊。"他在一封信里这样透露。在一张 1870 年拍摄的照片上,也就是他最后一次探险之前,海沃德穿着吉尔吉特原住民服装,腰上挂着长剑,一手握矛,一手持盾。他的眼神坚定有力,紧闭的嘴坚毅不屈。

1870 年初夏,他和五个当地仆人离开吉尔吉特,在往帕米尔高原的路途中消失于群山之间；而帕米尔是海沃德希望能为大英帝国的利益绘制地图和探险的地方。7月17日，他在位于吉尔吉特西北方约128千米、海拔2700米的达科特冰川（Darkot）山坡上扎营。脚夫告诉海沃德，有一位当地部落酋长企图对他不利。他整晚没睡，一手写日记，一手握着枪，而且在附近的桌子上摆满了轻武器。黎明来临，海沃德认为自己已经脱离险境，不知不觉打起瞌睡；就在这时部落突击队冲了进来。海沃德只有一项要求：准许他走到山崖边看日出；他们答应了。他被杀害时才30岁。当地部落对他的袭击找不到任何明确的动机。

一个老人穿着弄脏的纱丽克米兹（shalwar kameez）④，蹲在一家绸布庄阴暗的角落里。他有墓园的钥匙，于是带我越过一条嘈杂的街道，为我打开墓园的大门。一进入里面，我不再注意铃木摩托车的喧嚣，只听到鸟雀的啁啾鸣啭。在一片绿荫挡住了耀眼阳光的地方，是一块破旧而磨损的岩石，底端刻凿着这样的碑铭：

纪念伦敦皇家地理学会（Royal Geographical Society of London）金质奖章得主海沃德。他于1870年7月18日，在帕米尔高原探险的旅途中，于达科特冰川惨遭残酷谋杀。此碑为纪念一位英勇的官员和成就非凡的旅行者而立……

大门外装甲军车的隆隆声打断了我的沉思。难道吉尔吉特又一次成为亚洲政治上的必争之地？就像海沃德时期一样？我问自己。

---

④ 纱丽克米兹，印度次大陆和阿富汗大部分地区的传统服装，由宽松的棉裤和长而飘逸的衬衫组成。

第十八章 世界屋脊

当然，那端赖于巴基斯坦的一举一动；一个成立于1948年、横跨中亚和印度次大陆间断层线的国家。巴基斯坦的命运，只能依稀从吉尔吉特南方拥挤的旁遮普和信德（Sind）等省份来判断；在那里，居住着巴基斯坦1.3亿人口中的半数以上。

我认为，由伊朗和印度次大陆所引发的政治风暴，所波及的正是中亚这个地区。

一整天，我开着租来的吉普车在喀喇昆仑公路的大弯路上向下猛冲。我沿着一条小细流行驶，这条细流慢慢变成溪流，再变成大河：一个夹带着褐色淤泥的巨大弯流；一个在南迦帕尔巴特峰（Nanga Parbat，海拔8126米）白色峭壁的注视下，湍急的峡谷穿流而过的大切口。这就是印度河（Indus River），也是英国征服印度之前，次大陆和中亚之间地理的自然边界。

火山景观出现了——3000万年前，当南极碎片往北漂流到亚洲，形成次大陆时的海底残余物。

日光照射在我的头顶，南迦帕尔巴特峰将是我这趟旅程中看到的最后一座巨无霸，接下来将不会再有白雪皑皑的高峰。火山景观之后是柔和的矮山丘和中海拔的松树。弯路都变成鸟类更多、颜色更丰富的深绿色景致。坚硬山壁的耀眼光线，也被饱含水分的稻田的闪烁微光所取代。水牛取代了牦牛。那一天，在47摄氏度的高温下，我停车七次，以便喝一口饮料。每一次，都有一大群昆虫和褐色皮肤的漂亮小孩向我打招呼。随着空气吸入鼻腔的是土壤，而不仅仅是灰尘。炎热而润湿的泥土令人窒息，且紧密地环绕着我。

为什么我不能单纯地享受这大地的美，特别是在这帕米尔高原和喀喇昆仑山脉所看到的景致？为什么即使身处如此壮丽的景象中,我还渴望着答案呢?

我思索着诗人济慈(Keats)写给他兄弟的一封著名信件,在信中,他赞美"消极能力,也就是,一个人保持不确定、神秘、怀疑,而不急于追求真实与理性……"的素质。济慈写道,使一个人成为"有成就的人"的特质,是他"甘于一知半解",因为,"对一个诗人而言,美感征服了所有的思考,说得更确切一点儿,它消灭了所有的思考"。我知道,我从来无法达到济慈的标准,正如我知道我所有的"解答",最终都可能被证明是错的。我再一次从赞美错误的培根(Francis Bacon)身上获得慰藉,因为培根相信,只有错误的答案才能引得真理显身。

第十九章　最新版地图

我在印度河岸的一家客栈过夜。早晨开着吉普车一路摇摇摆摆下山到奥诺斯（Aornos），那是亚历山大大帝所建帝国最东面的边界。我穿过满是烟雾的旁遮普平原①，进入自开罗以来不曾再见的人群和车阵。我走的这条大干道——笔直，平坦，路面铺设良好，有现代加油站——比我到过的伊朗或中亚任何地方都还险象环生；它像一个战场，超速的卡车像摩托车一样互相超车，只差一两米就可能发生对撞的车祸。我没有进入支路驶向拉瓦尔品第，反而直驶到附近的巴基斯坦首都伊斯兰堡（Islamabad），此地是1961年沿着军营矩形线条而建的。一身肮脏又干渴的我，抵达朋友凯茜（Kathy）和巴夏（Pasha）位于首都一个富饶郊区的家。他们住在一间豪华的别墅里，那是身为建筑师的巴夏自己设计的。然而，还是有问题存在。当我扭开水龙头时，没有水流出来。水管发出嘶嘶的响声，接着就是一声有如人临终前喉咙发出的呼噜声。这是整个长长故事中的一部分，是我才刚经过的所

---

① 旁遮普在梵文中是"五条河"的意思。这五条河指杰赫勒姆河（Jhelum）、杰纳布河（Chenab）、拉维河（Ravi）、萨特莱杰河（Sutlej）以及比亚斯河（Beas）——全都属于印度河水系。

有土地命运的关键部分。

这不是我第一次来巴基斯坦,而是第 10 次。20 世纪 80 年代,我采访苏联－阿富汗战争时,曾将它当作后方基地,几乎到过这个国家的每个角落。我每次回来都遇到同样的形势:有些事总是越来越好,而其他许多事则越来越糟。

例如,我非常清楚,当一个乐观的华尔街资金经理来到巴基斯坦,将自己安置在豪华饭店里,用自己的发电机私自挖井时,可能会看到什么。每次再度来访,他都会注意到出现了更多卖电脑的商家、传真机和手机;更多柯达快速冲印店;更多高级餐厅和其他设施,为成长中、逐渐与美国和欧洲中产阶级靠拢的中产阶级提供服务。他也会注意到有一家国内航空公司拥有通往各大城市的航班,准时且安全纪录良好。就像在印度,他会赏识、资助这个国家为西方提供的最优秀医生和研究科学家。而在卡拉奇,他会看到生意盎然的股票市场。对他而言,巴基斯坦代表了西方消费品永远的顾客,以及全球商业活动又一个闪亮的成功事迹。

他乐观的假设会很准确。问题是,就更大的局面而言,这一切只能总结成一个因素,而这个因素的重点就在于这个干涸的水龙头。

1982 年,杰出的英国记者爱德华·莫蒂默(Edward Mortimer)在他的《信仰与权力:伊斯兰教的政治》(*Faith and Power: The Politics of Islam*)一书中写道:"巴基斯坦……在成为一个国家之前,是一个概念,它是否是个国家,即使在今日还是令人怀疑。"当时莫蒂默提到巴基斯坦"大概是全世界唯一一个"被官方描绘为"意识形态政体"的"国家",完全以伊斯兰教为基础,而没有与其他国家一样的历史、民族认同或是地理逻辑。随着自柏林到符拉迪沃斯托克（Vladivostok）等意识形态政体的瓦解，再加上南斯拉夫内战的爆发——被迥然不同的族群所击败的一种意识形态政体——你一定会仔细思考巴基斯坦的问题。

"巴基斯坦"（Pakistan）这个词是旁遮普（Punjab）、阿富汗尼亚[Afghania，帕坦族（Pathan）居住的西北边境省份]、克什米尔（Kashmir）、伊朗（Iran）、信德（Sind）、"吐火罗斯坦"[（Tukharistan）与曾居住在中国新疆[②]印欧语系的吐火罗人有关]、阿富汗（Afghanistan）以及俾路支（Baluchistan）的缩写：所有民族都证实了巴基斯坦大而无当且虚假的性质。"巴基斯坦"另一个意思是"净土"。其字源和概念是一些从孟买被放逐到伦敦的伊斯兰教知识分子想出来的。英国离开印度时，这些知识精英要求拥有自己的国家，而最后也真的得到了，即使有上百万人在接踵而来的屠杀中丧生。由于新国家包含好几个民族、地理地区以及22种语言，所以"伊斯兰教"在这里被宣布"为一个国家"。后来又建了新首都，取名为伊斯兰堡。伊朗也许自称为甚或就是一个"伊斯兰共和国"，然而促成民族团结的不是"伊斯兰教"，而是波斯民族与语言。美国也不是巴基斯坦可以效仿的前例，因为它的多元民族主义是无意识形态的，而且经过两百多年在一个明显的地理架构之内渐渐成形，并不是与他人共有宗教意愿的结果。

此外，巴基斯坦应该拯救的上百万名穆斯林——受到印度教教徒威胁的人——仍然居住在印度的中心地带，不曾移民至新国家。而那些移民到巴基斯坦的人，则被称为莫哈吉尔人（mohajir，

[②] 印第安纳大学蒙古学会（Mongolia Society）出版物的编辑克鲁耶杰（John R. Krueger）为我提供了有关吐火罗斯坦的资料。参见参考文献。

意为外来人）。因为这些莫哈吉尔人（包括建国的孟买知识分子）在他们选择居住的土地上没有根，不愿意冒险选举，因此当印度已经实行民主几乎半世纪之久时，巴基斯坦却仍以伊斯兰教之名进行军事独裁，即使创建政治政党也只是为了将民族和地区划分制度化。

我曾去过军事独裁下的巴基斯坦，也去过各种民主时期的巴基斯坦，我分不出其中的差别。正如英国专家克里斯蒂娜·兰姆（Christina Lamb）在《等待安拉：巴基斯坦的民主斗争》（*Waiting for Allah: Pakistan's Struggle for Democracy*）里缜密周详的数据所显示的，即使在民主制度下，"军队仍是唯一稳定的力量，而旁遮普人（占军队中的大部分）就是今日的殖民者"。然而在20世纪90年代中期，旁遮普外国人的统治权迅速地恶化。

在中国，社会－社会理论可能产生一个乐观的远景，自然－社会理论则可能产生消极的情况，然而巴基斯坦无论从哪一个角度来看都很糟。

首先，是"社会"：

卡拉奇既是信德省也是巴基斯坦最大的城市，同时它还是国家的商业中心，占40%的联邦收入来源，如今它正逐渐成为拉各斯的次大陆版本。其人口从1947年的40万成长到20世纪90年代的900万；其中也许还包括几十万名有海洛因毒瘾的人，以及至少100万名居住在贫民窟的居民。[③]在卡拉奇每天产生的1300吨的垃圾中，有四分之一没有得到妥善处理。城市的失业

---

③ 参见兰姆的《等待安拉》，列于参考文献。

第十九章 最新版地图

率达到25%，而人口每年增长6%，是巴基斯坦平均全国人口增长率的两倍，而后者已在全球位于前列。卡拉奇每年增加50万人口，比1947年城市里全部人口还多。

在雨季，卡拉奇街道往往一次淹水好几天，电话中断，家里没有电和饮用水。大区域则由毒品大王控制，自20世纪80年代起，经常发生帮派争斗，各民族之间也时有纷争，包括来自印度的莫哈吉尔人、土生土长的信德人、来自西北部边陲省份的帕坦人，以及其他民族；他们全是穆斯林。作家伊恩·布鲁玛（Ian Buruma）将卡拉奇和周围的信德省称作"一种沙地版的西西里"④。

就像撒哈拉以南的非洲的苦境，可以说是地球上局势较缓和的其他地方中，一个极端的例子，而卡拉奇多少可以算是全巴基斯坦事态中的一个极端案例。公路帮派和宗教暴动，使80年代邻近阿富汗的巴基斯坦西北部边陲省份具危险性；在那些地区旅行，经常需要特殊的许可证明。90年代情况甚至更糟——现行政府的持续恶化在那里已经成为常态了。西北部边陲省份现在成了自阿富汗战争以来，武器贩卖商和失望的圣战战士的避难所。全巴基斯坦节节上升的犯罪率，导致具公信力的全国性日报《穆斯林》（*The Muslim*）在1994年6月14日发表社论："这个国家正迅速迈向混乱。"

帮派冲突延伸为国家政治的象征。到了20世纪90年代，巴基斯坦已经被固定在完全的政治栅栏里。前总理纳瓦兹·谢里夫（Nawaz Sharif）和他的同盟利用国会策略、诽谤活动、与当地毛拉的勾结，和一些军队分支以及对军队中其他分支的攻击，以阻

---

④ 史蒂夫·科尔在《大干道上》（*On the Grand Trunk Road*）里所引述的，列于参考文献。

止民选的总理贝娜齐尔·布托的改革计划。"没有一个国家像巴基斯坦这样深陷阴谋幻想中,"《华盛顿邮报》通讯员史蒂夫·科尔写道,"它就像一个拒绝用药的门诊病人……"

所有的分歧都沿着种族 - 区域的界线进行。谢里夫的同盟是旁遮普人,而布托的同盟是信德人。

巴基斯坦已经成为苏联险些成为的样子:一个以犯罪活动而不是现行政府为基础的腐败政体。到了1988年,非法毒品生意每年赚取40亿当地货币——比所有巴基斯坦合法出口产品全部加起来赚的外汇还要多。⑤信贷证券银行体系是市场中一个地下、逃税的洗钱网络组织,其处理的资金比正式银行还多,是毒枭洗钱最方便的一个方法。

前财务部部长穆巴希尔·哈桑(Mubashir Hassan)在1990年说:"巴基斯坦合法的国家结构已经在迅速崩溃……警察不再是警察,地方法官不再是地方法官,税收人员不再收税。国家政体的瓦解,使绑架犯、杀人犯、银行抢匪、毒枭……的人数增加,整个国家就像一个菜市场。"⑥1991年牵涉国际商业信贷银行(Bank of Commerce and Credit International,简称"BCCI")与其巴基斯坦创立者阿迦·哈桑·阿贝迪(Agha Hasan Abedi)的丑闻,就是这种"集市商业"已遍布全球的实例。

联合国的报告显示:

---

⑤ 这份数据来自巴基斯坦麻醉品管制局(Pakistan Narcotics Control Board)以及负责国际麻醉品事务的美国助理国务卿梅尔文·列维茨基(Melvyn Levitsky)于1989年1月8日向国会上提出的报告。

⑥ 参见科尔的《大干道上》。

第十九章　最新版地图

> （巴基斯坦）非法与犯罪活动不断增加，尽管这些活动无疑创造了收入和就业岗位，但也侵蚀了传统的价值观……他们对社会造成的破坏性影响，必然是我们最关心的重点。

同时，每2.3年就会有等同于一个卡拉奇人口的数量加诸巴基斯坦的总人口上，而每20年左右，国内总人口就会翻一番。即使巴基斯坦的人口增长率会在2040年时逐渐下降到零，然而到那时候，它的人口早已在1.3亿上又增加好几亿了：也许比现在居住在欧洲的总人口数还多。根据国际人口行动组织（Population Action International）的一份报告，巴基斯坦是全世界"计划生育最失败的"国家之一。有22%的伊朗夫妻采取避孕，然而在巴基斯坦则只有9%的夫妻避孕。[7] 巴基斯坦的女性一生中平均怀孕将近7次。在20世纪90年代，年龄在5岁到20岁之间的人口，从3500万增加到5500万——年轻人的增加导致国家无力完善一个能覆盖所有人的教育体系。到了1991年，巴基斯坦已经有一半的人口不到15岁。

根据联合国和其他组织的报告，迁移到都市中贫民窟的情况——不仅是卡拉奇，还遍及巴基斯坦的其他城市——正以比伊朗或埃及更快的速度发生。兰姆在《等待安拉》里描述过这里典型的一天：

> 这一天巴基斯坦会有一万两千多人出生……其中学

---

[7] 参见参考文献中博伊斯·蓝斯伯格（Boyce Rensberger）的《避孕和小家庭》（*Contraception and Smaller Families*）。

会如何使用枪支的人，要比学会如何讲本国语言的人还多……只有三分之一的人能获得干净的饮用水；只有15%的人能用上排水系统；四分之一的人会去上学。有很多人会成为吸食海洛因的瘾君子。

接着是社会问题。

先谈谈"自然上"的：

巴基斯坦有65%的土地依赖集中灌溉，加上森林被大量砍伐，以及每年3%的人口增长率——导致到了2010年，平均每个乡村居民的耕地面积减半——这使管理巴基斯坦的希望逐渐渺茫。另外，根据世界银行的数据显示，全巴基斯坦有四分之一的土壤因为盐渍化和浸水造成土质恶化，而土壤盐渍化与浸水正是缺乏适当排水系统、维护不周且草率建造灌渠所造成的。"这里的水坝已经全部堵塞了。"我在伊斯兰堡所访问的一名联合国官员解释。"所有当地资金都投资在砖块与灰泥之类的大计划上，没有足够的钱可以用于维护已经建造的设备，以及教育人们如何维护。"

因此，才会有这个干涸的水龙头。事实上，由于我曾于80年代在西北边境的白沙瓦住过，所以我很习惯停水这种事。而拉瓦尔品第已经历这些好几年了。然而，在最富裕的住宅区，没水倒是个"新闻"，这也显示出更大的衰颓。《穆斯林》报道，一个紧急委员会已经同意，要"从原来已经严重枯竭的希姆利水坝（Simly Dam）水源中，再抽取六米深的水"来缓和情况。⑧ 就环

---

⑧ 参见由莫巴里克·维尔基（Mobarik Virk）所写的文章，列于参考文献。

第十九章 最新版地图

境而言，这相当于使用社会保障养老基金来弥补预算赤字。

伊斯兰堡及旁遮普其他地方的救星，应该是卡拉巴格水坝（Kalabagh Dam），这座水坝建在西北边陲省份的印度河边。但是这个省份的帕坦族人，以及巴基斯坦南部卡拉奇附近的信德人，强烈反对这项计划。他们把这计划看作"旁遮普人在抢水"。

我访问的联合国官员这样解释："水的问题正是人口问题的一个征兆，正显示出政治体系的瓦解，因为这已经导致缺乏良好的计划生育制度。而政治体系的瓦解正是种族问题的征候。每件事都相互关联，并且以每下愈况的状态相互靠拢。"

根据这项分析，与其说贝娜齐尔·布托象征在男性宰制的伊斯兰世界里的女性掌权，不如说她象征着一种无助：一个不再有能力妥善管理的政府领导人。因为过剩的人口和消耗的资源已经达到饱和的状态，因而动摇了国家政体。这个危机如此严重，以至于具备必须妥协和权宜方法的民主政治，无法对破坏力量提供有效的反击，相反，军队统治只会导致更多的腐败和愤世嫉俗。

在联合国1992年对巴基斯坦发展计划的报告中，明确指出"巴基斯坦的经济增长"——这点相当能引发理论上的华尔街基金经理的兴趣——"难以支撑"，是由于"普遍性的资产消耗，以及更重要的，因经济增长而导致对自然环境的消耗"。

在我到达的几天之后就是我的生日，我的建筑师朋友在晚上为我举办了一个宴会。宴会举行到一半的时候，突然停电了。没有灯光，没有空调。巴基斯坦是靠水力发电的。"如果提高水的税收以保留使用权呢？"我问。每个人都笑了。巴夏解释说，巴基斯坦在加入泛伊斯兰教圣战很久以前，就可能因厕所漏水而陷入崩溃:"厕所漏水流掉了很多水,厕所漏水是很容易修理的。但是如果政府稽查员给每个厕所漏水的家庭都开一张100卢比的税单,你知道会发生什么事吗?"稽查员不过是穷人一个,他会接受20卢比的贿赂而免开一张100卢比的税单,这20卢比会进入他的口袋,政府就收不到税,而厕所还是会漏水。这是个腐败的文化。否则,你认为上层阶级的人还有什么方法可以生存下去,甚至成长呢?

巴夏暗指我称为"气泡"的保护膜,巴基斯坦的中上阶层在这层保护膜里生存和蓬勃,而在这个"气泡"中,西方企业消费者的名单不断增加,即使是在国家本身瓦解之际。卡拉奇的一个富人区克利夫顿(Clifton)就是这种气泡,华尔街基金经理就有可能受到该地某一个富商的邀请到其家中作客。这里的居民有他们自己的发电机、自己的水塔,还有自己的安全警卫。现在我们再一次回到我眼前这个干涸的水龙头。

维护不良的水坝和一个逐渐降低的地下水位,就是普遍的原因。但是其具体因素则是:乡村居民逃离没有森林的贫瘠山坡,不断迁移至伊斯兰堡,就像他们迁入巴基斯坦的其他城市那样。他们在巴夏的住处附近建立一个棚户区,建造他们自己的水管网络,他们使用当地供水系统里的水,减低了整个地区供水。然而在几个小时后,我终于有水了,也能够梳洗了。通常,都会有运水的卡车来到附近,理论上,那是供给该地区所有居民的水。但是如果你慷慨地贿赂卡车司机,他就会先到你家。就在他将水送到所有出得起钱贿赂的家庭后,就根本没有一滴水给穷人了。还是一样,这气泡也不是完全密封的。1994年2月,污染的水造成伊斯兰堡爆发流行性肝炎,也影响到了富人。

"毁灭的种子显而易见,只要有人愿意去了解。"巴基斯坦一

第十九章 最新版地图

位知名记者拉希德在生日宴会上这样告诉我。拉希德是《远东经济评论》(Far Eastern Economic Review)派驻巴基斯坦与中亚地区的总编,他才刚访问完巴基斯坦附近的阿富汗东部城市贾拉拉巴德(Jellalabad)回来。"那里的温度高达38摄氏度,而且又潮湿。"他告诉我,"贾拉拉巴德没有电,所以也没有空调,水龙头里没有水,而且没有任何饮料是可以安全饮用的。儿童们因疾病不断死亡。但是没有大型战争,所以没有什么新闻可报道。他们没有真正的经济,只有毒品经济。在喀布尔,也不再有中央政府。以我们国家这样的局势,再过五或十年,我们就会像阿富汗东部地区一样。"

如果拉希德的预测属实呢?

如果中产阶级持续扩展,并找到别出心裁的方法来修补他的气泡,巴基斯坦还会持续地恶化吗?如果装甲部队在吉尔吉特失踪了,那会怎样呢?如果巴基斯坦转变成松散的地区联盟,而没有强大的中央政府组织呢?中亚未来的地图看起来会是什么样子呢?那将会是个什么样的世界呢?

毕竟,考虑到几个世纪以来中亚地图不断——且激进的——转变,甚至连波斯都完全消失在帖木儿帝国的鼎盛时期,鉴于如今降临在我们身上的社会与环境动乱,如果假设这张地图会再度改变,也许变得更激进,难道是不合理的吗?

想要证据,只要看阿富汗就知道了。18世纪中期,帕坦人亦即印度－伊朗血统的穆斯林,在萨非的波斯王朝和印度的莫卧尔帝国之间建立了一个缓冲国。在沙皇将帝国往南扩展,而印度的莫卧尔帝国被锡克帝国和大英帝国所取代时,这个缓冲地带——阿富汗——改变了。最后,阿富汗成了帕坦、突厥和塔吉克斯坦各民族脆弱的融合体,在沙皇-苏联和大英帝国间的无人区里幸存下来。大英帝国在印度次大陆的统治结束于1947年,苏联在中亚的统治结束于1991年。于是一个问题浮了出来:随着两个帝国的消失,缓冲国再无用武之地,那么谁还需要阿富汗呢?

突厥人和塔吉克人越来越不需要它,因为他们已经恢复了与隶属于苏联的阿富汗北部边界地区的同族人之间的联系。同时,在阿富汗战争期间,大批流入巴基斯坦的难民,使南部边界两侧的帕坦人更团结了。

当阿富汗在20世纪90年代逐渐消失,并以毒品走私和伊斯兰激进分子的"利比里亚邮件投递处"⑨身份出现时,介于苏联、阿富汗、巴基斯坦和印度之间裁剪精细的"制图者"边界,已经逐渐和一个突厥世界、一个波斯化世界、一个帕坦世界以及一个旁遮普世界相互会合,彼此融合。阿富汗已经成了一种回忆。而巴基斯坦还可能转变成《大英百科全书》第十一版里所称的"边疆较小的邦"。

1951年当道格拉斯法官游历过阿富汗-巴基斯坦边境地区时,他听见叫喊"普什图尼斯坦"(Pakhtunistan)的声音——那是帕坦人的家园;那是个定义不明的地区,被称为"普什图尼斯坦",以取代一条清晰的国界线,这极可能也是未来地图的一个特色,尤其当难民迁移和走私客最终破坏了这个边界的完整性时。我曾经在圣战战士的陪同下,无需护照越过这个边界六次。

我们在中亚看到的,是传统国家的逐渐削弱,以及地理学家

---

⑨ 主要是用来让船主在利比里亚注册货船,以逃避他们国家税务局的彻底检查。他们在利比里亚的居留证据常常只是一个邮政信箱而已。

和人种学家所谓的"生态地区"或"生物地区"[⑩]的相对增强：特定的风景——无论是突厥人的草原土地、帕坦族的山脉、旁遮普族的洪水平原，还是罕萨人（Hunzakots）独立的河流流域——几个世纪以来，孕育了独特的民族团体。简单地说，任何能够由当地居民管理的环境都算在内。[⑪]

在整个80年代，我亲眼目睹了其中一个生态地区厄立特里亚的转变，它成了撒哈拉以南的非洲地区运作最好的国家[⑫]，即使花了好几年才得到国际社会的正式认可。但是，大部分的生态地区并没有这么幸运。厄立特里亚四面是高山和沙漠，因对抗埃塞俄比亚30年而形成了统一的文化，然而大部分的生态地区则不然，它们倾向于彼此流进流出。国家权力弱且经济发展程度低的生态地区，很容易就可能变成军事战略家史蒂文·梅茨（Steven Metz）所谓的"无法管治的地区"（ungovernables）：逐渐出现的"第三层"，或是世界体系的最底层。这些无法管治的地区也会依序被分割成相对文明和不文明的地方。梅茨写道："拥有代建制（编撰的，书写的）秩序体系的地区，如伊斯兰世界，会比形以原始

---

⑩ 在一项有关埃塞俄比亚的研究里，杰森·克莱（Jason Clay）和邦尼·霍尔库姆（Bonnie Holcomb）提到政治化民族族群与"特定生态地区"之间的关联。布鲁斯·拜尔斯（Bruce Byers）也在他的专著《生态地区、国家主权和冲突》（*Ecoregions, State Sovereignty and Conflict*）里将这个主题更深入地延伸到全世界。参见参考文献。

⑪ 地理学家拜尔斯在他其他有关生态地区的专著里提到这一点。参见参考文献。

⑫ 厄立特里亚在非洲最闻名的，莫过于拥有最好的平民百姓饥荒救济和医疗网络、农业扩展业务、教育体系以及纪录良好的保卫人权纪录。它在20世纪80年代的前国家（pre-state）时代的非正式首都，有一个由风力和太阳能发电的巨型地下医院，生产自己的阿司匹林和抗疟疾药、静脉溶液和卫生巾。如我自己所见，厄立特里亚人将自助与群体团结的理想，转变为一种新的、无法归类的意识形态。所有这一切都发生在撒哈拉以南的非洲，证明没有任何地区会永远无望。

主义为唯一通往民族主义的途径的地区（如存在于撒哈拉以南的非洲的口语社会）更稳定。"当然，其他因素，如人口增长率和天然资源提供率等，也会进一步造成影响。巴基斯坦就是一个例子，它属于伊斯兰世界，却比撒哈拉以南的非洲某些泛灵论的地区更混乱，虽然这些地区的人口和城市化的发展速度更缓慢。克什米尔也是一样，尽管有根深蒂固的伊斯兰教价值体系，但经过几年的武力冲突之后，套用《华盛顿邮报》通讯员科尔的话，年轻的文化产生了一种"《蝇王》的感觉"。

伫立在介于巴基斯坦北部领土和印度——正好在新疆下面——之间的西喜马拉雅山脉的克什米尔，像一块不稳定的巨石一样，是巴基斯坦支持而印度压制的青少年叛军的家园，其政府军队自1991年起，就大规模地恣意破坏、强奸及使用酷刑，等等。蠢蠢欲动了半个世纪的克什米尔，是这个脆弱的中亚政体系统中的另一个弱点。

然而，在早几年的中亚，大概看不到大混乱，也看不到大团结，反而有一系列在自由贸易和人民自由流动中难以应付的实验，这在国家模糊性的优缺点上提供了教训。

不明确和不断改变是关键的字眼。因为旧有的纵向国家忠诚衰弱时，新的横向忠诚就形成了。例如，苏联解体后促成了中亚突厥人之间采用共通的拉丁文字体系。因此，各种突厥语言中的差异开始缩小。另一个例子是，横向忠诚的加强，增加了东西方世界中产阶级之间的共同兴趣。显然，我与我的巴基斯坦朋友之间的共同点，比我与我自己国家里较穷困同胞之间的共同点更多；就像我的巴基斯坦朋友与我的共同点，比他与较穷的同胞间的共同点更多一样。这就近似于中世纪，各个欧洲王国的贵族之间比与本国农民阶级拥有更多共同点。

第十九章　最新版地图

都柏林大学学院的教授安·布蒂默（Anne Buttimer）在《地理学与人文精神》（*Geography And the Human Spirit*）里，回想起 19 世纪初德国地理学家卡尔·里特尔作品中所暗示的："人类的神圣计划"，以地区主义和不断活动的形式为基础。如果中亚有任何象征意义的话，那么未来的地图可能代表了卡尔·里特尔的见解的反常结果。想象一下三维空间的制图学，就像在全息图（hologram）里。在这个全息图里，会有诸如语言和经济阶级等各种族群认同重叠的沉淀物，凌驾于城市国家，及其余民族在二维空间的色差之上，他们自己也在某些地方被笼罩在头上的阴影给搞混了，这个全息图象征着毒品同业联盟、黑手党，以及在衰败的国家中保护富人、追捕恐怖分子的私人安全机构所拥有的权力。这里没有边界，反而有移动的权力"中心"，如同在中世纪一般。这些权力中心既是民族中心，也是金融中心，反映出全球企业的主权。其中许多层次都在运转中。在平面空间里替代固定和骤变的线条的，将是生态地区和缓冲地区实体间的转化模式，就像土耳其和伊朗之间的库尔德人和阿塞拜疆缓冲区，以及俄罗斯与印度心脏地带之间的突厥、帕坦和旁遮普地区一样（把范围再扩大一点儿，拉丁缓冲区可能会取代一条明确的美国－墨西哥边界）。针对这个绘图学上的多变的全息图，我们必须补充其他因素，诸如增长的人口、难民的迁移、土壤与水的缺乏，以及——尤其是非洲——传染疾病的媒介。从此以后，世界地图永远不可能是静止不动的。这未来的地图——从某个方面来说，就是"最新版地图"——将在制图学的混乱上，代表着不断的改变：某些地区发展良好，甚或拥有很高的生产力，而某些地区则很暴力。由于这张地图一直在改变，它有可能再更新，就像天气预报一样，然后每天通过互联网，在那些拥有可靠电信或私人发电机的地方传播。

对于这张地图，过去的几百年里，外交官和其他指定政策的精英分子统治世界所使用的规则，如今会越来越不适用。大体而言，解决方案必须来自受影响的文化本身。

所以，我的下一站就是印度南部：去见证一个由当地居民发起，不假西方或国际协助，改造社会与环境的大胆实验。

第六篇

印度次大陆和中南半岛：未来之路？

"未来的生命在所有寂静的背后颤抖。疯狂的人类,无法自我解脱!"

——安德烈·马尔罗(André Malraux),
《人的境遇》(*Man's Fate*)

第二十章 瘟疫年的旅程

我来印度的时候正是暴动与瘟疫猖獗的时期。有暴动并不稀奇；瘟疫倒是不寻常。

20世纪90年代的印度经常有暴动。1994年10月5日，在我抵达的那一天，一名暴民在印度的北方邦（Uttar Pradesh）杀了五名警察。在地位较低的"在册种姓"印度人发起了纵火和抢劫行为，并要求自治"保留区"之后，有九个城镇开始宵禁。在邻近的比哈尔邦（Bihar）发生的另一次暴动中也死了两个人。印度还有其他几个邦处于暴力动乱的气氛中，包括安得拉邦（Andhra Pradesh）和泰米尔纳德邦（Tamil Nadu）。这些事件的背景，常常是土地贫瘠，与人口增长和地主剥削密切相关；在印度的部分地区，妇女一生中平均要怀五个孩子。

但是在北方邦暴动之后三天，印度南部的班加罗尔市（Bangalore）所发生的暴乱，起因则并非贫穷，而是相对的繁荣。班加罗尔是印度首屈一指的技术大学所在地，同时也是技术发展中心；它是印度西化程度最高，且发展速度最快的城市。由于当地电视台以城里穆斯林的语言乌尔都语播报了10分钟新闻，竟导致印度教教徒在班加罗尔发起暴乱，25人被刺身亡，300人受伤。另一个繁荣扰攘的城市孟买，因交通巅峰时期的塞车而引发通勤者

第二十章 瘟疫年的旅程

暴力，造成34人入院。接下来一周内，暴动不断。三四十年后，印度目前的9亿人口至少会增加到12.5亿[①]——如果没有增加更多的话——你不禁要怀疑，届时印度将变成什么样子呢？

然而，在印度外围的地区，暴力事件很少被报道。暴力事件猖獗，已经不再是新闻了。

瘟疫也是经济发展的部分结果。阿拉伯海孟买北边的苏拉特市（Surat），就是瘟疫首度出现的地方；这个城市工业发展迅速，吸引了来自周围村庄的劳工移民。当印度人口增长，而邦政府与市政府的效率降低时，公共卫生设备却成了致命伤。全印度只有13%的人口可以使用公共污水系统和垃圾收集服务。首先袭来的是腺鼠疫——传染源来自被跳蚤叮咬的老鼠，人再被跳蚤咬到而受感染——接着瘟疫转变成肺炎，再经由咳嗽四处传播。[②]笛福在针对1665年伦敦大瘟疫的说明中写道：

> 我必须承认，虽然瘟疫主要是在穷人中蔓延，但是穷人难道不是最敢冒险、最不畏惧瘟疫，而且还带着一种莽夫般的勇气去工作的人吗……

整个印度其实只有几十个人死于瘟疫。但是大家都很恐慌，

[①] 12.5亿这个数字，是基于最新项目中最乐观的估计，该项目指出印度的人口增长率可能每年降低1.1%。

[②] 瘟疫的另一个原因，是1994年在次大陆，不寻常的酷热夏天导致动物死亡，而由动物尸骸引发的疾病。病菌借由因夏天酷热空气强化的季风传播。哈佛大学公共卫生学院的保罗·爱泼斯坦（Paul Epstein）以及记者罗斯·吉尔斯班（Ross Gelbspan）在《华盛顿邮报》（1995年3月19日）上的文章认为，印度就是一个证明全球温室效应可能传播疾病的例子。这又是另一个理由，说明何以有着比印度更炎热气候的撒哈拉以南的非洲，在发展上处于劣势。

这次连穷人也很害怕。印度人开始戴外科手术用口罩，以防被感染。几乎无人死去，但瘟疫——这种古老的疾病——在现代印度是个罕见现象，这个事实更为重要。

瘟疫使人们必须建立起一个"共同体"。在印度南部的沿海城市马德拉斯（Madras），市民组成团体，放置铁丝网做成的捕鼠陷阱。据一居民所言，孟买"看起来不曾如此干净过"，因为居民们开始大量移除垃圾——对一个并不以公益精神为特色的文化而言，这是很特别的。

但是瘟疫也有其他效应——较无益的效应——它引燃了印度教教徒和穆斯林之间的冲突。在冲突爆发时，伊斯兰国家是唯一禁止飞机往返印度的国家，引来了印度教新闻媒体的猛烈抨击。

我的飞机在凌晨一点抵达孟加拉湾的马德拉斯时，就好像我在类似时刻抵达几内亚湾的阿比让一样。印度次大陆就像撒哈拉以南的非洲一样，拥有它自己的环境、气候和细菌学的领域。我在机舱内通过立体声耳机聆听巴赫的协奏曲，当我踏出凉爽且无菌的机舱时，迎面袭来的，是因湿热所产生的浓重、黏腻如糖蜜的感觉，以及奇怪的味道。还有与非洲一样肮脏、长满蘑菇的墙壁，脚踝也同样因蚊子和跳蚤而瘙痒难耐。然而这当中也有差异性。

"我们半闭着眼睛走过这一生，这实在非比寻常。"约瑟夫·康拉德在《吉姆老爷》（Lord Jim）里写道。专门研究康拉德的学者塞德瑞克·沃茨（Cedric Watts）对这句话的评论表明"习惯性的感觉是致命的"。沃茨认为，掌握了这个技巧，你就能更好地观察新鲜事物，全然不熟悉的事物。这种情形只可能发生在初抵一地的前几分钟和几小时，在你的熟悉感进入之前。而我刚到印度的前几分钟很难不注意到的，就是与非洲全然的不同。

第二十章 瘟疫年的旅程

在非洲机场，我经常遇到一小群代办，将护照举得高高的，口里高喊着，以引起唯一一个苦瓜脸移民局官员的注意。但是在马德拉斯，签证规定都已列有明文，并且严格执行——没有贿赂和协商的余地。那是马德拉斯的午夜，而与同一时刻的非洲诸多机场不同的是，机场银行仍在营业：旅客可以将旅行支票和供应品收据兑换成现金。与非洲不同的是，没有任何一个刚抵达的外国人会在飞机旁遇到当地代办，或帮你迅速完成手续的人。在印度不需要代办，因为要进入这国家的程序已有明文规定，而不是一连串的恐吓和协商。在印度次大陆，动乱——如暴力所呈现的——属于政治，也属于集体。在非洲，动乱的意义和缘由更隐晦，也更无序。

坐在载我出马德拉斯，往西进入南印度内陆的嘎吱作响的出租车后座，我看到的是一个不协调的新世界。黎明前的夜色消散，我看见广告牌上有传真机、电脑、高利润担保抵押，以及共同基金的广告。街上挤满了水牛，牛角上涂着绿漆，并挂着闪亮的铜铃，由赤裸上身的男人驱赶着。透过打开的车窗，我闻到窗外的空气混杂着动物粪便、檀香木以及一氧化碳的味道。一群群半裸的男人和女人，头上顶着一桶桶灰泥，正在建造像美国郊区房屋一样的建筑物。在一堆堆茅草屋旁，有很多外表用磨石子砌成，屋内有电脑的建筑物。没有足够的水供应给这些新居民——马德拉斯已经长期面临水源问题了。20世纪70年代早期我在印度看到的一群群苍蝇和蚊子，现在还在。柜台玻璃破损，没有厕所设备，在波浪铁片盖的小屋中贩卖的受潮饼干也还在。

出租车驶过一个大村庄——其实可以说是一个城镇，充斥着暴力与花俏的电影广告牌，以及一群群穿着涤纶宽松长裤和衬衫的焦躁、年轻、无聊的男子：他们的表情与那些赶着水牛的半裸男人一样天真，只是还充满了挫折感和渴望。这些年轻男子上过学吗？他们有工作吗？虽然扩展的经济创造了一些高薪职位，但是大部分工作的薪水都很低。印度经济领域的专栏作家克瓦尔·瓦尔马（Kewal Varma）发现印度和美国逐渐升高的犯罪率之间有一定的联系，他注意到，虽然两国的犯罪率都曾与失业有关，但今天是与低薪工人有关。

根据1994年的联合国人类发展报告，印度——以及巴基斯坦——的经济增长率是撒哈拉以南的非洲的两倍还多：印度和巴基斯坦的国民生产总值，从1980年开始就以3%的年增长率稳定增长，即使很多非洲国家只有负数，或近于零的增长率。与撒哈拉以南的非洲的情况不同的是，外国商人大批入资印度次大陆。③ 虽然如此，印度进入全球市场的脚步却一直在动摇，因为它改变了熟悉的景象，并激发在了在大多数情况下无法被实现的梦想。

比起其他国家，印度每年有更多婴儿诞生在这个星球上，但它是纯出口食物的国家，也是全世界最大的海鲜出口国之一。印度有一个迅速成长的技术行业和一大批中产阶级，人数介于1亿到2.5亿间不等，端赖你如何定义它。其经济活力正是对冷酷的马尔萨斯式的确然性（Malthusian certainties）给予的谴责。这种马尔萨斯式的确然性，似乎只在科特迪瓦和卢旺达成立，因为那里的女人一生中生育八个孩子；当地只生产基本工具和仅供维

---

③ 撒哈拉以南的非洲虽然占全世界人口几近13%，但是在最近几年却只得到了6%的私人资本。虽然自从南非大选后这个数字稍有增加，但是对西非和东非而言，不太可能有什么根本上的改变。

持生存的农作物；1994年发生的部落冲突夺取了几十万条人命。而当巴基斯坦的民主一直只在军事统治之间长久的政权空白期出现时，印度却已民主化将近50年了。不同于巴基斯坦的边界，印度的边界在地理上几乎与那些印度次大陆的边界一样。印度拥有领土上的逻辑：即使位于新德里的中央政府瓦解了，对于地图绘制者也不会有什么影响。印度仍然是印度，至少对印度教教徒而言，正是如此。

同样，印度有超过2.7亿人——比美国人口还多——"会继续挨饿下去"。④ 而对印度中产阶级重要性的太多强调，则是过分夸张了。《经济学人》的亚洲编辑艾玛·邓肯（Emma Duncan）写道：

> "印度"，全世界的经纪人和银行家那样念着，像在唱歌颂印度教圣歌，"有2.5亿中产阶级"，如果这意味着有一栋带花园的好房子，有汽车，还有很多精巧小器具，以及年假，那根本是胡扯。

充满细微差异和冲突的印度，使人口过剩、环境恶化、种族冲突等议题活络了起来。因为瑞希山谷（Rishi Valley）——我搭乘的这辆出租车的目的地——等于印度的生活剧场，我们可以从中观察这些新纪元的挑战。我应该停下来探索一下。

美国新墨西哥州（New Mexico）的洛斯阿拉莫斯（Los Ala-

---

④ 见罗斯·门罗的《失败者：90年代的印度》（*The Loser: India in the Nineties*），列于参考文献。

mos），是全世界最早进入原子时代的地方，1991 年，学者马尔萨斯提到它的时候说："20 世纪 80 年代后半段，人们开始认识到环境（以及像人口统计学这种议题）对人类境况的重要性……冷战的结束解放了时间和注意力。正如实际发生的一样，这些议题从一个安静的地狱里脱颖而出，外交官本来将这些议题视为国际事务中的'其他'问题，不会优先考虑。"

这种情形出现时，一位英国教士的鬼魂，托马斯·罗伯特·马尔萨斯，再度萦绕在外交部和学院殿堂的大厅里。

马尔萨斯就像弗洛伊德一样，是个不断扰乱人心的人物，即使他于 1834 年去世后很长一段时间里，他的观点仍持续地引起激烈的争论。"在政治思想家中，他是少数几个，论点可以——而且已经——被视为当代人所写的人之一。"马克·T. 赖利教授（Mark T. Riley）写道。在 1798 年出版的《人口原理》（Essay on the Principle of Population）中，马尔萨斯提出一个理论：人口若未加以抑制，将会以几何级数增加，而食物的供应则只是以算数级数的速度增加。因此，必须通过战争、疾病、经济萧条，或任何理由，来持续抑制人口。在半个世纪后，达尔文的论著见证了生存竞争就是"马尔萨斯的学说是如何应用在……整个动物和植物王国的"。

马尔萨斯曾经是英国萨里（Surrey）贫穷工人中的一员，他对于穷人没有幻想，并且与乌托邦主义的贵族们始终有冲突，包括孔多塞侯爵（Marquis de Condorcet）——后者认为社会邪恶全是强迫性国家的错。然而，马尔萨斯终其一生都没有预示到，由工业革命产生农业发展的聚集力量，以及从欧洲到北美和澳大利亚处女地的人类移民，都造成了食物物价大幅度的下降。他对人口增长自然限制上的强调也证明他的理论太僵化。

第二十章　瘟疫年的旅程

而理想主义者孔多塞，写下了"新工具、机器以及织布机可以增加人类的力量……一块非常小的土地也能够生产大量的供应品"，却被证明是对的。

尽管如此，孔多塞的名字只有专家知道，而持续萦绕着我们的却是马尔萨斯和他的恐惧。以科学记者威廉·K. 史蒂文斯（William K. Stevens）在《纽约时报》上的报告为例：

> 虽然出生率在下降，联合国的计划……显示出世界人口到了 2025 年，会到达近 85 亿人，其中多于 70 亿的人口会居住在目前的发展中国家。人口统计的动量，即使增长得较慢，也意味着总人口在 2050 年时会超过 100 亿人，而到了 2100 年，会超过 110 亿人，最后要到 2150 年和 2200 年之间才会稳定在 116 亿人。

史蒂文斯说，30 年后第三世界的人口会翻一番，在稳定之前会增加 2.5 倍，而在某些地方则会增长三或四倍。

然而，难道人类还要再一次通过农业与都市计划上的后工业革命，来克服人口增长的难题吗？这个道理会不会像错误的卡珊德拉（Cassandra）[5]，我们多数人像马尔萨斯一样，拥有的是后见之明；或者马尔萨斯只是生错时代了？[6]

对这议题持反对意见的，可分为三个派别：

---

[5] 卡珊德拉，希腊神话中特洛伊的公主，她受到阿波罗的眷顾，学得预言吉凶的本领，但由于未能回报他的爱，阿波罗便使她永远说真话而又永远不被采信。——译者注

[6] 在 1994 年 11 月在华盛顿召开的有关"管理混乱"的研讨会上，杰茜卡·马修斯说："我认为关于马尔萨斯仍未有定论。问题是，难道他不就是错在生错时代吗？"

- 新马尔萨斯主义者。他们往往是生物学家或生态学家，主张有限的自然资源造成人类人口的限制，除此之外，还会导致贫穷与社会瓦解。在 25 年前，预警了人口世界末日的保罗·厄利克（Paul Erlich），就是这个学派最有名的倡导者。
- 新古典经济学家，如朱利安·西蒙（Julian Simon）。他主张，如果人类人口增长或消耗真的面临限制，其限制也应很少，因为适当运作的经济市场会激励新农业技术的保护和发现。西蒙不像孔多塞是个乌托邦主义者，相反的，他是个保守派，主张自由市场，就像《华尔街日报》和《财富》杂志的编辑们。只要政府愿意放手，资本主义就能解决未来的问题。
- 分配主义者（distributionist）虽然也赞成有某些对人口增长的限制，但是他们认为真正的问题在于自然资源和资本财富的分配不当。他们认为不应该责怪非洲，错的是工业化的西方世界。因为他们剥削第三世界，并毫无节制地吞噬这地球上的资源。很多分配主义者在冷战时期曾是左翼分子，是资本主义意识形态上的反对者。但是也有例外的。哈佛大学的教授阿玛蒂亚·森（Amartya Sen）在《纽约书评》上，提出了一种完全非意识形态的分配主义，敏锐地攻击了新马尔萨斯主义的主张。⑦

阿玛蒂亚·森认为，尽管第三世界人口增长迅速，但是非州和亚洲人口占全世界人口的比例，还是比欧洲工业革命末期

---

⑦ 见阿玛蒂亚·森的《人口：幻想与现实》（"Population: Delusion and Reality"），列于参考文献。

的 78.4% 少。换言之，第三世界的人口增长，可能仅代表着一个历史修正，而现在机器时代已经蔓延到西方以外的世界了。印度和中国正经历工业革命，非洲却没有。非洲扩展的人口靠一点点人造的工业财富加以支撑，其食物产量——相对于人口——却减少了。

有一个新的、第四个派别：环境－人口策略家学派。在我从非洲一路旅行到亚洲的过程中，逐渐对这一学派的主张感到赞同。这个包括多伦多大学的霍默－狄克逊等人的学派，同意新马尔萨斯主义者有关人口增长受到限制，而且还会导致贫穷与社会瓦解的论点。他们也同意新古典主义经济学家所主张的，人类的才智能够拓宽这些限制，使人类处于基本生存的程度之上，正如工业革命时期一样。然而，这个学派也认为，人类的才智并不会自动形成，而且某些社会和文化比其他社会和文化更有才智。"就定义而言，"霍默－狄克逊写道，发展中国家"不像发达国家那样拥有金融、物质或知识上的资源；此外，他们的社会和政府机构相对脆弱，且容易因意见不和而分裂。"由此，以塞拉利昂和卢旺达为例，马尔萨斯式的限制可能已经达到了，同时还导致了地方民族间的纷争。然而，在印度次大陆和中国，他们更具适应性的文化正设法拓宽他们的资源基础。我们必须记住的重点是，当一个地区人口过剩时，对这项事实是没有公开认知的；我们只能评论那个社会运作得多好或多糟。民主和文明社会的建立，可能使政治系统更灵活，且反应更迅速。从另一方面来说，在一个人口与资源已经平衡的地方，更容易出现稳定的民主政治。

人口压力可能激发人类的才智，但是才智永远不可能平均分配。而且，技术才智取决于社会才智——有能力创造一个运作良好的社会：在一个健康诊所不断被恣意破坏，或断电的无政府状态非洲，西方的新疫苗有什么用处？⑧

当然，不足的社会才智，是资源匮乏的结果，这点也会加重社会内部的对立。所以，即使像尼尔森·曼德拉（Nelson Mandela）这样天赋异禀的人，一个具有决策者能力的社会工程师，在面对南非每年2.63%的人口增长率以及不断流失的土壤和水资源时，其能力也可能变弱。很显然，印度与其领导人也一样。

霍默-狄克逊认为，这个世界正朝着分裂成"能稳定提供足够才智的社会，以及不能的社会……"的道路走，"例如，我们大概可以看见，西方国家谷物价格和地区食物剩余量的下降，与非洲和亚洲部分地区因物资匮乏所引起的人民抗争同时发生"。他得出以下的结论：

> 新古典主义经济学派十分乐观……他们对人类才智因被需求所激发的潜力有很大的信心，他们的乐观既容易误导他人，也显得轻率。如果我们按照他们建议的路走，也就是等到物资匮乏的程度大到极限时，再等着看人类才智爆发出来的反应，那么我们等于在下一个很大的赌注。如果到最后，结果显示这个策略是错的，我们将无法回复到一个像今天所拥有的世界……土壤、水域及森林，将会遭到无法挽回的破坏，而我们的社会，尤其是最穷困的社会，将会因内部斗争而分裂，以至于即

---

⑧ 1995年在俄克拉何马大学举行的一个会议上，一位疾病专家陈述了一个有关世界卫生组织（World Health Organization）的一名尼日利亚研究员的故事。那位研究员一直在研究的霍乱样本，因实验室的冰箱停止运转而毁掉了——因为拉各斯暴动导致停电。

使是孤注一掷的社会改革，也会失败。

霍默－狄克逊乐观地推论，西方世界有能力应付，至少有这个潜力。然而，西方国家的人口已呈老龄化趋势，其平均家庭收入已有一整个世代不见提高，考虑到这些，他们还有余力"应付"吗？来自西方的外国援助大概只会减少而已。

而正在进行工业革命并且充满人类才智的印度就是如此。印度的文学和书写语言已经存在了2500年，而且最先发现代数、几何和天文学上的某些理论。但是，印度每年增加1800万人口，等于两个新德里或超过一个半加尔各答的人口数。在20世纪90年代中期，印度已经有9亿人口了。乐观主义者认为，印度人口会在21世纪末前增加到17亿，然后保持稳定；悲观主义者则认为会增加到20亿。

"虽然上升的人口需要更多的公共设施，但是稀少的资源让政府只能提供有限的增加收入的机会，所以国库压力、债务、通货膨胀和腐败的情形势必加重。这些趋势弱化了国家的有效性和合理性，使其失去维持社会秩序的能力。"加利福尼亚大学社会学家戈德斯通写道。德里就像卡拉奇，是这些不祥趋势的例子。以目前的增长率，德里的900万人口，到了20世纪末会增长到1350万人。⑨ 贫民窟聚集在城市里的优雅花园里和大道上。要获得水源、煤气或电力，没有贿赂是不可能办到的。德里是全世界空气污染最严重的城市，呼吸这种空气相当于每天吸20支烟。

---

⑨ 参见爱德华·加根（Edward Gargan）在1993年6月12日《纽约时报》发表的文章《新德里日志》（"New Delhi Journal"）。

连交通警察都戴着手术用口罩。空气污染会随着每年印度马路上增加的几十万辆柴油车,而变本加厉。单单在1989年到1991年几年间,就有2025名印度人因印度教教徒和穆斯林之间的"都市争斗,而被砍死、刺死、烧死和射死",这是引述自《华盛顿邮报》通讯员科尔的话。有鉴于此,很显然,激增的人口、环境的恶化,与族群冲突息息相关。

印度是个手机和原始公共卫生设施同时存在的世界。⑩ 不仅贫穷的现象已经在缓解,连经济也快速增长。印度城市里的穷人基本上都是来自乡村的移民,经常因为要逃离土地的贫瘠和侵蚀,连根拔除了他们的很多传统。虽然肚子里的食物不够,但是他们拥有收音机,并且被西方广告牌所围绕。就像我所见过的中国和埃及贫民窟的居民一样,他们的土屋上方有电视天线;这些穷人懂得什么是诱惑。他们比较不信命,也许比以前更容易起而反抗。而他们数量的增长也和中产阶级一样快。⑪

根据《时代》(Time)杂志通讯员内德·德斯蒙德(Ned Desmond)的说法,新一代的富人所象征的就是可怕:

> 印度(印度教)的中产阶级不再是精英分子、西化群体,像以前的分类那样,反而是高度贪婪、焦虑的阶级,其成员只约略知道世俗主义的含义,却带着明显的贪婪,对其他任何有特殊地位的群体都感到不满——尤其是穆

---

⑩ 参见迈克尔·史贝克特(Michael Specter)有关西伯利亚的文章,这篇文章考察了不同气候环境里的这些矛盾。列于参考文献。

⑪ 例如,根据《华盛顿邮报》新德里分社社长莫莉·穆(Molly Moore)的说法,孟买1250万居民中,有550万人住在贫民窟。

斯林。

也许这正好说明,何以印度最富裕的城市孟买会遭遇最可怕的部落暴力。在一篇有关印度的具有创见的文章《现代仇恨:古代仇恨是如何发明出来的》("Modern Hate: How Ancient Animosities Get Invented")中,苏姗·霍伯·鲁道夫(Susanne Hoeber Rudolph)和劳埃德·I. 鲁道夫(Lloyd I. Rudolph)指出,1992 年 12 月,印度教暴徒拆毁了位于印度东北部阿约提亚(Ayodha)镇上的 16 世纪清真寺,他们"穿的是城市的衣服、衬衫和长裤,而不是农村人或都市穷人穿的柯泰衫(kurta)和围腰布(dhotis)。他们看起来就像职员,像来自都市中下阶层的家庭。他们是受过教育的失业者,并不是贫穷的文盲……他们是现代化的牺牲品,一心想要欺侮别人——就像'被姑息'的穆斯林",因为"他们(印度教教徒)一向好高骛远"。

在这种情况下,通讯技术助长了仇恨而不是团结。印度电视没有倡导一个多元化、地方化的印度教,反而提倡标准化的印度教,这当中也出现反伊斯兰势力的集团,很像冷战后发生在西伯利亚,由电子媒体和录像带所操纵的古老仇恨。文化纷争,就像撒马尔罕的夜总会,可以是非常现代的。

这些发展的牺牲品就是印度这个国家。普林斯顿大学教授阿图尔·科利(Atul Kohli)在《民主与不满:印度在统治上日趋严重的危机》(*Democracy and Discontent: India's Growing Crisis of Governability*)中写道:

> 这个国家无处不在,但很虚弱;它是极度中央集权的……但似乎很无力。它有责任培养许多不同族群的"生

命机会"……却无力处理各种利益群体所在乎的事物，也无力进行计划中的发展。其主要制度是一团混乱，还在继续寻找新的合法方案……每当一个社会（或一个国家）的社会和政治结构开始走向崩塌时，这个社会的犯罪因素便不远了。

当然，这听起来很像俄罗斯，也有一点儿像美国，后者虽然离印度的社会混乱很遥远，但也常有这些趋势。

由于印度的政党无法满足社会的期望，于是他们仰赖帮派去贿赂及恐吓投票者。当印度教教徒和穆斯林，以及印度的各个种姓群体在普通的国家机器外部争取权力时，他们更进一步引入了政治非法化，所以印度逐渐接近半无政府状态。科利告诉我们，在东北部的比哈尔邦，任何选举都会引发暴力，这暴力来自"私人种姓军队"，因认为其他种姓的选票可能危害到他们的经济利益，于是他们兴起武力对抗其他种姓。"此外，普通的罪犯，也就是武装匪徒（dacoit），也已经进入这场争战，使情势更加混乱，让人弄不清谁杀了谁，以及为何如此。"由于警察无能，"人民法庭"出现了，执行私设的公堂，经常将抢匪拖到森林里砍头。[12] 不用说，比哈尔的农业产量始终落后于人口增长。

印度的中央政府——就像巴基斯坦一样——正在衰弱中。次大陆没有被粗线条地分为两个主要部分，相反，其未来会面临更模糊的边界和更小的飞地。还是那句金玉良言：无论何事，只要当地能够处理，就会处理好。也因此，我来到了瑞希山谷。

---

[12] 参见约翰·沃德·安德森（John Ward Anderson）的《印度国内穷人与富人的比较》（"Poor vs. Rich in Indian State"），列于参考文献。他的文章详述了人民法庭的运作。

第二十一章 瑞希山谷和人类才智

我觉得我仿佛回到了西非的大路上，脚下是单调而吓人的绿草和红土，蚁群横行其上。夜里坐在出租车上，空灵而清凉的鸟鸣，令人心情放松。蝴蝶为眼前的景色锦上添花。这里共有55种蝴蝶，这是后来一位当地的自然学家蓝加斯瓦米先生（Mr. S. Rangaswami）告诉我的。但是瑞希山谷和西非完全不同：眼前的每一棵树，仿佛组成了一片丛林，都是由一个男人或一个孩子亲手栽种的，这是重建行动的一部分。

几十年前，这个山谷的森林曾被大量砍伐，成为附属的灌木栽培地。农民在这样一个长年干旱的地区勉强度日。这里的景色已经完成了重建，而且完全没有借助任何一位西方专家的忠告，也几乎没有依靠外资。事实上，瑞希山谷是一个在西方世界罕为人知的秘密。

多伦多大学的朋友建议我造访瑞希山谷。他们说瑞希山谷的居民已经找出了解决人口过剩和环境恶化等问题的方案。毫无疑问，非洲某些我没去的地方，也可能给我像瑞希山谷那样的希望，正如印度也有像塞拉利昂一样令人沮丧的地方。与其说瑞希山谷是印度的成功故事，不如说它是人类的成功故事。瑞希山谷显示出人类有希望，而我们作为物种本身，不尽然要摧毁我们自己。

但这也让我明白，如果想要实现这些希望，那么解决方案必须在当地出现。希望和解决方案无法由几千千米外的大政府或国际官僚"进口"而来。

自然学家蓝加斯瓦米先生，一米八的个子，优雅从容，望远镜在他胸前摇摇晃晃地挂着。他缓慢地走出森林，开口讲话，短短45分钟的评论完全吸引了我：那是我这趟山谷历程的序曲。

"鸟类就是试金石。"蓝加斯瓦米先生宣称，"黄喉鹎飞回瑞希山谷，证明了这里的生态复苏。在几年前我们第一次听说牛蝇之前，什么事都还不能确定。"蓝加斯瓦米先生带我走过一片丰饶的丛林，藤蔓、蕨类、紫檀、檀木、番荔枝、罗望子、洋槐以及柠檬香茅在此丛生。"已经增加了300%的生物品种。注意看这棵紫檀，它们抗旱能力强，而且完全垂直生长。我们选择它是因为它扎根时不会影响其他植物。不过，奈杜先生（Mr. Naidu）会告诉你这些信息。他是个真正的奇迹创造者，他是真正的山谷精灵。你一定会认识他，我确定。安静！有没有听到音乐般的咯咯叫声？那是斑翅凤头鹃。我们不久就会进入鹎鸟的领地了。"

蓝加斯瓦米先生继续说明有关太阳能电池板、有机蔬菜园，以及用牛粪发出的气体取代丁烷的情形，同时指出长尾鹦鹉和一群幼枭给我看。伴随着他如翅膀般挥舞的手臂的，还有他一绺飘逸的铁灰色头发，以及轻快的印度口音，他仿佛也是自己所挚爱的"150种飞回来的候鸟"之一，尤其是他未曾真正自我介绍，反而是神气十足地走到我面前的样子。突然，他停止讲话，把手指放在嘴唇上，提醒我保持安静——仿佛一直在讲话的人是我。"不会吧，只是一只白鹭。"他有点儿失望地说。接着，他听见丛林里传来一声高亢的鸟鸣，他对着呈墨蓝色的天空和深色的雨季

第二十一章 瑞希山谷和人类才智

云伸开双臂,大叫道:"啊,现在斑鱼狗翠鸟终于来了!"

已过古稀之年的蓝加斯瓦米先生曾经是个会计师,也是马德拉斯一家工厂的经理,不过那是他在瑞希山谷发现自己真正的职业之前。他在这里开始赏鸟,并且成为自然保护区的名誉管理长。他也许很古怪,但不是浪漫派;而他个人也不富裕。他相信生态复苏对文化复苏很重要,并且成为这个运动的一分子。

故事始于1895年,吉杜·克里希那穆提(Jiddu Krishnamurti)出生在离瑞希山谷几千米远的默德讷伯莱村(Madanapalle)。死于1986年的克里希那穆提是个哲学家——不是古鲁(印度教的宗教导师)或瑜伽士。他没有创造种姓制度也没有敛取财物,他反对信徒制度。"如果你很清醒,如果你的内在有所醒悟,你就永远不会跟随任何人。"他这样告诉崇拜他的人。阿道司·赫胥黎(Aldous Huxley)听了克里希那穆提的话,说那是"我所听过最令人印象深刻的事——这就好像听到佛祖的道理一样"。克里希那穆提的信仰很难明确说明。他远离乌托邦理想主义,也嘲笑回归田园至福。他觉得这种态度只有闭眼不视"存在于地球上绝大部分的残酷、竞争或痛苦"的现实,才能维持。他是个承认平凡事实的怀疑论者:"这地球是我们的、你们的和我的,我们必须一起住在这里;我们必须珍惜它,并且在这片土壤上种植东西。"克里希那穆提预言了一个历史阶段,在那个阶段里,人们认同环境安全专家丹尼尔·德德尼(Daniel Deudney)所谓的"绿色文化"或"地球民族主义",这种观念会伴随着政治从"低"调到"高"的变化,即21世纪很多环境问题的全球性管理。德德尼称这个长期趋势为"世界内部政治的出现"。克里希那穆提的观点也可以看作"盖亚"(Gaia)理论的前身,这个理论是以古希腊大地之神的名字命名的,它把土地看成一个生命系统,在这个系统里,生命和非生命形式相互构成。杰茜卡·马修斯也提到过盖亚理论:

> 前几年盖亚理论从边缘领域跃升为主流科学,打开了新的研究领域,并改变了人们思考的方式——包括那些认为盖亚理论中有部分错误的人。被动地适应外部所加诸的物质环境——这种传统生命的观点,不得不承认生命与非生命的领域是复杂地纠缠在一起的……我想,最后盖亚会推翻普遍化的观点——它们包含于经济、法律和政治学中——也就是社会的存在与大自然相隔甚远。

20 世纪 30 年代初期,克里希那穆提和他的朋友在他出生地瑞希康达(Rishi Konda)附近的山脚下,创办了一所精英寄宿学校,校舍建在一块不到一平方千米,铺着小石粒的荒瘠土地上。瑞希康达是一块古石,2000 年前的瑞希(或称僧侣),都到那里忏悔苦行。这与印度普遍将寄宿学校建造在风景如画的山坡地有所不同。因为瑞希山谷学校吸引来自次大陆各种不同语言背景的文人雅士等富裕家庭的儿女,所以教材是以英文书写。虽然这一点不算特别,但是它与周围村落之间不断进展的关系肯定是特别的。

印度教育经常被批评为"无根"和"抽象"的,因为它培育出与他们自己环境隔离的天才儿童,这正是我们预期中种姓制度会产生的结果。所以,尽管印度人在理论科学上有伟大的成就,但他们往往缺乏深厚的工程传统。瑞希山谷学校让环境保护区成为课程的一个基础部分,并强迫这些富裕的学生和当地村民一起靠双手劳动,试图借此来填补这个空隙。"当来自城市的人带着知识资源来到村里定居，整个文化就复苏了。"瑞希学校的一位老师吉萨·耶尔（Geetha Iyer）说。当然，这正是伊朗国王和其他第三世界的专制君主永远学不到的一课：现代化的关键不是城市，而是乡村。如果一个国家的乡村还很古旧，这个国家就不可能现代化。

耶尔女士娇小柔弱，戴着粉红框眼镜，眼神充满好奇。她驾车几千米载我到乡间，那里呈现出两种景致。一种是死气沉沉的石灰石山坡，几千年经风雨侵蚀而成，坡上是大块的花岗岩圆石，由于多年的过度放牧和砍伐柴木，致使这里没有树木也没有表层土。另一种风景则是瑞希山谷的"再生"森林，点缀在树木间的是九重葛、扶桑花、金盏花、野玫瑰和茉莉花，伴随着从中升起的鸟鸣交响曲。这里一百米内的差异，比我所越过的人造边界两边的差异更明显。在再生森林的区域，洁净无尘的微风和阳光，因遮盖的枝叶而形成不同的颜色，给人一种幸福的感觉。我不禁好奇，住在这样一个再生森林里的人，是否比较温和谦忍。

耶尔解释："我们对村民说，给我们你们最糟的土地，你们最最糟的土地。我们不是为了拥有或保留，而是为了让你和我们的学生耕种。"蓝色棉质纱丽在微风中飘扬，她带我到这样的一个地方。

这块土地就像皮肤上一块痊愈中的疤一样，在非专家的眼里，它看起来还不怎么起眼。只有深谷和山腰：既不算荒地，也不算绿地，而是介于这两者之间。中间的土地是耶尔学生的作品。"我们选择容易扎根的植物，以固定土壤。"在这些植物中，最引人注意的就是番荔枝：它是一种矮小、其貌不扬的果树，但是我在整个瑞希山谷里都能听到它的名字，像印度教圣诗一样不断被传颂。番荔枝树只需四年就能成熟，它的根伸展得既深且广，能固定住被侵蚀的土壤。它是一种适应力强的树木，只需要一点点雨水，而且山羊不吃它的叶子。在它的遮荫下还有其他种类的植物自然生长。赏鸟家蓝加斯瓦米先生很喜欢番荔枝。

瑞希山谷的学童每年种植两万棵树和灌木，并且将十万株幼苗分散种植于山谷中。在蓝加斯瓦米先生记录自己经验的著作《瑞希山谷的鸟类：以及它们栖息地的再生》(Birds of Rishi Valley: And Renewal of Their Habitat)里，他与合著此书的S. 斯里达尔（S. Sridhar）写道：

> 较小的孩子，身上带着用于挖掘的棍子和装满种子的袋子，爬上一条窄路，将种子栽种在坚硬的土壤里。较大的学生则挖坑来种树苗。大桶大桶的水用牵引车从水井运送到山麓上的小丘。孩子在那里将水装进水桶，然后再利用一道弯弯曲曲沿着山腰的长线运送水……
>
> 数千棵树木的种植场就这样发展了起来。学生和工人们合力将土壤装进塑料袋，并灌溉新播种的种子，直到这些幼苗可以移植。

耶尔指出一系列由土壤自然形成的"拦沙坝"、小型水坝，或是裂口，没有比小孩子在海滩用湿沙筑成的大多少。这些拦沙坝会阻止或至少减缓雨后河水的流速，以防止侵蚀，同时可形成肥沃的淤泥。"这淤泥非常肥沃，它拥有很多腐殖质。我们将这些淤泥运送到需要再生的干燥地区。"耶尔解释。我开始了解到，瑞希山谷就像进行大移植手术一样，在一个地区创造健康土壤，再将其转移到另一个地区，以加速再生的过程。学生们甚至将全校的垃圾收集在水泥坑里，再将蚯蚓倒进去，自己制造有机肥。

第二十一章 瑞希山谷和人类才智

比拦沙坝更大的是"等高堤":约 1.8 米高、几百米长的倾斜石墙,也是由学生与村民合作筑成,可以用来将满溢出来的水导入渗滤槽。渗滤槽就像番荔枝,让这里的人们以尊敬的语气传颂着。这些都是瑞希山谷地产经理奈杜先生的发明,蓝加斯瓦米先生称奈杜先生为这里"真正的奇迹创造者"。

我问耶尔这些渗滤槽是否都用来灌溉,她说:"绝对不是,在瑞希我们不灌溉,也不使用化学肥料。我们会重新填补地下水位和土壤。"

据耶尔和其他人解释,提高好几倍食物产量的印度绿色革命,问题就是因为过度灌溉和过度使用人工肥料,耗竭了环境地基。番荔枝、拦沙坝、等高堤以及渗滤槽,全都是用来转化那个过程的要素。"基本上,"耶尔说,"人们必须爱他们的家园够深——也就是有足够的意识——才能够努力保持它。"

如果只是这样,那么瑞希山谷只不过是富裕儿童的一个稍大的环保主题公园罢了。但事实不仅如此。

在开车回到校园的途中,耶尔和我经过了几个村庄:紧紧聚集在一起的茅草屋、瘦骨如柴的牲畜,以及有如小巧桃花心木雕像的妇女,她们穿戴着鲜艳的紫、红和绿色的纱丽,正在井边汲水。然而那种从内部啃蚀的特质——苍蝇、病态的眼屎、刺鼻的气味——这些我一直与印度联想在一起的特质似乎不见了。这些村庄就像是粉饰过的旅游杂志里的印度。我花了好几天才了解为什么。

瑞希山谷就像把新英格兰的一个寄宿学校搬到阿巴拉契亚边陲(Appalachia),以便让学生与乡村的穷人一起工作,如同美国和平队或美国志愿服务队（Vista）。虽然表面上，它的方法像是很典型的西方自由思想，但是瑞希山谷的员工已经以克里希那穆提自己的印度方式①，内化了一种保守的想法，即财富的创造是文化问题，而不是政治问题。②人类肯定是生来平等，但他们天生受制于的环境与人类影响，使他们在到达学龄时就相当不平等了。

除了以英语教学的寄宿制学校外，还有一所走读学校让100个村里的孩童就学，授课所用的语言是当地达罗毗荼人（Dravidian）的语言——泰卢固语（Telugu）。走读学校是周围村庄的"卫星"学校扩展网络的中枢。我参观了其中一所村庄学校，并且感到惊奇。

那是一个简单的小校舍，只有一间房间，用稀石灰粉刷的土块建成，屋顶是波浪形的铁皮，四周植满了金盏花和扶桑花。小校舍里有四个组，每一组有五个孩子，他们在地上围成圈坐着，静静地用指导卡和小黑板在学习。我没有听到喧闹声，也没有看见无聊、睡眼惺忪的脸，只有平静的学童互相辅导的低语，几乎不太需要老师的协助；老师看起来几乎是多余的。花与鸟的剪纸画从天花板垂下来，在孩子们头上一两米的地方摇摆着。架子上整齐地摆着学生的档案，手工艺的盒子紧贴着一面墙。另一面墙上贴着彩色图表，上面列着这个村庄里人、植物和动物的数量，每一项都分成好几个种类。我从图表了解到这个村庄有居民271人，其中有106个女人、97个男人以及68个儿童。孩子画的画

---

① 克里希那穆提成长于西方，且深受一位英国社会改革家贝赞特夫人（Annie Besant）的影响，这也许使他的哲学，就部分而言，是西方的产物。

② 在1986年7月7日的《新共和》（*The New Republic*）杂志里，丹尼尔·帕特里克·莫伊尼汉（Daniel Patrick Moynihan）写道："保守主义最重要的真理就是，决定社会之成功的是文化，不是政治。自由主义最重要的真理是，政治可以改变一个文化，并从政治本身之中拯救文化。"

挂在第三面墙上展示着。虽然只有一年的历史,但这所学校已经不只是一间小屋子——而是一个"家",不论在花园还是教室,都有浓浓的人情味,一整面墙都是图表的教室也反映出知识与经验的累积。我无法想象还有哪一所学校能如此安静,且有助于激发自我学习意愿的。尤其想到这些学生贫穷的背景和班级里年龄层的差距——各个年级的学生都在一起做功课——你更会觉得印象深刻。

我在教室里待了一个小时,只是看着这群孩子上课。有时候他们会盯着我看两分钟——一张陌生的脸引发他们的好奇心——接着就又继续各自做功课了。不曾有一个孩子露出美国贫穷地区的学童会露出的那种愠怒或茫然的表情。我从门外很仔细地观察:没有任何一个孩子打扰别人。以美国的标准而言,这个班级是个异常现象——房间里充满了各种年纪的穷困孩子,却都举止良好。因为纪律根本不是一个议题,更别说是问题,所以每个人都能专心学习。

那一间教室的情形并非偶然。在一天中的各个时段,我也去参观了该地区的几所村庄学校,气氛总是相同的。正如瑞希山谷的那所走读学校是这个卫星学校网络的中枢,每个卫星学校都是一个村庄的中枢,会在傍晚时分举办成人识字、土地垦植、再造林、卫生保健、养蜂业等课程。这时候,儿童们就会协助父母去照顾学校的花园和植物苗圃,并建筑等高堤和拦沙坝来防止侵蚀。

这些卫星学校中最古老的,莫过于依佳瓦柏雅帕尔(Egavaboyapalle)的学校,这个村庄以前开辟过山林,共有 250 户家庭,这些家庭全都是同一个种姓,一个有"懒惰"和"拦路抢劫"等坏名声的种姓。自从 1986 年学校开创以来,依佳瓦柏雅帕尔的识字程度从近乎零爬升到 70%,疾病的发生率也大幅下降。居民们在他们茅草屋顶的小屋边的花园中，种下九重葛和扶桑花。他们还捐了一个黄金时钟和其他东西给学校，而学校在夜晚也不会上锁。村民之间的信任感越来越高。这里和附近村庄的学生退学率几乎降为零。95%的学生通过了晋升到较高年级的入学考试。

我坐在瑞希山谷校区一间小办公室的地上，与达到这项成就的一对年轻夫妻一起啜饮奶茶。帕德马纳巴·拉奥（Y. A. Padmanabha Rao）戴着眼镜，浓密的黑发和八字胡，看起来像极了年轻版的伊拉克外交杀手塔里克·阿齐兹（Tariq Aziz）。阿齐兹在愚蠢和虚伪上不曾失败过，但拉奥的智慧来自平凡的常识。他和穿着红白纱丽的时髦妻子拉马（Rama），从往北几小时车程的海得拉巴（Hyderabad）搬到瑞希山谷，来测试他们对印度政府学校体系束缚外的教育的革命性构想。我忙着快速记笔记，以至于没有记录下哪句是谁说的。以下摘记是这对夫妇自己的话，他们讲述了如何处理拥有贫瘠的文化背景且成绩不理想的儿童的问题。

"课程的学习越来越抽象。有飞机甚至汽车图案的教科书，与这些孩子每天所经历到的并无关联。全世界的教科书都很无聊，让我们承认这一点吧！只有拥有稳定的家庭环境，以及受到父母鼓励的聪明孩子，才能读好教科书。一个来自破碎和／或文盲家庭的孩子，在缺乏必要的隐私、安静和电器化的照明的环境下，也能做好家庭作业的观念是很荒谬的。给这种儿童布置家庭作业，等于引他们走上失败之路。更别指望好老师了，印度大部分的好老师，都会利用所有可能的手段来逃避到贫穷地区教书的义务。那些困在贫穷地区的老师，永远都在看手表，每天中午都随时准备冲出教室，搭巴士回到市区。你更别指望这些好老师会在村庄里出现，这已经成为一种习惯。还有，当地的老师只会将他们的无能和偏见教给学生。即使你看见一位好老师在穷困的地区里，他或她将无力处理30个孩子的学习问题。"

于是，拉奥夫妇重新定义了学校。学校不需要一间教室和一位老师，也不需要由一个大人物面对30个小孩演讲；此外，老师和教科书也不应像魔术师般，其他人则坐成一排排乖乖聆听。学校不应该要求死记硬背，拉奥夫妇强调，口传文化已经做了太多这样的事了。学生只有学会如何归类和分析，而不只是死记时，他们才能在这个现代世界里有所成就。拉奥夫妇解释，群体以及种族之间的仇恨，是来自太多错误的口传记忆，以及太少的自发性分析。

根据拉奥夫妇的说法，在迈向21世纪时，发展中国家的理想学校必须学费低廉、可搬迁、容易再造，并且能够教导孩子能像生长于书香门第的孩子一样思考。同时"在学习过程中"还必须要"深深地"灌输家庭计划的价值、对物质环境的关怀，以及对其他文化的包容。而所有这一切应该可以"装配入一个百宝箱里"。

拉奥夫妇的"百宝箱学校"已经扩展到超过15所瑞希山谷的卫星学校，以及横跨印度东南部的两百多所学校，这些都是在政府经营的教育体系瓦解的情况下，居民急需另一种选择的地方。

"学校百宝箱"包括：数学、泰卢固语、科学、健康以及环境研究等科目的图标指导卡片——以及一本教师手册，而老师大部分时候都是"协助者"的角色，因为儿童最后都是自学。

一开始先让小孩子玩橡胶制的圆圈和半圆（也是百宝箱里的教学道具），这些橡胶制品是泰卢固语45个字母的形状。[3] 接着

---

[3] 即那种用来做鞋底的橡胶；粗糙的边缘显示出哪一边朝下。

进展到橡胶字母,这些字母根据书写与发音上的难易程度而分成八类。再接下来,儿童们就开始使用游戏卡片,把石头放在正确字母的卡片上,由老师大声发出音来。下一套卡片是用来在纸上印刻字母。"这个构想,"拉奥太太说,"是要让孩子从实际触摸和感觉橡胶字母开始,之后才再进展到书写。背诵真的不太需要。你通过实际操作和玩而不是凭借记忆,在不知不觉中学习。"

此外还有图卡,儿童在图卡上针对图案写下文字,然后还有猜谜卡、复习卡等。孩子们只要完成手上的卡片,就能进展到下一个层级的卡片。"孩子自己是坐在驾驶的位置,以团体的方式让自己产生学习的动机。"拉奥先生说。

故事卡提供了简化版的印度史诗。也有以印度史诗为蓝本改编的故事,以鼓励民族和谐、两性平等以及热爱环境。然后孩子们写下他们自己的故事,拿回家给父母亲看,所以父母必须学习阅读,以便了解他们的孩子写的是什么。这就是刺激成人识字计划的因素。"教导成人如何阅读时,我们只教导他们自己孩子所写的字。"拉奥先生解释,"这样,你就不会听到中年农民说:'阅读对我有什么用?'"

还有另一套图卡系列是用来教授测量的。"但是不是抽象的测量,"拉奥先生提醒道,"诸如一百厘米等于一米。我们教导真正的测量,例如你的鼻子是几公分长。而且我们还用沙漏来教授时间,如此学生就能了解一个小时或半个小时是多长。时间的观念是都市的,村民从不曾学过。这就是何以在印度和非洲,每个人都经常迟到。如果要一个社会能够创造物质财富,就必须从小向孩子灌输都市的时间观念。"

我所看见的井然有序的教室并非偶然。"教室,"拉奥太太告诉我,"必须是理想家庭的延伸:一个能运作的家庭就是有规律的家庭。孩子必须为他们自己制作活动档案。指导卡向他们灌输每一件事物种类和分类的观念。我们让学生研究了解他们自己的村庄，让他们制作曲线图来表现男人数量、女人数量、识字的人口数量、不识字的人口数量、人们鼻子的长度……简言之，孩子们学习不断地做比较。这样他们就会发展出客观性，通过自己的发现和研究。"到最后，学校会举办全村庙会，由学生摆摊，帮村民称重和测量，并且猜测一块石头的重量，或一片叶子的长度。然后孩子们再把结果做成图表。

教室是理想家庭的一个延伸，外面的花园也是教室的一种延伸。每一所卫星学校都有一个种植花卉、水果和青菜的园圃，由学生和他们的父母负责。就像在瑞希山谷，他们果园的收入可以补贴校园的开支，这些苗圃也会有收入，所以每所学校都几乎是自给自足的。比收入更重要的——孩子们也必须时时记录植物的成长——是一种美感的培养。"学校里和周围都种着九重葛，"拉奥太太说，"这能教会学生如何欣赏美。能欣赏美的人更不容易有暴力倾向。"

看着在高度组织化的校舍里，孩子们静静地上课，并聆听拉奥夫妇对一位"老师／协助者"——一位身穿红色纱丽的十几岁女孩——讲话，这一切都太令人印象深刻了，以至于不太可能只是一项创新学习技术的成果。我突然有个想法，就是南亚人可能享有撒哈拉以南的非洲人所缺乏的文化优势。定性地说，这里的文盲与非洲的文盲似乎不同。拉奥夫妇指出，南印度村民所知的口传故事和传统，是以有数千年历史的达罗毗荼语言与文字详细书写而传承下来的史诗为基础的。以梵文为基础的泰卢固语拥有比英语更多的字母。瑞希山谷的文盲村民可以迅速适应发展良好、识字的文化环境，但是在很多撒哈拉以南的非洲地区，当地语言真正被书写下来，已经是约一个世纪以前的事了。

印度的人口增长率不到2%，实际上，比撒哈拉以南的非洲本土任何国家的人口增长率都低。位于印度西南部的喀拉拉邦（Kerala），亦即很多瑞希山谷教职员的家乡，人口增长率更低，而其高达86%的女性识字率着实令人惊奇。就像黎巴嫩人和叙利亚人一样，印度人在一个世纪以前来到撒哈拉以南的非洲，带着简易的行囊，到许多非洲城市里形成了中产阶级。这一点绝不仅是意外，或是通过"剥削"，因为即使剥削也需要才智。尽管南亚与非洲之间有差异存在，但拉奥夫妇的"百宝箱学校"仍适用于非洲，以及其他儿童学习不完善的地方。然而，它是否有助于缩小非洲与印度次大陆在物质财富上不断扩大的差距，则另当别论。

我耳闻已久的瑞希山谷地产经理人奈杜先生，没有像其他人那样，以快乐的微笑和一连串的话语向我打招呼。他不是从城市搬来瑞希山谷的知识分子；出生于邻近村庄的奈杜先生，是个害羞、讲话简短、冷淡、体格健壮、有着稀疏白发、靠双手工作的人。他与其他瑞希山谷的人不同，而其不同的方式，正如以色列集体农场的农民不同于来自特拉维夫（Tel Aviv）或纽约的都市犹太人。我认为这一点在某些方面，也说明了其他人对他的敬畏。

"你对农耕有兴趣吗？"他直言不讳地问。

"是的。"我回答。

"跟我来。"

奈杜先生带我到一畦广阔的杧果园。"整个山谷都干涸了，所以我去马德拉斯了解一下滴灌系统的费用。太贵了。所以我拿这些空的食品罐，用棉花塞住开口的地方，再把水填进去。然后我在杧果树周围摆棉花罐。每四天就带一驴车的水去注满罐子，同时换棉花。真的有效。我们省下了很多钱。谁需要高科技工程？农业上有太多技术了，还有太多正在破坏未来土壤的人工肥料。在瑞希山谷，我只用天然的有机肥，像楝树饼（由印度楝树腐烂的树叶做成的堆肥）。

奈杜先生重复耶尔所说的，印度极力提倡的绿色革命已经达成了，其代价就是农地的过度耕作，以及过度灌溉所造成的流域耗竭。[英国发展顾问诺曼·迈尔斯（Norman Myers）担心，"印度目前其实一直在借贷他们下一代的食物资源来喂养自己"。]

我们继续走。看我在笔记本上奋笔疾书，奈杜先生稍微亲切了一点儿。他指给我看不同种类的土壤和蕨类植物。他带我到一处蓊郁的丛生蕨类植物前说："我想要整个南印度都像这样。"

我向他询问有关渗滤槽的事。

"我看见男学童在户外淋浴时，有了这个构想。所有淋浴完的水都流入田野，浪费掉了。所以我让学生在冲澡区域挖一条壕沟，收集流掉的水。我用这些废水种植豆子和香蕉。而渗滤槽就等于这冲澡壕沟的扩大版。"

奈杜解释他如何指导等高堤和拦沙坝的兴建。他们将季节性的雨水导引入足球场大小的渗滤槽里：一个如壕沟般的建筑基地，得花一年的时间才能填满水。同时，由长长的等高堤所形成的蓄水区，则转变成广阔多产的稻田。"我们从当地政府（印度的安得拉邦）那里拿到一些钱来进行这项计划。但是，政府官僚很难应付。我再也不愿接近政府了。"

"那新德里的联邦当局呢？"我问。

"他们更糟。"

奈杜先生指导瑞希山谷学生和当地村民，将渗滤槽周围肥沃的土壤运到山谷里较干的地区，以便种植花生。进行这项工作十分艰巨。"要改良碱性土壤需要用到30厘米到38厘米渗滤槽的肥沃淤沙。那是个永久而天然的解决方案。我们的渗滤槽是用来补充地下水位，而不是用来灌溉的。现在要抽取地下水需要5—10分钟，渗滤槽建造前得用20分钟。在山谷的某些地方，地下水位从地下12米升高到地下3米。"奈杜先生继续说，"在发展中世界里，灌溉太多了"，因而导致土壤盐渍化、土壤浸水，以及地下水位耗竭。他认为过度耕种、过度施肥、过度灌溉的土地，将越来越难支持上升的人口数。

瑞希山谷在奈杜先生的指导下，借由谷地农产品的销售，扩增了再投资的资金，成为一个大型有机农场，并实行名为"后绿色革命"的革命。瑞希山谷的印度人靠着自己，重新发现了已有2000年历史的技术，引导雨水到干燥区域以绿化该地。这项技术最早是由耶稣时代居住在今约旦的纳巴泰人（Nabatean）发现的，纳巴泰人以"玫瑰红"城佩特拉（Petra）闻名。奈杜先生告诉我，他不曾听说过纳巴泰人。他说："一个社会必须要能自己发现事情，即使那些事情外人已经知道了。这样一来，这些事情才能够通过经验而固定下来，并且深植在当地人的想法里。"

奈杜先生和我爬上一个等高堤，眺望耕地繁荣、青葱的全景。"我还没告诉你我的过去吧？"他说，一面将头前后晃动，就像一般印度人表示强调时一样。他告诉我他和家人住在学校内一栋大房子里，这些年来，他以疼爱的心情种植九重葛、扶桑花以及甜美的茉莉花来装饰校区。"但是我再也不能在那里过夜了。我睡在我女儿位于附近城镇的房子里。你知道，我有三个孩子。"他开始讲述，我注意到他的声音里逐渐透露出悲伤。

第二十一章　瑞希山谷和人类才智

"我所有的孩子都在瑞希山谷学校上学。我的女儿嫁给了当地的律师，我的大儿子在巴林（Bahrain）的 IBM 公司上班。我的二儿子是板球和其他运动的好手，他很像我：我在对农业感兴趣之前，在瑞希山谷教授体育。我的二儿子被选为马德拉斯基督教青年会（YMCA）会长；他是个真正的明星。有一天他去游泳，意外潜入一个雨水坑，他被吸入淤沙里，淹死了。我太太后来死于心脏病。我想这就是为什么我会做现在我在做的事情——我试图忘记每件事。我已经让自己完全投入种植与再生的活动中，回馈一些东西给大地之母。"

自从儿子死后，奈杜先生就成了一个未来时代的拥护者：盖亚时代。他的成功得益于适合的文化脉络，这包括克里希那穆提的哲学和拉奥夫妇的创新教学法。

奈杜先生和我的徒步之旅，在一棵有 300 年历史的巨大榕树下结束，据说，这就是当时给了克里希那穆提灵感的那棵树。这棵树有很多气根，从宽广下垂的树枝往下生长，直至碰到地上并与土壤结合，就这样形成柱子，一方面支持树枝，一方面让它们静静枯死时不会摔到地面上。其中有些气根长入它们自己的树身里。看着这棵大树的气根和枝干，我想到古老的政治和社会体系逐渐垂死，而新的正在萌芽，全都以循序且非暴力的方式进行。"但是也有些枝干会掉下来，"奈杜先生提醒，"并非所有的气根都能在地上找到立足点，以支持上面的部分。这就是为什么我要竖起这些花岗岩支撑物：以支撑枝干，不让它断裂。"我心想，像印度和非洲这样的地方，在从旧的政治模式转向新政治模式之间的过渡时期，如果能出现足够多的奈杜先生来支撑它们不崩溃，并预防未来的剧变，那就好了。

第二十二章　曼谷：环境与性的限制

泰国医生在检查了所有乘坐印度航空从新德里入境的乘客，看是否有瘟疫的症状之后，才准许我们在曼谷下飞机。疾病在撒哈拉以南的非洲和全世界其他地方之间，形成了一道无形却可渗透的墙。现在，这股恐慌尚徘徊不去，另一道墙已在印度次大陆和中南半岛之间形成。

加尔各答机场就像个凌乱的仓库，专门容纳不断咳嗽、吐痰的搬运工，他们推着生锈且吱吱嘎嘎响的行李推车；还有几天前我下飞机时，他们向我索取小费。虽然当时已经夜深，飞自马德拉斯的航班是唯一抵达的飞机，我们却等了45分钟行李才到。皮肤被工业煤灰熏得更黑的出租车司机，看起来就像烟囱的清扫工一样，他们在航站楼外面肮脏的人行道上泡茶，等着用破旧的交通工具——有的没有前车灯，有的没有门——载送乘客进城。抵达加尔各答的酒店后，我需要泡个澡清洗掉身上的煤灰。

相反，曼谷有现代化的机场，我尚未走到提领行李的区域时，我的行李就已经出现在输送带上了。也许有一天，加尔各答也会有一个现代化的机场。但是在曼谷机场的停车场，我才真正见识到东南亚。我目睹了在一个经济发展——虽然在加速——并不均

第二十二章 曼谷：环境与性的限制

衡的世界里，发展上的巨大差异。

曼谷现代化、有空调的机场给了我一个幻觉，以为自己真的到了一个发达国家。司机带我穿过一扇玻璃门，走出空调室，进入地下停车场。就像在非洲和印度一样，突然间，潮湿和蒸气似的热气侵袭着我。然而，停车场内是华丽的铝合金边线，没有一点儿生锈的痕迹；水泥地上没有任何污点。我看到的不是破旧且吱嘎作响的轿车，也不像我在塞拉利昂偶尔坐到的黑窗豪华奔驰车，而是一系列新型的中产阶级汽车品牌：本田、丰田、日产，诸如此类。穿着整齐制服的停车场管理员看了一眼他的笔记本，机械式地从我的司机手上拿了收据。我们立即就驰骋在香蕉叶和椰子树下，然后沿着现代化高架道路行驶。最后，我们的车无法继续前进，头上是阴霾、暗沉的灰色天空。曼谷的空气污染与加尔各答不同：它是烟雾的黯淡和鼠灰色油脂，反射潮湿的酷热光线，而不是变黑的焦煤城煤灰——我在德黑兰和雅典见识的那种污染。

摩托车骑士在车道上飕飕疾行，头上戴着最先进的高分子空气动力学安全帽。曼谷有各种各样的建筑物。这里淡色玻璃闪闪发亮的摩天大楼，与我在阿比让、开罗和马德拉斯看见的摩天大楼不一样。曼谷的建筑物看起来维持得很好，而且不会演变成直接的贫民窟。我看见满是泥泞的运河边，有一排简陋的小屋，虽然和我在土耳其看到的一样，都是向上加筑的建筑；盆栽植物和井然有序的内部，透过厚纸板和铁片的裂缝从眼前晃过。

我并非是从西方世界，或另一个环太平洋国家飞到曼谷的，而是从非洲、近东、中亚和印度次大陆而来。曼谷是我与亚洲经济奇迹的第一次邂逅。我来这里是有目的的。就像去瑞希山谷一样，我来泰国是为了得到一些平衡，希望减轻心中对人类悲惨境况的印象。即使在我专注于霍默－狄克逊长型礼车外的世界时①，我还是期待至少观察一个主要的第三世界国家，如何成功摸索进入工业化世界的空调殿堂。我造访科特迪瓦是为了看那个半空的玻璃杯；而造访泰国则是为了看那个半满的玻璃杯。当然，我也可以去到加纳之外，非洲其他显露出成功迹象的地方，诸如贝宁（Benin）或南非。但是我给自己的理由是，非洲总体而言境况不佳，而亚洲总体而言境况良好。而我所到访的地方，也非常能代表这两块大陆。

我从瑞希山谷回来，到达马德拉斯的饭店时，印度出租车司机需要一个扳手才能打开出租车的后备厢，取出我那些被放在一个肮脏备胎和一堆破布上的旅行包；在曼谷，司机从他的座位上静静地打开后备厢，然后跳下车，把旅行包交给我，对我鞠个躬。泰国不像印度，英语并不是官方语言。但是，我恰恰遇到了一个凭直觉就清楚顾客需求的文明。

我在酒店大厅浏览了好几期《曼谷邮报》(The Bangkok Post)。有很多关于投资机会、债券以及内阁改组的报道，没有任何我在印度和巴基斯坦常读到的那种关于长期暴动和其他的人民暴乱的新闻。不到90分钟的飞行距离，印度次大陆和它的低级混乱，已经烟消云散了。

我住的是一间小巧的大理石及玻璃造型的快捷酒店。我和几名穿着昂贵简便西装的人一起挤进电梯。有一个手上拿着康柏计算机，那是当时最小的新型准笔记本电脑。我突然发现，这是在

---

① 霍默－狄克逊把世界比喻成一辆有空调的长型礼车，穿过充满露宿乞丐的纽约城街道，礼车里面是北美、西欧、环太平洋地区和几个独立存在的国家，外面则是世界上的其他诸多国家。完整引文请参见本书第一章。也参见卡普兰的《无政府时代的来临》，列于参考文献。

第二十二章 曼谷：环境与性的限制

离开德黑兰之后，极少数中的一次，我可以拥有24小时稳定的电流。只带着背包、一叠空白笔记本和比克圆珠笔的我，突然觉得自己落伍了。一个国家越贫穷、越暴力，当地的外国记者的社会地位就越高。在曼谷，新闻记者的地位根本不能和投资银行家相比。

地理可以造成多大的差异啊！我这么想。缅甸丛林和云南－四川树林茂密丛生的断层地块，有效地将东南亚，或者说中南半岛，从它的西方边界印度次大陆，以及北方边界的中国切离。文化影响通常借由南方和东方的海路，向北传到湄公河（Mekong）、湄南河（Chao Phraya）、伊洛瓦底江（Irrawaddy）流域，而进入泰国和其他东南亚地区。由于东南亚的陆地相对较小且密集，又有普遍可供航行的河川及拥有优良港口的长海岸线，因此，这片地区在整个历史上，一直比非洲或印度更容易接触外界、大都会的影响。例如，幅员辽阔的撒哈拉以南的非洲地区尽管有长长的海岸线，却少有好的深水港或可供航行的河流。虽然如此，在东南亚发展的河岸文明，导致没有主要的贸易路线可以联系两个上游文明。就像山脉将巴尔干地区分隔成反目成仇的各个部落和族群，河流的流域一开始也将东南亚的民族分割开来：将暹罗人（泰国人）与老挝人分开，将老挝人与高棉人（柬埔寨人）分开，将高棉人与越南人分开。容易接触外部世界，内部却又分裂与隔离的东南亚，将会像西欧一样具有文化动力，却像巴尔干地区一样因战火而分裂。就像在中世纪初期，从大亚洲大陆迁移到较小的巴尔干半岛（他们又在这里细分为不同的族群）山谷的斯拉夫人一样，中国南部地区的居民也在13世纪初迁移到现在的泰国和越南。和巴尔干地区一样，每个民族——暹罗人、高棉人、越南人等——都认为最正确的分区图，是他们各自王国在领土上处于巅峰时期所画的地图。根据新加坡公共服务学院（Civil Service College）院长马凯硕（Kishore Mahbubani）的说法，在东南亚的历史上，血腥的"巴尔干时期"在1989年，逐渐随着地方上超级强国的竞争结束、越南与老挝对外资开放，以及泰国每年经济增长达到11%而告终。如今地方发展的"西欧时期"已经到来。

在最近几个世纪里，东南亚逐渐转变得不像印度，而是更像中国。印度的实质性影响，一般都局限于字母文字、中世纪建筑、以咖喱为主的料理，以及佛教的各种形式。宗教对日常行为的影响无远弗届。同理，就像学者菲利普·罗森（Philip Rawson）所写的，"到了16世纪，中国化的越南佛教徒几乎已经抹杀了柬埔寨、老挝和泰国传统的印度化文明的所有痕迹"。

印度与东南亚在地理上的分歧，催生了不同的种族、历史和经济模式，这也反映在一个事实上：我无法实际以陆地旅行的方式，从一个次大陆到达另一个次大陆。我是从加尔各答飞到曼谷的，其中的差别极其显著。印度比非洲拥有更多的经济与其他优势，而东南亚则较印度拥有更多的优势。

初抵曼谷的第一个晚上，在散步时，我对泰国人制造的噪声大感惊讶：电钻和机械钻研磨、刺穿物体的尖锐声音，伴随着三轮摩托车发动的声音；与位处中亚的中国城市乌鲁木齐一样，曼谷建筑物与道路的修建都是24小时进行的。在这里，它代表经济与文化进程的巅峰，使资本主义看起来很像宗教。我这一生都生活在资本主义社会里，但在我来曼谷之前，从未把资本主义当作一种信仰系统。漫步到曼谷市区西隆路（Silom）和帕蓬路

第二十二章　曼谷：环境与性的限制

（Patpong）的转角时，我看见了多年来快速经济增长和相对较低的出生率的结果；它使泰国免于我在旅途中其他地方所见的恐怖情形。泰国是"亚洲四小龙"中最贫穷，且最接近"第三世界"的国家，仍然领先令我印象深刻的土耳其经济与文化好几个档次。

走在路上，路灯反射在大理石、如镜的铝合金，以及其他明亮合金的光滑表面，使夜晚显得灿烂夺目。西化的商店街上贩卖着古驰眼镜、鳄鱼牌衬衫、软麂皮的牛仔靴、尼康望远镜、电脑、传真机、激光唱片、迷你无线耳机、安全套、隐形眼镜，以及各种样式的皮革和黄金制的名牌"配饰"。除此之外，还有一些木头摊子专门贩卖T恤、旅行袋、纪念品和鲜美的炸鱼。有很多快餐店和航空公司办事处，窗户上的信用卡贴纸比我以前所见过的还多。酒吧里，身穿红色绸缎内衣的女孩们，在舞台上随着强烈的西式"水晶牛仔"的音乐起舞。其他乳房和屁股如同快要爆炸的小个子美女，坐在吧台前喷黑漆的高脚椅上，用甜蜜的声音叫你，这使我想起在设拉子和伊斯法罕遇见的地毯商人。"美女沐浴"酒吧、"女士与男孩按摩"、"大男孩：只限绅士的酒吧"、"看女同性恋者在摩托车上亲热"。性在帕蓬夜市是一种商品，就像柯达胶卷或昂贵的苏格兰威士忌一样被展示出来，脱离所有道德禁令，也因此脱离其正常的危险与神秘。帕蓬夜市不是常见的红灯区，有犯罪、危险和刺着文身的水手，色情酒吧夹在平装书店和柯达一小时冲印店之间。泰国的中产阶级家庭就在附近游玩。酒吧为那些在西方因太胆小不敢进入这种地方的人提供了即时而机械的满足。对我而言，曼谷似乎是一个较无灵魂但更高效版本的纽约。在曼谷，干净明亮的公共厕所，当然比我在美国时去过的任何地方更容易找到。

我在一个百货商场里看到一群十几岁的女孩子围着一面镜子

补妆。我也在一群过夜生活的人群中看见几个年纪稍长的女人和男人对着袖珍手机讲话。我记得有一名女子穿着灰色裤装，戴着设计师眼镜，她一面摆弄着口袋型计算器，一面对着夹在下巴和脖子间的电话喊叫——压过了建筑工地里焊接机的尖锐声。她其实可以走不到 15 米，到一个较僻静的地方打电话。但是就像街上的许许多多男女，她宁愿学服装杂志广告里的风格，无论那有多不方便。

商圈的孩子就是个适当的例子。穿着流行的宽松 T 恤和水洗牛仔裤，亚洲的"X 一代"，每个周日近中午的时候，他们就全部挤在群侨商业中心（Mah Boon Krong）买激光唱片和迷你无线耳机——最近风行的东西。无论好与不好，这显然就是一个更真实、更西化的中产阶级，而不是在印度出现的那种中产阶级——虽然付担得起这种消费，却仍经常穿着化纤的衣服，并对彼此怀着妒忌，这在曼谷似乎不存在。

1973 年，泰国年轻人在街头暴动争取民主。虽然 21 年后的泰国政府仍然带有明显的军事色彩，但一般而言，90 年代的曼谷学生和西方学生一样，对政治不感兴趣。他们优先考虑的是阶级和工作竞争，而不是政治运动。[②]

13 世纪，暹罗人从中国南方迁移到今泰国北方并建立一个王国，从那时起泰国就是个有明确身份的国家。从此他们称自己为泰国人，意为"自由人"。泰国不曾被殖民过，在这一点上，它不像其他中南半岛的国家，或撒哈拉以南的非洲、埃及、中亚或

[②] 这份资料来自许多观察者，包括泰国国家发展管理研究所（National Institute of Development Administration）的一位院系主任素威猜·普瓦瑞（Suvicha Pouaree）。几年前由学生主导的一场政治抗议是个例外，并不是学生生活的常态。

印度次大陆；泰国人也不曾被欧洲人羞辱和摆布，如同突厥人和伊朗人所受的遭遇；泰国人的少数民族问题，也不如突厥人和库尔德人之间的问题那么严峻。这些是明显的优势。泰国皇家的地位如此崇高，以至于得罪任何皇家成员都属于刑事犯罪。泰国人书写的文字有700多年的历史。到了中世纪末期，泰国政府发展出了一个高度复杂和规律的官僚制度。20世纪，泰国人鼓励由中国的少数民族移民进来，以增加劳力供应量。

90%的泰国人信奉小乘佛教：那是佛教最早期的形式，明显带有来自印度的影响。它强调适度，通常被称为"中庸"、不冲突以及服从。除了其他佛教变体和儒家思想，它也提倡那些适合西方服务业经济体的特质。

传统服饰在泰国很少见。在马德拉斯和加尔各答，穿着纱丽的妇女比曼谷穿纱笼的妇女多得多。我沿着街道走，突然涌现了一个想法：泰国可能是伊朗人——另一个古老王国、古老民族国家、从未被殖民的地区文化的居民——暗中渴望的。最后一任伊朗国王经常到访泰国，并公开赞赏它。继承他统治权的毛拉也一直与泰国维持着这种良好互惠关系的传统。泰国人明显的感官性只是反映出伊朗人自己的癖性，无论在1978年之后他们变得多保守。在伊朗社会里，卖淫曾一度拥有崇高的地位，而未来也可能再次见证这种情况。

有一个在远东地区住了好几年的记者同行，就轻视我的热情。在城市的噪声中，我们到一家露天餐厅吃海鲜。他喊叫着："这个地方落后日本20年，如果你真的想见识资本主义，不要把时间浪费在曼谷，去中国香港吧。在香港，还有新加坡，你会看见那种被精细规划以获得财富的文化，甚至更精明的规划以获得——以及炫耀——精致的服饰和昂贵的汽车。在那些地方，因为土地的缺乏，获得一栋大房子成为非常困难的事。泰国就是普通社会，但香港、新加坡和日本则很超现实。"

由于印度和撒哈拉以南的非洲不断出现在我的心里，他的评论又再一次证实：全世界各地区的经济状况十分悬殊，而这些不均衡正一天一天地扩大。比非洲先进得多的印度，在1993年迅速发展消费者经济，其实际经济增长率达到4%③；反观非洲的诸多经济体的净增长率都呈负数或近于零。但曼谷自20世纪80年代中期起，以每年8—11个百分点的经济增长率和低于印度的出生率发展，其发展速度比印度次大陆还要快很多。然而，比起其他太平洋经济体，泰国还是属于发展中的。根据《亚洲周刊》(Asia Week)的资料，泰国每8.9人就有1台电视；在印度，每31.7人④才有1台电视；在撒哈拉以南的非洲的很多地区，电视根本不具意义，因为他们没有稳定的电流。

然而，没有富国与穷国的区分，反而可能有"文明之间的相互影响"。保守派外交政策杂志《国家利益》(The National Interest)的编辑欧文·哈里斯（Owen Harries）如此写道："一种达尔文式的物竞天择会发生，届时每种文化都会视何种文化最有用而加以借用……"这个过程在已经达到高技术标准和繁荣的文化间可能有效，就像美国公司采用日本管理技术。但是某些文化和地区也许落后太多，或陷入太多团体之间的争斗，以至于这种借用很不实用。

这种借用的最好例子，莫过于在泰国长期受到欢迎的中国移

---

③ 参见美国中央情报局的《世界概况》(World Factbook)，列于参考文献。
④ 普遍来说，印度的电力比非洲的电力可靠得多，即使我发现在印度也无法保证一定有稳定的电流。

民,他们精力充沛,有职业道德和敏锐的经商才能。⑤"泰国是东南亚唯一的文化融炉,经过了几世代的通婚,中国人及其技艺已经被吸收了。他们的社群并非与泰国主流社会隔绝,也未曾遭到怀疑——比如像他们在马来西亚那样。"世界环境中心(World Environment Center)泰国办事处处长沙拉·斯利彼裘恩(Chalat Sripichorn)说道。

当然,华侨这种实用的经商才能——对泰国的文化和经济发展非常重要——最好的例子,就体现在新加坡前总理李光耀身上。为《纽约客》撰稿的两位记者斯坦·塞瑟(Stan Sesser)和罗伯特·埃勒根特(Robert Elegant)一致指出,所有"二战"后的地方强人——印度的尼赫鲁(Jawaharlal Nehru)或越南的胡志明——只有李先生"统治得很有智慧"。说他统治得很成功,可能更精确些。李先生个人的清廉,再加上精英管制模式,以及由他建立的相对较清廉的官僚体系已经——至少到目前为止——被证明了,对新加坡人而言是福气。当其他亚洲领袖使经济和政治崩溃时,李先生却从赤贫中创造了迅速的繁荣。虽然西方人权倡导者憎恨他过分注重整齐与清洁(他将侦测器放在公共厕所里,以提醒新加坡警察有人没有冲水),但有很多人被迫住在被暴力犯罪、经济萧条、疾病,以及未收集的垃圾所围绕的土地上,这些人认为李先生的新威权主义(neoauthoritarianism)对西方民主是很大的挑战。开罗的一群埃及生意人告诉我,他们国家要通过经济增长浇熄伊斯兰教极端分子的气焰,所需要的不是民主,而是"像李光耀这种人"。

---

⑤ 中国人在融入泰国生活方面拥有正面的经验,但是越南人——泰国的传统敌人——在20世纪50年代开始迁移进来时,却经历了一段艰苦的适应过程。由于越南被列为第五个共产国家,他们在泰国出生的孩子往往没有公民身份。但是这种歧视基本上已经不再存在了。

在泰国,李先生的压制性策略却受到了嘲笑,连泰国人以及他们在财政上保守以维持贸易和预算盈余的政府(还有他们腐败、贩毒的军队),也认为他的策略太过严格。李先生的领导风格适合更偏远的文化,这种说法未必正确。即使在苏哈托(Suharto)领导下的印度尼西亚和费迪南德·马科斯(Ferdinand Marcos)领导下的菲律宾,新威权主义(军队与商业的联盟,一种联合的警察国家)的效果还是差太多了。在某种程度上,这是因为李先生既专制又清廉。

至于泰国,20世纪90年代出现的民主政治,尽管有妥协、协议和丑闻,对经济发展而言仍然比直接的军事统治有效用,因为军事统治有更明显的腐败。泰国正好是支持弗朗西斯·福山(Francis Fukuyama)"历史的终结"论点的一个证据:民主资本主义在经济已充分发展的文明社会里,是最好的政治体系;虽然也许不是每个地方都适用这套体系,但是在适用的地方人们总是最快乐的(然而在诸如南非、莫桑比克和柬埔寨等国家,没有持续的经济发展,仅仅自由而平稳地进行选举是不够的)。

即使在已经超越独裁政治的泰国,也有一些令人不安的趋势,而这与环境恶化及地区发展不均等严格考验这个民主政体的因素有关。

为了了解这种挑战,我去见了泰国发展研究所(Thailand Development Research Institute,简称"TDRI")执行副总裁托契尔·永基堤库尔(Twatchai Yongkittikul)。泰国发展研究所是华盛顿式的智库,最早是在美国国际开发总署(United States Agency for International Development)协助下建立的——引进西方的技术,再由当地人改良。托契尔博士不太幽默。他向我全面地介绍了泰国的人口增长、环境和经济，接着把我送到发展研究机构的出版部门，在那里我可以用几块钱买到一百多本专题论文中的任何一本。我没有必要到曼谷来找这些资料，我本来完全可以利用电子邮件通过互联网来订购。这也许不重要，但是对于一个从非洲和中亚而来的人，这就像在第三世界的村庄里待了几周后，去美国运通公司（American Express）办公室找一封邮件似的。

我在泰国发展研究所待了90分钟。回到饭店，我兴奋地浏览过散置了一床的专题论文后，发现我获得的资料比我在报道近东或印度次大陆那些日子所发现的还多。就非洲或中亚而言，很多这方面的数据根本无法取得，除非通过西方的大使馆或援助团体。重点是，从短短几十年前还被认为只是另一个第三世界国家首都——如拉各斯或卡拉奇——的曼谷，它的数据真的以浪潮般的字节出现。

当我进入停在泰国发展研究所办公室门口那部有空调、跳表的出租车时，心里出现了一个想法：远东地区的快速经济发展，就像李光耀本人，在某种程度上是一种文化模式的结果，而这种文化模式或许可以蔓延到邻近的国家，如老挝和越南，但是不太可能输入印度、中亚、近东与非洲。基本上，财富不是受捐赠或转移的部分援助预算，也不会像地底下的石油一样被发现。若想要持续发展，就必须自己创造财富。

在曼谷，我更多地通过阅读专题论文来理解和感受这趟旅程，而不是通过在街头或巴士上的对话——因为这里是少数几个可以在当地获得准确数据的地方之一（关于西非和中亚，我的数据都来自华盛顿）。此外，泰国的统计数字会向你展示一个非常戏剧化的故事——为我游历过的其他的地方也提供了很多重要启示。⑥

举例来说，泰国的情况正好说明了一个国家降低出生率的重要性。20世纪60年代，平均每个泰国妇女一生中生产六次。到了20世纪80年代，这个数字已经降到两次。经济的增长及教育程度的提高与出生率的降低成反比。自1960年起，泰国平均每年的国内生产总值（GDP）的增长率已经超过7%；而平均寿命也从52岁升高到66岁。⑦ 及至80年代末、90年代初，总生育率下降到平均每个家庭只有两个孩子的程度，GDP增长率为每年11%。现在泰国的识字人口占全国人口的93%。⑧

泰国通过妇女教育计划，以及有临床效用的、非意识形态的"自助式"生育控制方法来降低婴儿出生率。所有的计划生育方法，无论是宫内避孕器、子宫帽、避孕套、避孕药、计划生育咨询，或是必要时的堕胎，都开放给所有人，且不断得到推广。

即便如此，正如托契尔博士告诉我的，虽然泰国近5900万的人口，每年只增长1.5%甚或不到，但是从乡村到城市的内部人口迁移，尤其是到曼谷，每年就是全国人口增长率的两倍，即3%。泰国的经济增长，效仿了19世纪工业化国家的典型模式：人民离开他们的村庄，到有工厂的城镇去。在泰国，这个模式更

---

⑥ 相关的专题论文，参见参考文献中的凡顿皖尼特（Phantumvanit）条目。
⑦ 平均寿命的提高，部分由于降低的出生率，这个事实挑战了如下观点：只从更多人这个角度来看"生命"，而不是从活人在较好的环境下生活更多年的角度来看"生命"。
⑧ 1994年在开罗举行的世界人口大会（World Population Conference）上，一名梵蒂冈官员以远东的高人口密度为据，指出像卢旺达这类国家的高人口并未阻碍其经济增长，但他没有注意到在像日本和泰国这些国家，国内生产总值和成人识字率的提高是在他们的人口稳定之后才发生的。日本妇女一生平均生产1.5次，卢旺达的妇女则是8次。

第二十二章 曼谷：环境与性的限制

为显著，因为经济增长从如此低的基础开始，并且进展得相当迅速。"我们的经济，"托契尔博士说，"非常不平衡。65% 的人口贡献 30% 的 GDP。在农业领域真的没有办法增加收入。我们需要将工业方面的工作岗位转移到乡村，以反转移民过程。"换言之，由于泰国村庄，尤其是贫瘠的东北部地区都还是低度开发地区，所以泰国还不能算是个现代国家。

曼谷大城区（Greater Bangkok）正好说明了这个问题。曼谷于 1782 年被定为首都，其人口从 1900 年的区区 50 万增加到目前的 1000 万。1900 年泰国有 6% 的人口居住在曼谷，现在则有 17%。曼谷的人口增长率比全国平均数高 80%。这个城市有 200 万辆登记过的小汽车，而且平均每天都有 480 辆新车登记；这些数字不包括从市郊乡村驶入曼谷的摩托车和所有运输车辆。曼谷汽车的平均时速是 8 千米。如我亲眼所见，汽车停下好几分钟，然后再爬行几秒钟，接着又停下来，而废气就通过空调渗进你的出租车。我听说最近当地开始生产一种便携厕所，以供人在车内使用。⑨

此外，超过半数的泰国工厂位于曼谷大城区。这 9 万家工业工厂将污水和废料排入河流，倾倒进垃圾掩埋场或站点式集装箱里，排放、倾倒前很少甚或从未对其进行处理；这种危险废弃物的数量，到了 20 世纪末会增加一倍。然而，用水也许是这城市最大的问题。曼谷建于离暹罗湾（Gulf of Siam，现称泰国湾）

---

⑨ 使用马达的交通工具是这个城市空气污染最主要的原因。根据世界银行的资料，这种污染造成每年有 1 万—10 万人次入院看病。到了 2006 年，当作为这里主要能源的褐煤（燃煤）使用量增加到近目前的 300% 时，情况会更糟糕，届时曼谷的空气可能会像加尔各答的空气一样灰黑且充满煤烟。到了 2011 年，硫的排出量会上升好几倍，而从汽车和其他来源的碳排量会增加超过一倍，连血液测试也显示出曼谷的铅含量已经是美国或西欧的三倍了。

约40千米的三角洲平原内的冲积层上,它曾是一个运河城市,是远东的威尼斯,现在很多运河都被填平了。建筑物与人口数量的暴增,意味着曼谷既缺水,又下陷。[10]

像在1982年淹没曼谷的那种洪水,未来可能以泛滥的方式从乡村的侵蚀土中流入城市,而乡村的荒芜之地只要一吸收水分,就会形成新的小河沟。自从20世纪60年代泰国经济开始迅速发展后,这个国家的原始森林,有45%因非法砍伐和农业上的砍烧耕作法而被破坏。泰国的经济奇迹,完全是在毁灭其环境的基础上实现的。

印度和中国也一直在做同样的事。虽然如此,这些国家和其他国家或许可以选择将他们的经济从环境中分开,因为他们可以生产不依靠当地原料的产品和服务——诸如服装、电器或财务服务——然后再以利润换取本国不再拥有的资源,例如粮食。[11]这需要极高的工人效率和劳工技巧,而这部分正是这些国家在工业化过程中所获得的。另一方面,撒哈拉以南的非洲也一直在破坏它的环境基础,但不是因为工业化,而只是因为人口增长和砍烧耕作法。非洲很多地区只能生产以附近自然资源为基础的产品,因为非洲往往缺乏其他地区拥有的那种商品化的技工。仅靠选举,并不能缓解这个问题。

---

[10] 从20世纪80年代中期到90年代中期,饮用水的需求几乎提高了50%。从90年代中期到2007年,这种需求会再增加25%。然而在1986年,曼谷大城区就已经从地下抽取了1100立方米的水。这个数量几乎超过了专家所认为的"估计安全产量"的40%。地下的含水层逐渐干涸,以至于水井势必越打越深。含水层一旦干涸,曼谷的土地每年会下沉10厘米,增加城市洪灾的可能性。同时,这个城市只有2%的人口采用适当的污水处理网络。

[11] 参见霍默-狄克逊的《环境缺乏和暴力冲突》("Environmental Scarcities and Violent Conflict"),列于参考文献。

第二十二章 曼谷：环境与性的限制

将经济及其环境分开，只能做到这个程度而已。所以，相较于北美和西欧，泰国只花了国内生产总值中的一小部分在环境保护上，这一点很令人困扰。但是在1996年，泰国政府开始实施一项计划，目标是在20世纪末让所有新的交通工具都加装触媒燃料转化器，以减轻空气污染。同时，曼谷正在规划实施一套类似于在另一个三角洲城市新奥尔良运作的抽水系统。环境议题开始逐渐成为泰国的商业社会和当地报纸讨论的话题。希望，有赖于实际与效率的传统——由生育控制的"自助式"处理方法呈现出来——结合界定明确的民族国家所提供的稳定性，能让泰国中和环境损害，而不必屈服于李光耀式的独裁主义。

托契尔博士解释，要达到这个目标，泰国必须将国内生产总值的年增长率从20世纪80年代末的11%，降低到稳定的8%，而事实上这套方法似乎是管用的。当务之急是，泰国政府必须将决策权下放给地方。托契尔博士说："民主，不只是选举而已，还要将权力转移到地方机关，以容许更多的行动和更大程度的参与。泰国人愿意做艰难的决定来改善环境，因为他们知道资源上的过分使用，会让他们遭受多大的压力。城市地区的居民已经因为这种压力而倍感挫折，也更具攻击性了。这是真正的文化变迁，而不是文化的西化。"

曼谷中部空堤区（Klong Toey）里的贫民窟，就住了超过10万人。这些人当中，有一个名叫梭姆关潭（Buuboontham Somkuanthan）的54岁米商。有一天清晨，她坐在巷子里的一只木箱上，我便停下来和她交谈。一只骨瘦如柴的小猫在她脚踝间钻来钻去。喂给小猫的白色椰丝散置在泥泞的地上，电线在头上一两米处晃来晃去。我因为湿热的天气提不起劲来，但她戴着黑框眼镜对我微笑,并告诉我她的故事。我不用问她太多问题,她已经娓娓道来。

"20年前我从巴真府(Prachinburi)来到这里,巴真府是泰国－柬埔寨边界附近的一个城镇。我们是佃农,当时一年赚不到现在一个月赚的钱。来到曼谷的前几年,我们真的过得很艰苦。我其实也可以在内陆过一辈子,但是来这个地方是命中注定的。"她指着她的房子——一栋生锈的建筑物,有个腐烂的木头阳台,俯瞰恶臭的垃圾掩埋场,这时有一群背着彩色背包的学童经过。"我丈夫在工厂上班,每个月赚6000铢(240美元),我儿子也在那里工作。我女儿在本田汽车的经销处做销售员,马上就要开始在夜校上课了,修学士学位。我只有两个孩子。"她说,并解释自她结婚以来,都可以在地方政府诊所领取避孕装置。接着她陪我和我的翻译到附近的另一个地方,我们在头戴花圈的佛像前停下,向佛像鞠个躬,佛像摆放在两个简陋小木屋中间的油布上,像前还有插在汽水瓶里的香烛。

我来到一排波状铁片和三合板盖的房子前,房子是盖在一条肮脏运河上方的汽油桶上的。胖乎乎又很开朗的杨米波卡(Yom Meepoka)邀请我到她的屋内,进屋前她要我先脱下鞋子。在屋内,我注意到有一台电风扇、一个书架、一辆自行车、一台缝纫机、一些盆栽和一个衣橱,衬衫和长裤整齐、分门别类地摆放在里面。在我光溜溜的脚丫子下方,还可以透过一尘不染的干净地板看到运河的流水。杨米波卡已经在这间棚屋里住了30年了。她告诉我她不必付房租,因为这仍然是违章建筑。她和她丈夫有四个子女(全都是中学毕业)和六个孙子。64岁的杨米波卡还在工作;她筛选垃圾,将纸张和瓶子分开,每天赚80铢(3.2美元)。

"教育是唯一的出路,"她说,"你不读书就没有出息。我的孩子没有钱上私立学校,而政府办的学校教育质量比较差。"我想起土耳其贫民窟的女人也是这样告诉我的。虽然文化的差异是很根本的（如我认识到的），但是在像土耳其和泰国这样的工业化国家里，底层人民的野心是相似的。

犯罪行为在泰国比土耳其更为普遍，但是无差别的谋财害命的行为倒是少见。我的翻译是一个 20 岁的泰国女子，我在空堤区的贫民区度过了一整天，没有遇到任何危险。

一个半裸的小男孩带我们穿过重重巷道，巷子里充满垃圾、嘎吱作响的木板、窜来窜去的老鼠、野狗，以及临时搭建的三合板庙宇及金属打造的佛祖像。我们置身于曼谷的一条主要高速公路下方。

遮雨的天桥下，有很多三合板与波状铁皮屋的违章建筑。孩童在一个生锈且嘎吱作响的翘翘板上玩耍。男人和女人坐在长木椅上大声地喝着豆浆、吃着米饭。附近有一大片火灾后的废墟：一截截焦黑的木头从一大片污泥和残骸中凸出来，就像墓园里的墓碑。几个星期前，这里的一场大火烧掉了超过 300 间的棚屋。现在这附近正在进行某些活动："曼谷狮子会"搭起了临时收容所。里面停放着一辆拖车，一个男子拿着扩音器念着那些当天收到信件的人名，而违章建筑户排了一整队站着等。一位邮局人员向我解释："邮差很难在这个地区找人，尤其在这么多房子被烧毁之后。我们发现这样送信最有效率。"穿白色制服的护士站在临时柜台后面，为当地住户进行粗略的体检。人群中没有半个西方援助人员。我看到的每一张脸都带着微笑和决心，没有一点儿软弱和自怜的迹象。

今天是曼谷帕蓬区的"一号国王城堡"（King's Castle I）酒吧的"女牛仔之夜"。喷了发胶的女艺人——年龄介于 10 岁到 25 岁之间——身穿别着警徽的格子衬衫、黑色鹿皮靴，以及长度刚遮住胯部的褪色牛仔裤，露出如雕像般的奶黄色屁股。当天晚上的节目是由百事可乐赞助的，该公司的红白蓝商标镶在这些女牛仔的帽子上。有些女艺人戴着名牌，上面还有编号。从扩音器传出的声音说接受所有类型的信用卡。

女孩们涂了指甲油的手指在西方油市大户、股票经纪人和像我这种游客的背上、手臂上和膝盖上拨弄着；这些大概都是在美国从不涉足色情酒吧的男人。

音响里播放的不是中亚震耳欲聋的朋克摇滚乐，而是克里登斯清水复兴合唱团（Creedence Clearwater Revival）的怡人音乐。女孩在舞台上回旋。没招呼客人的女艺人也聊起天来，称赞彼此的警徽。我觉得她们好像在舞会中比较彼此服装的高中女生。这些女孩可不是西方游客可能认为的"妓女"，你不能随随便便就带她们上床。你得努力和她们调情，她们不会和任何她们不喜欢的人离开酒吧。而且，她们也都在寻找"长期饭票"——有钱的外国商人，可以给她们提供住处的男人。这些女孩几乎都很健康，容光焕发，她们没有一个像我在撒马尔罕酒店餐厅看到的妓女那样，言语粗暴，用机械性的眼神打量一切。⑫ 这和长岛（Long Island）的单身酒吧几无二致——事实上，只差了一点儿。但是这里的女孩子在上台舞动前，或要离开一名顾客时，都会双手合十，以佛教祈祷的方式鞠个躬。

专门采写地方工业问题的《曼谷邮报》专栏作家伯纳德·特林克（Bernard Trink），如此描写典型的色情酒吧舞者："当她的父亲死后，她就回到（乡下的）农场帮忙经营。在田里耕作很辛苦，她已经厌倦了。她觉得她可以在'绿洲'（色情酒吧或按摩房）

---

⑫ 这是个有钱人去的酒吧。显然，正如妇女团体所提出的，泰国有些地方的妓女受到很严重的虐待：在泰国南部地区一家妓院被烧毁后，暴露出女孩焦黑的尸体，她们被锁链锁在床边。

第二十二章 曼谷：环境与性的限制

赚更多钱，然后寄钱回家请帮手，于是她又回到了首都。"

"这些女孩每月赚3万铢（1200美元），以泰国标准那可是很大一笔钱。她们购买珠宝和股票以增加财富。她们寄钱给住在乡下的家人，家乡很多人因伐木业（经常由泰国军队执行，他们将木头运送出口，丝毫没有受到政府的干涉）[13]而变穷了。她们不吸毒，坚持用避孕套，而且没有私生子。她们绝不像西方妓女那样成为社会上典型的非正常人。在这里，什么都很实际。"一位当地专家这样告诉我。

性产业暴露了泰国社会中家庭结构溃散与工业化和环境问题之间的关联。这是《曼谷邮报》记者杉提苏达·奕格猎（Sanitsuda Ekachai）的判断，他的图文书《微笑的背后：泰国的声音》（*Behind the Smile: Voices of Thailand*）把焦点集中在泰国东北部地区，贫穷的伊桑（Isan），那里85%的村民赚的钱不够维生，而每年有200万人离开家乡外出务工，主要是在曼谷。[14] 在森林被砍伐的北方，娼妓是年轻女性普遍的职业，作者如此写道。"'我没有卖我的女

---

[13] 根据一份研究，有44.2%的泰国妓女在进入性产业之前是从事农业的。参见布恩恰拉斯基（Boonchalaksi）和格斯特（Guest）的著作，列于参考文献。

[14] 这种情形比泰国西北部地区还好一点儿，奕格猎还写到另一个村庄，在那里"几乎没有任何年轻人留下来"。一个没有土地的农妇麦布纳里（Mae Tee Boonaree）告诉作者："我女儿在曼谷做帮佣，儿子在工厂上班……我丈夫和我大儿子去了蔗糖园打工，所以只剩下我一个人。"其邻居坡暖（Poh Nuan）补充说："这里原来有浓密的森林，雨也下得比较规律……如今生活似乎越来越糟……"作者写道，农地的状况"因泰国和外国商人要求大规模种植的尤加利树而日益恶化"，由于全世界对纸浆的需求，尤加利树可以获得很大的利润。然而，尤加利树会使土壤硬化，并且消耗太多水分，它的根甚至会导致其他树和附近的植物死亡。然而，有很多标示着再造林的土地都将种植尤加利树，这将使富裕的泰国人更富裕，而贫穷的农民——像上面所提到的那些人——更贫穷。

儿，'一个收入微薄的农民带着歉意说，'是她看见我受苦，看见家人受苦，自己想要帮忙。'"

奕格猜的书呈现了全球图景中十分重要的一部分：在全世界某些地区和其他地区之间收入差距逐渐变得悬殊；不仅如此，在相对较为成功的地区，例如东南亚，人口的某些阶层和其他阶层之间的差异也在逐渐增大。

例如，全球乐观主义者指出，全世界社会和经济发展（诸如识字程度提高、出生率的下降、国内生产总值的增长等）的总统计数字正呈上升趋势。乐观主义者忽略了这种发展是多么不平均的分配。"30年前，"杰茜卡·马修斯写道，"全世界20%最富有人口的收入是20%最贫穷人口收入的30倍。而今天这个数字上升到了60倍。"⑮

有许多例子表明，引发暴力冲突的，正是社会经济增长的不均衡。美国空军指挥与参谋学院（Air Command and Staff College）的国家安全事务系教授卡尔·马吉亚尔（Karl Magyar），在1994年的波士顿军官会议上提到，未来几十年会发生的大部分暴力，都是"升高的期望所导致的"，而不仅仅是因为贫穷。在某种意义上，世界经济体已经变成革命前伊朗的放大版——在20世纪60年代和70年代，伊朗的个人平均收入从200美元提升到了1000美元。但是这种提升是分配不均的，而且在这个过程中还产生了大量的底层人民。其结果就是一场激变。

托尼·本内特（Tony Bennett）是美国人，他是艾滋病防治

---

⑮ 这些乐观主义者也没有注意到，新财富的增加，是由于侵蚀社会的毒品和黑手党的活动。

项目（AIDS Control and Prevention Project）的高级项目官员，住在曼谷好多年了。有一晚，我们在帕蓬一家夹在两个色情酒吧之间的安静的日本餐厅吃晚饭，他告诉我有关性病传染的事。

"十几岁到二十几岁的泰国妇女中，有大约1%——将近20万人——是娼妓。这里的性产业是多层次的，有各种不同的体系，在越战时美军抵达之前就发展得很好了。你能看到各种色情酒吧、按摩房、酒廊、三陪服务场所，如此种种。"尽管媒体已经很关注了，且性虐待及恋童癖并不常见，但估计泰国有3万到3.5万名雏妓。在泰国，艾滋病是在20世纪80年代中期才开始传播的，但是纪录显示出，这里的艾滋病患者数量是全世界增加最快的。

"爱滋病和携带HIV病毒病例的蔓延，是一种几乎可以在一夜之间改变一切的趋势。病例数量可能好几年内都鲜有变化，但突然在几个月内，就开始激增。1988年1月，泰国静脉药物注射者携带HIV病毒的百分比是零，到了1988年9月，却变成43%。1988年中，清迈低薪妓女携带HIV病毒的百分比也是零，到了1989年，却变成44%。一个地区里只需要出现几个新病人，就能改变一切了。这就是为什么这种疾病如此难以掌握。泰国军人入伍前做血液检查：这里有4%的新兵携带HIV病毒。孕妇也有1.5%呈现同样的检测结果。在性产业的传统中心清迈——清迈当地的女孩号称比泰国其他地方的女孩更顺从、更漂亮——每5名新兵中有1名，每12名孕妇就有1名感染HIV病毒。[16]1988年，有100名泰国人携带HIV病毒，1994年却有70万人。

"HIV病毒在泰国妇女中掀起了一场性革命。因为现在泰

---

[16] 这些数据经一份在1994年由东南亚发行的世界卫生组织报告证实，这篇报告的作者是迈克尔·H. 默森博士（Dr. Michael H. Merson）。

国男人更害怕性交易，所以反对婚前性行为的文化制裁迅速停止。在即将结婚的新娘中，贞操也不像以前那么受重视。政府和大众媒体大力倡导避孕套的使用。我们在这里目睹了性方面真正的大转变。很高的成人识字率，结合有效的避孕套广告、泰国妇女的解放，以及亚洲人的效率和适应性，给予了泰国非洲所缺乏的爱滋病防御机制。最初的预测是到了 2000 年，泰国会有 200 万人感染 HIV 病毒，现在这个数字已经大幅减少为 150 万人。"⑰

这并不意味着这里的前景一片光明。泰国在 1994 年感染 HIV 病毒的人，还是比 1990 年增加了三倍。泰国妓女中有 85%—95% 使用避孕套，就是那些不坚持使用避孕套的妓女风险才最大。本内特解释道："一般而言，妓女不会从西方的游客或偶尔光顾的当地客人处感染艾滋病。她们是从常客或男朋友那里感染到的——她们当中有很多人已经结婚生了了——买春的男人则不好意思要求使用避孕套。这些人可能把病毒传染给他们的妻子或其他妓女。接着艾滋病就会与结核病产生关联。泰国北部地区有 30% 的结核病病人携带 HIV 病毒。另一个可以使情况进一步恶化的因素就是 HIV 病毒的变种，这一点我们目前正在密切注意。"

在这里，防治艾滋病的最大阻碍是，虽然泰国是这片地区凝聚力最强的民族国家，但是政府无力控制跨越边界的交通。在泰国－缅甸边境的性工作者中，有 15% 携带 HIV 病毒。柬埔寨边境附近的感染率则是 10%。现在艾滋病即将在柬埔寨爆发，柬

---

⑰ 即便如此，根据美国人口调查局的国际研究中心（U.S. Census Bureau's Center for International Research）的研究，由于艾滋病的缘故，到了 2020 年，泰国的人口会比正常增长的人口少 21.8%。

埔寨的港口城市西哈努克（Sihanoukville）有40%的娼妓携带HIV病毒。世界卫生组织1994年的报告显示，全球的艾滋病病例，亚洲地区占全球的比例已经上升了七倍，缅甸和印度尤甚。本内特分享了一则恐怖的逸事："萨马斯蒂普尔（Samastipur）位于印度东北部的比哈尔邦，是尼泊尔－印度－孟加拉国贸易路线的接驳站，连接加德满都、加尔各答和达卡（Dacca），每天大约有1400名卡车司机经过。性工作者大都是文盲，而且不熟悉避孕套的用法。由于加尔各答的一家医院发现这些卡车司机当中，有至少8%的HIV病毒携带者，所以我们推算出在比哈尔邦卡车站里有36%的妓女受到感染。全世界大部分的HIV病毒都是借由现代公路，由陆地旅行传播的。那是一种现代化的疾病，可能会慢慢地让我们屈服。"

第二十三章　是老挝，还是大暹罗？

在地图上，从曼谷到接近泰国北部边境，濒临湄公河的城镇廊开（Nong Khai）看起来好像很远，超过 643 千米，这在发展中国家是代表了疲劳和困顿的距离。然而在火车行驶的这一夜里，我冲了个澡，享受了一顿有鸡蛋和烤吐司的"美式早餐"，舒舒坦坦地在 11 个小时内到达目的地。

在廊开下车后，我雇了一辆三轮摩托车载我去饭店。很快湄公河就进入了我的视野，一条汩汩流动的、几百米宽的锈红色裂缝，隔开泰国和老挝。湄公河（意为"母亲河"）发源于多雪的青藏高原，流了 4000 多千米，经过中国南方和所谓的"金三角"地区——缅甸、泰国和老挝，在此汇合；全世界大部分的鸦片都在此收成。河流继续它往东南的旅程，穿过老挝高原，沿着泰国－老挝边境蜿蜒而流，再往南穿过柬埔寨，接着进入越南南部，最后延伸进入南海边的三角洲。从历史来看，湄公河曾是一个帝国之所倚，暹罗人沿着这条河建立了逐渐取代 13 世纪大高棉帝国的国家，泰国昌盛而柬埔寨衰落：一种尚未轮流转的风水。[①] 在

[①] 高棉人称泰国人为"暹罗人"（Siamese），也许是来自梵文"shyama"，意为"黑皮肤"。这实在有点儿令人困惑，因为现代高棉人的肤色和泰国人半斤八两。同时，高棉人即柬埔寨人，柬埔寨和高棉都是剑浮沙（Kambudja），亦即"高棉帝国"，衰败后的残存。

第二十三章 是老挝,还是大暹罗?

我们的时代,湄公河一直是一条"邪恶记忆之河",可与20世纪50年代到70年代的后殖民战争画上等号。

如果廊开说明了什么的话,那就是在迈入21世纪之际,湄公河可能变成一个丰饶之地。堤岸旁有两家新开的酒店,其中一家是假日酒店(Holiday Inn)。连接泰国和老挝的,是一座澳大利亚人建造的"友谊大桥",于1994年4月开放。廊开立刻给人留下了深刻的印象:一个发展迅速的城镇。街道干净,水龙头一开水就来,空气污染保持在最低的程度,小小的灰色卫星天线并不丑,所有的孩子看起来都很健康。无论是摩托车、药店、运动鞋店还是自动取款机,廊开都让我想起加州的郊区。这里的小货车都是新型的日产车。商店几乎都是由身穿名牌牛仔裤和妆容精致的女性经营,这些妇女就像过去移民北美的亚洲人。

"1981年时我们是这里唯一的店;当时我们其实是在郊区,现在那里变成到处是摩托车的繁忙街道了。"当地的一个生意人苏凡·布恩太(Suvan Boonthae)说。"1984年,廊开的人口是2.6万,现在是5.2万了。10年间,地产价值上升了400%到500%。商业营业额也上升了200%到300%。超过50%的新工作岗位是建筑业的。来自周围省份的劳工涌入廊开工作,他们和家人都住在建筑工地……我贩卖当地妇女生产的手工艺品和编织品,这样她们就不用去曼谷找工作了。但我能做的只沧海一粟,有这么多移民从廊开到曼谷,从乡村到廊开。"

我问他关于犯罪率的问题。

"没有任何暴力犯罪,一项都没有。只是偶尔有小偷。"

布恩太先生告诉我,经济增长几乎都发生在过去两年。当时正是澳大利亚人同意建造友谊大桥的时期,友谊大桥连接了泰国和老挝,更重要的是,它连接了廊开和对岸不到25千米外的老挝首都万象（Vientiane）。桥本身一点儿也不起眼，只是一块跨河的平板罢了。然而这是湄公河上第一座桥，所以，虽然我去拜访时它只开放了几个月，但每天都有1000人过桥。"老挝90%的工业基地，及其大部分人口都位于湄公河沿岸与泰国的边境。"布恩太先生接着又说，从万象到老挝的第二大城市沙湾拿吉（Savannakhet），最快的路线就要经由泰国。

斯丽拉托娜·伽克林（Siriratona Chuklin）是一位看起来三十出头的女商人，她是议会政治家、商会会员，以及假日酒店的管理人，同时还是皇家约曼尼酒店（Royal Jommanee Hotel）的执行董事，这是城里最新的酒店，就位于假日酒店隔壁。她递给我一张名片，上面有好几个电话、手机和传真号码。接着她让我坐下，和我讲述这个地区的未来。我们不断被她的手机铃声打断。

"我们泰国人是个大民族，缅甸、老挝、中国南部、柬埔寨最早都是泰国的一部分。我们曾经被分开，将来我们会再结合起来的。友谊大桥是道路网的一部分，这个道路网将来会把昆明（中国云南省省会）和曼谷连接起来，那将成为'新丝路'，一路经过老挝、泰国和马来西亚，直通新加坡。这条路将由泰国人管理，每个人都能受惠。但是柬埔寨人还是算了：他们太忙了，忙着互相残杀。而老挝——它什么都有，它只有400万人口，但是丰富的自然资源是你无法想象的：金、银、宝石、木材。你往地底下挖30厘米，你知道会发现什么吗？你会发现锰。"她惊讶地睁大眼睛说。"我们要去开发这种矿产。"她不是开玩笑的。根据中国和泰国官员的说法，中国人打算在云南的湄公河上游流域兴建七个新水坝，未来从那里产生的电力会有三分之二供给泰国人。

第二十三章 是老挝,还是大暹罗?

每天可能有上千人横越友谊大桥到老挝去,这些人几乎都是泰国当地人或是老挝人,只有几名派驻在老挝首都的外国人,当天回廊开购物。在曼谷,你大概得花一周时间才能从老挝大使馆拿到旅游签证。我绝望了。当我在廊开的一条巷道上踱步时,刚好看见一个英文招牌,上面写着:"快速—当天—签证—签证—老挝。"

我走进去。在阴暗空荡的吧台另一端,有一个泰国女孩正在看有线电视上的 TNT 卡通频道。屋内有一个公告栏,上面钉满了名片。其中一张写着:"南希·罗兹(Nancy Rhodes),旅游贯穿一生"。办公室里贴着裸体美女图。"你好啊,老兄。"一个声音传来,带着走调的澳大利亚口音。

艾伦·帕特森(Alan Patterson)伸出手来,说:"这真的很棒噢。"他赞许地指着裸体美女图。"我能为你做什么,老兄?"

"你能帮我办老挝签证吗?"

"当然可以。需要两到四小时。没有什么麻烦的手续,我只需要一张传真,然后等对方回传。不需要照片或表格,只需要你的护照号码和 130 美元。"

我给了他我的护照号码和订金,很划算。在曼谷的旅行社,申请签证要 80 美元,而且至少要四个工作日才拿得到。"你瞧,老兄,我为一个老挝旅行社工作,这家旅行社是由一位前政府官员经营的,他与老挝内政部有些来往。"

帕特森正好与康拉德小说《黑暗的心》(*Heart of Darkness*)中的库尔茨(Kurtz)相反。库尔茨逃离西方文明,进入非洲内陆;帕特森来到廊开不是为了逃避,而是来做先锋的:"你是问我为什么来这里吗?其实,我就看着地图,发现这个可爱的泰国小城,离另一个国家的首都只有 24 千米。这地方迟早会发展的。我有安全的水源、电，而且他们每天都会清扫街道，有时候一天两次。接着他们就筑桥了。"他眨眨眼，"廊开是个投资房地产的好地方……"

"现在，你想要见识狡猾和欺诈吗？嗯，你来对地方了。泰国人——我是说泰国军队，"他压低音量说，"他们试图买断所有老挝木材的砍伐权。老挝人善良、安静，他们对于开放国家有点儿犹豫，但并不是因为他们的共产主义意识形态。不，不是意识形态的缘故，老兄，他们怕的是泰国人。这就是为什么他们允许澳大利亚佬和美国人，像我们这样的人来投资，反正就是任何可以缓冲泰国和越南敌意的人。"②

艾伦一点儿也没有夸张。老挝多山，被陆地包围，且拥有460万人口，总是冒着被泰国并吞的风险，因为泰国是该地区的富有强国，拥有海岸线和5870万人口——几乎是老挝人口的13倍。老挝原就系出中世纪的泰国武士王国。③ 从老挝的角度来看，这两个国家的语言和文化非常接近，接近到有危险性；越南战争时，这两个国家是敌对的。泰国政府协助美国中央情报局，试图动摇有共产主义倾向的老挝。但是老挝真正遇到的困境倒是在和平时期，强大的泰国经济体威胁要推翻它的邻国时。泰国政府最后禁止在国内砍伐树木，于是泰国企业家第二天就出现在老挝，试图购买木材砍伐权。曾在曼谷与我交谈过的一位经济学家称老挝为"泰铢国家"，因为在老挝，你遇到泰国货币"铢"的机率，大概和老挝的基普一样多。

---

② 越南和老挝之间也有一条很长的边界。
③ 罗森在《东南亚的艺术》(*The Art of Southeast Asia*)中写道："老挝的艺术就是暹罗艺术的地方版本。"

第二十三章　是老挝，还是大暹罗？

《时代》杂志亚洲版的前主编，同时也是费城外交政策研究所的亚洲计划指导罗斯·门罗写道，老挝的地方官员与邻国中国、泰国的外交关系，显然比与越南好。他说，如你所见，这很实际，就是"影响范围"的定义。中国会控制老挝北部，而泰国的影响力会在整个国家大部分地区占据优势。

如果未来泰国政府在经济与文化之外，没有出台强大的外交政策，那么前两者对老挝的影响可能会小一点儿。在某种程度上，这是由于泰国内政的问题，城市中日益增加的人口变得不易满足。因此，在经济和文化意义上，泰国会愈发强大，而在政治意义上泰国则会变得弱小；此外，中国也是如此。这些文化磁场满载着强国传统和历史正统性，可能扩张其具有经济吸引力的地区，而同时其内部也会削弱，或至少分散权力。我们希望这些国家日益见长的力量是良性的。伊朗和土耳其也许都能归入这一类国家；越南可能也一样，它是一个精明、不懈地追求经济增长的社会，借由这种精明，它曾在胡志明小道（Ho Chi Minh Trail）下方修筑过一条隧道。

曼谷智库的主席萨姆达凡尼亚（Chai-Anan Samudavanija）也认同这个"强大－弱小"的模式：他认为"亚太地区更可能出现活跃的'国内外互动'……"他认为，经济增长不能由"人为的国界"来决定，而应该由经济活动的"路线"来决定，例如湄公河。"随着这个过程的推进，亚洲会需要新地图来替代19世纪的那种民族－城邦地图，因为后者的重要性逐渐减弱了。"

几小时后，艾伦说："老兄，你的签证来了。"他高举着一张传真纸。我付给他剩下的113美元。他的泰国妻子陪我走到一辆三轮摩托车前，前往需要10分钟车程的友谊大桥。在桥头，我与一群泰国人和老挝人挤进一辆老旧的公交车，过桥进入老挝，入境的正式手续不包括检查行李，不用贿赂，也没有政府官员的恶劣态度。这也是我遇到过的最奇怪的边境之一。即使是像老挝这样的共产主义国家，也已不知不觉远离意识形态，转向成熟的资本主义，都以冰冷的官僚主义为特色。这里的友善面孔让我想起1989年之前，共产主义保加利亚的边境守卫，他们就像老挝一样，以农民阶级为主，不曾经历过真正的城市化，也因此未曾失去其根源。

在友谊大桥等着载人到万象的三轮摩托车，是泰国与老挝之间的第一个具体差异。在泰国，三轮车都是簇新的，油漆还很新，而且引擎声也比较轻。这里的三轮车更破旧，引擎不断劈啪作响，然后就突然熄火。接着是第二个更显著的差异：马路。老挝的马路坑坑洼洼。突然间，车驶上一条凹凸不平的马路，震得人骨头都快散了，三轮车司机不得不左右穿行以避开最深的坑洞。而这个介于湄公河河畔和首都之间的地方，还是这个国家发展最快的地区呢！我不禁纳闷，山地内陆的马路会是什么样子？像泰国一样铺设平坦的马路，会缩短行程并有助于国家统一和公共秩序，但也会增加性传染病媒介的流动（也许使科特迪瓦团结的所有原因，就是它的现代化交通网络，而这也足以解释这个国家的高爱滋病罹患率）。虽然如此，国土面积不足泰国一半的老挝，在我的心里却隐约是个泱泱大国。

三轮摩托车咻咻地在砖红色的尘土中穿行，往万象去时，已接近日落时分了。在今天的行程里，我看见了廊开和这里的湄公河，从锈红色转变为黄褐色，再转变为光亮透明的蓝色，仿佛反映了这个地区的发展。我闻到了木头燃烧后浓郁又甜美的气味，欣赏了头戴宽檐草帽的农民在齐腰的稻田里劳作，还有笨拙水牛

第二十三章 是老挝，还是大暹罗？

的侧影。万象最明显的景观就是散布在香蕉叶中间，满是苍蝇的木头摊位。摊位上点着日光灯，贩卖便宜的干货，此外还有其他摆着旧桌子和烤肉架，贩卖烤鸡的摊位。老挝是古东南亚的一个象形文字，是蒙尘的记忆。它不像20世纪60年代到70年代东南亚的很多地方，被战争撕裂，也不像80年代到90年代的泰国和越南，经历了充满危险的发展。对我而言，老挝本身就代表"外国"。我第一次接触到外交事务是在1960年，我三年级的时候——我们老师每天上午要在班上讲15分钟"老挝情势"。当时，万象软弱的右翼政体、中立主义势力和共产主义的巴特寮（Pathet Lao）起义者之间正在进行一场权力的拉锯，而美国介入得很深。我不记得三年级老师所讲授的细节，更别提当时自己对这一切的感觉。我唯一记得的是，这一切听起来都很棒，而且很"外国"：老挝。虽然我只在这里停留几天，但我实在兴奋万分。

当晚我睡在古旧的蓝山酒店（Lane-Xang Hotel）——进入共产主义时代后，湄公河上兴建的建筑物。酒店房间内的家具摆设十分温馨，是由深色木头做的。俄罗斯产的空调噪声很大，整夜又是"咳嗽"，又是"气喘"的，最后终于坏了，但是我觉得非常舒服。工作人员以一杯果汁来迎接我，甚至没有要求看我的护照。如果人们没提起，1994年的老挝政府仍奉行共产主义的话，那么，在我停留的整段时间里，可能都不会察觉这件事。

早上我注意到的第一件事，就是电梯里光鲜的海报，上面是"大湄公河次区域"的广告，是由泰国商人协会所做的宣传。海报上有一张地图，箭头从泰国指往东南亚的各个方向。早餐时，我注意到陶器和餐具都是泰国产的，而商店里的大部分商品也来自泰国。

万象在法语里的意思是"月亮城堡"。19世纪中，法国探险队试图混入中国南部的赶集队伍，前往湄公河，途径的柬埔寨和老挝深深吸引着他们。这些王国产出某些原料，其环境很适合种植橡胶和棉花，而且这些王国正可以提供给法国一些补偿，因为法国的印度殖民地被英国占据了。1893年，法国联合三个老挝王国，组成老挝人保护国。与泰国和越南汹涌的势力相比，今天老挝和柬埔寨较为衰弱，那是因为泰国人和越南人是来自中国的活跃移民，而柬埔寨和老挝则是曾经风光 [尤其是柬埔寨及吴哥（Angkor）的中世纪帝国]，却在最近几个世纪衰落了的原住民。如果法国人没有重建老挝和柬埔寨的话，他们出生的土地早就被泰国和越南吸收了（虽然法国人也可以殖民越南，但没有必要重建那里④）。然而，法国人以及美国人离开了，而后殖民地战争也几乎结束，已经没有任何西方势力留下来"处理"东南亚民族之间的竞争了。所以21世纪的地图可能与法国抵达之前的地图有类似之处。

那天早上我在万象散步，突然想到加纳的阿克拉，那是另一个大而淳朴的村镇，经过了骚动不安的几十年之后，那里即将有所发展。老挝的经济正以8%的年增长率慢慢发展，其人口数也以不到3%的人口增长率上升。这些数字比加纳、西非的"成功故事"稍好。⑤ 店铺门口有刚贴上去的信用卡广告贴纸，店内有最新型的复印机和传真机。肮脏且杂草漫生的道路上，满是摩托车、三轮车和生锈的黄包车，路边的新餐厅、酒店和商店拔地而起。万象的街道上的机动车数量，在1992年到1994年之间已经翻了

---

④ 参见戴维·P. 钱德勒（David P. Chandler）的《柬埔寨历史的悲剧》（*The Tragedy of Cambodian History*），列于参考文献。

⑤ 1994年的联合国人类发展指数证实了老挝和加纳类似的地位。在173个国家当中，老挝在人类发展上排名第133位，而加纳则是第134位。

一番。熙熙攘攘的市集里，除了一叠叠老挝丝绸，还售卖泰国果汁、阿姆斯特尔啤酒和百事可乐。公共厕所里满地污水，满是蜘蛛，但是商店都提供用饮用水制成的冰块。商店的招牌如果是崭新的，上面就是英语（和老挝语），旧招牌上面则是法文。我想，老挝更优于加纳之处，就在于它的地理位置。加纳周围的国家不是停滞不前就是衰败不堪，但老挝则位于一些刚蓬勃发展起来的国家中间，这些国家迅速发展的经济不断扩展，已经跨越国界了。不论万象属于哪个主权国家，万象都是泰国经济发展的区域性前哨站，其北部山区的经济又处于中国向南扩张的经济带上。

万象只有12万居民。老挝及其首都之小，令我惊讶。我在弄堂里看见一个招牌，上面用英文写着：教育部。在这面招牌后面是一栋波纹铁皮屋顶的平房，树林里还有一栋相似的建筑物。这两栋平房就是整个老挝的国家教育部。就在这个时候，我才恍然大悟，美国于20世纪60年代到70年代在中南半岛血腥的冒险经验，实在是愚蠢之至。美国在老挝投下的炸弹吨数比在纳粹德国投下的还多，甚至是他们在整个越南战争中投弹数量的三倍；美国这么做是为了将巴特寮斩草除根，以及破坏在老挝－越南边境地区胡志明小道上进行的所有活动。轰炸老挝花了美国纳税人72亿美元，或者说从1964年到1973年平均每天花200万美元——或是如一位作家所写："九年来，平均每八分钟就要投下一架飞机的炸弹量。"[6] 目标：摧毁一个教育部只比一栋郊区房子略大一点儿的小国。然而这项目标并没有达成。无论如何，巴特寮还是赢了。但是现在这似乎也没什么关系了。巴特寮政府正在激发美

---

[6] 参见塞瑟《魅力与残酷之土地》（*The Lands of Charm and Cruelty*），列于参考文献。

国对老挝的兴趣,以对抗泰国。

我的预定行程不包括越过湄公河流域,深入老挝的高山。但是在万象,我认识了一位联合国的援助官员,他才去过老挝的乡村。晚餐时他告诉我:"边界已经瓦解了:泰国－老挝、老挝－中国、老挝－越南。你经常可以看到从森林驶出的卡车载着巨木,前往泰国或中国。这些都是非常好的硬木,每根售价高达2.5万美元——那是优质木材,而每根硬木可以建造的建筑物和家具绝对比你想象的多。不仅泰国掀起了建筑热潮,中国云南也是一样……森林离我们越来越遥远了。而且老挝在高地上,其经济不可能有所增长,因为高地里多石、多高山,可用的耕地也有限。因此,人们没有其他选择,只能移居城市,也就是湄公河流域,靠近老挝－泰国边界的地区,受泰国经济的控制。山里的老挝人看泰国的电视节目——摇滚音乐和摔跤比赛——在他们用汽车电池供电的电视机上……"

数据证实了他的话。在每年还持续有6%的人移居到湄公河流域的市中心时,平均每10名老挝人中就有近8名住在湄公河流域了。这是全世界城市化比率最高的国家之一——与20世纪80年代的撒哈拉以南的非洲一样高。同时,老挝的总人口每年增长2.6%—3%——以这个比率看,25年后其人口会翻一番。不过这不一定意味着老挝会人口过剩。泰国每平方千米有115人,而老挝只有19人,再加上丰富的自然资源基础,老挝有很大的发展空间,不像非洲的很多地方。⑦ 然而,这的确意味着,老挝会

---

⑦ 虽然老挝的大小与加纳相去不远,而且拥有同样比例的耕地,但是其人口不到加纳的三分之一。

像埃及一样，成为流域文明，几乎所有老挝人都会拥挤地居住在老挝－泰国边境地区，然后受泰国的控制。

泰国已经在使用老挝70%—75%的水电了，而且泰国会使用几乎所有在这里兴建的新水坝和发电站所产出的水。[8] 老挝即将成为泰国真正的延伸部分，其森林（老挝拥有亚洲最高的森林覆盖率）很容易被泰国企业家掠夺。或者，从另一个角度看，湄公河流域——包括老挝和泰国地区——将会成为一个强大的经济区，比地图上很多国家更真实、更有潜力。

---

[8] 这项统计数字以及前一段都来自老挝的政府出版物、牛津分析公司、美国中情局的《世界概况》，以及其他数据。

第二十四章　柬埔寨：回到了塞拉利昂？

在20世纪的惊悚图像美术馆里，柬埔寨是一幅无与伦比的圣像：高大的桄榔树、翠绿稻田，以及黑色季风云，皆因意识形态与阶级战斗的暴虐势力、殖民主义与反殖民主义、法国左派知识分子的完美乌托邦，而备受折磨，借由刻板的、冷漠抽象的、特殊的亚洲潮流，不成比例地延伸出去。1975年到1979年间，这些暴力的结果是历史性的大屠杀。在"民主柬埔寨"的政权下，柬埔寨800万人口中有100万到150万人被射杀、棒打至死、饿死、过劳死或病死；这是有史以来最激烈、最可怕的社会改革。

这可能也是一宗最难以向后世解释的大屠杀。1959年，柬埔寨交流生乔森潘（Khieu Samphan）在巴黎索邦大学（Sorbonne）就读时，在他的博士论文中讨论，城市与小镇为"寄生虫"所盘踞，政府应该采取"大规模迁移"行动，让这些人离开，以刺激农业成长，因为这些"寄生虫"可以到农场当劳工。这种疯狂的博士论文并不稀奇，特别是那些直接从他们的村庄来到塞纳河左岸的第三世界农民，他们没有任何知识基础，就开始吸收马克思主义经济理论。但是谁会期望这样的论文真正获得实践呢？

就读于索邦大学的乔森潘是柬埔寨圈子的一分子，这个圈子的成员都出生于20世纪20年代到30年代。他们的领导人叫沙

第二十四章 柬埔寨：回到了塞拉利昂？

洛特绍（Saloth Sar），出生于1928年，是一个有钱地主的儿子。他后来称自己为波尔布特（Pol Pot）。这些学生在60年代初期回到柬埔寨乡间，发动了一项运动，也就是后来广为人知的"红色高棉"。有种说法认为，"红色高棉"一词是出自柬埔寨领导人诺罗敦·西哈努克国王（King Norodom Sihanouk）的手笔，是他第一次使用了"红色高棉"这个词，而且对其尤其偏爱。

这些接受过法国教育的柬埔寨激进分子回到乡间，与留在中南半岛上的其他人截然不同。从1431年开始到现在，当泰国人占领了中世纪的高棉首都，即今天柬埔寨西北部的吴哥后，高棉的命运就开始走下坡路。吴哥最大的砂岩佛寺，又称"窟"（wat），开凿自丛林，19世纪才被法国殖民者再度发现。数百年来，柬埔寨一直是一块孱弱且诱人的不动产，它就夹塞在越南与泰国这两个强国之间：人口稀少、容易到达，而且由于冲积土与洞里萨湖（Tonle Sap），而成为世界上最富饶的内陆渔业区。19世纪，泰国与越南为了各自在柬埔寨的影响力而互斗，并使法国人在1863年无法建立他们的保护国；湄公河东岸的柬埔寨成为越南的属地，西岸则成为泰国的属地。法国人并未保护柬埔寨的民族性，反而协助越南人，使高棉人自觉低下。法国人巩固了越南人的官僚政治制度，而没有为柬埔寨创立一套新的制度；同时，法国人还将柬埔寨产出的原料运往越南。法国人于1954年离开时，如今与美国同盟的泰国和越南南部，重新恢复了他们反柬埔寨的历史野心，而他们反共产主义的意识形态只是借口。西哈努克亲王保持了中立态度，而这只得到西方及其同盟的轻蔑，还包括红色高棉的轻蔑。

真的，在中南半岛上已经没有任何地方像柬埔寨这样，在乡村与城市之间有明显的分界；柬埔寨的森林非常浓密，城镇的街道，尤其是首都金边（Phnom Penh），都是网格状的，并充满了殖民风格的欧洲建筑。

红色高棉认为，在这些城镇居住的并非是柬埔寨人，而是"寄生虫"与"敌人"，比如那群自古以来不断剥削柬埔寨人的越南移民。而帮助南越人的则是法国殖民者、都市寄生虫和近年来的美帝国主义者。

红色高棉的最高指挥部甚至没有使用化名。他们有时候指称自己为"同志一号"或是"同志九十九"。他们认为真正的名字是资产阶级的奢侈品。但这种关于红色高棉的体悟，都是后见之明。1975 年红色高棉占领金边时，这些事情的细节，西方不是不知情，就是忽略掉了。作家威廉·肖克罗斯（William Shaw-cross）认为，在华盛顿，红色高棉仅被假定为另一群像越共一样的共产主义者，此外，华盛顿完全低估了红色高棉自身所带有的民族仇恨特质。① 尼克松的政策之粗糙，从美军于 1969 年在柬埔寨的秘密轰炸，以及 1973 年紧接着的更多轰炸就可以看出。当红色高棉对西方及都市柬埔寨人的仇恨膨胀之时，投在柬埔寨乡间的 B-52 炸弹，只会将越来越多狂怒的农民推入红色高棉的怀抱。尼克松与基辛格对柬埔寨与红色高棉的不了解，是外交政策的大灾害，在现代历史中，这也是独一无二的案例。

亲美的朗诺（Lon Nol）政府于 1975 年垮台前的那几周时间，不仅印刻在历史的记忆里，也印刻在文学的记忆里；在红色高棉抵达首都后随即发生的重大暴行，以及见证暴行的西方人，包括为《纽约时报》撰稿的英国诗人詹姆斯·芬顿（James Fenton）

---

① 见肖克罗斯的《政治杂耍：基辛格、尼克松与柬埔寨的毁灭》（*Sideshow: Kissinger, Nixon and the Destruction of Cambodia*），列于参考文献。

和西德尼·尚伯格（Sidney Schanberg），他们对惨状的报道已经成为经典。

20世纪70年代末期，柬埔寨与越南共产主义者之间的争斗揭开了战争的序幕。1979年1月，越南人行军进入金边，红色高棉逃入森林，战争结束。紧接着是柬埔寨的饥荒，这场饥荒引来了国际上的积极救援。但是，由于越共与苏联同盟，因此在整个80年代，美国与其同盟泰国——整个群体——都支持红色高棉，与越南的占领当局对峙。

随着冷战结束，联合国组织了一次民族和解进程，2.2万名联合国维和部队士兵参与了这个和解进程，耗资20亿美元，是联合国历史上规模最大的行动。这次和解进程被1993年5月柬埔寨选举的声势所淹没了，联合国声称那是一次成功的选举。此后在柬埔寨发生的事将会证明联合国这类行动的长远价值。而柬埔寨的未来对联合国的任何历史预测而言，都会是一个关键因素。

离开曼谷的现代化机场后不到一小时，我透过飞机舷窗看见一条条的红土路、在阳光下闪闪发光的波状铁皮屋顶，以及密集的热带暖房。从空中俯瞰，泰国就像刚修剪过的草地，而柬埔寨就像一座杂草丛生的花园。这种崎岖破败的景致和坑坑洼洼的且罕有车辆的乡村道路一样，说明这里是一个穷国。而我必须搭乘飞机进入柬埔寨的事实是另一个恶兆。从曼谷到金边的距离并未比到廊开远多少，而后者可以简单地搭乘火车或巴士抵达。但金边不易抵达，因为红色高棉仍然控制着柬埔寨这一边的边境。

从泰国的有利位置看，我最近所听到的关于柬埔寨的事，似乎变得不真实了。泰国的经济景气，老挝前程大好，越南即将像

20世纪初期的油产强国般崛起。但是柬埔寨则被认为是一个贫穷不堪、政治不稳定且危险的国家,与我曾造访的西非国家别无二致。但是,难道我身处的地方不是注定繁荣的东南亚吗?

1994年7月26日,在我的旅程开始前几个月,三个自助旅行的西方人——一个英国人、一个法国人和一个澳大利亚人——搭乘火车时,在金边以南一百多千米处,被埋伏在车上的红色高棉游击队绑架了。1994年11月,我在柬埔寨,读到一篇路透社的报道,报道描述了绑架者对自助旅行者的谋杀、受难者尸体的运回,以及其后的现场勘证,等等。报道上说:

> 他们被绑了起来。这三个人死于严重的头部创伤……谋杀的手法带有典型的"杀戮战场"的痕迹——一锄头砸向他们的后脑勺。

另外,《柬埔寨日报》(The Cambodia Daily)于1994年11月4日至6日报道,红色高棉在柬埔寨西部谋害了40个村民。有些是"被用锄头连续劈砍至死的"。其他则是两两绑在一起被枪杀的。

1994年,红色高棉的真正存在似乎变得十分荒谬,很多其他与柬埔寨相关的事情也是如此。冷战已经结束了,越南正逐渐成为美国人的度假圣地。但是在柬埔寨,红色高棉还在森林里:就像党卫军(SS)[②]依旧徘徊在德国境内一样。

飞机窗外的景致解释了其中的原因。这样的景致在我飞往几

[②] SS,德文"Schutzstaffel"的缩写,原意为保卫队。1925年作为希特勒的个人卫队而建立的纳粹组织,后来成为第三帝国内的镇压机器,拥有自治权,并成为种族灭绝政策的主要执行者。——译者注

内亚与塞拉利昂时曾见到过。我看见一个有着崎岖路面的穷困国家，而且你一定会看到一个有强盗士兵或游击队暴动的国家。而泰国就在飞行时间只需45分钟的600千米之外。

柬埔寨美国援外合作组织（CARE）的办公室主任格雷厄姆·米勒（Graham Miller），在飞机侧翼与我拥抱问好。格雷厄姆是我在1984年至1985年埃塞俄比亚饥荒时期结交的朋友，已经有好几年没见面了。他高大、率直，是一个生于南非的澳大利亚人，在第三世界11个动荡的国家中居住过，在43个国家工作过。他也是一位经验丰富的地质学家，专长是在乡村地区挖井。他可以只看看风景，就告诉你这里的地下水位有多深。格雷厄姆是那种会被外国事务老手称为"外侨"的人，他为非政府组织工作。就这个"美国援外合作组织"的例子而言，他是西方私人救助机构的国外代理人。举凡人类灾难都来自战争、饥荒、国家的崩溃，以及难民的迁移，而非政府组织正好填补了西方政府及其军方留下的空缺。外交官与记者通常仰赖非政府组织为他们提供的当地信息——首都以外区域的信息。确实如此，尽管美国公众逐渐不愿意让他们的士兵冒险，但很明显，他们很少会想到那些赈灾志愿者——美国"外侨"——还处在极端危险的境况中。1994年，柬埔寨有90个非政府组织在运作，有1000个"外侨"，包括美国人，为这些组织工作。由于柬埔寨的人口还不到1000万[3]，这里可能是第三世界国家里平均拥有最多"外侨"与非政府组织的地方。因此，柬埔寨处在发展阶段的最前沿，虽然容易被人忽略，却是外交政策发展的枢纽。

---

[3] 尽管20世纪70年代发生了大屠杀，但近几年来的高出生率，还是使柬埔寨的人口增加。

"柬埔寨啊，老兄，唉！真是乱七八糟。但你永远不知道未来会怎样。比如说这儿的机场，他们似乎想要统一管理。"我没有依靠格雷厄姆协助，静静地排队，花20美元办了一张签证，得到移民局盖的入境章。换言之，这是一套系统。我们跳进格雷厄姆的汽车，行驶20分钟到他家。路上，在倾听格雷厄姆介绍的同时，我把头伸出窗外。以下是我的所见所闻：

在这个穷困且拥挤的热带地区，空气浓稠，像一池塘的脏水：这里到处是垃圾、流浪狗，还有哭泣的婴儿。我几乎看不到汽车，却遇到许多摩托车，以及戴着面罩型太阳眼镜和棒球帽的男人，骑着东倒西歪的生锈人力三轮车。灰蒙蒙的街道上，还有一些人在沿街的摊位上改造汽车零件。但是，它那令人心碎的景致是"迷人的"——这是一个经常被用来形容第三世界的词语——有常见的香蕉树丛、凤凰木，以及那些破旧肮脏的、有着颓败阳台的柠檬色殖民时期建筑。睡莲漂浮在城市的沼泽里，小男孩贩卖着插在甘蔗棒上的茉莉花。金边还有其他的事物，其他更具有柬埔寨特色的事物，是我在吴哥要学着欣赏的：那些斑驳、褪色的佛寺，是由秋天的石块、长有菌类的红色花砖构成，而这些痕迹似乎只会使这些建筑更加珍贵。阴沉的氛围，让人仿佛置身欧洲中世纪的修道院，而不是阳光明媚的热带地区；这里拥有其他第三世界国家所没有的视觉质感。这是我第一次近距离接触柬埔寨的独特之处。我想起曾经有一位赈灾志愿者告诉作家肖克罗斯："柬埔寨什么都有——寺庙、挨饿的黝黑婴儿，以及亚洲的希特勒（波尔布特）。"[④]

[④] 见肖克罗斯的《仁慈的美德》（*The Quality of Mercy*），列于参考文献。

金边是以一座小山为名，柬埔寨语里写作"Phnom"，山顶有一座名叫边（Penh）的女人所建的佛寺。1975 年至 1979 年，金边已经是一座鬼城了。后来这里被越南人占领，现在仍处于复苏阶段。这座城市的气氛与特质，尚未被已经统治了曼谷的高楼大厦所淹没。由于最近移民不断从乡村迁入，金边的人口已经跃升到 1300 万人了，但是相较于其他亚洲国家的首都，金边仍然算小的，拥有相对较少的工业，基本上是一个更拥挤、更散乱版本的万象。

就是这样一个民族吸引了我的注意力：那些可可般棕色的脸庞，混合着美拉尼西亚人（Melanesian）、印度人以及东方人的面貌特征，带有一种原始森林精灵的特质，每个人都长着一张慈善海报上人物的脸，被微笑光芒的双眼所美化。

我还注意到街上有许多残疾人和乞丐。

"1000 万颗地雷，我的朋友，"格雷厄姆告诉我，"这个国家里每个人都能分到一颗。柬埔寨是这个世界上截肢率最高的地区之一，也许是最高的。每个月有 200 人到 300 人因地雷受伤。这些地雷都是内战以及红色高棉与越南人之间战争的遗留。这儿的西方社群正在开展一些有趣的除雷方案，你也许会感兴趣。但是红色高棉正在重新布雷，他们用几天时间埋下的地雷，我们必须花两到三个月清除。红色高棉布置一颗地雷平均花费 1 美元到 4 美元，而除雷的费用则高达数千美元……"

"这个城市现在看起来很美，不是吗？"格雷厄姆继续兴高采烈地说，"去年夏天许多街道淹水，因为没有排水系统。对了，我希望你带了很多小面额的美元来，美元在这里或多或少是通用货币，但信用卡就没用了。柬埔寨没有太多金融或税务系统。再者，这里可能也有很多毒品交易的脏钱。军队是一团乱麻：只有 8 万人的军队里竟有 2004 个将军。我观察那些士兵们好一阵儿了——他们酗酒、百无聊赖,而且酬不抵劳。政府在金边外设置的路障可能是致命的。农民害怕那些士兵,仿佛他们就是红色高棉。而这就是问题的所在:红色高棉软弱又腐败,政府也一样。"

"那疾病呢?"我问格雷厄姆。

"有脑型疟疾。但不像非洲,这里只有偏远地区、人烟罕至之处才有。另一种疾病也是由蚊子传染的——登革热,金边有不少人罹患此病。"

"那么河盲症——盘尾丝虫病呢?像西非的情况。"

"这里没有河盲症。但是在灌渠里容易染上血吸虫病。"

格雷厄姆把车停下。见到他的手往下拿出一把克拉伯(Club)牌方向盘锁锁住车时,我的心往下沉。方向盘锁是一种防盗设备,在美国城市里与犯罪率高的郊区很常见。看见我疑惑的眼神,格雷厄姆解释道:"老兄,我们没有选择。我们已经有好几辆车被偷了。"他继续说:"这里的犯罪率很高,有很多强盗甚至劫车贼。我们的法国邻居遭遇过持枪抢劫;六岁大的孩子被枪杀。这是个有强盗和酗酒军队的地方,发生这种事情,是因为这附近太多人有枪。"两个略显凶神恶煞的街头小混混,戴着棒球帽,不知道从哪里跳了出来。"我付钱请这两个家伙看车。"格雷厄姆解释道。

我的忧郁加重了,而且我能感觉到它在我体内。我有些昏沉,但那并不是因为我对犯罪行为的恐惧,或是对疾病的恐惧,而是作为一个作家所感受到的更深的恐惧,我害怕自己过分简化了某些东西——就这个例子而言,那就是"文化"的概念。现在这个概念对我而言,似乎比我在西非开始旅程时,更扑朔迷离。我假定西非的高犯罪率与其他社会混乱的原因是:脆弱的文化基础;20 世纪以前大部分地区书面语言文字的缺乏;西非在地理上与其他主要文明的隔离。而现在,这些问题又因为高出生率和城市化而暴露出来。但此刻我在这里,这里是佛教和儒教重地的东南亚,一块书面文字体系已有1200年历史的土地,其周围国家的经济增长趋势都令人震惊。然而柬埔寨与令人毛骨悚然的塞拉利昂何其相似:高犯罪率、通过蚊子传染的疾病、强盗一样的政府、因游击队暴动而难以管理的乡村。诚然,柬埔寨成人识字率(35%)是高于塞拉利昂(21%)的,但两国的人口增长率也相同:令人震惊的4.4%,高于西非的任何地方。

我知道,我知道。尼克松、基辛格,尤其是红色高棉,会毁灭柬埔寨。而当西非在意识形态和战略地位上远远落后时,柬埔寨已处于20世纪意识形态与超级强国政治的交叉点上。柬埔寨的困境在某种程度上可以归咎于外力,但塞拉利昂不能以这个角度等同视之。此外,柬埔寨可能成为一个可以证明亚洲文化生命力规则的例外,但我对此存疑。

毕竟,杀了150万名柬埔寨人的正是柬埔寨人自己——不是美国人或火星人——而且这种残害还在继续。免除柬埔寨人的文化责任,就和将所有的过错都归咎于基辛格一样不合理。我怀疑,文化依然是某些像柬埔寨、塞拉利昂一样的国家失败的关键因素。用托尔斯泰关于家庭的陈述来说——或许所有成功的文化都有相似的特性,不成功的文化却各有各的不同。⑤

也许土生土长的高棉人,不及那些有大规模移民历史的族群精力充沛,如泰国人与越南人;也许柬埔寨的特殊问题和它浓密的森林有关,这些森林,就像利比里亚的森林,造成了隔离与猜疑。

---

⑤ 托尔斯泰在《安娜·卡列尼娜》(*Anna Karenina*)里写道,幸福的家庭是相似的,不幸的家庭则各有各的不幸。

我不确定。我所能做的只是四处摸索并运用我的直觉。但若忽略了作为决定性因素的文化，就等于忽略了造成发展模式差异的一个主因。

发展的问题甚至比我所能描述的还要复杂，因为在一个国家的历史中最短暂的时期里，最无关紧要的问题，可能产生最根本、最长远的影响。比如说：1948年至1968年，柬埔寨的人口从300万增加到660万，是原来人口的两倍；同时，在1968年前，柬埔寨的经济是起伏不定的。农业生产量停滞不前，全年赤字高达总预算的八分之一。诺罗敦·西哈努克国王的解决之道就是，在金边与西哈努克的海港城开设官办赌场，如此一来，人们花在非法赌博上的钱，就可以进入国库。赌场在1969年年初开张，一天营业24小时。当这阵赌博热席卷金边与西哈努克时，这个国家的学生、农民、三轮摩托车司机、士兵以及公司职员，都将他们的全部积蓄投注在赌场里。赌场在1970年1月关闭，就在朗诺政权推翻西哈努克国王后不久。

另外，1971年年初，朗诺中风了。这是一次轻度中风，他也迅速康复了。但紧接着，在越共游击队员攻击机场、重创柬埔寨空军后，他患病的消息让柬埔寨人坚信，他的统治气数已尽。如果朗诺没有生病，如果赌场没有营业呢？——红色高棉还是会掌握政权、发动重创当地文化的大屠杀吗？没有人知道。

我并不是说，整个大陆的不幸，例如非洲，是由于我之前提过的一系列不幸的事件。相反，一个国家何以成功或失败可以像许多政治学家所希望的那样，经由科学研究得到答案——这个想法，在我抵达柬埔寨时让我觉得很荒谬。

比如，"案例对照比较"（controlled case comparisons）是很多政治学分析的基础。一个研究员可能会挑选很多世界各地冲突的案例，而这些案例都是相似的，只有一个变量，比如农田的稀缺程度。然后政治学家也许就会得出关于土地的稀缺是否会导致动乱的结论。但这就是胡说八道！怎么会有"案例对照比较"这种事？由于存在偶然性与文化上的复杂性，世界上的每一场冲突都是各不相同的。人类文化并不是细菌学文化——太多这类细菌和太多那类细菌。一个政治学家能做的比一个记者多不了多少：到一些地方，该地的土地匮乏和暴力之间似乎存在一些有趣的关联，他们要做的就是去了解两者是否真有因果关系。其中可能会出现某些有用的想法或理论，但称其为科学仍然是夸大其辞。

"曼尼（Manny），快来认识罗伯特，他是我从非洲来的老朋友。"格雷厄姆说。

"罗伯特，我请你喝啤酒。"曼尼回答。曼尼是希腊裔的前澳大利亚外交官，他继续留在金边，并且开了一家酒吧餐厅。曼尼的酒吧是柬埔寨外侨与非政府组织的非正式信息交换所，也是那些从乡村回来的外侨们在交换彼此的战争故事时，用啤酒与牛排增强体力的地方。那些在金边的外交官们，从援助工作者身上获得了很多信息，而这些援助工作者会先将他们的故事告诉曼尼。曼尼穿着一件鲜艳的夏威夷印花短衬衫，我觉得和他谈谈会很有意义。

"有太多盗匪活动、太多武器。"曼尼说，"很多柬埔寨将军在乡下拥有私人自卫队——就像军阀一样。在政府机关里，每个人都尽其所能地偷，以免这整个联合国精心管理的民主政体垮台。黄金就是一个例子，老兄。任何人都只要有经济能力，就会储存黄金。越南人、泰国人以及新加坡人在金边买光了柬埔寨的金子。这个地方就掠夺而言是时机成熟了。当然，每个人告诉你的——

包括我现在告诉你的——很多事,完全被视为道听途说、推测之语。比如说,如果你在金边之外,就很难了解到底发生了什么事。"

从曼尼的独白里,有一个确凿无疑的事实浮现出来:虽然和小小的塞拉利昂很相像,但柬埔寨也很"大"。以平方千米数计算,柬埔寨的确是东南亚最小的国家,但以陆路旅行的危险程度和难度而言,在东南亚国家中,柬埔寨无疑名列前茅——你很难预知乡村里潜伏着什么。贡布(Kampot)就在金边以南约 140 千米处,在暹罗湾里,但开往贡布的火车定期会遭到盗匪与红色高棉的拦截。最后一批坐火车的西方人——那三个自助旅行者——已经被绑架并撕票了。桔井(Kratie)在湄公河上游,在金边东北方向 200 多千米处,但是坐"慢船"到那里要花一整天的时间,偶尔还会被埋伏在浓密树林里的红色高棉成员射杀,或者被官兵逼押上船并且遭到洗劫。然而坐"快船"只需五个半小时,而且公认是比较安全的。新加坡人私营的快船,是从金边到桔井唯一可靠的交通工具。相较之下,位于曼谷以北约 600 千米的廊开——或说是从金边到桔井距离的三倍——就可以坐火车或巴士舒服地抵达;或者搭乘飞机,搭乘两小时以下、有空调的长途巴士都可以。关于廊开的信息,包括那里酒店与企业的传真号码,在曼谷都可以找到;反之,要在金边找到贡布和桔井的数据,不只稀少难求,还夹杂着谣言。

在金边的柬埔寨人与西方观察家的官方说辞是,通过选举上台的政府控制了 80% 的柬埔寨版图,红色高棉则控制着剩下的地方——主要是南部靠近暹罗湾、多山且浓密的森林,以及西部靠近泰国的边境。但是在 1994 年,这种情势没有那么明显了。原先政府所控制的区域(人们认为安全的地方),大约只占整个柬埔寨领土的 50% 甚或 40% 了。另一半领土在白天是安全的，但到了夜晚就会布满红色高棉的巡逻队。或者说旱季是安全的，但只要一开始下雨，政府军队就会即刻撤离。前澳大利亚大使约翰·霍洛韦（John Holloway）到柬埔寨后报告说："在雨季……期间，当政府军队被困在营房里玩牌时，红色高棉会让他的骨干队伍步行穿过泥泞，进入偏远的村庄，坐下来和村民聊天并了解他们的需求。有时村民们要求被保护，免受政府军队的干扰，如此红色高棉就会带着武器与地雷回来……"稍后，我造访了这个国家的东北部地区，一个德国外侨给我看柬埔寨的地图说："基本上，你所看到那一大块浓密森林全都属于红色高棉的领地。"

柬埔寨的原始森林每年都会损失 3%—4%，为不法者所砍伐。⑥ 随着冷战结束，红色高棉开始失去其在分崩离析的亚洲共产主义国家集团中的同盟。但泰国、马来西亚与新加坡商人，愿意付美元买这些阔叶树木材，红色高棉的巡逻队则会护卫装载木材的重型卡车出森林。红色高棉、泰国将军与商人之间的结盟涉及木材、宝石，甚至进入曼谷性市场的儿童：每年的"产出"价值数千万美元。对泰柬边境地区的阔叶林砍伐，导致柬埔寨洞里萨湖（又称大湖）上游的土壤大量流失，湖中鱼产卵的地方部分淤塞。不只是重要的淡水鱼保护区在逐渐消失，大湖的淤塞，同时致使湄公河下游出口的阀门关闭。而这点又增加了柬埔寨东边以及越南湄公河三角洲的泛滥频率。支配柬埔寨中心地带的大湖

---

⑥ 地形勘查报告指出，自 1969 年以来，柬埔寨已经失去了它全部森林面积的三分之一。但是这个国家还是有 49% 的面积被森林覆盖，其中约一半是原始林。一般认为，严重的干旱和爆发的洪水，都与森林的减少有关。这些和其他关于柬埔寨环境的信息，都来自加拿大渥太华的国际发展研究中心。

区域，逐渐变成亚马孙河（Amazon）的缩小版：一个没有法律的地下社会，面临非法滥砍以及其他的环境惨况。同时，红色高棉也逐渐从20世纪的意识形态战士，转变为21世纪的虚无主义战士。"就好像没有理由问人们为什么吃、为什么睡一样，"一个以色列出身的军事历史学家马丁·范克里韦尔德（Martin van Creveld）写道，"各种方式的战斗也不是手段，而是目的。"尽管有些晦涩，但这是我所能找到的，对红色高棉何以持续战斗的最好的解释之一。

20世纪最后10年的中段，柬埔寨就像其他第三世界国家一样，如安哥拉、阿富汗，是一块满是"内部流放"、地雷、混乱和疾病的土地。按照柬埔寨政府的卫生专家迪帕拉博士（Dr. Tea Phalla）所言，这个国家1000万居民中的"200万"，未来可能会"直接或间接地"感染HIV病毒而死亡。[7] 世界卫生组织的报告写道，"从献血人数的趋势我们可以推测，金边可能会经历比泰国北部地区更严重的艾滋病疫情"。

在柬埔寨的当代历史中，最显著也最令人恐惧的层面，是它非常缺乏主题，而这一点却可能预示其他地方在21世纪的未来。钱德勒提到"一王统治朝代"的不断瓦解。先是诺罗敦·西哈努克国王的帝王统治，接着是朗诺的军事政府，然后是红色高棉的"中央委员会"组织，其后是越南人的侵占，以及从1993年起，由民主选举产生的联盟，包含了支持西哈努克国王的保皇派和先前支持越南人与红色高棉的"共产主义"者。诺罗敦·西哈努克国王、朗诺的军事政府，以及红色高棉，分别展现了柬埔寨历史

---

[7] 见莫·钱·那烈（Moeun Chhean Nariddh）的文章，列于参考文献。

中的一个稳定的时期。民主政府会比之前的那些更好吗?

格雷厄姆必须在市场停下来办点儿事。我环顾四周,发现了一件事,它与我对柬埔寨逐渐成形的负面印象极不一致。在一家用废木料、波浪形铁皮和水泥搭建的商店里,出售电灯、空调组件、复印机、计算机、传真机以及照片冲洗设备。电器看起来都是干干净净的,而且维护得很好。就我所知,此地的公共电力系统和供水系统都相当可靠。而且,这些电器不像西非或巴基斯坦那样使用私人发电器发电。格雷厄姆在苏丹、肯尼亚与安哥拉都有办公室,他说:"这里的人维护设备比非洲人维护得好。"关于这一点,我向其他住在东南亚及撒哈拉以南的非洲地区的外侨求证,他们一致表示赞同。事实上,我对这家位于金边,干净明亮的店非常熟悉:它们看起来就像那些在弗里敦和塞拉利昂的黎巴嫩人、叙利亚商人,以及我于 20 世纪 80 年代期间在东非城市里看见的那些印度人所经营的商店。然后,我想起金边机场的移民局,要比西非机场更加井然有序。柬埔寨是效率与混乱的奇异组合吗?设立死亡集中营和修理复印机的能力,是来自相同的文化特性吗?或者是我现在太袒护非洲了?这些运作良好的商店可以证明,哪怕是暴力、混乱的柬埔寨,都胜于撒哈拉以南的非洲的大部分地区?

也许柬埔寨与塞拉利昂最大的不同之处是,柬埔寨与两个"快艇经济体"泰国、越南毗邻,旁边还有"亚洲四小龙",如马来西亚与新加坡;反之,塞拉利昂则深陷于利比里亚与几内亚,两个失败与半失败的国家之间。于是,柬埔寨的城市现代化了,即使是在自然资源被掠夺的情况下。

1992 年至 1994 年,通货膨胀率从 100% 下降到 30%。同时,保皇派与残存的共产主义者（其实根本不是真正的共产主义者）组成的无用的联盟只要多存在一天，对联合国的和解进程而言就是一场胜利，而对红色高棉而言就是一种失败。一个在东北部地区的地方官告诉我："在人们的心灵深处只存在两个党派，一个是政府，另一个是波尔布特。对我们而言，保皇派与共产主义者之间的差别很大，但对那些农民而言，它们看起来越来越像是同一个党派。"

对于驻扎在柬埔寨的联合国部队，外界持有两种看法。其一是认为这场被极力宣传、得到狂热反响的选举是"一个昂贵的噱头"，虽然它顺利进行了，但似乎渐渐丧失了价值，就像第三世界里许多企图"强迫历史发生"的例子。在一个鲜有个人自由，几乎不存在沟通基础的国度，强行植入美国式的选举系统，似乎并不管用。柬埔寨的民主似乎应该与经济发展和学校建设一起起步，而不是让许多还是文盲的柬埔寨人突然参与西方的竞选活动。[8]

我聆听关于联合国如何带着有昂贵交通工具、高科技通信设备的军队进入柬埔寨的故事，包括他们如何让柬埔寨的经济过度运转，特别是房地产市场，以符合西方形态的住宅与餐厅的需要。选举结束后，联合国部队撤离，同时，别墅的月租金也从 3700 美元降回到 1200 美元。"那是一起事件，而不是一个进程。"一个外侨说。"如果当时联合国花 20 亿在道路、学校与乡村的发展上，而不是在选举上，那么红色高棉在柬埔寨乡村的影响力会比现在弱。"另一个外侨说道。第三个外侨说："在整个改造重生的过程中，选举应该殿后，而不是首要的。"一些柬埔寨人告诉我：

---

[8] 见塞瑟的《魅力与残酷之地》，列于参考文献。

"联合国,曾经来过,但现在已经走了。"

另一种主张是,只要民主政府存在,联合国组织的选举就会在柬埔寨历史里成为一个关键性的转折点,因为这是柬埔寨人第一次体验在投票亭里秘密投票的尊严。在离开金边之后,我可能会遇见自愿赞扬联合国和解进程的柬埔寨人。

格雷厄姆接了他妻子伊丽莎白(Elizabeth),然后我们三人一起到位于金边的"外国记者俱乐部"(Foreign Correspondents' Club)用餐。那是一家我所见过最诱人的外国记者俱乐部:可以上精美杂志特辑的复古布景,由木头、竹片和柳条组成的深色椅子,芥末黄的墙,华丽的壁柱——以及必定会有的转速缓慢的风扇。这家俱乐部有一个露天酒吧,从那里,我可以看到湄公河与洞里萨湖出口的汇流。由于没有玻璃挡住下方的街景,我可以在尽情享受金巴利酒(Campari)、汽水、牛排和鸡蛋的同时,看着一两米外的柬埔寨小孩在垃圾堆里捡东西。

我忽然觉得,柬埔寨并没有只进入贫穷与混乱,或是只向繁华的状态发展,相反,这个国家正同时朝这两个方向前进——柬埔寨那些强大的邻国在帮助它步入繁荣时,也利用其混乱的局势获取经济利益。另一方面,这个地区越来越像17世纪末法国地图上的中南半岛,那张地图是我在泰国买的,在上面,湄公河流域就是一条非正式边界,分隔了由泰国人统治的柬埔寨领土、由越南人统治的区域,以及柬埔寨人自治的主要区域。肖恩格里姆·比特(Seanglim Bit)在《战士传统》(*The Warrior Heritage*)中写道,在1863年法国人抵达前,"国家地位这个概念具体表现在政治地理的文化形式上。柬埔寨就是乡村会说柬埔寨语的国家……"在一个开放边界的时代里,不论联合国的进程成功与否,国家地位都可能会回到那样原始的状态。

格雷厄姆带我到吐斯廉（Tuol Sleng）。这里本是一所位于金边市中心的学校，红色高棉在城市撤空后，将它改造成监狱，并设有刑罚设备。专家估计，从 1976 年到 1979 年年初，有 1.6 万人到 2 万人进过吐斯廉监狱。除了六个人尽皆知的个案外，没有人活着出来。在越南人解放金边并开放这所监狱后，将吐斯廉与奥斯维辛集中营（Auschwitz）和达豪集中营（Dachau）做比较是无可避免的。但事实上，就像肖克罗斯与钱德勒谨慎指出的，拿吐斯廉与斯大林在 20 世纪 30 年代整肃期间设立的卢比扬卡（Lubyanka）监狱比，会更恰当。几乎所有吐斯廉的牺牲者，本身就是红色高棉成员，或是红色高棉成员的亲戚，他们因与党派的信条产生冲突而入狱，但信条几乎每日一变，而且知道信条的，只有那些被挑选出来的人，以及愈发多疑的内部人士，包括波尔布特与乔森潘。

但吐斯廉与奥斯维辛、达豪的不同，体现在一个更重要的层面上。奥斯维辛和达豪已经被改装为博物馆了；它们已经被打扫干净，由西方的馆长负责，并配有暖气、空调、擦得晶亮的玻璃展示架、舞台灯、博物馆商店，以及现代化的洗手间，以迎接前来参观的大众了。但吐斯廉没有像这样的消毒程序。这里的展示架粗制滥造，天气非常炎热，老鼠在走廊上觅食，厕所里肮脏不堪；我看见沾满灰尘的球、蜘蛛网，以及斑驳的墙上已经干了的血迹。谁知道呢，也许红色高棉昨天才离开这里。这栋建筑物里有延伸到阳台的铁丝网，如此,受刑者才无法自杀，这栋建筑才能完全保持原貌。人类排泄物的气味、汗味，以及死尸的气味都已被清洗掉了——而这也是唯一能区别过去与现

第二十四章　柬埔寨：回到了塞拉利昂？　　451

在的地方。

中庭里，绞刑台就在儿童秋千旁边。我注意到有一堆剖开的椰子，让我想起进入这栋建筑物时，曾经看到的一堆压碎的头盖骨。我想起曾读过，一个波斯尼亚塞尔维亚民兵的首领，抓到一个贫困且不识字的农村男孩，前者让男孩不断地屠杀小猪，将他培养成了一个只会屠戮的怪物。在不断地练习中，杀人和杀猪的区别已趋近于无。

金边往南约14.5千米是红色高棉的刑场琼邑克（Choeng Ek）。这里有129个大坟坑，从坟坑里挖掘出来的男人、女人、小孩、婴儿等，共计8985具尸体。⑨ 琼邑克是最早的刑场，电影《杀戮战场》（*The Killing Fields*）也是以此地命名的。从金边开车经过平坦而优雅的稻田，旁边还有摇摇晃晃的桄榔树，令人想起电影里的镜头。水牛漫步在坟坑上，白色的睡莲在沼地附近星罗棋布。

两辆番茄红的观光巴士停了下来。其中一辆上走下了一群泰国游客，另一辆上则走下来一群希腊游客。这些旅行团看起来都很相像：富裕的中产阶级带着昂贵的照相机，戴着太阳眼镜，穿着"休闲"服装。每一个旅行团里总有那么一两个大声嚷嚷的人，通常是年过半百但行为幼稚的人。这些大声嚷嚷的人抱起漂白过的一只胳膊或一条大腿，坚持要别人为他拍照。某些泰国人和希腊人对这种行为有些反感，全都保持沉默。但这两辆巴士离开时，每一个人都是高高兴兴回去的。今年是来柬埔寨，明年可能就是去夏威夷。

---

⑨ 关于这些受害者中是否有很多人曾经进过吐斯廉监狱，显然仍然是个谜。也就是说，我援引的这些数字可能也是吐斯廉监狱的囚犯人数。

第二十五章 丛林庙宇与"混乱乳汁"

在雨季末期,我飞过低纬度的柬埔寨中部时,陆地看起来像是一匹有纹路的半透明绿色丝绸,一片薄弱的土地纤维,当飞机飞过天空,网格状的水稻田倒映出飞机的影子。从柬埔寨东南部的金边到西北部的暹粒(Siem Reap)的45分钟航程,揭示出柬埔寨是个农业萧条的泛滥平原,就像古埃及一样,抽回的水可以用来耕种新淤积成的冲积层。这片浸水的风景单调无变化,使人难以辨别大湖从哪里开始又在哪里结束。没有真正的海岸线:棋盘式的稻田就这样一点点没入水中,直到消失。所以,虽然对大湖的淤塞状况有所耳闻,但身为一个门外汉,我其实无法判断其淤塞程度。① 从金边出发的这趟陆地之旅应该要花八个小时,但是没有任何西方人想尝试。红色高棉造成的危险,不及政府军设置的路障。

位于大湖西北端的暹粒,在旧红色高棉都城吴哥② 南面几千米处。

---

① 据柬埔寨渔业部判断,大湖淤积率在最近几年翻了一番。这导致我乘坐的飞机横越过的大湖西北角缩小了5千米:从40千米缩窄为35千米。

② 吴哥是"大"或"首都"之意。

第二十五章 丛林庙宇与"混乱乳汁"

在包括现在的柬埔寨和泰国、老挝和越南部分地区的中世纪王国里,吴哥一直处于中心的位置。在吴哥帝国的全盛期,它的人口高达3000万,拥有高度复杂的水坝和灌渠网络。这个帝国是由爪哇亲王阇耶跋摩二世(Jayavarman II)在790年建立的。爪哇深深受到印度航海文化的影响。除了构成印度教的"神与国王一体"(god-king)概念外,印度的其他艺术概念也对早期的红色高棉文化有所影响。大约是在12世纪末,经过来自今日越南中部的民族发动的一场侵略之后,印度教在吴哥为佛教所取代。吴哥复兴了,其帝国延续到1431年,直至被暹罗人攻陷。泰国的艺术根源,事实上就来自柬埔寨。

从地面上看,阳光被自行车、水牛和军事护卫队行进时激起的灰尘遮掩时,整个景象看起来就像一幅铜版雕刻作品。柬埔寨乡村里的人们,脸上似乎露出比金边人更坚忍的神情:没有微笑的森林精灵,我看到的反而是如同青铜佛祖雕像般的人们,骑着自行车从我身边经过。1970年至1975年内战时期,政府人员驻留在暹粒,而红色高棉则住在一两米外的中世纪大庙宇的废墟里。1975年,红色高棉将暹罗居民赶了出去。1979年当越南人将红色高棉赶回森林时,周围地区成了间歇性交战的场地。结果,暹粒在大众旅游业被正式开发之前就成了旅行者的天堂。胡乱的破坏和痛苦使发展滞止了几十年。20世纪50年代,一位英国作家将暹粒描述为"一个暴露在阳光下的宜人的、安静的建筑群,坐落在一条溪流边"。[③] 90年代中期也是同样景致:旧式机场、泥泞的马路、没有电脑、时断时续的电力,以及一家大酒店,酒店

---

③ 见马尔科姆·麦克唐纳(Malcolm MacDonald),列于参考文献。

内部是破旧的藤编装潢，墙壁上贴着几张失焦的观光海报。它所缺乏的，就是戴着钢盔、精神饱满的法国人站在阳台上赶苍蝇。暹粒的古色古香正是柬埔寨悲剧的一部分。

利·萨利斯（Ly Sarith）消除了这种超越时空的印象。"自1992年起，这里改变了很多。自从联合国来了之后，就有更多人来旅游，这里也更安全了。联合国为我们做了很多事。"萨利斯的声音刺耳，而且呼吸急促：一种尖锐的笑声。他的外貌和说话的样子，完全像几秒钟前才刚看到鬼魅一样；恐惧和痛苦，仿佛已经永久刻印在他僵硬的脸上了。对一个柬埔寨人而言，萨利斯算是很高的，他有悲伤而笨拙的林肯式外表，右脸颊上有一颗痣。萨利斯1960年出生于暹粒，他的养父是个警察。1975年，红色高棉将他和他的养父，连同镇上的每一个人都赶出了镇外，让他们待在东边约64千米外的劳动营里。"我亲眼目睹我父亲在那里被杀。"

我沉默了，然后没想清楚就笨拙地问："你们在劳动营里做什么？"

眼泪开始慢慢地从萨利斯的脸上滚下来，他无法自制地打了几个寒颤。我是一个小时前才刚认识萨利斯的，而现在他就在我面前哭了。就是在那个时刻，我才真正了解了1975年到1979年之间，在柬埔寨发生的事实。

创伤就像鬼魂一样，在柬埔寨每天的生活中挥之不去。一大部分人口，在某种程度上都患有与战争和折磨有关的心理疾病，但是这些不像艾滋病、文盲或滥伐森林那样是可以检查和测量的，因此经常被忽略。在接下来的几天，萨利斯会将自己的故事陆续说出。但是现在，他沉默不语。

在酒店里，在航空公司的办公室里，在街上，在充满油腻食物且没有空调的餐厅里,人们总是面带笑容地鞠躬。就算已经见过我许多次,他们也会再度鞠躬和微笑。他们似乎非常害羞、难为情。东亚有一种抽象、反物质的面貌,与西非文化截然相反,令我震惊。然而,柬埔寨的历史显然与西非历史一样充满了暴力。正如我说过的,在我这趟地球之旅即将结束之际,文化效应显得比我开始旅行时更神秘了。

萨利斯在坑坑洼洼的路上朝北行驶。他为我指出1970年到1975年内战时,政府控制的领土和红色高棉领土之间的分野。他告诉我,1970年之前,这个地区是一片长臂猿栖息的古老繁茂森林,但战争毁了它。

吴哥地区整个中世纪废墟建筑群,无疑构成了留存至今的最大的旧世界奇观,比金字塔、雅典卫城或泰姬陵更古老,而且一样壮观。

时间还早,所以我们先跳过吴哥窟本身的大佛寺;我们希望在傍晚时分日光照射在它雄伟的入口时参观。于是,萨利斯驶向吴哥通王城(Angkor Thom)。在行驶了几分钟,穿过茂密的再生林后,我们遇到了一片橡胶树高耸的丛林风景和大群大群的蜻蜓。水牛在矮树丛里吃草。一个戴着草帽的柬埔寨老妇睡在吊床里。还有一个女孩,也许是那老妇的女儿或孙女,摆了一张木桌卖着模糊不清的明信片。蟋蟀和鹦鹉的叫声响彻云霄。而在我们这一群渺小的人类面前的,正是70座沙质的巨型雕像。在通往中世纪城入口的大桥的一侧,是35座恶鬼像,而另一侧则是35座神像。每尊神像都像长了青苔的巨人,拽着一条拉长的"宇宙蛇"(cosmic serpent),或称娜迦(Naga)[4],它仿佛是一个奶油搅

---

[4] 娜迦,印度神话中,蛇魔族的一支。——译者注

拌器——从神话的"混乱乳汁"中，区分出一个具象的世界及其社会架构。⑤

每座雕像都与其他雕像稍有差异，给人一种不断移动或正在与一条宇宙蛇拉锯的感觉。这些雕像是11世纪由优陀耶迭多跋摩二世（Udayadityavarman II）所建造，然后可能在12世纪末、13世纪初，由阇耶跋摩七世（Jayavarman VII）整修过。有些巨型雕像没有头部，有些则用水泥复制品代替雕像的头部。"泰国人和红色高棉晚上的时候会来，"萨利斯告诉我，"他们把头拿去卖给古董商。"为了预防更多盗窃事件，历史遗迹区域现在一到晚上就埋下具有杀伤性的地雷，早上再除去地雷。我们过了桥，爬上对面堤岸的土制城墙，眺望长满莲花的壕沟，古代的高棉战士就是在这里对入侵者瞄准他们的石弓。在我的印象中，常把古代高棉战士和红色高棉搞混，因为红色高棉也侵占过这些庙宇，并且与古代高棉战士穿着类似，都是在头上绑了头巾。

过了吴哥通王城入口的巨人街，又是一千米的森林路，然后矗立在我眼前的就是三层高的巴戎寺（Bayon）。巴戎寺就像吴哥地区所有的重要历史遗迹一样，是12世纪高棉艺术与建筑黄金时代的作品。这个风干的、由密实的沙岩和玄武岩组成的巨型熔岩泡影，长满了不真实的霉菌，就像小孩子在海滩上堆筑了又被潮水冲走的沙堡。此外，我还想起了焦黑、虫蛀的高塔直入云中。我脑中立即浮现的字眼是"复杂"、"凹陷"、"紧缩"：来自艺术追求的一种巴洛克式的挤压。萨利斯和我穿过有遮荫、玄武岩造的宽大长廊，沿路有光滑的墙，墙面上有精致的浮雕，那是一座

---

⑤ 这个意象来自在高棉君主中流行的印度教神话。参见罗森《东南亚的艺术》，列于参考文献。

上演着征服与暴行的大基诺剧院（Grand Guignol）⑥，里面还有水牛祭品和正在进食的鳄鱼。这些古代高棉的雕刻多么鲜明，多么简洁啊！它们表现出的景象就和现代泰国乡村一样，即使是今日的柬埔寨，也仍然破败、模糊且畸形发展着。走廊的尽头，有一间前堂没入黑暗中，里面主要是一尊焦黑色的圣礼佛像，披着明亮的橘色袍子，石头膝盖上插着燃烧的蜡烛。强烈的香气笼罩了整个房间。经过一排排回廊，我们是巴戎寺这54座塔中仅有的游客。

忧郁的石头、阴暗的热带绿树，和瘀灰的云朵——柬埔寨像一个涂着厚厚油料的调色盘。如果高更（Gauguin）当初来的是这里，而不是塔希提（Tahiti），他会怎么描绘吴哥呢？

佛寺旁有几个三合板搭成的饮料摊。萨利斯啜饮了一口可口可乐说："他们每天清晨四点钟叫醒我们。每天黎明时刻，扩音器在我们耳朵里尖叫着：'安卡（Angka）召集，安卡召集你们来教育你们。''安卡'就是'组织'。红色高棉就是这样称呼他们自己的。他们说要'教育你们'的意思，就是我们当中有些人要被杀，以教育其他人。每天早上他们都要杀一些人，那是很正常的事。

教育的部分结束后，我们就到田里工作到11点半。然后他们让我们吃泡饭——站着吃。然后继续工作。"

在掌权之前，红色高棉住在这些佛寺里，用他们的AK-47

---

⑥ 大基诺剧院，19世纪末巴黎一剧院，以演出情节刺激的戏剧出名，今喻此类戏剧作品。——译者注

猎杀长臂猿作为食物，感染疟疾，然后又康复，活了下来。在20世纪90年代中期，他们做的事和之前几乎无异，只不过更深入森林而已。夜晚睡在这些巨大的石块上，受过教育和没受过教育的人都会因此产生失去荣耀的模糊观念，之后又继续去征服金边和柬埔寨的其他城市，这也一定给了红色高棉一种命运的感觉，而这种感觉有助于解释他们为何确信历史是可以"强迫发生"的；而他们暴行下的牺牲品，只是一个大团圆故事里的细节而已。吴哥窟的三座主塔，构成了红色高棉的标志，这绝不可能只是偶然。

红色高棉后来在柬埔寨西北部的统治与不稳定状态，让吴哥的佛寺——尤其是吴哥窟——笼罩在神秘之中，类似于伊朗革命在伊朗东北部的卡布斯拱北塔所留下的阴影。但是吴哥窟并不是一座寂寞的塔楼，它是全世界最大的宗教建筑物，由吴哥王朝国王苏耶跋摩二世（Suryavarman II）于1113年到1150年之间建造。吴哥窟有960米长——超过10个足球场的大小——800米宽，完全被一个长方形的壕沟所围绕，从西到东约1.6千米长，而从北到南则有1.2千米长；壕沟的全长近6.5千米，两侧有石阶。苏耶跋摩国王下令同时从四侧开始建造吴哥窟，因此只花了37年就建完了这座复杂得如美术馆般的建筑物。吴哥窟几乎是基奥普斯金字塔地面面积的四倍，并使用了与后者几乎一样多的石头，但是这里的石头是经过仔细的磨光与装饰的。

吴哥窟四周是桄榔树与阔叶树。赤裸的孩童在巨大的壕沟里洗澡，那个壕沟是旧时的供水系统，看起来如同凝固油脂形成的一层皮，白色的莲花穿透皮脂长出来。有几个乞丐，几间由三合板搭建的、没有上漆的简陋食堂，里面摆着长凳，贩卖饮料以及用粗糙碗具装盛的面食。眼前景象在220米长的石子路前显得很小，这条石子路只能让你横越壕沟，到达吴哥窟800米长的黑色

第二十五章 丛林庙宇与"混乱乳汁"

玄武岩护堤壁。当你走在这条石子路上时,也许没有任何壮观建筑足以媲美你眼前的景色,而远处以及你身后的森林,则是有多层莲塔的金字塔状佛寺。

护堤壁围绕着长长的柱廊,焚香的气味萦绕在印度教万神殿里的雕像四周。在这里我看见两个穿橘黄色袍子的佛教和尚,在聆听横笛的吹奏。⑦ 深深刻在这些墙面上的,是浅浮雕的飞天(apsaras)。那是印度神话中性感妖艳的水精灵,她们乳房丰满,颈上佩戴珠宝。护堤壁另一边紧邻僧院及塔楼,与我所站的位置,中间隔着几百米宽的大风吹拂的牧场。牧场上有几十头奶牛和水牛在莲花池旁吃草。吴哥窟在我的眼前等于出现了两次,一次是在远方,一次是池塘里的倒影。

这里到处是阶梯、柱廊、室内走廊、雕刻以及陡峭的巨形楼梯,它们都像那几千米长、按年代记录无数战争的浮雕一样精密、详细——经过足够的时间之后,这些建筑和历史,会消融在一团无意义的混乱之中。1975 年到 1979 年之间遭受屠杀的 100 万至 150 万人,可能只存在于长长石壁上的一小段里:终究会被遗忘,只有分析学家记得。而这个过程已经开始了。这让我想到金边外刑场上无知无感的希腊和泰国游客。也许"混乱"有第二个定义——用在历史上,表示不再被记得,且不再是某种模式的一部分。毕竟,"历史"这个词源于希腊语,暗指"叙述":一连串能归纳入一个主题顺序的事件。所以,当人们说他们"活在历史的年代里"时,他们真正的意思是,他们活在一个时代里,这个时代里的事件都是以一种可理解的模式发生的。

---

⑦ 吴哥窟是在将近 850 年前完工的,当时印度教仍然管理这里,最后它却变成了佛寺。

那我们的年代是不是一个历史年代呢？或者由于发生的事太多了，因而不再有一个主题，我们反而超越了历史？或者历史的主题其实被隐藏起来了，而我们正站在通往历史新阶段的开端，很多现在似乎仅仅是一团混乱的事件将会明朗化？

萨利斯将车驶离马路，转入一片田野，田野上有几栋传统柬埔寨式的木制房屋立在桩子上。原来的牛棚下面，现在正好可以让萨利斯停车。他有五个孩子，第六个孩子跌入井里淹死了，他们至今仍背负着这个悲剧。"由于联合国的关系，更多西方人认为来这里不会有问题，也因此，很多人需要我，因为我会讲英语。我可以为我的家人赚钱。"

接下来，萨利斯带我来到一片荒凉的草原，草原上有一座单调而现代的水泥佛寺。萨利斯打开由未上漆的三合板做成的佛寺大门，里面堆着压碎的头盖骨和四肢，有些还滚到我脚上。我们小心翼翼地将它们放回里面。我注意到当时在行刑之前用来绑受害者的铁丝还卡在手腕骨上。我尽一个记者的职责，拍下萨利斯扶着大门，而里面全是头盖骨的画面。但是，照片中萨利斯的眼睛是闭着的（我记得当时的阳光很刺眼）。但这就是萨利斯的眼睛平时在我面前的样子，即使这双眼睛睁得大大的，也仿佛罩上了一层纱，纱上深印着最黑暗的记忆。没有任何标示指向这个刑场，也没有任何观光巴士来到此处，因此这里还没有受到亵渎。

第二十六章 地球边缘的一个死亡

位于金边东北方的桔井,是湄公河最后一个可航行的港口。在桔井之后则是一连串的急湍,使河流难以通行。自从20世纪60年代初期,红色高棉叛乱之初,拥有约1.5万居民的桔井,就一直被认为"不安全"。离越南边境只有100多千米的桔井周边地区,是胡志明小道系统里一条支线在西面的终点,这使桔井成为1969年尼克松于柬埔寨境内展开的秘密轰炸活动的牺牲品。1972年,桔井成为柬埔寨内战中,第一个被红色高棉攻占的省份。1973年,美国人侵略该区,寻找越南共产党的庇护所。桔井地区,至少它的部分地区,不是受西哈努克国王、朗诺、红色高棉、美国人或越共控制,就是受南越军队控制。由于有太多男性参与了这场长达几十年的战争,所以桔井省20万居民中,现在有60%是女性。20世纪90年代中期,该地区有相当多的村庄仍然受到红色高棉的控制。疟疾、结核病、腹泻、痢疾、登革热以及血吸虫病在此盛行。滥砍滥伐也一样盛行。

1994年,由西方救援机构或非政府组织聘请的10名年轻侨民,就住在桔井并在此工作。因此,在由吴哥回到金边的第二天,我登上"快船",进行五个半小时的上游之旅。

桔井的港口区根本就是一块伸入宽阔且泥泞的湄公河的污

土，旁边停靠了二十几艘木船，类似舢板。一排摇摇晃晃的旧木板通向陡峭的污泥堤岸。最上游是法国人设计的地方前哨站，包括网格状的街道、布满苔藓的红瓷砖、斑驳的芥末色墙壁，以及生锈的金属墙板。马路上挤满了自行车和老旧的、发出回火声的摩托车。我回头望向茶色的河水，看见载着木头的驳船在低低的水面上行驶着。在联合国发起选举之前，所有在桔井地区砍下的木头全被运到越南；选举之后的现在，随着对柬埔寨国际贸易的信心增加，马来西亚和新加坡商人也来到上游做生意，想必是与红色高棉进行了交易，砍伐木材以便出口。

"我们最大的问题就是不断升高的犯罪率和安全问题。"副省长包汉奋（Pao Ham Phan）告诉我，"红色高棉最近破坏了一所学校和一座桥。他们在夜里穿过森林而来。他们可以破坏任何地方，但是他们维持不了多久。由于路况恶劣，政府和外国救援机构很难顾及城外地区。甚至还没有路可以到达金边。开车去东南方向83千米之外的斯努（Snuol），要花六个小时，路途比较危险。所以斯努与越南的关系，比与桔井或柬埔寨其他任何城市更好。"

副省长解释，自联合国发起选举以来发生的经济增长，加上乡村一直少有铺过的道路，已经使桔井和周边村庄之间的贫富差异越来越大。"但是有了乡村的发展——道路、学校、饮用水——我们就可以逐渐瓦解红色高棉的势力，而同时增加与金边和越南的贸易往来。"换言之，桔井不但不会成为与金边最难沟通的地方，反而从此能够处在无边界的繁荣领域里。而要做到这一点，副省长强调，关键"就在于非政府组织，他们在瓦解红色高棉势力的这件事上，发挥了很大的作用"。

美国援外合作组织和在桔井的其他三个非政府组织，目前有一些小计划，其中最重要的就是挖水井。到目前为止，这些救援

第二十六章 地球边缘的一个死亡

机构已经在附近和偏远村庄挖了130座有水泥盖的泵井。每座井大约只需花费1000美元。这项工程提供了安全的饮用水，因而减低了村民的患病率，大大改善了乡村的生活。有了井，村民也不必大老远去取用河水。在桔井，井就是非政府组织对抗红色高棉的第一击。

第二击就是血吸虫病疫苗的接种计划。红色高棉知道，这一批20世纪末的救援人员在挑战他们在乡村内部的影响力上，比柬埔寨军队更难对付。这些侨民做的事越多，他们在村中就越受欢迎。在当地政治方面，这同时也意味着，他们更受民主选举出来的政府欢迎，而政府也在资助这个国家的非政府组织。所以，侨民便成了红色高棉的潜在攻击目标，正如三名西方自助旅行者受刑、遭杀害的事件所显示出来的（更别提周期性地将大量柬埔寨村民绑架并杀害），红色高棉对暴行有无止尽的胃口。

"我现在都躲在城里，因为红色高棉扬言要对付我。他们告诉村民，他们想要绑架一个外国来的救援人员。现在正进入旱季，接下来会有更多的争斗。"珍妮（Jeannie）悲叹道。来自美国的她，在偏僻村庄里一向是每天工作12个小时，提供咨询和乡村妇女的医疗服务。珍妮吃素，而且从不认为看报纸、看电视或听收音机是有益的事。她冒着生命危险住在柬埔寨，因为她真的喜欢。事实上，她的动机与很多服兵役的西方人一样，战斗是出于自愿。里克（Rick）是在桔井的另一个美国人，他是一位地质学家，来柬埔寨之前曾在美国和平队工作过三年，当时他在西非马里的一个村庄里工作，那对侨民而言，是条件最艰苦且最寂寞的国家。他和珍妮虽然冒了极大的危险，却并非愚蠢或不负责任。他们告诉我两名愚蠢又不负责任的英国游客的故事。

"这两个英国佬告诉我们,他们打算从桔井往北,搭便车旅行到老挝边境。我说他们疯了。"珍妮说,"不过,他们不听,还是要试试。事实上,他们还真的到了边境,然后又回头,搭便车回到桔井。我们再见到他们时,他们明显地苍老了许多。整个旅程当中,他们不断遇到政府和红色高棉轮流设置的路障。军人往往是醉醺醺的,还一直向你要钱。在这类的情形下,如果他们只是一枪毙了你,也许还算幸运呢。"

我是在一个星期六晚上在桔井最好的餐厅里认识里克、珍妮以及其他几个侨民的。这家餐厅有日光灯;斑驳的蓝色墙壁上有爬行的蜥蜴;蟑螂飞来飞去,食物油腻。但是桔井的确有一件奢侈品,那就是制冰工厂——当地餐厅放入冷饮中的冰块,都是用纯净水制成的。这家制冰工厂也以合理价格为附近一些侨民居住的房子供应电力。

整个晚餐过程中,侨民讨论的话题全集中在他们接下来要看的录像带上。录像带都是盗版的,通常质量都很糟,但是正如德国侨民古斯特尔·施蒂希(Gustl Stich)告诉我的:"我们对于星期六晚上看录像带的活动感到非常兴奋,因为这是让我们觉得这里的生活还可以忍受的小小调剂之一。"

古斯特尔和里克一样都曾在非洲工作过。"柬埔寨很不一样,"古斯特尔说,"这里有古老的文字体系,以及丰富且高度复杂的古文化,那就是可与基督教、犹太教和伊斯兰教相提并论的佛教。但这里还是很危险,甚至比非洲更危险。我得把我的妻儿送回金边一阵子,因为我们受到红色高棉的威胁。他们的威胁停了一阵子,所以我的家人又回来与我相聚。但是我儿子现在得了痢疾。我是个医生,所以我知道如何治疗我儿子,而且我很清楚他的病严不严重。但是这并不能让我对他完全放心。你知道,一旦事情

第二十六章 地球边缘的一个死亡

发生在你儿子身上,你会希望手边有最好的设备。"

我喝着可乐,里面加了过滤水制成的冰块,心中产生了一个念头——我觉得围着桌子的这些人是未来的国际军团。相较于逐渐娇生惯养的西方军队——西方民众和政客都越来越不愿他们暴露在真正的身体危险之下——他们忍受着更糟的情况,而且在很多情况下,还面临更多身体上的危险。而当西方军队寻找一些热门的纷争地带,试图用少量的死伤来换取胜利时,救援人员正在填补这个真空地带。

德国侨民古斯特尔代表法国无国界医生组织(Médecins Sans Frontières)的瑞士和荷兰分部,在桔井经营当地的医院:整个计划显示出了外国救援群体逐渐多国化的特质,每个人的国家认同的意义也越来越模糊了。古斯特尔与妻子和刚学走路的孩子——得痢疾的那一个——一起住在湄公河边搭建在木桩上的木屋里。午后我坐在古斯特尔家的门廊上,看着河水像牛脂般流过。住在这里也有其困ँ:蟑螂毫不留情,以至于连盖得很严实的调味料,如糖、盐和速溶咖啡都得放在冰箱里,而不能留在料理台上。吐司面包也必须放入冰箱,或吊起来;这些东西绝不能留在平坦的台面上,甚至袋子里。

黄昏时,我穿上防蚊衣,以避免来自附近沼泽的"疟疾病媒"攻击。然后,古斯特尔和我一起前往他经营的医院。副省长包汉奋一直十分热衷于医院的事务:"在非政府组织来之前,没人愿意住院,那里就像监狱。现在每个月有 300 人来医院就诊。"但古斯特尔有点儿犹豫,不太想带我去看。

"你见过第三世界的医院吗?"他问。

"当然见过。"我回答。

"那么你知道它会是什么样子的,可以与什么样的参照物比较?"

"是的。"我又回答。

我非常明白他的意思。甚至一间维护得很好的第三世界医院,都会吓坏大部分的西方人。例如,在位于越南边界附近,需要六小时危险车程才能到达的斯努,其地方医院只是一间由生锈铁片和发霉墙壁组成的简陋小屋。床架也生锈了,而且没有床垫。没有电,也没有自来水。病人只能从一个没有盖子、被蚊子围绕的油桶中取水。

以那些标准而言——我在将近 20 年报道第三世界国家经验里所习惯的标准,古斯特尔的医院已经大大改善当地的情况了。这里的病床非但不是空无一物,而且有草席和粗麻布做的毯子,虽然没有床垫。一直有护士在值班——这在第三世界是很罕见的事。医院里有注射用的奎宁溶液,以对抗脑型疟疾。有供病人使用的自来水,同时也会有人定期清洁地面。最重要的是,有古斯特尔这个从西方来的医生管理和监督受过西方医药技术训练的柬埔寨医疗人员。其结果是,医院使用率已经提高了 1000 个百分点。

当然,医院没有稳定的电流,也还没有 X 光机。夜里,发电机会提供足够的电力,以进行必要的手术。同时,从晚上六点到十二点,每间病房会确保有一盏灯来照明。设备遭窃是一个问题。医院原来有七位医生,现在减少到三位,因为红色高棉威胁了这里的安全,很难吸引柬埔寨医生来这里工作。医院里没有空调,这表示在全年的热带热气里,会滋生大量的苍蝇、蟑螂和恶臭。离加护病房一两米远的地方,有猪群和水牛在吃草,镇上的居民在生火烧饭,而加护病房却必须要开着门,让微风吹进来。在雨季,泛滥的雨水直逼医院大门。加护病房与其他病房中间只隔着医院里唯一的氧气槽,已经生锈了。随着夜晚的来临,蜻蜓也飞入病房，这是这家医院常有的情况。令人感到非常震撼的是，对这个星球上的大部分人来说——以及对大多数的非洲人来说——如果够幸运的话，这里就是他们病重时会来的地方。全球有 30% 的居民完全得不到医疗保健资源；50% 的居民没有厕所可用。①

这些百分比正在增长："二战"后，工业化国家的人口原本占全世界人口 40%，现在只占 20%，虽然他们赚了全世界收入的 85%。在接下来的几十年里，工业化世界的人口预计只会占全球人口的 12%—15%②，90%—95% 的人都出生在最贫穷的国家。这个趋势发生在全世界收入和平均寿命升高的时期，这个事实正显示出资源的增加多么不均衡，也显示出真正在增加的，正是贫富之间的差距。③

过去的贫富差距从未像冷战后这么大，连 1848 年或第一次世界大战结束后，各种民主革命发生的时期也不曾如此。而且此前从未因为全球的通信革命而使这个差距这么明显过。人类就像笨拙的青少年一样，他的政治和社会制度跟不上他身体的成长。

在加护病房，随着夜晚的降临，我可以听见沉重的、挣扎的呼吸声。蚊子在我耳际嗡嗡作响时，我透过黄昏晦暗光线中的扬尘，看见一双闪闪发亮的、又大又美的忧郁眼睛。我看见的是一个 10 岁左右的女孩慧黠的双眼。她盖着一条粗麻毯子，溜溜转

---

① 这些来自世界银行和其他出处的数据，由纽约洛克菲勒大学（Rockefeller University）的乔尔·科恩教授（Professor Joel Cohen）提供，他是第三世界发展和人口统计问题的专家。
② 参见杰茜卡·马修斯的《移民和穷人的压力》（Immigration and the Press of the Poor），列于参考文献。
③ 根据联合国的资料，工业化世界中，富裕国家消耗了全球 70% 的能量、75% 的金属，以及 85% 的木材。

的眼睛透露出她多么想了解古斯特尔和我之间的对话,虽然她完全不懂英语。"就这个病例而言,"古斯特尔说,"她的肺结核已经太严重了,这个孩子可能不出几天就会死。在这种情况下,我们除了尽力让她舒服一点儿,能做的也不多了。"又是如此,正是这种已经成为常态的污秽环境,杀伤力才大。对太多人而言,这是在离森林游击叛军不远的一个典型的地方前哨站,一间典型的病房里,一个死于典型疾病——结核病——的典型孩子。④

48小时后,我已经搭快船回到金边,然后又搭飞机回到曼谷了。我正在曼谷国际机场贩卖豪华服饰的商店中,准备转机到北美。出境大厅里的电视屏幕上美国有线电视新闻网频道正在播放1994年11月的美国大选结果。

在飞机上,我在想,这一切——那名小女孩、从塞拉利昂到柬埔寨的旅程——到底证明了什么?我也可以在曼哈顿高级餐厅的几个街区外,看到无家可归的人死于结核病。我不一定非得来到东南亚看他们的苦难和差异。

当然,那个女孩比美国典型的无家可归者更具有典型的柬埔寨特色:就结核病的流行程度而言,柬埔寨位居世界之首,然而尽管这种疾病卷土重来,美国的患病率也几乎排不上名次。柬埔寨每18518人才有1名医生,但是在美国每389人就有1名医生。⑤

虽然如此,我在游历世界的过程中见证的许多问题——贫穷、城市的瓦解、模糊的国界、文化与种族争斗、日益严重的贫富差异、衰落的民族国家——都是值得美国人思考的问题。无论身在何处,

---

④ 全世界每五个人当中,就有一个感染结核病菌,即使他们没有得过这种疾病。
⑤ 这些数据可以在《1995年大英百科年鉴》(*Britannica Book of the Year 1995*)中找到。

第二十六章 地球边缘的一个死亡

我都会想到美国。我们无法逃离一个边界逐渐粉碎、人口更稠密、联结更紧密的世界。

我们对于欧洲在1914年爆发，且又在30年代再度爆发的混乱，觉醒得太晚。紧跟第二次世界大战末尾的冷战，使我们不断被卷入国外局势中。但是在90年代初期，有数以万计或更多的人被杀害，而且有100万或更多人被迫离开离维也纳几小时车程的家园，而我们采取的措施却很少，直到最近才有些动静。当我们醒悟时，我们必须面对的不仅仅是欧洲，还有更大的世界正忍受着也许比我们在两次世界大战中所面对的更杂乱无形的恐怖：像艾滋病一样的流行性传染病、环境灾难，以及有组织犯罪不断进犯诸如西非的失败国家这样的地方，当地政府的安全架构也正在瓦解。或者，这种威胁也许更具潜伏性：未来在我们国界之外的危机——例如，在南非和墨西哥——会加深我们国内民族与经济的分裂。塞拉利昂的酗酒军人与柬埔寨因结核病而垂死的女孩之间的关联，比我们想象的紧密。

但如果我说我们对这些问题已经有了普遍性的解决方案，那么我就等于辜负了自己的经历。我们根本无法控制这些。随着人口越来越稠密，社会越来越复杂，若是认为联合国那些精英分子能够从上层操纵现实，这个想法简直就和认为政治学家能将现况的任何一个问题减低到纯粹的科学层面一样荒谬。而当西方的计税基数不再变化，第三世界的人口增长（虽然速度更慢了）时，在接下来的几十年里，外国援助能做到的改善甚至会更少。此外，在这个有地方性小型屠杀的年代，在某个区域的重大行动，不一定会对另一个区域的受害者有所帮助。人们要么选择在当地自行解决或缓解他们的问题，如瑞希山谷的例子，否则将无法解决。使瑞希山谷运作起来的诸多因素，很难在其他地方复现。而且像联合国这样的机构，也只能在个别案例里产生决定性的影响。

在飞机上，我被自己目睹的这一切复杂与绝望击溃了。但是这世界难道不是一直就是这样的吗？美与善的年代难得一见。雅典的黄金时代也有终结之时。爱德华·吉本（Edward Gibbon）在《罗马帝国衰亡史》(The Decline and Fall of the Roman Empire) 里写道，对帝国的居民而言，"幸福时期"只是自公元98年天才统治者图拉真（Trajan）继位，到82年之后，社会改革帝王马可·奥勒留（Marcus Aurelius）去世为止。接着——就像这段幸福插曲之前一样——又是多个充满暴力和混乱的令人疲惫的世纪。[6] 冷战那几年，或许在欧洲也有过一段像这样的插曲，即使它蒙蔽了我们的双眼，让我们看不见世界上其他地方发生的无主题暴力——直到现在，我们才开始关注这些暴力。

当然，所有的分析家，包括我自己，最后都会被证明是错的。对于我在旅程中遇到的问题，其解决方案有朝一日会浮现出来：人口增长，哪怕在西非，都会趋于平稳；恢复土质的独特方法会被研究出来，等等。但是，如果过去的经验可以作为依据的话，那么在太多地方，从极端的社会恶化到可预防恶化的策略之间，将会有一段延宕。长远看来，未来将是光明的，但接下来的几十年将会是混乱的。不要忘记，只要散置在全球的几个小国家瓦解了，西方决策者就会被击垮。是否真的会有强大的地方势力使某地或某国分崩离析，我们不得而知。由于历史的缘故，美国人倾向于以乐观态度看待鲜少有快乐结局的地方。但是现实往往一成不变，经济和社会发展一般都是残酷、痛苦、暴力及不平等的——

---

[6] 另一个例外，也许就是从公元前31年到公元14年由奥古斯都（Caesar Augustus）统治的较和平的时期。

第二十六章 地球边缘的一个死亡

而人类目前的发展速度是前所未有的。

身为一个物种，我们可以想象公正与和谐。但有历史的证据在前，再加上自 19 世纪起人口已增长三倍，穷人在土茅屋中也能了解富人的生活，对大部分人而言，公正与和谐谈何容易呢？逃离这个世界是一件愚蠢的事——我们在每一场世界大战前都试过。如艾滋病所显示的，非洲的气候和贫穷导致疾病已经入侵了最富裕的郊区。我们就是这个世界，这个世界就是我们。

这个世界，我看得越多，就越觉得不能将其套入一个单一的模式。没有人可以预测历史的精确方向，没有国家或民族可以不受其怒火波及。在旅程之初，我沿着喀喇昆仑公路行走的时候，济慈劝我要"甘于一知半解"。如今，在旅程进入尾声之际，在飞机上陷入沉睡的我，又听见了那首诗：

> 还有另一些灵魂站在一旁，
> 站在属于未来的时代的额前；
> 他们会赋予世人另一颗心脏，
> 另一种脉搏。你们难道没听见
> 人间市场上大声的嘈杂喧嚷？
> 普天下各族呵，听听吧，不必开言。[⑦]

[⑦] 节自《致海登》（"Addressed to Haydon"）这首诗。本杰明·罗伯特·海登（Benjamin Robert Haydon）是济慈非常推崇的一位画家和作家。译文参考屠岸译本。——译者注

参考文献

Abramowitz, Morton. "Pol Pot's Best Pal: Thailand." *The Washington Post*, May 29, 1994.

Ajami, Fouad. *The Arab Predicament: Arab Political Thought and Practice Since 1967*. New York: Cambridge University Press, 1981.

Allworth, Edward A. *The Modern Uzbeks*. Stanford, Calif: Hoover Institution Press, 1990.

Anderson, Benedict. *Imagined Communities: Reflections on the Origin and Spread of Nationalism*. New York: Verso, 1983.

Anderson, John Ward. "Poor vs. Rich in Indian State." *The Washington Post*, February 2, 1994.

Anderson, John Ward, and Khan, Kamran. "Heroin Plan by Top Pakistanis Alleged." The Washington Post, September 12, 1994.

Applebaum, Anne. *Between East and West: Across the Borderlands of Europe*. New York: Pantheon Books, 1994.

Ash, John. *A Byzantine Journey*. New York: Random House, 1995.

Asiyo, Phoebe. "What We Want: Voices from the South." Presented at the National Council on International Health Conference. Arlington, Va., June 23–26, 1991.

Ayittey, George B. N. "Whose God Will Save Nigeria?" *International Strategies*, February/March 1993.

Ayliffe, Rosie; Dubin, Marc; and Gawthrop, John. *The Real Guide: Turkey*. New

York: Prentice Hall Press, 1991.

Babur Padshah, Zahirud-din Muhammad. *Babur-nama*, trans. Annette S. Beveridge. Lahore, Pakistan: Sange Meel Publications, 1987.

Bacon, Francis. *The Works of Francis Bacon*, ed. J. Spedding, R. L. Ellis, and D. D. Heath. New York: 1869.

Bagis, Ali Ihsan. *GAP Southeatern Anatolia Project: The Cradle of Civilisation Regenerated*. Istanbul: Interbank, 1989.

Bakhash, Shaul. "Prisoners of the Anatollah." *The New York Review of Books*, April 11, 1994.

Baoxia, Zhu. "Polluters Warned of Griminal Penalties." *China Daily*, June 6, 1994.

Barnett, A. Doak. *China's Far West: Four Decades of Change*. Boulder, Colo: Westview Press, 1993.

Barq, Sultan Ali. "Kalabagh Dam." *The Nation*, December 14, 1990.

Benjamin, Walter. *Illuminations*. London: Fontana, 1973.

Berkeley, Bill. "Liberia: Between Repression and Slaughter." *The Atlantic Monthly*, December 1992.

Bernier, Nichole. "Do You Need That Shot?" *Condé Nast Traveler*, January 1994.

Bit, Seanglim. *The Warrior Heritage: A Psychological Perspective of Cambodian Trauma*. El Cerrito, Calif. : 1991.

The Book of Dede Korkut, trans. Geoffrey Lewis. New York: Penguin, 1974.

Bonner, Raymond. "Why All Eyes Are on a Place Called Tajikistan." *The New York Times*, November 7, 1993.

Bonchalaksi, Wathinee, and Guest, Philip. *Prostitution in Thailand*. Bangkok: Institute for Population and Social Research, 1994.

Bordewich, Fergus M. *Cathay: A Journey in Search of Old China*. New York: Prentice Hall Press, 1991.

Bradnock, Robert. *South Asian Handbook*. New York: Prentice Hall, 1992.

Bremmer, Ian. "Minority Rules." *The New Republic*, April 11, 1994.

Brown, Janet Welsh.*In the U.S. Interest: Resources, Growth, and Security in the Developing World*. See chapter "Dimensions of National Security: The Case of Egypt,"by Nazli Choucri, Janet Welsh Brown, and Peter M. Haas. Boulder, Colo.: Westview Press,

1990.

Brown, Lester R. *State of the World 1993*. New York: Norton and Worldwatch Institute, 1993.

———."How China Could Starve the World." *The Washington Post*, August 28, 1994.

Buck, Pearl S. *The Good Earth*. New York: John Day, 1931.

Burton, Richard Francis. *Wanderings in West Africa*. London: Tinsley Brothers, 1863 (Mineola, N.Y.: Dover, 1991).

Butterfield, Fox. *China: Alive in the Bitter Sea*. New York: Random House, 1982.

Buttimer, Anne. *Geography and the Human Spirit*. Baltimore: Johns Hopkins University Press, 1993.

Byers, Bruce. "Ecoregions, State Sovereignty and Conflict." *Bulletin of Peace Proposals*. London: Sage Publications, 1991.

Byron, Robert. *The Road to Oxiana*. The Estate of Robert Byron, London: Picador, 1937 (reprinted 1981).

Cambodia/Laos. Munich: Nelles Verlag, 1994.

Canetti, Elias. *Crowds and Power*, trans. Carol Stewart. London: Victor Gollancz Ltd., 1962.

Carol, Jacqueline. *Cocktails and Camels*. New York: Appleton-Century-Crofts, 1960.

Carothers, J. C. *The Mind of Man in Africa*. London: Tom Stace, Ltd., 1972.

Carson, Rachel. *Silent Spring*. Boston: Houghton Mifflin, 1962.

Cavafy, C. P. *Collected Poems*, trans. Edmund Keeley and Philip Sherrard; ed. George Savidis. Princeton, N.J.: Princeton University Press, 1975.

Céline, Louis-Ferdinand. *Journey to the End of the Night*, trans. Ralpy Manheim. New York: New Directions (1934) 1983.

Chamier, Captain. *Life of a Sailor*. No other information is available; mentioned in Burton's *Wanderings in West Africa*, listed above.

Chandler, David P. *The Tragedy of Cambodian History: Politics, War and Recolution Since 1945*. New Haven, Conn.: Yale University Press, 1991.

Chatwin, Bruce. Introduction to Robert Byron's *The Road to Oxiana*. London: Picador, 1981.

Chitty, Derwas. *The Desert a City*. Oxford, England: Oxford University Press, 1966.

Clay, Jason W., and Holcomb, Bonnie K. *Politics and the Ethiopian Famine 1984–1985*. Cambridge, Mass.: Cultural Survival, 1986.

Coll, Steve. "Environment Going Down 'Big Drain': Africa in the 1990s." *The Washington Post*, August 15, 1994.

———. *On the Grand Trunk Road*. New York: Times Books, 1994.

———. "Turkey's Dire Strait." *The Washington Post*, June 14, 1993.

Condorcet, Marquis de. *Sketch for a Historical Picture of the Progress of the Human Mind*. 1795.

Connelly, Matthew, and Kennedy, Paul. "Must It Be the Rest Against the West?" *The Atlantic Monthly*, December 1994.

Conquest, Robert. *The Harvest of Sorrow: Soviet Collectivization and the Terror, Famine*. New York: Oxford University Press, 1986.

Conrad, Joseph. *The Nigger of the "Narcissus."* 1897. Introduction by Cedric Watts. London: Penguin, 1963.

———. *Lord Jim*. 1900. Edited by Robert Hampson; introduction by Cedric Watts. Middlesex, England: Penguin Classics, 1986.

Cooley, John K. "The War Over Water." *Foreign Policy*, Spring 1984.

Coon, Carleton Stevens, Sr. *Caravan: The Story of the Middle East*. New York: Henry Holt and Company, 1951.

Critchlow, James. "Land of the Great Silk Road." *The Wilson Quarterly*, Summer 1992.

———. *Nationalism in Uzbekistan*. Boulder, Colo.: Westview Press, 1991.

Crossette, Barbara. *India Facing the Twentieth Century*. Bloomington. Ind.: University of Indiana Press, 1993.

Cummings, Joe; Storey, Robert; Strauss, Robert; Buckley, Michael; and Samagalski, Alan. *China: A Travel Survival Kit*. Berkeley, Calif.: Lonely Planet Publications, 1991.

Curtin, Philip D. *The Image of Africs of Africa*. Madjospm. Wis.: University of Wisconsin Priess, 1964.

Curzon, George Nathaniel. *Curzon's Persia*, ed., with introduction, Peter King. London: Sidgwick & Jackson (1892) 1986.

Danner, Mark. "The Truth of El Mozote." *The New Yorker*, December 6, 1993.

Dantzig, Albert van. *Forts and Castles of Ghana*. Accra, Ghana: Sedco Publishing Limited, 1980.

Davidson, Basil. *Africa: History of a Continent*. London: Spring Books, 1966.

Davie, Michael. *In the Future Now*. London: Hamish Hamliton, 1972.

Defoe, Daniel. *A Journal of the Plague Year*. 1722. Introduction by Anthony Burgess. London: Penguin Books, 1966.

Desowitz, Robert S. *The Malaria Capers: Tales of Parasites and People*. New York: W. W. Norton, 1991, 1993.

Deudney, Daniel. "Global Environmental Rescue and the Emergence of World Domestic Politics." Chapter-Monograph. Unpublished.

——. "Bringing Nature Back In: Concepts, Problems, and Trends in Physiopolitical Theory from the Greeks to the Greenhouse." A University of Pennsylvania monograph presented at the Annual Convention of the American Political Science Association, Washington, D.C., 1993.

Douglas, William O. *Beyond the High Himalayas*. New York: Doubleday, 1952.

Drakulic, Slavenka. "Lav Story: Romania's Dirty Little Secret." *The New Republic*, April 25, 1994.

Dreiser, Theodore. *Sister Carrie*. New York: Doubleday, Page, 1900.

Duncan, Emma. "India: Hello, World." *The Economist*, January 21, 1995.

Dupree, Lous. *Afghanistan's Big Gamble, Part II: The Economic and Strategic Aspects of Soviet Aid*. N.H.: American Universities Field Staff Reports, Hanover, 1960.

The Economist. "China's Communists: The Road from Tiananmen," June 4, 1994.

——. "Requiem for Karachi," August 13, 1994.

——. "Growing and Growing," October 3, 1992.

Ekachai, Sanitsuda. *Behind the Smile: Voices of Thailand*. Bangkok: Thai Development Support Committee, 1990.

Encyclopaedia Britannica, Eleventh Edition. New York: Encycolpaedia Britannica, Inc., 1910.

——. Chicago: William Benton, Publisher, 1963 edition.

Eren, Nuri. "Gengis Khan's Mercenaries?" *Turkish Daily News*.

Evans, Ruth. "Tanzania: Pride and Prejudice." *Focus on Africa* (London), July-September, 1993.

Faksh, Mahmud A. "Withered Arab Nationalism." *Orbis* (Philadelphia), Summer 1993.

Faulkner, William. *Go Down, Moses*. New York: Random House, 1940, 1942.

Fenton, James. *Children in Exile: Poems 1968–1984*. New York: Farrar Straus Giroux, 1994.

Feshbach, Murray, and Friendly, Alfred Jr. *Ecocide in the USSR: Health and Nature Under Siege*. New York: Basic Books, 1992.

Firdausi. *The Shah Nameh*, trans. James Atkinson. Teheran: Sahab Geographic & Drafting Institute, 1990.

Frater, Alexander. *Chasing the Monsoom*. New York: Henry Holt, 1990.

Frazer, James. *The Golden Bough: A Study in Magic and Religion*. New York: Macmillan, 1922.

Fukuyama, Francis. *The End of History and the Last Man*. New York: The Free Press, 1992.

Fussell, Paul. *Abroad: British Literary Traveling Between the Wars*. New York: Oxford University Press, 1980.

Gee, Marcus. "Apocalypse Deferred." *The Globe and Mail* (Toronto), April 9, 1994.

Geyer, Georgie Anne. "Our Disintegrating World: The Menace of Global Anarchy." *1985 Britannica Book of the Year*. Chicago: Encyclopaedia Britannica, 1985.

——. *Waiting for Winter to End: An Extraordinary Journey Through Soviet Central Asia*. Washington, D.C.: Brassey's, 1994.

Gibbon, Edward. *The Decline and Fall of the Roman Empire*; introduction by Hugh Trevor-Roper. New York: Knopf, 1993.

Gizewski, Peter. "Rapid Urbanization and Violence: Will the Future Resemble the Past?" Pew Global Stewardship Initiative. Washington, D.C., 1994.

Gladney, Dru C. "The Ethnogenesis of the Uighur." Central Asian Survey, London, 1990.

Goldstone, Jack A. *Revolution and Rebellion in the Early Modern World*. Berkeley: University of California Press, 1991.

———. "Imminent Political Conflicts Arising from China's Population Crisis." Working Paper for the Pew Global Stewardship Initiative. Washington, D.C., 1994.

———. "Population Growth and Political Crisis in the Developing World." Working Paper for the Pew Global Stewardship Initiative. Washington, D.C., 1994.

Gore, Al. *Earth in the Balance: Ecology and the Human Spirit*. Boston: Houghton Mifflin, 1992.

Gourou, Pierre. *The Tropical World*. London: Longman, 1953.

Gramsci, Antonio. *Selections from the Prison Notebooks*. New York: International Publishers, 1971.

Greene, Graham. *The Heart of the Matter*. New York: Viking, 1948.

———. *The Comedians*. London: The Bodley Head, 1966.

———. *Journey Without Maps*. London: Heinemann, 1936.

Greenwald, John. "Black Gold Rush." Time, June 20, 1994.

Hafiz. *Teachings of Hafiz*, trans. Gertrude Lowthian Bell. London: The Sufi Trust and the Octagon Press, 1979.

Hall, Stephen S. *Mapping the Next Millennium*. New York: Random House, 1992.

Hansen, Carol Rae. *The New World Order: Rethinking America's Global Role*. Flagstaff, Ariz.: Arizona Honors Academy Press, 1992.

Harden, Blaine. *Africa: Dispatches from a Fragile Continent*. New York: W. W. Norton, 1990.

Harries, Owen. "Power and Civilization." *The National Interest* (Washington) Spring 1994.

Harrison, Lawrence E. *Who Prospers? How Cultural Values Shape Economic and Political Success*. New York: Basic Books, 1992.

Heinl, Robert Debs, and Heinl, Nancy Gordon. *Written in Blood: The Story of the Haitian People 1492–1971*. Boston: Houghton Mifflin, 1978.

Helms, Christine M. *Arabism and Islam: Stateless Nations and Nationless States*. Washington, D.C.: The Institute For Strategic Studies, July 1990.

Henze, Paul B. "Turks and Turkish." *The Wilson Quarterly* (Washington) Summer 1992.

Herzberger, Radhika. "Education and the Landscape at Rishi Valley." *Unpublished paper.*

Hiestand, Emily. *The Very Rich Hours: Travels in Orkney, Belize, the Everglades, and Greece.* Boston: Beacon Press, 1992.

Hogarth, D. G. *Section on Turkey in The Balkans: A History of Bulgaria, Serbia, Greece, Rumania, Turkey.* Oxford, England: Clarendon Press, 1915.

Holloway, John." Aust[ralian] Diplomat's Cambodia Analysis." *Phnom Penh Post*, November 4–17, 1994.

Holmes, Peter. *Turkey: A Timeless Bridge.* London: The Stork Press, 1988.

Homer-Dixon, Thomas F. "On the Threshold: Environmental Changes as Causes of Acute Conflict." *International Security* (Harvard College and the Massachusetts Institute of Technology, Boston), Fall 1991.

——. "Environmental Scarcities and Violent Conflict: Evidence from Cases." *International Security* (Boston), Summer 1994.

——. "The Ingenuity Gap: Can Poor Countries Adapt to Resource Scarcity?" *Population and Development Review* (New York), September 1995.

Homer-Dixon, Thomas; Boutwell, Jeffrey; and Rathjens, George. "Environmental Scarcity and Violent Conflict." *Scientific American*, February 1993.

Hopkirk, Peter. *The Great Game: The Struggle for Empire in Central Asia.* New York: Kodansha America, Inc., 1990.

Horowitz, Michael. "Victims of Development." *Development Anthropology Network, Bulletin of the Institute for Development Anthropology*, Fall 1989.

——. "Victims Upstream and Down." *Journal of Refugee Studies*, 1991.

Hotham, David. *The Turk.* London: John Murray, 1972.

Huntington, Samuel P. "The Clash of Civilizations?" *Foreign Affairs*, Summer 1993. (See also reactions to this article and Huntington's response, in the September-October 1993 issue of *Foreign Affairs*.)

——. *Political Order in Changing Societies.* New Haven: Yale University Press, 1968.

Ibn Khaldun. *The Muqaddimah: An Introduction to History*, trans. Franz Rosenthal; ed. N. J. Dawood. Princeton, N.J.: Princeton University Press, 1967.

Igout, Michel. *Phnom Penh: Then & Now.* Bangkok: White Lotus Company, 1993.

Ispahani, Mahnaz Z. *Roads and Rivals: The Political Uses of Access in the Borderlands of Asia.* Ithaca, N.Y.: Cornell University Press, 1989.

Jahn, Janheinz. *Through African Doors,* trans. Oliver Coburn. London: Faber and Faber, 1960, 1962.

Jhabvala, Ruth Prawer. *Travelers.* New York: Harper & Row, 1973.

Kadare, Ismail. *The Concert,* written in Albanian and translated from the French of Jusuf Vrioni by Barbara Bray. New York: Morrow, 1994.

Kamarck, Andrew M. *The Tropics and Economic Development: A Provocative Inquiry into the Poverty of Nations.* Baltimore: Johns Hopkins University Press, 1976.

Kamil, Jill. *Coptic Egypt: History and Guide.* Cairo: The American University in Cairo Press, 1987.

Kaplan, Robert D. "The Coming Anarchy." *The Atlantic Monthly,* February 1994.

———. "Shatter Zone: Central Asia." *The Atlantic Monthly,* April 1992.

Kapuscinski, Ryszard. *Shah of Shahs,* trans. William R. Brand and Katarzyna Mroczkowska-Brand. New York: Harcourt Brace Jovanovich, 1982.

———. *The Soccer War,* trans. William R. Brand. New York: Knopf (1986, 1990), 1991.

Kazantzakis, Nikos. *Fourneying: Travels in Italy, Egypt, Sinai, Jerusalem and Cyprus,* trans. Themi Vasils and Theodora Vasils. Boston: Little, Brown, 1975.

Keats, John. *Keats: Poems.* New York: Knopf, 1994.

Keay, John. *The Gilgit Game.* Oxford, England: Oxford University Press, 1979.

Keddie, Nikki R. (and Richard, Yann). *Roots of Revolution: An Interpretive History of Modern Iran.* New Haven: Yale University Press, 1981.

Keegan, John. *A History of Warfare.* New York: Knopf, 1993.

Kennedy, Paul. *Preparing for the Twenty-First Century.* New York: Random House, 1993.

Khalid, Mansour. *Nimeiri and the Revolution of Dis-May.* London: KPI Limited, 1985.

Kinross, Lord. *The Ottoman Centuries.* New York: Morrow, 1979 (1979 original copyright).

Kohli, Atul. *Democracy and Discontent: India's Growing Crisis of Governability.* New York: Cambridge University Press, 1990.

Kolars, John. "The Middle East's Growing Water Crisis." *Research & Exploration* (National Geographic Society, Washington, D.C.), November 1993.

Kortepeter, Carl Max. *The Ottoman Turks: Nomad Kingdom to World Empire*. Istanbul: The Isis Press, 1991.

Krishnamurti, Jiddu. *Krishnamurti at Rajghat*. Madras: Krishnamurti Foundation, 1993.

Krueger, John R. Letter to the Author. March 25, 1992.

Kuh, Thomas S. *The Structure of Scientific Revolutions*. Chicago: The University of Chicago Press, 1962.

Lamb, Christina. *Waiting for Allah: Pakistan's Struggle for Democracy*. London: Viking, 1991.

Lamb, David. *The Africans*. New York: Random House, 1983.

Law, Robin C. C. *The Oyo Empire c. 1600–1836*. Oxford, England: Oxford University Press, 1977.

Lemonick, Michael D. "How Man Began." *Time*, March 14, 1994.

Lewis, Bernard. *The Shaping of the Modern Middle East*. New York: Oxford University Press, 1994.

Lewis, I. M. *Islam in Tropical Africa*. London: Oxford University Press, 1966.

Linden, Eugene. "Megacities." *Time*, January 11, 1993.

London, Jack. *Martin Eden.* New York: Macmillan, 1909

The London Observer. Article on page 24 that covered drug smuggling in Africa. September 26, 1993.

Lopez, Barry. *Arctic Dreams: Imagination and Desire in a Northern Landscape*. New York Scribner's, 1986.

Lorch, Donatella. "In Nairobi, Car-Jacking Is a Bitter Fact of Life." *The New York Times*, December 19, 1993.

Lubin, Nancy. "Pollution and Politics in the USSR: Public Opinion and Pressure for Change." Chapter appearing in *The New World Order*, ed. Carol Rae Hansen. See entry under Hansen.

Macaulay, Rose. *The Towers of Trebizond*. New York: Farrar, Straus & Giroux, 1956.

MacDonald, Macolm. *Angkor*. London: Jonathan Cape, 1958.

Maclean, Fitzroy. *Eastern Approaches*. Boston: Little, Brown, 1949.

——. *A Person from England: and other Travellers to Turkestan*. New York: Harper & Brothers, 1958.

Majd, M. J. "On the Relationship between Land Reform and Rural-Urban Migration in Iran, 1966–1976." *The Middle East Journal* (Washington, D.C.) Spring 1992.

Malcomson, Scott L. *Borderlands: Nation and Empire*. Boston: Faber and Faber, 1994.

Malraux, André. *Man's Fate*, trans. Haon M. Chevalier. New York: Vintage (1934) 1990.

Malthus, Thomas Robert. *The Works of Robert Malthus*, ed. E. A. Wrigley and D. Souden. London: Pickering and Chatto, 1986.

Mann, Thomas. *The Magic Mountain*, trans. H. T. Lowe-Porter. New York: Vintage (1927) 1992.

Mathews, Jessica. "The Greater Threat to Democracy." *The Washington Post*, March 13, 1992.

——. "Nations and Nature: A New Look at Global Security." Twenty-First J. Robert Oppenheimer Memorial Lecture. Los Alamos, New Mexico, August 12, 1991.

——. "The Abortion Distraction: The true subject at Cairo is population—it's a lot more urgent than some think." *The Washington Post*, September 12, 1994.

——. "Immigration and the Press of the Poor." *The Washington Post*, November 21, 1994.

Mbembe, Achille, and Roitman, Janet. "Figures of the Subject in Times of Crisis." *Public Culture* (University of Chicago, Chicago), 1995.

McGreal, Ian P., ed. *Great Thinkers of the Western World*. New York: HarperCollins, 1992.

Mcphee, John. *Basin and Range*. New York: Farrar, Straus and Giroux, 1980.

Metz, Steven. *America in the Third World: Strategic Alternatives and Military Implications*. Carlisle Barracks, Pennsylvania: U.S. Army War College, 1994.

Michaels, Marguerite. "Retreat from Africa." *Foreign Affairs*, March 1993.

Minc, Alain. *Le nouveau Moyen Age*. Paris: Gallimard, 1993.

Mische, Patricia M. "Ecological Security in an Interdependent World." *Breakthrough*, Summer/Fall 1989.

Moore, Barrington, Jr. *Social Origins of Dictatorship and Democracy: Lord and Peasant in the Making of the Modern World*. Boston: Beacon Press, 1966.

Moore, Gerald. *Seven African Writers*. London: Oxford University Press, 1962.

Moore, Jonathan. *Morality and Interdependence*. Hanover, N.H.: The Nelson A. Rockefeller Center for the Social Sciences at Darmouth College, 1994.

Morgan, Vivien. "Kyrgyzia Town Rebuilds After Untold Massacres." *The Independent* (London), July 19, 1990.

Morier, James. *The Adventures of Hajji Baba of Ispahan*, Introduction by Richard Jennings. London: The Cresset Press, 1949.

Mortimer, Edward. *Faith and Power: The Poltics of Islam*. London: Faber and Faber, 1982.

Munro, Ross H. "China's New Silk Road in Central Asia." *Foreign Policy Research Institute Wire* (Philadelphia), November 1, 1993.

———. "The Loser: India in the Nineties." *The National Interest* (Washington), Summer 1993.

———. "China's Waxing Spheres of Influence." *Orbis* (Philadelphia), Fall 1994.

Muscat, Robert J. *The Fifth Tiger: A Study of Thai Development Policy*. Armonk, N.Y.: M. E. Sharpe, 1994.

The Muslim (Islamabad). "Curbing Hooliganism." June 14, 1994.

Myers, Norman. "Environmental Security: The Case of South Asia." *International Environmental Affairs*, Spring 1989.

Naff, Thomas. "Water: 'That Peculiar Substance.'" *Research & Exploration* (National Geographic Society, Washington, D.C.) November 1993.

Nahaylo, B., and Swohboda, V. *Soviet Disunion: A History of the Nationalities Problem in the USSR*. London: Hamish Hamilton, 1990.

Naipaul, V. S. *Among the Believers: An Islamic Journey*. London: Andre Deutsch, 1981.

———. *An Area of Darkness*. London: Andre Deutsch, 1964.

———. *India: A Wounded Civilization*. New York: Random House, 1976.

Nariddh, Moeun Chhean. "Aids Threat to Two Million." *Phnom Penh Post*, October

21-November 3, 1994.

Newton, Alex. *West Africa: A Travel Survival Kit*. Berkeley: Lonely Planet Publications, 1992.

O'Donnell, Terence. *Garden of the Brave in War: Recollections of Iran*. Chicago: The University of Chicago Press, 1980.

Okie, Susan. "AIDS Devouring Africa Even as Awareness Grows." *The Washington Post*, August 18, 1994.

Okri, Ben. *An African Elegy: Poems*. London: Jonathan Cape, 1992.

Olcott, Martha Brill. "Central Asia's Catapult to Independence." *Foreign Affairs*, Summer 1992.

Oliver, Roland. *The African Experience*. New York: HarperCollins, 1991.

O'Neill, Thomas. "The Mekong." *National Geographic*, February 1993.

Ophuls, William. *Ecology and the Politics of Scarcity: A Prologue to a Political Theory of the Steady State*. San Francisco: Freeman, 1977.

Otabil, Mensa. *Beyond the Rivers of Ethiopia: A Biblical Revelation on God's Purpose for the Black Race*. Accra, Ghana: Altar International, 1992.

Ouologuem, Yambo. *Bound to Violence*, trans. Ralph Manheim. London: Secker & Warburg, 1971.

Ozturk, Yasar Nuri. *The Eye of the Heart: An Introduction to Sufism and the Tariqats of Anatolia and the Balkans*. Istanbul: Redhouse Press, 1988.

Parker, Ian. "Auden's Heir." *The New Yorker*, July 25, 1994.

Pearce, Fred. "Africa at a Watershed." *New Scientist* (London), March 23, 1991.

Pfaltzgraff, Robert L., Jr., and Shultz, Richard H., Jr. *Ethnic Conflict and Regional Instability*. Leavenworth, Kans.: U.S. Army War College, 1994.

Phantumvanit, Dhira, and Liengcharernsit, Winai. *Coming to Terms with Bangkok's Environmental Problems. Environment and Urbanization.* Reprinted by Thailand Development Research Institute Foundation, Bangkok, 1989 and 1994.

Phantumvanit, Dhira, and Panayotou, Theodore. *Industrialization and Environmental Quality: Paying the Price.* Bangkok: Thailand Development Research Institute, 1990.

Phantumvanit, Dhira, and Sathirathai, Khunying Suthawan. "Thailand: Degradation and Development in Resource-Rich Land." *Environment*. Washington. D.C.:

Heldref Publications, 1988.

Pinchin, Jane Lagoudis. *Alexandria Still: Forster, Durrell, and Cavafy.* Princeton, N.J.: Princeton University Press, 1977.

Pinstrup-Andersen,Per."Prospects for Meeting Future Food Demands."International Food Policy Research Institute, March 1993.

Pipes, Daniel. *Greater Syria: The History of an Ambition.* New York: Oxford University Press, 1990.

"Editorial comment: Politics in maps, maps in politics: A Tribute to Brian Harley." *Political Geography*, March 1992.

Polo, Marco. *The Travels of Marco Polo.* New York: Library Publications, no date.

Population Reference Bureau. *World Population Data Sheet.* Washington, D.C.,1992.

Pouaree, Suvicha. "21 Years Later [Thai] Democracy Has Barely Developed." *Bangkok Post*, October 16, 1994.

Prussin, Labelle. *Hatumere: Islamic Design in West Africa.* Berkeley: University of California Press, 1986.

Ptolemy, Claudius. *The Geography*, trans. and ed. Edward Luther Stevenson. New York: Dover, 1991.

Rangaswami, S., and Sridhar, S. *Bids of Rishi Valley: And Renewal of Their Habitat.* Bangalore, India: Rishi Valley Education Centre, 1993.

Rashid, Ahmed. *The Resurgence of Central Asia.* Atlantic Highlands, N.J.: Zed Books, 1994.

———. "On Again, Off Again: Islamabad grapples with worsening power shortages." *Far Eastern Economic Review*, May 12, 1994.

Raven, Peter H.; Berg, Linda R.; and Johnson, George B. *Environment.* Orlando, Fla.: Saunders College Publishing and Harcourt Brace & Company, 1993.

Rawson, Philip. *The Art of Southeast Asia.* London: Thames and Hudson, 1967.

Reclus, Élisée. *La terre et les hommes.* Paris: 1877.

Reid, Walter V., and Miller, Kenton R. "Keeping Options Alive: The Scientific Basis for Conserving Biodiversity." World Resources Institute, Washington, D.C., 1989.

Rensberger, Boyce. "Contraception and Smaller Families." *The Washington Post*,

September 4, 1994.

Rice, Edward. *Captain Sir Richard Francis Burton*. New York: Scribner's, 1990.

Richburg, Keith B. "Continental Divide." *The Washington Post Magazine*, March 26, 1995.

Riley, Mark T. Essay on Thomas Robert Malthus, in *Great Thinkers of the Western World*. New York: HarperCollins, 1992.

Ritter, Karl. *Allgemeine Erdkunde* ("Comparative Geography"). Edinburgh: W. Blackwood, 1817.

Roosevelt, Archie. *For Lust of Knowing: Memoirs of an Intelligence Officer*. Boston: Little, Brown, 1988.

Rudolph, Susanne Hoeber, and Rudolph, Lloyd I. "Modern Hate." *The New Republic*, March 22, 1993.

Rumer, Boris Z. "The Gathering Storm in Central Asia." *Orbis* (Philadelphia), Winter 1993.

Sai, Fred T. "The Population Factor in Africa's Development Dilemma." *Science*, November 16, 1984.

Salimanov, Emile, and Chenciner, Robert. *Architecture of Baku: Fabled Capital of the Caspian*. London: UNESCO and the Royal Asiatic Society, 1985.

Samudavanija, Chai-Anan. "Bypassing the State in Asia." *New Perspectives Quarterly* (Los Angeles), Winter 1995.

Schuyler, Eugene. *Turkistan: Notes of a Journey in Russian Turkistan, Khokand, Bukhara, and Kuldja*. New York: Scribner's, 1885.

Seale, Patrick. *The Struggle for Syria*. Oxford: Oxford University Press, 1965.

Sen, Amartya. "The Threats to Secular India." *The New York Review of Books*, April 8, 1993.

———. "Population: Delusion and Reality." *The New York Review of Books*, September 22, 1994.

Serwer, Andrew E. "The End of the World is Night—Or Is It?" *Fortune*, May 2, 1994.

Sesser, Stan. *The Lands of Charm and Cruelty: Travels in Southeast Asia*. New York: Knopf, 1993.

Seth, Vikram. *From Heaven Lake: Travels Through Sinkiang and Tibet*. London: Chatto & Windus, 1983.

Settle, Mary Lee. *Turkish Reflections: A Biography of a Place*. New York: Touchstone, 1991.

Shaban, Hussein, and Johnston, Robert. *The Fall of Theocracy in Iran*. Hamilton, Ontario: McMaster University, 1994.

Shawcross, William. *Sideshow: Kissinger, Nixon and the Destruction of Cambodia*. New York: Simon and Schuster, 1979.

——. *The Quality of Mercy: Cambodia, Holocaust and Modern Conscience*. London: Andre Deutsch, 1984.

Shipman, Pat. *The Evolution of Racism*. New York: Simon and Schuster, 1994.

Shirley, Edward G. "Not Fanatics, and Not Friends." *The Atlantic Monthly*, December 1993.

Shlapentokh, Vladimir. "The American Vision of the World: The Tendency to Find Nice Things." *The American Association for the Advancement of Slavic Studies Newsletter* (Stanford, Calif.), May 1993.

Silver, Cheryl Simon, with DeFries, Ruth S. *One Earth One Future*. Washington, D.C.: National Academy of Sciences Press, 1990.

Simon, Julian. *The Ultimate Resource*. Princeton, N.J.: Princeton University Press, 1981.

Sloane, Wendy. "Uzbekistan Cracks Down on Human Rights Activists." *The Christian Science Monitor*, May 25, 1994.

Smil, Vaclav. *China's Environmental Crisis: An Inquiry into the Limits of National Development*. Armonk, N.Y.: M. E. Sharpe, Inc., 1993.

Smith, Anthony D. *National Identity*. Reno, Nev.: University of Nevada Press, 1991.

Sowell, Thomas. "Middleman Minorities." *The American Enterprise* (Washington, D.C.), May/June, 1993. (Included in his book *Race and Culture: A World View*. New York: Basic Books, 1994.)

Specter, Michael. Siberia: "5 Million Miles of Frozen Dreams." *The New York Times*, August 21, 1994.

Spence, Jonathan. "The Chinese Miracle?" *The New York Review of Books*, September 23, 1993.

Stark, Freya. *Alexander's Path*. London: John Murray, 1958.

Starr, Joyce R. "Water Wars." *Foreign Policy*, Spring 1991.

Stein, Susan R. *The Worlds of Thomas Jefferson at Monticello*. New York: Harry N. Abrams/Thomas Jefferson Memorial Foundation, 1993.

Sterne, Laurence. *A Sentimental Fourney: Through France and Italy*. New York: Three Sirens Press (Williams, Belasco & Meyers), (1768) 1930.

Stevens, William K. "Feeding a Booming Population Without Destroying the Planet." *The New York Times*, April 5, 1994.

Strohmeyer, Virgil B. Letter to the author about Turkic Uighurs in China, 1992.

St Vincent, David. *Iran: a Travel Survival Kit*. Berkeley: Lonely Planet Publications, 1992.

Sulzberger, C. L. *A Long Row of Candles: Memoirs and Diaries, 1934–1954*. New York: Macmillan, 1969.

Sun, Lena H. "China's Villagers Vent Hatred at Leaders They Say Are Corrupt." *The Washington Post*, April 28, 1994.

Swaggart, Jimmy. *The Christian and Demon Spirits*. 1980.

Tekin, Latife. *Berji Kristin: Tales from the Garbage Hills*, trans. Ruth Christie and Saliha Paker. New York: Marion Boyars Publishers, 1993.

Toops, Stanley. "Recent Uygur Leaders in Xinjiang." *Central Asian Survey* (London), 1992.

Tostevin, Matthew. "Sinking to the Depths: Sierra Leone." *Focus on Africa* (london), July-September, 1993.

Tucker, Robert C., ed. *The Marx-Engles Reader*. New York: W. W. Norton, 1972.

Turkmen, Erkan. *The Essence of Rumi's Masnevi*. Konya, Turkey: Misket Ltd., 1992.

Ungar, Sanford J. *Africa: The People and Politics of an Emerging Continent*. New York: Simon and Schuster, 1978.

United Nations Development Programme. *Human Development Report, 1994*. Delhi: Oxford University Press, 1994.

———. *Balanced Development: An Approach to Social Action in Pakistan*. Islamabad, Pakistan, 1992.

United Nations Secretariat. Executive Summary. "The Carter Camp Massacre (near Harbel, Liberia)."Panel Members: S. Amos Wako, Robert Gersony, Mahmoud Kassem. New York, 1993.

Van Creveld, Martin. *The Transformation of War*. New York: Free Press, 1991.

Varma, Kewal. " Jobs Grow, But Problem Ones." *Business Standard* (Calcutta), October 14, 1994.

Vlahos, Michael. "The Next Competition." Unpublished essay, 1993.

Vesilind, Priit J. "The Middle East's Water: Critical Resource." *National Geographic*, May 1993.

Virk, Mobarik. "Work Starts at Simly Dam to Improve Water Supply to Capital." *The Muslim* (Islamabad), June 12, 1994.

Waldman, Peter. "As Economy of Iran Worsens, Government Reverts to Hard Line." *The Wall Street Journal*, June 28, 1994.

Walsh, James. "China: The World's Next…Superpower." *Time*, May 10, 1993.

Waterbury, John. *Hydropolitics of the Nile Valley*. Syracuse, N.Y.: Syracuse University Press, 1979.

Wayne, Scott. *Egypt & the Sudan: A Travel Survival Kit*. Berkeley: Lonely Planet Publications, 1990.

West, Richard. *Back to Africa*.

Whitley, Andrew. "Minorities and the Stateless in Persian Gulf Politics." *Survival*, Winter 1993.

Whittell, Giles. *Central Asia: The Practical Handbook*. Old Saybrook, Conn.: The Globe Pequot Press, 1993.

Wirth, Timothy E. "Sustainable Development: A Progress Report." Address Before the National Press Club. Washington, D.C., July 12, 1994.

Wittfogel, Karl A. *Oriental Despotism: A Comparative Study of Total Power*. New Haven: Yale University Press, 1964.

The World Factbook 1993. Washington, D.C.: Central Intelligence Agency, 1993.

World Resources Institute. *World Resources 1992—93: A Guide to the Global Environment*.

New York: Oxford University Press, 1992.

Wurm, Stefan. *Turkic Peoples of the USSR*. Oxford: St. Anthony's College, Oxford University, 1954.

Xenophon. *The Persian Expedition*, trans. Rex Warner. Middlesex, England: Penguin Books, 1949.

Xiao Li. "Toilet Leaks Send Cities Scrambling for Water." *China Daily* (Beijing), June 7, 1994.

Zelichenko, Alexander. "Tien Shan Columbia." *Kyrgyzstan Chronicle*, May 31, 1994.

地名中英文对照表

A

Abidjan（Ivory Coast） 阿比让（科特迪瓦）
Accra 阿克拉（加纳）
Afghanistan 阿富汗（西亚）
Alexandria 亚历山大城（埃及）
Alma Ata 阿拉木图（哈萨克斯坦）
Anatolia 安纳托利亚（土耳其）
Angkor 吴哥（柬埔寨）
Angola 安哥拉（非洲）
Ani 阿尼（亚美尼亚）
Ankara 安卡拉（土耳其）
Antakya（Old Antioch） 安塔基亚（原名安提俄克，土耳其）
Armenia 亚美尼亚（中亚）
Assiut 艾斯尤特（埃及）
Azerbaijan 阿塞拜疆（中亚）

B

Baku 巴库（阿塞拜疆）

Bangalore	班加罗尔（印度）
Bangladesh	孟加拉国（亚洲）
Benin	贝宁（非洲）
Bishkek	比什凯克（吉尔吉斯斯坦）
Bosnia	波斯尼亚（东欧）
Bo	博城（塞拉利昂）
Bukhara	布哈拉（乌兹别克斯坦）
Bulgaria	保加利亚（欧洲）
Burkina Faso	布基纳法索（西非）

C

Calcutta	加尔各答（印度）
Cambodia	柬埔寨（亚洲）
Cape Coast	海岸角（加纳）
Catal Huyuk	加泰土丘（安纳托利亚）
Chiang Mai	清迈（泰国）
Conakry	科纳克里（几内亚）

D

Danane	达纳内（科特迪瓦）
Diyarbakir	迪亚巴克尔（安纳托利亚）
Dogubayazit	多乌巴亚泽特（安纳托利亚）

E

Egavaboyapalle	依佳瓦柏雅帕尔（印度）
Elmina	埃尔米纳（加纳）
Ethiopia	埃塞俄比亚（非洲）

F

Freetown	弗里敦（塞拉利昂）

地名中英文对照表

G
Ghana 加纳（非洲）
Gilgit 吉尔吉特（巴基斯坦）
Grand-Bassam 大巴桑（科特迪瓦）
Gunbad-i Qabus 卡布斯拱北塔（伊朗）

H
Hatay 哈塔伊（安纳托利亚）
High Tartary 高地鞑靼（中亚）
Hunza Valley 罕萨山谷（巴基斯坦）

I
Iraq 伊拉克（西亚）
Isfahan 伊斯法罕（伊朗）
Islamabad 伊斯兰堡（巴基斯坦）
Istanbul 伊斯坦布尔（土耳其）
Ivory Coast 科特迪瓦（非洲）

K
Kalabagh Dam 卡拉巴格水坝（巴基斯坦）
Kampot 贡布（柬埔寨）
Karachi 卡拉奇（巴基斯坦）
Karimabad 卡里马巴德（巴基斯坦）
Kashgar 喀什（中国新疆维吾尔自治区）
Kashmir 克什米尔（亚洲）
Kazakhstan 哈萨克共和国（中亚）
Kizkalesi 基兹卡雷斯（安纳托利亚）
Kizyl-Kum Desert 克孜勒库姆沙漠（乌兹别克斯坦）
Klong Toey（shantytown） 空堤区（棚户区）（泰国）
Konya 科尼亚（安纳托利亚）

Kratie	桔井（柬埔寨）
Kurdistan	库尔德斯坦（西亚）
Kuwait	科威特（西亚）
Kyrgyzstan	吉尔吉斯斯坦（中亚）

L

Lagos	拉各斯（尼日利亚）
Lake Van	凡湖（安纳托利亚）
Laos	老挝（亚洲）
Lebanon	黎巴嫩（西亚）
Liberia	利比里亚（非洲）
Libya	利比亚（北非）
Lome	洛美（多哥）

M

Macedonia	马其顿（东欧）
Madras	马德拉斯（印度）
Manchiet Nasser	曼什亚特·纳赛尔（埃及）
Mersin	梅尔辛（安纳托利亚）

N

New Delhi	新德里（印度）
Nigeria	尼日利亚（非洲）
Nong Khai	廊开（泰国）

P

Pakistan	巴基斯坦（西亚）
Passu Glacier	帕苏冰川（巴基斯坦）
Persepolis	波斯波利斯（伊朗）
Phnom Penh	金边（柬埔寨）

Punjab province	旁遮普省（巴基斯坦）
Q	
Qatar	卡塔尔（亚洲）
Qom	库姆（伊朗）
R	
Rishi Valley	瑞希山谷（印度）
Romania	罗马尼亚（欧洲）
S	
Samarkand	撒马尔罕（乌兹别克斯坦）
Sanliurfa	尚勒乌尔法（安纳托利亚）
Saudi Arabia	沙特阿拉伯（西亚）
Savannakhet	沙湾拿吉（老挝）
Shiraz	设拉子（伊朗）
Siem Reap	暹粒（柬埔寨）
Sierra Leone	塞拉利昂（西非）
Sihanoukville	西哈努克（柬埔寨）
Snuol	斯努（柬埔寨）
Sudan	苏丹（北非）
Syria	叙利亚（西南亚）
T	
Tabriz	大不里士（阿塞拜疆）
Tajikistan	塔吉克斯坦（中亚）
Takoradi	塔科拉迪（加纳）
Tashkent	塔什干（乌兹别克）
Teheran	德黑兰（伊朗）
Togo	多哥（非洲）

Tonle Sap	洞里萨湖（即大湖；柬埔寨）
Turkmenistan	土库曼斯坦（中亚）

U

Uttar Pradesh	北方邦（印度）
Uzbekistan	乌兹别克斯坦（中亚）

V

Vientiane	万象（老挝）

Y

Yamassoukro	亚穆苏克罗（科特迪瓦）
Yaounde	雅温得（喀麦隆）
Yugoslavia	南斯拉夫（东欧）